绮白 著

天津出版传媒集团
天津人民出版社

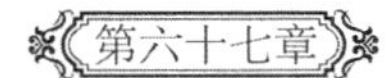

第六十七章

阿莫奇楠竞珍殊

秀奴短暂地思考了下，说：“在柘枝舞的轻快俏皮上，雪娘子是不如我的。可她身体柔软，做得出我根本无法企及的舞姿。也许在中原，她是最好的舞者。但在西域，我是最好的。” 她的眼神如此坚定自信。

雪信心内苦笑了下，想，你早就不是西域最好的舞者了。而我连舞者都称不上了。

但在梦中让自己开心一下，未尝不可。

“你笑什么？我说得不对吗？”秀奴一刻不停，逗她眼中的高承钧说话。

“我马上要回西域了。”雪信说。

“是吗？那我也回西域。”

“我回到西域，就不是你心中的英雄了。”

“说什么蠢话，我说你是英雄，你从前今后都是英雄。”秀奴抢着纠正“高承钧”的说辞，然后她才轻声问，“为什么？”

“我会成为父亲那样的人。”雪信这话很有深意。

“你不会的。”秀奴固执道，“你那么多次差点死在你父亲手里，你怎么会把自己变成他？”

“皇上赐婚，我回到龟兹，就与雪娘子行婚礼。”雪信起了另一个话头。

秀奴低头，这个梦境开始变得不美好了：“你爱她，这并不妨碍我爱你。”

“秀奴，你醒一醒。”雪信开始用严厉的口气说话，“其实已经过去好几年了，你仔细想想，你当初期盼的，你得到了没有？你选择的，你后悔了吗？”

秀奴睁圆眼睛：“高郎，你在说什么奇怪的话？”

雪信拉起秀奴的胳膊朝酒肆外走。眼前景色骤变，酒肆外是一片无边无沿的荒地，只有一个小土包，立着个木牌，上面写着“高承钧葬妻于此”。雪信凑近了看，才看清米粒大小的自己的名字。

她好笑，这是秀奴的梦境，她还不够强大，无力控制秀奴的梦境。

“雪娘子一直是病病弱弱的，拖上几年，就死掉了，也再没有人比我好了。”秀奴看着被她臆造出来的坟包。

原来她是指望把我盼死，乘虚而入，取而代之。雪信又觉得好笑。旋即又不好笑了，因为在梦境之外，秀奴终于盼不下去了，开始用毒了。

“雪娘子当真是病死的？我怎么亲眼看见，你在狗牙上涂毒，毒死了她呢？”雪信冷冷道。

秀奴低下头：“结果都一样。她一直不死，还耽误了大家的工夫。”

“雪娘子当真是你毒死的？我怎么觉得，是我用剑砍死的呢？”雪信继续逼问，手摸向腰间的剑柄。

秀奴抬头，疑惑在眼波中虚晃过：“好像也该是。”

“你在意你的高郎，你也不放过高郎的身世，你很早便得知高承钧的生母通敌叛国，被他的父亲砍下了头颅。你希望高家杀妻成为传统吗？最好高承钧也砍下妻子的头颅是不是？

“你只知道高家男人冷酷杀妻，可你不知道他们杀的是明明他们不喜欢，却无法摆脱的女人，是微末时逆来顺受、立稳脚跟后爬到他们头上的女人，是施舍了恩惠给他们，从此讹诈上他们的女人。

“你对他好，今后他应该付给你的回报也在累积着。你会恨他知恩不报，他会嫌你索价太高，谈判不成，最终你死我活。对高郎越好，你死得越快。”

一句紧接着一句，雪信的幻境土崩瓦解，她抽出腰间的透山剑，砍向秀奴的脖颈。

秀奴瞳孔放大，拼命摇头，继而尖叫，闭起眼睛，捂上耳朵。剑锋在秀奴脖颈肌肤之前止住。

雪信歪着头说：“你知道透山剑的由来吗？你不配死在透山剑下。你自己找个法子死去吧。”说完她收起剑，后退两步。

秀奴蹲下，身体缩成一团，歇斯底里地尖叫着：“不是我！不该是我！”

雪信从对方眉心的门走出来，回头看时，酸橙花朵朵焦萎，门框崩塌，虚空里暗无边际。她往前走，远离那扇门本来的位置，一线光亮徐徐展开，她坐在秀奴对面，坐姿不曾改变，泼洒在地上的酸橙花香水也还未干。

秀奴尖叫着自梦中挣扎出来，身体呈现梦境里最后的姿态，双腿曲起被双臂抱着，膝头抵着下巴，折叠得不能再折叠。

“不该是我……”她在延续梦境中的呓语。

“你把她吓疯了可不好交代。”玄河矮身察看秀奴的眼神，“也不能算你过关。”

“醒醒吧，你瞎做梦呢，你这脑袋还在肩膀上扛着呢。”雪信拍了拍秀奴的肩膀。

秀奴缓缓睁开眼睛，眼里还是一片迷蒙，她把肩膀从雪信手底下挪开：“方才是梦，那此刻是不是梦呢？”

“是梦也好，不是梦也好，你去吧。”雪信指着水阁门口。

秀奴下了榻，走了两步后转过身来问：“他让我自己找办法死，是不是我不配死在透山剑下？”

“你可别为了这份死在透山剑下的殊荣，再做出要命的事来。”

雪信也不知道秀奴问的是梦里的高承钧，还是梦外的高承钧了。

秀奴失魂落魄，在小码头上一脚踏空，整个人笔直滑入湖中。幸亏花奴就在旁边，俯身抓住了漂在水面的衣带，把她拽出水来。秀奴呛了几口水，才相信自己真正脱离了噩梦，坐在码头上出神。

雪信走到玄河面前："你梦里有什么，要不要我走进去看看？"

玄河后退一步："等你心志比我坚定的那一天，你才闯得进去。"他生怕雪信拿他做文章，赶紧找垫背的，再一回头，花奴也躲到小木舟上去了。

"你去把姓苍的找来，给公主练练手。"玄河对花奴喊。

"你明明知道他出不来。"雪信撇撇嘴，"已经发生了许多失去控制的事，这个要紧人物还得在控制之中吧。"

狮子宴上，最重要的客人倒了霉，厨子反而出了风头。宴后，皇上下旨赞赏苍海心所献菜品独出心裁，擢升了他的官阶。如今安城中人人以请苍海心指导家宴为荣，苍海心白日里应邀串各家的门，到了夜里就在河东侯的军营里当伙夫长。

虽是以私人身份接受的邀约，光禄寺还是给他配了十几名助手，每到一家，铺排开红案白案，刀拍油响，雾气蒸腾，蔚为壮观。在军营中更是有精挑细选的武士充作伙夫为他打下手，睡也与他睡一个营帐。

苍海心走到哪里都有人簇拥着，密不透风。若有要趁乱捅刀的，也挤不进去；若有传给他的讯息，也会被截下来。他不能有一步踏到预先确定的行程之外，他临时起意随便走走，也会被人劝回去。

玄河说："正因为他是个顶要紧的人物，也该兜底翻一下他所知所觉，以策万全。"

雪信却说："你想知道什么，直接开口问他，他会说得比你翻到的多。"

"我没翻过，可不敢打包票是问到的多还是翻到的多。"

"我刚到安城你就来试探过，你会没有去翻他的梦？"雪信嗤之以鼻。

"我连你的梦都走不进去，更别提他的。但你可以试试。"

雪信咀嚼着玄河的话，沈先生是教过她抵御外人对她心底的窥探的，至于给苍海心那一望而见底的心设的一层屏障，应该是他还在华城时沈先生做的。于苍海心而言，雪信就是那个能令他的心特别软的人，别人打破不了的屏障，也许能被她消融出缺口。

雪信顿悟："你们教我窥人梦境，其实并没指望我帮忙锦书师娘的事，最合适我的事，是替你们控制他。"

"你是有本事在身的，至于是顾这头还是忙那头，这个没人指挥，没人指挥。"玄河心虚。

雪信唤花奴送客，冷声冷气的，差不多是下逐客令。玄河在他的位置上待久了，从来不需要说谎，因此谎话功力并不好，被点穿只能是讪讪地，一个劲拧袖口。登上小木舟，他还指着码头上呆坐的秀奴："这个怎么弄？要埋的话，我就顺手带走。"他大概说的是玩笑话。

"把她送回去吧。"雪信没有迟疑。

"那就请公主亲自送，只有公主的冷脸才对抗得了高节度使的冷脸。"

一度雪信与玄河还能把自己当作两个顽皮少年，一个引开了冤大头，一个进屋偷走冤大头的玩具，躲到背人处鼓捣，不小心玩坏了，又合计着怎么送回去，才不被冤大头臭骂。他们只是故作轻松，立在中流，进或者退皆有人阻挡，一动就要从他人头上碾过。饶是他们尽量仁慈，今后还是会死人的。

当夜无风，肩舆上的轻纱只在行进中舞起来。高承钧从院中走出来，肩舆已落地停稳，白纱被月光照透，微微发蓝。秀奴见到高承钧，发出短促的尖叫，躲到肩舆后面，被两个健壮婢女架出来，送到院门里去。

“以后桑晴晴见怪，就说是我把她变成这样的。”肩舆中添了架小小的凭几，雪信歪倚着。

“此等小事，高某还是承担得起的。”高承钧回头。秀奴挣扎出公主府婢女的钳制，要夺门而出，高承钧在门外看她一眼，她立马缩回。

“我做的事，哪用高节度使担。”雪信是不打算与高承钧争执的，可自从安城重逢，她总能从高承钧的话中找出毛病。每个毛病她都忍无可忍。

“公主能否屈尊移步，高某还有话要讲。”

黄昏时分是有机会说话的，他没抓紧说，反而用唐突把雪信惹毛了。如今雪信被一群人抬着过来，是不会再给他唐突的机会了。她令婢女抬起了肩舆：“子时前，我必须入睡。夜深了，高节度使也去歇着吧。”

一行人走路轻手轻脚，来了又去。院门口的扈从们只当值守疲累了，打了个瞬间的瞌睡，却多出了个用畏惧眼神偷瞥高承钧的秀奴。

施展窥梦之术格外耗神，在行进的肩舆里雪信又开始昏昏沉沉。中途她改变了主意，要去西院睡，因为盛夏之中，水阁既不遮光，也不挡风，兀立在湖中心孤零零的，清凉得过分了。跟随雪信的人都是被教导了顺着这位公主的脾气的，没有一个人多一句话，队伍即转头向另一条路抄过去。人虽多，整支队伍却很静默。

肩舆被抬进院中，忽然剧烈地颠了两下。

是抬舆的婢女脚步乱了。

花奴隔着轻纱呵斥：“慌什么。那是越王二公子的狗，不咬公主府的人。”

终于有人小声说了句：“我可听说，那是头狼。”

雪信拂开轻纱，从肩舆上下来。见到端端正正蹲坐在台阶下的灰狼大毛，笑了。那狼跟苍海心似的绑了个围兜，只不过那围兜是扯碎了黄麻布袋做的。

雪信蹲下来，那狼几乎比她还高了。她掏了掏布围兜上的口袋，从里头牵出一个草绳捆扎的荷叶包来，还热乎着。打开七层荷叶，露出一大把胡榛子，像美人的指甲，尖尖的，白壳张开一个小口，露出翠绿的果肉，散发着坚果特有的油乎乎的香气，还混了荷叶的清香。

因为包裹仔细，也没染上大毛身上的味道。

“就为了几颗破果子。”雪信是想笑的，可做出的表情是哭相，转头看了看花奴，像是要征得她的附和。

“我在葛逻禄时，也不是经常吃得到的。”花奴说，“公主若是不稀罕，那让我来清理麻烦好了。”

胡榛子在西域又叫作阿月浑子，是胡商从波斯带来的，后来在粟特也开始有人种，但中原本土不产，也算是稀罕物。大概是今日在哪位官员的家中主持宴会，见到果盒里有这东西，剥了几颗吃得对味，他就抄起果盘，尽数倒进自己袖兜里。其中的一大半，他都包进荷叶让大毛送来了。

雪信把荷叶包递给花奴，又对大毛说：“让他不要再送东西过来了，我没什么能回报他的。”

大毛蹲着，耳朵灵活地转来转去，似乎在思考。

花奴说：“它又听不懂。”

“别再来了。”雪信对大毛说，“这句你听得懂吧？即便他让你来，你也不用来了。”

“公主怎么跟只狗谈上道理了呢？”花奴又笑。

“它可是头狼。”

“它本来是狼，被人养得久了，反而像狗了。”花奴已经磕上胡榛子了。

大毛翻着白眼，向花奴龇牙。

花奴拢起胡榛子，叫道：“哎呀，还真好像听得懂人话一样呢。”

“回去吧，别来了。”雪信固执地与大毛讲道理。其实只要绕过它进门去不再理睬，或者抄起扫把来挥两下，更见实效吧。她却还慢吞吞地劝说，甚至还张开手臂环抱了一下大毛的脖子，在它油亮的皮毛上拍了两下。

大毛终于震惊了，雪信一向不乐意接近体味重的大家伙，大毛与那些大狗的鼻子也受不了香气浓郁的雪信。大毛像人一般打了两个喷嚏，起身慢悠悠地踱开了。

曲尘又来了，翌日早晨就到了，在候见的小厅室内等了近两个时辰，才见到刚起来的雪信。雪信鼓捣着妆台上一堆瓶瓶罐罐，似乎是闲日漫长无从打发，才摸一下这个瓶子，又拿起那个粉盒，睡眼惺忪，时不时掩口打个哈欠。

她看着曲尘，对领着人过来的梅娘道：“那件衣服……不是毁了吗？”

曲尘身上穿的是她前不久探望雪信时所着，也是雪信穿去狮子宴的青绿罗衫。雪信记得自己穿了它一日一夜，涂抹上去的血液凝结，厚些的血块一抠扑簌簌往下落，但血污沁在经线和纬线的空隙里仍是除不掉。她换下那身衣服，就吩咐拿去烧掉了。反正曲尘穿走了百猫衣，就当赔给她的好了。

“是按照那身衣服的式样，找来相同的料子，又做了一身。”曲尘回答。

“嗯？”雪信只以为曲尘是对这身来历不同寻常的衣服有着特别的执着，“那你有没有干脆照这式样多做几身？脏一件便扔一件。”

曲尘并没有跟着笑，起身又拜倒。

“这回又是什么事？”雪信叹了口气。

也不能怪她对曲尘总是轻飘，人情往来都得是等价交换，分量大致相当，那一来一往两头才能脚踏实地地立住。即便一方不需要立刻偿还，也得具有等价偿还的能力。资本可以是一笔财货，也可以是解决问题的能力，而人情是这类资本的置换。曲尘身无长物，所得全来自她向别人所求，别人能从她身上得到的注定也只能是居高临下的支配感了。

“崔家，办了个马球会。”曲尘低头说。

“崔家，哪个崔家？”雪信用一根手指敲敲脑袋。

尽管这一拜是曲尘仅有的付出，雪信还是感受不到它的价值。她根本不缺别人对她的恭顺。

“是崔昭仪的那个崔家。”

“哦，崔露华的那个崔家。”雪信状似明了，“兵部尚书家办马球会，这回人家可没给我发请柬。”

“新乐公主要去马球会上看看，难不成崔家还能把你赶出来？”

“下火的天气，我好好的在家养个神吃个冰，也实在不想动。”雪信四两拨千斤。

曲尘又拜，她本已跪在地上，只有把自己放得更低，整个身体贴住了地面。

雪信终于看不过去她的样子了，让花奴把曲尘扶起来：“你得说说你非去不可理由。”

“崔家……”曲尘看了一眼梅娘，又看了一眼花奴。

雪信挥手让梅娘暂退到门外。花奴却睁圆了眼睛支棱着耳朵等着听曲尘的稀奇，雪信也没有再屏退她的意思。

曲尘只有说下去：“崔家的马球会召集了安城中所有尚未婚配的贵胄子弟，秦王世子也在其列。世子已经赢了两天的球了。”

雪信又发出冷笑：“你家世子那么明白的一个人，怎么会不清楚自己在做什么。他要去马球会，你拦不住他的。他要赢球，你也拦不住他的。你都拦不住，我一个外人去了，能替你做什么？”

“你带我去，让我在他面前露一脸，他看见我了，心一软，兴许便无心争胜了。”

花奴的涵养功夫不到家，听到此处没耐住，扯嘴做了个怪脸。

雪信瞥了花奴一眼：“我要是也把自己的命运维系在男人的心软上，靠个兴许指盼一件事的结果，我就不活了。”

“公主若在我这个身份处境，便知我的艰难。”曲尘如何不艰难，一面是求人办事，一面要保全尊严。打小一起长大这点情分越来越不好用了，用一次削薄一层，一旦开始消耗，就再也没有积蓄过。

“那个苍海心，他也受邀去了吧？没道理打不赢你家世子的。”雪信漫不经心地说着，手里还把玩着一把银插梳，冷不防被花奴抽走，摁进她的发髻里。

那一下也许手重了些，雪信还“啊”了声，隔着浓密的头发按住被梳齿戳到的头皮。花奴双手在裙子上拍了两下，算是交代了给公主梳头的活儿。

“那个人虽然去了，却是受邀主持宴会事宜。他没有下场打球。”

秦王世子苍朝雨，不仅身份尊贵，论才学与身手也是青年子弟中的翘楚，不巧能与他争一争胜的人不是没受邀就是不下场。也不能怪他连赢两天，他不赢才是跌份的事儿。

雪信把银插梳从发髻上揪下来，在妆盒里一通猛翻，翻出把更小巧却沉甸甸的金插梳换上，又指点着花奴开柜子搬出另外的首饰盒子，找到了她心血来潮要戴的珍珠套簪。

“我还要换身衣服，不如你先随梅娘去，喝点什么，吃点什么。”雪信又嫌曲尘在她屋里闲待太久了。

曲尘起身，离去前，她的目光似有意似无意地停留在雪信妆台前，信手摸了摸一只莹洁可爱的香粉罐：“这罐子，烧得也算细致了。”

雪信动了动眉毛，望着曲尘。

曲尘又说：“只是这釉色，烧得不如越青师兄的好。”

“倒是有日子不曾听见你提这名字了。”雪信笑。她等着曲尘借着香粉罐把要说的事引出来。这个引子虽找得生硬，后续却也不大好猜。

曲尘揭开香粉罐子闻了闻，又说：“公主那日在狮子宴上用的龙涎香，据说萦绕永安宫的殿阁，三日不散，五日不散，七日不散，如今安城中，各家的夫人和千金，皆以龙涎香熏衣。”

雪信又笑了笑："你拿着三十万缗上西市去，也买不回两钱来。哪里有这么多真龙涎。"

"定是求购的一哄而上，造假的也一哄而上。可大家拿着假龙涎却也闻出了真龙涎的快活。"

雪信大笑："造假的有利可图，买假的还能替造假的圆谎，大家都快活，还管它什么真不真。"旋即又对曲尘点头，"这罐子香粉虽启封有几日，香气不如初时浓烈，调入的龙涎少之又少，却还是真的，勉强可用。你带回去，就当是对你越青师兄的念想吧。"

曲尘从怀里抽出一条手绢，小心包起月白色的香粉罐，双手捧着，临去时，又回了一下头。

曲尘提香粉罐，固然意在龙涎香，可龙涎香之外，还有未尽之言。她今日前来，已是提出了一个要求，又顺带满足了一个愿望。再提出额外的要求来，恐怕雪信会翻脸。相较之下，一罐龙涎香粉，只是点蝇头小利。

"成日里追着男人跑，和秀奴没什么两样。"花奴对着曲尘转出门外的身影不屑道。

"她们要的可不一样。"雪信连眼皮都不抬一下。

崔家的马球场上，气味不大好闻。烈日骄阳下，在马上飞驰挥杆的青年们，晒黑的皮肤下涌出汗液，汗液又黏住了满场腾起的烟尘，发酵出熏眼睛的酸腐味，哪怕他们打一场就跑到场外擦脸换打球衣。

在场外彩棚底下观球的千金淑女们，也嫌弃不上他们，因为她们也热得大汗涔涔，挥起衣袖与团扇，把身上香品的气息送得更远。

龙涎香本身无香，加多了甚至会发出腥臭，却能固香，令香品的气息不至于一时半刻便消散。雪信当日在立政殿里的只言片语，似乎并没有如她木屐底下的香气那般透彻安城，或者那些女子在购买龙涎香时把价格杀得太便宜，对货品的真假便有了心照不宣，只能增大用量以抵消心虚。

作为一味香材，真龙涎用多了尚且有碍香气，何况假龙涎。

雪信还未走到马球场，那与花香绞缠的阵阵水产腥气拍面而来。细辨之下，那假龙涎还分上中下品，上品是大鱼肚子里的结石，中品是鱼骨虾壳粉调制的，下品大概只是从水底原石上刮了些青苔晒干磨粉。

无论真假，她们都用得过甚了，独独一个人还不易察觉，可是一群人聚集，她们所用的香也汇成洪流，纵有真龙涎混在其中，也被周遭的坏味道冲得不知去向。而她们被香气的洪流浸洗，并不知臭。即便有臭，她们也会怪到邻座，并不以为自己臭。

有那么一阵，顺风过来的气息里有那么一缕像是荷塘底下的烂泥味，跟着雪信走了一程，把她熏得脸色发绿，脾气暴躁。

"家中的马球场是设得偏远了些，劳了公主的贵足。那也是想着孩子们闹就归他们闹去，不受拘束。贵客在厅堂之上听不见喧杂，也不受打扰。"陪客引路的崔夫人见雪信脸色不好，也甚是不安，"不如公主还是去厅堂上安坐吧？"

放在一个月前，雪信顶着烈日一进门便要人抬。这一个多月来，她每夜都拄着竹杖在花园中闲步，如今也能凑合着走一段路了。

"公主听闻贵府办的马球会有趣，特意过来凑一凑热闹，可不是来闲坐的，还是不去厅堂了吧。"曲尘也看出雪信步子拖慢，生怕她顺了崔夫人的人情。

雪信瞥了曲尘一眼，崔夫人也向曲尘看了一眼。崔夫人也是身出名门，与雪信言语往来不温不火，哪里就突然横出来个代言人，既是对崔夫人的冒犯，也显得雪信没把人调教好。

眼神来去，电光火石，也没个证据，曲尘却立刻明白自己又受了责备，她放慢了步子，落在雪信后面。泪水浸湿了眼角，她经验丰富地飞快眨眼，把眼泪眨成水雾，不让淌到脸上。

她到底算是什么呢？在婢女之上，却又在夫人和公主说话的圈子之外。曲尘加快步子，不让身后走着的花奴和崔夫人的婢女挤到她身旁。

雪信是熟悉曲尘那受委屈的小模样的，连崔夫人也瞧出曲尘的气色发生了变化，两人颇有默契地不再盯着瞧了。

崔夫人说："本来应该是小女亲自来迎，可那孩子受了点暑气，躲在房里喝冰镇绿豆饮，怎么也不肯出来。也是让妾身惯坏了。让公主笑话了。"崔夫人此番话说得倒也诚挚，想来崔露华就是这么个脾气。论起任性来，雪信倒是很可以理解。

"可怜父母心。"雪信摇头说了句，"也可怜马球场上的那些人，汗算是白流了。"末了她又笑，"球场外头那一颗一颗悬起的心倒可以落回原地了。"

雪信笑，崔夫人也笑。

崔夫人又说："公主来得正好，今日我家露儿不露面也不行了。只不过我家露儿向来争强好胜，还恳请公主不要与她认真。"

崔夫人说得委婉，那也不过是父母在要求外人与他们一同迁就自己的孩子。只不过崔夫人以为当初高承钧已与崔露华订了亲事，却被雪信横刀夺了过去，崔露华记恨雪信，雪信也该记着对崔露华的亏欠，那她的要求，也就不算过分。

"夫人多虑。今日夫人之心，即是我之心。我怎么会与小孩子一般见识。"

雪信这话听得花奴在后面捂嘴，笑声从指缝里飞了出来，隔着一个曲尘，仍是被雪信和崔夫人听见了。雪信回头看花奴一眼，那眼神与看曲尘却又不同，明明也是责怪她出了怪相，却跟着微笑。

曲尘说出一句话来，底下垫着百句千句没说；做一个决定，不知辗转反侧了多少夜。她如履薄冰是为自己，逾越规矩也是为自己。没有人为她，她只能自己争。

花奴简单得多，对人与人之间的不平等也没那么敏感。她想说什么就说什么，有什么事是好笑的也不憋着。就比如雪信这一句，好像是在占崔露华的便宜。

走到彩棚下，雪信便捏起了鼻子。齐刷刷一片汗水腻着香粉的脸转过来，一水儿的青绿色软袖罗衫。也不是整整齐齐的一色，讲究一些的用的是繁花锦簇的孔雀罗，图凉快的穿轻薄的单丝罗。

曲尘说安城里大家正追逐龙涎香，却忘记了交代如今轻软薄透的青罗衣也正在风头里。不论身量是肥腴还是柴瘦，肤色是雪白还是蜡黄，人手一件青罗衣。

狮子宴于雪信是惨痛的一日，而旁人是犯不上在意这惨痛的。她们正腻了冗衣严妆，旁人要有不一样的，难看的是作怪，好看的是别致，她们把别致学了去，没承想一出门，淹没在满大街的别致里。

烈日将马球场也晒得白花花一片，马蹄下腾起烟尘，一眼望去穿黑衫的和穿红衫的脸都模糊，并看不清谁是谁。

雪信从花奴手里接过团扇摇了几下，对曲尘道："你靠前坐，坐得醒目些，也就不枉费跑这一遭了。"然后她自己躲到席棚深处更清静更阴凉处去了。

场下与场外的眼光聚拢过来，越过曲尘，直往席棚深处探。

这日雪信穿了件比罗更轻的绢衣，浅浅柔柔的牙色，束了织金腰带，像是个不与人争的样子。可乌泱乌泱的青罗衣里，混进一个不穿青罗衣的，不由得旁人不瞩目。

崔夫人殷勤地为雪信张罗来蜂蜜碎冰拌的酸酪浆，可惜雪信向来不吃酪，却也不说破，只是端了会儿，又搁到小几上。崔夫人见了，又命人取乌梅汁，乌梅汁还没来，崔露华来了，也惊起河滩鹭鸶般让一张张粉白粉白的脸翻转过去了。

雪信顺着崔夫人的目光望过去，入目的是身着明霞锦的少女，衣色如朝霞，在浅红色中融进暖暖的橘色，衬得脸色明艳动人。衣上回旋的花瓣是用木板雕刻了花纹印染的，未及走进，带一点药气的广藿香如一条长鞭挥开了氤氲不散的水腥气，让雪信一瞬间神清气爽。

崔露华是有点小心机的。马球会是为她举办的马球会，所有人都穿青罗衣，她也穿青罗衣的话，走出来时，别人又怎么看得见她呢？更何况青罗衣的风尚是雪信带起来的，她更不齿效仿。至于广藿香，那也不是她有心，明霞锦在印染工序中已加入了广藿香。浓郁的广藿香，恰恰是正宗明霞锦独有。

宽大的衣袖几乎垂到地上，崔露华一路走，袖笼里洒落下细细小小的白色物什，落在地上被风吹到东又吹到西。直到近前，雪信闻见崔露华袖笼里的香气，那是用真正阿末香调制的龙涎香。而承载龙涎香的是一枚剪成梨花花瓣状的白绢。

崔露华上前来行礼。雪信恍然想起自己在狮子宴上向皇后行礼，也是那么个不情不愿法，只不过形势倒转过来，需要"多多包涵"的成了自己。她于是又回想皇后的笑容，如法炮制地笑出来，显得亲切随和。

"露娘子过来坐呀，不要拘谨。"雪信对崔露华点点身旁的座位。心里却是想骂娘的，你记得我抢了你的夫君，我还记得你差点用一盒糕饼毒死我，如今却还要我迁就你。

崔露华坐下后，并没有一刻安静，她不断鼓捣着肥硕的衣袖，又看了看雪信露出裙摆一角的鞋，说："公主今日没有穿那香印子屐吗？公主看我这袖里春，比起步云履来如何？"

雪信还没说话，崔夫人已显出不安来。崔露华直呼那双鞋过去的名字，这是犯了圣人的讳。崔露华不管，要强地挤出个笑来，等着雪信回答。

"各人喜欢就好。我喜欢风过不留痕，不喜欢别人在我留下的花瓣上踩来踩去，污脏了，反为不美。"雪信琢磨着崔夫人的脸色想必又灰了一层，她也不去看。

"我所衣明霞锦，是女蛮国经由安南都护府送入安城的，并非丝织，乃是棉花织成。公主身上的绢衣，也不应是凡品吧？"崔露华说。

"说来惭愧，今日临时兴起，穿了平日睡觉的衣服就来了。这条裙子还真无甚出奇，只不过是波斯海边的水蚕丝织成。露娘子可知什么是水蚕？"雪信笑着看向对方。

"那有什么，不过是养在水里，吃些海藻长大的吧？"虽不清楚，但听名字也能蒙吧。

雪信又笑："露娘子差了，水蚕不是蚕，是海中的一种珠贝，水蚕丝是珠贝的丝足，吐丝将自己缠在礁石和珊瑚上。"崔露华与雪信攀比穿戴，雪信却调笑起崔露华的见识，不过即便比穿戴又怎样，她丝毫不怯，“水蚕丝因出自珠贝，光泽如珠，故而配了一套珍珠簪。”雪信歪了一下头，每只发簪上最小的珠子也有蚕豆大，粒粒浅金。看崔露华片刻前还灿如明霞的脸色憋白了几分，煞是有趣。

崔露华还不罢休，今日的马球会是她的马球会，雪信送上门来给她羞辱，她怎能退让：“公主嗜香，满城皆知，不知今日公主用的是什么香？倒没怎么闻出来。”

“露娘子不必认真了吧？”雪信这时候向崔夫人看了一眼。

崔夫人立刻让了一番各色点心和冰饮。

崔露华等她母亲与雪信絮烦完，又追咬上来：“公主不必谦虚，在龙涎香之外，还能有什么名香，也须让我等知道知道的。”

雪信又笑：“今日我没佩什么香品，却为露娘子准备了一份礼物。”她向花奴看看，花奴立刻从裙带上解下一只小木盒，双手托给雪信。雪信又将木盒递给崔露华。

崔露华刚刮去木盒盖底缝隙间的蜡皮，就有一股甜馥馥的香气透出来，那似花香又比花香甜，似果香又比果香轻盈，香气可以是从木盒的缝隙间直透出来，钻进鼻子的，也可以是沾到手指上，透进了皮肤，被她感受到的。

她闻见的是香气，也不止香气，香气带回了她无数舒心的回忆。

她还不会说话时被母亲紧搂在怀里，她爱吃糖山楂而且是第一颗第一口的滋味最美好，她五岁时美貌已被周围人称颂，一直到今日……今日还有那么多人为了她的马球会在忘命挥汗。雪信？雪信算什么，不重要。她心里懒洋洋的，一圈圈涟漪散开的尽是满意。

“我与露娘子相识是在多年前的露娘子的及笄芳宴。还记得露娘子当时对白奇楠也颇为执着，可惜搜尽安城也找不到。如今我辗转得到一块，未敢藏私，窃以为这块白奇楠是今日马球会上最适合送给露娘子的礼物了。”

崔露华还沉浸在香气侵袭的余波里，崔夫人赶忙客气：“如此贵重，怎么好收？”

“阿末香与白奇楠，到底哪个更珍贵？”崔露华低头看自己的衣袖。

“鱼与熊掌哪个更难得？我也答不上来。反正鱼与熊掌我都有了，有了就有了，也无所谓珍贵不珍贵。”雪信最后一句，回答得甚至倨傲。

崔露华又隔了一阵才反应过来雪信的话。

雪信还是来算多年前一盒毒糕点的账了，只是算账的方式如此特别，用极度的藐视。她根本不在乎什么异锦、珠宝、名香。她拥有过的东西如此丰盛，以至于再无所求，她在乎什么，什么就是珍贵的，她不在乎什么，转手扔给别人，即便价值千金也黯然失色。

可是毕竟别人送来了有市无价的白奇楠，说的话在场面上也挑不出毛病，崔露华要发作也发作不出来。就连她这股子气，掰开来说，也只是小心眼自己想不开罢了。

“棚子里坐着有些气闷，恕我无礼，想四处走走。”雪信对崔夫人说，“可别找人陪着拘束了我。”此话一出，倒省了崔夫人的腿脚。

雪信一走，花奴与随行婢女自然也随着离去。曲尘踌躇为难了一下，追着雪信去了。

崔露华咬了会儿唇，缓缓打开木盒，一块形如燕翅的木头嵌在盒底，木纹中的油脂几近透明。那香气不如周遭的水腥气宏大，也不如明霞锦上的广藿香霸道，但把脸凑到盒边，整张脸笼罩在白奇楠的香气中。她的心刚浮起来一些，立刻被雪信方才那席话猛摁下去了。

她猛然扣上盒子，用这个动作替换了将盒子抛出去的冲动。

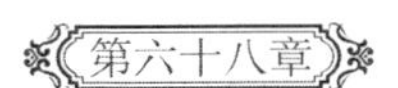

光阴倏然梦惊时

没有了角力的对手，崔露华整个人松了弦般，在座位上矮下去一截。周遭纷纷扰扰的目光，细细碎碎的评议，夹杂着稀里糊涂的香气包围过来，她开始讨厌彩棚下这地方了。只是碍着崔夫人的提醒，崔露华又敷衍着坐了片刻，才起身离席。

回到自己房中，她点了只灯烛，把装有白奇楠的木盒放在面前，运了好半天的决心，还是舍不得用将香料投火的方式发泄怒火。崔露华咬着牙，就着滴下来的烛泪重新封了盒子。

有人轻轻敲窗，崔露华没有起身，只是转头看向窗户。屋中四角放着冰鉴，窗户紧闭，窗后垂下帘帐，将屋中的凉意阻挡在屋中。重隔之下，崔露华只闻其声，连个身形轮廓也见不着，她便没什么好气地说：“是谁在那里抠抠索索？有事就进来，没事便走远些。跟个猫一样怕人知，最讨厌。”

窗外静了静，有个女子说：“我是沈曲尘，崔家小妹见过我的，在狮子宴上，我们同在偏殿陪席。”

“如果随便什么人都要我记得的话，我哪里记得过来。”崔露华当然是记得曲尘的，还记得两回见她，她都是雪信的陪客，自然是没有好言语回应。

曲尘又需要定定神才好讲下去。雪信出言不逊，是对人始终有着高高在上的傲慢，谁不知死活地撞上去才会让人感到疼。而崔露华是直接竖起了刺，见谁都扎。可崔露华抢白别人，别人也知道是她心虚，还能腹诽冷笑。到底是雪信那一句一句的消遣专拣人的软肋戳，更令人恨。

“露娘子想不想看看新乐公主的丑态？如果想的话，就随我来。”曲尘也不生崔露华的闲气，也再不与她客气。

崔露华走出屋子，见到已转到台阶下的曲尘，狐疑道：“你不是她的好妹妹？”

“谁是她的好妹妹，只有她出了事，我才能好过。”曲尘愤愤。

崔露华盯着曲尘：“你说的这话，我居然信。”凡是靠雪信太近的姑娘，都被雪信夺了风头，压得透不过气来。谁不恨雪信呐。

“可她在我家能出什么丑态？”

“想看就跟着我来。”曲尘也找到了点儿牵着别人鼻子走的感觉。崔露华想什么，太好猜了。

崔露华还是向曲尘确认了两遍，她眼中奄奄一息的火焰找到了新的可以吞噬的东西，光芒重新跃动。随着曲尘一路走，一路召集起更多崔家的婢女。既然是雪信的丑态，就该有更多人看见，被更多人传扬出去。

这一行人直向南去，离深宅越来越远，向充当伙房的那排倒座房过去。不时有一队队没在崔家见过的生面孔从那排房屋进出，从里面取走新做出的冰饮和点心，带回空了的食盒碗碟。

“她怎么可能在这里？”崔露华正发疑，却看见雪信身旁那个小婢女在台阶上自得其乐。

那花奴手里抓着一大把胡榛子，一边磕着，一边双足并拢在台阶上蹦，蹦上去又蹦下来，整条台阶都是她磕下来的果壳，忽一抬头，见到曲尘与崔露华，将还是满满的一把胡榛子随手一洒，转身要跑。

曲尘迅速开口道：“按住她，别让她去报信！”

在曲尘开口前，崔露华早已打出手势，腿脚快的崔家婢女早已上去了三四个，把花奴扭住，还捂住了嘴。曲尘指着最里面那间屋子，崔露华走上去，从窗户掀开的缝隙向里窥视，眼珠子立时也感受到凉丝丝的。

这间屋子看来是作临时仓房用的，堆积着当日要消耗掉的新鲜食材，安置冰鉴镇着的新鲜瓜果，冷意丝毫不比主人起居的屋子逊色。

苍海心与雪信相对而坐，两人中间横着小几，居然是在下双陆棋。显然是临时起意，谁也没带器具，便在一块切瓜的砧板上划出棋道，以黑白豆蔻做黑白棋子。雪信拿胳膊支着腮，斜凭着身畔的案台，握团扇的那只手在棋局上来回点着，似在计算步数。

“你走不走？你快点走。”苍海心不耐烦了。

“着急什么，我再想想。”

“你先走着，顶多我让你悔棋。”

“你以为我需要你让？落子就无悔。”

“来回琢磨，就是输不起。要不输的也算你赢，算我求你了，你赶紧落子。”苍海心的耐性不大好，被拖得如坐针毡。忽然他那受罪的神色停顿了一下，鼻子轻轻翕动，向窗户望过来，目光甚至与崔露华的目光交接了一瞬。

崔露华心头一紧，以为苍海心要叫破，可苍海心的目光又落回雪信身上了，从鼻子里发出的笑声有那么点轻蔑的意思。

除了雪信，他谁都不在乎。

“有什么好想的，你有的几种选择你想得到，我也想得到，先瞎走一步算了。”他毛手毛脚地去动雪信的棋子。

雪信倒转了团扇用扇柄敲他的手：“到底是你下还是我下？”她将被苍海心搅乱的棋子移回原处，又走出一步。

“偏要与我反着走。”苍海心轻声叨咕，探头向大案台下，“大毛，把骰子给我。”案台下伸出一只毛茸茸的大爪子，骨碌碌推出件小东西。苍海心捡起来，又扔回去，“都让你啃坏了。”

“谁让你用羊骨雕骰子。”雪信哼笑，“这回是你拖着不走了。”

苍海心跳起来，四处翻动，找到一块豆腐干，信手拔出小刀削出骰子形状，又以刀尖刻出各面点数，在手中掂了掂：“这个好，大毛不吃。”为了证明他临时选材没有问题，他弹指让豆腐干骰子滚到案台下，说，“大毛，把骰子给我。”然而豆腐干骰子再没有滚出来。

雪信用扇柄指着案台下，吭哧吭哧笑得直不起腰，还捶了两下棋盘，棋子跳起又落下：“好孩子，别理会他。”

说是来看雪信丑态的，可此刻的雪信一点也不丑，笑得像个情窦初开的少女。可如果人们没有忘记她已经是高承钧的妻子，那么她躲到崔家伙房里同苍海心下棋调笑，也算是件丑事了。

崔露华瞧到这里再也瞧不下去，觉得自己理当代表崔家的主人站出来给雪信个脸色看看。她推开屋门，往那两人面前一站：“两位客人，好清闲啊。”

“露娘子，你也好清闲啊。”雪信只是把方才那放肆的笑敛去了，把架子又端起来，“露娘子能不能借我们一副正经棋具，我们就地取材凑合着下了好半天，骰子还让大毛吃了。”话说到后半截，雪信的眼光转到案台下，又笑出来。

崔露华走到苍海心面前，发狠一般朝他手里拍了件东西，转身便走。

苍海心莫名其妙：“这好像不是骰子。”他手中是一个半开着口的香囊，几片沾染龙涎香香气的绢质花瓣从他指缝间飘下。他朝门外喊，“喂，这东西能下棋？”他又去看雪信，雪信已踩着崔露华的脚后跟出去了。

苍海心追出去，在崔露华进来又出去的间隙里，台阶下又来了两个人。

崔露华走到崔夫人面前，硬邦邦抛下一句：“马球会可以结束了。”然后回头瞪了雪信一眼，疾步离开。

雪信走到崔夫人面前，早已恢复了初到崔家时的仪态，客气而多礼地向崔夫人欠了欠身：“幸而不虚此行，马球会可以结束了。”

崔夫人也向雪信行了礼：“露儿给大家添麻烦了。”

崔夫人身后远一些的地方站着高承钧，默不作声，雪信显然是没料到他会来，可还是走过去，把他的手挽起来，牵着他离开当时当地。

苍海心从屋里钻出来，手中还握着香囊，花瓣时不时从他指缝间飘下来：“崔夫人，这东西好像是贵府千金的，完璧奉还。”他还蒙着，但直觉自己是踩进一个局里了，忙不迭撇清。

“既然露儿把它给了越王家的公子，公子就收下吧。”崔夫人摆着手后退，苍海心连趁空塞回去的机会也逮不着。

罗网早就张开，两天两夜，直到猎物踩中陷阱的那一刻，毒药外头那层美好的糖衣正好舔完。

这回是雪信为从速脱身，把高承钧牵住的，到上车时再赶他，他也不理。这就令雪信很不痛快了，似乎高承钧认为她欠着他什么，而她不安的是内心里隐隐也认同这种亏欠。这让她厌烦自己。

雪信忍不住开口道：“你知道我的祖母顺华公主吗？知道她是怎么死的吗？面首争

风吃醋，烧了家宅，烧死她了。安分守己的品性，从我们家祖宗的根上就找不到的。”

“与安不安分没有关系。你在把崔露华塞给苍海心。”高承钧目光炯炯。

雪信冷哼了一声。高承钧识破了门道，不需要她解释是好，可她又厌烦起他的理解。他凭什么来理解她甚至宽恕她。

“自从前年被高家退了婚，崔家小女儿的婚事也难办了。”高承钧又说。

两人的眼神都缥缈起来，在一瞬间，唤醒了他们曾经历过的诸多往事：崔露华及笄宴会上的歌舞，皇上费尽心思把崔露华塞给了高承钧两次，雪信两次都帮忙把崔露华塞给高承钧，塞着塞着雪信还是把高承钧抢过来了……

往事历历，那时候他们也闹别扭，那也真的只是闹别扭。高承钧会等着雪信闹够了安静下来，雪信撂过什么狠话最后都不作数，两人还是会携手共进退。也不知道怎么就走到连一句真话都吝惜的地步了。

“崔露华的婚事难办，不是别人嫌她被高家退过婚，是她赌着一口气，要找个比高家更高的门第。崔露华与苍朝雨也算一个有所需，一个有所应，结果却冒出个你来，故意激恼了崔露华，引她来争苍海心。你把秦王世子抽出来，把苍海心推进去，不可能只为曲尘。即便没有崔露华，谁也没有，曲尘也占不住她要的位置。”

高承钧的观察力的确过人，只是过来扫了眼各人反应，就已把面上底下的情势理出了七八分。

他叹了口气：“还有什么事，不能对我说吗？”

“这是安城，你管好自己的性命足够。没人请你，你为何会去崔家？”雪信用反问打断高承钧的追根刨底。

“曲尘派了她的婢女到公主府上取棋具，不认识路走到了东院。”

“那真是多谢她的周全了。”雪信的口气不咸不淡的。没有棋具她也能找到别的戏法，即便非双陆棋不可，她也会遣自己的婢女取。

要是找曲尘来问，曲尘必然会垂下头：“我早想换掉那个迷糊的小婢了，可惜身边除了她没有可用之人。虽办事不济，心却是不坏的。”

如同雪信说着那一句迭一句刺心的话，对曲尘也是没什么坏心，只是假装恶心到了对方是自己不小心，心里高兴罢了。

蹄声由远而近，是从对面来的，马车车厢一顿，是花奴在外头勒住了驾辕的马。马车外，雪信所带的婢女侍卫与高家扈从各自行使着忠心，却争抢起护卫马车的站位来。

“雪信，你出来，我要你说个清楚。”苍海心在车前方喊。他也不会想不明白，再不明白，崔家人也会令他明白。他只是要听雪信的解释。

雪信把脑袋捧住了。如果她能编一个不那么伤人的理由给苍海心，相信他会原谅她的。可她也厌烦了用扯谎敷衍。

“若你需要我帮忙赶他走，你得告诉我出了什么事。”高承钧挡在雪信对面。

“不需要。不需要你为我负责，也不需要你有条件的帮助。”雪信拒绝道，她敲敲车厢板壁，对花奴喊，“把车赶起来。”

“越王公子在前面拦着呢，过不去也掉不了头。”花奴大声回答。

“你不会从他头上碾过去吗！”雪信也越说越大声。

“是。”花奴喊给马听，她抽了一鞭，两匹马立时横冲直撞起来。

下命令的人有决心，可做起来也许还会犹豫。执行者没有决定的权力，但得到命令后不会迟疑。马儿跑起来是完全不顾自己、也不在乎车外和车厢中人命的势头。车前挤作一团的人散开，顺势把苍海心的马赶到一旁，马车冲了过去，人群再跑回来，将苍海心连同坐骑团团围住。

“你们不怕死吗？不怕我从你们头上碾过去吗？”苍海心怒喝。

“公子单人匹马，任凭你踏又能踏死几个？”回答者毫无惧色。

处于最里侧的侍卫上半身贴住马辔，苍海心连连提丝缰，马转着圈却连扬蹄起跳的空隙也无。后方，苍海心那群光禄寺的下属也策马赶到了。

甩掉苍海心后，花奴在街口带住马，等着公主府的侍卫婢女赶上来。

雪信又敲敲板壁：“不用停下，慢慢走着。”

马车缓行，车厢檐角的香球与铃铛一来一回地摇颤，雪信用一条胳膊支着下巴，耳畔明珠也是一来一回地荡起又落下。

也许刚刚是一个机会，用依赖换取亲密，但她拒绝了，她已经无法忍受把解决问题的权力交给别人。从小她得到的爱都是无条件的，而她拿着她有条件的爱做议价的资本。高承钧什么时候也同她讲起条件来了？她出神，高承钧也出神。

在这个似乎只能妥协的时刻，她依然只信任自己。他们都已不再是往日的自己了。

好一阵，雪信伸出了手，握住了高承钧的手。她柔声细语：“我是有话要同你说的，可是一看见你，我就唇舌僵硬，想说的话也尽数忘记了。”

高承钧那被握住的手，紧紧回握住雪信。

雪信的眼中高承钧的眉心裂开了一道缝，徐徐扩成了黑洞洞一个女子身影。她从自己眉心的门走出来，走到那个黑洞前，却钻不进去。她揣度了又揣度，将自己的样子重新揉捏，她矮下去了，身形细幼，面孔稚嫩，黑洞是比照着十二三岁的她的样子从虚空里裂出来的，洞门是粗粝的岩石。

正是华城的一个春天，少年高承钧坐在床榻上，手臂艰难地折到身后给背部上药。崭新的透山剑放在枕边。

雪信在自己的回忆里也找到了这一段。

她划开自己的手腕，放了一碗血，高承钧以血铸剑，名之透山。沈先生狠揍了高承钧一顿，比以往的任何一次都重，连锦书师娘也怨了高承钧，没来探伤。雪信被圈禁了一个月，也见不着他。那一个月，连给高承钧送饭的人也没有，他是怎么捱过去的，他没有对雪信讲过。

雪信站在黑洞门当中看见，最初的三天高承钧是饿过去的，饿了就爬去屋角就着水缸喝瓢凉水。他命也真是贱，喝了三天凉水，居然也能站起来，就背起长剑拖着伤体去伙房找吃的。伙房里不留隔夜食，连泔脚也会运走，他走到伙房墙下，手伸进鸡笼，鸡还没下蛋，他拎出一只鸡来，生啖鸡肉。

差一点就死掉的绝境，在高承钧二十多年的人生中为数不少，后来那些战场上的血腥酷烈，他没怎么在乎。生命给他的重压从来不会消失，他收缩自己，是为了积蓄起掀翻重压的力量。

雪信摸了摸自己的脸，还是十二三岁的自己。

她从门里走进去，少年高承钧抬头愕然："你不是被关在藏珠楼？"雪信没有回话，蹭掉鞋，爬到榻上盘起腿，替高承钧上起药来。

"有没有挨罚饿饭？"高承钧又说，他一只手已经向枕头下摸去，摸出只熟鸡蛋来。

"我不吃鸡蛋。"雪信在背后说。

"你不是最爱吃鸡蛋？"高承钧还是把鸡蛋装进了雪信的衣袖。

"那是多少年前的事了。我早就不爱吃鸡蛋了。"雪信喃喃，"是我错了吗？我以为自己受了了不得的委屈，可那些在你面前都不值一提。"

她走进来，只是为了安全地说出这句话。骄傲如她，怎么可能认错，只有借别人的梦境自言自语。梦境都是不作数的。

"雪信受了什么委屈？我现在打不过，以后也会帮你讨回公道。"少年高承钧转过身来。

"可是你也不应该听不进我的话。"雪信从衣袖里找出鸡蛋，还给少年高承钧，"我说不吃，是真的不吃，你不要以为我是同你客气。你也不要以为我说了不吃，你还塞给我，是对我的情意，我只觉得你需要自己的意志被执行。"

"过去有太多我左右不了的事，天下人负我，唯有忍着。待得势，天下人皆要顺我。"少年高承钧言毕就绷紧了嘴角，一副铁了心肠的模样。

"安西才多大的地方，就敢说起天下的大话？你还是先顾好自己的性命吧。"雪信放下药膏罐子，下榻找鞋，只是一低头，周遭景物丕变，一只手被紧紧攥着。

她拾起鞋，但那只鞋塞不下她的脚，再一抬头，高承钧也不是少年高承钧了，是他如今的样子。

他们坐在龟兹城中的高家厅堂上，厅堂被重新装饰过了，产自于阗的瑟瑟石被切割成小块嵌入梁柱，天青底子上点点金星。猩红的绣舞筵上遍洒珍珠玉屑和龙脑郁金碎末，胡姬戴着鎏金银铃赤足旋舞。

"我记得那时你没有来看过我，那时的你更说不出这样一段话来。"高承钧说。

"你在做梦，梦里什么都会发生。"雪信平静道。

"我知道在梦中。秀奴虽然颠三倒四，可也尽言她在水阁中所做的那个梦。既是在我梦中，一切照我心意。我梦所及即是天下。"

高承钧不是秀奴，他所经历过的都会令他心坚如铁，一旦觉察身在梦中，又岂是旁人可以摆布。他还是紧攥住雪信的手，另一只手接过胡姬捧上的琉璃酒杯："雪娘子，既是梦中，无人监视，说过又可以不算，你不妨敞开说一说。"

"你该回龟兹了。你在安城，是鲸鲵困于浅滩。"既然在梦中也有一双清醒的眼睛盯着，那么梦境也不是畅所欲言的梦境了。

"我来是为你而来，要走也是带你走。"

雪信把脸扭开："他们说，这一年多来安西风气如旧，派一队人出去演强盗，又派一队人出去打强盗。高献之做的事你依然在做，只不过重新分配了利益。高献之没做的事，你也是打算做了？"

"所以你不能留在安城。"高承钧目光灼灼地盯着雪信。

"你反不反我不管，但我是不会离开安城的。"

“还要把解毒的谎话拿出来骗我一次吗？”

“你的事我不管，我的事你也别来过问。你回龟兹去吧。”雪信依然坚持，“我不会去一个众人皆要顺你的地方。”

“你不去龟兹，这个梦就会一直做下去，你依旧走不出这个众人皆要顺我地方。”

“你不放我离开，这个梦你就要一直做下去。你我梦外之躯，亦将日渐枯朽。”

“能与雪娘子枯朽在一起，求之不得。”

“要是以前，你我枯朽在一起，也无不可。可我有事没做完，还死不得。”

高承钧默了一下，开口道：“那你只有答应我，才能从我的梦中走出去了。”

从华城一间空荡荡的小屋到龟兹的彩栋画阁，只有透山剑默默躺在高承钧座旁未变。

“你休想。”雪信将透山剑从剑鞘中抽出，剑刃横扫削向高承钧的脖子。高承钧单手握住剑身，长剑定在中途，迎向剑刃的手掌未损分毫。雪信再施一重力，无论是逼近还是撤回，她的力道对剑身再也不起作用。

雪信皱眉：“你不怕死，也不怕死在一起，那我先死，留下你一个人活着罢，没有人爱你，也没有人恨你，没有人给你冷落，也没有原谅你的希望，你怕不怕？”她说着，将自己的脖子向剑刃撞过去。

脚下的绣舞筵皱成池水，昆仑玉铺就的地面片片冰裂，天穹崩塌，脚下踩空，轻歌曼舞的华堂碎成小石粒，又化作砂砾，最终风化成了飞灰。

黑洞的人形轮廓在收缩，雪信在它缩成一道缝前，强行挤了出去。再回头看时，一面岩壁，转瞬也风化散落。

雪信睁开眼睛，马车还没有从上一个街口抵达下一个街口，那只被攥住的手已经微微发麻了。

“你怕了。”她对高承钧说，一张口一阵咳嗽，抬手掩口，一手背的血沫子。

高承钧慌了，他轻拍雪信的背，但她的咳嗽一时止不住，咳出来的血溅上了衣袖，又溅上了裙身。浅浅牙色的裙子上满是星星点点的血印子，血黑近墨色。

雪信从高承钧怀里爬出来，敲打板壁：“我不大好，去找玄河来。”可声音已经虚弱到透不出车厢。

高承钧撮唇吹哨，他最忠心的扈从出现在马车之外，他下令：“你们分作四队，去长南观、太医署、太子东宫和长兴坊的府宅中找到玄河子。”扈从得令去了，高承钧又对坐在外头的花奴说，“回公主府。”

“长南观。”雪信吐着黑血，手在车厢壁上没有敲出声音，无力垂下，很快她全部的力气都用来支撑自己保持清醒，用最后的几口气坚持着自己的意见。

“公主府。”高承钧咬牙又强调了一遍。

虽然两人意见相左，但只有他的命令传进了花奴耳中。

黄昏时，城中皇家药园的偏门开了一道缝又关上了。开门的是今年新入园的少年人，在曝晒场上收拾整理草药的杂役也尽是十六以上二十以下的男孩女孩。

这一任的太医令有些固执的想法，不仅给每一种植物的花叶果实细分了药效，苛刻要求每一种草药最合适的采收时辰和干燥方式，甚至认为碰触草药的人也影响药效——

生命力勃发的少年人会让草药长得更好。植物又有阴阳之分，有的会更喜欢由男孩照料，而有些在女孩的照拂下药性更佳。

制定这些规矩的正是玄河。在长南观观主、东宫太子宾客之外，他还领了一份太医令的银俸。

与长南观的杂乱随性不同，药田被安排得秩序严明，宛如军阵。只要站在小径旁摘一片叶子，便可知道面前那一片植物是什么药性，站在任何一片药田中央，玄河都能解释出脚下的草药与前后左右所种草药的配合逻辑。

药田与药田之间的小径横平竖直，使人一眼就能找出通往他处的最短路径，没有人在药田里迷过路。药院三顷土地中，有一顷被特意圈出来种上了香药，而香药田中立着一个小屋一般高的玉石笼子，笼子中又是一个笼子，整整九重笼子，笼身却不见榫卯拼接的痕迹。

玄河身旁的高承钧并没有心情好奇一重又一重的笼子是怎么塞进去的。玄河却主动解释："草药珍贵，要避开飞鸟啄食和闲人偷盗，便要把它罩起来。可草药又需日月星三光滋养灵气，便不能罩得不见天日。草药药性还与铁器相克，木头太轻，便只能用石头做笼子，以山中采出的整块石料抠出笼形。石笼不得用铁锁，便用了九转玲珑球的结构，整个笼子自身便是一套锁，除非整个笼子搬走，否则无人盗得走草药。"

隔着重重玉石栏杆的缝隙，只能见到一片叶子的叶尖，柔绿柔绿的，并不如外头药田中的植物长得健康有力。

玄河推转最外层的石笼，走进骤开的缝隙中，缝隙合拢，玄河继续转动里面的笼子，直到走入中心的笼子，他固定了机关，九重笼子上的缝隙合成了一条直直的通道。

"这套巨大的锁，看来并不能防住什么人。"高承钧走到笼中心后说。

"不知道笼子运作规则的人，也能走得进最外层的笼子，但不一定走得出去。或者胡乱转动笼壁，在夹层中被碾成肉糜。或者困在夹层中，束手就擒。"玄河的神情颇为轻松。

"是什么草药，须你如此紧张？"高承钧有些不解，面前的草株不及他膝盖高，生得平淡无奇，长圆的叶子顶端是尖尖的角，叶面上细碎的纹路如同缺水的嘴唇。

玄河忽然说起了别的："高节度使，你知道雪信是谁吗？"

"她四岁时我遇见她。"高承钧不明白玄河问这个是何意，"没人比我更知道。"

"雪信的祖母是大长公主，父亲是河东侯，母亲是来自南诏的阿心。阿心夫人做过南诏的某一任圣女，会一些南诏特有的奇诡之术。高节度使知道吗？"

"雪信身上的毒与她的身世，与南诏奇术，与眼前的草药，又有什么关系，请玄河子说个明白。"事情的原委曲折，高承钧没有耐心听完。

玄河依然按照他的方式，一定要从根上讲："雪信在襁褓中时，阿心夫人把自己的本命蛊种到了雪信身上，蛊虫以香为食，多年来雪信食香，连她自己都不知道，其实是在以香饲蛊。也幸亏她维持了多年食香的习惯，用香料和心头血滋养了蛊虫，临到生死关头也因蛊虫保住性命。"

高承钧心中一惊，刚张嘴，话未出口玄河似乎已经知道他要问什么。

"没有什么解毒的药剂，那种毒放在他人身上早是油尽灯枯，早死多时。而雪信血中有蛊，除了用来辨识血亲，此蛊还可以暂时镇住毒性，但若要蛊虫吞噬毒剂，消解毒性，须饲喂瑶香草。瑶香草生于南诏深山瘴岚毒虫盘踞之地，不管土质如何，若非特定的地脉，种下也会枯死。偌大一个安城，我只在此处找到一个合适的穴眼，从南诏运来泥土，移来瑶香草，又在笼外圈出三顷土地保护这一处地脉。”

玄河顿了顿，又说：“这个药园是为保住雪信性命而建。雪信每日饮香药煎汤，生服瑶香草叶，每日子时是蛊虫清理血脉的时辰，她必须入睡。我讲了太长的一段话，最后一句也是高节度使最关心的一件事，雪信必须住在安城，因为这株瑶香草。”

“也许并没有什么蛊虫，没有什么瑶香草，也没有离不开的安城。也许是你们编鬼话骗了我一次，又编第二次鬼话给自己圆谎。”高承钧瞪住了玄河，没有胆子的人会在他的这种瞪视下露出破绽的。

“没有蛊虫，雪信在你们大婚之前就已死了。没有蛊虫，白儿咬伤她手背那日她也死了。”玄河摇着头。高承钧目光里的重压，似乎逼不到近前。

“那移栽瑶香草需要的地脉穴眼，安城找得到，西域辽阔的土地上，必然找得到。”高承钧坚持寻找对方言语中的漏洞。

“南诏与安城，南北相隔，风土迥异，找得到一处已是万幸。龟兹纵然有，高节度使是打算花个一年两年，还是十年二十年找？找得到或者找不到，高节度使敢不敢赌？雪信必然是不高兴别人拿她的命去赌的。”末了，玄河淡淡地笑了，“高节度使可以不信，但高节度使不能赌。”这一笑，就是他的胜利。

长南观外，一片浓郁的雾气覆在曼陀罗花田之上，并不晓得是花扯过了一缕雾气挡住月光，还是雾气非要阻隔在花与月光之间。

观里悠悠一盏烛火，窗下躺着蓝衣少女。以鼻梁阴影为界，窗棂上的冷冷的月光与微暖的烛光同时落在她的脸颊上。年轻的黄袍男子坐在榻边，凝视少女的眉心。躺着睡着的不必说，坐着睁着眼的也能一两个时辰一动不动，活似一尊逼真的泥塑。

挨着门槛抱膝而坐的雪信看这两尊泥塑看了一两个时辰，不住深叹。

终于皇上听不下去了，回过头来说：“你不觉得自己坐在这里，有那么点多余？”

雪信终于等到有人来理她，旋即回道：“我还是头回被人当作多余的，皇上以为我乐意？我要是回家，被我爹爹见了这样子，定会又去为难高承钧。苍海心找我理论找到家里，又会撞到我爹爹手里，被他拿来出气。只有躲到这里来，不让我爹爹见着，也不让苍海心找着。”

“那你觉不觉得，你还是个做错了事，等着大人替你收拾残局的小孩子？”皇上又说。

“我才不是躲起来，我只是缓一缓，再出去应付。”雪信硬起头皮分辩，“再者，我也忽然有些经验之谈，才要来长南观说说。”

皇上好笑：“你今日险些被高承钧的梦反噬，吐着血找玄河救命，还出了经验之谈？”

“一个由内心臆造出来的师娘，已经可以把高献之困在梦境之中。那一个真正的师娘才是真正可怕。进不去她的梦还没什么，进去了，如果她执意留在梦中，你是要放弃她，还是留在她的梦中，任自己的皮囊枯朽？所以皇上以为华城送过来的是交换的价值物本身，还是又一个深邃陷坑？进不去梦，要你疯；进到梦里，要你死。”雪信说得郑重其事。

“执念的可怕，你是第一天领教吗？陷坑也是她，执念也是她，解不了执念即是陷坑。你知道了是陷坑，你便怕了，于是在梦外看着她的身躯枯朽？”皇上手里搅动着一碗薄薄的粥汤。

“当然不是，我只是好意提醒提醒。我以为当局者迷，我站在边上看，还能比局中人清明一些。你不会放弃，我也不会放弃。自打学了些乌七八糟的东西，不是用来营私，就是替人夺权，要么就是害人性命，现在能用来救我亲爱之人的性命，这让我觉得自己还有点活下去的价值。”

“别你啊你啊地叫，我是皇上，还是你表叔叔，你能不能对我有点恭敬？”

“眼前摆的事情需要勠力同心，时时刻刻记得你皇上或者表叔叔的身份，只有坏处没有好处——太分神了。”

“那清算清算师门的身份？”

屋顶上忽然传来“咚”的一声响，紧接着哗啦啦如暴雨泼洒，自屋顶滚落地面。然后又是一声，又有东西砸中长南观屋脊，破碎了泼洒入地。

皇上走到观外，捡起地上的一粒东西，翻来覆去地端详：“是黄豆。”

在他说话的间隙里，屋顶又挨了一下，黄豆在他眼前滑落屋檐，一只巨大的夜枭在夜空里绕着长南观盘旋两周，飞走了。又一只夜枭飞来，在宫观上方松开铁钩利爪，小牛犊大的麻袋落下来，在屋顶摔破，又泻了一轮黄豆雨。

“他做素食最爱用黄豆，据说囤了一库房的黄豆。”雪信缩了缩肩膀，打算把自己挪到里间去。

“我要是出去问他的罪，未免有些不近人情。算了，我就当作不知道罢，你出去让他别闹了。”皇上叹了口气。

“我躲到这里，就是不愿让他找到。”雪信敢拒绝皇上的意思也不是一次两次了。

“既然他已经找来，你再躲可就是怯事了。你总不能眼看着他用黄豆砸烂长南观的屋顶，打扰了锦书休息吧？”

“我不能让他见到我现在的样子。”雪信双手合在一处，十根手指绞在一起。

“他见你现在的样子，才会心软。心软了，不但不会闹了，连崔家的婚事，也不好拒绝了。”

“话是那么说……”

“当初想把你摘出去，是你吵着闹着要跳进是非中。既已在是非中，怎么躲都躲不开的。”

雪信脸色一沉，没好气道：“你还记不记得你是我表叔叔？怎么一门心思把我往死里赶？”

皇上也故意瞪起眉眼：“而今局面，你记得我是你表叔叔，可是想把解决麻烦的义务赖在我头上？”

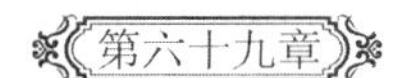

转头寒灶起新烟

曼陀罗花田薄雾中间浮出个影子来，像是被雾半托半推着走出来，戴着无瑕的白纱帷帽，却穿着件脏衣服。

“喂不熟的白眼狼。”苍海心站在花径外头，跺着脚骂。

雪信走到还有一步便可跨出花田的地方止住了，她停在对面人能看见她、却看不清她的地方，双手合扣藏在衣袖里。

“白眼狼，白眼狼！”苍海心跺着脚骂了会儿，问，“你怎么不还口？”

雪信显然并不想回答这个问题：“你还有什么要骂的，趁我不还口，都骂出来吧。”

“你衣服怎么回事？”

雪信低头看看牙色裙子上的黑血：“不小心打翻了汤药泼上的。”

“你就没什么可对我解释的？”苍海心的鼻子一闻就闻出来了，他并不信雪信的话。

“都是你身后那位先生做的好事。你还记得狮子宴吧？高承钧被人撺掇进了狮子笼里，可他没死。没死也有没死的好处。师娘被送来时，手上握着一份名单，那上面罗列的是要为狮子宴负责的朝臣，他们并不是真正鼓动起这场事端的人。当时皇上问我，把师娘送来安城，有什么交换条件你还记得吗？雀鹰传书给我的条件，换掉那些忠诚于皇上、忠诚于太子的朝臣是第一件，让你娶崔露华是第二件。”

雪信说了这么一大段都有些疲了，但又必须说清楚：“自高承钧退婚后，皇上觉得对崔家有亏欠，也不好再授意他们，只有等着崔家向皇上提出请赐，而崔家娇宠小女儿，要促成这桩亲事，全在崔露华的选择。以崔露华的性子，不可劝，只可激。”

“那还有第三件事吧？”苍海心周身沉静了下来。

“第三件事于你倒没什么不可接受。第三件事是让我留在安城。”雪信觉得这个没什么不能说，“你要的解释我已经说完了，回去吧，安排安排接下来的事。”

苍海心只觉得一股股寒气从脚底心冒上来。雪信把一件极为复杂的事交代完了，她不因为摆脱了他而高兴，也不因失去了他而表示难受。只依凭感情不论理性的女人有害但不可怕，无视感情只凭逻辑做事的不一定有害，在男人眼里却是可怕的。

“能说的，你都说明白了。”苍海心走上前去，“但你为什么要把血说成草药汁，你为什么要在我面前戴着帷帽？”他冷不防掀掉了她的垂纱帷帽。

雪信发出尖叫，双手抬起挡在脸上，双手手背上是如同叶脉延伸分叉的黑色筋脉，从袖口到手指尖。

苍海心掰开她挡在脸上的手，雪信一边发出更为凄厉的尖声，一边把脸扭向一边，她展示在苍海心眼中的半边脸上，亦是密密麻麻的黑色血筋。苍海心把手抚了上去，如触到开了片的瓷器，明明是光滑莹白的，却布满可见却摸不出来的裂纹，从脸上延伸到脖颈。

不用猜想，那衣裳覆盖下的肌肤也是如此了。

苍海心抱住雪信："这是怎么了？"

雪信顺势把脸放在他的胸口，双手环到他的脖子后，这样他便看不见她的脸、也看不见她的双手了。

美貌于雪信是什么？是她自幼以来的依凭，是她用顺手的武器，失掉了美貌，她比拔掉牙齿的狗还不如。

"会好的。只是吵了架，一时控制不住毒质，发作了起来，玄河只能把毒引到皮肤下面，总比让毒质汇入脏腑强些。再等几个时辰，毒质就会沉下去。"

苍海心感到怀中的雪信在发抖，他安抚地拍拍她的背："不丑。"

"你在说谎！我知道这已谈不上丑，是可怕，是恶心，我自己都不想照镜子。"雪信的语气里满是痛苦，"你闭上眼睛，背过身去。"她心里依然厌恶着自己，让苍海心见到自己这副模样，心生恐惧，然后乖乖娶了崔露华岂不正好？可她偏偏在意他心中她的模样。

"不是我喜欢漂亮姑娘，是我喜欢的姑娘恰好是最美的。过去是所有人都欣赏得来的美，现在是只有我一个人可以欣赏的美。"苍海心说得很慢，很认真。

雪信把苍海心推开些，一个耳光打了过去："你在骗我！"

苍海心还是把她抱住，把她的脸压到自己怀中，接着说："当初你嫁给高承钧，我并没有无法接受，眼下要我娶崔露华，照例是算计，我也没有什么不能接受。我不能接受的不是被安排了这个结果，而是你卖掉我以前，没有同我商量。"

雪信的眼泪滴到他衣襟上，语声整顿了又整顿还是哽咽："别人对不起你多少次，只要有一点光亮你就原谅别人，你是怎么做到的？为什么别人只让我失望了一次，我就无法原谅他？"

"这让我怎么说？想得开就是想得开，你想不开，我也没办法让你想得开。"苍海心给她擦眼泪，"玄河也说过毒质未解之前，忌大喜大悲，你都这样了，还是别哭了。不就是娶崔露华吗，我娶就是了。"

"娶崔露华是第二桩事，还有一个附带的小条件。"雪信垂下脸，用袖子轻搌泪痕，生怕碰破了皮肤，"桑晴晴需要你娶花奴为侧室。我知道花奴对你没有情意，你们缔结婚姻也不过是将来瓜分利益的凭据，所以到时候我找个婢女替花奴行礼，花奴还是留在我身边，你不会反对吧？"

"你！"苍海心抬起了巴掌，终于还是落在自己脑门上，"你也太欺负我了！可看在一切都是不作数的份上，我原谅你。我也有个条件，还记得当初高献之让人在沙盘上用香料堆砌出的灵芳宅第吗？我要那个做我的大婚贺礼。"

"那个容易。"雪信答应了。

趁着这副模样，他见了心软，不但不闹了，连与崔家联姻的事也不好拒绝了。这是皇上说的。皇上也有他不太善良的时候。

每个末日的后面，都是新一天的微曦。只有少见多怪，没有过不去的绝地。

那夜的后半段，先是河东侯只带数名亲随入宫，与宫中侍卫一同追拿苍海心，被苍海心领着疯跑了半个时辰，丢失了目标。高承钧从药园回来，送雪信回公主府，路上不发一语。

天快亮时，皇上离开长南观。在花田入口静候了小半夜的河东侯及宫中侍卫等人，看见苍海心在皇上身后十步外跟着，肩上负着个大麻袋，双手还各提着两个小麻袋。与往日不同，这年轻人的脸上终于没有了嬉笑轻松的表情。

“朕让这孩子留下补了砸漏的屋顶，把洒在观外的黄豆拣起带走，已是惩戒过了，河东侯领他回去，不必再罚。”皇上用眼神示意河东侯，“再说，脸上打出了青痕紫斑，让他如何做新郎？”

河东侯重重闷哼，不驯服的白眼飞向皇上：“谁说我要打他？崔家的事，纯是……崔家胡闹！”他原本是要点雪信的名，中途还是怀着老父亲的拳拳偏心昧下了。

“朕欠了崔家一个好女婿，朕给崔家挑的女婿，如今是河东侯的女婿。故而朕只能把自己的子侄与安城里数得过去的门阀子弟放到崔家小女面前，让她自己挑一个。这是赔给她的，她挑了哪个，就是哪个，谁也不能拒绝。苍海心这孩子一时没转过弯来，朕也劝过了。河东侯看护不周，让苍海心溜出来胡闹，朕也不计较了。河东侯不必气恨自责。”皇上微笑着看向他的表弟。

“谁说我是自责！”河东侯看向左右，恨不能找个坛坛罐罐摔一下。

“河东侯不打苍海心，也不是自责，莫非是要打朕？”皇上故意打趣道。

“不敢，臣可以回去打臣的女婿出气！”河东侯故意拔高音量。他这口气咽不下去，顶心顶肺。皇上撮合高承钧和崔露华时，是雪信死活不让。他正寻思让高承钧与雪信断婚时，雪信又出来把他看好的女婿塞给了崔家。都说儿女是讨债鬼，果不是虚言。

“爱卿的女婿亦是国之栋梁，关系边疆宁定，爱卿棍下留些情，莫打折了。”

“陛下勿忧，臣的女婿，骨头硬得很。”河东侯只有再发声闷哼，命亲随架起苍海心就走。

苍海心被拉扯着，手中与肩上的麻包砸在地上，又落了一地黄灿灿圆滚滚的黄豆。

刚出宫门，河东侯就命侍卫把苍海心双手捆起，绳子另一头拴在了他的马鞍上。苍海心不挣扎，河东侯的侍卫队长看不过去，悄声说：“越王二公子脱管出逃，也是为公主，是侯爷默许的。”

“他既不是我女婿，我就不必对他太好。我今后也只管看住了，不让他跑了就是了。”河东侯又是叫嚷得好大声。

这件令他痛心疾首的事，他不能找闺女出气，不能找皇上翻盘，连过去随便打的高承钧也成了碰不得的。他只能重点责怪苍海心太笨，踩了他闺女的圈套。再有就是怪苍海心胆子不够大，闹得太轻，没敢拆了长南观提着皇上的衣领耍赖，末了还要把他自己铺开的烂摊子收拾好，灰溜溜地出来，气焰大堕，如何对得起他的期许！

夏日天亮得何其早，等不得人回过神。远处城门口的鼓声响了，一站又一站传递过来。有些早起的人刚出坊门就撞见了河东侯的队伍。

河东侯坐在高头骏马上，马后牵了个越王二公子，是新乐公主的裙下臣，也是崔家奉旨招亲选定的女婿。浅金色的晨光落在河东侯的脸上，训练有素的战马悠闲地踏着小碎步，而马上的河东侯一手扶着鞍桥一手拈他的短黑须。

如同奴隶般被拖在马后的苍海心也不着急，他的步子完全跟得上，拴他的绳子始终没有绷紧的时刻。热闹太过有趣，有人忘情地凑过去与苍海心寒暄，还未凑近便被马旁马后的军士拦开。

苍海心身处闹市与是非而浑然不知，只是盯着面前拂动的马尾移动脚步。

如游街一般的队伍刻意绕了路，从崔家门口经过。崔家早得到了好事者的报信，崔尚书召集起一众家仆拦挡住了道路。

崔尚书远远对苍海心叫："这不是贤婿吗？"

苍海心只是朝崔尚书看了一眼。

河东侯驻了马，居高临下道："六礼未成，他是你哪门子女婿？"

崔尚书被河东侯瞪得心慌，对着他的马头匆匆拱手为礼，又向苍海心道："贤婿可是受了为难？"

苍海心笑出了酒窝："崔尚书好早，我正与河东侯遛马呢。"

"老崔！"河东侯在马鞍上歪过身来，"这狗玩意儿是你家女婿？"

崔尚书后退了两步，看看河东侯，又看苍海心。这位贤婿也不是他满意的人选，但河东侯的羞辱他更吃不下："贤婿莫怕，自有皇上为你、为崔家主持公道。"

"崔尚书说笑，晨起遛马，扯什么公道不公道。"苍海心说。

"这门婚跌你老崔的面子啊？我看老崔你还是再考虑考虑。"河东侯没好气地说。

"圣眷岂容推脱。"崔尚书诚惶诚恐，向宫城方向行礼。

"你退不退婚？"河东侯气势逼人。

"不退。"一个尖刺刺的少女声音从门后扬出来。两列婢女举着竹条扫把鱼贯跑出，崔家小女儿昂首走到河东侯马前，"新乐公主欺我，侯爷这个做长辈的，还要帮着女儿一同欺我不成？"

河东侯用马鞭柄搔了搔头，撒泼欺压崔尚书的事情他做得出，但没脸欺负一个小女孩啊。他回头望自己的从人，找不出个与崔家小女儿对等的人来应付："老崔，管教好你的女儿。"他还是冲着崔尚书去了。

"要说管教，侯爷的女儿可是欠了十多年的管教！"崔露华毫不退让。

崔尚书一把将女儿推到身后，河东侯的鞭梢不早不晚，从崔尚书鼻尖上擦过。崔尚书回头对崔露华怒喝："放肆！还不收了你的阵仗，退回门后！"

崔露华脖子一梗，对着她的父亲，也对着河东侯："不退！"

这时是河东侯下不来台了，人家小女孩冲他来了，他退了被人讥笑，他一鞭子抽过去也被人讥笑。

"不退。"是马后的苍海心说话，给河东侯解了围。

河东侯掏了掏耳朵，看向苍海心："你再说一遍？"

"这婚不能退。"苍海心扫了眼崔露华。

崔露华冲上去掌掴，苍海心侧身让过，崔露华转回来继续追打，苍海心被绳子掣肘，横闪竖挪，崔露华手指头半分没沾到苍海心的脸皮，反是被绳子绊腿，跌坐在地。

“看什么看，还不上来打他！”崔露华揪扯小腿上缠死了的绳子，向婢女们发令。

河东侯只一个手势，亲随军士们瞬间变换了队列，在崔家门前摆出了迎击阵列。

苍海心与崔露华恰在对阵中心。崔家婢女无人敢跨出一步，低头不敢迎视骤然扑来的肃杀。

“雪信有没有人管教，轮不到你说。雪信跋扈的样子最好看。倒是你，你不讲理的样子太难看了。”苍海心双手握着绳子抖颤两下，崔露华小腿上的纠缠松开了。

崔露华站起来冲向自己的父亲，她被愤怒冲昏了头脑，带着哭音喊出：“退婚！”话音刚落便捂住了嘴，飞奔回了家门内。

婢女们见势，一个个垂下扫帚，随小主人退走。

“喂！别退婚啊！奉旨招亲，退婚便是欺君。今日退了，来日还要招第三次，麻不麻烦？”苍海心冲着崔家门里喊。

别人怎么对他都好，说雪信不好，却是深深得罪他了。

河东侯仰天大笑，跳下马来，给苍海心双手松了绑，反手又在崔尚书肩上拍了拍：“老崔别放心上，老夫平日里最好说话，遇到闺女的事，实在没办法。”

崔尚书只有苦笑。河东侯的闺女是宝贝疙瘩，他老崔的闺女也不是捡来的。不讲理的只怕遇到更不讲理的，这门亲只怕也是逆缘。

那边河东侯已经命人给苍海心牵来了马，亲手把他扶上去，下令回营。

“崔家小女一时恼恨，口不择言，未必就退得了婚。侯爷是不是趁热打铁，送崔尚书入宫面圣？”侍卫队长又小声提醒道。

河东侯跨上马：“圣眷不可却，这婚就让他们结了又如何？这小子，崔家也别想跟我抢。”

他似乎因为苍海心方才的三两句话而愉快极了，下令道：“跑起来，都跑起来。”

缰绳松开，眨眼的工夫一群人就离开崔家门前，扬起的细尘半天落不下来。

不出半日，河东侯走马遛崔家新女婿的风波已闹得街知巷闻。

雪信拿丝帕裹了脸睡觉，醒来时，公主府的家仆已能绘声绘色地表演当时的情境给她看，宛如当时大家都在场了一般。

雪信又蒙脸睡了几日，居然听说河东侯给皇上写了奏本，大叹屡次平高句丽的辛苦，请求解甲归田。

皇上召见河东侯，问除了解甲归田，除了崔家退婚，有什么要求都可以提。

河东侯便说：“臣辛苦，臣营中老长史更辛苦，为陛下效力大半生，老骥伏枥，志在千里，在臣身边屈了人才。”

皇上给河东侯捋顺了毛，不年不节，没有大庆典地就特批给老长史涨了一级散官，让老长史归田去了。

河东侯顺势又递出第二封奏本：“臣营中不可一日无长史，有一闲人，正可为陛下效忠。”

皇上翻开奏本，找到紧要关节的一段看了，又从案头抽出另一个奏本：“巧不巧？

刚有人举荐这个闲人去兵部任侍郎。”

河东侯歪过头瞅了眼奏本上的字：“他官阶不到，也能做侍郎？”

“大将军的长史，官阶更不低，也是个骁骑尉能做的？”皇上觉得好笑。

“这个闲人是放在我营中周全，还是到兵部有前途，自有圣裁。”河东侯哼出一丝冷风来，已然是威胁了。

皇上凝眉想了想：“趁着年轻，多些历练也好，或许就没那么多精力淘气了。”手下朱笔蘸饱了墨，在河东侯的奏本上写了条御批。没等河东侯眯起眼睛乐出来，举荐兵部侍郎的奏本也批完了。

还没等河东侯鼓眼珠子骂出来，皇上又微笑着说：“爱卿啊，你在外征战，朝廷是你的后方，为你打造铠甲筹粮运兵的是兵部，与兵部抓破脸，于爱卿没有好处。反过来，有人替你话语圆转，积极奔走，保障你的后方，爱卿安全了，朕也放心了。”

“能指望他？”河东侯扬眉，“此刻最得意的，还是他华城里的亲人吧。”

“朕与爱卿也是他的亲人，也该栽培他。”皇上将批好的奏本在案头顿整齐。

河东侯唉声叹气地出了宫，窃窃私语就跟着他一并出了宫门，散布在他马蹄踏过的街道。

不出一日，苍海心蒙了两份垂青，河东侯与崔尚书抢女婿的故事被编成了歌舞剧，在酒肆巡演。

三日后，歌舞剧改编的话本也出来了，还是雕版印刷，给话本中提及的每个人物都配了绣像。

本来这桩绯闻三两句话就可讲完，编歌舞剧的为了留酒客多买几壶酒，印书的为了让话本看起来厚些，愣是把故事回溯到两年前，细说当时还是郡主的新乐公主是如何夺了崔露华的未婚夫、在龟兹又不能与高承钧相容，赌气回了安城。讲她如何在一次郊游野宴中与苍海心勾搭上。

而新乐公主对高承钧固有旧情，哭着跑着捧剑来救，又恼苍海心的擅自举动，找皇上告状，动了与苍海心合谋的几名朝臣，以示惩戒。苍海心与新乐公主翻了脸，遇上也曾被新乐公主坑过的崔家小妹，两人对坐怒骂新乐公主半日后，惺惺相惜。

崔家小妹也是安城丽姝，苍海心的身份自不用言，门第也合适。崔家即请旨举办马球会，意欲让苍海心打赢诸多竞争者，风风光光成就一段佳话。偏生新乐公主舍不得高承钧死，也不放过苍海心，闯到崔家来扣着苍海心不让他下场打球。崔家小妹来到苍海心面前，剖明真情，送出信物，终成眷属。

只是新乐公主不甘心自己的男人被夺，在家中日日跳井上吊，河东侯不管是非对错，抓了苍海心捆在马后游街，逼令其与崔家退婚。苍海心此刻对崔家小妹情比金坚，咬破手指蘸血写情书，誓死不退。河东侯便将苍海心困在营中，一边上刑，一边许以官爵，软硬兼施势必要其改变心意。崔家小妹闷坐家中垂泪，而她的父亲崔尚书朝内朝外奔走，正全力解救未来的女婿。

虽话本与事实大相径庭，提到的人物俱假托名姓，又刻意强调是前朝人事，却难得地将近日来安城中的大事件串了起来，又繁辞丽藻地提及了由公主的龙涎香、青罗裙、水蚕丝和金珍珠刮起的风尚，教人猜不中谁是谁也难。通篇又是旖旎缱绻，爱而不能得，爱而不能见，恰恰切中了闺中读本的口味，以至安城少女人手一卷。

苍海心也成了安城少女梦中的情郎。有些胆大的少女还执书拦马，对照书上的绣像把苍海心的品格样貌点评一番。

说来也怪，在崔家马球会选婿之前，苍海心不过是安城诸多纨绔子弟中的一个，提起他人们所能记得的，也不过是刚到安城时与秦王世子赌球争美人、入林苑猎杀熊罴的事儿。而后他再也无甚突出事迹。论顽劣，有得是比他顽劣的；论挥金如土，也有得是比他挥金如土的。即便他领了送粮的差，又消失在半途戈壁上，也没有多少人记得。在安城里隔三岔五打架还会死几个不成器的子弟呢。

直到这会儿，少女们拥在苍海心的马前仔细揣摩，如梦方醒般，发现了蒙尘的宝珠——他是越王的儿子，苍姓皇族的苗裔。绘制绣像的画师一定没亲眼见过他，才没有将他的伟岸英武还原十分之一。他剑眉飞扬，星目朗朗，据说这是他最像他的皇上叔叔的地方。少女们目测他端坐马上的高度与长腿的比例，估算出他或许比别的苍姓皇侄都高出一头。

没几日，苍海心府宅的前后门、兵部与城外军营之间的必由之路上，来回走蹿着各色安城少女。她们要么向苍海心砸过一个啃掉一半的樱桃来，要么拉着他马鞍上的弓问能不能为她猎只小兔子。还有的痴迷话本故事，急等着话本的续篇，向苍海心追问“后来呢？快做点什么，让话本续下去”，一两个更为大胆的，拽着马缰问：“让我做话本续篇里的人物，如何！”

如此居然比河东侯的看管还好使。

苍海心派人向兵部递了病假条，躲进河东侯的军营翻弄老长史留下的文书。他看得进去才有鬼，不过那也比大早上起来，燕语莺声，一抬眼就看见自家墙头扒着几个簪花的脑袋香喷喷地冲他笑强。

少女们围着城外河东侯的军营转了几回，混不进去，便去找话本中另外几个人的麻烦。新乐公主是整本书中奢靡淫乱的，对男人也是掰一个扔一个，扔了还不许别人拣。少女们跑到公主府门前喊：

“求求你成全有情人吧！”

“世上有真情，人间有公义，别人怕你阿爹的兵甲我们不怕！为真情和公义疾呼！”

“放过越王二公子吧，你配不上他！”

“高节度使呢？他手中的长剑是吃素的？”

公主府偏门一开，冲出来一列军士，倒转了手中长刃，用矛杆驱散了少女。

“新乐公主是要做第二个顺华公主！高节度使是要做第二个江大驸马呢！”少女们跑散前，又有人迫尖了喉咙，嘶喊了一句。

矛杆抽打少女们的小腿，将她们赶出两条街外，又赶她们出了坊门。等她们整顿旗鼓再次冲向公主府，坊门前已有安城令府衙派出的差人排成了人墙。

少女们又去崔家门前生事，在花花绿绿的绸子上写了字，展开举起。

“崔家小妹莫哭，坚强！”

“我们为真情请命。”

“敢争才会赢！”

她们胡乱叫嚷了一阵，崔家府门开了，管家带着婢女出来散了些零钱，一人发了一个梨润喉，说了堆感激的话，恭请诸位女英杰暂去别处疾呼，放府中小千金片刻安宁。

少女们顿觉一番奔走有了成就，稍事歇息，又转去城外军营。

公主府墙高宅深，饶是外面掀起惊涛骇浪，传到雪信卧房外也不过一两丝嘈杂的风。按照玄河的医嘱加服安神汤药昏睡七日，这是第七日了。

床帐内镂金球吐尽最后一缕残馨，设在窗口的瓶花白荷落了一地花瓣。雪信坐到镜前端详自己的脸，细细的黑色血筋消退干净了。

她解开贴身的白绢袍，由颈至肩到手背，从胸口到足尖，白璧无瑕，只是手指头上的蔻丹有几处剥残，堆在脚边的绢衣宛如蛇蜕，前一日换上时还是胜雪的新丝，只一夜就发黄生脆宛如在箱中压了十年。

她从那堆烂草般的旧衣里走出来，扯下沉香木衣架上另一件新绢袍披上，随口唤着花奴。

花奴在外面应了，一时半刻却不进来，卧房外有奇怪的动静。雪信掩好袍襟走出去，却见花奴与秀奴两个在门廊下扭打，抿着嘴咬着牙，四只手攥住了一件东西往两下里争抢。

“那是什么？有什么好抢的？”雪信开口。

两个女孩子听见雪信在门口说话，肩头都是一紧。秀奴松了手，东西落进花奴怀里。花奴跑向雪信，将那本册子递给雪信。

“高节度使有令，此事不得惊扰了公主。”秀奴不敢上前来抢，也不甘放弃。

“我们公主哪有那么好惊扰？值不值得大动干戈，公主说了算，高节度使说的不算。”花奴两腮鼓着，是被她这位族中的姐姐气得不轻。

雪信吩咐花奴打水梳洗，自顾自坐到镜边，一目十行地翻那话本，耳边是花奴和着绞毛巾帕的水声念念叨叨：“他们居然弄出个话本来污蔑公主……”

“书中也没点名道姓，你与他们计较，生怕别人不知你认下了？”雪信咬唇皱眉扫完了书，反是笑了，“至少书里的公主也是颠倒众生的美人，我就当作是夸奖了，暗自高兴一回。”

花奴轻哼：“公主好大方，公主不计较，却又便宜了酒肆歌舞班子和民间小印社。”她口中抱怨，手里不停，一把柔黑长发在手中翻卷推到头顶堆作了云髻。

雪信眼光扫过铜镜，从镜影里见到秀奴跟了进来，垂手立在柱旁。她的眼睛看向秀奴，话却是对花奴说的：“你怎么把高家的人放进来了？”

“公主不知，公主养病的七日里，高节度使每日都来，坐在床边直勾勾地盯着公主昏睡的样子，忒吓人。还硬塞进来这位姐姐，说是照看公主，一有大事小事，就要去禀报高节度使。七日之内，公主调养为重，我怕公主知道高节度使来过还安插了人进来，再气出个差错来，就没如实禀报。”花奴还是有些为她的自作主张心虚。

“那我睡满七日，再知道他不但来过七次还安插了人进来，岂不是更生气？”雪信拿花奴逗起了闷子，故意不去看秀奴。

“玄河子说这七日最为紧要，过了七日，公主又是天塌了也要上去扛一扛的壮士了。再怎么生气，也不至于气吐血。”花奴这番话也是给自己宽心。

“他安插进来的人，你们不会往外赶吗？”雪信还是不拿眼角扫一下屋里多出的人。

花奴扁了扁嘴，还委屈上了：“从前有侯爷，有没皮没脸的二公子，才把高家人困在东院。公主还嫌他们赶他们，如今这两位在大营里干耗上了，轻易不能出来。公主睡下不理事，府中还有谁约束得了凶巴巴的高家人，嫌自己命长呢。”

“那凶巴巴的高家人，这几天还做什么了？”

花奴向仿佛化作石雕的秀奴一努嘴：“问她更明白些。”

“高节度使为公主驱散了聚在府外吵嚷的刁民，禁了歌舞班子的演出，正在查抄编书的印社。”秀奴的口气中有无尽的艳羡和遗憾。

“痴儿，这不正是沾两手锅灰往自己脸上抹吗？”雪信苦笑，“他是自己去的？”

“高节度使找了安城令，赶人的理由是扰乱秩序，禁演的理由是过分歪曲，禁书的理由是未获官批。”

“还好。他还没自大到用自己手里的兵在安城里惹事。”雪信偏转了头，看向镜中自己的发髻，对花奴道，“不用戴假髻了，又麻烦，又坠脖子。”

“哦，还有一件事。”花奴从妆台下的抽屉里取出一册折页，“公主给皇上递的奏本，皇上批了。”

秀奴小心移动自己的视线，等着雪信打开折页，她好瞄几眼内容。

可雪信只是“嗯”了一声，让花奴收起了奏本。

安城里的民间小印社迎来了比书卖不出去还倒霉的日子。安城令派出的差人一踏入作坊，所有的活计都得停下来。来人掘地三尺搜出被禁话本的一整套雕版，作坊掌柜就传去府衙问话。

如此挖出了十个小印社掌柜，安城令坐堂问了案由，又让他们相互指认，指出了最先流出话本的那一家，余者不过是见有利可图，自行翻刻了雕版来分一杯羹。

安城令命人将跟风的那几家印社，连主事人带打短工的印匠当即收监，正要往下审理，从后堂转出了两列军士，将堂下跪着的人捆成一串推搡着出了府衙。

“若查清他们无辜，高某自会送他们回来。”高承钧说话时手按在剑柄上。那意思自然是叫安城令不用指望他们回来了。

安城令不敢与高承钧对视，欲言又止：“牢里的歌舞班子已经关了百来号人，加上今日收监的……”恐怕牢饭不够吃。

“胡编妄议，影射天子家事。就以这个罪名层层上报吧。多砍一个脑袋，多你一锭金，早一日定案，多你一锭银。”高承钧随口说。那本也是军中激励斗志最简单的法子。

安城令急退，几乎给高承钧跪下：“不敢不敢。本是下官失职，案子一定急办严办。”

高承钧点点头，赞许对方的识相，再不多一句话。他跨上战马，高家军士跟在他的马后，在众目睽睽之下押送着一串人走过安城最热闹的大街。爱看热闹又健忘的安城百姓觉得眼前一幕似曾相识，拍拍脑瓜，相互启发：“上一次游街，是七天前？”

“对，河东……”话还未说完，嘴立刻被说话者自己捂上了。嘴巴比脑子快的下场，那一串人还不够做榜样的吗？

游着街游回了公主府，将犯人推进前院，前后左右的门关上拴严。被按伏在地的人只能看见一双双乌金皮靴，金色饰件擦得锃亮，铸件的沟坎里嵌着乌漆漆的颜色。一柄柄长刀刀尖向下戳在地上，刀身光可鉴人，血槽中也是那种脏色。

高承钧站在正堂台阶之上："你们知道什么，都说出来吧。第一个说的免死。"

有人带着哭腔叫喊。因为高承钧宣布的规则是不公平的，最底层的匠人只知道层层工序，连自己站在这里的原因都还没闹明白，想招也无供可招。

长刀扬起，照着最先哭起来的匠人的脖子落下。

众人等着哭声被骤然切断，等了好半天，哭声零零落落小了下去，呜呜咽咽捂在喉咙里。众人偷偷抬头，那匠人的脑袋还在脖子上，而台阶之上的高承钧转头望向正堂。

正堂的深处有一扇屏风，屏风后飘出既轻且细的语声，飘到院中，已不可辨了。

一名胡髻褐瞳的少女走出来，对着高承钧道："公主府不是节度使府，公主住不了死过人的宅子。"少女又转向院中高声道，"不需怕，你们的书公主看了，说写得很有意思，吩咐找写书的来问问续篇什么时候出。把写书人送到公主面前的，重赏。"

匠人们齐齐将目光落在一个人身上。

那人见躲也躲不过，跪爬两步出来，叩头说："贱民是印社的主事人，可贱民也不知写书人是谁。"

据他所供，十日前，有陌生人叩响他家的门，他被蒙上眼睛塞入车中，等他重新视物时已在一个院子里了。屋中坐着一名年轻女子，隔着屏风隐约可见她体态窈窕，语声清脆。

"掌柜想不想赚钱？"她从屏风后丢出个手抄卷来。

掌柜捡起手卷翻看："这个……不太好印成话本。"

屏风后的女子不语，丢出一张纸，轻飘飘地盖在掌柜头上，揭下看时，是张银票。

"着实要担一点风险……"掌柜犹豫。

屏风后又扔出一只小布袋，袋中有三颗黄豆大的明珠。

"这狮子宴、龙涎香，太过露骨。以前朝之名写当朝之事，瞒不过明眼人……"掌柜期待地张望屏风后。十日之前，还未有崔家马球会的事，只需将露骨之处改去即可，他之所以做出为难样子，是等着对方加码。

这一回，屏风后扔出了一柄出鞘的匕首，砸在掌柜脚边："掌柜若不想赚这钱，城中还有好几家印社能揽。"

"改一改，还是可以印的。"掌柜登时改口，将银票和明珠收入怀中。

"改一个字，今日接你前来的人，会将你的脑袋扔进你家院墙内。你若跑，也是一样，只是要添上你妻儿的脑袋。"屏风后的女子说得平缓，每一个字间都透着血糊糊的黏性。

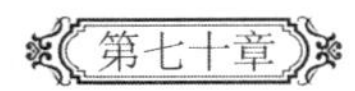

第七十章

亦疏亦亲和离难

那时，掌柜已知这笔赚钱的生意是要命的，否则也不需利诱威逼。不接当场要命，接了还有缓得一刻是一刻的侥幸。他重新被蒙上眼回了家，将银票和珍珠交给妻子后，去印社安排画像和雕版。

小印社之间相互盗印是常有的事，这回他故意给了每个工序足够的宽松，令新书内容泄露出去，让所有来分一杯羹的印社，替他担走一份风险。孰料最后谁也逃不过。

胡髻婢女向屏风后倾听一阵，又转头向印社掌柜：“公主问，手抄卷还在不在？”

掌柜从怀中掏出一个扁扁的布包。

婢女正待上前去取，布包已被身边军士接过，交到了高承钧手中。高承钧掀开布皮，看了眼字迹，又收起。

那边，婢女被截了证物，满心不悦，对正望向正堂深处的掌柜喝道：“你看什么？”

“像……”掌柜低头。

“你说什么？”婢女追问。

“这屏风，我像是见过。”掌柜揉眼睛。

“花奴。”屏风后的人唤道，两个字说得软软的。

花奴走进正堂去了，片刻，屏风被四名婢女抬到台阶下。花奴重又出现在正堂门口：“公主让你好好看看。”

在屏风由远而近的挪动中，掌柜已经看清：“素绢底纹上织金色山水……水中一叶舟，江边一座亭。”掌柜的声音抖起来。

“你再仔细看看。”高承钧眼神阴冷，“锦屏山水，遍地都是。”

“锦屏山水，到处都有，纯金线织锦也不足为奇，可常见的金线织物举灯去照，也要照对了位置才反出一片光来。我见过的那架锦屏，粼粼熠熠，变幻不定，哪怕只是点一点头，屏上山水也会闪一闪……”掌柜只记得那奇异的金色山水，放胆说来，为他与妻儿性命搏上一搏。

金色粼光背后人影闪动，雪信从正堂深处走出来，站在屏风后问：“是不是如那天一般？”

掌柜惶恐伏地，脸贴上了烈日下的青石地：“不是。”

“你怕什么？问你像不像，没让你说是不是。”

“不像。那贼女子的声音，不像公主的玉音。”掌柜肯定道。

“你的妻儿我已派人去接了，安心留在我这里。”雪信又问，“画师是哪个？”

一个年轻人跪爬出列。

雪信看着他：“你画得不好。话本里的前朝公主是个美人，却被你画丑了。”

花奴轻笑出来，又干咳一声抹掉了那笑。

画师不知所措：“过去的绣像也都是这么画的。”

“别人那么画，你也那么画，那你这辈子何日才能出头？”

“贱民……没有见过贵胄，贱民是照东邻二丫的模样画的。”年轻画师回话，牙齿也不打战了。

“二丫是你仇人吗？你给她画成那副样子。”

“二丫，二丫是村里最好看的女娃娃，打小与贱民订的亲。”

“后来呢？”

“后来她家提出的聘礼要价太高，贱民出不起，二丫就嫁到别的村了。”

“你画得丑，我不与你计较，不过你也别再记恨二丫了。”雪信放低了声音，似乎并不是说给院子里的人听的，后一句才恢复了前番声调，“一本闲书，也就是赚几个姑娘的脂粉钱。一众印社罪在未获官批，让他们在安城令处缴了罚金，就都放出去吧。那些歌舞班子也是一样，回去好好正一正风气，也就是了。”

印社众人本以为此番必定是竖着进府横着出去，没料雷声大雨点小，除了扣下掌柜，余者皆不追究。他们跪着谢恩，再抬头时，就见屏风后伸出一只酪酥凝成的手，修长的淡红色指甲盖，抓住了高承钧手里的布包往回拉。

高承钧不肯松手，那只小手就顺着布包爬到高承钧手背上，握住手腕往回一带，高承钧被拉到屏风后去了。

佳人肌骨，一只手也能美得扣人心弦。

军士松开捆绑印社众人的绳索，跪者谢恩站起，被带出府去。

屏风后两人还在夺那卷手抄本，雪信固执地拉扯布皮，高承钧那只手坚如磐石。雪信双手去掰高承钧的手指头，好容易掰开了四根，那四根指头骤然收紧，把她双手十根手指头压住了，高承钧的另一只手放到了她的手上，拇指上生了茧的指腹轻轻摩挲她的手背。

雪信挣扎着抽出手来，向后退去，回到正堂深处坐下，双手交握衣袖。

她还穿着起床时换上的白绢袍，稍嫌薄透，又齐胸围了条贴金翠裙，样子有些不伦不类，肩头的绢料底下透出肌肤的颜色。她是梳头梳了一半跑出来的，花奴还未来得及绾上梳篦，就被她拍开了手，拧了半个时辰才堆好的发堆流泻成了一匹黑绸，末端委在席上。

“我们说说话吧。”高承钧在她身旁坐下，那布包放在席上，推到她膝前。

“一开口不就是各说各的吗？”雪信别开脸，握起发尾，用手指头轻轻梳理，将一股头发缠绕在手指上，又松开。

高承钧把雪信藏在裙底下的赤足抻出来，举袍袖拂拭足底：“你担心我，我也在意你。为什么你非要带棱带刃地说话？”

“我不是担心你，我是担心你在安城杀了人，拖累了我公主府。你也不是在意我，你把我视作你的囊中之物，现在有人诽我，你脸上痛。”雪信回道，她又与高承钧拔河争夺上了她的双脚。

“没错，我的安危也是你的安危，你的名誉也是我的名誉。”高承钧不松手，还把那双脚捂进了怀里。

“这里到处有人看、有人听，你别闹了。”雪信在他怀里蹬腿踹他，他只是笑着。

“这回你衣衫不整地跑出来，也是为了救我。你赖不了。”高承钧语气笃定，“你抱着透山剑跑来狮笼前救我时，我看见你哭了。”

雪信叹了声，抬手掌心贴上高承钧的额头，手指尖点在他双眼之间。高承钧没有闪，而是顺从地闭上眼。她从眉心的缝隙走出去，眼前没有门，一段漂浮黑暗的虚空之外，高承钧站在金色沙丘顶上。

“这里没有人看，也没有人听。你喜欢不喜欢？”高承钧俯身掬起一捧沙，沙子细到不可想象，从他指缝间飞速泻下，“我骑马跑过的所有地方，都可以带你去看。”他吹了声口哨，黑马霜夜从远处狂飙而来，在他身旁骤然停下，高高昂起一双前蹄。

“这里真宽广，真是自由。”雪信回头看自己走过来的一行足迹，轮廓开始被风吹得模糊，抬头看金色太阳，悬挂在那头亘古不变，“可你能不能为我搭个遮阳的地方，让我坐一坐？”

高承钧拉雪信上马，越过沙丘，入目的是一眼月牙泉。远远走过来一部无人驾驭的牛车，他从车上卸下篷布、绳索与木棍，动手搭建小帐篷。

“你明明只需念头一转，就有帐篷的。”雪信看着高承钧手下动作不停。

“可我想把这个梦拖长一些。”高承钧提议道，“你要不要过来与我一起搭帐篷？”

“你一个就足够了，我不会，上手只会添乱。”雪信转头看向那眼月牙泉，“我可以去打水。”

尖顶帐篷小得恰到好处，两个人坐进去不会挤，却也没有空余容人退开。

“一年里，我只收到画卷，可我更想知道你在做些什么，想些什么，过得如何？”高承钧起了话头。

雪信眼眸闪动，看一眼对方，又低头：“这一年里，我不断地怨恨你，也笃定你同样恨着我，因此不断地难过。我吃药不觉得苦，吃糖尝不出甜。我害怕你忘记我，但也怕你太想念我，想念会拖累了你。在这个梦里，我想陪你把想去的地方去了，陪你把想做的事情做完。梦与回忆不会有分别，你也不会有遗憾。”

“我想同你去的地方太多，去不完的。我想与你一起做的事更多，也做不完。”高承钧伸手把雪信揽住，手指头缠绕进她的发尾。

“人不能像小鸡一样，出壳的时候看见谁，就想和谁过一辈子。天地宽广，世上还有那么多人。”

“是我不幸，后来见的人都没有出壳的时候见到的人好。”高承钧看着怀里的雪信，一字一句地说出自己的心里话。

雪信觉得鼻酸，她默默看向身旁这个人的眼睛，发现也是潮湿的：“你出壳时见到的人一点也不好，从来只为了自己，只爱自己。”

“我恰好从小不需要被人爱。只要一点点食物、一点点希望，我就能活下去。”高承钧话锋一转，“但是世人欠我的温情，我想要连本带利地收回来，我这样错了吗？”

“当然错了，你错在以为世上有的是温情，只是被囤积藏起了；错在以为征服世人就能得到温情；还错在还没坐稳西域就昭彰你的野心；错在野心被人尽皆知后，还到安城来送人头。你想要权力，回到安西就能逐鹿天下。你想要自由，放下我就无挂无碍。”雪信说，可是她依然躺在高承钧的怀里没有动。

“一年前你让我在安西想念着你，安分守己。一年后你的要求又变了。”

雪信坐起来：“皇上给了你一年的时间修正你父亲的错误，你没理会，他便不再给你机会，你从龟兹出发来安城时，皇上派遣的宣抚使也从安城出发了。你在安城空蹉跎的时候，密使到了你的军营中，盘点你军中人事，大概很容易找到你谋反的证据吧。”

她轻叹：“本来朝廷集中心思对付你，不会让你出安城的，可如今不一样了，华城那边也动了。内变将起，朝廷自顾不暇，难以腾出手来对付你。你只要回到安西，天下自有你的一杯羹。明日我去大营看望父亲，你随我出城，就此分别吧。”

在七日的昏睡里，她把一切都盘算好了。

“我不能把你留在安城。”高承钧仍然很坚持。

“朝中再怎么乱，也乱不到我头上。现在的皇上不会为难我，将来的皇上更不会为难我。”雪信摊开手，手中多了一个布包，“银票、手抄本、锦屏、屏后女子的声音，留下的线头够多了，根本就是留着这些线头让你去查，还不知前方给你挖了多少坑。跳过这些琐碎，你我都知道谁在背后布局。你拖延不走，他不会停止给你挖坑。你走了，我府上还会平静些。”

“谋算我于他有什么好处？西域不乱，他大事不成。”

“谋算了你，西域照样会乱，也许他掌控西域更得心应手呢。桑晴晴与他素有合作，桑晴晴的长子巴图正是你营中副手。桑晴晴有人没钱，他有钱无兵，而他们恰好又都对高家有宿怨。”雪信一边说着一边轻轻地把绕在高承钧手指上的一缕发丝也拉走。

“秀奴在我手中，桑晴晴会牺牲她最爱的女儿吗？”

“照看好秀奴。无论是谁下的手，若在你手中出了事，葛逻禄就不会听指挥了。”

高承钧笑了：“那我就把秀奴交给你了，你照顾好她，就是照顾好我的性命。”

雪信走出小帐篷，回头看时，炎风扬沙，一幅接天连地的金黄帷幔遮去了帐篷、高承钧、黑马和牛车。她踏向虚空，走回自己的眉心后，再一睁眼，高承钧还在她面前，怀中揣着她的双足。

在他愣神之际，她轻轻松松收回了脚，手臂又环上高承钧的脖子，用不容拒绝的声音说：“送我回卧房。”方才那个梦太长了，耗了她许多精神。她起床没一个时辰，这会儿又得去歪着养着了。

高承钧将她抱起来，出了正堂。花奴提着一双木屐追上来，雪信从高承钧的肩膀后探出脸，对花奴摇了摇头，又摆了摆手，她的两只脚随着高承钧的步子一摆一摆的。

“你终于是高兴了。”高承钧有些感慨。

“只是少了些不高兴罢了。”雪信把头靠在他的肩膀，“把话说了，把心倒空了，现下心里自是空荡荡的。”

沿路撞上的家仆婢女，目不转睛地望着那两人，暗自思忖：前一阵还剑拔弩张恨不得谁把谁掐死，如今又黏到了一块儿，果然少年夫妻心性不定，床头吵架床尾和。

花奴就斥他们：“都站着看什么呢？忙你们的去。”

雪信又从高承钧的肩膀后露出脸：“花奴你羞什么？他们的主人好看，他们才看。我受他们注目，是受他们赞美。”

“整个安城，大概也只有新乐公主说得出这样的话了。”花奴笑嘻嘻的。

“安排好印社掌柜，把银票与明珠收上来，然后另给他一笔钱。这事你亲手去办。”雪信嘱咐着花奴，她已把高承钧当作肩舆，泰然自若地指派下一桩任务。

高承钧走进西院卧房，把雪信放在床榻上。

雪信躺下去，指指头顶的一枚镂金球，又从枕旁推出一个玉盒。高承钧摘下金球，到帐外换上新烧红的炭饼，从玉盒里取了香丸添入，挂回原处。

“你不怕我毒死你？”雪信肆无忌惮地戳着他的痛处。

高承钧脱了靴子，和衣卧在她的身畔。

雪信坐了起来：“我习惯了一个人睡。”

“若你明日要送我出城，我在你身边只有一个日夜了。”

“那你明日走不走？”雪信这句话说得很轻，像是枕边私语。

“不走。”高承钧闭上眼睛。

“你怎样才肯走？”雪信继续追问。

“等你的蛊将你的毒吃完。”

“谁知道哪一年才吃得完。”

“吃到哪一年，算哪一年。”

“我习惯了一个人睡。屋子里有另一个人，呼气吸气，对我都是冒犯。你出去。”雪信指向门外。

高承钧起身穿上靴子。幔帐挑起又落下，带进来一丝风。帐外靴音缓落，转出门去了。旋即，听见高承钧在窗下吩咐：“你在门外守着，不得让人打扰。公主睡醒唤人，你再进去。”

接着是秀奴诺诺连声。

对内阴干还是爆炒，都油盐不进。冷着脸吵没个结果，好声好气也是谈不拢。对外恩威并施，立见成效。

新乐公主的车仗行过街道，路人被侍卫们驱到街沿，脊背贴着坊墙，挤眉弄眼，交换表情，纵然表情眼色无法传递出心中满满的牢骚，也无人打破缄口的默契。车仗所过之处，一张张脸上眉眼乱飞，欲说还休，一片沉默的狂欢。

车仗先入了永安宫，半日后出城，刚至营前，一人骑马飞出辕门横冲直撞地挤进公主府侍卫的护卫圈里，人影一闪，只剩下一匹空马从另一头空隙冲了出去。

苍海心钻进车厢中，端端正正坐好，捧起雪信的脸就看：“好了，是全消下去了吗？”雪信挡开他的手，他握住她的双手又看，“看来是没事了，没事就好。”

雪信抽回手，宽袖拂了他一脸：“你营中驰马，我爹爹怎么没斩了你？”

“哈……”苍海心抓住袖角放在鼻尖上嗅着，“公主尊贵，当然要快马至营前迎接。一旦有要务和紧急军情，是可以纵马飞驰的。”

“你跟我说公事，按公事你就该提早摆开仪仗等在辕门前，我到了就该到我车前下马参拜。营中自有军规，你乱了规矩，让我爹爹如何约束将士？”雪信把袖子从他鼻尖揭下来。

苍海心却又捻起她另一边袖子蒙在脸上：“那就按私事说。我担心着你。可是他们连鹰都给我锁起来了，我溜不出来，不知道你有没有好好喝药，有没有好好睡觉。”

雪信长出一口气，没接着与他抬杠，从座旁抄起一册书卷递过去。

苍海心接过话本，只瞅了个封面，就大笑：“我正要与你说呢。”

“你不生气？”雪信问。

“这本书让我的身价陡增百倍，日日有小姑娘到营前来喊我，朝里头扔香物。我有什么好生气？书中人物虽然极力往你我身上靠，却没有一句是你我真真切切说过的话，做的事也全不是你我做的事，所以根本就不是你我，我有什么好生气？如果真把书里人物当作你我，我也乐意你如书中所讲的那般同崔小妹抢我，而不是卖我。”

“你家里如今还有多少年轻女子？”雪信忽然换了个话题。

“你打听这事，是终于发现我是香饽饽了吗？”苍海心又笑。

“我新府落成时，你送来过一架金线锦屏，我记得锦屏本来是一对，另一架如今放在哪里？”雪信不接苍海心的话，只顺着她拟好的单子一条条问下去。

“另一架，在你过去住的后园枕莲馆。”苍海心可算是觉察雪信的严肃了。

“枕莲馆还有谁能进去？”

“我锁了园门，还有狗看着，平日里谁也进不去。还有……我自己进去都懒得开锁，翻墙的，估计这会儿锁头都锈死了。”

“算了。”雪信自语，“找到屏后那个人又如何呢？杀了这一个，还会派来下一个，不知藏着多少个。”她对苍海心说，“我会向皇上、向我父亲求情，让你回家去。回去好好整顿你府上内务，你长久不在，什么妖魔精怪都在你府上做窝了。”

“你这话很有意思，但我听不懂。”苍海心皱眉。

“你回去的第一件事，就是将那架锦屏烧了。”雪信也不想解释太多。

“为什么要烧？”

“与崔家的婚约到哪一步了？”雪信不回答，赶着提出下一个问题。

“不知道。”苍海心无辜道，“我又没娶过亲，也不是我想娶，临走前，我交代过管家应付应付崔家。能拖就拖着，拖到崔小妹先提退婚，就不算我欺负她。”

“我请求你一件事。”之前一句迭一句，不给苍海心喘息思考的机会，直到说到这里，雪信慢了下来。

“你找我办事，还用得着求吗？”

“七日内与崔露华完婚。”

“与救你师娘锦书的事有关系？”苍海心只能接受这个理由。

雪信摇头，又点头：“雀鹰送来的三件事我们都做了，可师娘那头毫无起色，想来是你拖着崔家的缘故。”

“好吧，我马上办。”苍海心答应得很痛快，“但你要记得，所有过场都不作数。

你和高承钧是不作数的，我和崔露华也是不作数的。”

“大概他与师娘，也没作数过。”雪信黯然。

车厢中静了片刻，雪信没话说了。

苍海心又问起：“能不能……再说说锦屏的事？”

还不待雪信开口，车外响起一支马队由远而近的蹄声，离得近了鳞甲在身上叠撞发出的响声也听得清清楚楚。

又一个粗嗓门喊：“接了半天，人呢？马呢？”

公主府的侍卫恭恭敬敬的：“回禀侯爷，在车里。”

“那行……就……一起入营吧。”河东侯嗓门小了下去。

话音刚落车帘就动了，是苍海心滚了出来。所有人都看见他是上半身先被推出来，后仰着栽下去的，在脑袋撞地前他从车厢里抽出了腿，缩起身子空翻半圈，最后稳稳蹲在车前。他起身作哨，先前跑得不见踪影的马须臾飞驰回他身边。

河东侯作势要去扯苍海心的耳朵，苍海心跨上马一溜烟地跑了：“我去看看饭做熟了没有！”

这一趟出来，雪信本是打着看望父亲的幌子找苍海心问几句，可苍海心跑在前头，三下五除二就问完了。入了军中主帐，雪信只能全力应付河东侯的舐犊之情了。

“闺女，姓高的和你吵架，你们和好没有？他服软没有？服软也不能太快和好，得先晾着他二三四五个月的……你可别忘了，当初在龟兹城里，你需要他时，他连个人影也不见。人不见就不见了吧，你做完了事，他还跑出来踩你一脚，真不是个东西。”河东侯念叨着。

“若他对我言听计从，对高献之动了手，爹爹此刻依旧会骂他不是东西，对亲爹也下得去黑手。”雪信很清楚自己的父亲是个什么想法。

“本来嘛，姓高的不管老的小的，都不是东西。”河东侯“呸”了一声，“哎，你就晾着他，把他耐性磨没了，让他把休书写了，咱得和不是东西的人撇清关系。要是他不老实，你摁不住，爹就把陌刀队拉回公主府……”河东侯做出决断的手势。

“狮子宴上施暗算，谤毁文章满天飞，虽不是你们做的，可是你们再去逼他，不怕激反了他？”雪信反问。

“他在安城反，强过他跑回安西反。”河东侯难得如此认真，“爹跟你说明白，你执意留他一命也行，一你不能让他跑了，二你得在他举事前让他写休书。你要有一条做不到，你爹我只能亲手枭他首级，撇清你和他的关系。”

“你闺女还能被别人休？”这话雪信就不爱听了，她横了河东侯一眼，“要休也是我休他。”

河东侯大笑，果然是他的女儿，旋即令营外亲信取来笔墨：“要写在这儿写好，爹给你看看措辞合适不合适。”

“这是我的第一封休书，务必写得文雅优美，不适合在军营里写。”雪信不咸不淡地应付着。

“第一封，什么意思？”河东侯糊涂了，“爹只需要你写这一封。”

“第一封写得出来，接下来的也不会太难了。”雪信起身，“容我回去好好想想。”

“吃了饭再走吧。”河东侯又说，“反正那小子也在我这儿，你要吃什么，让他做。”

“他到底是你的长史，还是你的伙夫长？对了，今天我要把人带走。”

“你到底偏心哪一个？带走他可以，那就把高承钧送来，反正总得留一个陪你亲爹解闷。”河东侯不高兴了。

“爹爹。”雪信叫了一声。

“啊？”河东侯应声。

雪信看着河东侯，问出了她一直以来在思考的问题：“过去我以为我凭着一张脸，能打动任何人，换来任何我要的东西。后来我发现，真正的好东西是权力。手中有权力，便可以肆意摆布别人的命运。可如今我依然被摆布着，是爹爹送我的地位不够高吗？”

“唔，你到更高的地方看过后就知道了。”河东侯也不知该如何正面回应这个问题。

“不用去看，我知道你在骗我。”

说到僵持不下时，苍海心入帐来了，单腿跪下递上一个信封，军中礼节有板有眼的：“末将要请假，这是假条。”

“不准。”河东侯接过信封放在案上，拆也不拆。

“末将要完婚。”

“近日安城局势紧张，全营将士须枕戈待旦，不许成婚。”河东侯也说得有板有眼。

苍海心看了雪信一眼，雪信面无表情地折起案头上的空白书笺放进袖口，似乎回到家中她真的会拟个休书草稿。

“我七日后大婚，公主别忘了送贺礼。”苍海心一本正经道。

“贺礼会提前送到。”雪信把苍海心的信封也揣进了袖口。

回到公主府已是黄昏，玄河正在花园中钓鱼。

本来昏睡七日一醒来，雪信就该找玄河诊脉的，可她睁开眼从听见高承钧的消息开始，便马不停蹄地赶了一场又一场。

玄河昨日来时，雪信正在睡回笼觉，他等到夜半子时以后才走。今日午前就到了，然还是错过了，于是他干脆在花园树荫下钓了一下午的鱼。

雪信顺手拈出那个信封，递给玄河：“把这个呈给皇上看看。”

玄河颔首接过。

二人在西院堂上归了座，雪信一面把腕子伸给玄河，一面则叫过花奴来问：“今日我不在，家中可有发生什么事？”

“秦王世子府上的曲娘子来过，等了公主大半日没见着，便回去了。”花奴答。

“高节度使今日做了什么？”

“高节度使去了公主府的藏书阁看书。”

“看的什么书？”

花奴回答说不知道。在高家扈从防卫圈之外监视高承钧的举动已是不易，高承钧在阁中找什么书看恐怕连他的亲随扈从也不知道。

“有没有人找秀奴？”雪信又问。

“没有可疑之人找秀奴说话，不过秀奴溜进公主房中摸索了一圈，翻出公主妆台隔层里的奏本一一看过。依照公主的吩咐，没有当场叫破她。”

雪信从脉枕上收回腕子，看玄河展开纸笺写药方，舒展白净的手握住一支狼毫，一笔一画工工整整地写着小楷，一个字完了是下一个字，一个药名完了是下一个药名，一行写到尽头另起一行。

那燥乱的思绪也被带得慢了下来，像行走在黑暗中经过别人家的院子，一个灯火通明的院子，偷听别人家的私语，窥视别人家的晚饭吃些什么。其实都是无关紧要的事，却能让她暂时忘了夜黑路长里的倦。

“你累了，停下所有的念头歇会儿吧。”玄河一边笔走龙蛇，一边叮嘱雪信。

那当真是个诱人的提议，他一说“累”字，她连支撑身体坐直的力气也没有了。

“我怎么敢休息？我睡觉的时候别人都不睡，然后等我一觉醒来不知又出什么乱子。”雪信口中喃喃，目光跟随着玄河执笔的手移动，思绪渐渐走远。

药笺在雪信眼中化成了初雪的田垄，而她是雪片，在田垄之上盈盈旋下。笔尖的毫毛碰触纸面，拖出的笔画又如深秋静池漾起波纹，她则是那片深秋的枯叶，悠悠飘荡。

“公主？公主？”花奴边唤边在雪信面前扬了扬手，打散了雪信的凝视。

雪信清醒过来，对玄河切齿：“你的手艺又精进了。”

玄河客客气气：“雕虫小技迷惑不了公主，是公主累了。”

“除非有人要带她走或要她的命，别的你不用干预。”雪信收住神，对花奴说。

“她做贼我还得替她望风。”花奴发着牢骚。

“就像我纵容你没规没矩一样，你就纵容她为所爱的人做蠢事。”雪信这话花奴一时半会儿也不能领会，但只要领会目前不要惊扰秀奴就行了。

雪信走向院外，留下花奴侍候玄河接着写那张药方，长长的单子一页写不完。

藏书阁下有高家扈从守着，见雪信至前，正要行礼参拜，雪信摆了摆手，把手指放在嘴唇上。她如入无人之境上了楼梯，楼梯最上一级台阶坐着秀奴，正把脸埋在双膝之间打着瞌睡，身旁放着个小篮，里头肉食的气味已不新鲜了。

雪信抬起手指尖在秀奴肩上点了下，秀奴抬起头，坐着的她与站在几级台阶下的雪信视线平直交接了。

“这是高节度使的晚饭？”雪信指着小篮问。

“这是他的午饭。”秀奴小声回答。

“你吃过没有？”雪信问。她看见秀奴双手压着上腹，人还躬着。

“他不吃我怎么能吃。”秀奴那神情分明已是饿出了七分痛楚。

“去吧，到伙房吃一点，重新送一份晚饭来。”

“一份吗？”秀奴听见雪信腹中传来了“咕噜”一声。

“一份够了。”雪信跨过小篮子，登上外廊。

在阁室里，她透过书格缝隙见到了高承钧。他盘腿坐在楼板上，背贴着一架书格，一手捧卷一手翻页哗哗有声，书页被翻得扇得出风来。雪信眯眼去辨认他身边书册封面上的字，距离远了看不清。

自初夏迁居以来，她不曾登过藏书阁。阁中书籍部分是从河东侯府搬来，部分是梅娘帮着采办，还有乱七八糟的人做贺礼送来的。她懒得过目，统统交给梅娘布置，也不知道哪一片书格装的是什么书。

她放轻了呼吸，提起裙摆绕向高承钧身后的书格，却在此刻她的饥肠拧出了一记响动，在静室中听来如擂鼓雷鸣。

她脸上一烫，奋力将裙摆捞起就要夺门而走，却听见高承钧开口说："你肚子饿的声音，你四岁时我就听过。打小你断荤茹素，受罚饿饭，我不断地听你肚子叫唤，早听出宫商角羽来了。你有什么可逃的？"

雪信像只在起跳时被人掐住的蚂蚱，干脆坐到楼板上捂住肚子，还用脚踢了下书格。

高承钧也学会用他们的最初打动她了？一如她在龟兹时做的。那羞怯可真不合时宜。

她站起来，走向高承钧："听说你安安分分看了一天的书，我来看看你是不是真的那么乖。"

"我不想你披头散发乱穿衣裳的样子被别人看到了，所以决定不给你惹麻烦了。"高承钧合上手中的书本，看向她，目光沉沉。

雪信蹲下捡拾起楼板上的书本，都不是什么正经书。她说："我以为你临时抱佛脚，在兵书上找法子呢。"

高承钧摇摇头："闭门看个兵书也是给你惹麻烦，我怎么会做？"

雪信站直了，点头："甚善。"然后转身就走。

高承钧叫住她："如果你有不愿别人知道的事情，最好找个更稳妥的地方放它们。"

雪信停下脚步，回到高承钧身前俯身："听起来你捏了我把柄似的。"

"若你有什么把柄没藏好，最好也是落在我手里。只有我不会伤害你。"高承钧似在承诺。

"我爹爹也那么说过，不过他说世上唯一不会害我的是他。"雪信走到门口，门外站着秀奴，"你脸色不好，没去吃东西吗？"

"吃过了。"秀奴轻轻答道，递上怀里的小篮子，"要侍奉公主用膳吗？"

"侍奉高节度使就行了，这一份是给他的。"

雪信说完下阁去了。

在阁下，雪信对高承钧的扈从说："给我找个火盆来。"那名扈从立在原地没动，雪信又说了一遍，"去给我找个火盆来。"

"是高节度使的命令，还是公主的命令？"扈从问。

"是我的命令。"

"公主，末将只听令于高节度使。"

"在我公主府中，你只听令于高节度使。在我朝王土之上，你听令于谁？"雪信厉声问道。

扈从在雪信的逼视下跪地唱喏行礼，跑向远处，不多时提着个火盆回来了，也不知在盛夏里是去哪里弄来的。

雪信从怀里掏出一张银票丢进火盆，纸张被红红的炭火舔成黑色，顷刻又转成灰白扬撒在夜风里。她从怀里掏出一个手抄卷投入火盆，不多时也被炭火吃完了。

她继续掏出一个小布袋，三颗珍珠在她手心里盘桓打转了片刻，她叹了声："明珠何辜。"珍珠与布袋也被扔进盆里了。

烤珍珠的气味不大好闻，雪信退开了些，捂住鼻子注视珍珠表层染上的黑斑，黑斑扩散至整颗珠子，黑珠上出现微孔和裂隙，再塌陷成一堆灰。烧不透的只有珠心一粒小小的砂子。珠泪成灰，到最后也只剩一粒小小的硌人的砂子。

烧珍珠的臭味引出了高承钧，他扶着外廊栏杆向下望来。

雪信昂头与他对望良久。

彼此都从对方脸上看出了两张面孔。一张属于天真娇俏的小女孩和沉稳隐忍的少年郎，另一张是睚眦相对的两副狰狞鬼脸。

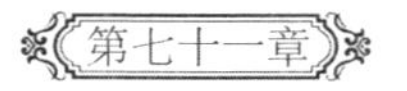
第七十一章

迷航风满帆错桅

雪信离开军营的后一天，皇上下给苍海心的圣旨送到了河东侯的军营，责其回府后七日内完婚。

同日里雪信也领了观风使一职，奉代天子检阅天下乐舞的圣旨去了仁政坊和光宅坊露面。

两下里都是圣旨开路，在安城朱雀大街上迎面撞上时还隔空礼让了几个来回，只不过苍海心在马上未开口，雪信在车中没露脸，磨的是随行家奴的鞋底子。

那蜻蜓点水的交错没搔到看热闹的人的痒处，终于没憋住交头接耳，说前阵子卖疯了的话本被禁了，安城十多家民间小印社全员蹲了大牢。胡乱编演歌舞剧的班子就关在印社隔壁，还没说怎么处置，此番新乐公主代天子检阅天下乐舞，扯了好大一面旗，实则还是处置这桩案子去的。

话说回来，前两日安城令四处捕人，高承钧杀气腾腾地带走了始作俑者，安城人还以为这下要血流成河了，没想到新乐公主说了话，为案子定了性质，性命交关的事成了交一点小钱就能赎清的罪过。

安城人再讲起这位公主来就多了那么点敬意，哪怕她依旧风流成性，捧了圣旨走在大街上遇到情人也不回避，隔空还要去调戏一下——也有人替雪信说话的，说以公主之尊贵遇见其父亲的部下何须回避？公主让道让的是对方的圣旨，对方回让也是因为圣旨，合乎礼仪，何来调戏？不过此种辩护并不受大部分人的欢迎。

“天下乐舞看安城，而安城乐舞在教坊。我奉天子旨意巡视乐舞，整肃乐风舞风，不会干预管理事务，也不会影响日常排练。望诸位也安之若素，勿惊勿忧。”雪信对她面前的人说。

站在雪信面前的是左右教坊的教坊使、教坊副使。他们都皮肤细腻、下巴肥厚，下巴上长不出胡须。教坊使们都是前一日夜里才得到消息，奔走商议了半夜，也辗转难眠了半夜。

民间歌舞班子在市井演出，而教坊仅为宫宴和贵族家宴服务，民间出了个不受控制的歌舞剧，新乐公主来找他们的麻烦，他们是不服的。

“诸位的前辈，教坊的第一任教坊使曾是我的老师，所以诸位不必将我视作行外之人。”雪信又说，意思是她并不会乱来。

她的第二轮话并没有给面前的几个人解宽心，反增了他们的警惕。

不是外行又捧圣旨在手，是否要奉她的话为权威？是否要停下所有日程配合？她是否会借题发挥，要把手伸进教坊人事里搅动搅动？这些人从来不相信来者说什么，也不关心来者做什么，他们只紧张自己。

所以雪信也没什么好心再告诉他们，她在半个月前即向皇上递交了奏本请求来教坊看看，实则不关什么违禁演出的事，乃是为老师心愿。更不能对任何人讲出来，这是华城提出的三个条件之一。

因为有人密谋害高承钧，所以要将心怀不轨的臣子换掉一批。

因为高承钧回到雪信身边了，所以要用一门亲事打发了苍海心。

因为出了谣言谤毁，雪信需亲自处理，所以她在教坊设置了专署。

三件事无不是贴心铺垫，水到渠成。局外人看不出门道也挑剔不出道理，局内人走到了指定位置等着华城的反应。

“我对诸位没有什么要求，不管你们来这里是什么缘由，我都期待你们在乐舞里找到欢喜。奏乐起舞之前，需得先为自己歌之咏之，舞之蹈之，若一首歌一阕舞连你自己也打动不了，又如何打动座上人？”雪信对着左右教坊集合起来的都都知、都知和舞伎乐工说。

这回听训的人多了，所有的面孔刷上了一层麻木，底子实则是哀楚。这些人有的出身乐籍，世代以此为业，未学说话走路先学会歌舞；有些人是罪臣家眷，从枝头跌落到泥塘里；也有出身良家子，因为家里没饭吃被送来与官府签了卖身契，实则是遭受了家人的背叛。

欢喜是什么？抵得过十丈红绡做缠头吗？

无人欢迎，也无人敢怠慢。外教坊右善歌左工舞，分别腾出漱泉小筑和剪霞堂给专使做了公署。比较了两处与公主府的距离远近后，雪信选择了剪霞堂常驻。

每日里雪信都端坐于堂上听着前后左右各院飘来徐急不一、参差错落的舞曲，数着天光在门槛上进进退退。

她等着别人来找她。

第一个来的人玄河，他轻轻进门轻轻落座，在雪信对面倒转着看她铺开了纸作画。

小时候学写字，也是那么涂抹上几笔的，细长的铁线是兰草，大块的墨斑是青荷，一挑一提的是竹叶，循着章法像不像三分样。

雪信笔下的实在看不出是什么，也许是池塘中缠成一团的水草，也许是暴雨后残破的蛛网，更或者她只是不喜欢教坊给她准备的纸笔，觉得只有在无意义地浪费完它们后才能摆脱它们。

玄河注视着那支笔的轨迹，似是看出了些什么：“你在找破局之法？”

笔尖一颤，墨汁在纸面渗成了一个大墨团。雪信扔开笔，掀起废稿要搓成团，被玄河按住了。

他铺开那张画，抚平纸面新揉出的褶皱，玉管一样的食指和中指并作一股，点了点画上的东西："这里是三处礁岸，是不是？"

玄河抬头，从雪信眼睛里找确定或否认："被你潦草涂抹的点算作帆船，画上帆影虽多，却是零落海上的孤帆，没有船队。你勾出的细线是各船航线，众船从不同港口出航，去往不同终点，没有一条航线重合，航线与航线之间却有着交会。你在找一条航线能让一条船撕开罗网出去。"

"可惜并没有一条活路给那条船。"雪信认了。

玄河点着图中心的一块礁石，石上躺着一条船："这条船是搁浅了吗？不在海中，没有来的航线也没有去的航线。"

雪信望着他："这条船与礁石一体，同玄河子一样。"

"只是公主不知道这条船从哪里来，也不知道想去哪里罢了。"玄河笑。

"那玄河子与我说说？"雪信用手指尖去触玄河的指尖。

她看见玄河的眉心裂开一条缝隙，睁开了一只竖着的眼睛，瞳仁徐徐扩张，盛满了阴郁的海，冷灰色的海风抽打过来，鸥鸟在桅杆上盘旋。船还搁浅在岸上，布帆灌饱了风。她还没辨明船帆鼓胀的方向，瞳仁一缩关住了海的影子，眉心的眼一阖。

她激灵灵缩回了手。

这一瞥，足够了。

秀奴走进堂来："秦王世子府上有客来谒。"秀奴是高承钧托给雪信保护的，只好须臾不离身边地带着。

曲尘怀抱三层食盒走进来，郑重行礼，拜完了雪信又给玄河拜："公主代天巡乐，如此受圣主倚重，秦王世子自当会遣人来贺。这是曲尘亲手做的茶点，望公主不要嫌弃。"

她俯首打开盒盖，层层摆开，米香清淡，琳琅满目。只是雪信前十多年靠的是各色揉进香料的米糕过活，纵然茶点工巧精致，还是勾起了她的惆怅。再看曲尘今日系的还是马球会那日上门穿的青罗裙。

安城里的贵妇名媛争奇斗艳，一件寻常衣服穿出门一回便束之高阁，只等着年节翻出来打赏奴婢，隆重昂贵些的衣服能多穿几回，却也要小心错开了日子错开了人。一个月里穿着同一身行头撞见同一个人，即便对面人记性不好，自己也早暗暗羞红了脸。若曲尘当真是秦王世子遣来的，也不会穿着旧裙子和只有亲手做的茶点做贺礼。

雪信唤过秀奴来，吩咐说传话回公主府，让梅娘找几匹彩帛并一匹水蚕丝送到秦王世子府上做回礼。

"曲尘还要替自己谢谢公主。"曲尘低着头，眉梢和嘴唇微微发颤。

大概说的是从崔露华手里扯走秦王世子的事，难为她还记得。倒是不知派小婢去高承钧处通风报信的事，她还记不记得。

"人各有天命，你不用谢我。"雪信答得模棱两可，她的心思并不在曲尘身上。

玄河的手还放在画纸上，压着礁石上代表一艘船的小墨点。雪信初时舔墨落笔信手圈点，自己也不知道涂抹的是什么，玄河居然一眼洞穿她的混沌心思。

画上中间的圈是安城，西北方的圈是安西，东南方的圈是华城。圈里圈外的点与点牵起线，有的是勾连，有的是冲突。

华城要将苍海心推上王朝最高的座位，他要用锦书换皇位。王朝如今的主人默许了交换，依照条件为苍海心铺出道路。

安西终于养成了心腹大患，朝廷用高承钧替换掉高献之，又趁高承钧还未坐稳西域时来个釜底抽薪。高承钧决意不再臣服，赌着性命入安城企图带走为人质的雪信。

华城为今日的发动经营了二十年，一面在安城激化朝廷与高承钧之间的猜忌，一面在西域借葛逻禄之部族搅动僵局。

苍海心与雪信是乱流中的两个漩涡眼。苍海心对皇位不感兴趣，整日浑浑噩噩，围着雪信打转，被几方力量拨来拨去还自得其乐。雪信不忍心高承钧被禁锢在安城，可她自己又被安城和华城的两重锁链困住。

蛊虫解毒必需的瑶香草离土即枯，华城开出的让锦书醒来的条件也是她留在安城。她不能走，而高承钧也不肯独自上路，眼看大限将至罗网收紧，第一个绞死的就是高承钧。若雪信随高承钧走，她将在前往龟兹的路上油尽灯枯，师娘锦书在长南观中也许永无苏醒之日。

皇上与雪信在锦书的事上是一条心，对待高承钧的去留却相悖而行。

沈先生与雪信在扶持苍海心一事上有默契，可在因锦书的遭遇生出了仇隙。

雪信要高承钧生，但她不愿自己和锦书师娘死。皇上身边有河东侯，高承钧身边有葛逻禄，沈先生安排在安城里的人不知有多少，甚至连雪信也算一个。

利益与利益，私情与私情，私情与利益，盘根错节，抽不出一条活路。

曲尘怕是肺管子有了病，说几句咸淡话夹一串的咳嗽，咳得自己都尴尬，见雪信依然不理，双手绕到脖颈后解开搭扣取下了一串项链推至书案上。雪信这才把眼光落上去，项坠是黄金底座，镶着块打磨圆润的剔透碧琉璃，如青杏大小。

“这是秦王世子为你打造的新首饰？”雪信随意问了句。

“不是。”曲尘说，“我想用这件首饰向公主换两件东西。”

“我不知道你想换什么，只知道这条项链在我眼中平平无奇，并不想要。”雪信收回眼光，继续在草图上巡弋。

却是玄河拾起项坠迎光照了照，又在手中握了片刻，放回案头对雪信道：“公主可以听听曲娘子的条件。”

“那你说吧。”雪信对曲尘道。

曲尘肺管子又不舒服了，望着玄河捂嘴咳嗽。

玄河识趣，起身走到庭院中。

曲尘容色一变，抿着嘴唇对雪信又长施一礼：“我要两件东西。第一件，你承认你是我的姐姐，让河东侯认我做女儿，皇上封我为郡主。第二件，让沈越青随高承钧去西域。”

“你要的似乎有点多了？”雪信又看了眼绿宝石项坠，“我看不出来它那么值钱。”

曲尘双手捂住了小腹：“我的孩子需要个尊贵的身份。”

“明明是你自己想要，却说为孩子争，倒是你一向的做派。”雪信冷笑。

“还记得世子与我的第一个孩子吗？他现在在哪里？这都是你的错。”曲尘的语气陡然变得严厉。

她们当然都记得，当初雪信谋算高献之的手段还拙劣，没毒死仇人，熏香里的麝香却令曲尘小产。雪信看不出曲尘对她有几分真情实意，可是她让曲尘失去了一个重要筹码，算是她欠她的。

雪信说："原来你没有忘记，也没有原谅我，只是等着个合适的机会来讨账。那沈越青呢？我为什么要帮？"

"是他从华城带出了这条项链。"

雪信对曲尘招招手，手指头按在曲尘的眉心，她闭上眼，虚空里什么都没有。她几乎忘记了，曲尘也是从沈先生身边来的，曲尘的梦境也是有禁制的，她闯不进去。

"你还是说全了吧，别让我一点点挤。"雪信掩饰好了失败，收手坐正。

"项链是沈先生送给师娘的生辰礼物，是沈先生亲手打磨宝石交给越青师兄做的镶嵌。在你去西域后，我传信给越青师兄求他办了一件事，那件事触怒了沈先生，越青师兄险些被处死。锦书师娘私放了越青师兄，还让越青师兄带着项链来安城找你。普天之下，只有你会念及旧日情分，又有能力给他点庇护吧。"

"那我就对你托越青师兄的事越发有兴趣了。"雪信显得饶有兴致，"你可以不告诉我。我可以拿走项坠，安排好沈越青，不过你不说，你的孩子就不会成为秦王世子的嫡子。"若不是因为锦书师娘的托付，连沈越青都可以不管。曲尘送项坠上门，雪信收下便好，两人的身价地位不对等，何来的谈判。

曲尘迟疑。

雪信不急，手指头在书案上叩着，提醒对方自己的耐心有限。

终于曲尘艰难开口："我让越青师兄烧了一对琉璃做的耳鼓。"

雪信的那只手把草图揉成了一团："原来是这样。你背叛了沈先生，给沈先生增加了一个大变数。沈先生恼怒了。"苍朝雨能听见声音了，再也不是残疾了。锦书师娘帮助沈越青和曲尘，也算是背叛了沈先生。沈先生恼怒了，绝望了，放弃她了。

"难道你不想高承钧活着？你让高承钧活，也是背叛沈先生。既然一样是背叛，那何不让高承钧离开安城时带上越青师兄，越青师兄从此就不用担心沈先生的追杀了。"曲尘咬紧牙关。

"我不会用师娘的命换高承钧的命。我要他们都活着。"

"你高高在上，长袖善舞，几方博弈火中取栗，你能调动的权力让你有资格说出骄狂言语来。而我什么都不是，我只能选择，选择这边还是那边，选好了就死死占住，没有后悔的机会。"

雪信与曲尘对峙着："你说我如今将你和越青师兄送回华城，能不能换回师娘？"

曲尘的身子退了退。

雪信又逼问道："你说的是真话吗？我不在时，沈越青完全可以将项坠交给皇上，这样也能得到庇护。可是他心里念着你，先来找的你，而你扣下了项坠，藏起了沈越青，你掐准了时机找我交换条件，一开口就是你要做郡主。沈越青被你利用了两次。"

"这是我与他的事！"曲尘倏地昂起头，"他愿意为我做任何事，我给他机会！他乐意！你做的事情又高我多少？我凭什么受你羞辱？"

曲尘伸手抓向那条项链，雪信拍开了她的手。

"我答应你了，郡主。"雪信对她微笑，"你为秦王世子谋成了一件大事，他只赐你首饰衣裳，你想要的地位依旧自己来争，这也是你与世子之间的事对吗？他给你机会，而你乐意。"

曲尘的手心里流出了血，她紧攥在掌心的指甲刺破了皮肤。雪信有的她也要有，哪怕所争取的东西并不是件好东西，哪怕它最后反过来咬她一口，抱怨也只是拥有者才配有的矫情，得到了才可以唾弃。

她舍不得污了为数不多的见客衣裳，默不作声地抓起一块茶粉做的糕点按在掌心伤口，在雪信面前站起来："你答应我了。我等着。若你没有做到，我总有办法叫你后悔。"既然露出了獠牙也不怕说重话了，虽然她还不知道怎么咬一口下去叫雪信痛。

曲尘行礼退出去，步子比来时轻盈许多，过门槛时绊了一跤，她瞪向庭院中的小婢女紫笋。紫笋提裙跑来扶她，为她拍净裙上灰土。曲尘昂然离去，仿佛已开始按郡主该有的样子改造自己的仪态。

玄河踱进堂来，雪信正对着光端详手中的项坠。

"碧琉璃，必流离。这口卦不吉利啊。"她念叨，"在曲尘和沈越青背叛以前，项坠就已镶好送出去了，其实他早就灰心了，是琉璃耳鼓令他下了最后的决心。"

雪信又把项坠贴近书案，观察屋外明光穿透琉璃后映在纸上的绿斑中有无异常。

在百器工坊的作品里，有一种外表如常却在反射光斑中显现花纹的铜镜。在锻铸时镜面花纹部分做了特别处理，微微凹缩下去，观之抚之却平如静湖，也是能拿来传密讯的。但手中这颗琉璃光润透明，内中布满气泡与流纹，组不出什么有意义的密文来。

"他送个不值钱的破琉璃给师娘是什么意思？总不是借个名字伤怀一下吧？"雪信看向玄河。

玄河解释道："不值钱的破琉璃？这可是天外飞石撞击大地，融化了岩层凝结而成的宝石，汇天地之灵，阴阳交融，亦是我门中习术修法的一件宝物。"

雪信对光又照，果然琉璃中的气泡呈流纹疯狂涌动之态，寻常脱蜡法烧制的琉璃纵有气泡也是宁静的。

"啊？宝物？"她嘲弄地笑笑，从怀里抽出手绢包了起来，从书案上推过去，"送到长南观去吧，物归原主。"

玄河一时没接："这件东西足可以向皇上换出你要的那条航路。"

"等锦书师娘醒过来，嘴甜一些叫声师叔，她少不得摸着你的脑袋，给你见面礼。"雪信撇撇嘴。

相守二十年的人也能把你装在匣子里拿去典当了，你说心凉不凉？可又有人为赎你愿搭进全副身家，心还不至于凉透。他们那点曾经沧海和魂牵梦绕算什么，锦书师娘真真切切养了她许多年，给了她许多年的疼爱，就算他们都变心了反叛了还有她在呢。

"讲私情不如讲恩义牢靠。"她摇头连连，猛甩翠翘上的珍珠。

玄河收起案头的手绢包："那你是决意用恩义换私情了？"

雪信又摇头："谁说世上只有恩义和私情，谁规定非要选一项的？"

"多想想为你收拾残局的人。你登得越高，惹的乱子越大，你这副身躯的底子也越薄，不可能再透支了。我很怕我下回救不了你。"玄河的话语里掺了些许担忧。

"不会的。我惹的乱子越大，玄河子收拾残局的本事就越高呢。"雪信笑，"我在此先谢过将来要再次救我性命的人了。"

她说得玄河简直没脾气了，不过玄河本来也不见得有脾气。

送走玄河，被两次揉皱的草稿又被铺展开，她凝视纸面上喧闹的海洋，提笔添加了若干点与线。手指头上的劲几乎将笔杆折断。

秀奴走进来："越王二公子派来送贺礼的人，在教坊大门前与看门的闹起来了。"

左教坊三间四柱的石头坊门前，一大票人拥堵着，领头的紫衣女子比手画脚，跳得最高，丰腴双腕左边十个金丝跳脱右边三个白玉镯叮叮当当，动静已堪比一场大戏了。

她一开口，高调门不但压住了面前拦门的，也盖过了身后帮腔的。众人发现闹闹哄哄声嘶力竭，也抢不过她的大嗓门，遂渐渐住了口，把场子留给她一人发挥。巡街的金吾卫赶来，却也被紫衣女子诡异的热情镇了一镇。

紫衣女子大概的意思是开门见客不打送礼人，越王送给他二小子的新婚贺礼，二小子才看了一眼就让人送来给公主道贺。送礼上门哪有往外拦的？

教坊看门人说起来也是一脸苦相，哪里是他们要拦，明明是礼物横着宽过了石坊中间的门洞，竖着高过了坊门顶，过不去啊。

那些送礼的一看进不了坊门，竟有人爬到坊门顶上拴绳，下头赶起骡马来要拆这座石坊。看门的见他们闹太过才出来阻拦的。

这送礼的一方是越王二公子，收礼的是新乐公主，两人私情又是街知巷闻了，虽借了教坊的地头闹，金吾卫几个小当兵的也不敢擅自主张是非对错，瞬间加入看戏人群里，只喟叹起红颜祸水搅得一城酸风醋雨，欣羡纨绔子弟宣示爱情出手之挥金如土，更对那礼物好奇不已。

那通身包裹红色油布、隐隐散发异香、总三丈三高、由十五匹壮马拉来的东西，到底是什么呢？巨大马车驶过的街面，青石板都被压坏了十之五六。

借着打圆场，金吾卫建议紫衣女子："石头坊门拆也费事，倒不如就着车上的礼品想想办法。能分若干趟搬进去的，教坊也少了为难，你这方也省了力气。"

"沉香山子，你们见过这么大的沉香山子吗？莫说锯成几段搬进去了，磕出一个指甲大小的印子来，你们都赔不起。"紫衣女子用瞬间鼓出来的眼珠子加重了威吓。

她顺手解开一个绳扣，掀起油布一角，沁人的幽香顺着她手臂一挥流泻而出，无影无形却姿态婀娜，百转千回又气势磅礴，在场众人顾不得体察香气有何特别，只觉得仙乐飘荡，周身融化在异样的幸福里。也没人看清楚显露出来的山子一角雕刻了什么，紫衣女子便把油布盖了回去。香气包裹住人群，余韵还绵长得很。

从教坊门里走出了秀奴，对紫衣女子道："紫娘辛苦。公主说了，坊门可以拆，只是拆了还得搭回去。"

"拆了顺手搭个更高的门，下回让公子踩上去摘了星星月亮送给公主。"被称作"紫娘"的女管家豪气干云道。其实她更习惯大家背地里对她的称呼——猴子。

连一队六人的金吾卫也被猴子吆喝过来帮着拆石坊，最中间的两根柱子一被推倒，马车即拉着巨大的沉香山子进去了。此后一路拆过去。

拆了门楼后，发现其后的道道门都比门楼低矮，干脆取了直道破墙过去，拆到剪霞堂院墙方止。猴子又自苍海心的家奴里挑出踏实稳重看着不讨厌的几个，清理了庭院，空出两丈见方的地方安置好了沉香山。

猴子自己提着一个食盒入堂来见雪信，打开盒盖："这是荷花饼，这是金玉羹。"

一个白瓷碟中面点被捏成了花瓣状，下油锅炸了，花瓣层层翻卷开，瓣尖带一抹粉，花心是绿豆泥。还有一碗羹汤，熬的是小米与栗子，原是要加入羊汤的，专为雪信改成了参汤。

"公子在自己家里，还有他军营里的下属盯着，出不来，便只好亲手做了点心让奴家送过来。奴家可是怕凉了滋味儿差了，一路捂在怀里。"

雪信正煮水烹茶，听猴子那么说，一口茶水险些喷出来："你也不怕捂馊了。"

猴子嘻嘻笑，过来端起茶碗就喝，又说："公主赶紧啊，奴家是领了任务的，要看着公主吃完，拿空碗空碟回去交差。公子说了，还要问问公主有阵子没吃上他做的点心了，想念不想念？他说，要是公主会忘，他就不停地送，让你想忘也忘不了。"

雪信拈起一个荷花饼填住猴子那灵活翕动的嘴："这招倒是让他学会了。"她离开龟兹时给高承钧留下一瓶梦脂，这一手什么时候被苍海心偷师了去，"他什么时候可以少做些没用的事？"

"公子对公主巴心巴肝地好，如今要与别人成婚了，公主就没一点舍不得？"猴子三下两下吃完饼，又不住地说，"这句不是公子问的，是我瞧不过去。"

"他与崔家小妹的婚事，我还推了一把。你不会不知道吧？"雪信觑了猴子一眼。

"公主推不推一把是一回事，舍不舍得是另一回事。"猴子回答也是机敏。

"我舍不舍得是一回事，要不要告诉你是另一回事。"

猴子嘿嘿笑："那就是还有那么点不高兴的。我回去照这么告诉公子，公子高兴了，会多赏我的。"

雪信简直拿猴子没办法，站起来走了两步："安城里头，亲人成仇，爱人反目，是非转瞬颠倒，今天是这样，明天又成了那样。你要我一句话，十句我也说得。可你以为公子会信？他只会做出高兴的样子骗自己。"

猴子说："你们这些生下来就有了身份地位的人，是不是特别耻于说真话？"

"不是耻于，是不敢。在虎狼环伺的密林里，谁敢发出羔羊的呼唤，承认自己心里还有柔软的地方是危险的。无论你的敌人还是路人，都瞄着你心软的时刻，不是戳伤十个八个对穿的血洞，就是抹上毒用你的心毒死他人。谁心软了，谁差不多就完蛋了。"

猴子还是笑："那天生不是狠心的人，活在暗无天日的密林里岂不是特别不快活？整天提心吊胆别人的毒牙铁爪，还得把自己伪装成猛兽。"

"假狠心久了，就会变成真狠心的。倒是你们家公子，连狠心也不屑装，心里也没有恨。我很是羡慕。"

"所以按着公主的话，我们家公子快完蛋了？"

"怎么会，他身后是这座林子里最凶最狡猾的兽。"雪信说完就走到庭院中召唤秀奴，吩咐传话给公主府里的梅娘，找出安西带回来的灵芳宅第沙盘，作为苍海心大婚的贺礼送过去。

婢女们过来解开绳索撤去油布，令人舒懒的香气立时充盈了庭院的角角落落又从院墙翻出去，慢慢扩散。

猴子转搬南方来的押运人的说辞，高三丈三、阔两丈的沉香山，是海上飘来被渔民打捞到，再由当地知县一级一级向上送到越王手里。原来也是体量惊人了，却还不至于那么大，是工匠把巨木拆解成几部分，完成雕工后再拼接成一个中空的山形，比原先大了四五倍。

虽是拼接，木块与木块的拼合处也仔细斟酌，天然的木纹与黑黄色的油线绵延流畅，几乎瞧不出破绽。

雪信看时，这座沉香山上的亭台楼阁，花木仕女，均是真物真人大小。一条凿出来的木台阶盘山而上，草木枝头均扎上了绢花，一个半山亭修在中段，飞檐翘角挂上七宝金铃。围绕半山亭的飞天乐伎穿着金银装点的彩绸衣衫。她们手中的琴箫琵琶亦随时能演奏，只等着主人坐到亭中一览天下。

美轮美奂，价值连城。可雪信心中一沉。这么精致的东西，怎么像座坟山呢？凿山为陵，人躺在山中，山上一应楼台乐伎永世陪伴着主人。

“这礼物不称心意？”猴子精乖，几乎立时看出雪信脸色不对。

“送得恰是时候。”雪信惨笑着说。

就等着苍海心大婚了。

雪信在沉香山上的沉香亭里坐了三日，府里也没回去，期间召来安城令询问，得知监牢中的歌舞班子俱已交了罚金给放出去了。

花奴每日都来汇报高承钧的动向。雪信把秀奴带在身边，也只有派花奴去盯着高承钧，他见过什么人，说过什么话都要汇报，送去的饭要用筷子搅一搅，肉丸子要剖成两半，每一本他翻过的书都要重新检查一遍。

花奴说高承钧这三日也太平，没有揪住私印话本案子的线索追查下去，三日来都猫在藏书阁里，没有客人上门来。

曲尘还来过一次，雪信不想见，吩咐挡在外面。玄河也来过，雪信问那块碧琉璃有没有令锦书师娘醒来，玄河只是摇头。

雪信坐在沉香山子上，像个行将就木的老人抱着提前预备好的棺木。虽然时日无多，可诸事缠身，她也放不下。

她还坐在沉香亭中思索，按照沈先生行事的路数，赐婚旨意一下，他当即会有反馈。曲尘背叛了沈先生，沈越青带走了碧琉璃。那么曲尘私自收留沈越青，带碧琉璃来讲条件，是沈先生算计中的一环，还是计划中失控的一部分呢？不管是不是，这块碧琉璃显然没派上用场。

那么余下可怀疑的只有她座底下的沉香山子了，越王手底下的匠人也做得出此等鬼斧神工之物？到底是越王送来，还是沈先生借越王的名义送来的？

沉香山子她自幼见过不下几百件，这一件的用料不算登峰造极，珍奇之处不过是大到惊人。香木雕刻出的人俑与她一般身高，发丝纤纤缕缕，木雕的脸庞浮现出沉香木特有的斑纹，呈现饱满又柔软的质感。

盘山小径至山顶有一条盘旋而下的阶梯，山中果然是空的。雪信踏着雕琢在山腹内壁的台阶盘旋而下。本来久坐山亭，闻多了沉香气息已恍若无感，但一进山中拂面是浓香骤冷，气息浓重到似能用手指划出丝来，像树枝拖过水面散开的涟漪。

又是香又是冷又是重的气息环抱住她，无数看不见的气流在穿透她的身体，并不疼，她却在颤抖。借顶下漏下的一柱天光，雪信花了好久才摸索到越发冰冷的底下。最底下被天光照出一张床台，一摸又是激灵灵，冷得她牙齿打战，是一张黑色铁床。

这件东西若是送给苍海心的，是叫他用山房当洞房？若是借了名头转手送给她的，是叫她用香室做墓室？是知道她要死了，还是拿吓人的东西警告她勿要轻举妄动？

雪信忍着哆嗦在铁床上躺下来，瞬间冰寒透骨入髓。整个墓室所有厚得化不开的气流向她压来，刺穿她，又在她身体里乱蹿。她的身体分明是越来越冷，却好像一口烤烫的石锅被扔下去一把刚捕捞的活虾，活虾凶猛蹦跳挣扎还被灼成红色，化作了一大群蓝色蝴蝶扑扇翅膀飞起来。

雪信被蝴蝶托起来，或者她就是那群蝴蝶，迎着穹顶唯一的一个光点飞上去了。她飘出沉香山子，眼前豁然开朗。底下是一间间房子，其实这三天来她还没好好翻阅教坊使送来的名册，也不知道房子里都住着谁。

忽然起了玩闹的心思，她落下去，身姿如同枯叶坠地。

她从窗户飘进去，站在一个乐工身后瞧着，乐工忽然脊背颤了一下，手底下漏了一个音，还好舞伎们训练有素，踏着原来的节拍把他的错误掩盖了过去。乐工偷偷回身望，与她面对面，却如什么也没发现。

雪信又穿过屋子正中的舞筵，穿过狂舞的伎人，她们规规矩矩地排练，谁也没有停下来与她打招呼。她穿过其他屋子，也是一样，甚至没有谁流露出一个看见她的眼神。明明是喧闹繁乱的人世啊，她却只看见丝弦震动，看见跺脚踏歌，听不见一点声音。

她无趣了，又飘到了高处，见教坊刚刚修好的石坊门前拥着一群群人，星星点点火光在白日里隐隐见见。她落下去，见到了崔露华，拧眉立目的，身后二十来个家仆，个个举着火把，其后还有二十多个家仆赶来了十多部马车。

教坊守门人又出来拦阻了。

崔露华张口呼喝，却只见嘴唇动听不见声音。家仆们从马车里拖出一个个布袋，集中堆放在石门下。守门人与崔家家仆扭打起来，吃了人少的亏，被按在地上。守门人个个面目狰狞声嘶力竭的样子，雪信听不见他们喊什么。几个火把扔到了布袋堆起的小山上，青的白的灰的黑的烟腾起，拧成一股冲天而上。

附近看热闹的又围上来了，张张脸上都是欢快的表情。看别人家的火烧，那是越旺越有看头。

崔露华又大喊了什么，雪信从她的口型里看懂了一个字，烧。崔露华摆手带人往门里闯。金吾卫到了，四个人用长戟抽打崔家家仆令他们蹲下，两个人截住了崔露华。

有个声音忽然在她身后说："你还有闲心看热闹？崔小妹是要烧沉香山子。"

雪信回头，见是玄河："你看得见我？你说的我也听得见？"她指着自己。

"还不快回去。"玄河说。

"崔露华这不是被抓起来了吗？不会有大碍，我再看会儿。"

玄河推了雪信一把，并没有沾到她，只是他袖子带起的风抽到了她。

她一睁眼，眼前一点白光，四面漆黑，安静如墓室的沉香山子腹中，她睡着了，发了一梦。

第七十二章

野居生凉炎染地

雪信又花了好久才摸索上台阶，一出山顶洞口，豁然如破水而出。管乐声、模糊的笑语声涌来，风正是从坊门方向来的，带着香料烧煳的气味。

山下站着玄河，她在山顶望只是个小白点。玄河向她招招手。

雪信踮了踮脚尖，确认自己的身体是沉甸甸的，飘不起来。山那么高，她登顶探底，再攀上去，这会儿说下去就下去？她哪来的气力？

她冲玄河招了招手。

玄河向上走来了。

雪信举目望向坊门的方向，青白灰黑四色绞缠的烟雾弥散半空还未散去。刚才梦中所见的竟不是梦。再看玄河，已至半山，她说话可以不费力气了。

雪信冲玄河喊："你接着我。"然后纵身跃下。

玄河一惊，迎向她接住了。

雪信下坠的过程中觉得失望，她这副身躯怎么这般重，像个用破旧了的粮食口袋，掼起来砸下去，接住她的手臂还晃了两晃。她在怀抱里偏转过头，看玄河眉心的眼睛又睁开了，望向瞳仁里，是一片清幽幽的月辉，是在曼陀罗花田。

她看到另一个自己被玄河提溜出来，被他扯破了衣衫，那个自己借酒撒泼还审起玄河来了，玄河被她推在垄沟里，险些跪地求饶。花田里的她醉倒在酒力与花气之下，趴着睡着了。

玄河妄图用竹筒捕捉她的香气，痴痴傻傻地放在鼻下嗅。他像个头一回玩虫子的小男孩，带着畏惧也带着好奇靠上来，手指尖抓住她撕坏的襦衫，把她雪白的肩膀套进衫袖中，然后是另外一边。他合上她后背处衣衫的裂缝，手一松衣料又流泻分成了两半，张开的口子里还是她雪白无瑕的脊背。

玄河又试了一回，抓住那裂缝不松手，终于将她抱了起来，走回观里去了。他把她放在自己的床榻上，让月光照着她的脸。像是成功捕回了危险又珍稀的蝴蝶，瞬间轻松，骄傲又无人可炫耀，继而是不知拿这剧毒的家伙怎么办。

瞳仁一缩，眉心之眼渐渐闭上。这一回眼中的幻梦如此长，若一开始是雪信趁玄河心慌意乱突施暗算，那么后来那些是玄河有意留下她继续看完的。

雪信贴着玄河的耳朵小声说：“当初你一见我便警戒我，是早知有今日吗？”

“当初不知今日是什么样子，也不知会怎么来。但当初已知定有今日。”玄河摇摇头，又点点头。

雪信感慨：“这些年蒙你照顾，受你恩惠，不知不觉已欠了你许多人情了。”

“是陛下托付也是我乐意的。”

“我那皇上叔叔让你做的事，你顺口说个乐意可不算。人皆谓不可为而为的事，才是你乐意。”

“陛下指派我的事可以分‘我乐意’和‘不乐意’。但我乐意的事不能与圣意相违。”玄河说出的话竟有些让人不容拒绝的意味，“我不能违，你也不能违。”

“玄河子看着挺随和的一个人，却最是死脑筋。谁告诉不能违的？是皇权？是经文？是你的忠诚还是你的恐惧？”

玄河跳下沉香山，明明怀里还抱着一个人，姿态仍是优雅轻盈，一边耳朵是呼呼的风，一边耳朵附着雪信的嘴唇。

雪信涂抹着石榴娇胭脂的两片嘴唇动了两下，说：“你没有贪心吗？你在我迷惑你的时候告诉我，你早已受迷惑，可你还是拒绝我？”

“如此公主可少费精神在施术上，也省省我救你的力气。”

雪信双足落地，悻悻然走回堂上，支起镜子照自己的容颜。是脸上蹭到灰了还是黑色的血筋又跑脸上了？被拒绝就算了，还是被一口拒绝。她气得牙痒痒的，若是以前她可不能就那么算了，软硬兼施非要对方臣服不可。如今她不想闹了，别为小节误了正经事。

“公主很美，比我初见你时更美。但不能违就是不能违。”玄河又来扎了她一下。

“我知道了。你出去吧。”雪信一把按倒镜子，丧气道。一举一动都有人从旁解说还真是讨厌。不过较之于苍海心痛快应承却眼高手低，较之于高承钧别有打算且不置可否，玄河一口拒绝也是干脆。

“公主打算如何处置崔露华？”玄河是闻报赶来处置这起寻衅滋事的。他没有金吾卫军中官职，不能直接管，但以兼职侍御史的身份哪里都可以凑一脚。

“没拆房子也没出人命，就交给安城令管去吧。”

“崔露华汹汹而来，要烧你的沉香山子，若你睡在里头无察无觉，一同焚化了也不知道。幸而没出人命，却也是滋扰了坊间的秩序。你说找崔尚书的过错，是教女无方还是纵女行凶？不能治家何以辅国？”听玄河出言又是要揪住小辫子往死里坑崔露华的爹。

御史台一旦弹劾起崔尚书，挖出过去的烂糟事来，崔露华的婚事也得暂缓。更别说河东侯烈火霹雳的性子，一旦听说有人险些烧了他闺女，是不是要打上门去烧了崔家房子？高承钧近几日才收敛了些，却也不是与外事隔绝，得到消息会不会再找安城令的麻烦？

近来安城中事事牵一发而动全身，任意小事都马虎不得。

“我和她说几句，再送她出去。”雪信一见崔露华就头疼，可只有做出个宽容和解的样子出来，各方才不会借机卖力做文章。

崔露华被两名金吾卫带进来，托了她父亲的福，没有被捆上。她见着雪信毫无怯意只有愤然，纠集了仆众大马金刀地杀来，只在教坊门前烧了堆香料，不够她解气也不够她受重罚。她没有看向雪信，而是站在阶下回身望沉香山子，眼光从青石台基斜上去，山尖隐没在强烈的日影中。

“这么好的东西，是我的！”崔露华转过头来，语气不耐。

“它在我的庭院里，就是我的。”雪信也不愿跟她扯。

“它是越王送给儿子的大婚贺礼，苍海心是我的，沉香山子就是我的！”崔露华拔高了音量。

“可惜，苍海心把它送给了我，我对这份礼物也很是喜欢。”雪信悠然道，转向玄河，“若是别的，我可以转送，这个不行，玄河子说是不是？”

玄河对雪信笑，他没有接话，可神情在说：不行，当真不行，万万不行。

“你能转送的，是这份廉价的收买？”崔露华从袖中掏出个小木盒向雪信投过去。

盒子裹着清馥馥的香气袭来，玄河接下打开，木盒中铺锦，一道凹槽中嵌着片白奇楠。他笑着合上盒子，揣进袖子：“这份收买也是万金难求，露娘子不要，贫道勉为其难受用了。”

“我能转送的，当然还有苍海心了。”雪信一条胳膊支起下巴，懒懒地说。

崔露华怒极，欲冲上来又被金吾卫拦下了，她拔下头上宝钗当飞镖投掷，又脱下一只鞋砸来，被玄河袖子一卷，拂到地上去了。

许久，雪信又说：“另一只鞋呢？我就爱看别人整整齐齐的，要是看你穿着一只鞋光着一只脚走出去，恐怕会愁得吃不下饭。”

崔露华脱下脚上另一只鞋攥在手里，雪信要她扔，她偏不扔。

“我好好地在家里，公主屡次三番抢我东西，又以权势欺压。玄河子，你不是御史吗？你是眼瞎还是沆瀣一气？”崔露华泪水如珠，瞬间砸到地上。

“你怎么总是把别人的东西当作自己的？习惯了用权势欺压别人，自己就受不得欺压了？”雪信拍了拍额头，“我又想起一件可以转送给你的东西。”她起身到柜子前从里头抱出个食盒来，走到门外，“你我情谊，也是从一盒点心开始的吧？我理当回赠一盒点心。”那还是三日前曲尘送来的茶点。

崔露华终于显出恐惧了，她看向正走过来的玄河：“你不管吗？她要毒死我你不管吗？”

“露娘子无礼了，公主赏赐的，饼渣也须捡起来吃完。”玄河颔首。他对崔露华说话时是一张公事公办的面孔，对着雪信又发起了愁。雪信不是要劝和崔露华吗？现在这是改主意了要把人吓疯？崔露华疯了，河东侯是不会上蹿下跳了，崔尚书又该兴风作浪了。

脑袋里想了一圈，可玄河还是帮着吓唬，大概是因为皇上从来没说过崔露华不能出事。

“公主要赐我毒饼，我不吃，我不吃！”崔露华提着一只鞋转身逃跑，忽地眼前一花，鼻梁撞在玄河胳膊上。她不顾东西南北换了方向跑，这回直向雪信撞过来。

雪信抬手按住崔露华的眉心，走进去。

她看见崔露华十五岁的生诞宴会上，自己戴着面纱替崔露华舞白纻，漫天洒下酴醾花瓣，美酒浓香搅乱了宾客的五感，躁动了他们的心神，他们掀翻了桌子争抢她抛出的香囊。香囊被撕碎，香屑撒了一地，宾客吞下了香屑，吞下了碎锦，连地面混了香屑花瓣的残旧尘土也撮起来舔下。

宾客中，苍海心悠然饮酒，高承钧把月大人护送出宴堂。崔露华站在墙壁与壁衣夹层里一双眼睛盯着那两个人。她当然恨雪信做了她做不到的事，令安城贵胄公卿家的子弟疯狂。她也牢牢记住了那两个人，雪信扮的是自己的影子，满堂迷乱，为何那两个人可以不拜倒在“崔露华”的裙下？

崔露华走回闺阁，随手取了一盒糕饼，撒上毒末。

旁观里的雪信攥住了崔露华的腕子：“你不敢上场，我替你上场。你要名动安城，我替你做到了，你却要杀我。”

崔露华看着雪信说：“影子若不能蜷缩在主人脚下就不是影子。今夜此地，戴上面纱，你就是我的影子。他日别处，你摘下面纱就是我的对头。”她抽回腕子，胳膊一挥间，她的身形消失了，随之出现的是卧房床榻上抱膝坐了个崔露华，窗外飘入婢女的窃窃私语。

“还差三天送嫁妆，崔尚书却把高家的聘礼都退了回去。是我我也吃不下饭。”

“可气的是那个安西四镇节度使，一点儿不把皇上的赐婚放在眼里，儿子都已和我们家露娘子订了婚，却还写奏本给儿子请婚。更可气的是高家也没来个人说悔婚，完全不当回事。崔尚书也不敢与安西那边争，全凭自觉退了聘礼。这可是露娘子的大事，兴兴隆隆操办了好一阵，到头来大家只能装作记性不好，忘了有订婚这回事，退字都不敢在她面前提。”

“听说是长平郡主寻死觅活要嫁高家儿子，高家也乐意结这门贵亲。露娘子在崔家门槛里是霸王，出了门槛怎么争得过皇上的表侄女？”

“露娘子是崔昭仪的妹妹，是皇上的姻亲妹子，怎么就争不过？”

“家里出个不受宠的妃嫔就敢和皇上攀亲戚了？河东侯才是皇上的真表亲。河东侯手里的兵权才是长平郡主的倚仗。”

“高家儿子将来铁定是要接他父亲的位子的，嫁高家儿子没嫁成，将来还不知落到哪家，门户高的攀不上，门户低的哪敢来捡漏，是我就干脆一条白绫悬梁上算了，也叫人知道我的骨气。”

“什么骨气？旁人正嫌你多余，你还一条白绫替旁人清理了自己，还不被人捏着鼻子笑死？崔尚书就该替露娘子争个面子。按说都和崔家定了亲，又去求娶郡主，大不了郡主做正室露娘子做侧室，结果压根儿没人提侧室的事儿，都不敢惹恼郡主。”

“有那么个厉害的郡主摆那儿，就庆幸露娘子没有嫁到高家做如夫人吧。你没听说过正妻妒妇烫坏小妾面孔的事儿吧？”

俨然崔露华已无路可走，嫁不嫁、活不活都是受罪。崔露华端起面前的食案哗啦啦打向窗户。

窗外静默了片刻，又有人说话了。

“露娘子可算嫁出去了，高不成低不就的，还以为她这辈子要在家里了。”

“露娘子选中的人是越王家的二儿子。哪个不知道，那是早先的长平郡主如今的新乐公主的裙下臣？露娘子这辈子完了，与公主较上劲了。”

“公主抢的是露娘子的夫婿，露娘子抢公主的情人，抢到了也不算扯平。那个风流公主不知有几个情人，皇上身边的玄河与她也摘不清楚关系。”

“公主的情人也罢，抢过来也算争了一口气。可眼看着露娘子要做越王二公子家里的女主人，越王二公子还是公主的情人。”

“越王送来的沉香山子，那二公子给公主送去了吧？公主送来的香宅沙盘，他供在家中，不仅如此，还在城中买了块地，又大肆收购香料，东西市上没有好香，他就召集了所有行商撒了重金为定，说要搜尽天下名香为新乐公主建香居。”

“可不是吗？现在安城多少王公子弟都在效仿他圈地皮，竞价买香料，短短三日，安城地价与香价翻了一倍！”

“还有四日迎亲，崔尚书该不会见风不对，再度退聘礼吧？”

“崔尚书？听说近日里也派人出去收香呢。也不知是要囤货发一笔横财，还是替他准姑爷预备公主香居的材料。”

崔露华抓起枕头扔向窗子，窗外又静默了。

不一会儿连床上的崔露华也不见了。

雪信走向窗子，推开来，看见崔露华喝令家仆搬出了崔尚书囤在库房的香料，又令准备了火折火把，浩浩荡荡出家门去了。

又一个崔露华显现在窗边，窗外已变作教坊门前堆香引火的光景。

崔露华望着四色巨蛇般腾起的浓烟，对着窗外那个被金吾卫拎住的自己说：“要怎么办？退婚也是输，不退婚也是输。她跟我抢风头，跟我抢高承钧，抢苍海心，抢我的沉香山子，连父亲也不在我这一边。我要闹一场，让大家都不痛快，要让世人都知我心中委屈，让他们想起她抢了我多少东西，让他们替我骂她。如此我就不算输光。我闹也是正当的。”

“你闹了。你父亲会被你拖累降职，苍海心正愁找不到由头与你退婚，大家只知道你泼蛮，提亲也会绕着你家门前走。至于公主，连你在门前放的烟也呛不到她，别人也只会传说她风月手段了得，苍海心挣不脱她的蛊惑，逼疯了未过门的妻子。露娘子，你还是垫在最底下遭人鄙夷的那个哟。”雪信站在窗边开口。

崔露华闻言才又发现屋中多了个雪信。

还没等崔露华开口，雪信又说：“你看，那个被高承钧退婚、又被苍海心冷落的人走远了，和你没什么关系了。你的志愿是名动安城，做安城最风光的千金，继而成为王朝最尊贵的女人。”

雪信手一拂，闺阁中的一切都隐去了，她在浓雾中徐徐涂抹出景物。

崔露华见到一座恢宏的殿宇，是永安宫中的立政殿，她仅在狮子宴上去过一回，上正殿行了礼，座次还排在偏殿。

她揉揉眼睛，她的目光穿过幽深殿室的金柱玉阶，把面向正南端坐在主位的女人拉近了看。主持宫宴的那个人不正是自己吗？

一晃神，她觉得自己成了主位上那个崔露华。座席硬得过分，她正不自在地扭动着，头上珍珠簌簌，垂地衣衫娑娑，真得不能再真。所有从殿门进来的人都伏地朝她跪拜，她们向她献上的是这个王朝的土地上以及王朝以外最好的东西。珠宝名香、霓锦虹绣、奇珍雅玩，最好的东西只有最尊贵的女人才配拥有。

她向一个正在行礼的宾客问道：“我是谁？”

“殿下是皇后，是六宫之主。”那看不清面目的女人说。

“不，我与天子共有天下，我是天下的女主人。”崔露华说。

“是，殿下是天下的女主人。”女人惶恐改口。

“可天子是谁？”

"天子登基前，曾是越王家的二公子。"

"怎么会是他？他不是不成器吗？"崔露华面露疑惑。

"可他姓苍，是先帝的亲侄子呢。先帝登基前，也曾是前一朝先帝的亲侄子。"

"不可能。先帝不仅有两个儿子，而且太子早早就立下了。"崔露华反驳道，"我嫁不了太子，也要嫁皇子，嫁不了皇子最坏也该嫁个世子吧！为什么是那个顽劣不堪、不思进取的人？"

"你以为你做谁的皇后，谁就会成为天子吗？恰恰相反，这个机会是崔家为你争取的，是未来的天子接受了崔家的效忠。你抓不住机会，那么未来的天子还是那个天子，皇后尊位与崔家无关。"女人头也不抬，语调倏然一变，"来人，把她拉下来。你们谁想坐她位子尽可去抢，谁抢到算谁的。"

前一刻还恭顺垂首的女人们潮涌而至，又是扯崔露华的头发，又是撕崔露华的袖子。

崔露华披散了头发喊："放肆！放肆！"然而没人理睬她，众人将她扯离了座位，正要按倒了她踩上几脚，她又喊，"我嫁！不成器我也嫁！这位子我坐！"

眼前一片迷蒙，乱纷纷的口舌之争似乎还在继续，只是声音渐远，扭扯着她的无数条胳膊缠绕成一团，自顾自打架。眼前迷雾散开时，崔露华发现自己正狂舞双臂，可雪信立在她面前五步之外，碰也没碰她。

崔尚书家的小女儿上教坊寻晦气，被新乐公主叫进去说了几句，又被公主送出来。公主还赠了崔小妹一盒糕点，用自己的马车送她回家。

那一天起，安城的市井小民们有了新的谈资，说新乐公主自幼从她母亲那里学会了一种妖异奇术，食人心以益姿容，吃的人心越多容貌也就越美。

高承钧的心被她吃了，苍海心的心被她吃了，上门寻晦气的崔露华也被她掏出心来吃了。没有心的人才会任她摆布。她吃过崔露华的心后，发觉女人的心娇嫩，滋味更好些，于是专门吃起女人心来。

从崔露华的梦里走出来，雪信明白了大半。

沉香山子是华城那边专门送来给她的。她四岁起食香饲蛊，心脏脾脏润透了香泽，浑身毛孔逸散香气。在沉香山腹中被香拥簇，她即是香香即是她。天铁所铸的床台令她的魂魄前所未有的强大，令她能在梦中去更远的地方。只要在天铁床上躺过，她闯入崔露华的白日梦中不再耗神，号令崔露华的梦境也是轻而易举。

为了证明猜测，她打开教坊名册随意传唤了四名舞伎来。她在四人梦境之间穿梭，欢宴上的觥筹交错，卿卿我我中的浓情蜜语……一一在她面前摊开，她如在四扇屏风围成的密室里转圈，一扇屏风演着一个人的梦境。

每一扇屏风后还有无数扇屏风，演着梦境主人更早远的记忆。一扇屏风挡着另一扇，可雪信一眼望穿，每扇屏风上的幻影她都瞧得见。只要一个念头就能把她感兴趣的那面提到最前排来。那些只有眼波意会的心思，那些床头枕边的私语，雪信一一了然。

从四人的梦境里走出来，雪信打了个哈欠，这回不是乏累，是知道太多的索然无趣。

她哈欠连天地说："冰玉，私奔的事你再好好想想。你对罗家大郎真情不假，大郎也贪享你这温柔乡，但你除了歌舞别无所长，他攒的钱都花在你身上，你们逃亡中途钱尽了该如何？小心他把你卖了，拿了卖你的钱回到安城来找别的可人儿。"

她又对另一个叫英英的说："张家根深叶茂是棵大树不假，可张家老太爷走路都要人抬了，眼看也没多少日子了。你以为老太爷入了土，还有张家的少男长孙的枝头可攀，可是你想没想过张家老夫人拔擢你去伺候老太爷的身后事？那你连一口棺材也混不上了，只能被塞进缸中，像件家具那么摆在墓室里。"

"婉颜，有上进心是好事，但你的灵巧不是用别人的笨拙陪衬的。往别人粉盒里滴佛手汁液害人晒伤，拔松了台上钉子钩了别人裙子让人摔跟头的事，往后少做。"

最后一个叫怡怡的，雪信对她笑了："你倒是没什么太严重的事。近三年来肥腴不少了，再不断了半夜偷嘴的毛病，你的体态便跳不了折腰舞了。"

前三人脸色白的白青的青，只有怡怡露出两颗小虎牙对雪信羞赧一笑："要是忍得住，我也不想吃的，饿呀。"

雪信从她的梦境里见到，她是六年前被家人卖入乐籍的，在家时衣不蔽体，没吃过一顿饱饭。饥饿是她的恐惧，时时刻刻攥紧了她的胃肠。雪信重新走进她的梦中，伸手进她的肚腹，剥去了紧紧缠绕在内脏上的黑色雾气，说："好好练舞，凭本事吃饭，不会饿着你的。"

四人想破头也想不明白自己的秘密是如何被雪信得知的。有人失魂丧胆，有人浑浑噩噩，有人敢怒不敢言，皆步履虚浮地离开了剪霞堂，像是黑天半夜走在雨后的泥沼里。

她们被新乐公主吃了心的传言由此不胫而走。

"看来不得不是我去叫醒师娘了。"雪信对玄河说。她的精力好像用不完，接二连三地进入别人地梦里比画也没有虚弱的感觉。

"寻常人对你没有防备也无力抵抗，与你锦书师娘的梦境无法相比。你得歇上两天。"玄河建议。

"无路可寻也就罢了，知道了找她的路我一日也不能等。"

一日等不得，几个时辰还是要等的。天黑前，军队入城围住了教坊，宣布坊内宵禁，闲杂人等不可随意走动。亥时三刻，剪霞堂由河东侯带亲卫把守住。他还不知道这一回他的宝贝闺女在鼓捣什么幺蛾子，只凭着玄河带了虎符来调，又拍胸脯保证只是替雪信祛毒需要人守护，河东侯才没追根究底。

子时，雪信披散了头发，穿着白绢单袍走入沉香山山腹。一入山中伸手不见五指，她紧贴洞壁数着台阶蜿蜒而下。玄河的声音在底下响起来，与她一同数。

三十三级，一个小平台，又三十三级，再一个小平台，又三十三级，共是九十九级。

她踏到平坦的洞底了，一只手准确无误地牵住了她的手，没有一点点摸摸索索试探，而是直接把她带到天铁床边。其实仅凭彻骨寒的气流涌来的方向，她也摸得到床台所在。

雪信躺了上去，听见玄河在一旁说："我在这边守着你的躯壳，那边也有皇上照看，你放心大胆地散步去吧，我可以一直握着你的手。"

"我不害怕，也不需要你。"雪信躺好了，身子底下的天铁床像一口冰做的油锅，她是撒下去的一把盐，气流穿透她的身体，似要把她拆解成更小的颗粒，把她变成冰的一部分，冷到极致又暖了起来。周身地血液是暖的，在她身体里周转的气流也是暖的，暖暖气流如香炉罩上的青烟将她托起。

在玄河眼中，沉香山中的洞室虽暗却依然可见雪信的一举一动。她把双手交叠在小腹处闭上了眼睛，上下牙磕打得厉害，身体也因为冰冷强劲的气流打战。片刻后，她安静下来，从她的躯体上浮起一层蓝色的光晕，先是如同风过池面粼光漪动，而后如风挑起的轻纱一般，那层寻常人看不见的流光慢悠悠升起，飘出了沉香山顶的洞口。

夜空阴沉，雪信身在半空看见了底下守卫的军士，她从他们的头顶飘过去。峨眉月下，一片黑漆漆的屋顶，即便门外亮着灯火在她看来也是惨淡昏曳，她不辨方向看不清路。但她已经不需要用双脚走路，也不需要兜转绕路了。

她让自己飘得更高，在安城的夜空里俯瞰，有一些高殿楼台的屋檐翘角上挂上了不一样的白纸灯笼，灯笼中燃烧着秘药配制的香烛，烛焰也是青幽幽的，指出了一条近路。凭着青焰香路找到了永安宫，曼陀罗花田在底下煞是惹人注目，在半白半透明的柔雾之中，有流窜滚动的绮丽色彩。

她落在长南观的屋顶上，其实并没有站住便钻了下去。

皇上好像知道她进来的方式和出现的方位，她一下来，他就正对着她，点了点头，说了声："去吧。"

锦书躺在临窗的便榻上，俨然是沉睡中的少女，嘴唇红润，脸色不见憔悴，不知他们用了什么方法保住了她躯壳的活力。

一支蜡烛在锦书头顶的位置燃烧，那块碧琉璃被放置在她的额头，尖端指向眉心，烛光穿过宝石在她的眉心映下一道碧色光丝。纤如丝缕的一道缝隙在她眉心处开启，幸而雪信如今也可以是任意的模样，她飘向锦书，融化的自己身体化作一线蓝色烟雾钻入缝隙。

轰然如万马踏过，隆隆作响。雪信身在黑暗的山洞中，前方唯一的出口带来唯一的光亮。一匹瀑布如水晶帘幕，光透过水面急流，一股股交错的光流映在她的脸上。她又向前几步，水汽凉意袭人，巨大的震颤来自脚下也正面冲向了她的身体，似要把她往回推。

雪信按下心头的战栗向前去，前行一步就多顶着一份雷霆万钧之势，她把自己投向那道水精墙般的水帘，她好像看见自己重又化成蓝色烟雾，被冻结又砸碎。如果魂魄不够强悍，这下要碎成齑粉回不去了吧。

忽悠一下沉入万年深潭，那里没有一线光亮，没有鱼，连一个气泡也没有。感觉不到过去多久，她重新凝聚起了身体，睁开眼。

是不是被瀑布冲那么一下，她的魂魄落下了毛病，为什么眼前所见都没了色彩？

天空是灰的，飘着透白的细雪，落到黑色瓦片上融化了一半。黑色屋顶，灰色石桥，浅浅积起白色新雪，纵横河网全是灰色水流。这里人家的屋子墙是白的，但被做饭的柴烟熏灰了。石板路本来是更浅色一些的灰，被雪水打湿后成了深重的灰。

锦书的梦境中是一个雪信从未见过的小镇子，临河街道上一个门口紧挨着一个门口，每个门里都是深深的黑巷，通着一个开阔的庭院，庭院中空空荡荡，没有人住。

河面横着无人的船，船篷是黑的。小食肆里燃烧着灶火，火是灰的。货郎的货担子给扔在路旁，担子上的绣线是各种各样的黑白灰。桥与路上只有雪信一人踩下的脚印。

锦书的梦真荒凉啊，荒凉到不用见她一面，已感受到了她的心伤。天地之间只有冰冷如霜的白、沉默如铁的黑和讲不清、道不明的灰，街道上许多窄巷，远了看不见，走到三步内才冷不防敞开个巷口，巷道窄至体态娇小的少女缩起肩膀才能穿行。

雪信走着走着，捂住心口，明明有那么多悲伤愤怒涌上来，却堵在了那里。是她对自己说，不能哭，也不能怒，没本事的人才会哭泣愤怒。她得姿态轻松地解决一切，扛得再累也不能让人看出来。

她停顿片刻，把溢出来的莫名情绪咽回去。

前头有一面红底绣黑字的酒幡，如同一团火点亮了没有色彩的梦境。雪信快步赶过去，踏入小酒肆。

锦书果然坐在柜台后，抬头对雪信笑笑：“你还是不死心，钻进来了。”锦书的头发是乌黑的，如少女般挽了双鬟髻，系发丝带是灰的，她的手腕雪白，腕上的镯子更白，但裙衫又是灰的，不知这一切原本是什么模样，她的明眸皓齿丝毫无损。

锦书身后的架子上一只只出样的小酒坛倒是鲜活生动，酱褐色的肚子，接近坛底是灰白的陶色，贴了洒金红纸，黑笔写明了每一种酒的名字。锦书请酒招待雪信，捧来只无色水晶酒碗，斟出的酒是清澈的琥珀色，醇厚的酒香伴着草药香升起。

“不过是一个苍朝雨，何至于呢。”雪信说，“一个外人的耳朵就可以崩解二十多年的情分吗？”

“你道是二十多年的情分一朝被个外人打碎，却不懂是二十多年的猜疑终于有了证据，绝望是绝望，却也好像获得了自由。”

“到底是二十多年的情分？还是二十多年的猜疑？”雪信不懂。

“心软起来就是情分，心迷惑起来就是猜疑。二十多年，你以为什么关系会单纯得非黑即白？”

雪信低头看向柜台面上的账本。小酒肆除了她根本没有客人来过，锦书一条条记下来的是二十多年来的大小事。出项是冷战怨怼，入项是欢喜和睦，每一条都折成货款。

雪信翻了好几页：“账面做平了吗？怨愤那么多，欢喜那么少。花了二十多年，还是亏了。”

“不花这二十多年，恐怕是会心有不甘的。知道是亏了心里也就安了，起码走的时候是不欠他的了。”锦书一边回话一边手里拿着一块抹布不停地抹着柜台，其实柜台上早被她擦得纤尘不染，她好像怕一旦停下来就会有新的灰尘落下来。

人啊，寂寞了就想有个人依偎着，依偎久了又怀疑依偎的原因。

雪信“哗啦啦”地把一本账册从头翻到正在写的那一页：“怎么光记华城的账？安城的账怎么不算一算？只有华城的账要紧？外头有人要见你，好好的荣华富贵不要，怜恤苍生的职责也放下了，你却坐在这里算账。”她是为安城的账打抱不平了。

“华城的账已经做不平了，不想安城的账再做不平。我不出去，他想放下也放不掉。”锦书的手停了下。

雪信一转头找到火炉，把账本投进去烧了：“你以为自己做的就是对他好？为他看守住他最讨厌的东西，却毁了他最喜欢的。”

“没有人进得来。你进得来，是恰巧你心中的悲伤与这个梦契合了。所以雪信，你对别人做的也无愧吗？”锦书没有直面回答雪信的问题。

雪信瞪着锦书，嘴唇颤了颤，有种被说破的恼羞成怒。

“账本上算的都是小账，心里算的才是大账。二十多年，是憋闷也是酸楚，可治大国如烹小鲜，不去搅动，安安稳稳地也仍过来了。要换一个人来做皇帝，天下怎不动荡，下一个人还会如他般怜恤苍生吗？对那个人你最知道了，你觉得他有做皇帝的天分吗？”锦书手上的抹布又动起来了。

没错，苍海心本来只是猎人，做过不长进的纨绔子弟，做过光禄寺卿，又做了大将军长史，但都是别人让他做的。他从来志不在此，只不过大家都觉得他缺心眼，骗着他诱赶着他，把他拨弄到这儿又拨弄到那儿。

他要是被拨弄到皇帝的尊位上去，面对的是一班并不拿他当回事的精明臣子，身后还有个注定不会放弃弄权的太上皇。朝内人心乱纷纷，诸王不服，四野外邦也是蠢蠢欲动，大动干戈是必不可少的。

“天下动荡就让它动荡去，滚滚洪流你拦得住吗？到头来朝代照样更迭，你只为难了自己。”

雪信开始施展自己的本事，把锦书发间的丝带染成了红色，腕上的镯子是碧玉的，裙衫是孔雀蓝，锦书眉心花钿是个金箔如意。

柜台面是用老了的木色，炉膛里的火苗伸出橘色的舌头。门外渐渐有穿着花花绿绿衣服的人走过，小孩手举着正红的冰糖葫芦，也有举着彩纸扎的风筝和风车的。妇人挎的篮子里有鲜绿瓜菜，货郎挑子上绽开了姹紫嫣红。

整个镇子被雪信染上了色、添上了人，活泛了起来。

锦书走到门边看了会儿，对雪信招手，指着门外一株老泡桐树：“你能让它开花吗？”

雪信抬抬手指，又用力抬抬手指。

老树枝条披着雪，枯瘦依旧。

“不是你在我的梦里做不到，是你心里根本就做不到。你明白做不到就是做不到，勉强不来。”锦书手一拂，喜庆艳丽得过分的景色人物全没了，寂灭如初了。

“什么时候你才肯出去？”雪信直接问道。

“出去有什么好？在这里有什么不好？你们在外面埋了我吧。”

“埋了你，你连这个梦也没了。”

“这个梦有什么好，没了就没了。”

“你当真是一点都不惦记了吗？”

“外头可是我的债主，我欠得多了，怕见起他来了。”锦书笑起来，“不如让他找不到我，账也就算了。”

“不行，我不答应！”雪信见道理讲不过，索性不讲道理了，明明锦书是比她年岁还稚嫩的模样，她耍起赖来了，“我要看你们有情人成眷属。你不救自己，别人怎么救你？看不到你好好的，我又怎么信自己能好好的？”

锦书张开臂膀拥抱雪信，拍拍她的背：“我是照顾不了你了。你好好服药，好好静养，将来还要帮我照顾外面的人。别再来了，再来一样是这番话。”

“我不！”

雪信才说了两个词，就被锦书推了出去，她跌出小酒肆的门槛，立即被轰鸣的瀑布砸得神魂飘散。

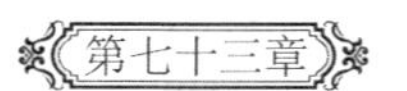

第七十三章

水轩落英满衣襟

在没有光阴的浓黑里沉了不知多久，雪信才重新有了知觉。

耳旁是一个轻声细语喃喃念着什么。合着的眼皮上亮了起来，金色微尘汇成扭动的细流，那是在暗处待久了眼睛给自己制造出来的幻觉。

她睁开眼，沉香山洞室里荧荧点点一片光亮，洞壁的每一级台阶都点了一排蜡烛，光亮蛇旋而上。沉香山中脂膏被热力一催，香气越发浓郁。

玄河念到了最后一句，望向她的眼睛问："魂兮归来否？"

雪信坐起来，回忆起师娘锦书梦境中的清冷孤单，师娘说过的每一句话从她的心口流过，她想拥抱玄河，那不是意动情浓的男女私情，而是经历了极致的灰心孤独后，渴望抓住一点东西。一具温暖的身体或一个心系着她的人。

她还是忍耐住了，缩起膝盖抱紧了自己的手臂。

"有纸笔吗？我要把师娘说的话写下来。"她集中精神抓住梦中经历的所见所闻，话语交锋的每个回合锦书的眼神还历历在目。

玄河端来纸笔，雪信依然抱着膝，铺纸在铁床上，执笔一顿狂风卷枯草似的写，语句也不斟酌，字迹潦草还有串行的，她只管把记得的一切赶鸭子般赶到纸上，末了笔一扔："我要回家去。"她翻身跳下铁床，步履踉跄。

玄河扶住她，给她披上件夹丝绵的绣金斗篷，在身旁摸索到了机关，洞壁开了五尺高的一扇小门："从这里走吧。"

"有如此捷径，你居然不早告诉我，让我一回回上山又下山。"雪信没多少兴致讲话，但这点抱怨咽不下去。

她低头钻出小门，回头看时，出口正在沉香山上的一道瀑布水帘之后。

"回去吃些小点心再睡。"玄河的声音从里头飘出来，他还在收拾纸笔蜡烛。

雪信坐上马车，由河东侯送回公主府。路上她从帘后探出头，那些殿阁飞檐上的青灯笼还在，像碧潭中的倒影，而她正行在水底。梦里她俯瞰安城，醒来依然要仰望夜空。

雪信长叹一声，可惜不能长留梦中。

公主府因为主人归来而忙乱不已。梅娘一趟趟来问，要吃什么？可要准备沐浴？这就要睡？醒来准备吃什么？

雪信胡乱回答了，不准人再来打扰。她换了身丝袍挽了睡髻坐在床帐内，把花奴唤来问："高节度使在做什么？"

"正把秀奴召去问公主在做什么呢。"

雪信笑了笑，躺下去了。

花奴又说："公主不去看看高节度使吗？不然召他来见也行。"明明是相思的两个人，为何避而不见呢。

"不用了。我得知你带来的一句话，已能安心睡了。"雪信摆摆手，意思是她要睡了。

可她阖上眼一入梦，又回到了锦书的小酒肆里。她一遍遍地朝锦书说她说过的话，锦书的回答也重复了又重复，锦书把她推出去，她又找回去，没完没了。

在梦中她都察觉了这是心障，却勒不住缰绳。她终于冲破封禁闯入锦书梦里，锦书却不愿出来。她不甘心，把梦反过来倒过去，也许可以找到锦书话里的破绽逼她出来？雪信心知不可能，却还在找。

醒来脑袋比睡前还要昏沉。花奴在雪信梳妆时又抱了个锦盒来，盒中的一张请柬是揉皱后又熨平的，折痕犹在，还有个没擦干净的靴底印子。

"谁敢送那么不恭谨的一份请柬来？"雪信问。

花奴不替雪信不平，反是"咯咯"笑了一顿。

说起请柬，必然是先要拟个名单，然后执笔抄写的先生按照尊卑远近的秩序写，送也是按照名单上的顺序先后派人出去送。

昨日崔露华大闹教坊前，安城中各家各户已收到婚宴请柬，唯独新乐公主府上没有接到。据说是崔露华按着不让给新乐公主送。

崔露华从教坊出来后，先是去苍海心家里吵了一顿，指着苍海心的鼻子问，扣着公主的请柬不发是有何见不得人的打算。

苍海心于是让人去送。

崔露华又抓起请柬揉皱了踩一脚，说果然你没安好心，算计着让我开口说送请柬。

苍海心说那就不送了。

崔露华又说，你还是偷偷摸摸别有企图，我偏不让你如意。

苍海心不说话了。

崔露华还不放过，这是你的婚事，你连吭都不吭，连个主意都没有，显见是不乐意他不上心。

这下苍海心没还嘴，却也自管自出了客堂把崔露华晾下了。

崔露华气急，命随行的奴仆动手砸客堂里的家什。砸到兴头处，一声低啸卷着一道风蹿进来，居然是只开了锁链的斑斓花豹。当即把崔家仆人吓瘫了几个，还有忠心护主的挺着棍子来赶豹子，尽数被后续闯入的三头巨犬撞在地上。跟着苍海心回家的军中下属过来一人拎起一个，把崔家仆人扔出大门。

闹到如此不可开交，放在别家婚定然是结不成的了，可崔露华踏出苍海心家门居然也没吵嚷退婚。大概是请柬都已散出去了，此时退婚还要一家一家收回请柬。

权衡利弊之下，还是面子要紧。

"苍海心越让着她，她越认定了他不成器。"雪信笑。

张狂教训崔露华一回，崔露华反而以为苍海心有称王称霸的资质了，她离梦想更近了一步，反而不肯放弃。

崔家小妹就这么个脾气，一心想要凌驾众人之上，蹬着别人的头顶往上爬。她蔑视弱者，也不允许别人比她强，遇到强者，要么引为同道，要么做不死不休的敌人。

“高节度使在做什么？”雪信又问起这个问题。

“三更半夜才回来就问一遍，睡醒又问。奴家伺候着公主呢，哪儿来的分身打探。”花奴没好气地说。

“让他过来吧。”雪信说。

花奴以为自己听错了，愣神的工夫里雪信又吩咐了一遍才去，放下梳子的双手还沾满了白荷花花蕊浸的发油。雪信在碟子里拾起梳子，接着给自己通头发。

她在镜子里瞄见高承钧进来的影子了，不是成日里那器宇轩昂的武将打扮，今日里穿了一领家常袍服，着软底靴，走路没了声响。

高承钧靠近她前先在卧房门口站了站，眼光扫过室内的陈设，最后凝落在她的背影上，似乎他要赴一场敌营的酒宴，壁衣里藏着甲士，酒中有毒，侍酒美人身上佩着匕首，他要在入帐前洞察所有杀机，提早防范。

雪信回首莞尔：“把我这儿当魔窟了？我可有正经事找你。”她给自己挽了个最简洁的单螺髻，对走到身旁来的高承钧说，“你要不要帮我挑一顶冠？”

花奴抱了一摞盒子出来，在怀里堆得高高的，里头装的是日常戴用的小冠。

“公主每每心中早有主意，不需旁人为公主挑选。”高承钧的话里有话，又克制得让人不去多想。

“我还想看看我心里想的与你挑的是不是一样呢。”雪信巧笑盼兮地看过来，她的目光让人无法拒绝。

“万一不一样，公主岂不是会不高兴？”

“若我心中本没有特意指明哪一件，只有一个满意的范围呢？那对你就不是那么严苛了。若我相信你做的选择是对我的赞美，那么一样不一样，我都不该生气。”

珠宝盒成排打开，高承钧一一看过，取了顶鎏金银丝编成的荷花冠，花瓣间点缀着珍珠和绿宝石：“这一顶更轻，与雪娘子的金线碧罗裙也相称。”

雪信把冠捧在手里端详了阵，对花奴说：“你把它摆在花几上，我今日一整日要时不时看着它。”她却取了另一顶发冠簪在了髻上，也是荷花冠，更小巧，由更细软的纯金丝编织，其上的珍珠只有露珠大小，“你选得不错，不过我选的更省事。”

“公主的正经事是闺房梳妆之乐？”高承钧在卧房中心神不宁。他深知雪信的脾气，一顿暴雨雷霆简单，越和颜悦色循循善诱，反而越是铺垫着大事。

“有两件正经事。沈越青从华城跑出来了，你回龟兹带上他。”雪信端正了神色。

高承钧挑眉：“他是被赶出来的，还是佯装被赶出来的？”

“不论是真还是装，你都能应付吧？”

“那你又是以何身份要求我呢？”

雪信轻启朱唇：“幼时相知。”她还有若干个直白得多也好用得多的回答，偏偏选了一个绕了最远的路的。

“我若不答应，你会做什么？”高承钧又问。

“我没想过你不答应。”

“好，我答应。可你至少说说他为什么从华城跑出来吧？”

“这是小事，让他自己同你讲也无不可。”意思是这件事就说到这里了，“另一桩事是明日我父亲营中长史大婚。”雪信拈起那封模样狼狈的请柬递过去。

“请柬请的是新乐公主，便是新乐公主去赴宴。高某没有收到请柬，还是在府中坐着不出去给公主惹事为好。”不知高承钧说的是不是反话。

“请柬上写的可是‘贤伉俪’。婚宴当属家宴，你我同车去同车回来，我才不会让你惹事。”

“若我说不去，你又当如何？”高承钧问。

“你不去，我也不去。我陪着你在家里看书。”

“那好，我去赴宴。”高承钧的脸上终于显露一丝笑意，那笑却是三分欣慰，七分苦意，“公主的事说完了？可容高某告退了？”

雪信也笑出了酸苦：“大概是我这里的座席长了针，扎得你十分难受吧。”

“公主说笑，公主府里的座席没有长针，是公主全身长了刺。”

“也对。何不相远，而马斗相伤。”雪信这一句出自多年前高承钧曾给她讲过的一则逸闻。

说的是草原上的部落，不和睦的兄弟住在一起，他们部族的牧马频频打架斗伤。终于兄弟之间说出了“何不相远”的话来，两个部族约定各自迁徙到远方，不再比邻而居。到底是因为争夺牧草而马斗相伤，坏了兄弟和气，还是兄弟间先有了裂隙，才纵马争夺牧草闹至不可收场，已不重要了。

“可你今日不能走。你得陪我进早膳。”她别开脸，目光落在花几上的鎏金银丝荷花冠上。

才吃了早饭又摆开午饭，午饭收局就摆开了茶席，茶席撤去，又在堂上布了晚宴。用雪信的话说，安西一别至今，他们二人有多久没同席吃过饭了？明日别露出生疏来，被旁人看了笑话。

“依公主的意思，是要同高某温习同席吃饭的默契？”

“当然是。可我也喜欢你陪我吃，倘若只余下一日相守，我最想做的就是让你陪我吃饭。吃鸡蛋汤饼，吃板栗包子，吃枣泥糕，吃玫瑰糖。肚皮撑得溜圆，心也撑得满满的。”

“公主说的都是小孩子爱吃的。”

雪信回忆起了从前：“最早是你在街头捡了我，饿着肚子给我弄吃的。我挨罚饿饭，你给我送吃的。你挨打受伤，我也给你送吃的。我们偷偷跑上街去，依然是拣各家的招牌从一条街买到另一条街，一边吃一边往包袱里塞，带回居所囤在地板下。我在你身旁吃东西的时候最安心、最快活。”

高承钧给她拭去脸上的一粒糕渣：“过去吃的当不了饱，为什么不多想想以后呢？”

“我是属沙洲里的骆驼的，一顿吃喝足了，可以几个月不吃。”雪信用丝帕擦嘴，“我吃饱了，你慢用。”她自己吃喝足了，丢下高承钧走了。

不染阁上的白荷花已开到最盛，像一只紧握的拳摊开成了手掌，花瓣打开到最大，即便下一刻可能就会凋零。此刻掠过花叶的夜风有一些凉又不算太凉。水阁下依然湾着一船窖冰，水阁里烛照通明。

雪信点了半人高的一株鎏金铜灯树，坐在纱屏前飞针走线刺花。纱面如冰面，透洁玉白，斜着光望过去还有一层海珠光泽，站在屏后隔着花样也能看清她的脸。雪信嘴唇抿紧，目光专注到没有表情。

花奴进来禀报："公主，秀奴求见。"连报好几声，雪信才听见，她还听见长成了深绿的大荷叶托起了风，听见花瓣骤然剥落下一片落在水面。

秀奴登上码头，抱着一套盒子走进来了："这是高节度此行从龟兹带来的礼物，进献公主。"

"放下吧。"雪信只是略略偏了一下侧面，眼神还没扫到秀奴就收回去了。

"公主知道为何初到安城时不献，此刻才拿出来吗？因为高节度使不愿他的心被扔出来。"秀奴打开盒子，双手提出一件衣裳，"这条裙子名为集翠裙，是高节度使从岭南、安南、南诏收集了一万只翠鸟，从他们身上剪下最翠蓝的羽毛，令波斯工匠捻成线，又令江南织女在机杼上织成匹，裁成的裙。"

她打开另一个盒子："这是青玉虫簪，为做成这套簪子，高节度使专门去岭南采集了青玉虫十斗，逐一挑选，取下鞘翅光彩最好者，镶嵌若宝石。公主知道高节度使为何选用这种虫子吗？传说此虫喜欢一双一对躲在朱槿花中，短短的一生从不换伴侣……"

"住口！"雪信喝道，"他有没有心，轮得到你来说吗？"

"若是爱着他，秀奴就乞请公主简简单单地承认。若是对他无情，求公主完完整整地放弃。公主不肯随着去又不能松手，要拖高节度使到几时，其中凶险公主可知？"秀奴伏地跪拜。

她眼中所见，是那两人日渐疏冷，雪信却忽然攥紧了高承钧，撩拨起他又把他推开，让他始终被圈在欲近不能欲远不舍的境地。

"真是个傻姑娘，看你痴傻又情深的份上，我不同你计较。"雪信高声，"花奴，送她过湖去。"

花奴走上来，扳住秀奴的肩头，架住她的手背，以一个倒背的姿态把秀奴往外拖。秀奴比花奴个头还高些，却因肩臂关节被扭转吃痛，不得不跟着倒退出去。

"你要他死吗？"秀奴被拖出门还连声不绝地叫道。

雪信捡起地上的裙子，抖去灰尘，展开在衣架上。又收拾起了青玉虫簪，顺手插在秘色瓷笔筒里。

退远几步看，金错灯树光焰跃跃，华衣宝簪流翠荧荧，浓艳欲滴的色彩没有一刻停住的。一室白荷花蕊香里掺进了冰麝墨香。笔筒旁的昏昏暗暗里铺开着一张叠痕交错的笺纸，只落了三个字——和离书。砚中的墨已干了。她折好这封写不成的休书，将笺纸压回砚下。

冷不防听见阁外花奴那尖尖细细的小嗓子短促地叫了一声，接着又是什么东西落水的声响。雪信出门看时，湖面平静，只有对岸余波一圈圈朝她漾来。小木舟还靠在湖对岸，花奴立在舟上瞪着湖面，她的眼光在湖面移动，终于眼神到了水阁，望见了雪信，她对雪信做了个说话的嘴型。

"你说什么？"雪信没看懂，当夜月黑，湖面开阔离得又远，动动嘴怎么看得清。可花奴还是不敢大声，居然把双手拢在嘴边做起了嘴型。

水波“哗啦”一分，一个黑影扒在码头上。雪信倒退好几步，才看清游过湖来的是高承钧。他还是白日里的那身玄色袍子，浸透了湖水贴在身上。水从头发滚落到脸上，然后汇合到袍子上，在他脚边淋漓成一个湿乎乎的不甚圆满的圈。

“你说，若只余下一日相守，你要我陪着吃一天。我说，若还余下一日相守，我想与你同床共枕。”高承钧也不加些锦上添花的字眼，居然说得那么简单明了，还把自己弄得像只暴雨天气里浑身透湿的大黑狗，躲在人家的屋檐下让人也不忍心赶他走。

雪信伸手在高承钧的袍襟上拧了几把水：“你去给高节度使找身干净衣服来。”她隔湖对花奴喊，接着又去拧高承钧袍摆上的水。

“反正衣服是要换的。”高承钧对她轻声说。可他也笑着看雪信在自己衣服上拧来拧去。

“你是要在外头吹着凉风换，还是在水阁里换？你可别把水印子带进屋子。”雪信好像气哼哼的。不速之客，她没法把他推回湖里去，也做不到爽快地倒屣相迎。

花奴一溜小跑回来了，登上小木舟送来衣服，那活络的眼珠子觑了觑雪信的面色，自己又登上小木舟回对岸去了。

雪信靠近灯树背向纱屏坐了，听着屏后高承钧把湿衣服扔了出来。她捡起衣服搭在水阁外码头的围栏上，靴子倒扣在栏柱顶上控水。再进去，高承钧已系好了腰带，却没有套靴袜，他坐在雪信方才坐的位置，长腿在袍摆下伸直，赤足向她晃了晃，还故意舒展了十个脚趾头。

恍然是十多年前的那一个少年郎，淋了冷雨又满不在乎，甚至享受着她的不满和她的照顾。

雪信摘了他的发冠，一条巾帕罩在他头顶：“穿上鞋，擦干了头发才许说话。”她听了会儿巾帕搅动湿头发的声音，又听见高承钧说：“如果没有猜错，屏上的花瓣是四百九十四枚。四百九十四日前，你出的龟兹城。”

养着画师、清客的人家，或者主人自己能弄几首风雅翰墨的，入冬即在画堂上辟出一面白墙，绘上光秃秃的老梅枝干，其后每日添上一朵梅花，以此计算时日，盼春迎春。三个月后堂外早梅与墙上花树并一处烂漫。

而雪信在屏上绣的是落花，不见花枝，只有密匝匝的淡红花瓣自天空飘落下来。每过去一天，多飘下一瓣。

“是四百九十五瓣。”雪信说，“今朝也是闲着，补上了前三天漏的，又预先绣完了明天的。”她又说，“你数的是别离的日子，我记的是每多一日，我就要更多相信自己一分。不把想做的事托付给别人，凭何我自己做不到？我能做到的。”

那何尝不是她苟延残喘于人世的天数，残春将尽，落花飘零，飘零依然是美的。枯寂来临前总有一段如幻的繁盛，人站在繁盛里计算逼近的终结，心有戚戚。

高承钧擦干了头发，往榻上一倒。雪信躺在他的身旁。

本是午睡小憩用的便榻，两人只有相互攀着拥抱着，才不会掉下床去。高承钧抽掉了雪信发里的簪，松开她的头发，抓住她的一缕头发与自己的一缕头发编做了一股。

他叹着气：“同床共枕只是最低的期待了。我想同你做的事还有许多。”

“别得寸进尺。”雪信没有打扰他编辫子。

“我想同你生个孩子。我们可以把第一个孩子留在安城，留在你父亲身边。过几年，我们还可以生几个。”

人质还是人质，不过是换一个人做。若雪信没有服毒不需要瑶香草，没有被锦书的事绊在安城，这本来倒也是个解决的法子。但如今雪信自己的性命都在摇摇欲坠，又怎能冒险去孕育个孩子？而安城形势暗动，等孩子降生，这个孩子恐怕也无法为高承钧的顺服做担保了。

雪信也只是叹气：“那你这个长子也太可怜了。生下来娘抱不上几天，也不得爹的教导，不知要被他外公惯出什么毛病。”

他们明知这条路走不通的，却顺着说了下去，谁也不愿戳破希望。

高承钧继续空想着：“我每年都会回来看他，给他带礼物。考他的学问，试他的刀马功夫。你也每一年都会回来，看着他年复一年地长高。”

雪信也顺着他的话说下去：“不，如果他顽皮，杖打屁股这种威风的活儿让我做，你就好好给他的屁股擦药，编派几声我的不是安慰他好了。”

“夫人要掌权柄？”

“为生他我要怀胎十月，临盆要去半条命，他的屁股我还打不得？”

“是，夫人严厉训诫，我给儿子送药送补品，反是我捡了便宜。儿子要跟我亲，夫人别眼热。”

“我还要考他背书，背上了夸他一句，给他一颗糖。”雪信闭着眼睛喃喃道，“你顶多能教他些粗鲁拳脚，不过这些他外公也能教。他要有喜欢的姑娘，你就更凑不上热闹了，我还能告诉他那姑娘的心思呢……”渐渐的雪信的声音小了下去，呼吸匀和。

高承钧放低了声音继续说：“他外公教的哪有我教得好？”

两人一言一语，编出了个栩栩如生的美梦来。雪信把脸埋在高承钧的肩窝，两人发梢相结，十指扣着。

睡眠是件颇无奈的事，一个人拥有再多的财富权力，也要双手空空在梦里经历无助。刻骨铭心的爱人，身体交缠着入睡了，梦里还是孤零零一个人，即便梦里看见爱人，那也只是自己心上爱人的幻影。两人沉浸在爱人身体的气息里各自去做梦，能梦见同一件事，也是件幸福的事了。

雪信睡得很沉，高承钧什么时候走的也不知道。醒来时天光大亮，初日斜照进水阁，落在集翠裙上，晃过来一片粼粼翠光。一件黑袍搭在码头栏杆上，被风吹得翩飞。两只靴子还套在拦柱顶，一只靴尖冲西，一只靴尖冲南，看起来颇为好笑。

花奴顶着一张荷叶趴在码头边缘掬湖水玩。

雪信问她：“高节度使什么时候走的？”

“日出时分。”

“他还在府中吗？”

“在的，不过高节度使清晨骑马出去了一回，跟着的人报说，是去城中各家早点铺转了一圈。高节度使买回来一堆小点心，他指定给公主留了几样，余下的大多被婢女家仆哄抢吃完了。”花奴说，“公主要召高节度使来陪着吃早饭吗？”

“不用了，已经吃过了。”雪信声音淡淡。

“昨日是吃过了，今日还没吃过呢。”花奴多嘴道。

雪信回到书案前坐了，抬起红丝砚，底下是空的。她又扬声问：“花奴，还有什么人上过水阁？”

花奴趴着不动，张口回答：“我躺在小船里数着星子给公主看门，哪有人来？除了高节度使。”她又问，“公主今日要做什么？”

“我要出去转转。”雪信放回红丝砚。

她回西院梳妆，换了身宫衣，装了几样点心在食盒中，留下花奴看家，又挑了几个脸生的婢女随侍出城去了。

雪信先去了城外军营。这会儿晨操已过，河东侯在军帐里盘着腿吃胡麻饼。雪信把食盒递给他：“吃我这里的吧。”

“哈哈，有良心了，也知道给为父送早点了。”河东侯丢开胡麻饼，抓起手巾擦擦嘴，打开食盒看去又轻啧了声，“都是些喂猫都不饱的玩意儿。”

“爹爹倒是说几句好听的。我还没吃呢，打算在这儿陪着爹爹吃的。”雪信拈起一个秀气玲珑的玉兔馒头慢条斯理地吃起来。

河东侯咕哝两声，接着吃胡麻饼，还是夹了羊肉羊脂的肉饼子肥美。在大嚼的间隙里，河东侯冒出一句：“那休书，你倒是写了没啊？”

“我吃的早点是他买的。”雪信慢慢咽下嘴里的吃食。

“吃他个馒头你就心软了？那在龟兹时，爹给你送了十好几顿早点，姓苍的那小子给你做了一年多的饭，都比不上他买一个馒头？”河东侯吃起醋来丝毫不含糊。

“好歹把今朝苍海心的婚宴对付过去。”雪信起了另一个话头，“爹爹也会赴宴吧？”

河东侯大笑：“自然，我要好好喝他一顿喜酒，让我的部下把老崔和崔小妹的模样都看仔细记清楚了。”

“你让部下记清楚他们的模样做什么？”

“当然是时机到了，摘了他们的脑袋。他们占了国丈和皇后的位置啊。”河东侯说起杀人也是稀松平常，如同农夫去园子里摘颗菜。

“你是什么时候开始有这个念头的，你不是一直希望苍海心安安分分做个厨子吗？”

“本来为父宠着你，只能宠到这一步。天下不动荡，你这个公主做得也太平。可既然世道要变，各方要趁乱抢肉吃，我家也不能把最大的一块肉拱手送出去。”

雪信深叹了口气：“爹爹的苦心我也领会。你以为送我去得更高，就能掌握更多人的命运，不再被人欺负。却也没看见绝高亦是绝险处，山越爬路越窄，小小的一个山顶，也会把人困死了。”

“怎么能那么说呢？看看脚下，整个天下都是你的。自由是拥有天下付出的一点点代价。”河东侯不赞同雪信的说法。

“爬到山顶，就以为征服了山，低头俯瞰大地，就以为拥有了大地。爹爹，这念头很可笑啊。”

“我不管。你先上去，大不了你厌烦了再下来。”河东侯又哄又骗又胡搅蛮缠的。

“我如今已经厌烦了，还没登临绝顶就已累了。”

“闺女，山顶那个位置你只要轻轻够一够就是你的，你说不要，不是可惜了？”

雪信不接河东侯的话茬："倒有一个姑娘，有临绝顶的志向。她叫曲尘，是锦书师娘族中的小辈，我在华城时她是我师妹，我们同屋起居，同桌吃饭。如今她想做秦王世子的正妃，只差个体面家门。爹爹大可以认了她做女儿，给她求个郡主封号，她必不会辜负爹爹的期望。"

河东侯从鼻子眼里出气："她要做的是秦王世子正妃，将来不过就是个秦王妃。我要的女儿是未来皇后。"

"你知道未来新君必定是谁？新君能在位多久？新君之后又是谁？爹爹根本不是弄权的材料，要弄权，学学晴姨妈和崔家吧，多方下注，才稳立不败之地。"末了，雪信又加一句，"你怎知高承钧必败必死？他这一方，爹爹最好也不要放弃。"

"最好的东西，我只想给我嫡亲的女儿。"

"何必呢。爹爹觉得好的，我未必享用。"

说着说着又僵了，河东侯头大如斗："先不跟你说了，先把今晚苍家小子的婚宴过了再说。"苍海心摆的什么宴，其实他也不在乎，就是军中禁酒，近来又一直绷着弦，他憋酒瘾憋得苦，不管是什么宴，有酒喝就行了。

"曲尘的事，爹爹就先应下来吧，多下一注也没坏处。"雪信最后又劝了一句。

不知不觉间，雪信把给河东侯送来的点心吃完了，她起身行了礼，回到车上，往城中而去。

马车直往永安宫，中途雪信又差遣了花奴："去秦王世子家里告诉曲娘子，今夜苍海心家摆婚宴，让她来，我安排我爹爹认她做义女。让她把越青师兄也带进来，我安排他跟随高节度使。"

长南观里，锦书的情形还如雪信魂游所见，只不过那块碧琉璃坠子戴在了她的心口。香气袅袅，皇上端着碗不知是药还是汤的东西，一小勺一小勺喂得极有耐心。他用勺尖撬开锦书的嘴唇，勺中的液体缓缓流润进牙关。

雪信不敢打扰，蹲在一旁的小马扎上，看着他如此喂下去一碗汤，才说："做一天和尚撞一天钟。你为个美人不临朝，小心今后史官把你比作桀纣。师娘得知也会不高兴的。"

"既然迟早要走，自然是要把手里的东西一点点交出去。如今他们需要的不过是我在文书上盖个印玺。我索性放权让他们自己盖去吧。"

"师娘不愿你辜负了天下人，你又不愿负了师娘。如此死局打不开，你把印玺交出去是不是太冒险了？"

皇上显露出少年人般的神情，面对毫无把握的事不自觉眯起眼，手指头捏紧，仿佛困扰他的难题化作了对手，他随时能扑之搏之。

"我还想了个办法。不用与师娘讲道理，先让她醒过来……"

"不行。"皇上没让她说完，"即便我说行，你也做不到。"

雪信才不会在乎别人说行不行，即便那个人是皇上。她做不到才是真的。她心中只有落花，不知怎么让枯枝死树开出花来。是她心里那个声音在说，这不可能。

在军营里耗了小半日，长南观中又发了小半日呆。回到府中天色将暗，换了赴宴的新衣，把妆面与首饰也换过了。

雪信摘卸着手上戒镯，又问花奴："高节度使今日做了什么？"

“喂鱼。”看雪信没听懂，花奴又道，“秀奴找我，说她从安西带来的衣服不合安城节令，且洗旧不能穿了。她拉着我逛了半日东市，又逛了半日西市，买了几身衣服。我回来闻报，高节度使坐在花园，喂了半日湖里的锦鲤。”

高承钧正好来了，还是一身玄袍，不过是衣料上暗暗的锦纹，正面看过去一色黑，迎光斜斜一瞥，是纹理相异的一幅百花图，走动中或是肩膀或是袍襟，要么是下摆，总有一片繁纹从浓黑底子上浮出来。配以赤金冠，腰带扣铸成衔尾金蛇，蛇眼是两粒红宝石，透山剑的剑柄也缠上了黑线与金线交错的花纹。黑线取自中原五倍子染的蚕丝，金线却是金丝缠绕羊毛线制成的西域圆金线。

“也不穿得鲜亮一些。”雪信蹙眉。

“有你在身旁，我眼中是鲜亮的，已足够了。”高承钧看雪信把粉在脸上扑了一层又一层，“你气色不好。”

“外出胡混了一日，刚好倦乏了。”雪信边说边在腮上匀开了胭脂。

“既然倦乏了，就不要去了。”

“你也不去吗？”雪信停下手中的动作。

“你不去，我自然是要去把你那一份贺礼吃回来。”高承钧打趣道。

雪信疲倦地笑笑：“我得去。若我爹爹醉酒惹事，还得我去平息事端呢。还有你，你不打算闹点事吗？”

“我巴不得苍海心太太平平地把婚礼办完了。”

雪信把手放进高承钧的手心里：“那你拉着我点。我怕我从屋里走到马车上的这段路上都会睡着。”

马车颠颠摇摇，雪信恍惚打了片刻瞌睡。也睡得难受，因为宴席还未开，衣服上不能有褶皱，抿得水滑的发髻不能毛了，对称别在发间的对簪也不能挤歪了。她正襟危坐，挺直了脊背，挺直了脖子。高承钧把手掌放在她后颈上托着，她把身体靠上这唯一的支点，才勉强合上眼睛。

马车停下来，听着外面沸反盈天，已是到了苍海心家门前。花奴许久没来掀马车帘子。雪信敲敲马车板壁，问：“出什么事了。”

花奴从车夫座上回身，脑袋探进车厢里来：“道路堵塞住了。”

“什么人敢堵我的马车？”雪信懒得挑帘去看。

“没人想堵着，可各家来贺喜的车仗拥挤在一处，把道路堵塞了。”

在雪信的车马队伍前，十几部马车纵横错综地淤塞了道路，再往前就看不清了，马车顶檐上的灯笼与步行家仆手提的灯笼汇成红色的星河。

高承钧低声喝令，便有军士钻进马车与马车之间的缝隙，去前方打探情形。

不多时，那斥候回来了，在车外行礼回令：“新妇的马车到了苍长史家门前，河东侯营中去了五十人障车，新妇下不了车，进不了门。崔家车队堵了苍长史家大门，后来宾客把崔家车队堵里头了。”

斥候一来一回的工夫里，雪信的车仗之后又上来几部马车。车里主人端坐不动，纷纷遣奴仆上来吵嚷带打听。这儿没吵上两句，那儿又来了部车把队尾塞住。

第七十四章

作淂醉语不天真

障车本是女家遣人拦车留人，以示对女儿惜别之意。不过时来此俗已成了乡邻起哄、无赖趁机要些好处的由头。

苍海心家门前被车马堵得水泄不通。崔家车队簇拥着新妇子的马车，车队又被手执长枪的军士围住。铁枪拦腰扎了条红绸，枪尖磨得铿明，又是喜气又是不怀好意。

崔尚书从一部车上下来，对其中一名军士说话。那军士眨眨眼，摇摇头，示意他只是奉命行事，不要找他讲道理。崔尚书又向门里高声："贤婿！贤婿！都是你袍泽兄弟，你让他们退去吧！"

"贤婿，贤婿"地喊了三轮，门墙才爬上来个人影，洒了一圈铜钱。铜钱雨打在执枪军士身上，无人弯腰捡钱。

苍海心在那儿骑着墙头回答："岳父泰山，你也看见了，兄弟归兄弟，军令是军令，他们只听大将军的，我说话不好使。"

这话崔尚书听着敷衍，又喊："贤婿，你好歹说两句。"

这时大门一开，门里出来十名健壮家仆，一人手里抱着坛酒，又有十名家仆捧食案出来，每只案盘上只一整条羊腿，羊腿上插着缚了红绸的匕首，又出来十名娇俏婢女，葱嫩指尖托着酒具。

"兄弟们，差不多了，都来歇着，吃肉喝酒！"苍海心在墙上挥手。

五十个军士无一人回头，枪尖仍牢牢指着崔家的车马队伍。

苍海心苦声苦气对崔尚书道："岳父你也看到了，他们是真不听我的。"

"贤婿，他们是不是看不上铜钱酒肉，你好歹大方一些。"崔尚书喊。

"岳父！你晓得，你女婿近来花销大、手头紧，请那许多贵客来吃饭，又花出去一大笔钱。岳父能不能先替我垫着？"苍海心挤眉弄眼道。

崔尚书唇边柔软的黑胡子都被气得吹起来了，他蓦地发现与苍海心的对话仿佛一唱一和逗宾客发笑。苍海心在婚礼上当众哭穷不觉得丢脸，可崔家的脸丢不起。他暗暗向身旁的心腹家仆比画手势，手指伸出来又缩回去一根。不多时崔家也出来一列家仆，捧出十个托盘，每个托盘中铺满雪花白银。军士们眼皮也不抬，崔家仆人还未到身前就被他们喝回去了。

“贤婿，还需你说说情啊！”崔尚书又喊。

“岳父，我兄弟是不是嫌你小气啊。素知岳父宠爱幺女，今日岳父索性豁出去了吧！”苍海心回答。

崔尚书气得眼前阵阵发黑，脑门上的筋突突直蹦。眼下崔露华进不去门，退路又被宾客们围住，不打发了障车军士，恐怕一晚上要干这儿了。崔尚书重新抖擞精神，召集家奴断喝：“奉圣上御旨，越王次子苍海心迎娶我崔家小女，谁敢障车！”

这回不是没人理了，持枪军士一起朝崔尚书瞪起虎眼，灼灼凶光逼来，似在说：再多一句戳你百八十个窟窿！

正在没法处，一个胡姬少女从拥堵最密集的人缝里挤过来，大模大样地走进长枪包围圈里，信手从崔家仆人的托盘上拿了块银子，掂了掂，然后向墙头的苍海心投过去。

苍海心一歪头躲过暗器，叫：“谁打我！”

少女从崔家婢女手里接过灯笼照了照脸：“苍长史今日大婚，欢喜得狠了，亲自上墙演猴戏给大家看呢。”

苍海心又叫：“花奴，别捣蛋。我同岳父热络，正玩得高兴呢！”

“这婚你是想结还是不想结？”花奴明明是笑着的，话中却带出了威胁之意。苍海心仿佛从她脸上看到雪信阴晴不定地向他质问的模样。

他悻悻地吹了声口哨：“兄弟们，收队了。”

只一句话，瞬时长枪立起，崔家仆人献上的雪花银也有人接了。长枪队同苍家出来送酒肉的仆人一同进了大门，又出来几个仆人扫起地上的铜钱，干干净净，一个子儿也不给崔家留。

崔尚书气得又是一阵头昏，怕是要中风，被心腹仆人扶住，好一阵顺气才缓过来。他定了定神走到崔露华车前，对里头说：“小妹，下车吧。”

车中先是静默了片刻，崔露华声音幽幽：“苍家二小子，作弄我崔家太甚了吧。”苍海心没去接亲，只遣营中下属过去带了个路，谁想崔家人在苍家门前又吃了那么个下马威。

“小妹，小事上你怎么闹都行，临大事必须沉得住气。”崔尚书低沉道。

“他们那么欺负了我们一通，我们要不欺负回去，我今后的日子还能过吗？”崔露华语气不快，“他们不是障车吗？那我们就弄新郎。这一顿不打，我就不下车，我坐这儿，宾客别想进去，他也别想出来。”

崔尚书早被苍海心气得顶门发炸，崔露华一出主意，他又对心腹仆人低语一阵，布置下去，又到新郎家门前，对里道：“贤婿，你出来，接一接我家小妹。”

墙头上的苍海心回答：“我都看见了，你家的壮仆人人袖中都藏了短棍。”

“贤婿，你闹一闹婚，我家也闹一闹婚，有来有往才是亲。你下来，我们过一过场面，哄小妹下车。”崔尚书耐住了性子同他野性难驯的女婿讲道理。

“我才不咧，既是奉旨成婚，要不要下车，要不要入门来，你们崔家父女合计合计，我先去招呼早来的客人。”早来的客人，不就是大将军及闹事的诸位袍泽……

苍海心的影子从墙头晃了下去。

花奴开口喊了一嗓子：“苍长史，早来的客人你招呼，路上的客人你招呼不招呼？既然你没诚心结这个亲，我就到后面说一声，劝大家散了，各回各家去。我数到三……”

花奴才数了一声，大门里有了锁链牵动声，接着是犬吠豹吟。那犬声也不是尖尖细细的，而如沉雷贴地滚动，想来门里也不是一群猎兔子的细犬。崔家仆人有那日在苍海心的堂上被巨型獒犬追着脚跟撵过的，此刻死命夹紧了双腿以免失禁。

崔露华又把崔尚书召去一阵低语。崔尚书先自咳嗽两下，又喊：“贤婿，我家小妹说，不用大排场，她要你一个人出来接她。”

“苍长史，赶紧把事儿了结了，让客人进门。”花奴也不客气。她才不管苍海心吃不吃亏，雪信给她的任务是过来疏通道路。

门后翻滚不停的兽语低远了。苍海心出现在大门中间，只他一个人。在大门口红灯笼影里，穿着大红喜服，束着金玉腰带，紧攥了两只阔袖，一步步走来，似也认命，知道出来是为了挨打。

苍海心离着崔露华马车还有十步的距离时，停下说了句：“新妇子下车来。”如发了一声号令，崔家那几个早就跃跃欲试的家仆从袖中抽出了短棍，朝苍海心包抄而来。

苍海心立定了不动，等跑得最快的已经举起了木棒，最慢的也在三步之内了，他作胡旋舞似的转开了，边转边举双袖一扬，漫天尘沙飞起，大半圈的崔家家仆纷纷丢下棍子捂眼睛。

苍海心劈手夺过最近一人的棍子，从最近一人起始，照着膝盖弯就敲下去，一棍子跪下一个，敲了十几下，那些没被沙子迷眼的倒下后也乖乖趴着，不敢站起来反抗了。

苍海心提着棍子走向马车，又叫：“新妇子下车来。”

崔露华在车中无声无息。

崔尚书说：“小妹，你还有什么不甘心？”

“那几个废物，有一棍子打到他没有？弄新郎却被新郎打倒下一片，今日打不着他，我不下车。”

崔尚书方才派出的一批人，已是府上能舞枪弄棍的恶奴了，但逢需要出动暴力的场面，全是他们顶着，他们都不济事了，还能派谁去？

崔尚书正为难着，苍海心却说：“这个容易，你不就是要我见点血吗？”他照自己额头来了一棍，一道血线流下来，被眉毛挡了一挡，又往下流。他傲然道，“新妇子下车来。”

“你自己打自己的不算。”崔露华在车中说。

见崔露华的话还有几分用，崔家壮仆捡回了棍子，试试探探地围拢过来。

这边还没打起来，另一边宾客为了看戏全下了马车往前凑。正看得忘乎所以，人群却被搅动起来。他们的马车被驱赶着向两旁避让，两列军士分左右畅通了道路。

新乐公主挽着高节度使的手从强行开辟的甬道穿过。各家灯笼汇成的灯路疏密不一，颜色也不一，人们看见高承钧那件鹰羽织成的黑袍几乎融入了黑夜，灯光在他身上流过，闪出片片花锦。

新乐公主的翠裙底上织满金凤衔芝纹样，翠鸟羽毛织成的衣料正看一色，斜看又一色，灯光在她身上稍一偏转，裙上翠色又换，而金线纹样也如晴日碧水中的波澜，细碎婉柔，如夜空里的繁星，熠耀不止。

公主的发簪亦令人称奇，光移色换，初看是金色，金色又转成绿，刚看定是绿，绿又成了青，青再罩上一层金辉，不是助木剌绿宝石，也不是黑珍珠。她这一身瑰奇的衣饰，将青绿色推向疯狂。

道旁女宾们又在暗中盘算，才买了青罗裙，买了龙涎香，买了水蚕丝，买了金珍珠，要置办如此一身装扮又需价值几何，深恐错过这一阵翠裙虫簪的风气。

两人走到军士开辟道路的尽头，站住了。雪信看着苍海心的额头，问花奴：“是崔家人打的他吗？”

“崔家几个虾兵蟹将，还没资格打我，我只能自己打自己了。”苍海心回过身来对着雪信，这才用手背一抹脸，血在额头上擦开了，瞧着伤得更可怖了

花奴凑到雪信近旁，将之前见闻一一禀告。

雪信点头：“奉旨成婚，礼俗俱全，又何必迁就无理要求。新妇不下车，你就让她无车可坐。她说不入门，既然长了脚不肯走过去，你说把脚打断搬进去成不成？”她笑着问高承钧。

高承钧握着她的手紧了一紧。同样是不得不行的婚礼，同样是貌合神离的新人，同样是军权在握的新郎，又同样是为了尊严奋力挣扎的新妇。

眼前的场景，叫人不想起龟兹那场婚礼也难。只不过形势倒转，雪信站在更强悍的一方。掌握了力量就可以不讲道理。

高承钧对雪信说：“苍长史心软，必不舍得打断新妇的腿，但把他家吃人的兽子放出来，在后头驱赶着，想必新妇定然愿意进门去的。”

雪信摇头：“这法子太过直截了当，不够有趣。把兽群圈在门前，唤新妇下车，新妇一次不应，就投一个崔家人给兽群当点心，看新妇是否冷心冷血，不顾她亲爹死活。”

“还有个不用流血的法子。把马车点着，看新妇出来不出来。”

两人似嬉笑调侃，三五句话里，已给苍海心出了四个主意。·

苍海心向他们道：“你们的心也太黑了，我还是手段轻柔些吧。”他吹了声口哨，“兄弟们，出来拆车。侯管家，把伙房专管剁包子馅儿的孙大娘找来，让她把新妇扔过墙去。”想来在案板上练出膂力的孙大娘是个女金刚般的人物。

墙后一股声儿整齐的“喏”，走出来一列军士。崔露华眼看着颜面要丢尽，忙自马车里跳出来。

仿佛是个青色绢纱堆出来的人，层层由偏靛蓝的青，到偏柳绿的青，单层绢纱恍若无物，叠了四五十重，叠成了一眼碧潭。崔露华穿戴着青色蔽膝，但人们的目轻而易举穿透了青纱瞧见了她那幅完全由金色珍珠和银色珍珠编成喜鹊登枝纹样的裙腰，遮面的是一把孔雀尾制成的团扇。

婢女引崔露华走向大门，在行动间，纱裙忽而层峦堆簇，忽而飘扬流逸，也变换出了四五种颜色。终是在灯光里越走越黯淡。

人们禁不住再去看新乐公主的衣裙，光亮处鲜翠夺目，隐暗里灿烂生华，她立着不动也看得人眼花缭乱。连崔露华也禁不住停下来从孔雀扇的偏角里回望雪信，青纱模糊了她仇怨的眼神。

要说女人赴宴是为了斗艳，那崔露华还是在她的大婚之日输给了新乐公主，怎不结

仇？这位公主从头到尾拿捏着她的婚事，她又怎能不怨？

“让他去洗一把脸，包一包脑袋。这呆货，别人打不着，自己揍自己一棍。”雪信轻声对花奴说。她没再看向崔露华，浑然从没把对方当成个对手。

“从他答应结这门亲，就哪里高兴过？没人打他一顿，他才不爽快。”花奴回答。

崔露华进门，未走到宅西南的青庐便推说不适，乞一间客房休息，不再配合后面的拜堂仪程。苍海心浑不管她是真不舒服还是假不舒服，横竖今日是打着婚宴的由头请众人吃一顿，客人来了，宴席开了，稀里糊涂的婚结下了，崔露华不添麻烦就好。

客人各型各样，一间屋子装不下，就按亲疏远近安排到几间画堂。崔尚书的亲亲眷眷与他诸位僚友安排一间，河东侯与他的亲信部将聚在另一间，两方还要隔得够远，免得酒后打架。

雪信吃得清淡，按苍海心的心意，是要单独为她开一席的，雪信却拐着高承钧挪到了河东侯那一间，问管家猴子要了一把酒筹。一堂的军士，喝起酒来爱猜拳行令，不爱抽签作诗文斗的，她捏了一把签子只为计算她亲爹的饮酒数量。河东侯每尽三杯，她便拈出根签子摆在一旁。

苍海心过来敬一轮酒，她抽三根签子扔一边，一会儿又来，又三根。她只是蹙着眉头摆弄酒筹，当苍海心带屠夫在台阶下当场宰杀活羊放血剥皮时，她脸更黑了一层。

现杀现收拾的羊被抬上厅来，血呲呼啦一个没有了皮毛的躯体，生腥气冲天，她以香帕捂了口鼻把头扭向一旁。高承钧在雪信身旁，向她手心里塞了一把剥好的松子，雪信握住了松子还把拳头摆了摆，示意众人继续欢乐，不用顾及她。

这道大菜名叫“过厅羊”，整只羊端上来，由客人挑选中意的部位扎上彩锦，入厨做熟了按彩锦记号分食。在场的除了雪信，谁没用刀头舔过血，可见闺女如此闻不得血秽气，河东侯也只能急摆手让撤下去胡乱蒸一蒸，连烟熏火烤的肉也不用上了。

于是再上来的肉全是蒸熟的，配上酱料这班行伍之人吃着还嫌味同嚼蜡，酱吃多了咸着了只得多灌几口酒，什么琼浆玉液都当作漱口茶水。

雪信本来已倦极，支撑到此刻已是头痛欲裂，黑面判官似的坐在堂上，她受罪，别人也跟着吃斋。

高承钧对她细语道：“如此你父亲与部下也拘束，不如早回？”

“越到后面才越容易生事，早回了，后面的热闹就赶不上了。”雪信伸出两根手指头捏了捏眉心，“我把你们弄到一屋子里饮酒，也是指着你们趁此机会和解和解。你看他们都与你隔阂，你去敬几轮酒，说两句让我父亲宽慰的话，好不好？”

“你又不怕你父亲喝多了酒闹事了？”

雪信尖尖的手指头在薄脆的金杯上弹了一下，那一刻流转向高承钧的眼神灵动俏皮：“要么拘束着他不让他醉酒闹事，要么让他醉得闹不了事。”

一瞬间，高承钧仿佛又拥有了他那个如猫一般腻人又如狐一般狡黠的恋人，为了这个眼神他做什么都甘愿。他用额头贴了贴雪信的额头：“我让你父亲醉得闹不了事，再送你早回。你满意不满意？”

“看来曲尘是赶不上了。她的事下回再办吧。”雪信朝堂外看一眼，又揉了揉脑门，“你速战速决吧。”

高承钧擎了酒杯离座向河东侯而去，河东侯谈笑自若，仿佛眼光丝毫没关照到站在他面前的女婿。

高承钧单膝跪下，对河东侯道："借苍长史婚宴喜酒，高某敬一敬岳父大人。侯爷是朝廷柱石之臣，也是位慈爱的父亲，高某感激侯爷送新乐公主至龟兹成全我与公主缘分的恩情。"

河东侯整张脸上肌肉弹跳，五官纠结了一瞬。高承钧说出的是河东侯最厌烦听的话，他满心不把高承钧当女婿看，高承钧偏偏叫什么"岳父"，偏要提与公主的缘分。

河东侯手中的酒杯重重顿下，哼了声："那你再感激感激我把新乐公主带回安城的恩情。"

高承钧也仿佛没接住河东侯的冷嘲，半跪着痛痛快快饮尽杯中酒。

雪信捧了酒注站到高承钧身旁往他的空杯斟酒。

高承钧没有起身，默不作声连干了三杯，每一杯都是捧至齐额再一饮而尽。到第四杯时，他又说："在龟兹时，高某多有莽撞无礼之举，再敬三杯，特向岳父赔罪。"

河东侯撇着嘴看着不说话，高承钧兀自又饮三杯，而后又举杯向上道："今至安城，未与公主一同行孝膝前，再自罚三杯赔罪。"

河东侯脸色阴沉得不能再阴沉，高承钧眼皮也没抬，继续说："岳父为证，高某必与公主百年好合，今世来生，姻缘永续！"他又喝了三杯。

啪——河东侯摔了个酒杯。

在军中，摔酒杯可是个不妙的兆头，即便不是事先约定把客人乱刀砍死的信号，客人多半也走不出军帐了。

河东侯麾下部将人人把手伸向了自己携带的武器，只等河东侯一声令下，跳起来朝高承钧发难。他们唯河东侯马首是瞻，河东侯又得看新乐公主的脸色。新乐公主无悲也无喜，不怒也不惧，犹自向高承钧杯里斟酒。

雪信斟满高承钧的酒杯又把酒杯接过，也向河东侯跪了，说："愿来年，父亲能享上含饴弄孙之乐。"

河东侯抬手把片羊腿的小刀扎进食案三寸。底下跪着的两个人都是一副泰山崩于前而面不变色的死模样，高承钧还接过雪信敬的那杯酒，替她喝了。

河东侯胸口闷，心密密麻麻地疼，一股愤怒的洪流从虚空里涌来，无处可去。

他大吼："上酒！上大坛的！"

立刻有部将搬来了原坛酒，河东侯扳着坛口托着坛底举起朝脸上浇，虽有一半泼在了衣袍上，但也有一半被他灌下去了。末了如破釜沉舟地一摔坛子，河东侯湿淋淋地冒着酒气，拔出了剑指着高承钧："贼子，我这就送你早死早超生。这辈子你们到不了头，下辈子也别指望！"

河东侯挥剑向高承钧砍去，高承钧跳起来拉起雪信往旁一推，自己也偏转了身子，剑锋贴着他的耳朵过去了，削落了他脖颈处的一缕碎发。河东侯再一剑劈下去，高承钧拔出了透山剑迎上去，双剑相格，击出了几星火花。

两人角力，剑身摩擦出了叫人牙酸的声响，河东侯越发怒了："居然敢还手，你眼里还有我这个岳父吗？"

"若侯爷不认高某这个女婿，高某亦无需听侯爷的训诫。侯爷亲口承认我这个女婿，我自然不敢还手。”高承钧趁着河东侯脑袋稀里糊涂、自己和自己辨不清道理时，拣了个河东侯的话漏，收了剑闪身避开。

“想当我女婿，那就只能做个英年早逝的女婿。”河东侯提剑追着高承钧而去。

众部将看着着急，早就想一拥而上，却被雪信一轮眼色阻止。

雪信说：“难得高兴，就让高节度使陪着我父亲发发酒疯。”

堂上闹的与雪信说的满不是一回事，但河东侯素来宠爱新乐公主，甚至也有意培植部下对公主的忠诚，众将因而不敢忤了这位公主的意思。

高承钧感慨着河东侯终于松口认了女婿，没再亮剑还手，带着他在堂上转起了圈子。也不知高承钧是成心遛他的老丈人，还是他也酒喝多了步履不稳，跑快了他准踉跄几步慢下来，眼看要摔倒被河东侯劈中，他却扶住身旁的桌案稳一稳又跑起来了。

终是河东侯酒力冲上脑袋，追了十来圈，左脚绊右脚，长剑脱手，倒地即打起了平稳深重的酒鼾。高承钧亦停下步子，气定神闲，面色如常，不似刚狂饮过，也不似刚刚疾奔过。

“我爹爹不胜酒力，也不好打搅各位将军饮酒的兴致，就由我先送他回营吧。”雪信趁机开口。

诸将也还没喝痛快，但把河东侯交给新乐公主，又似乎不对劲，于是有几个忠心的部下自告奋勇，要跟随公主同回大营，以策安全。

正把河东侯架到亲卫队长背上，又有玄河一手捏着酒杯，一手拎着好大一个酒壶，走上堂来。

“筵席才开，河东侯已烂醉如泥，着实是为营中长史娶得新妇高兴。河东侯爱将如子，果不是虚传。”玄河也不知已喝了多少，闻着身上没什么酒气，脚下却略略凌乱，说出的话也是令人啼笑皆非。

他仔细观察了河东侯的脸，确认对方不是装醉：“可惜啊，我还想与河东侯喝一杯的。听他府上婢女说，苍长史命人煎了不少龙脑汤备用，要不去取来与河东侯醒酒？”

还真有脑袋活络、腿脚勤快的跑出去取龙脑汤了。

雪信却说：“我爹爹近日来甚是辛苦，好不容易谋得一醉，暂入了忘忧乡，玄河子却要把我爹爹唤起来重新喝，既惹我爹爹不快，又浪费了苍长史家里香汤玉液。”她看向高承钧，“难道堂上还没有个人能替河东侯与你喝上几杯的？”

玄河闻声向高承钧过去了：“上一回高节度使的喜酒，贫道也没喝痛快，该借今日补上。不过按说老节度使故去未满两年，高节度使还在守孝中，不可狂饮滥觞。”玄河从高承钧面前经过，把酒壶拎到了雪信跟前。

“公主在安城的日子，是贫道诊脉开药，大灾小病须臾不敢远离，是公主性命所系。这三杯，该公主敬贫道。”

酒刚倒满，雪信未动，高承钧便替她一饮而尽。

“高节度使在龟兹收到的公主画像，皆出自贫道手笔，捉摸情态，精刻发丝，皆费精神。这三杯，该公主敬贫道。”

玄河再倒满，高承钧再次饮尽。

“算来贫道与公主还是同门，也背着圣上偷教了不少不传的秘术给公主。这三杯，还应该公主敬贫道。”

今日筵席上的人们都生就了七窍玲珑心，看穿了别人不爱听的话，专门拣出来说。堂上众人抱着膀子冷眼瞧笑话。

玄河说一句，雪信就敬三杯，而高承钧又默默接过雪信的那杯酒替她喝。他只当作玄河说了些没人听的胡话，不来发难。雪信敬酒，高承钧饮酒，没有半句废话，当然也没有半句感激，似乎是越干脆打发掉玄河越好，又似乎期待着玄河说出下一句，等着玄河说到词穷，他才会反扑。

两人暗潮涌动的斗酒被高承钧的扈从打断，那人进来附在高承钧的耳边说了两句。其实站在近处的玄河与雪信都听见了，那人说："秦王世子府上有人求见节度使，来人自称姓沈。"雪信暗忖若是曲尘，应该报名求见她，如今来人找高承钧，不外是沈越青了。

玄河也不纠缠高承钧了，又向河东侯的心腹部下们走去。嫌弃酒注斟小盏啰唆，他们抬了个瓷缸酒海上来，一人一螺杯，自行向海中舀去。玄河还未依次敬到，他们已勾肩搭背相互敬下去半海。

又不多时，苍海心跑上堂来，对雪信说："高承钧带沈越青出去了。"他今日是新郎，被狂灌下去不计其数的酒，去僻静处吐过，把熬好的龙脑汤兜头一浇，换身衣服又出来，因而他的头发还是湿的，周身是凉飒飒的清香，可终是脑子不怎么好使了，讲话声大了，堂上人人可闻。

也是直到听见这句话，雪信的脸色才冷了下来。

那一干人饮酒归饮酒，眼睛耳朵却时不时在打探周遭的变化，心也似时时悬着的。河东侯带了这许多人来苍海心的婚宴，想摆一摆威风给崔家父女看，再有就是镇着除他们之外一切不守秩序的人。河东侯盯了高承钧一两个月，紧防着他脱出控制，如今在酒宴上河东侯烂醉，高承均无故离席，河东侯还是被高承钧灌醉的，这三件事串起来想可十分不妙。

方才已有人出去拎了桶龙脑汤来，正要往绣毯上的河东侯身上泼。雪信喝令那人住手："我爹爹好不容易醉一回，不要搅了他的兴致！有什么事，我去处置。"

"公主虽是侯爷的嫡长亲女，毕竟没有军职在身，也无权代行军令。"还是有头脑清楚的，已知事态严峻，不容这位公主任性了。

将军们以酒碗舀起龙脑汤向脸上泼洒，找回了酣饮时丢在座席上的武器，只是稍稍的迟延，堂外就响起了凌乱的靴声。众人听得分明，那是有别于庆祝氛围的军士的脚步声，沉重、冷酷、铁一般的清醒。

高承钧带来婚宴的扈从们横剑把守住了宴客堂的前后门。苍海心听着声响不妙，举起酒海砸向门外，砸倒了三两个军士，从缺口跳出去跑远了。

河东侯的部下们待要跟着往外冲时，缺口两旁有军士移过来补位，被砸蒙的人也爬起来拉开架势，豁口封上，反而更不好冲了。

这群人已至有四五分醉意，身手敏捷不如堂外那群滴酒未沾的高家军，挥剑冲了几次未果。对方也没打算扩大冲突，抬脚踹回了几个冲在前面的，向里横出了长枪。那还是不久前在苍海心家门口，河东侯的士兵障车用过的，枪杆上的红绸花还未及拆下。

画堂门口布置起密集的长枪阵，堂上将军们打翻了杯盘，抄起食案做盾牌又要往外

冲。雪信站到了他们与前门之间，高声道："诸位请安坐，恐为小事伤了我爹爹的股肱心腹，高家军闯下的乱子，该是我上前。"

河东侯营中的部将看雪信的眼神信疑参半。灌醉河东侯有她一份，如今被高家军围住她又镇定如常，让人不得不疑高家军的突然发难，她至少知情，甚至早参与其中了。

高家军在场军职最高者领了两名军士穿过枪阵入堂来，只对雪信行了礼，道："奉高节度使军令，接公主回府。"

堂上静默了片刻，雪信盯着那名高家军将领看，河东侯的部将们也盯住了雪信揣度她与此事的关系。

雪信对来将说："除了我父亲，在场的不是我的伯伯叔叔，就是我的亲近好友，你们不可与他们伤了和气。"

"公主可安心，高节度使无意与他的老丈人闹到日后不能相见。"

雪信又说："我的婢女已在外头等候了吧？"

"公主可安心，婢女没有死伤。"来将回答。

身后河东侯的部将有沉默不语的，有怒吼的。

"公主不可背叛了河东侯！"

"侯爷信你，你却对得起侯爷吗？"

"公主是要令侯爷背上通贼罪名吗？"

雪信理一理鬓边发丝，轻轻巧巧地从长枪让出的甬道中出去了。

来将又指了指玄河："那道士也去吧。"

"我？我家又不在公主府。"玄河还端着酒盏，原地踉跄两步，笑道。

"高节度使说，公主今日劳累了，怕是病有反复，请道士同去，以备不时之需。"来将面不改色。

"哦，那去吧。"玄河没心没肺道，浑不在意别人把他当作了件备来备去的物什。来将身后的两名军士走到他身后，他犹自摆手，"贫道没醉，自己走。"

军士不听，一名按住了他，另一名直接一胳膊肘撞在他后脖子上，玄河立时躺倒，被两名军士一人提了一条手臂拖出去了。

堂上河东侯这一方还待要乱，高家军那一方已完全撤出屋子，前后门一关，落了锁，又搬来两块假山石堵了门。

雪信走下台阶，走出庭院。一个个院子，一间间画堂都上了锁，有的门后安静有的门后狂躁不安。

她知道，这段日子，高承钧让自己的士兵化整为零混进安城来了。

她也知道，这些平白多出来的士兵藏在安城令的府衙冒充囚犯伺机而动。

她还知道，安城令拿了高承钧的黄金，让高承钧的士兵穿上差役衣服出现在苍海心家门外维持秩序。只是她还不明白，多少黄金能让小小安城令铤而走险？

她还知道，金吾卫中有人暗中助他，一开宴便瞄准了几个勇猛刚正的同袍，灌到他们再也无力掀起风浪。也不是他当年在金吾卫中结交的友情多深厚，还是因为黄金，还有那些人认为自己晋升太慢，是朝廷亏待了他们。

这些，她都在昨夜共枕时，趁着他熟睡到他梦里去瞧过。

倒是没有人哭。有人胆怯，借着三杯酒七分醉，对自己对旁人都有了交代，伏在食案上装睡。有人不甘屈服，捡起堂上所有举得起来的东西砸向门扇，在铁锁后蹬门踹门，狂暴如疯魔。

花奴平静如常，在马车旁等着雪信。她所领的一干婢女都是有恃无恐，还新鲜地东张西望。

马车载着雪信到了苍海心家后门外，门里的军士与外面的甲士交接，雪信从车帘后望见后来的那队人穿着公主府侍卫的服色，却是脸生，一个也没见过。

有人靠近马车，被假扮侍卫的高家军驱赶，那人放声叫喊："公主！新乐公主！我是曲尘啊！"

见来人是个孱弱女子，又和公主相识，军士们也就没有对她动用蛮力，只是以刀鞘相格，阻挡她靠近马车。

是曲尘，依约前来讨要郡主身份了，可如今河东侯烂醉不起，苍海心宅中的宾客都在高家军的掌控中。即便曲尘对身份急迫，送她进去也于事无补。

雪信掀起车帘向着叫喊的方向说："曲尘，今日你来晚了，你的事只有等日后了，回去吧。"

曲尘两只胳膊扒着刀鞘，奋力往前挣扎道："也不是我要迟的。我如今身子沉重，他不让我出来走动，我好不容易寻了理由支开婢女嬷嬷溜出来步行至此，不能白来一趟。我只是迟来片刻，再给我一次机会吧！"

"晚来一步，机会便已错过了。"雪信对车旁军士道，"她也坏不了什么事，不要为难她。"

那两个军士便用刀鞘架住了曲尘，曲尘绕开他们又追逐马车，两个军士紧赶两步，刀鞘交叉横在曲尘面前。

曲尘把上半截身子挺直了推挤着阻挡，又叫喊："雪信，雪信！我只是迟来一步，你为何不肯等我？不，我并没有迟到，宴会还没结束！"

军士烦了她，眼看雪信车仗已远，将曲尘推开，转身追赶队伍去了。

曲尘被搡得后退踉跄好几步，终于脚下没支撑住，倒在地上，她慌忙捧住了小腹，一动也不敢动，只是对着车马消失的方向恨声道："沈雪信！你死上十回百回，也赔不起我的孩子！"

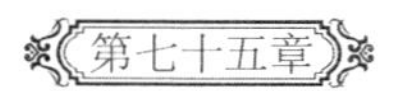

第七十五章 深葬玉兮都埋香

车队辚辚行过安城的街道。雪信从轻帘后望见街景，让花奴把离车最近的一个军士叫来问话："回公主府上个街口就该往东，你们却向西拐了。"

"我等只是奉令行事，别的都不知道。"军士回答。

雪信挥手让对方去了。

如今都看得见西城药园上红光烧天，又是一番明火执仗。

车马进了药园，由宽石板道走至细砂窄路，车到田埜就过不去了，火把却越发密集。雪信从车上下来，见众药僮被赶至一处，百来人蹲在晒药场上不敢做声，他们的脑袋顶上即是明晃晃的枪尖。

沈越青的脸套在高家军黑金色的铁盔中闪过，不过现在哪是寒暄的时候。

田埜最深处的短兵相接已近尾声了。玉石笼子被系上粗绳拉翻在旁。苍海心集结起来的家仆皆被长枪挑穿，地上的血也开始凝涸。

高家军们大部分都在挖石笼下的泥土，用轻便的大木桶收集，装满一车又一车。余下二十来人用长枪压了一个人在地上，正是血流满面的苍海心。他已耗尽全力，身上被戳了几个枪眼，虽不致命，血流多了意识也混沌了。

高承钧拔剑，他枭下苍海心首级的动作被人中途拦阻，那双并没有多少力量的手固执地把他的手往回掰，掰不动，那个人就转到他面前，双手去抱剑刃。

高承钧终于撤回剑："你越是要救他，我越是要杀他。"

雪信望着他摇头："你应该明白。只要他还活着，华城就还能牵扯安城的力量，你趁他们相争的时候营建你的势力。若是他死了，你能同时迎接华城与安城的怒火吗？"

高承钧提着剑："你在救我，还是在救他？"

"只有先救了他，才能救你。"雪信目光灼灼。

瞬间高承钧就想通了，他抬起另一只手，掌心托着个玉石花盆，盆中用潮湿蓬松的新土刚栽下了一株小草："你看，我把瑶香草取来了。我说过，若你有什么把柄，把柄在我手里才是最安全的。"

"你是取得了，可你带得回西域吗？"雪信面露担忧，不知为了瑶香草和她自己，还是为了高承钧或苍海心。

“用玉石盆栽之，地脉穴眼之土养之，土需两个时辰一换。我把地脉附近所有的土都挖走，足够西行一路换用。到了龟兹，我就让玄河寻找附近能用之地种下。”高承钧都想好了。

雪信古怪地笑了笑：“这是你从藏书阁的书卷里找到的法子？”

“是你藏在枕匣里的手记所载，不确然吗。”高承钧并不是在问。

“即便我说不确然，你也不信吧。”

“我自然是把玄河灌醉了问过。”

雪信向高承钧伸手：“移栽也须仔细，给我看看你栽得对不对。”

高承钧把小玉盆放到雪信手心里，在松手的一刻他似乎迟疑了，可雪信飞快夺过了花盆，把瑶香草连根拔起扔在脚下用鞋底碾烂。

秀奴从她房中找到的手记不虚，玄河对高承钧讲的也是真话，可雪信与玄河让高承钧得到这则消息的用心难测。

在那一刻，高承钧的剑抬起来，又落回去。他怒道：“你是死也不愿跟着我走吗？”

“我的本意是同时灌醉了我爹爹和你，打着送我爹爹回营的旗子送你出安城的。我替你选的你不要，你替我选的我也不要。不过如今也不算坏，你可以不用牵肠挂肚，踏踏实实地走了。”

高承钧疾步走进枪阵中扯起苍海心的衣襟，一顿暴烈的摇晃，把他涣散的神志重聚拢来：“雪信在安城还有什么事？为什么她不肯走？”

苍海心“呸呸”吐出一口含在嘴里的血，嘿嘿笑：“我知道，可我就不告诉你。这件事她告诉了我，没告诉你，哈哈哈哈哈……”笑到一半，他被高承钧扔回地上。

雪信叹息着：“你知道了瑶香草，最终瑶香草在你我手中毁了。有什么要紧事，还是不让你知道好，免得再铸下什么错。”

高承钧握剑的那条胳膊始终蓄足了劲，却又不发作，骨节咯咯有声。他说：“你离了瑶香草真的活不下去？我们带上玄河，再赌一把。”

“你是要亲眼看着我在西行路上一点一点耗死，才觉得有始有终，那你大可以马上杀了我，那也是圆满。可你带着我还活着的希望走不好吗？”雪信放软了声音，“这句话，我可以对你说了。不管你在不在身边，我都记挂着你。不管我如何恨你，也不妨碍我同样爱着你。你也是一样吧，你可以满心爱着我，又把我留在安城的，是吧？”

高承钧不敢看雪信的眼睛，他怕雪信一眼又把他带进幻境里，用奇诡的手段迷惑他，说服他。可雪信没有看他，而是把眼光凝在远处的火光上，说得舒缓又辽远。

“你说这番话，还是要哄我一个人走吗？”高承钧缓缓开口。

“你信，结果会是最好的结果。你不信，结果不可收拾。”

“结果我不管，我只想知道你有没有骗我？”

“有时候我说得像真的，却不是真的。有时我说得像假的，却不是假的。你问我有没有骗你，我回答了你就信了吗？所以这个问题我不用回答。”

两人都将眼光放在别处，高承钧从怀里取出一个信封递过去。雪信抽出信笺打开，顶头“和离书”三个字还是她写的，下面通篇却是高承钧的笔迹。

“少年不知重，今看始非轻。结发南柯枕，落华满衣襟。”开头几句写得不像是休书，却像是新婚情诗。其后并没有陈列妻子的恶迹，也没有说他自己的错，只是笔锋骤然一转，就决定两人分开了。到了文末，也不似时下那些休书般故作大方地祝福对方今后的日子，只是戛然而止。

雪信把和离书随手一抛："我是你的妻子，这层维系日后总还是有用的。"

高承钧说："以后若我事败，不会拖累公主府；若我打赢了河东侯，自会放他一马。"他全然说中了雪信拖延着不肯写那封和离书的心思。她不愿朝廷彻底剿了高承钧，也不能让高承钧伤了朝廷派去剿他的人。

原先玉石笼下所罩住的丈余之地被向下掘了四丈余，若不是挖透了地下水脉，还能向下挖。土都装了车，但如今不用带走，可以轻骑上路了。高承钧下令整队，人马从里向外层层撤走。

雪信的目光看向高承钧手中的剑："这把透山剑，留给我吧。"

高承钧诧然："透山剑是我的随身剑。"

"正是你亲手所铸，又是以我血淬炼，留下来陪我正合适。若我再也等不到你回来，抱着透山剑，我也不会怕地下太冷太黑。"雪信说得轻松，像个天真的小姑娘向心上人索要信物。

高承钧把剑还鞘，连着鞘从腰带上解下，递了过去。雪信先是单手去接，剑太重，一下坠了她的手，又双手捧住了，搂进怀中。

高承钧："你要等着我回来。"

雪信摇头："你不应该急着回来。反正我在安城，哪儿也不去。"

"一定要活下去，等着我。"

"下一次你冒冒失失闯进安城，不会有人送你出去的，所以不要着急回来。"

他们都看向别处，仰着下巴，固执己见，终也辩不出个结果，对话戛然而止。

对话没有结束，高承钧却转身走了，他没有接着说的话，是要留着再回来时说的。

火光稀落了月光亮了，人声静了又响了。药僮们没了看管，胆大的几个走出晒药场四处查探。

他们发现无数被遗弃的运土的木桶，还有个没加盖打包的木桶里坐着他们的上司——醉醺醺的太医令。死尸堆中有抱着一把长剑坐在土坑边的新乐公主，和血浸透了周身衣衫却还在喘气的苍海心。

药僮们把玄河架出桶来，商议着银针刺哪个穴位能立马醒酒，又用手边现成的药草给苍海心止血上药。对雪信他们就有些不知如何是好了，她周身没有伤，背光而坐，像是被吓呆了，送上安神定魂的嗅剂又被她推开，她浑身裹着将死之人的灰心丧气，灰心丧气中还有令人不安的欣喜若狂。

药粉撒到苍海心身上，把他疼得嘴歪眼斜，疼清醒了，他对雪信道："刚才那么好听的一通情话，必是哄骗他的。"

雪信竖起一根指头放在唇边："嘘……他应该到城门了吧。你说他会是诈开城门，还是事先买通了城门的看守？"

"打也打得出去。安城城高壁坚，从外向里攻难，从里头向外闯还是容易的。左右诸卫大统领都在我家里喝得颠三倒四，城门守军即便抵抗也调动不了大股军队。等将军们酒醒，已经追不上了。"

血流把药粉冲走，药僮们又上了一层药粉，手脚麻利地卷上绷带，勒得苍海心又是一声哀叫："可是你骗我。你说在我的婚宴上把高承钧灌醉送出去，把诸卫大统领灌醉免得他们追赶。结果，高承钧中途发难来药园抢瑶香草，要带你一起走。"

雪信还是把指头竖在唇边："嘘……你小点声，留着点力气养伤。我没有骗你，只是高承钧不要我的安排。最后，他还是走了，我还是没走，怎么能是骗你？"

"可他毁了瑶香草就跑了，你怎么办？你怎么办？你怎么办？"苍海心捶地，全身伤口涌出血来，自厚厚的白绷带下透出。

"没有了瑶香草，我就自由了，不用再拖着沉重的肉身苟延残喘。"雪信放下手指，目光深远地看向远处。

"我去南诏再移一株瑶香草回来。你等着我。"苍海心爬起来，跌跌撞撞跑出药园。

玄河被他的下属们折腾醒了，也不知是扎对了醒了酒，还是扎错了痛精神了。

他扶着额头走向雪信，低头看着一地狼藉，死尸堆叠，石笼倒横，地上掘出个大坑，瑶香草碾烂和了泥。

雪信怀抱长剑对他微笑："他们都让我等，都不问问我想不想等。我还有事要做，等不了。"

"我……"玄河捡起那纸休书来看，舌头还转不过来。

"你自然是饮醉了，被高承钧手下挟持至此，什么都不知道。"雪信笑容不变。

"你……"玄河还想说什么。

"我搅的乱局，都由我承担吧。锦书师娘不要天下大乱，可是不乱哪来的活路？这里的人活了，天下就要多死好多人，这些罪过我背吧。"

玄河反驳："天下不是你搅乱的。有人要天下乱，有人要天下安，逼着你做选择。天下是他们搅乱的。"

"我本也可以选择什么都不做的。"雪信苦笑，"可我唯恐天下不乱。"

玄河摇头："罪过你一个人背不了的。你我一起背。"

雪信飞快回了一下头，又望见药田垄头孤零零地站着个人，挥手说："秀奴，你怎么不去？"

"高节度使令我留在安城。他说他的性命托付给公主了，也把公主的起居饮食托付给我了。若他回来时见不到公主，就要我母亲的命。"秀奴对安城中发生的一切、对所有衣着华美、心思隐晦、说话绕圈子的人，都已泰然麻木了。

"你近前来。"雪信对她说。

秀奴走到雪信三步之外又被她喝住。

雪信背对着秀奴轻声慢语道："这是个多好的机会，他不需要你，我也不需要你，你有没有想去的地方，想做的事？现在你已经自由了。"

"我想去的地方只有他所在的地方。我想做的事，为他死，或是死在他剑下，好过被扔在安城。"秀奴垂头回答。高承钧连随身剑都给了雪信，她一个葛逻禄的人质，也如同一件可以兑换权力的信物一般，转手交到了雪信手里。

"你是爱他爱到可以不顾自己不快乐，不要自己性命的吧？"雪信叹息。

"我不大好运，我所爱的人不在乎我，我不快乐。让我离开他，我也不快乐。"秀奴似想到了什么，“舍弃了性命结束我的不快乐，倒是个好办法。”

她蓦地感触，也许雪信内心里，也是万千的不快乐，雪信一次又一次地设局豪赌，并不是她确信自己能赢，也不是真的不顾惜自己性命，而是不知不觉中以为死亡是根治不快乐的药方。

“那还有一个机会，也许你会为他而死。”雪信淡淡开口。两个不怎么在乎性命的年轻姑娘，聊起危险的事也如她们当初聊起安城风物和酸橙花香水。

秀奴眼皮抬了抬，瞳孔里透入了更多的光：“我愿意。”

“你出城去吧，追上他，跟紧了他。你的母亲早有反叛之意，你长兄巴图代掌安西重兵，他这次回龟兹的路，并不比在安城中安全。你知道怎么做吧？”

该怎么做，雪信已经用今夜的举动为秀奴示范过了。

秀奴苦笑，笑着笑着又轻松了：“你独占了高承钧的爱，还让我去死，我应该恨你的。可是我恨着恨着，又对你生出几分敬意。你爱他，爱到可以不在他身边，可以再也不见他。”

“未必会死。”雪信不愿与秀奴讨论自己对高承钧的爱，“若死不成，下一回还是得以命相搏。”

“请公主保重。”秀奴掏出一件东西拍在雪信手中，转身就走。

雪信摊开手掌，是颗被摩挲得有了光泽的白卵石，上面刻画着突厥文字。她记得秀奴解释过这是“野牛”的意思，这颗占卜石的兆示是病人痊愈，情人相依。她嘲弄地随手抛开了石子，又唤：“花奴？”

花奴背对着雪信在死人堆里鼓捣，走过来时，捧着摔裂了的小玉盆，手指不住地扒拉着盆土，把一株绿草的根埋回去，无奈草茎已被碾得稀烂，倒伏在盆土之上。

雪信把她的手指从土里拉出来，手指尖上一个口子正往外涌血珠：“今晚血还流得不够吗，你还来凑一脚。”

“玄河说过瑶香草感天地之气而生，得气之精华而长。人血也是气之精华，我再试一试，救活了它，公主还能陪着我玩。”花奴急切道，眼角涌泪。

“那草是我要它完蛋的，你别去管了。你带上公主府的侍卫去追秀奴，护送她到高承钧队伍中。”雪信从怀中取出了件明灿灿的金器，是她的公主私印。

做事不能做一半，她要保证秀奴完好地回到高承钧身边，而不是中途变卦逃亡或被桑晴晴接走。即便秀奴死志已明，雪信也要确保秀奴把她的死用得恰到好处。

“事情做完后，你可以去自己想去的地方，做自己想做的事，不用回来了。”

雪信的内心里还敬畏着爱情，只是不愿再提。朝着逼死人的阴谋，她可以竖起全身的刺和盔甲去拼命。别人想死，她就给别人出个送死的主意，让别人死得开心又服务大局。她善良，可总无法纯然的善良。

苍海心婚宴那头，还是河东侯大营的将军们先冲破了封锁。别人都可以托醉不出，可是高承钧离席脱逃他们难辞其咎，也是昔年在战场上积下了一不做二不休的习气，他们扯下画堂所有壁衣幔帐堆在门后，抛下灯烛就烧。

趁着外面的高家军打水灭火，他们分作前后两路冒烟突火撞开门杀了出来。一群悍不畏死的憨货，前后门一同烧，毫不考虑万一突围失败，画堂变作热窑，他们全得熟。

在苍海心家里留守的高家军本也不多，又早得了不能与河东侯人马起正面冲突的命令，被河东侯营里的将军杀了几名军士后，余者就往别处宴客堂上丢火种，立时浓烟烈火烧得一片惊魂厉叫。

河东侯的人亦不得不停止追杀，转去提水救火。高家军那留守的五十余人趁机撤出宅子，逃亡路上又在城中随意放火杀戮，制造混乱，延阻追击。

河东侯被扔进了画堂的大水缸中醒了酒，等到迷迷糊糊爬出缸沿，眼前已是不可收拾的混乱。他下令用冷水泼醒其他几处醉酒的诸卫统领，由他们调兵救火安民维持秩序，他则带手下往城中乱起之处追。

一时城中四处火起，百姓奔逃号哭。仅那五十人就仿佛点着了半座城，搅碎了二十余年的太平。即便二十余年前，也不曾有过这样的穷凶极恶，朝中暗斗从未祸延至民间。

安城的百姓习惯了富足安详，遭遇骤变，一时不知如何是好，有人抱着亲人的尸身当街坐着大哭，有人在着火的房子里哭，有人追着放火的匪兵跑，像群失去了庇护的稚童。

有人说寇匪往东去了，有人说向北，到了北又有人指西与南，河东侯追着追着，东面与北面骚动又起。等他得到确凿的消息，说高承钧杀了城西安定门的守将连夜遁逃，他赶回本营，营中都知道当夜大将军带人去喝苍长史的喜酒，由上到下暗暗放松军纪，人马懈怠，等点数起一支整齐的骑兵，天色破晓，高承钧也去远了。

河东侯只以为雪信跟着高承钧逃了，急火攻心，一口血险些吐出来，后来分散出去的人马陆续回了营，汇报城中各处情形，提及新乐公主在药园坚辞拒绝随高承钧同归龟兹，河东侯那心火才降了下来。

苍海心跌跌撞撞回了大营，血污满面，浑身绷带也似从血浆里漂出来的，他向河东侯禀告了药园中的经过，又向其要一支小队，他要即刻出发去南诏寻找药。

按说当夜突变自苍海心婚宴上生起，苍海心又是药园那一段的重要人证，怎么也该先关押收监，等调查明白了整件案子的来龙去脉，按功过处置完毕了才能放，可河东侯听说雪信是自毁瑶香草拒绝出城，当即给了苍海心二十个人。

不是河东侯小气，而是人越多路上跑得越慢，他挑选的都是军中最有耐力的骑手，马在驿站可以换，人却不能歇。他要苍海心带人星夜兼程从南诏带回瑶香草。

苍海心刚走，大理寺即有人来请河东侯。城中处处戒严，各公卿贵府宅外皆有军队，河东侯府与新乐公主府外更是驻了重兵。有那一纸休书，还有玄河从头到尾的证词，河东侯三日后即从大理寺走了出来。

安城令的尸体被人从街上拖回来，看来当夜他易服改扮打算趁乱逃跑，却不知一片混乱中死于谁手。

兵部、刑部、大理寺和御史台察觉皇上无意抓着这件案子再把军中秩序搅个天翻地覆，案子十日内也就结了。

朝廷宣布高承钧为逆贼，要出兵征讨。安城令通贼证据确凿，可惜已死，家小也跑得不知去向，便把他衙中幕僚和家中奴仆捉来垫刀。河东侯与赴宴的诸卫统领的罪名是防卫疏松、军事懈怠，才致高贼乘虚作乱，各找了当日值宿将领杖责降职，主帅统领罚了薪俸。

河东侯私底下带人向西追击过几次，没跑出多远，又被附近卫戍部队的统领截下拎去皇上面前。皇上不仅没有斥责河东侯，还多有勉慰，只是不准河东侯追杀高承钧。

“值此多事之秋，安城稳固还有赖于卿。卿不可轻动。”皇上如是对河东侯说。

“难道等着那小贼跑回龟兹整顿了大军杀进安城来？”河东侯的脖子上青筋突起，眼珠子几乎暴突出眼眶，显然是恨透了高承钧。

“天下安危与亲人安危，卿作何选择？”皇上又问。

“我只管我闺女的死活。”

“朕是皇上，卿是王侯、是大将军，可我们也都有私心。天下人很快就不需要我们负责了，亲人还需要我们。与其把你的部下消耗在无用的征战，不如多留下些人给你的女儿。”

听皇上那么讲，河东侯把皇上的书案掀翻了：“人再多守的也是坟！雪信放不下那姓高的，我就把他的脑袋摆在坟前陪她！”

“不是坟。雪信会睡一个长觉，等苍海心那小子从南诏回来，再叫醒她。”

“你当我三岁孩子好骗的？把人装木盒子里埋起来了，还不是坟？这一睡，谁还叫得醒？”河东侯的眼珠上尽是血丝，远看双眼似在冒血。

“你没那根筋，和你说不通。你让你的人守好‘坟’，总之雪信还活着。”皇上不欲再多言。

“你好心，骗我说雪信还活着，是怕我失心疯。你好心，可最后一面儿也没让我见。”河东侯说着说着，拿脑袋撞起了殿柱。

“还真是失心疯了。”一只柔白的手扶住了河东侯的脑袋，又一只手垫在了他额头与殿柱之间。

河东侯回头，看见了那个身着宫娥衣装、面容如昔、肤色有稍许青苍的少女，痴愣愣好半天才叫出个名字：“锦书，你什么时候来的？”华城生变，锦书被当作筹码送来安城，雪信为锦书奔走，他半点不知。

锦书抽回手：“我给你做保证，雪信还活着，会醒过来的。”

河东侯晃起脑袋来：“我不信，我闺女一肚子坏水连最亲的人都骗，是你教出来的吧！你的话更不能信。”可话到了这一句，再也不是先前那般时时要与人同归于尽的劲头了，他的否定里带着希冀，他否定只为了要对方抛出更有力的证据说服他。

“雪信是我抱大的，能坏到哪里去？要说心机，是有几分像另一个人。可一群做长辈的一起来为难她，她还能在我们眼皮底下耍花样，倒该是我们脸红了。她是算计你，可也是在保你，她算计高承钧，也是在救高承钧。她连我也要算计，她说，她要替我承担。她是个好孩子，也是个厉害的孩子，你且宽心吧。”

锦书吐字如歌，清音绵绵，贬斥的话由她来说，叫人自发多出一分惭愧，安慰的话由她来说，也多了一份确凿无疑。

“她就没什么话让你带给我？”河东侯得了安定，生出些不满来。

“她说，若高承钧命运不济，龟兹会有人割了他的脑袋送来安城，所以不必去追。她还说，倘若追上高承钧一杀了之，则高家军指挥权易手，还是会冲安城而来，所以不值得追。城中死了不少百姓，毁了大片屋舍，请河东侯保存住自己的力量，多做些有用的事替她赎罪。”锦书将一把钥匙给了河东侯，“这是她府库的钥匙。”

河东侯又生气了：“这算是遗嘱、遗物吗？替高承钧说情，让当爹的给她善后！她是在欺负我现在骂她，她听不见吗？”

高承钧作乱，新乐公主坚决不与之为伍，甚至欲持剑自裁，逼得高承钧抛下一纸休书独自叛逃。这是玄河在大理寺交代的说法，也广为朝野采信。

人们于是试着对这位公主少迁怒几分，是皇上赐的婚，新婚不久即回到安城，与夫君分隔两地一年多，蹀躞深情能有几许？怕只比陌路好上一点点，高承钧谋乱岂会同她说？既是不知情，那夫君前一日还是朝廷最忌惮的封疆大吏，后一日成了反叛，也无人能体会公主的忧惧。

当然也有人不同情新乐公主，说既然奉旨嫁到西域高家，就承担起了替朝廷安抚监督的使命，高承钧反了，公主起码有失察之过。所以皇上下旨圈禁新乐公主，既没人觉得太重，也没人觉得太轻，她应该为曾经是高承钧的妻子而付出代价。

人们还记得她的鬓影衣香，记得她的风华绝代，只是渐渐忘记了她还活着。

新乐公主也许还活着，只是在安城人的记忆里渐渐提炼成华丽的背影。公主被圈禁，公主却并不在公主府里。

河东侯在大理寺狱中消磨了三天，一出来，直面的是一座土堆。他到公主府，得到管家梅娘的回答是“公主没有回来过”。他找到药园，那传说里一夜被挖到黄泉的大坑被填起来了，只余下一个小土堆。土堆上栽着一株枇杷树苗，玄河正拎着木桶细细浇灌。他一面倾斜木桶，一面绕树而走，让涓流润泽树苗根部的每一寸泥土。

“雪信就躺在土堆下。侯爷莫吵，免得她听了难过，又不能来安慰你。”玄河压低了声音，不让第三个人听清他说的话。

“侯爷莫要着急挖土，时日到了她自然会醒，我们再把她掘出来，她又是好好的一个了，比埋下去还好。”玄河看出河东侯的意图，急急补了一句。

“不行，现在不能挖！”见河东侯仍不死心，玄河扔了桶直接坐在土堆上护着树苗，“侯爷知道蝉吗？一个蛹能在地下睡十七年，终有一日变作吸风饮露的蝉，早一日把蛹挖出来它就变不成蝉了。雪信在下头不用躺十七年，只要几个月，侯爷等着就是！”

在河东侯看来，皇上与锦书是好心瞒哄，而玄河是认认真真地疯了。

不等他再见雪信一面就埋了她，不埋进皇陵墓群却埋在药园的土坑里，不立一块墓碑，也不发丧。

他惶恐得很，生怕自己的女儿是被皇上密旨赐死的，更怕女儿是被活埋下去的，他一定要挖出来看看。

可皇上的谎话和玄河的疯话也给了他虚无缥缈的希望，也许他们是在用玄术救她呢？贸然挖出来，反而是害了她？

河东侯决心延长他的希望，就按皇上与玄河所说等上几个月，等苍海心回来。

他调来人马，赶走了药园中原本的守卫。本来连院中药僮也要一并轰走的，又是玄河来与河东侯说道，整座药园草药的根系强行抓住了地脉中的一缕气，在园中心结成穴眼，养着雪信的躯壳。若药园荒芜，地气流散，雪信在底下就活不过来了。

河东侯说着不信玄河的鬼话，但只要事关雪信，他情愿被蒙骗，遂留下药僮继续在园中劳作，只是以枇杷树苗为圆心画了个圈子，加派重兵把守，只放玄河进去照料。

玄河能在土堆旁一坐就是几天几夜，温情脉脉地念念叨叨，有时眼睛看着脚下的土地，就对泥土说话；有时眼光落在树苗枝叶上，就对着身旁的虚空说话；有时仰望夜空，就对着星辰说话。

药园是以封存高贼作乱的证据的名义被军队接管的。原先立着玉石笼子、如今种着枇杷树苗的园中心一夜间尸横狼藉，更被加派了人员看守。守卫的军士遥遥望着玄河在小土堆上落寞地坐着，还曾好意劝慰：“高贼一夜之间屠百姓烧房屋不计其数，药园受波及也是在所难免，皇上圣德仁慈不追究，玄河子也莫自责太过。”

玄河指着小土堆的方向，语气悲凉：“那一晚，最珍贵的药草被毁。在那里，死的都是苍海心的家仆，我园中药僮无一人反抗。苍长史浴血奋战，我身上不见寸伤，怎不自责？怎不羞愧？”

他倒也说出了部分的真情。

在河东侯心中，他的女儿有九成是死了，还有一成是他的希望。他的人生里，曾多次遣人装神弄鬼击溃对手的心智，自己却从不信鬼神。他也无从知道，他的一举一动雪信都知道，雪信用另一种方式看着他，也看得见一切。

还是高承钧逃出安城的那夜，雪信遣走了花奴，把随车而来的婢女赶得远远的。借着一半星光一半火光，她抬手看见自己的手掌心布满细如蛛网的黑色纹路，翻看手背，纹路已爬进指甲底下。她把透山剑抽出一半，在雪明的剑身上照见黑筋浮上了面庞，连眼珠也渗透了丝丝交织的黑线。她抽出青玉虫簪打散头发，用头发和袖子藏起了脸。

药僮们在雪信身旁忙碌，他们依照玄河的指示抬走尸体，推走了翻倒在地的玉石笼子，往深坑中抛土至泉涌消失即止。因为玄河的镇定，药僮也忙得沉默而有条不紊。他们填平了药田的一部分，拓宽了狭窄的田垄，铺上滚木，推来了一座庞大的沉香山子。

这是两日前的深夜雪信回公主府后，玄河命人从教坊搬走的。有人来请雪信挪一挪步，他们把沉香山子推下深坑，又往坑中填土，土埋至沉香山顶。药僮们开始清理场地，还有大半的木桶里装着未回填的坑土，他们把木桶与滚木一同拖离，消失在药园的夜里。

只有天上淡弱的星子在看着了。雪信站起身来，一手提着剑一手解开衣带。集翠裙在黯淡星光下还有流动的光，比夜色蓝，比星光暖，最后扬起来闪烁一遍，落在地上。她蹬掉了两只鞋，重重踢出去的两脚，一只鞋甩得高，一只鞋飞得远。

她身上只余下一件白绢袍，薄透的衣料下是黑色血筋在肌肤上蔓延，她好像一件随时会裂成无数片的瓷器。她还是闭上了眼睛，怕再看见自己的丑陋，哪怕是眼角余光里的一点点幻想残影也不要有。

雪信摸索着走向沉香山顶的入口，玄河捉住了她的手，引着她一级一级走下去。

“你真的没有拜别河东侯吗？”玄河问。

“我爹爹又不傻，一分一毫依依惜别足够他警觉。”

“那你真的没有留封书信或口讯给河东侯？”

“说什么呢？向他认错检讨说自己不听话吗？也只是徒惹伤心罢了。不如什么都不说，他气我也好骂我也好，都比让他伤心得好。”雪信在黑暗里用力眨了几下眼睛。

“从华城到安城，你和高承钧之间，沈先生阻挡过你们，皇上阻挡过你们，河东侯阻挡过你们，连高承钧和你也有过灰心放弃的时候。但凡有一刻你们真的放弃了，也不会有今日。他们把你纳入谋算时，对你也是宠爱的，你为什么不接受更好的安排呢？”

“不甘心被阻挡，凭什么被别人安排？如果他们认为那是好的，我就要接受，那么当我给他们一个更好的安排时，他们也要接受。”

“没有人认为你的安排是更好的。”

“除了你，也没有别人认为我的安排是好的。”

玄河沉默良久，才说：“我的拒绝阻拦不了你。”

他们下到山腹底部，雪信躺上玄铁床，星光落进洞口洒在她的眼皮上。玄河瞧着她蹙眉抿唇的神情，轻声说：“不用怕，我会一直在的。”

“黑暗会是安全，狭小会是稳固，冰冷会是宁静。我害怕，但我会习惯的。”雪信搂紧了透山剑，剑柄贴上脸颊，剑身斜横在胸口，仿如抱住一条爱人的手臂。她说，“你上去吧，剩下的事麻烦你了。”

玄河登阶而上，他眼中的雪信渐小渐远，沉入黑暗。他听见雪信在喃喃自语，封闭的洞室放大了她的声音：“蚌壳里进了砂砾，生了珍珠。树受伤枯朽，结了沉香。那我呢？我会得到什么呢？会有自由吗？”

玄河踏上地面，他拖来一张渔网盖住了沉香山顶的洞口，又在渔网上铺了张草席，他挥锹铲起洞口四周的泥土盖住草席，而后移来一株枇杷树标记出洞口的位置。

他一圈又一圈地绕土坑而走，一锹又一锹，如在香席中拍平埋炭的白灰，他把土堆修整成完美的圆锥，甚至在上头刻出了阡陌交错的花纹。

他扔下铁锹，提了两桶水来，一桶是参芝虫草、雪莲石斛熬制的汤药，一桶是曼陀罗花蕊、牵牛花种子、风手青蒸的浓汁。两桶水匀致地洒在枇杷树苗的根土上，润透了草席，渗下渔网，沿着沉香山子洞壁向下流淌。

日出的阳光晒热了土地，土下的沉香山洞壁上的汤汁化作雾气盈满洞穴，湿润了雪信的嘴唇，从她浅微的呼吸、从她周身皮肤的毛孔渗入她的身体。

第一桶水会延续她身躯的生命，第二桶水会把她从沉重的身躯里释放。

第七十六章

山为炉兮魂旋天

又是一个白天了。

安城天空上的浓烟还未散尽，房宅废墟上的灰烬还是热的。人们确信自己安全了，哭声才渐渐敞亮。他们哭着收拾亲人的骸骨，哭着在焦木碎瓦里翻找未烧尽的财物。

安城天空里的鸟被浓烟和哭声驱赶，飞进了药园。药园中也是一番劫掠过后的光景，大片草药被踏平，田垄与空场随意抛洒满了潮湿的新土。飞鸟落在劫后余生的矮树枝头，一声也不敢啾啭，脑袋偏过来侧过去，墨晶小眼打量着园中的安静。

金吾卫的长戈列成了药园里最密的一片“林子”，包围着空场上的药僮。药僮们排着队从太医令玄河面前经过，领取一碗汤药。

玄河面前的两口锅里，一口熬着哑药，一口熬着剧毒。药僮们还是有选择的，他们也都珍惜选择的机会，舀走一碗哑药，垂下眼帘一气饮尽。药力发作烧痛了他们的喉咙。后面的人依然眼观鼻鼻观心，排着队等待选择降临到自己头上。

所有药僮喝下了药，玄河点点头，布置他们整理药园，清扫残土，修齐田垄，拔掉被踩坏的草株补种新的。药僮们无声地去了，他们还能听明白上司指派的任务，能操持繁重的简单劳作，甚至依然能领取一份不薄的月钱。他们安慰好了自己，没有声音不会给活着添太多麻烦。

金吾卫带队的将军眼看玄河悠然踱出长戈密林，忙上前施礼：“玄河子，皇上命彻查昨夜变乱，河东侯、崔尚书、诸卫大统领，都在大理寺等候问询，就等玄河子了。”

玄河摆手：“不急，我这里的事还没结束。”他下令消除昨夜留下的所有痕迹，改正一切使他不满的地方。他从容不迫，金吾卫上上下下不能质疑，不敢催促。

天子是天的代言人，而这个与谁都不结盟的道士是天子的代言人，是离天子最近的进言者，还是储君身边最重要的幕僚。这个与谁都说得上几句话，又与谁都不太熟的玄河，是个谁也不愿得罪的人。

玄河回到药园深处的枇杷树苗旁，眼皮微合，似乎是熬不住通宵达旦的折腾，站着就打起了瞌睡。在可见可不见之处，他的目光落在脚下，如水渗透进泥土，在绝无一丝光亮的沉香山子中见到了雪信。

雪信是浓黑的一部分，可她的身躯从浓黑里浮起，渐渐清晰，黑色的血在她几乎透明的皮肤底下流动。无数的小光点在血管里浮动，没有瑶香草做引，它们不再吞吃血液中的浊黑，但它们在血脉中游走，带动血液奔流，不让毒质向下沉淀。

雪信已止住了她的呼吸，她不再有生者的气息。这具身体如同她抛在沉香山外的裙子，星光依然会闪动经纬间的金丝翠线，但那已经与裙子无关了。

“正是此刻，起来，飞到我身边来。”玄河对着脚下的泥土说道。

在他的视野中，雪信的眉心被里头的东西咬穿了，一炷蓝烟自那个米粒大小的洞眼升起，像无风静室里引燃香末，细烟曼袅，倏然化作一群扑闪的蓝凤蝶，蝶群散开，探索过沉香山的边界后又聚拢，拼成了一个女人的形体。

女体向上升去，轮廓下的蝴蝶翅膀模糊了，白皙肌肤寸寸显现，类似纯金线织成的绢匹缠绕她的肌肤，披散至足跟的长发绾成高髻，其繁复庞大前所未有，发股扭成灵蛇，每一节装点珍珠。

她以寺院壁画上的乐伎天女的姿态升上沉香山的顶端，黄金绢匹的末端在她身畔飘曳。她穿过泥土，如穿过晨雾，落在玄河面前时，又改换了一副模样，她穿戴上了圆领袍衫，黑毡幞头和黑蛮靴，手中提着透山剑。她只向玄河看了一眼，身躯又化作蓝色蝶群巡视药园，绕着田间的药僮和田外的军士翩飞一圈，忽然分散，随意穿进一些人的眉心，俄而又飞出聚拢，落回枇杷树苗旁，恢复成人的样子。

“你的药园里真安静啊，一声叹息也没有。”雪信说。

“你在世间的白日梦里，人们的窃窃私语或是疾呼号哭，你都听不见。”玄河说，“你唯有走进他们的梦里去才听得见他们在心里说的话。”

“那你何必把药僮们变作哑巴，他们开口说的我听不见，但他们心里想的可瞒不过我。”雪信轻叹。

“药园里的人只需要用手势说话，在心里想事情。在药园里没有你听不见的言语，也没有人能确凿说出你在何处、是生是死，更没有人把我在枇杷树旁的一言一行拿去坊间闲说。”

除了玄河，药园中没有人见到蓝色蝶群再一次飞起，如同狂风挑上半空的轻纱披帛，忽高忽低，形态时时变换。白昼里俯瞰安城，东西十四街，南北十一街，一百一十坊，东西二市，永安宫……尽如沙盘陈设。

蝶群径自穿过长南观的青灰色瓦顶，在屋中凝聚成了雪信。观中情形一如昨日她来时，窗下一对有情人，一个坐着，一个躺着，一个醒着，一个睡着，咫尺间隔了千层山万重水，对不上一句话，唯有静默相对，似有一万年没有动过。

雪信假意咳嗽了一声，她确定自己并没有发出真实的声音。皇上却回头看向她站立的位置：“你啊你，什么事不让你做，你就越要做，不计代价，不负责收拾残局。”

“高承钧走了，瑶香草毁了，没什么可绊住我的事了，我来是解决另一桩残局的。我必须去，否则我就白折腾了。”雪信说。

“你是如何说动玄河凑一脚的？”皇上好奇。

“玄河哪有凑一脚，”雪信笑，“他不是在苍长史的婚宴上烂醉，被绑走也不知道吗？他什么都没做。”

“‘什么都没做’需得换个说法，应该是‘知情不报’。若没有他为你施禁术，你苦心谋划也只能用自己一条命换高承钧一条命。有他帮你，你一人可以换回两人性命。”

“一命换两命，是不是值了？”雪信狡黠道。

“昨夜城中亡于乱兵的小民，是否始终不在你的通盘考虑中？”

雪信脸上错愕的神色一现，她低下头：“……我好不容易才想出的法子，还是出了纰漏。可若必然有人死去，一边是两个你至关重要的人，一边是一群你从没见过或者见过也不记得的人，你又如何选？”

“你问的是我？还是天子？”

雪信不耐烦地摆手：“好了，我知道你要说什么了。作为天子，要照顾好更多人。至亲至爱的少数人是私情，不相识的多数人是天下。师娘心里有你的天下，她甘心被困住，可我不在乎，我不甘心。”

“我并没打算斥责你。”皇上说，“我也没有这个资格。我没有守护好我的私情，也没有照顾好我的天下。我这个天子也是随时准备卸任的天子。我只想问问，你如何说通玄河放弃他的职责？”

“亦是私情。他不是自幼没有一个亲近的人吗？他眼里只有一个师父，他只听师父的话，连师父的故事也是可临摹的。在你照料锦书师娘时，你可曾注意到他的眼神？是歆羡。该有一个可亲可近的人，一个心气相投的人，被他想着、念着、照料着，只属于他。这个人，别人看不见，夺不走，只与他厮守，完完全全只属于他。何用说服？他等这个机会等了很久了。”

“你当真满意如此的厮守？”

“于他是厮守，于我是自由。”

雪信不再多言。

蓝色蝶群振翅飞起，在锦书面门之上盘旋了又盘旋，冲向她的眉心被弹起，倒卷成蓝色旋涡。蝶群绕房梁三匝重整旗鼓冲下来，这回向锦书心口的碧琉璃坠子而去，一头撞进碧琉璃里，在平静广袤的海上，似乎飞了几天几夜才挣脱出来。蝶群正身处世间的白日梦里，对于世间的清醒和无情无可奈何。

雪信气恨恨地望向皇上。皇上淡然道：“连屏障也进不去，你解决不了残局的。”

忽然他眼神凝止，似在侧耳倾听什么。

雪信听不见世间清醒时的声音，只听皇上说：“景阳钟响了。”

景阳钟是殿前钟，文臣武将听钟上殿议政。早朝能让众人看见天子的权威与天子的勤勉，可其实即便没有早朝，朝廷也有一套机制运作着这个国家。

自锦书到安城，皇上就长在长南观，政事由三省六部酌情处理。那些拟定处理意见的奏本会源源不绝送到长南观里来，待御览圣裁后才会发下去执行。

皇上在长南观里阅奏本，写上同意，盖印玺。在偶然望向锦书的那一眼里，他电光石火地回顾了自己二十年来在永安宫里做的事，不过是同意、盖印玺、同意、盖印玺。

那班人里有的不缺报国理想治国谋略，有的喜欢为自己的家族先谋福祉，更多的是这二者的集合体，他们坚持自己的政见，坚持自己那一家一姓的利益，在殿上吵，在殿下斗，他们需要君王在有利于自己的裁决上盖印玺，但盖印玺并不能终结他们的争斗。他们需要的是一个为自己盖印玺的君王，不管是谁，有资格盖上印玺就行。

皇上终于厌烦了，他把印玺挂在殿上，让十七岁的太子监国，三省六部吵完后，找太子汇报一声，太子亲自爬梯子摘印玺，然后一本一本往奏章上盖。没有皇上亲手盖的御印，该吵的还是吵，该做的事还是做，景阳钟已有大半个月没响过了吧。

皇上走出曼陀罗花田，花田之外的老内侍官跪禀："玄河子敲响了景阳钟，说有昨夜高贼大闹越王二公子婚宴、掠烧太医署药园的详情，要当殿面陈。"

皇上回头望花田里的观宇，摇摇头，向宣政殿去了。

蓝色蝶群又飞起来，如今曼陀罗花田对它不过是铺在地上的一张毯子，其奥妙的田间小径，不过是毯子上精细的纹路。

蝶群掠过闭拢的花瓣，先盯上了一行路过的宫婢，盘绕几圈后，抛开了她们，又飞进掖庭，寻找到角落中瞌睡躲懒的小姑娘，却也放弃了。

蝶群在永安宫里搜寻，忽然见到一个淡金袍子的少年被侍卫簇拥着从东宫里出来。少年所骑乘的白马踏着慢悠悠的碎步，脖子上的红缨金铃有节律地颤着。蝶群落下去，穿进了少年的眉心。

在少年的梦里，他正坐在空落落的大殿上，案纸堆积高过头顶。他举起一方大印，沾朱泥，敲章。右手抬印，左手换奏本，右手落下，左手又准备好抬起，兔起鹘落，动作娴熟，面无表情。他隽秀的面影轮廓，是来自他的母亲，舒展的身形更像他的父亲。

雪信站在书案旁轻轻说了声："小太子长高了。"

太子抬头，持印的手悬着，就那么愣愣地望着她："雪信？好啊你，一溜出宫去，找到了爹，嫁了人，几年不来看我。"

"没大没小，你该叫我一声阿姊了。"雪信发觉自己说话的口气像起了皇上。皇上是她的表伯，那太子即是她的表弟了。

"听说昨晚安城大乱，高承钧叛逃，他怎么会？你有没有事？"太子扔了印玺三两步抢过来。

他久在东宫，宫外什么样子，故人变作了什么样子，他不太清楚。他还惦念着做过他东宫幕僚的高承钧，也喜欢陪着他玩的雪信。

太子又说："我方才不是在去朝会的路上吗？怎么转眼到这里敲起了章？"

雪信端详着他，伸手捂住了他的眼睛："太子敲章敲累了，很累很累，该打个盹了。"

梦境之外，太子骤然催马，甩下随行侍卫冲了出去。

东宫侍卫撒开两条腿追赶，叫嚷着："太子的马惊了！快拦下！"

值守宫门的卫士被撞开好几个。红缨金铃疯狂颤响，白马驰过重重宫门，不管是人是物，遇到阻挡就撞过去，冲到曼陀罗花田其势依然不减。

太子横拨马头，从鞍上滚下，任白马沿着宫道疾奔而去，他则滚进花田，熟稔地在花田田埂上曲曲折折地绕，身影三两下就不见了。东宫侍卫追到花田旁再不敢进入，只能驻守在花田旁。

太子走进长南观，扯下供台上的青幔遮住窗纸上的白光，又点了支蜡烛照亮屋中黑暗，蜡烛端正安置在锦书头顶的位置，他扯下锦书心口的碧琉璃坠子摆放在她额头，烛光通透了琉璃坠子，一丝碧光从坠子尖端流出，附在锦书的眉心间。

太子又撬开地板，找到窖藏陈酒，一气饮下一瓶没多久，打了个哈欠，瘫软下去作了泥。蝶群从他眉心穿出，穿进锦书眉心的碧光里。

瀑布自天而降，有万钧之重，一瞬间将蝶群冲散碾成齑粉，可从瀑布底下的深潭里浮起一片蓝莹莹的光，无数蝶翅鳞片大小的细尘随水雾升扬，凝成雪信的模样。

雪信一身靴袍，长剑在手，她端详着水墨淡灰的小镇，把脚踏了上去。在她面前的天空，雨被冻成了冰晶，却还化不成雪花，只觉得寒冷，没有轻盈。才走两步，冻雨落到头顶消散了。她身后灰色的路每一块石板有了不同的颜色，分出黧黑黛紫，中间光滑，两边生了青苔。

雪信走过后，每一家门上的对联、窗上的纸花都蔓延上了红色，每一块红色底子被风雨侵蚀后的深浅不一。河畔柳树被她望了两眼，光秃秃的枝条绽出鹅黄新绿的嫩芽，眨眼叶子浓稠了。柳绵当空乱舞，驱散了冻雨。墙根砖缝里钻出了柔长草叶。似乎有一只无影无形的手紧跟着雪信，将天地间所有物事点染上颜色。

锦书站在小酒肆门前，她像旧画上的美人，被画师添笔修补。她的裙子由灰褪成晴夜月白的白，白而转雨过天青的青，青又转成孔雀蓝，克制谨慎，层层晕染，每个裙褶里的浓淡深浅都照顾到了，不令色彩流于癫狂浮夸。

“与你无关的事，不要瞎掺和了。”锦书淡淡开口。

“别人到不了这里，只有我能来，怎么会与我无关呢？你说让门前花开，你就出去。你看——”雪信手一指，小酒肆门前的老泡桐树紫花绽开，穿透庞大的树冠，日光被晕成浅紫色。

“一爱难免起贪求，贪求得不到满足就开始恨，爱之深恨之切。会生恨的爱，归根到底是恨自己得到的回报不够。不生恨的爱是有的，就挂在心底最高的地方，仰头能望见，已是此生侥幸了。”

世人的爱恨就像昼夜、南北、阴阳一样，分不开割不断。对一个人的爱里有了恨的时候，想把恨从爱里剜出去，不成，又想让恨意吞没掉爱，也不成，才又生出个办法，安慰自己哪有什么爱，否认了爱，由爱生出的痛楚却抹不去。

雪信掷地有声地对锦书说，爱是有的，不用怀疑。

“你怎么会说出这样的话来？”锦书神色悲悯。

雪信笑了：“他们都觉得高承钧的性命可以牺牲，他活着只是为别人的登场铺路，我无法接受。我就自作主张，把活着拼杀下去的责任，把失去所爱的苦痛扔给了他。你没有做错什么，却要你做野心博弈的筹码，我也无法接受。你若没有个好结果，我又怎么肯相信善有善报？”

“你看我是在受苦，不知我在这里是躲清闲。”

“那好得很，我在外头做错了事，怕人追究，正想躲起来。你出去，我留下。”

“你知道我出去了，守云会离开，天下会生乱。”锦书摇头。

“朝代更迭，天下易主，是天命所归人心指向，你一个人阻挡不了。”

“至少我尽自己的全力阻挡过了，不被碾个粉身碎骨，不甘心。”

“师娘，你骗我。你说门前枯树花开，你就出去的。”

“大义永远得排在小节前头，我骗你，我就骗你，你奈我何。”锦书耍起赖来，“出去吧，不要再来。”

锦书伸手过来推雪信，雪信后退躲开了那只手，跺脚说：“你不讲道理，别怪我也不讲道理。”

她在锦书面前化作蝶群穿过泡桐花树冠，飞越小镇回到瀑布前，她在半空里恢复了人的模样，透山剑出鞘，在下坠里她对着瀑布挥斩了无数剑，而后跌进碧潭中。瀑布如被极寒冻结，停止了奔泻，而后冰晶飞迸，山崖崩塌，自解体的山崖开始，冻结与崩塌一段段蔓延向小镇，一段段成了无尽黑暗虚空里的微尘。

锦书不肯走出梦境，那就不用与她商量，打破封闭的梦境，她自然醒来。那是前一日雪信对皇上提起的办法，皇上没有同意，因为雪信根本没有打破屏障的力量。生者灵魂的力量是不够的，获得非人的力量，是要付出非人的代价的。

可她对皇上提起这个办法，并不是征得同意，只是预先知会。她在设计放走高承钧的时候，就顺便设计借高承钧之手毁了瑶香草，再一次破釜沉舟。失去瑶香草，高承钧不得不无功而返。没有了别的选择，玄河无法拒绝与她合谋。仗禁术之力，她摧毁整个梦境易如反掌。

蝶群穿出虚空里那一丝碧琉璃的光芒，长南观的景象又出现在雪信面前。锦书已睁开眼睛，头一动，碧琉璃坠子从额头掉了下来。她躺久了，肢体乏力，只能扶着榻沿慢慢坐起来，望见地上满身满脸酒气的太子，她还花了点工夫去理解在她梦境之外，雪信刚刚捣了什么蛋。

“只要天下安宁，我是可以死的，高承钧也是可以死的。”锦书看着雪信站立的方向，嗓音干哑。她醒过来不做别的，还是要与雪信辩理。

“天下怎么可能因为多死了两个人就安宁了，只不过是炉膛里多添两根柴罢了。谁掌握了至高力量，就能决定让谁去为天下安宁牺牲。若我掌握解释的权力，那我就说，天下人死绝了，天下岂不是永远安宁了？”雪信哧然。

锦书被雪信这番骇人言语噎住，要反驳又笨嘴拙舌说不出什么话。

“天下安宁，顺从死去的人不会得到安宁的。争夺天下，本就是两只兽的争斗，要凶恶才能赢。最先被踩死的是那些善良弱小的东西，要活下去就不能顺从。”

“说得凶巴巴的。可你把愿意去死的人推走，自己替了进去，你这样不也是善良吗？”锦书反将一军。

雪信也被呛住，好半天才轻轻回答：“我只是舍不得你们。人人都会死，可是我一想到你们要死了就心疼。我也没料到保下你们，会枉送许多无辜者的性命。所以你帮帮我吧，去我府里找梅娘，取了府库钥匙，赔一条人命要多少钱，重修房舍要多少钱，你们看着办吧。”

她说完，生怕锦书说“不”或者继续揪着她数落，迅速化作蝶群逃走了。

宣政殿上，玄河跪伏在地还在说着。也许是昨夜受惊过度，惊魂未定，同一件事，他颠来倒去说了三遍，每一遍都言语混乱。他正要开始说第四遍，那一句话兀然停止，他抬起头望向御座之上的人。

别人以为玄河放弃了词不达意的陈述，但玄河向上遥望，连请罪和求情的言语也忘了。皇上的目光依然垂视着群臣，他的心思却飘过了他们的头顶。

群臣们无法看到一个人影飘落到御座之旁，雪信用骄矜的口气对皇上道：“谁说我做不到的。锦书师娘已经醒来，你却还在殿上听瞎话。太子正在长南观中，那口没遮拦的孩子，没准正跟师娘扯你的后宫往事呢。”说完她捂嘴笑起来。

皇上倏然起身，阔步疾行出殿。群臣们噤若寒蝉，以为从未当庭发过脾气的皇上终于震怒，拂袖而去了。众人正不知是趁势散朝，还是站在原地等皇上气消了回来，玄河也起身向殿外走去。

蝶群舞到了半空里，雪信想去看看高承钧到了哪里，可蝴蝶如一把撒进风里的碎彩纸，被吹得再高也飞不快飞不远，去不了想去的地方。

还有什么是迅猛无畏、能降服狂风与山川的呢？

传说里有翼若垂天之云的鲲鹏，她亲眼见过的最强悍的鸟，并不是苍海心安城家中养在笼子里、拴在架子上、戴着皮眼罩的鹰，而是也被苍海心敬畏着的、北方冻寒的天空里盘旋翱翔的金雕。

蝶群扭曲了队形，生出了硬毛翎羽，长出了铜钩铁爪，双翼一展足有六尺。雪信以金雕的形态畅快长啸，扑动翅膀冲向天宇更高处。安城缩成了一张棋盘，渭水成了一条纱带，太高了，地上的人、水中的舟微不及蝼蚁。

她滑翔着下落，又下落，发现了高承钧的踪迹。他跑出安城不到六个时辰，安城附近诸卫统领还都在大理寺，军队未敢擅自追击，但信鸽已把“不得放高承钧出关”的命令送去了西面各州关隘。

逃亡中，高承钧时不时勒慢了霜夜奔跑的步子，等着扈从追上来。他的黑马霜夜能日行三百里，但余下部众的马累到脱力也只能日行一百里。其后秀奴、花奴的马更慢，远远落在后面。

每一回慢下来，高承钧都向安城方向回头，扈从们以为他就要拨马转回去，他却默然催马向西跑下去。霜夜是由他从小马驹养到大的，只要一个细微动作便明白主人心意。霜夜明白高承钧想回去，但他此刻绝不回去。

花褐色毛羽的金雕鼓动翅膀爬升到云间，又向下俯冲，龟兹城在它眼中急剧放大。金雕无意中瞥见了怀梦居，桑晴晴换了半胡半汉的装束，站在花园中打量精铁骨架的琉璃花房。

她真是个比秀奴浓烈百倍的美人，且胆识奇特。

桑晴晴向身后十二名葛逻禄婢女指点着花房，口唇开合，听不见她说了些什么，但婢女们领命行动了。她们擦拭花房外壁的五色琉璃片，洗刷花房中心的玉石澡盆。熬煮浓姜汤泼进澡盆里，四名婢女挽起裙子赤足站到盆中刷洗内壁。

玉石澡盆原是桑晴晴用昆仑山中采矿得到的奇玉雕琢而成，她在澡盆中浸浴羊奶多年，得以驻颜。两年前雪信初到西域，桑晴晴把玉澡盆送给雪信以示笼络之意，可雪信不领情，一次也没在盆中泡过，反将澡盆做成了要高献之性命的陷阱。

看来桑晴晴还是舍不得她的宝物，也不在乎高献之曾在盆中被煮得皮开肉绽，只是在意高献之留在玉石勾缝中的油脂和熟肉味，一遍遍地用姜水刷洗是去腥呢，只当作拾掇一个烧煳了的锅。

澡盆刷出来了，桑晴晴趴着盆沿探身，手指头在内壁各处蹭几下，又用鼻子四处嗅嗅，看神色是通过验收了。

又一个熟人走进视野，金雕的瞳孔收缩了。

是寄娘，她的发髻里戴着只颜色陈旧的翠羽金簪。这只翠羽金簪与最初雪信到安城寻找身世所持的金簪式样相似。凭这支金簪，她险些错认了前朝乐官月大人为母亲。后来月大人身故，河东侯认女，她也串起了这条金簪的脉络。

雪信手中这支乃是祖母顺华公主的遗物，顺华公主的好友月大人曾以这支金簪为原型，改制了一套羽衣霓裳曲的舞簪。一套十二支翠羽金簪在那一朝结束前后流散，带走金簪的少女们立誓永远效忠那一朝的旧主。

而那位旧主，如今已住到了华城，送来了他的儿子接管曾经属于他的东西。

那套金簪，在梅娘手中有一支，在寄娘头上又见了一支。那寄娘也是沈先生的人手了，她二话不说与高献之作对、给受困的雪信送饼食、掩护苍海心行事，不仅报了她女儿陈珍珠的私仇，也成全了她的使命。

桑晴晴向寄娘说了什么，寄娘指挥她带来的婢女抬来几个箱子。掀开箱盖，尽是当初从花房里摘下的立卷画屏。婢女们一条条展开，绢地上只余淡淡色影，当初以药剂调和矿石颜料绘上的山水早已挥发的挥发，剥落的剥落，消失殆尽了。

桑晴晴说了句话，婢女连箱子带画屏抬到通风处，用湿面纱蒙了口鼻，点起火盆，一轴一轴往火中扔。桑晴晴又说了句话，寄娘又命婢女抬上几个箱子。雪信带去西域的嫁妆有几十箱各色丝绸，被她胡乱糟蹋了大半，后来又买光了全城的红绸赤锦，办婚礼也拿去用了，剩下的都在婢女抬来的箱子里。

桑晴晴一一开箱验看，满意了，婢女们扯出彩绸找来梯子给花房挂幔帐去了。

桑晴晴以主人姿态吩咐寄娘把雪信留下的东西取出来看过，决定或毁或留，对它们行使生杀予夺的大权。

雪信在她们头顶望着。竟然轮到她们处置自己的遗物呢，她心里想。

金雕又飞到城外高家军军营，有军队整队集结的迹象。

陈判官与巴图坐在中军大帐中商议军情。金雕落到帐中，恢复了少女模样站在他们身旁。他们争执得激烈，雪信读不出他们的唇语，但他们的手势在地图上划拉是看得懂的。他们在讨论高承钧西归的路线。

巴图卷起地图夹在腋下走出军帐，下达了命令，朝廷宣抚使的脑袋血淋淋热腾腾地被拎上来了。巴图接过脑袋高高举起，号令大军出发。部将将自己的人马带出大营，骑兵、步兵、辎重，队伍长蛇蜿蜒，走南路东进。大营空了三分之一。

金雕飞高一些，又看见了，在北路还有一支军队也在行进，桑晴晴的丈夫古力佩罗带领回纥部落联盟与葛逻禄的精悍勇士，正从大金山脚下经过。

雪信化作金雕再一次直上云霄，找到了高承钧的所在。在凌厉的俯冲里，金雕蓦地变幻成了蓝色蝶群，扑进了高承钧的眉心。高承钧在疾驰的马上晃了一下，眼瞳骤然扩散。他的脸似被拂了一下，身子骤然坐起。

狭道险阻，亡命奔逃，如朝露转眼消散，鼻端还有那一拂的香馥，正抬头，又一下，是不染阁的白荷花花瓣落到了高承钧的额头。雪信背向他而坐，借花叶缝隙里漏下的天光绣着她的绢屏，满屏落英，不知是桃花还是海棠花。每一片花瓣皆是由樱桃红、檀心红、银红、粉霞、霜雪白、月白衔接晕染。她频频换线，但姿态娴静安详。

高承钧从榻上跃下，几步到了雪信身后，拥住了她，说："你还在，太好了！"

耳鬓厮磨的馨香与生离死别的记忆同等真实。他把脸围在雪信的肩窝里，只是不住地说："真好，真好。"而后狐疑地看向妆台上的红丝砚，松开雪信。趁着她还打量着绢屏上的绣迹，他悄然移开了砚台，底下是空的。

他扳住雪信的肩膀，把她转过来面对自己："到底是我噩梦刚醒，还是进了有你的梦中？"

"美满地活着，却心存忧惧，便生噩梦。遗憾地活着，心怀希冀，便生美梦。你猜你在哪里？"雪信看着他的眼睛回答，神色已带了忧愁与悲伤。

高承钧手下加重力道，被他握住的肩膀是骨肉匀称的，没有棱起的骨头扎他的手，他眼前的雪信不是记忆到了后半段那羸弱的模样，她模样娇美，眉毛浓密黛青，肤色也如屏上花瓣颜色。他一时分辨不出孰真孰幻。

"少年不知重，今看始非轻。结发南柯枕，落华满衣襟。"雪信幽幽道。她把绣针扎进个粟米填充的针包里。屏上最后一片花瓣早绣完了，她忙了半日，那新绣出的一瓣被她手掌轻轻一扫，消失无踪。

高承钧猛然捧住了雪信的脸："你是不是已经……死了？"旋即他打断自己，"不，不会的，那都是噩梦。你好好的在我面前。"可后半句，掩饰不了也否定不了他的判断。

"你那么小看我吗？"雪信从他双手里解脱出下巴，下巴是扬起来的。

"你还活着？"高承钧心绪回转。

"我又不是第一次入你的梦。"

"你是不是还活着？"高承钧不吃雪信的敷衍，他再一次要求她确认。

"当然活着啊。只不过睡的时候比醒的时候多。"雪信回答，"回安西，你打算取何道出关？"

"秦州守将是我军中的少年兄弟。来时从秦州过，去时也从秦州走。"高承钧回答。

"走泾州吧。你那少年兄弟已接了巴图的书信，要在秦州取你首级。巴图已带着为你报仇的高家军，从龟兹城外出发了。"

"泾州守将是河东侯门生，岂不也要被取首级？"高承钧无惧，反而开起了玩笑。

"我爹爹的那位门生，我曾在安城见过，是个可以讲道理的人。你对他晓以大义，承诺回到龟兹重掌军队，善待百姓，不乱中原，他会放你过去的。"

雪信骤然停下，一根细过了绣线和发丝的细丝缠上她的手指，而另一端在水阁门外。丝线从小指蔓延，继而缠住了整个手掌，整条手臂，她被拉得从月牙凳上站起来，跌撞后退。

她急迫道："别走南路，巴图杀了朝廷宣抚使，在南路截你。北路有回纥部落联盟与葛逻禄。桑晴晴占了龟兹，寄娘是华城的人。"

她还想说，别杀太多人。话没出口，她当初何尝不是想以最小的人命代价送高承钧出城，如今西域的杀局比起安城的困局凶险百倍。她和他，还是先拼了命活下去吧。

"雪信，你还活着吗？你还自由吗？"高承钧追赶雪信，手一抓却抓了个空。雪信的身体成了虚影。

"你若死在半途，我就再也不来见你。"雪信的影子已到了半空里，淡去了，声音袅袅传来。

水阁也如烟雾中描绘的图景，风一吹乱了纹路，散没了。

高承钧心底一震，他还在霜夜背上，前方即是选择去泾州还是秦州的路口。

“你还活着吗？”他回头对着安城，低声问。

在世间的白日梦里，丝线一刻不停地收缩，雪信化作金雕与之角力，依然如同风筝一般被扯向安城。

金雕瓦解成了蝶群分散脱出缠绕，丝线旋又织成了网兜整个罩住了蝶群。她如同一兜从河里打上来的鱼，被拉进安城药园。

她又见到玄河了，玄河把笛子横在唇边吹奏，她听不见笛声却清清楚楚地看见笛子的音孔里生长出了丝线，丝线的另一端在笛子里。

笛声即是丝线。

网兜落到了枇杷树旁，玄河收起笛子，丝线冰消，他说：“别跑太远，不然会回不来的。”

雪信沉入土层，顺着枇杷树的根系回到沉香山子里。

第七十七章

行人南北分征路

十日过去了，安城药园恢复了往日的齐整。田块划得四四方方，长得快的草药又能收下来一批了。

城外最安静的地方是荒坟野庙，城内最寂然的要数这药园了。虽是人影憧憧，川流不息地忙着，药僮们却都保持了缄默，没人说话，也没人笑，谁都不会再徒劳地尝试开口，让自己和别人听见气流空洞洞穿过喉咙的声音。

只有药园中心的一片地，还耸立着那座小土山，山坡土面刻画满扭曲的划痕，如同符篆上神秘诡异的天书文字。玄河提着一条铁棍修补维护着土层上的刻痕。

枇杷树又油绿了些，风过叶声簌簌。十天里他给枇杷树浇水，第一桶汤药还是浓稠的参汤芝露，第二桶药剂却掺山泉水稀释了十倍。十天里，雪信再没有从树根下升起来。这是他可以理解的结果。

玄河扔掉铁棍，在树旁盘膝坐下，目光穿过土层看进了沉香山子内部。

那里是浓稠如浆的黑暗，灌满了死亡与新生的味道。黑暗里交叠着另一幅若即若离的图景，居然是灼热刺目的阳光，他拨开厚绵绵的云层落下去。

底下是个小镇，不见一个人走动，但小镇是活的，柳绵飘飞，流水缠绵，生生不息着。他找到了一家小酒肆，门口种着漫如伞盖的泡桐树，红色酒旗半新不旧，墨书着“百酿泉”。树下铺着一张毡毯，少女枕着一叠账本躺在毯子上，姿态谈不上淑雅却是放松的。泡桐花在她身上落了薄薄一层，她随意捡起脸旁新落下的一朵放在唇边吮蜜。雪青色的花朵细腹敞口，与曼陀罗花有几分相似，却更小巧玲珑，浑然天成的花盏。

“甜吗？”玄河开口问。

“甜啊。”雪信回答。

“这里是什么地方？你在这里有过美好的回忆吗？”玄河四顾。

“师娘在梦里给自己造的地方，我看着喜欢，照样弄了个。从华城到安城，从安城到龟兹，安逸时不自在，自在时不安逸，何曾有过宁静，何曾有过我不去找事、事也不来找我的日子。”雪信似睡非睡，回答也半是梦呓。

玄河走进小店，不多时抱了坛酒出来，用袖子扫开毯子一角的落花，小心翼翼坐了。

雪信用脚碰碰他的脊背：“我一个人躺着才自在。这里没有你的位置。”

玄河移到石板地上坐了，拍开酒坛封泥。

“这里的酒能醉人？”

“能啊。”玄河回答，仰头就喝上了，“你不问问外面的情形？”

“外面什么情形，我出去看看便知。出不去的时候，急也急不来，不如享受安宁。”

“你是生气了吗？”玄河问。

“要是过去，我会抱怨受了骗，又把自己的命运交给别人掌握。可这次，决定是我出的，拉拢利诱你是我做的，我有什么好抱怨。没有人会完全站在另一个人的立场做决定，你收取代价是理当的，我不生气。”

玄河松了口气，又听见雪信说：“既然你帮助我是收取代价的，价码可以谈谈。你帮助我，我回馈你，我也不欠你，心里也不会有歉疚。也是公道的。”这十日里，她不找玄河争辩，是等着他来谈条件的。

“那你打算好了用什么换取自由呢？”玄河自然也明白雪信的意思。

“这里的宁静可与你共享。你孤独的时候，我同你聊聊天。但我要出去，我去哪里，做什么，你不得干涉。”

“一想到你与我聊天也是一种筹码，每一句话都在计算代价，可能越聊越觉寂寥。”玄河苦笑。

“若我把你当作朋友，闲聊自然也不必一边聊着一边摆算酬。可你又把我当作什么呢？”雪信抬起手臂看了看，丝线勒痕犹在，“枇杷树，就是你拴狗的桩子？”她的愤懑终于没藏住，摆上了脸。

“我说过的，去得太远，会回不来的。我怕你消失不见。”

旋天术之所以被本门列为禁术，自然是已有不少人死在这种术法上。魂魄得以旋天而上，遨游九霄，晓遍世事，观透人心，能力近乎鬼神。

而世上没有无代价的好事，魂魄无穷无尽的力量依赖于施予躯体的药剂。即便坐拥金山银山换得来各种稀世名珍的药材，又哪里去找忠诚照料那具躯体的人呢？财尽人去的那一天，飞翔的灵魂终究得回到清醒的躯体里。

但体验过了无所不能，躯体就成了逼仄沉重的囚笼，路要一步一步走，人心隔阂，世事亦无法洞察，谁愿意回去？于是绝大多数人选择不回去，而后有人穿梭在陌生人的梦境里汲取力量存身，渐渐忘记了自己原来是谁。

“好吧，就当我错会了你的善意。”雪信说，“可我还是要出去。”

“你十日出去一次，每次以一盘香篆为限，逾时不回，我会招你回来。”玄河开出了他的条件。

“一盘香篆烧完，我必回来。”

“还有，”玄河把自己从青石板上挪到了毡毯上，躺到了雪信身边，“我要在这里休息。”

雪信点头：“可以。”她又拣起一朵泡桐花吮吸花蜜，却暗暗把花揉得稀烂。

玄河闭上眼，又睁开，回到现世的药园里，他从卫士看守的作间里拎来两桶汤剂浇在土坡顶上，目送着雪信化作蝶群升起，又化作金雕扶摇直上。

这一回，金雕先在安城中盘桓一匝，见到永安宫中，太子换上了皇帝的冠袍，登上宣政殿听群臣吵架。看见城外大营中，河东侯生出了连鬓络腮的胡子，举着剑鞘对空劈砍发酒疯。又看见太上皇与锦书轻车简从行在去往东都洛城的路上。他履行了诺言，放弃了皇位，可他传位太子，无异于把那个天真的少年推向虎狼堆。

金雕折向南方，见到马背上的苍海心，他骑的是五百里加急的驿马，按说早该深入南诏腹地了，可伤势拖慢了他的脚程，才刚进入南诏地界。

其实以他的伤情，能在如此颠荡的赶路中活下来，都已是个奇迹了。他生命力顽强得像狗一样，没那么容易死，隔不了多久又活蹦乱跳的。

金雕换形作了蝶群，扑向苍海心的眉心，迎面就撞上了一道无影无形却坚如金刚的屏障。差些忘了，苍海心的梦是不好窥探的，华城的那个人对他就是偏心。

蝶群再次化作金雕盘旋而起，金雕目光如电，扫视着密林遮盖的大地，俯冲向了一座竹子搭建的王宫。

玄河从没有提起过南诏那条生长瑶香草的地脉从哪里走，穴眼又在何处，但雪信在南诏王宫里见到一片重兵守卫的花园，在花园的翡翠栏杆之中生满了瑶香草。

在她亲手从高承钧手里夺过那株瑶香草毁掉，在苍海心对她说他要去南诏找瑶香草的那一天，她只把自己的未来盘算到把锦书师娘唤醒为止，之后是什么样，她不知道。

每次豪赌，输了大不了一死，她不怕死，她还幻想着人死后灵魂会从沉重的躯体里挣脱出来，破茧成蝶，来去自由。即便蝴蝶也会被风吹死、被雨打死、被霜冻死，她也不遗憾。

那时她并不需要高承钧手里的瑶香草，也不指望苍海心从南诏带回新的瑶香草。如今她猛然发现，躯体的生死和灵魂的来去皆不由她。瑶香草又变得重要了，瑶香草能把躯体和灵魂的所属权归还到她手里。

雪信站在瑶香草中间自嘲地笑笑，她能做别人梦中的主宰，却撼动不了现世的一片叶子。她刹那间去得了万里之遥，却带不回一颗沙粒。

这就是她曾期待的自由？

蝶群在王宫里试探寻觅，绕过了成群穿着手织布长裙的侍女，见到一名正跪在木桌前捣药的小姑娘，十三四的年纪，穿着白茧丝长裙。蝶群飞进她的眉心，那里有些无趣，捣药的姑娘梦里依然捣着药。

雪信袍袖一拂，简陋的竹屋隐去了，茂绿的山水也没有了，小姑娘捣着捣着，手底下的药杵与石臼消失了，她抬头望着立在云上的雪信，转而低头见自己的双膝也跪在厚绒绒的云上，“哎呀”了一声，向后坐倒，又立刻爬起来，向雪信摸去：“天神终于来看阿满了吗？天上是这个样子的吗？天神果然比阿满见过的所有人都美丽。”

雪信选中这个女孩子只因看她装饰素雅，衣料娇贵，想来身份与众不同，年纪小又容易哄骗，没想到一上来被抱了个满怀。

翻看这个自称阿满的小姑娘的回忆才知道，她是南诏新一任的圣女。只是阿满不大开窍，被选为圣女一年有余，也不曾有过感应，久了人们也不再期待她带来神的旨意，她也不好意思在王宫里做个混吃等死的闲人，就常来帮着王宫里的医官做些杂活儿。

雪信调整好神色，露出慈爱的笑容，暗中使劲把阿满的小胳膊往下摘：“这些年，女大王阿水管理南诏做得很好，辛苦了。”

“阿满会把天神的褒赞传达给大王！大王一定会高兴的！”阿满语气兴奋。

“圣女必须通过天神的考验才能成为真正的圣女。我迟迟不来，是因为担心你太小，通不过我的考验。”雪信琢磨着瞎话开始骗阿满。

“阿满被选为圣女，不就是天神的认可吗？天神的考验？祭司大人没有对阿满说过啊。”小姑娘说话一点也不懂拐弯。

雪信挂下脸道：“南诏圣女，是天神的传话人。南诏祭司，是天神的侍从。你是听天神的还是听祭司的？”

小姑娘了悟：“是了，阿满要听天神的，祭司大人也要通过阿满听天神的。”

雪信趁机说出自己的目的：“我有件事要阿满去做……”

阿满打断雪信：“可是阿满只是给天神传话的，不管什么事，都是祭司大人安排去做的。”

怪不得这个小姑娘一年多没有感应呢，死心眼，一根筋，没感应也学不会装些感应出来博取众人的尊敬，好不容易有人入梦，一上来就呛对方。雪信气得捂住她眼睛：“阿满困了，睡会儿吧。”

“阿满不困，阿满要听天神的教诲。好不容易见到天神，怎么能睡着？”小姑娘移开了雪信的手，眼睛瞪得溜圆。

雪信居然无法把小姑娘哄睡着，只有再把手一拂，云层洞开，底下是恢宏华丽的安城，她让脚下的云徐徐落下去，让阿满瞧得更清楚些：“有一个人从安城来，他与同伴星夜兼程赶路，把驿站的马都累伤了。前路的驿站提供不了足够的快马，他让同伴留下，自己带着三匹最快的马独自上路。”

她让阿满看见了一个在三匹马的马鞍上来回腾挪的青年，头发蓬乱，华服上旧血干涸渗出了新血。

“他出发前受了很重的伤，一路骑行，伤口反复裂开，不能愈合。”

“好可怜，他来做什么？”阿满问。

“他来南诏找瑶香草。若他在南诏遭遇不测，祸事便会降临南诏。”

“为什么？他为什么要给南诏带来灾祸？”

“他死在南诏，南诏才会有麻烦。”雪信没好气地纠正。

“那为什么他死在南诏，南诏就会有麻烦？”

雪信耐住性子才没把小姑娘提起来吼一番：“天神只需要说做什么和不做什么，你只需要传达给大王，前去迎接这个人，给他治好伤，把瑶香草交给他，护送他回到安城。”

“瑶香草不能离开圣地，离地即枯，不可以带走的。”阿满又说。

“移栽瑶香草，可以挖走根下的土，植于玉盆，两个时辰换一次盆土。可这样要带许多土，负重翻山越岭，走太慢了。不过还有一个法子，就是收集瑶香草的种子，贴身收藏在洁净赤诚之人的心口。你们圣地的瑶香草根下埋了个罐子，里面就有瑶香草的种子。”雪信说。

小姑娘惊诧：“天神连这个都知道？”

“阿满是不是不把我当天神？”雪信留下这句话，一转身就走出了小姑娘的梦境，她的耐心已经被这小姑娘磨尽了。

金雕掠过南诏潮湿油绿的大地，向西北面飞去。山脉群石骨峥嵘，白雪皑皑。

祁连山是把吐蕃阻挡在中原王朝西南的天然屏障。长城在北面抵御塞外部族。祁连山与北面蜿蜒的长城墙之间，有一条狭窄的、唯一的通路，通路的尽头，玉门关与阳关是通商要道，也是运兵咽喉。

金雕低旋，在一支商队里感应到了属于她的公主金印的气息，它落得更低些，看到是领着高家军扈从的秀奴与带着公主府侍卫的花奴。

她们换上胡服女装，遮上面纱，扮作胡商姐妹，军士中有胡人也有汉人，都改扮作了伙计。马背上运载了大箱子和串串茶陀，晃晃悠悠地徐行在向西去的路上。

金雕用金色眼瞳翻遍商队中的每一张面孔，唯高承钧不在其中。蝴蝶分散进入他们的梦中，得到了他们十天前的记忆。

在狂奔中，他们的马已开始出现暴亡，还有磨坏了蹄铁需要重新钉掌的。所有人都清楚，这支队伍只会把高承钧越拖越慢。

随行军士都出自高承钧当年带领的高家军死士部队，一旦坐骑失蹄，滚跌倒地的军士会拔剑刺死抽搐中的爱马，而后自刎。秀奴的价值人所共知，不需要高承钧下令，每一回她摔下马，都有人默默让出自己的坐骑，代替她留下。

在路口，高承钧选择了去秦州的方向。秀奴与扈从们无一人开口问高承钧有何打算，接下去的路又要怎么走。他们在疲惫与亢奋之间挣扎，随时可能崩溃，而高承钧的意志就是他们的意志。这个时候高承钧的沉默坚定，让他们确信路是走得通的，不管他们付出多少代价。

秦州城下早有准备，队伍齐齐整整地迎候。迎候人员只有百余，皆捧着酒肉与银钱。

高承钧那位少年兄弟豪迈大笑，说："高兄来时与我痛饮同醉，今日高兄回安西，怎可不来饯行？"

高承钧下马到少年兄弟近前，嚼了肉，饮了酒，对方忽然拔剑，剑还在中途，高承钧手里片肉的小刀已刺进对方心口。接着高承钧拔出自己的佩剑斩向已围住他的秦州军。百余人瞬间死了一半又散了一半。

高承钧从容不迫地割下少年兄弟的头颅掷上秦州城楼，又命令扈从将酒囊熟肉挂上马背。

城楼上自顾自乱了，有人说高承钧再凶狠也不过是零星几人的末路穷寇，此刻众人出城必能击杀。但去开城门的人被反对的人杀了。反对的人说，守城主将已死，余众还要送上去陪死未免愚蠢。

在秦州军的眼皮底下，高承钧风卷残云地完成了补给，上马狂飙而去。

在通往凉州的路上，高承钧下令劫杀了一支商队，他们补充到了清水、干粮和马匹。商队的马匹擅负重、耐远路，却不能飞驰突袭。高承钧下令掩埋了商队成员的尸体，命秀奴与扈从扮作商队缓行，出阳关走南路，寻找巴图所带领的高家军。

"带去我的手令，命大军停止前进。若巴图抗令，其副将取而代之。"

秀奴与扈从以商队的脚程走了十天，期间花奴那一拨人追了上来，加入了这支假商队。而高承钧在十天前，一人一骑独向玉门关方向去了。

金雕离开秀奴花奴的队伍，向更西更北追去。沿途每座州城，她都要望一望城楼上有无异样，有没有挂起高承钧的脑袋。

她在碛滩上见到躺在巨岩阴影里睡觉的高承钧，心才落回原处。

凉州、甘州、沙州，小小一条河西通道，北有突厥，南有吐蕃，夹在中原王朝与高家控制的西域之间，有中原王朝派驻的戍边部队，有袭扰不断的流寇，有混成了老户头的外族细作，也有地方大豪绅招募训练的民团。

高承钧死在安城——不，也有说高承钧叛出了安城又杀了秦州守将的。

高家军与葛逻逯起兵为高承钧报仇——不，也有说是早有布置，此时起兵是接应高承钧的。

皇帝传位给太子——不，也有说皇帝已崩，朝廷秘不发丧而已。

回纥、突厥、吐蕃，正在集结力量将三面夹击中原王朝——不，也有人说他们只要趁乱扩张一下势力范围就好。

来源不同真假难辨的消息扔到一个锅里，咕嘟咕嘟蹿个不停。正是势力错综，人心纷乱，朝廷的大事到这里反而不算大事了。

高家在西域是一支令人闻风丧胆的力量，但在河西就没几个人认得出高承钧了。驻守城关的部队尽职尽责，日日举着绘制得不太像的画影图形盘查大股商队，甚至没什么人注意到一个乔装改换了面貌的高承钧马不停蹄地从他们身边穿插过去了。

在出玉门关前，高承钧最后一次停下来，枕着马腹睡了长长一觉，睡得像死了过去。黑马鬃毛间挂满盐霜，高承钧下巴新长出了胡茬，头发混进沙粒子结成一团。

雪信落在他身边，几乎不忍打扰他力竭后的酣眠，可她还是走进了他的眉心里。

梦中的高承钧坐在一顶帐篷里，帐中陈设布置与龟兹城外高家军大营主帅大帐中的一样，只是营帐空荡，没有士卒守卫听令。他伫立在沙盘前，死盯着前方相隔不远的两条路。

雪信骤然出现在沙盘的另一端，质问他："为什么不听我的劝告，为什么还是走了秦州？"

高承钧抬起头："你终于来了。十天里我在马背上恍惚打盹，也曾再梦见你，梦见十几年来你的模样一一都转了一遍，可我知道那都是假的。假的你高高兴兴的，也会说些让人舒心的话。你不高兴了，我就知道真正的你来了。"

"为什么不走泾州？"雪信神色冷冷，她估算着香篆上未燃尽的长度，心内焦躁，顾不上唏嘘别后感伤。

高承钧回答："若果真如你所言，泾州守将是有大义之人的话，放我过去，他不免以死谢天下，亦会牵连河东侯。而秦州守将不顾念少年同袍之谊要取我性命，被我枭首是他咎由自取。"

"若是我说秦州守将无心害你，泾州守将要杀你，你是不是会取道泾州？"

"秦州守将放我，我可以从他处补给水粮，日后自会重酬谢之。秦州守将杀我，我也从他处得到了补给，此外还要叫天下人知道背叛我的下场。"

那两句话听得雪信头皮发紧："那支商队里又有谁背叛过你？"

"我若不杀他们，死去的安城平民是白死，一路追随我的扈从也是白死。"

高承钧的回答里听不出他对死去的人有什么愧疚。武将的功名本就是拿人命垫，他连自己的性命也敢豁出来赌，遑论他人了。

那一刻，雪信有了犹豫。高承钧逃出安城，搅动天下风云，他要活下去，就会有更多人死在他手上。若是高承钧困死在安城，如今的天下也不会更太平，暗怀鬼胎的人依然制造得出理由举事，人并不会少死几个。

天下英雄忙着乱中取胜，高承钧岂肯过早放弃，平庸地死去？雪信摇头，如今她也进了赌局，不能让高承钧死。

“过玉门关有两条路。”高承钧说，“你告诉我走哪条？”

玉门关为通西域的襟喉，在肃州东石关峡内，城关据天险而立，南北两侧山岩壁立，陡不可上，过关只有一条峡道，关上玉门都尉统兵五千。

由此过关前往龟兹，要多绕百余里的路，但沿途不乏水草，容易穿越。在瓜州北五十余里外，葫芦河东岸，有一座前朝废弃的玉门城关，由此出关便进入八百里瀚海，风灾鬼难之地，驿程虽短，但沙漠中沙山形状随大风变换，一旦迷失方向，耗尽水粮即在烈日下倒毙。

巴图走南路，古力佩罗走北路，留出中路不管，即是认准了高承钧过不去，最后他要么在城关前被乱箭射穿，要么在沙漠瀚海中蒸干体内最后一滴水。无论高承钧死在何处，高家军的兵权都会顺势落入巴图手中，而仇怨却要算在朝廷头上。

“随你走哪条路，我都会让你活着。”雪信口气淡淡的，还有些无可奈何。

高承钧与她又有何不同？都是嘴上问着意见，其实心中自有打算。她已拥有的力量，应该足够纵容高承钧的恣意妄为。

高承钧的手指点向了废弃城关的方向。他亡命十一天了，脸上尽是油泥，指甲缝里黑黑的，但在梦中，他的手干干净净，指头修长，骨节匀称。

武将也有武将的尊严，他不愿像一只狩猎场上的鹿一般被包抄驱赶射杀，宁可死在无人的地方，宁可无人见证地死去。尽管后一种死法耗费拖延，折磨人得多。

“你看清楚了。”雪信手一挥，沙盘上八百里瀚海地貌有了些微改变，“这是最近几日瀚海沙山的形势。”手指虚空划过，在瀚海中勾出一道线，“不要远离这条地下暗河。”

“雪信，”高承钧唤起她的名字，格外郑重，“为什么你会知道这些？你在安城还好吗？”明明应该是他更熟悉这片地域的，但沙山的形势、地下河的走向，都会随气候季节而变换，也不是哪本书、哪册地图能确切记述描绘的，她居然知道得如此详尽。

雪信装作没有听见他的疑问：“我十日后再来。不管前路多艰难，你也要走过去。”

如同鱼被钓上岸、风筝被收了线，雪信回到安城药园，沉入沉香山子中。

她躺在泡桐花树下，花没完没了地落下来，要不了多久就盖了她一身，她却连抖抖衣袍也懒。总也是艳阳，艳阳也会看腻，总也是和风，在黑云压城城欲摧里维持一片虚假的艳阳和风，也越来越令她难捱。

别人上刀山滚沸汤，而她却躲起来，等别人拼命拼出了结果再去收割。这使她在无法无天地狂妄同时，又生出自己连一粒尘沙也不如的微渺之感。

玄河走进沉香山中的小镇，一切如旧，只不过泡桐树树身上多出了几道透山剑的刻痕。山中小镇没有昼夜交替，只有参考山外的天色和玄河给枇杷树浇水的间隔，刻木计算时日。

“安北都护府兵马严阵以待，朝廷也遣使突厥，以防回纥与突厥联盟。河东侯率军开拔，准备御南路高家军于阳关之外。”玄河问，“雪信，你想把朝廷的命运推向何处？”

无论高承钧能否活着回到龟兹，战争都是一触即发。朝廷的命运，天下的命运，从来不会因为一个人一件事而改变，但某个人某件事却切切实实是积重难返的拐点。

“朝廷这艘船，东南西北都有妖风怪浪在推。最后去哪里，得看角力的结果。”雪信说。“你却说得好像凭我一人意志就决定得了什么似的。”

旋即她领悟，玄河在这场风波中所得到的，不只是她许诺给他的陪伴。

太子继位，东宫幕僚皆成新贵，玄河这过去的太子宾客如今也是新皇身边最亲近的人。在太上皇那一朝，玄河只是有能力影响天子，而至新君一朝，若玄河愿意，他可以把自己的所思所想变成天子的所思所想。

新君心思单纯，又信任这些过去的玩伴，控制他是雪信也做得到的事，对玄河而言，新一朝的朝政大局已在他手中了。

雪信叹了口气，不是她到现在才想通，是早先还是不愿把世事揣摩得如此灰败。玄河是为她动了心，却也不妨碍他做些别的打算。他本是站得离雪信、离权力最近的人，一旦他下决心去争，机会也比别人多。

如果没有人理解你，那么服从你也是好的。忍辱负重的高承钧成了反贼，谦谦君子的玄河成了权臣，而那个最应该坐收渔利的人此刻却带着一身伤远离了安城，跑去南诏寻草了。也不知远在华城的那位阴谋家，会做出什么表情。

“我的那位表弟，你要照顾好他。”

“自然，那也是太上皇的托付。”玄河答应得很快，“新君问起过你，下旨解除了对你的圈禁。等你真正从沉香山子里走出来，你也要担起辅佐新君之责。”

这话倒令雪信意外：“我还有走出沉香山子之日吗？”

“新君已遣使南诏取瑶香草。待海内安定，新草成活，就是你从地下走出来的时候。”

话初听来顺理成章，可在雪信心中莫名翻了一下。她问：“苍海心不是已经去了吗？”

“路遥伤重，途中多寇匪，恐回不来。”玄河没有拐弯抹角。

“海内安定又是怎么个安定？”

“回纥葛逻禄退兵臣服，突厥吐蕃与新朝通书建交，河东侯平定安西，高承钧死。”玄河缓缓吐出这句话，雪信为换高承钧与锦书的生路，连自己的性命也可以不要，也只有高承钧死，他才安心。

玄河等着雪信目眦欲裂地与他争执，雪信只是又笑了一回。过去她以为只有她精于算计，如今看来，她才是傻。

她拔出透山剑在泡桐树身刻下一道新痕，数给他看：“又该出去了。”

“记得回来。”玄河也那么云淡风轻地嘱咐她，笃定了一炉篆香的光阴，她什么也改变不了。

蝶群飞起，化作金雕直向南诏而去。

雪信望见苍海心牵马走进了一个寨子，向迎面撞上的第一个人打听什么，显然是言语不通，两人比比画画鸡同鸭讲。

苍海心捡了块有尖棱的石头，在泥土地上画出一株草的模样，又掏出一袋矿盐在蛮人寨民眼前晃。要么是苍海心画得太糟糕，要么是瑶香草在南诏也是秘密，寨民解下背篓，倒出一堆新采的草药，让苍海心挑选。

苍海心仔细翻检，显然是没有他要找的，临去又转回来，抓了一把草药嚼烂了塞进衣服里涂抹伤口，顺手把盐袋扔给寨民。

金雕又看见，在苍海心所在寨子的西南方不远处，搭起了一个临时营地。

有一顶帐篷外，垒着三块石头搭成的简陋灶台，底下生火，吊罐里煮着浓茶。围在火边喝茶的尽是耳戴银环的精悍战士，共二十人。水边还有人下河叉鱼。

南诏小圣女阿满换了身黑底绣边的短裙，挽着个竹篮，站在浅水里，捞起一把把青苔。捞满一篮，就提到岸上，岸上几个与她装束相若的小姑娘正在杀鱼烤鱼，顿时分出两个人来搓揉青苔。阿满不多时又捞了一篮来，这时先前那一篮青苔已被摊成了薄饼烤熟烤脆，她举起一张就咬，吃得香甜。

雪信走进阿满的眉心里，在梦中那小姑娘依然捧着青苔脆饼。

这大概就是所谓的心思洁净了，手里做着什么，心里就想着什么，没有什么乱七八糟的思绪。

雪信忍不住问："青苔好吃吗？"

"当然好吃啊。"阿满撕扯咀嚼青苔饼的声音像只吃草的小动物所发出的。她这才回过神来，"天神又来看阿满了！天神要不要来一张？"她在身边的竹筐里挑选，找到了一张摊得最大最圆、没有破洞的青苔饼递过去。

雪信顺手接了，又放回竹筐里去，问："你们可是去迎接安城使者的？"

阿满边吃边回答："正是。上回天神来看阿满，阿满把天神所说的告诉了大祭司，大祭司禀告了大王，大王命令组成使团，护送瑶香草种子到安城，向安城里的新天子表达敬意。"

阿满用一只手摸了摸胸前的红棉绳，挂绳末端连着一个彩丝刺绣的小荷包，瑶香草种子就在其中。

可是雪信十天前，并没有向阿满提起过安城里换了天子的事，向新天子表达敬意，才是使团的真正目的吧。

雪信说："你可以告诉大家，使者已到了。"

"可是大祭司告诉大家，如此再走一个月，我们会在剑南关与来接我们的安城使者相遇。"阿满又困惑了，"大祭司说今日我们会遇到来南诏偷东西的贼。到底是大祭司说的对，还是天神说的对？"

玄河口中那句"路遥伤重，途中多寇匪，恐回不来"果然有深意。今日玄河把这句话透给她，也恰恰是今日苍海心会遇到南诏使团。

雪信惶急："阿满，我要借你的眼睛看一看，借你的嘴说些话，你睡一会儿吧。"还不等小姑娘明白她的意思，她一巴掌拍在对方脑瓜上。

梦境之外，苍海心已奔马到了南诏使团临时营地前，见使团众人打扮整齐划一，不似前头遇到的几拨生蛮，当即决定去试试有没有能说上话的。

他跳下马，清了清嗓子，先用安城官话道了声："诸位吃着哪？"

火堆边的众人齐齐向他望过来，却没有一个人应声，也无人起身。

倒是他自己中气十足的吼声把胸口的伤又震开了，苍海心伸手按住绷带，换了华城口音说：“有没有人听得懂哪？”

火堆边一名南诏战士从随身竹筒里取出一个纸卷展开，向纸上看看，又向苍海心望去。纸卷轻柔韧腻，不是南诏所造土纸。

苍海心向他们走过去，歪头看了看，又改成他年幼时在长白山中学的鄂族话说：“你们手里那是我的画像吧？虽画得不如我本人魁伟雄壮，也瞧得出是我。对了，应该是皇上传书给南诏大王，让你们来接应的。”

他不客气，倒了碗浓茶刚喝了一口就烫到了舌头，只能放下，又用安城官话：“官书也没我跑得快，我的画像还能跑在我前面？”又用华城话，“书信与画像用信鸽传不就比我快了吗？”他又改用鄂族土语，“天儿聊不下去了。”又换回安城官话，“你们就没带个懂安城话的通译？”

他叽叽咕咕，来回切换语言，才把眼前诡异的境遇解释通了，又瞟见火边的二十来个汉子没声没息地把一只手探到身后。这些人俱在腰侧挂一把环首短刀，背后腰带中斜插一把长刀。

苍海心端起茶碗吹气，悄摸摸地把脚尖向篝火凑了凑，一旦对方长刀削来，他打算踹翻了茶罐烫他们一脸再说。

“苍海心，这些人要杀你，你还不走？”

是清亮清亮的小姑娘的声音，咬字吐音无可挑剔的安城官话。

一个打着赤脚、长发高高盘起卷在脑后的小姑娘从河滩边跑来，眼神如同小鹿，细如米粒的粉蓝色小野花被她编成小花环，穿在耳垂上。

“怎么也要打一下，打不过再跑。”苍海心顺口回答，眼光瞥向已跑至近前的小姑娘，耳朵却关注着二十把长刀最轻微的声息。

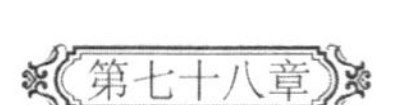

第七十八章

瀚海离合冷月波

小姑娘把苍海心从地上拉起来，推到人少的一方，对着南诏战士说起了叽里呱啦的语言："来人是安城使者，不可以伤害。"

二十只已经碰触到刀柄的手暂止了动作。小头头收起画卷，用同一种语言说："阿满，大祭司给我们的恶人画像，和他一个样子。他不可能是安城使者。"

"不，天神说，他就是安城使者。我要把瑶香草种子交给他，你们要服从他，保护他！""阿满"斩钉截铁道。

战士们只是稍稍迟疑，小头头笑起来："阿满别闹，去边上玩。我们在做正事。"

天神虚无缥缈，什么模样谁也没见过。南诏圣女是天神的信使，但决定谁来做圣女，圣女该说什么的却是大祭司。所以圣女是个不可缺少却做不了什么的小东西。圣女说什么都不重要，大祭司宣布圣女说了什么，那才是天神所命。

稍微想一想，雪信就能明白其中道理，但当时当刻，她只有一具年幼且脆弱的躯壳，没有帮手，唯一可借助的力量就是那一层圣女的身份。

她瞪起阿满的眼睛："只有我亲眼见到天神，我亲耳听到天神的教诲。伤害天神指定要保护的人，你们会受到惩罚。大祭司下令刺杀安城使者，这是对中原天子的挑衅，会给南诏带来灭顶之灾。"

一向天真烂漫的阿满，头一回显出肃穆神情，说出条理清晰的话，甚至连说话嗓音也变了。人们起初信仰神灵，不就是因为敬畏和恐惧吗？一番厉辞威胁远比和颜悦色的许诺管用。

南诏战士们不那么自信了。小头头使了个眼色，离篝火最远的一个人起身走向一旁的帐篷。

"你对那几个说了什么？你怎么会安城话？是谁下令杀我？"苍海心大概看明白了眼前的局面，用手指头戳戳"阿满"的肩膀。

面向南诏战士，"阿满"说得干脆坚定，手却伸到背后拉拉苍海心的衣袖，换了安城话低声说："我是南诏圣女，瑶香草种子须臾不能离开我心口，必须由我带到安城。你拎起我跑，不要回头。"

"不急不急，得说清楚。拿着画像截杀我，是南诏做得不上路。我劫走南诏圣女，倒让他们反咬一口。”苍海心又戳戳“阿满”的肩膀，“谁下令杀的我？”

“你不是着急带瑶香草回去吗？管那么多干吗？”“阿满”用后脑壳对着苍海心，冷脸对着南诏战士。

“我来只是找瑶香草救一个人。安城已乱了，西域也会乱，南诏不能再乱了。”苍海心略略思忖道。

“若是救这个人只能搅乱南诏，你救不救？”“阿满”绷紧了她细弱的肩膀。

“我得救她，我还要给她个平静的安城。所以咱要两全，与南诏讲和又带走瑶香草。”不知不觉，苍海心把小姑娘当作自己人了。

“阿满”背向苍海心的脸，浅浅漾起一丝笑，那也是不属于小姑娘的笑，一笑里尽是沧海桑田。她的手猛然从苍海心的袖子上移开，指向了天空，她赶紧用另一只抓牢了苍海心的蹀躞带上的牛皮扣，口中惶急道：“不行，这个关头怎么能回去？”

那只手绞了两绞，用牛皮扣缠住了手腕。而半空里的手举得更高，似有一条看不见的绳索套住了那只手，把她往天上扯，她正与那条绳索抗争着。

“能不能放开，有话好好说。”苍海心被扯得莫名。

“耳朵，给我把耳朵捂起来。”“阿满”又是一声惨叫，她一手指天，一手袢着苍海心的腰带，动弹不得。

除了“阿满”的惨叫，再没什么吓人难听的声音了。苍海心对她说：“捂耳朵要两只手，要不把你嘴巴捂起来，只需一只手。”

这边两人正拉扯着，那边帐篷里一名女子走了出来，篝火边的南诏战士恭顺地为她让开道路。

女子是年约三十出头的模样，在烦热潮湿的密林里稳稳穿着黑色长袍，皮肤苍白细腻。两边耳垂上各有十一只银环，小者如指环，大者与饭碗同径，十一只银环穿在同一个耳洞中，耳洞被撑得巨大，几乎豁开，显然承受不住银环的重量，所以大银环皆倒翻上去，紧贴耳轮和头皮，以编发固定，远看如戴着一个银圈帽子。

她提着一只没有铃锤的银手铃，走近时没有发出一点声响，而“阿满”的神色却越发难以忍受。

“阿满说她遇到了天神，原来遇到的是天上来的鬼。”黑袍女子说的是生涩的安城话，说得不及“阿满”，却也够用了。

她改用南诏土语向那几个与阿满相似打扮的少女发出短促的指令。少女们立刻折了树枝绕着“阿满”与苍海心画了个丈余宽的圈，从竹筒里倒出红黄粉末沿圈痕填洒。南诏战士们在圈外架起树枝引燃。

“阿满”松开苍海心的腰带，对他说：“你先跑。”她的另一只手也放下了。

“他们要烤你呐，要不一起跑？”苍海心提住了“阿满”的后衣领子。

“等等！”“阿满”叫道，在她眼中，手臂上的丝线断落消解，半空里另一头的丝线仍向她袭来，遇到火圈上的灼热又缩回，改绕火墙外壁游弋。

大祭司摇动银手铃，口唇翕动，旁人听不见任何声音，只有“阿满”蹲下去，把身体拳曲成无法再拳曲的姿态。

火焰炙烤着朱砂雄黄粉末，圈子里的热浪毒烟灼人，铃音与咒语却一刀一刀刺着阿满的脑仁。

苍海心捏着鼻子："人家孜然面儿都洒下来了，再等就熟了。"

"再等等，必须过了这一关。""阿满"坚持，她的声音里充满了痛苦和克制。

南诏战士向圈里投掷燃烧的枝条，苍海心捡起来一一扔回去。大祭司的侍女们也一把一把，将朱砂和雄黄抛进圈内。

苍海心撕下一块衣袖，倒出随身皮囊里的水打湿，塞给"阿满"，让她蒙住口鼻："这会儿我可后悔了，还不如让他们一刀杀了。被他们这么烤着，末了一定难吃又难看的。你到底在等什么？"

"阿满"不回答他，眼神死死盯着浓烟火焰之外的丝线。

丝线层层盘曲，把火圈和里头的人卷了起来，如一条捕猎重点中的蛇，然而火圈无缝可钻，也不可靠近。丝线断头如蛇头昂起，突入火壁卷向阿满的手腕，火焰点着了丝线，毒烟与咒文席卷，全副力量灌注其上，缠附住了丝线，灼烧着丝线，顺着丝线越爬越高，如一粒火星落进香篆炉中。

丝线在消耗中狂舒漫卷，如一条疯狂的蛇袭向大祭司，大祭司则加紧摇动银铃，口中发出了人们能听到的"嗬嗬"声。

霎时圈中浓烟消散，火焰也低下去，"阿满"站起来，攀住苍海心："跑！"

苍海心抓起"阿满"扛在肩上，循来时道路奔突而去。大祭司专心对付半空里的丝线，只能比了个手势，命南诏战士追赶。

在颠簸不止的马背上，"阿满"抬头看见雀鹰掠过枝头。她拍拍苍海心的脑袋，指点他跟上。

雀鹰带领着他们跑出五里地，停在一个村寨前。寨中皆是青色吊脚竹楼，提着农具背着竹筐出来进去的皆是女子，上着无袖圆领短衫子，下着紧窄裹裙，露着一截柔美纤细的腰。

"阿满回来了。"从她们修长的脖子里出来的声音尖尖细细的。

苍海心听不懂她们的话，只是见她们每个都上来与阿满说话："这里是你家？"

"应该是吧。""阿满"心虚含糊道。

苍海心跳下马，把"阿满"也拎下来，突施冷箭："雪信！"

"啊？""阿满"应了，蓦地又回过味儿，装傻道，"你说啥？"

"你是雪信。"苍海心说。

"你怎么知道是我？"

"你那么大时就是这副神气，多少年没改。这姑娘身上的香气是你才有的。你还认识雀鹰。还有一条，这姑娘一开口，就是你的声音。"苍海心列出条条证据，"你什么时候扮起南诏圣女来了？"

雪信讪笑："我还在安城，只是借阿满的身躯四处看看，没吓着你吧？"

"十三岁模样的你能吓到我？"苍海心嗤之以鼻，继而神色沉下来，"既然你还能站在我面前，说明事情就不会坏到哪里去。就算事情真坏了，还有一个你站在我面前。"从龟兹城谋算了高献之后，苍海心就知雪信与玄河一门里掌握了些奇诡的手段，遇见什么惊怪之事，他都往好里想。

"先进寨子避一避。"雪信决定还是不浪费自己这张熟脸。她在阿满的记忆里见过，在寨子里，阿满有自己的小竹楼。

苍海心一推雪信：“去吧。”

雪信拧眉：“你是要抛下我？”

“那些刀手还在追，我们不能把追兵引到你现在这小身板的家里去。我得去做点蹄印断枝的假痕迹，让他们朝岔路上追去。”苍海心解释道，“你瞪着我干什么？二十个光脚板的跑得过我的马？”

“前面一段山路崎岖，高头大马撒不开步子，还不如当地土民两条腿健步如飞。”雪信撇撇嘴。

“那我也未必打不过二十把长刀。”苍海心一拍胸脯，不小心拍在了伤口上，龇牙咧嘴又咬到了舌头，他吸溜着凉气口齿不清道，“打不过我也会跑，跑不了我会与他们讲道理。”

“你讲道理，也需他们听得懂你的道理。我们还是一同奔命吧。”雪信又要往马背上爬。

“不不不，马驮着两个人才跑不快，碍手碍脚的还不能打架。”苍海心拎起躲在阿满身体里的雪信，如拎个小猫小狗。

“说得像是你一个人就跑得快打得过了。”

“我还能讲道理。”

两人撕扭着，陷入短促反复的辩论，两句话就滚一轮。

“别客气了，还是进寨子吧。”边上有人说话，勉强能辨认出是华城官音，恰在多一点生硬就听不懂了的边缘。

说话的人是个佝偻婆婆，行动迟缓，在寨门前的空场上翻晒菜干有好一会儿了。只因那婆婆双耳戴了一种少见的鼓形银耳铛，耳铛中心竖着掏出了空管，管子里簪了一大蓬新鲜野花，苍海心与雪信还特意多看了她几眼。他们两个在她跟前叽叽呱呱商议要不要祸害人家寨子，还以为人家听不懂，结果人家听不下去才插嘴。

苍海心还要客气，婆婆举起一根菜干摆了摆，寨中数面铜镜照来头顶烈日的反光，一支弩箭擦着苍海心耳朵过去，钉在树身，其势不绝，箭尾嗡嗡颤动。苍海心摸摸那只耳朵，被铁镞蹭破了皮，染了满指的血。

“呃，好吧。”他改了口气。

“少逮列寨中只有女子，历任南诏圣女也多出在少逮列。少逮列鲜少与外部落打交道，外部落之人也不敢成群结伙手持凶器闯进来。”婆婆把两人引进寨中，悠悠说道。

寨中有株望天树，树身一人合抱，树冠竟有十多丈高。树上蹲据着挎弩的劲装女子。这寨子是把树当作了瞭望台。

“我那叔叔说到做到，已经卸了任，如今做皇上的是我那表弟。朝内与域外，不甘臣服蠢蠢欲动的不少，天下有野心的人都看到了机会。”雪信走在苍海心身旁，低声慢语。

“是谁下令截杀我？”苍海心问。

“想想你碍着谁了吧。”

“我不想坐那个位置，也不想碍着谁坐。”苍海心低语，他一路被哄骗着、推搡着走来，只因为推着他的方向与他追逐雪信的方向没差太远，所以从来没有坚决拒绝过。而在此关头，身后的手推他去的方向却与他要去的方向冲突了，他转身来了南诏，未尝不是反抗。

“别人不会在意你想不想。你活着，有些人就不死心，有些人就得忌惮。”雪信是第一回与苍海心讨论挣扎出自己的命运。道理太显而易见，说一遍也似老调重弹。

“总是紧盯着旁人，怎么过得好自己的日子呢。”苍海心没有忧惧，他发着牢骚，又聊起家常，“你在安城没受为难吧？玄河还是有本事的，我不在，他能把你照料好。”他心也是大，说着说着就笑了，“照料不好也没什么，没有瑶香草也没什么，你不是在我面前吗？不行你就改头换面，用这副短胳膊短腿再活一遍。”

任是雪信玲珑九窍心，也不知如何往下接，只是干笑。

“族长要见你。”婆婆在寨中一座竹楼前停下。

苍海心把马缰绳交给雪信：“你在外头，要有不对劲，我跳出来上马就跑。”周遭全是居心叵测的陌生人，他对少逮列也持疑虑，但他信任雪信。

竹楼里，女族长被佩刀背弓的劲装少女簇拥着。

南诏之地的日子过得随性，与安城的养尊处优比，这里的人总要显老些。而族长皮肤是棕蜜色的，眼角不注意看也没什么褶皱，身上有花香草汁气味。长长的筒裙比少女们宽松华丽些，还罩了件对襟短上衣，两只手腕各套了只孔雀翎纹样银镯，腰束嵌红宝石的无忧花银带，胸前大银项圈，发髻里插着银质长簪和簪梳。耳畔两粒珍珠和发髻间的翠羽金簪是通身银饰里两件格格不入的东西。

“你是苍海心，越王的第二个儿子？”她的安城官话听着沉稳又柔和，即便有那么点生疏，也让人愿意听。她手中还把玩着一对小小的银环。银环不知做什么用的，做戒指太大，做镯子太小，挂耳垂又没有开口。

“我还是朝廷的骁骑尉、兵部侍郎、河东侯营中长史，还是河东侯未来的女婿。”苍海心没皮没脸地列数自己的身份。

苍海心每说一个身份，族长嘴角就颤动一下，手也攥紧，似受不了他的浮夸，她开口，还是柔和好听的话：“说到这里可以了，你是我们要找的人。”

“方才婆婆说少逮列族中只有女子，那如何繁衍后代？”苍海心没心没肺的，该紧张的不紧张，不该问的瞎问。

“在我做族长前，族中女子还有外嫁招赘的，在我做族长后，只有夜合晨离，族中女子生育，只留女孩，男孩交给其父带走。”族长回答。她费了极大的涵养才没把手里的银环砸苍海心脸上。

“若是男女两情相悦，谁不愿长久厮守？族长何故要拆散有情人，还使母子父女离散。”苍海心不知死活地问。

“若是两情相悦的人错了，都有机会修正。”族长看苍海心嘴皮子一动又要抬杠，她抬手截住他，“南诏大王令大祭司率领精锐战士截杀你，我可以为你斡旋。”

“啊？哦，族长费心了。”居然也不问问少逮列介入冲突从中斡旋的代价，是不是太不知趣了？更过分的是苍海心的下一句，“能不能先上饭菜？”

显而易见，对方人多势众，也是张开罗网，蓄势待发，蛮有把握牵着苍海心的鼻子走。

苍海心劈面乱锤，故意激怒族长，打乱她的阵脚。势单力寡者，唯有投机，搅一搅浑水，总是会有收获的。

族长与苍海心从一见面就聊得别扭，索性不理会苍海心东一榔头西一棒，说她预备好的词：“瑶香草是南诏奇珍圣物，历来只贡天子，代表南诏对中原朝廷的忠心。你不是天子，却要来取瑶香草，南诏大王当然不敢给你。天子传旨取你性命，南诏大王当然要杀你，要把你的人头同瑶香草一同献给安城的新天子。”

“有菌子炖鸡汤没有？一路吃的行军干粮，没油水，看把我瘦的。”苍海心摸了摸肚子。各聊各的呗。

“有一个办法，能令南诏王室停止追杀，把瑶香草交给你。你只需以未来天子的身份做个许诺，免岁贡，与南诏为兄弟之国。”族长说。

苍海心站累了，索性盘腿坐在族长对面，目光在女侍们的娇美面孔和纤袅腰肢上扫来扫去，放浪形骸之余，一副烂泥糊不上墙的模样：“兄弟之国？真会趁火打劫，我就不许诺如何？”

“你不许诺，你就走不出南诏，带不走瑶香草。”

“那你们别管我，赶紧把瑶香草上贡给天子，以表忠心。”

“这种时候，南诏的忠心很抢手，吐蕃使者已见过南诏大王，许诺与南诏做兄弟之国，共同北伐。你们的天子还能做多久的天子？”

“好啊，那我先许诺，拿到瑶香草走出南诏我就反悔，你们又拿我怎么办？”

“那你就做不成河东侯的女婿。”族长抛出手中的两个银环，“你要娶的是少逮列未来的族长。”

苍海心迅捷接住，摊在掌心看，那其实是两只只有婴儿手腕才套得上的银镯。银是南诏的银，镯身刻纹却是安城里御用匠人的手笔，枯枝梅花缠绕，芝麻大小的金文，是“雪信”两个字。

在安城时，苍海心打听过，河东侯的正室夫人阿心曾是南诏圣女，后来大长公主府大火，阿心为救她的婆婆在火场里化成了灰，雪信也是在那一场大火里与家人失散，游荡在街头。

苍海心脑中轰隆隆的，他才不管二十多年前已被世人认定死去的人又出现在他面前，其中是夹带了什么阴谋，他一蹦三尺高，毕恭毕敬地站直了：“岳母。”

“住口，我同你没什么关系，你也不准那么叫。”族长打断了他。

“族长，雪信在安城等着瑶香草救命，你却扣着我讲条件。”苍海心把银镯递还，“她是你亲生的吗？”

“我在这里十八年了，你那个在华城的父亲说，只要我完成了在南诏的使命，他就把雪信还给我。”族长摘下了发间的翠羽金簪。

当初正是她接受了这只金簪，才获得成为河东侯正室候选人的资格。年少无知做了错误的决定，余生都要为那一次错误还债。

她淡淡道：“她在襁褓中时，我就给她喂了金蚕王，她死不了，等得起。可她能不能如常人一般地活着，却要看你。”

苍海心从竹楼窗口望下去，阿满倚着望天树坐着，脸埋在肘弯里瞌睡，缰绳犹攥在手里。他自窗口翻下，抱起阿满飞奔回竹楼上，对族长急切道：“雪信就在这里，她究竟有没有事？你救救她！”

阿满被苍海心吵醒，从他肩头抬起脸，揉着眼睛：“族长？天神刚刚说，阿满要带着瑶香草种子，随着这个人到安城去。”说话声气也改变了，少了坚定，多了稚嫩。

苍海心慌张撒手，把阿满放到地上：“刚刚还在这小姑娘身体里的！”

“她不能在阿满的身体里停留太久，会伤到阿满的。”族长说。

在苍海心前一次登上竹楼的那一刻，阿满的眼皮便垂了下来，雪信化作蝴蝶从她眉心穿出。既然苍海心已有警觉，剩下的事他足可以应付了。

苍海心遇到的急难险恶，是人心作乱，高承钧那边却是天地严酷，是亘古叹息。

日落时分，细沙汇成的瀚海被夕阳熔成赤金色，丘山明暗起伏。高承钧摊开手脚躺在沙子上，他躺了一天，从清晨到傍晚，日头从沙山东转到了沙山西，夕照落到了他严重晒伤的脸上，他的眉骨、鼻子、嘴唇、下巴，也构成了山壑，一面被烙上晚霞，一面承载了黑暗。他没有感受到一天又将结束，只想挥手驱赶眼皮上的光亮，告诫那光亮不要打扰他的梦境。

在梦中也有一缕光落到他的眼皮上，晨光在铺天盖地的白荷花叶间寻到空隙钻了进来。

不染阁的空心琉璃砖里是水，地板下也是水。他摘了一张荷叶扎起满满的湖水做成碧筒饮，刺透了荷叶茎，湖水浇在他脸上，湖水是灼热的，他张嘴接水，喝了好久依然干渴难忍。

他定睛再看时，从荷叶茎中汩汩涌出的不是清水，是沙子，细沙填了他满满一嘴，他“呸呸呸”往外吐，也吐不干净。

起风了，狂沙打碎了花叶，填平了湖泊，埋起了不染阁。他躺在沙堆上，烈日灼烧着他，无处可躲。

雪信伸手摘去了他盖在脸上的残荷叶：“这片纯粹的沙海，不是你一直想带我来看的吗？”

在高承钧的预想中，他会在成为西域实至名归的主宰后，带着雪信来到这里，享受权力下的寂静，而不是与她共赴穷途末路。

“三天前起了风，改变了沙山形势。”高承钧解释他的处境，他憎恨这垂死的无力感。

“站起来，跟我走。”雪信把他推出了梦境。

梦境之外，高承钧感到有人挡住了阳光，抚触他的脸颊，睁开眼，是战马霜夜正用干干的舌头舔舐着他。他又闭上眼睛，既然没有希望走出沙漠，那么他要死在温柔的梦境里。

不多时，高承钧听见声音由远及近，有什么在沙子上飞跑。他睁开眼，一只沙狐到了他身边，淡红色带着灰的皮毛，尖尖的大耳朵和鼻子，两条前腿扒拉着他，爪子勾住了他衣袖上的纱线。

沙狐扯了几下没扯开，定定地瞧着高承钧，眼中的神气好像在说，愣着干什么，还不快来帮忙！

高承钧解开缠绕它爪子的纱线，沙狐跑出几步，回头看他。高承钧拄剑摇摇晃晃地站了起来，沙狐走出十几步，又停下来看他。高承钧向沙狐方向走过去，战马散着缰绳跟在他身后。马的体力也已近极限，他舍不得骑。

一狐一人一马，在光秃秃的沙地上用最低效的方式前进着。沙漠是一片万古不变的荒芜，又时时刻刻改变陷阱的布置，让人永远无法驯服它。走过的路上零星可见枯死的胡杨沙柳，一颗火星就能点燃。一簇簇骆驼刺也是半死不活，它们庞大的根系扎入沙层底下，从半空里汲取沉入地下的水气。

这几日，高承钧也是靠咀嚼骆驼刺的根补充到一点点水的。可挖出根系需要花费太多力气，得到的水太少，还来不及变成汗液，就从毛孔蒸发了。

在看到这只沙狐前，高承钧已决定放弃活下去的信念了。

夜晚来临了，高承钧如同见到自己的生命是一块点燃的炭火，从沉默的黑色，到炽热的红色，快要烧完了，红色正在消退，余下没有杂质的银白色，如月下见到的沙漠。接下来只要轻轻一摔，立刻散成飞灰。

他用残存的最后一丝炽热抵御寒冷，迈开步子跟着沙狐走向一个看不见的目标。终点在哪里于他已不重要，抛骨在哪里都一样。

终于他说了句："雪信，我走不动了。"然后向前一扑，不动了。

高承钧回到梦里，他又举起碧筒饮，饱满的荷叶水囊漏不下一滴水，他用刀划开，里头是一块凝固的冰，他舔了一口，唇齿间，尝到了冰冷的水意，冰霜在他舌尖融化，水顺咽喉流润而下。

他抬头看到雪信对他说："快醒过来，我冷。"

高承钧睁开眼睛，沙狐正趴在他脸上，一身皮毛结起了冰壳。

在十步之外，沙地上挖出了一个深坑，霜夜正在坑中饮水。是沙狐领着他回到地下暗河，又挖出了水，他陷入昏迷无法喝水，沙狐就跳入坑中沾湿了皮毛，用皮毛湿润他的嘴唇。

高承钧把沙狐塞进袍襟里，勉力站起，走到坑边，上半个身体斜入坑中，坑中水位只能没过一个指节，但直至霜夜与他喝饱也不见减少。而后他装满了两个羊皮大水囊，又收集沙柳干枝生起一堆篝火，小心翼翼地烘干沙狐的皮毛。

沙狐眯起眼，也似人那样享受火带来的温暖，睡着了，不多时却猛跳骤起，撒足狂奔而去。高承钧遗憾地望着沙狐离开的方向，那里一马平川，一个灰灰的身影晃来晃去成了小点，又消失。

不多时，霜夜比他先发现了什么，用躁动的踱步提醒他。

高承钧站起，一个灰灰的小点浮上地平线，迅敏灵动，追逐着一个更小的灰点，是一只干瘦的兔子，被沙狐驱赶着，见到人马火堆又绕行，任沙狐如何恐吓要咬它的尾巴也不肯上前。

高承钧从马背上摘下弓，射出一箭，正中野兔眼睛。他拎起兔子娴熟地剥皮放血，片肉生吞。沙狐卧在火堆旁抽动鼻子，尖尖的小脸居然也做得出嫌弃之色。

"吃是烤熟了好吃，可烤肉的香气会招来不好对付的东西。"高承钧说。他扬起手，一条薄如纸片的生兔肉落到沙狐面前的沙地。

沙狐低头仔细嗅了嗅，吐舌作呕，把肉远远地扒拉开，又绕着火堆换了块干净沙地卧下。

高承钧又提了一片，亲自送到它嘴边，劝它："狐狸不吃肉，难不成还学霜夜吃草？"

沙狐用两只爪子盖住鼻子，闭上眼睛，连两只耳朵也横倒了下来。

高承钧从马背褡裢里翻出了干馕，沙狐依然不吃。高承钧把干馕撕成指甲盖大的小块，掰开沙狐的嘴塞进去。沙狐这才慢条斯理，勉为其难地咀嚼。

"吃饭挑拣一点没变。"高承钧喃喃道，"要不要我找块石头，摆个盘给你？"

"我倒是想找块石头给你摆，可是哪来的石头，只有沙子。"

"要不我在馕上刻朵花吧？要桃花还是梅花？都是五瓣，说啥是啥。"

高承钧守着火堆，有一句没一句地讲着话。

过去两个人相对，从来是雪信话比他多，他沉默地听，末了才表个态。而今日沙狐闭眼听着，尾巴尖有节律地点着地面，在沉默里惬意得很。

在荒无人迹的绝地里，他把一只沙狐当作心里的人，从沙狐的一举一动里看出心上人的模样，也不知是疯了，还是这一切都是他濒死的恍惚。沙漠本身更像个几千年不曾醒来的白日梦，梦中发生任何事皆不以为怪。即便沙狐此刻开口作人言。

“醒醒，狼来了。”他听见雪信的声音说。

蓦然，霜夜躁动嘶鸣，高承钧从模糊的浅睡里惊醒。沙狐还卧在他身旁，睁开了眼睛，昂着头望向远方。

夜雾中悬着一双双绿莹莹的眼睛，是被火光和生血气味吸引而来的。不止一个方向，四面八方，倏明忽灭，数不清有多少。

他与狼群的照面也数不清次数了。统领三百人横冲直撞，屠灭一个小族易如反掌，狼群也只有望风而逃。他曾预想过自己战死，尸骨沦为野狼口中之食，却从未料到自己会活着成为狼群的猎物。

高承钧伸手拎过沙狐，塞进袍襟，沙狐却在他手指头上咬了一口，蹿走了。

大难来时各自逃吗？他嘲笑自己，也笑自己对一只沙狐寄予什么矢志不渝的期待。

雾中传来沙狐的惨嚎，它的皮肉被撕扯、骨头被嚼碎的声音依稀可闻。

是你要离开我的。

痛快和痛楚的感受同时在高承钧心头涌起。终究归于惋惜，虽然沙狐带他找到了水，救了他一命，与他依偎了大半个夜晚。除了霜夜，沙狐是他在绝境中的另一个伙伴，而这一刻他失去了这个伙伴。

高承钧摘下箭囊挂在背后，张开铁弓瞄准浓雾中闪动的眼睛。在雾中移动的躯体搅动了雾气流动，高承钧屏息凝神，寻找将发起第一击打的狼先锋。

出现在绝地里的一人一马于狼群而言是树上落下的果、水里跳上岸的鱼、撞进嘴里的小兽，是不够分的肉。

包围圈中最近的眼睛距离高承钧还有十五丈时，狼群停止了移动。只有一对碧幽幽的眼睛越近越亮，独群而出。

高承钧瞄准了双眼中间的位置，手指扣紧弓弦，引而不发。

这一只狼应是群中的探子，来摸他虚实的，他一发箭，狼群攻势立刻发动。若他能吓阻这头狼，或许还有可能拖延或避免这场死战。

一头家犬大小的狼穿过雾气的遮掩，暴露在高承钧强弓射程之内。沙漠中的狼体型都不大，耳朵却高松宽阔。这头狼在箭锋所指下，从容稳健地移动脚步，也不怕火光，径自到了高承钧脚边卧下，叼起散落在地上的馕啃食。它吃得不大顺手，干馕又硬又韧，两只爪子帮不上忙，单单凭甩头，又撕不开。

高承钧长出一口气，挂起弓箭，斟酌着，对狼说：“是新衣服吗？很精神。”

狼只是把馕甩飞到他脸上。

日出雾散，高承钧看清了，狼群并未散去，还卧在原地休息，一数，居然有三十余头，已是沙漠中少见的大狼群了。他也明白了雪信把“衣裳”从沙狐换成狼的用意。她居然能以狼首领的身份发号施令。

狼群带领着他循地下河流域前行，为他挖出了躲避酷热的大沙坑，为他猎来鼠兔蛇羊，甚至有一回叼来一头小野骆驼。

永远走不到头的沙原、翻不完的沙山、再也不绝清水、狼群在身边追逐嬉戏，死地里并不沉寂，是明亮热闹荒诞的。

在狼群的护送下，高承钧昼伏夜行，一夜行五十里，十日后走出了八百里瀚海。

脚下的沙子换成了规整的六出棱形龟裂的盐碱地，又换成了石滩。他走到一片戈壁上，清水重新在地表汇聚，金光粼粼。风沙打磨的石块星星点点散落，不乏荧透可爱的，或细腻斑斓的。

高承钧掬起一捧水喝着，回头，见狼首领新鲜地扒拉着遍地宝石。狼爪握不起石头，衔起来，却无处可放，只好又吐回地上。过了会儿，它叼起另一块，走到高承钧身旁，放到了他手里，又把脑袋搁到他怀里。

“你喜欢戈壁滩上的石头？”高承钧说，“是啊。在地底下沉睡了千万年，被烈日晒了千万年，被风沙打磨了千万年，受了那么多苦，一声不吭，绵软脆弱的部分自然化去了，尖锐棱角也磨平了，才有了声如金铁，质如美玉。”他把石头放入腰间的牛皮鞶包，以手掌摩挲狼首领的皮毛。

狼首领离开高承钧身畔，嗥叫三声。狼群回应，开始散去。

“跟我走吧。”高承钧对它说，“我许诺，将来整个西域地上的石头都是你的。”

狼首领转身奔向狼群，它们将回到自己的领地。

雪信从狼首领的身躯里脱出，化作金雕。她感觉到了疲累，盘旋不上云巅，低低地掠过大地，飞临龟兹城外高家军大营。

她把自己拆解成无数蓝蝶，来回穿梭，在将士们的白日梦里洒下蝶翅上的细小磷粉。这些磷粉落在他们的心田里，发了芽，生了根，长成了树，心里有丝毫风吹草动，树叶就簌簌作响，叶声来来回回地重复着：

“高承钧回来了，他活着从八百里瀚海里走出来了。”

“沙漠里的狐狸、狼群保护过高承钧，沙漠里的每一粒沙、每一滴水都庇佑过高承钧。”

“天神偏袒，天命所归。”

这些念头在将士们的心头纠缠，在他们愣神时、睡觉时、与人说话的空隙里冒出来，驱不散、挥不去。当他们窃窃私语，开始议论这件事，他们心底的树根与树根交错，枝与枝勾连，成了一片牢不可破的信念的森林。

雪信收回所有蓝蝶，汇拢成自己的身体，她更虚弱了，已经无力化形，任自己向安城方向飘去。

无数条的河，在经过沙漠时，浩荡的水体会被沙层吸干。

无数只风筝，扯断线后无法左右自己的去向，栽到哪里算哪里。

一阵风能把雪信吹偏了她要去的反向，甚至倒退回去数百里。她寻找途中生灵，在他们的白日梦里躲避狂风。她把商队当作一个又一个驿站，在他们毫不知情的帮助下，游荡回了安城。

玄河坐在树下，摩挲着一管白玉笛。雪信站到他面前，他抬头四望，似乎察觉到了她的归来，却无法确定她的位置。

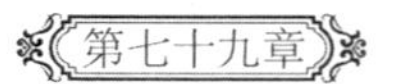

第七十九章

初雪红酥昔日里

雪信再没有机会从枇杷树底下出来。她是可以对自己解释玄河的行为的。

如果她有一只心爱的画眉，笼门关得不严被它逃跑过一次，那她一定给笼门加把锁，哪怕画眉再也不唱歌。如果她有一块珍宝，人人觊觎还被偷盗过一次，寻回来后她一定藏在枕匣里，睡觉也不松手。

但她不原谅玄河。

她独自在悠长寒冷的梦境里醒着，黑暗虚空里什么都没有。她挥挥手，可以在那里造起一座宫殿，在宫殿里造出满满当当的人陪着自己，但她心知是假的，没有一个人会说出自己意料之外的话来，就兴味索然。

她不知道外头是白天还是黑夜，也不知道过去了多久，她醒着瞪着黑暗寂静，黑暗寂静也瞪着她。

直到有一天，她重新听见了声音。

头顶是铁锹铲土的声音，一道光落在她的眼皮上，她听见有人笑得发疯："哈哈哈，雪信，你成了这副样子，哈哈哈，你真丑！"

这声音怎么这么熟悉？

雪信睁开眼，望见了圆月皎洁如白玉盘，而后是刺入肌肤、透入骨髓的冷，与她在清醒梦境里感受到的冷意不可同日而语。

头顶探过来一张脸，是曲尘。

两人目光对上，曲尘的脸从头顶移开，听见她摔倒在地的声音。

雪信活动手指，身体仿佛沙子堆塑而成，而力量正缓慢注入，凝聚起她对身体的支配。她转动脖子，观察到自己躺在一个打开的长木匣里，她扶着木匣边缘坐起来，听见自己的身体吱吱嘎嘎，仿佛掉下了生锈的碎屑。

曲尘刚被婢女搀扶起来，又坐倒了："你怎么活了？你这个怪物，怎么活了？"

雪信看了看自己的双手，与其说死白的皮肤上布满黑斑块，不如说乌黑的肌肤底子上有不少惨青的空白。

"很丑吗？"雪信摸了摸自己的脸。

她打量身遭形势，是在一个落雪的小庭院中。院中心倒横着一株连根拔起的枇杷树苗，木匣盖子和结霜的新土上积着一层薄雪壳，她所在的木匣安放在新掘开的土坑中。院中除了曲尘主仆，还有个年约十五六的僮仆，抱着铁锹，背抵着廊柱，不知所措。

雪信试了三回，才从木匣里站起，在她努力爬上地面的同时，曲尘也在地上扑腾，手足反撑地面移动，让自己远离雪信。

雪信触到了曲尘染成嫩妍红色的毛氅，一把攥住。

曲尘身体倾向院外，被雪信提着毛氅倒拖，惊吓间，肢体和头脑倒灵光了，她解开脖颈上的毛氅系带，金蝉脱壳，拔足飞奔。婢女见自己被落下，惶急呼唤着去追，一主一仆转瞬不见了踪影。

雪信从木匣里醒来时，身上只有入睡时穿的一件绢衣。

绢衣本是薄可见肌肤，此刻也通体发乌，又冷又脆，透过绢衣，隐隐可见躯体皮肤如手背一样，块块黑斑连成了片。

若她是一只狐狸、一头狼，黑质白章的毛色还不至于丑吧？可作为人，她怎么丑成了这个样子？只不过几乎要肢解躯体的寒冷比自惭形秽更迫在眼前，她把还带着曲尘身上脂粉香气的毛氅围裹上身。

“几月了？”她看向院中唯一余下的僮仆。她发出的声音干哑，像坏了的门轴。

“腊月了。”难得那少年没有惊呼逃走，但也不敢靠近雪信，回答干涩。

“这是哪里？”雪信又问。

“国师的府宅。”僮仆回答。

“玄河在哪里？”

“月余前，国师在城中药园被静西侯带走，至今未回过家。”僮仆侍奉玄河多年，见过些古怪离奇，才没有被尸起一般的雪信吓坏。

“静西侯是哪个？”她过去从未听过这个人。

在雪信枯守着荒芜黑暗的时候，清醒着的世间发生了许多事，超出了她的预想。她走近僮仆，要他尽述八月以来发生的所有事。她急切地抓住那少年，少年却抬起手中铁镐抵挡，把她架在一臂之外。

这僮仆是在玄河府中照料日常起居的，所知有限。

只说八月末，安西四镇节度使高承钧起兵清君侧。朝廷派去平定叛乱的河东侯败了，被高承钧擒住。

十一月，高家军推进到了安城城下。新君早早开城放百姓出去躲难，迎高承钧入了城，下旨封高承钧为静西侯。

静西侯出榜安民，召百姓回城安居，除了隔三岔五杀几个与他庭上强争的朝臣，倒也没为难平民。不过三个多月前静西侯逃出安城时杀人放火惨号连天的情状大家还没忘记，能走的还是想办法投亲靠友，远离了安城，实在走不了的，才战战兢兢回到原来的房子里住。

如今城中百业萧条，加之九月蝗灾，秋粮绝收，寻常人家无隔夜之粮。殷实人家打开库房，锦帛香料也当不了嚼头，拿着金珠去市上换粟米，才发现到处是拿着金珠换粟米的人。

安城中绝大多数人对连番的灾难并无先知先觉，他们世代积累的财富尽是土地、房宅、字画、古董、珠宝，对于会腐烂生虫的粮食，他们反而嗤之以鼻，只要有钱，随时可以买到最肥美的土地上长出的最好的粮食，他们有钱，要吃新谷新米，才不要吃陈的。以至城中饥荒时，一斗珍珠换一斗米。

十一月里，玄河曾趁夜从外头带回一个大木匣，埋在院中，上栽枇杷树，日日亲手灌溉，并将灌溉汤剂的配方交给僮仆，密嘱若他有一日回不来，要替他照料枇杷树。

玄河被高承钧带走后，起初僮仆还忠心耿耿按方熬药，浇灌不辍，后来他每次过手熬汤的珍贵药材，心中就暗打主意。终于在米仓快见底时，开始偷工减料，将克扣下来的药材拿到市上换粮食。

便在那时，见到一名每日来市上换物的小婢。手里要么是一只金镯，要么是一只珠钗，另一只手里便是一把剪子，总要先还半天的价，而后用剪子铰下一段镯子，或扒下一颗珍珠，撑开了布袋接走仅供两人吃一天的粮食。

然后她又找僮仆询问药材怎么换，僮仆见小婢换粮食出手小气，却敢来换人参灵芝，不免多嘴几句，小婢才说是家中夫人新产下小公子，急需调补，而此刻城中药铺关张，早已买不到药材。

僮仆在玄河门下看过几本医书，顺口说产后滋补未必是越贵的药材越好，问了症候帮着配了几帖便宜的滋补药，也没要小婢的碎金残钗。小婢感激，再来市上换粮，都刻意等着他来，见一面，说几句。

两人相熟了，能说上不能与外人说的话了，小婢便问他手中药材的来历，他把家中那株要喝参汤的枇杷树当作奇闻一则，说给了小婢。

翌日，小婢塞给他一只宝石戒指，说她家夫人想悄悄地看看枇杷树下的木匣。他凭着珍奇药材换来的粮食，也囤起了不少钱粮，并不特别看重那只戒指，只是不忍拒绝小婢。于是夜里，夫人领着小婢来了，把雪信挖了出来。

那僮仆先头想着悄悄地挖出来看了，再悄悄埋回去，应该也不要紧，殊不知，正是他克减了药材，胡乱改变了配方，令药效不稳，雪信在泥土底下才逐渐苏醒过来。

听了一大段话，左右离不开粮食，雪信那三个多月未运作的肠胃仿佛被提醒了一般，饿得绞痛。

她问僮仆："有没有吃的？"

僮仆领雪信到堂上坐了，不多时捧来一罐薄粟粥，还是冷的。

堂上没有生炭，连灯油也舍不得费，勉强凭月光映雪光视物。没有一丝暖气，没穿鞋的脚冻得失去知觉，雪信盘腿坐下，乌黑的双足缩进毛氅里。

清水晄当的粥照见了她的脸，她料定自己的脸不会好看，可朝里看了一眼，立刻双手不稳打翻了罐子。

罗刹鬼也比她好看吧？难怪吓跑了曲尘主仆。

她镇定道："还有没有？我饿。"

僮仆收拾了粥汤碎瓦，又捧了一碗粥。这回用的是阔口浅腹大海碗，雪信闭着眼一气喝光了冷粥，又问："河东侯还活着吗？玄河还活着吗？河东侯的长史回来了没有？静西侯杀了哪几个人？"

僮仆显出茫然，静西侯杀的几个人，阿猫阿狗名字是有数的，没有河东侯和他的主人玄河。没有消息说他们已死了，当然也没有消息说他们还活着，如同被圈禁的新乐公主，没有人说她死了，也没人再见过。

这人显然是没有见过新乐公主，即便见过，如今新乐公主坐在他面前，他也认不出来。至于河东侯的长史，僮仆早就忘记当初静西侯逃出长安是从苍长史的婚宴上出发的，更忘记了新乐公主与崔家小妹争抢苍长史醋海生波，为安城人平添许多乐趣的往事。

连番灾乱面前，这个人连名字也被人忘记了。

“你家主人的消息，你就不曾去打探过吗？”雪信问这话的时候，心内也是茫然。

过去能庇护她的人，一个也庇护不了她了。她是要顶着如今这张脸与高承钧相认，求他善待自己的父亲，还是去打听苍海心的下落，问他为何还不把瑶香草送来？她五内俱焚，但烧灼她的并不是她的焦躁。

雪信瞪住了少年僮仆：“你敢毒我？”

僮仆惶恐又谦恭：“国师交给我照料的是一株枇杷树，树是种在木匣上的，你是在木匣里的。我要把你埋回去，把树栽回去。我跟随国师快十年了，没有人比我忠诚。”

在他下垂的手里握着一把尖刀，可他观察着雪信的中毒症状，不敢上前补刀。挖出来的雪信身上没有刀伤，他不可以给她乱添。

“偷卖主人财物的忠仆？”雪信冷笑，嘴角和鼻孔渗出黑血。她身上有金蚕王蛊，蛊与毒交战，蛊化不了毒，毒也克不了蛊，要不了她的命。

“那也是为了活下去，活下去，是为了完成国师交给我的职责。在国师回来前，我要把我的错误弥补好。”僮仆辩解。

那僮仆看不懂的是，雪信口鼻的黑血越渗越多，可她还坐着不倒。她黑白交错的皮肤上冒出了密密麻麻的水泡，她麻痒难耐，顾不得僮仆在场，掀开了毛氅在脸上身上一顿狠抓，长长的指甲划破水泡。皮开肉绽，稀薄透亮的脓液裹了一身。

僮仆这才乱了方寸：“别抓，别抓，破了皮可怎么弄！”他像是失手打碎了主人珍视的花瓶，背着人调好了胶想粘回原样，却越摆弄越碎。

他扔了尖刀，又想握住雪信的双手不让她给自己增添伤口，又想捂住她的口鼻令她快些回到长睡中。挣扎里，雪信摔破海碗，拾起碎瓷片死命一划，僮仆捂着脖子退开了，指缝里涌出殷红的血。

雪信扔了瓷片，掉头向堂外跑去，双手指甲止不住地抠挤脸上的水泡。僮仆一只手捂着脖子，另一只手捡起尖刀追了出去。

曲尘主仆才从这条路逃走，后园小门没有关，雪信跑到了坊间小路上，脚下一软，倒了下去，双手犹自抓挠。

她听见后方僮仆脚步逼至，也听见前面巡夜军士整齐有力的脚步靠近。她对她的这副躯体又一次失去了控制。

这一回，雪信并没有陷入黑暗，虽无法动弹，不能说话，双目紧闭，她对身旁发生的一切却是尽知的。

巡夜军士制住了僮仆，大声叱问他为何行凶。血沫子从僮仆指缝里涌出，他还能咿咿呀呀嘶喊：“我没有杀人！我没有杀人！”

看模样，倒像是在前头逃跑的行凶在前，受伤的僮仆提刀还击。或者至少也是双方持械斗殴，各有损伤。

军士们这才提灯去照雪地上倒卧的雪信，惊呼："这也是人？"

先前他们只看到人影轮廓披头散发跌跌撞撞跑来，没想到面容如此恐怖。有人把手指放在倒地者鼻端试探，气息全无，又忍着翻江倒海的恶心把手贴上了她的面颊，摸不到一丝体温。

"这是腐尸吧？"有人猜测。

"城中日日有人饿死，死倒没什么，可别是染了疫病。"有人推断。

趁着巡夜军士惊疑不定，僮仆挣脱了钳制，跑进黑夜里，此时也没人在意他了。

军士们面对着一具会暴起伤人的腐尸，还是有可能传播疫病的腐尸，如临大敌。他们汇报了上级，弄了领破草席把她卷起装车运往城外。

雪信虽听不见军士们张口说的话，却也知道军士们要把她当作一具会传染瘟疫的危险尸体处理掉，惶急万端，对着军士念念叨叨，可谁也听不见她说话。

雪信不由抱怨："玄河，你死哪儿去了！"

她四顾茫然。这就是自己要挣脱的代价吧，没有人禁锢她，没有人控制她，也没有人保护她了。

五更天的城外野地里，军士们扫开了雪，架起柴堆，把尸体带着草席放了上去。

雪信在想，可惜了她的躯体，曾经美丽过，如初雪，如红酥，四溢着花香和蜜香。而今日，这具躯体人人畏惧，畏惧到只想速速毁掉。

可是她还惦记着许多事没结果，不甘心。

过去的她怎么那么容易就豁上自己的性命？是因为她的生命力蓬勃旺盛，没有死过，她想试试。等她死过了，明白死并不是治好所有不顺心的良药，她开始渴望着生，活下去，挣扎下去，亲手做完未完的事。

死得利利索索的人没什么好怕，军士们却忌惮焚烧疫病尸体的浓烟。

大队军士在搭完焚烧尸体的柴垛后便离开了，留下两个军士善后。两人点燃了火把，正要往柴垛上抛，斜刺里蹿出一条黑影，他们只闻见一股野兽的膻味，火把脱手滚在一旁。

一头壮硕的灰狼在他们身前不足十步距离，前爪扣住了泥土，皱起鼻子龇出了尖牙，喉头低吼滚动。

军士见是孤狼，丝毫不惧，一人拔出军械与之纠缠，另一人就去捡火把，要完成他们的任务。

灰狼身后的林间，响起高高低低的怒吼，一群巨熊一般的昆仑犬、狮子般的獒犬、体态纤巧的细犬一股脑儿冲了出来，巨犬吼声如沉雷落地。

两名军士瞬间失去了勇气："它们要吃那腐尸，就让它们吃吧，回去就说已经烧了。"

他们残余的气力刚好够他们逃跑，狗群冲两名军士逃跑的方向狂吠了一阵，然后忽然静默。

雪信认出它们是苍海心留在安城的宠物。

灰狼回转头，眼珠子望过来。

雪信觉得它是看见了自己的，抬手在它眼前晃晃，叫了声："大毛？"

大毛的眼珠子动了动。

“你们怎么在这里？安城里的人出去逃难，你们也在林中做了野狗吗？可是我接下来，我该做什么？我又能做什么呢？”她保住了这具快烂没的躯体，可眼下的情形不见得比一把火烧了好。

林中空地又来了个人，穿着看不出颜色的袍子，套着一只袖子披散着一只袖子，袍摆被一条细犬衔着往前跑。

一面跑，那人一面抬手捂着布巾缠裹成的帽子，数落道：“作死啊你，这可是毛毡做的衣服，昨天新补过，你又给我咬穿！你信不信我扒了你做狗毛披风！”

尖尖细细的声，是个女子。说到最后调门还陡然拔高，紧迫了威胁，可惜叼衣摆的小狗充耳不闻。

她被拉到狗群中央，见到了柴垛上的尸体，叫：“哎，让你们打野兔子，你们抢上死人啦？荒年灾月的，死得凄凉，该去就好好地去吧。”

说着，她见火把还在地上燃着，过去捡起就去点柴火。

灰狼朝前一扑，火把又给打在地上。

“别闹，大毛。她身上这件毛氅倒是不错，能换不少钱，可惜被沤臭了，也不知怎么死的，衣服能不能拾掇出来换钱。”女子嘀嘀咕咕，习惯了说话给狗听。

她从地上捡了根细柴枝去扒雪信的毛氅，感到有些费劲后，索性扔了柴枝上手去扒，在经过雪信面部时，她的手指头被若有若无的气息拂了一下，她痉挛似的抽手：“还有气？”

她从叼袍摆的小狗尾巴尖揪下一撮毛，放在尸体鼻下，狗毛还真微微飘了飘。

她问大毛：“你的意思是让我管这事儿？都烂成啥样了，有一口气没一口气都差不多啊。嗯，还活着就被烧是作孽了点，要不我们先走，明天过来烧？”她吆喝狗群离开，但大毛不动，余下的大犬小狗都不动。

“大毛，你这意思是我要不管这事，你们今天就不逮兔子了是吧？”女子叉起了腰。

灰狼与狗儿们一齐望着女子，好像是说，反正饿的不是我们，你看着办。

女子叹了口气，开始从腰上解麻绳。

她随身携带绳子本是串猎物用的，如今拿来在草席上横箍了几道，几个绳头分别交给三头体型最壮硕的昆仑犬：“既然你们要管，那就自己拉死人。”剩下的绳子又把柴枝捆了四捆，对大毛说，“柴火也是日日要用的，别糟践，都给我拉回去。剩下的明天来拉。”

“来，都动起来。”她撮唇吹了声口哨，空落着两只手，领着狗群往回走。

三只昆仑犬拖起草席也不费劲。大毛让四只拖柴的大犬走在前方趟平道路，有遗漏的尖棱石块，即用爪子拨到一旁，逢着地势陡高陡低，它都要低声呜呜两声，或叮嘱或警告，要拖草席卷的昆仑犬放轻放缓步子。

即便是被草席和皮毛重重包裹，又受到格外关照，这具躯壳还是被放在雪地上生拉硬拽着走，若是有知觉，恐怕还是会觉得颠簸磕碰的。

那女子衣着非汉非胡，非男非女，乍一上来还不敢认，看她与狗群熟稔之态，才确定是苍海心的管家猴子无疑了。

猴子当初还是在雪信的主持下卖进府里的，雪信也颇记得其身世，是先做了孤女，又做了乞丐，后来刺死了对她施暴的歹人被关进令衙大牢又被安排官卖为婢。她自己打听到越王二公子钱多仆婢少，是趟好买卖，就混进牙婆带去供挑选的女子中间，被雪信留了下来。

苍海心看她精明古怪，志向也不同，把管家一职交给她。经历过苍海心西域走失那一节，猴子努力攒拢人心，保护主人家财，使得雪信与苍海心对她更多了一层与众不同的赏识。

那么这一回，猴子又怎么会带着苍海心的狗群走在城郊林间？周身的穿裹，也只是比乞丐干净些。苍海心的家仆是被杀了还是逃散了？

猴子边走边吹口哨，整整吹了三首怀春小调，途中遇见三拨人，装束各不相同，却皆是女子。

猴子与她们打过招呼，她们问猴子打猎收成如何。

猴子指着狗群说："一大早被拽出门，捡了这么个玩意儿！"

狗群把草席卷拖到一所野庙门口，猴子发了声喊，庙里出来两个腰粗肩阔的中年健妇，见到草席里卷了个人，也不在乎，抬起上台阶进了院门。

进门豁然开朗，大大小小老老少少的女人们在院中忙碌，有些是苍海心家里的婢女仆妇，雪信认识，还有些她没见过。

也不知是什么庙宇，神台上的泥像早已不知去向，被猴子一伙占领后，一扫荒烟衰草气象，炊火煮食，雪水洗衣，忙碌得颇为欢腾，没闲工夫感怀时运。

众人议论了一番该如何处置猴子捡来的病人，都怕挨近了染上疫病，有说露天放在院中，有说停在阶下，也有说放柴房的。

最终还是猴子坚持把人抬进前殿。

前殿里用拣来的大石块砌了个火塘，有人轮流照顾添柴，火堆日夜不熄，火上架起瓦锅烧煮食物，火塘外围用长树棍扎了一圈架子，既能用来烤干浆洗的衣物，也能搭上破布烂毡拢住火堆的温暖。

在毡围里，砖石地垫上了一层厚厚的枯草，那两个中年健妇展开了草席把人放上去。猴子手执一双拨火的铁筷子，在火堆上烧烫又晾凉了，伸到草席上人的怀里揭那件质地上佳的淡红毛氅。毛皮沾染了脓水与底下薄绢衣和肌肤结在一块儿，化冻后，脓水继续凝固，扯也扯不下来。

猴子半点医理也不通啊，她能救得回这具躯体吗？被她救过来的躯体，又会变成什么样子？可是在无计可施、叫天天不应之时，还有人为自己做点事，雪信已是感激了。

看着一碗暖粥汤落肚，雪信感受到一阵暖洋洋的困意，再也管不了外头是晴天还是落雪，管不了许多事没结果、许多人没着落，睡了过去。

再醒来时，声音灌进了雪信的耳朵。

劳作里的吆喝从远一些的地方传来，近处梦呓一般的私语与咀嚼声仿佛贴着耳朵。都是女人的声音，爽朗的，温情的。

潮湿的柴火在火塘里烧着，时不时发出一两声轻轻的爆响。还有一种持续不断的声音，在捣着、碾着什么。

她想睁开眼看，可眼睛睁不开，她想开口问，两片嘴唇也粘得死死的，张不开。脖子微微一动，颈上的皮肤也扯紧了，幸而手指头还是能活动的。

身旁那鼓捣的声音暂止了，猴子放下手中石臼，凑向雪信："雪娘子，你慢些。"

雪信的双眼只能撑开一条缝。她动了动唇，一动就疼。

她发出微弱的声音："你怎么认得出我？"她面目狰狞，身上没有半点可辨认的凭记，猴子如何一上来就叫破她的身份的？

她那一声并没有自己所想的清晰响亮，但猴子仿佛是听懂了，回答说："模样虽可怕了些，但轮廓依稀是吧。其实我也拿不准，但普天之下，能让大毛不肯放弃的，除了公子，也只有雪娘子啊。"

"模样有多可怕？"雪信又摸了摸脸，覆盖着一条条的布片与灰壳脓水凝固成一体，一丝表情也做不出来，嘴唇也活动不开，只有从喉头咕噜出一声含糊的话。

"也不知道雪娘子遇到了什么事。算了，没啥说的了，还活着就赢了。"猴子搓了搓手，扬起了铁筷子，"醒了有醒了的好处，也有坏处。我给雪娘子换药，忍着点啊。"她找了块木片塞进雪信嘴里，"还是咬着点吧，别吓坏了旁人。"

是伤口太狰狞，会吓到旁人吗？

雪信没及细问，猴子已下了手，铁筷子夹住雪信身上的布条一撕，扔到一旁。布条带着粘连其上的塘灰脓壳，露出一片没皮的肉来。雪信闷哼一声，木片被她咬出一道深痕。

猴子运筷生风，接二连三撕了雪信身体上覆盖的布片，又来撕雪信脸上的。雪信全身绷紧了抵抗剥皮一般的痛楚，几乎脱力。

她觉得自己就像一只被活剥了皮的兔子，暴露着全身血管，腿还能蹬着。濒死的痛苦与最终的安宁之间的等待被无限拉长，仿佛已经看到了死亡，却怎么也够不到。

"不错了，渗出来的脓越来越少，血越来越多。黑血出尽，转成红血了。"猴子仔细观察了伤口，从石臼里抓起捣烂的药糊敷上，又抓起塘灰堆洒下去，而后从身后架子上抽下一条条布片盖住创口。

她把雪信翻了个面，又如法炮制处理雪信背后的创口。手法劲中带柔，轻巧熟练，屠夫开水烫猪褪毛也不过如此了。

收拾完后，她又盛了碗粥汤，喂进雪信口中。这回的粥汤比最初的稠了不少，有了粟米颗粒。

雪信喝完了粥，想起问猴子："你给我敷的什么药？"

"嗨，雪封了道路，上哪儿给你找野生的草药去。近处的农户抱着鸡牵着牛，丢下田地逃难去了，能吃的全搬空了，独有篱笆架上的苦瓜没人要，兀自风干了，我就连瓜带藤摘了捣烂给你敷上。"

似是察觉到了雪信的犹疑，猴子说："别忘了我早年做过乞丐，我们行里自有几个治病保命的土方。塘灰拔脓止血，苦瓜解毒，管用不管用，就看老天给不给你这条命了。"

她用铁筷子夹起散落一地的布条，纳入一个新编的藤筐。

"哎，你看说的，我带着百十口子在这里艰难讨生活，每日里还要带着狗群去林子里打猎。自打把雪娘子捡回来，每日我捣药敷药还要走二里路去河上砸开冰窟窿洗绷带，洗了绷带还要煮还要晾晒。狗也全放了羊了，交猎物全凭它们自觉。雪娘子以后恢复了身份，可千万别忘了拉受苦受难的众人一把。"

猴子是机敏人，野庙中人多耳杂，故而她自雪信醒来就称"雪娘子"，把新乐公主这一身份含糊了去。

顿了顿，猴子再叹苦经：“别说以后了，就说眼下吧，雪娘子在哪儿埋了盒金子藏了坛银子的，拿来做酬谢也不为过啊。我寻思着囤点粮做种，开春了在庙后开一块地播下去，自种自吃，不管外头打破了天打陷了地，也妨不着我过日子。可我们的粮，是挖田鼠窝抄过冬粮抄来的，都不够煮干饭的，哪儿囤得下。还得去市上买点粮食做种啊，若能买得到牛，就不用公子的狗去翻地了。”

她说着，起身走到火塘对面，抓起干草，依次塞进一排细树枝编的笼子。

贴足秋膘的野兔在笼子里咀嚼草料，而在猴子眼中，这不是一只只兔子，而是一堆堆香嫩鲜美的肉，是一片片可集腋成裘的皮子，是比谷物更可贵的财富，故而必须放在火塘边，一来免得兔子冻死，二来众目睽睽之下杜绝了有人打肉的歪主意。

放在过去，随便从雪信指头上脱下一只戒指，就能买来让野庙众人放开肚皮吃二三年的粮食。但如今，雪信赤条条地躺在枯草上，身上敷的药灰、盖的布片也不属于她。

她苦笑道：“我这副模样，谁认得出我，谁给我恢复身份？你这笔投机生意怕是要赔的。”

“投机嘛，玩的就是以小搏大。我不过搭进去些捡来的苦瓜、不要钱的塘灰和洗绷带的辛苦，若雪娘子翻身，回报何止万倍。于雪娘子来说，往事已矣，这条命是多出来的，不用过去的旧身份，就用个新身份活着，再也不受旧日桎梏。”

猴子知道雪信在意皮相，起初还说得市侩，但话锋一转，多了劝慰的味道：“你的毒疮还有段日子才能好，雪娘子正可以用这段日子想想今后去向。”

不论是市侩还是劝慰，她都是在给雪信承受苦难的勇气。

塘灰拔脓，苦瓜疗疮，每日要受一次披麻剥皮之苦。

猴子的手段暴烈而有效。

又剥了七日皮后，创口渗出的血转殷红，不再混有黑色，猴子不再敷药洒灰，改用布条缝缀成长绷带，把雪信周身缠裹了起来。伤口与布条长在了一起，猴子说不打紧，等底下新皮肤长成，布条随硬痂会一同脱落。

等待新皮肤长好的那几天，雪信能坐起来了，笨拙地活动缠了绷带的手指，用有韧性的细树枝编兔笼。

用猴子的话说，人就不能闲着，找也得找活儿给雪信干——也不能养着闲人不是？

猴子已经把野庙里聚起那么一众女人的情由对雪信讲了好几遍。

还是要从苍海心迎娶崔家之女那夜说起。

高承钧的人马搅乱婚礼，苍海心追着高承钧跑了出去，余下的浓烟大火、鸡飞狗跳，与他就无关了。

猴子坐镇伙房院儿，监督着酒菜流水似的端出去。

每逢大宴，伙房就紧张得着了火似的。不想真着了火，乱了起来，于是猴子指挥灭火救人，她没有职责与高承钧留下的人马过不去，但河东侯的部将们脱身出来与高承钧的人打上了，她也不拦，她只管着能保多少房舍是多少，管着赴宴宾客别有伤亡。

正忙着，苍海心跑回来了，一身的血，抓着猴子的肩膀交代：“若我赶不及回来，你可自行处置这所宅子。”话没说明白，又跑了。

不过猴子记得下半句就好，于是开库盘点，把能看不能嚼的物件都拿去市上抛售，换了银财。

河东侯大败，高承钧入阳关的消息传来，猴子就开始买粮食，那时已有嗅觉灵敏的商人开始大肆囤粮，市面上粮价飞涨，只不过都是亲手去市上采买的人才有体会，等那些无需亲自过问米价菜价的人也感受到紧迫，粮价已一日千里。

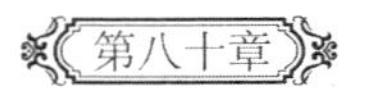

今朝碎琮和蒲根

凭着那点警惕灾难的本能，猴子把苍海心的财产变现了一部分，手里囤了些粮食，又重新制定了每日伙食规格。没有干饭了，一律熬粥，干重活儿的多吃，干轻省活儿的少吃，不干活的不给吃。

高承钧过了秦州，将要入安城的消息传来时，城里城外百姓均在收拾金银细软，谁家床下不藏着一个包袱，包袱里藏着最值当带走的财物，每天都有人往外逃。

崔家来人接走崔露华的当日，猴子把苍海心宅中老幼仆婢召集起来，说："高承钧与咱家公子的仇结，你们都是知道的。高承钧进了安城，定会找公子晦气，找不着公子也会拿宅子里的人出气。我说，守着宅子也是缩头挨刀，不如出了宅子各自找活路。拿了路费，回老家的回老家，换东家的换东家吧。"

到账房领路费的还真不少，一日下来再看，走空了大半的宅子，剩下的全是女人。

有人说在老家有糟糠妻，拿了钱卷上铺盖回老家找他的糟糠妻，旁人也无话可说。有人在安城里娶了妻，娶的还是同在苍海心家里做事的婆娘，却也孤身上路，说老家道长路远，带着婆娘走不快，不如夫妻暂别，有缘再会。即便是大难临头各自飞也是人之常情，却还有撇下原配妻子，与往日里就眉眼勾搭的婢女跑的。

到了躲灾的时月，反是平日里做粗活的人有谋生的自信，那些娇娇俏俏、纤纤柔柔的婢女就最先成了累赘。

逃难路上，主人不需要她们端茶送水打扇绣花了。她们手不能提、肩不能挑的，却还要吃粮，真真罪无可恕。主人家要裁人，也是先把她们裁出来，她们失去了原来的东家，一时也难以找到新东家肯用她们。谁家也没多余的粮养着她们。

她们给自己谋的出路便是找到个男人带着她们一起逃。而平日里穷得成不了家的男人，也能趁机有个女人。逃难路上，多的是如此的临时搭伴。

夕阳里，站在院中的女人形形色色，有想走却被挑剩下的，有被人抢着要却谈不拢条件没走成的，有不愿搭伴又害怕踏出门槛无处可去的，还有去哪里都无所谓，浑不知死期将至的。

猴子点数人头，笑道："可就剩你们了，你们不会要与宅子共存亡，当个尽忠全节的奴婢吧？"

有人细声说：“能去哪里呢？”

还有人低声回答：“起码在这屋檐底下，有一日安稳，便是一日安稳。”

猴子点点头：“出力吃饭，到哪里都一样。缺个主人使唤你们，你们浑身不自在怎么的？我也要出城去躲着了，你们不想死的，可以同去。”

家中还剩下的粮食，拿出一部分烙成干饼子，还有一部分装上车。宅子里的马被人趁乱偷完了，猴子放出苍海心的狗群，让大狗拉着粮车，前呼后拥地进了山。

高承钧的大军刚驻扎在城外那阵，猴子她们窝在山洞中还颇为收敛，凭干粮过了半个月，期间狗群猎来山中野物她们也不敢生火，只能料理成风干肉储备着。

后来干粮吃完了，猴子入城打探消息，得知此番高承钧入安城没有烧杀抢掠，苍海心家的房子也没被洗劫，却有不少便衣细作蹲守在宅子内外，料着是守株待兔抓苍海心。

宅子还是回不得，但只要不进宅子，倒也没人会受苍海心的株连。

因为猴子当过乞丐，所以在乱世中保命很熟练，也因为当过管家，能组织起成规模的自救。猴子把一行人从山里挪出来，占住了野庙生火造饭，陆续收留了许多不敢在安城长留，却走不动走不远的女人，规模日渐壮大，俨然有了小聚落的架势。

猴子给众人分派任务，她每日里还会带着狗群去附近转转，让大毛它们辨识气息。

她说：“万一公子回来了，大毛会带着我找到他。我得提醒他，别入城送死。”

但苍海心一走四个月了，杳无音信。

那日猴子捡到雪信，已然不成人样，十成里没有一成的生路，也且是死马当作活马医吧。她把雪信从死亡的门槛上拉了回来，而之后雪信的恢复更出乎她的预料。

黑血拔尽后，创口硬痂五日即瓜熟蒂落，绷带与肌肤脱离。刚服下那僮仆端来的毒粥后，雪信全身出脓，连头皮也发满水泡，一抓即破，青丝缠绕在手指上的，稍微一拽就脱落一团。

后来猴子给她脑袋上药，又连剪带薅的，旧发拔尽，新发还没生出。新肤斑斑驳驳，有的地方嫩雪白如菱肉，有的地方鲜红如遭过火刑，还有些地方毒质在肤表沉积难祛，其色乌赤。整具躯体看起来如同被开水烫脱过皮又伤愈的猫。

雪信只检视了肢体情状，没有勇气打一盆水来鉴看容颜，拉过一副洗净的布条一圈又一匝地把自己的脸缠起，只露出眼睛，如沙漠烈日下行路的黑衣大食国人。

“也许过个十几年，肤色会匀和下来，也许过几个月外头局势好了，能弄来药了，恢复能快些。”猴子安慰雪信。

雪信不置可否，她是无法接受自己伤皮破相无法恢复这件事的，也无法承担听信了宽慰满怀希望却落空，何况猴子的言语也给不了人多少希望。她只有当自己的灵魂还在流浪，当作自己暂居在别人的躯体里，那么这具躯体再丑陋也和自己无关。

“雪娘子有何打算？”猴子尽量拣不刺激雪信的话问，可什么话听来都似乎话中有话。

“侯管家很希望我离开？”雪信的回答从厚厚的蒙面布底下透出来。

“哪能呢？我是打算给雪娘子派些生计活儿做做，问雪娘子心中可有了选择。在我这里，全胳膊全脚的，住一天得做一天的事儿，白吃一天的粮，得交一天的份子钱。”猴子画蛇添足地解释。

她顶怕雪信受不了自己的模样残损，一出门跳河上吊，那就可惜了她捣药洗布条的工夫和大家从牙缝里省下来的粥汤了。

“那侯管家给我说说，在你这里，都有什么事可做？”

猴子就从毡围之内的活儿介绍起。

火塘上常架着三口大锅，一口熬着白粥，一口炖肉糜。活儿轻的每日吃一口白粥配醋渍萝卜。只有立了功需要额外嘉奖的人和交上猎物的狗才能吃上肉。内脏、特别肥的油膘与敲碎的骨渣还能熬一大锅，给干重活儿的人。

狗群是苍海心的心头肉，众人能在薄粥中舔上一口动物油脂多数也是要仰赖狗群的狩猎，猴子丝毫不敢亏待。

毡围里的厨娘可算是个肥差了，终日坐在温暖的火塘旁，被食物的香气熏蒸着，趁人不注意还能偷嘴一二。也是这活儿不太费力气，故而是日夜两班，两个厨娘轮换值守。

荒年恶月里，大家早已丢掉了过去精致的吃法，只求食材物尽其用，丁点儿不浪费，不敢奢求佐料齐全做出个“一兔三吃”，也没人提出围炉涮个“菊花田鼠锅”。厨娘只需添柴熬粥，忍受枯坐和从来不会断的“粥越熬越稀，怎不给我捞点干货”的抱怨。

相较在庙院中操持劳作的厨娘，要会开膛放血褪毛剥皮掏内脏，也没有皮围裙好穿，任血点子甩一身。她们习惯了用暴力干脆利落地解决麻烦，没活儿时，她们把大菜刀别在腰后充任纠察。猴子乐乐呵呵地制定宣布了聚落的规矩后，便由这群人维护秩序。

没手艺没胆子宰杀活物的，可以去做浣娘，庙里一百多口子，衣服、褥单也不少，二里外还有个兵营，猴子脑子活络，让浣娘往返河边途中绕道从兵营旁走，顺便招徕生意。

果然起初是零星几个大胆小兵与她们搭讪，借着讨价还价拖着她们说几句话，从栅栏墙里递衣服出来托她们洗。凑在墙边鬼鬼祟祟的人多了，影响到兵营日常出操了，便改由几个火长与她们谈包月洗衣工钱。

猴子授意浣娘工头说：“三五个火长手下的兵，撑死了就五十个人，还想包月优惠？”

于是火长们积极策动他们的队正，队正上报旅帅，最后来了一个什么校尉与她们谈两百人一个冬天的洗衣补衣工费，还会专门派人手帮她们搬运。

踏雪赶路，蹲风口里砸冰浣衣，双手在刺骨的冰水里泡着，浣娘没有手上不生冻疮的，但想到能喝一口油髓粥，再苦也不算什么了。

“还有去林子里拾柴、捡菌子、挖田鼠洞，吃得好不好看当日收成。可惜我们没郎中，不然三个月后，草木萌发，必定有用得着的药材。安排个郎中采采药晒晒药，谁有个头疼脑热的给现成煎汤熬药，多的还能拿到安城市集上换粮食。”

猴子边走边摇头，仿佛是下了决心，要在春天来临前去路上捡个郎中。

前方是刀砍斧削的断崖，崖下地势开阔平坦，一座大营背靠断崖面朝着安城方向扎成了新月。在新月最饱满的钩腹之地，安扎着一座中军大营，左右四军与虞候两军扎成十八座小营寨拱卫在大营两翼和前后。营与营间隔有法，径与径交错有度，五色旗在朔风里翻飞，其中有面黑底红边绣金字，是一个触目的“高”字。

“高家军驻营为邻，你不早说？”裹布掩去雪信的脸色，声音骤然拔尖。

“这不是就要说到了吗？正说到打算去招募些打短工的，扩充浣衣部，拿下第二个旅的包月生意。你以为我与高家军打交道是为了钱？

“唔，一来他们是拿粮食与我们结算工钱的。二来营中人多口杂，各种消息暗流汇聚，今天漏一点，明天漏一点，不是军令能禁得住的。若结交到中上层的营官，消息就更有用了。大家伙儿还要在庙中住到几时，开春了种几亩麦，几亩谷，需要囤点啥货，这些问题的答案或许就来自那些消息。

“从军阶最高的将军，到最末等的士卒，他们无心吐露的话交织到足够多，能让我预判到我们这一群人几个月以后将遇到的事，提早应对。”

猴子并不是有躲过灾难的幸运，嗅出草蛇灰线里伏延的危机才是她保命的本事。

“若你每日进安城收集消息，能不能嗅出安城几个月后会发生的事？带狗群打猎和等苍海心的事，交给我做吧。”雪信说。

“雪娘子是娇生惯养的，打猎那辛苦活也做得来？不说要你亲自追狐狸撵兔子，跟着狗群跑你也得跟得上啊。”猴子显露出牙婆鸨母才有的和蔼笑容来，“我这儿还有个活，不累，还挺适合雪娘子的。”她举手一摆，示意雪信看向下边。

河东侯曾给雪信讲解过下营之法。

平时不打仗，屯田驻扎在自家地界，田广地又平，大营舒展方正，要整洁又宽敞。在敌境内，则要扎成个收缩的圆，中军在内，其余六军如六出雪花之象。若一面有天险地利可据，则背险面敌，安营如新月，两翼拱卫中军。

高承钧面朝安城扎下月营，在他心中敌人是有着明确指向的。

正出神时，营前来了一队六人，雪地上几个黑点连成线，径直行到了大营前，如探进长着两颗獠牙的嘴中。

各营盘中兵士跑动，聚向各分营营门，也不是整齐调度的跑法，有便捷小径就抄小径，还有钻缝翻栅栏的。

营门没有要打开的意思，兵士们一层叠一层地站在营门后朝外张望，错失了前几排好位置的，就攀上附近高处，爬上高土墙或营帐顶。

营门前，六人铺开两张毡垫，在雪上盘膝而坐，三人怀里抱着乐器，一个吹笛一个弄弦一个击鼓，试了几声，顺风传到断崖之上。先奏了两支宴饮中开场的慢曲子，然后调子一转，伴着零零落落的鼓弦，一个沙哑低沉的女声吟唱起了西凉曲。

营前纷纷一片喝彩声，兵士们不论叫好的章法，只听得歌伎提着一口长长的气，音调从容爬升，珠玉婉转，听到了舒爽处张嘴就一声“好”，还有跟着唱起来的。

凉州曲罢了，歇一歇，鼓点再起，骤然欢快，三名舞伎甩掉风帽斗篷，显露出单薄的舞衣，不是丝帛，往日里黄金宝石打成的钗环坠钏也没有，只是用经纬稀疏的麻片布稍微剪裁缝缀，围裹成露腰舞衣的式样，彩线缠成绒球，编成花绳，制成头饰和璎珞。

她们才一露出一身装扮，营门前的兵士们风起云涌地挥手向她们叫喊，坐在高处的人也甩起了双腿。

舞伎们在雪地上交错旋转，眉目含情，裙摆上的彩丝流苏飞扬。

营内兵士们跟着敲打手边的东西击节，至节奏极快舞姿至轻灵之处，兵士们从贴身处摸出财物向营门外抛，营门前下起一轮铜钱雨，舞伎们冒雨作胡旋舞，被铜钱边缘击中脸颊也不停顿迟疑。

猴子说：“你看，不累吧。隔三岔五的，吹打一通，歌一曲，跳一番，那群傻头傻脑的兵就像盼过年地盼着，见了就像见了自己的相好那般快活，攒几个钱就扔几个钱。

有人连老家定亲媳妇送的信物都扔出来打赏。”

雪信缄默，她眼尖，瞥见营中瞭望楼上的弓箭手已张弓瞄准，箭枝离弦，一半没入舞者脚下的雪地。她半张着口，手指头抬起还未来得及叫出声。

“没事儿，他们扔铜钱，以击中舞者为荣，射箭，以最贴近又不伤到人为胜，觉得如此就调戏了女人，占了多大的便宜。”猴子解释道。

各营盘上的瞭望塔射出箭雨，还有带哨响，带爆竹开花的，在半空里梭织成网，箭头钻入舞者刚刚踩下脚印的位置。

到激昂处，舞者甩掉鞋提着裙子赤足在乱苇丛般的地面绕圈，面无惧色，似乎她们根本记不起自己穷酸的装扮和危险的观众。她们只知道，三面环绕的兵营是绝好的看台，骚动的兵士是懂得欣赏才艺的客人，铜钱和箭雨是她们的缠头。

各营盘营门依旧禁闭，方才几个歌伎起身把七个小麻袋依次从营门栅栏间递送进去。不多时，七个褡裢大小的粮食袋从门里扔出，砸在雪地上。

歌伎不厌其烦地往来穿梭，对七个方向的营门行礼，每行一次礼，捡起一个口袋，放到毡垫上。

而舞伎伏在雪地上扫拢了铜钱等犒赏，塞进斗篷里侧夹袋，这些财物是她们赌着命换的，猴子允许她们自己留下。

雪地上只余了纷乱的足印和乱戳的箭杆，六人穿戴整理停当，准备离开。营门前有人吹了声口哨，又一轮乱箭放下来，她们抱起乐器和粮食袋向远离大营的方向飞奔，箭矢追着她们的足跟落下来。

这一回是驱赶她们的。

就算是将士喜闻乐见、望眼欲穿，双方也达成了默契，扰乱军心的罪名还是要她们来背。六人逃出弓箭射程，身后的口哨声、哄笑声、荤话依然未平息。她们的才艺为兵士们带来了快乐，她们的狼狈也是。

“雪娘子是老女乐官的学生，舞艺冠绝安城，人不尽其才，和吃饭漏下巴一样，是要遭雷劈的！”猴子恐吓着，其实她也没亲眼见过雪信的舞，反正是把人往火炉上抬，吹吧。

“我的脸皮花了，不能见人。”雪信说。

“隔了那么远，也不需露面的，有个袅娜身段折个腰甩个袖，够糊弄了。加一段舞，要他们加三成报酬。”

猴子张口报账，洗衣与卖艺能换粮食多少，挖田鼠窝掏过冬粮又能凑个多少。猎物肉食有多少是自吃和喂狗的，余下的做成烟熏风干肉和烤肉拿去大路上卖给出城逃难的有钱人能换多少钱，钱又可以买来多少粮食。

百来口人要吃饭，每日消耗粮食多少，能攒下多少，按照这么攒，到开春能囤多少粮食做种，还有多少缺口。若是加上那三成报酬，不但补上了缺口，每日锅里还能多加一把粟米。

一串串的斤两和钱数从猴子嘴里滔滔不绝地滚落出来，雪信连听都跟不上，更别说验算了，头昏脑涨地摆手：“侯管家不是给了我选择吗？我打猎去。”

“可惜了，雪娘子打猎，哪有转个圈下个腰赚得多？”猴子舍不得她的好计划。

“我进山林，拾柴兼采药。大毛听我的话，我带狗群打猎，猎物会更多，要皮子的，皮子更完整，要活口的，拎回来给你养殖。侯管家脱身出来，带上东西去安城里卖，也卖得上价，也听得来各路消息。”雪信不嫌麻烦地调整猴子的计划。

屠夫与舞者，说起来也没有不同，凭本事吃饭，都是卖点什么，一个兜售的是宰杀的本事，一个兜售的是舞姿才艺。

在平时，谋生的手段与衣食的迫切越无关，就越显高贵。

能歌善舞的伎人们被宠爱着、追求着，被诗词一遍又一遍地赞美着，珠围翠绕，锦衣玉食。到大难来临，才知道人生从来没有改变。无人可以取悦，就没有人给她们一口吃的。除了媚人，她们没有别的谋生本事。

而屠夫呢，再乱的世道，人们也要吃肉，没有人来买肉，他还能存着自己吃。

其实本来也是有能力抓取不远方的那件东西的吧，可是别人总是告诉她们，对着这个或那个男人笑一下，只要笑一下，他们就会抢着替她们拿过来，多省事。她们看着男人们争抢拼力，嫣然一笑，仿佛是踏着凌云驾雾到了他们头顶，再也不需要尝试自己去抓取，也就逐渐忘记了怎么去拿。

其实本来只是向着一个方向走几步路，若还够不着，就再走几步。也许为了得到一件想要的东西，会独自走上漫长的一段路。不言不语地埋头走过去了，原先那些居高临下大包大揽的人，有的已被自己甩远，有的是卑鄙可笑，有的是荒诞可怜，有的可敬但亦可挑战。

下个决心容易，做起来却也是孤独艰难。

从野庙到林子，空身走个来回已足要了雪信的命了。一早喝了薄粥出工，她那份的粥，丁点不见油水，也只够躺着捱过一天保命，从野庙前殿走到山门就饿了。

猴子是故意的，好让她知道她做不来，知难而退。她揣摩得到猴子的算计，就不在勺满勺浅上与厨娘纠缠了。

浣娘们与雪信一同出门，浣娘们抱着木盆，木盆里装着捣衣棒和待浆洗的织物。远望过去是一队人，近看还照着亲疏分成了若干小堆，闲话说笑没有个说完的时候。她们负重，雪信空手，吃力追赶，勉强不掉队。

雪信带着狗群与浣娘们同行，是一种互惠。

狗群护送浣娘去河边，但其实走不多远，就能和高家军军营里搬运被服的小卒会合，这段走熟了的路本来没什么危险，还有军卒护送，哪用狗群保镖？且之前她们都是这么来去，猴子也从未派狗群跟随过她们。

而浣娘能给雪信领路，搭伴说话解闷——起码她们以为人是需要搭伴的，若是有人一天不说话却不疯，那一定是已经疯了自己却不知道。尤其是一个容貌已毁的女人，若没有人怜悯她，从她身上对照到自己的脸庞生得还挺好看，那是既残忍，又浪费。

所以她们以为对雪信的接纳是一种施舍，也是一种需求。

在浣娘中也有人缘不好的，低头走路，看脚不看路，不与人说话，也没人找她说话，看来反而显眼。那女子有心无心地慢下了步子，掉到队尾，与雪信并肩走了一阵，时不时偷瞄向雪信几眼，抿一下嘴，又转回去，终于是没有说话。

前一天砸开过的河面又冻上了，浣娘们站在岸上，等着高家军派出来的小卒用斧子把冰砸开。破开冰后，浣娘们各自找好了就手的位置，铺开了摊子，小卒们这一天的任务完成了一半，满可以找个背风的角落歇着，等浆洗结束了再出来，而他们依然蹲在河滩边。

一截截的玉臂从半挽的袖子里探出来，被河水泡得发青。他们被晃得眼晕，如痴如醉，越想找话说越找不着话。他们的笨拙反被浣娘们嘲笑，只待他们凑得近些，就一把冰冷河水泼上去。

狗群跑进林子狩猎了，大毛留在河滩边，跟住了雪信。

雪信找了块石头，顾不上干不干净，坐下好一会儿才顺过了气。那一小碗稀粥，喝了比不喝还吊饥火，此刻简直腹鸣如鼓。

出发前雪信从火塘边顺手牵羊了把火钳，无论拾柴还是防身都是件利器，她从后腰上抽出来，脚扫开了一片雪，看准土面上伏倒的枯草朝下挖掘。

菖蒲与香茅都是漫山遍野得水就疯长的野草，也是两味香料。雪信掘出草根，在河水中涮去泥灰，扔进嘴里。舌面上先是一阵冷腥，而后甜从舌尖扩染开。

她掘到就洗，洗了就吃，用草根上的那点甜补充力气，用那缕香饲喂血中的蛊虫。

冬日蛰伏在土下的草根是干枯的，半死的，一点也不脆，嚼不烂，勉强吞咽下后，芳香从眼耳鼻口里冒出来，汇成一团无影无形的雾气，拢住她的知觉。肌体熬过了脓与血的锈蚀，她的本事也在一点一滴恢复。

那一路欲言又止的浣女在对面捶打衣服，抬头看雪信拉下遮面巾吞草根，不觉出了神，忘记手中的鼓捣。

雪信凝视她的眼睛，不用走进去，她也能听见那女子心中呓语："她的脸真可怕啊。她都这样了，我和她结交，她该是感激我的吧？她怎么不先同我说话？她是瞧不上我吗？我模样是不出挑，可也算得了端正，和她比是绰绰有余了吧？怎么还轮得到她瞧不上我？可恼可恼。"

雪信就在那女子有一回望过来时，对她笑了一下，不过裹布挡住了她几乎整张脸，笑没笑只有雪信自己知道。

雪信便对她说："今日比昨日晴暖。"

脸被严密遮挡，没有人看见雪信说话时嘴巴根本没有动，其实除了那女子，也没有人听见雪信在说话。

那女子对雪信"嗯"了一声，她心里的声音从眼睛里漏了出来，"果然她是巴不得与我结交的。她一定丑陋自卑，怕我嫌弃她，不敢先开口。我可不能吓着她。"

那一句"天气晴暖"没头没尾的，应该还有后文，等了半日，雪信却只顾走路。

那女子眼波又瞥来了，雪信听出她心里在说："怎么又没话了？是我回答太简短吓到她了？还是她本就是自言自语，那我还回应她，岂不是露怯了？"

"浣衣的活儿重不重？苦不苦？"雪信接着让女子听见她没有开口说的话。

"活儿也不是那么重，吃的也是最好的，一日能喝两顿油髓粥呢。留在野庙中做活儿的，一天只能吃一顿。"女子顿了下，急急忙忙补充，"歌舞卖艺的那几个，也就卖艺当天吃一顿肉羹，平日里吃得还不如我们。"

她心里的声音在说：为什么要问活儿的轻重甘苦呢？是羡慕我吃得好？是畏怖我手上冻疮青紫乌黑？她怎么又不说话了？她是不愿意同我结交，只想从我口中套问消息吗？怎么只说天气说做活，怎么也不问我名姓？

“你叫什么名字？”雪信问她。

“我姓屠，叫妙妙。”那女子回答。还是同猴子一批里买入的，与猴子一样，被苍海心重起了容易记的名字，叫兔子。

据说兔子是因为家中大哥要成亲，被父母做主送去官卖，苍海心为雪信遣散家养侍妾时，兔子回了家，正逢二哥要娶妻，加上兔子带回家的遣散费，聘礼还是不够，家人急着筹钱，等不得官牙人来领，把兔子送去集市上摆了个摊插了草标卖。

正有人捉着兔子的下巴掰开嘴看牙口，猴子从边上路过，兔子甩脱那买家奔过去抱住猴子大腿。

猴子怨怼不浅，明明是发了慈悲贴钱放出去的，如今还要加钱买回来。看着可怜又不能不管，于是指着兔子从头到脚细数了缺点，把价压了三成买了回去，让她做了浆洗衣物的粗使婢女。

苍海心西域走失那一回，也是遣散过的。兔子以为两位兄长都已成家，该不会再卖她了，又拿了钱回家，刚进门才知道大嫂子嫁到家中三年多无出还新亡，等于是第一笔卖兔子的钱打了水漂。

半夜起来如厕，听见家人正商议给大儿子续弦，已与邻村一个瘸腿鳏夫谈好，对方把妹妹送过来，他们把兔子送过去，以人换人。兔子满腔子的血都凉了，她为家人舍身，而家人只当她是割了一茬又一茬的韭菜。

天一亮，兔子偷摸从家里跑出来，还是去苍海心家中做洗衣婢女。到这第三回遣散，她死心塌地，绝了回家的念头，甚至有了死在外边也比回家被再卖出去强的念头。

她是渴望被郑而重之地对待的，可从反反复复的贱卖赎买里，她又认定了自己配不上别人的尊重，远之则不逊，近之则怨，不好相处，别人也就不愿同她说话。

雪信从兔子眼睛里看完了她的故事，说了句：“妙妙，很好听的名字。”

仿佛有一片云托起了兔子，把她从无处可去的孤独里接了下来。她心中无休无止自我质疑的声音暂息了下来。

多少年来头一回，不去想如何示好，也不去担心示好被拒绝，知道自己要去河边洗衣服，就朝河边走，知道完成了配额任务之后多洗的衣服计件领钱。

她领到的钱能给自己买抹脸的脂蜜和护手的药膏，还能攒起几个子儿，她每半个月缝补一次衣服，将攒起的钱缝进衣服夹层里，计划着缝到藏不下的时候，一次全取出来，换一对金耳坠，或银镯子。

她眼神空渺地看着前方，再没有向雪信看过去，她的这些心思，雪信也没有再听见。待她收回心思，忙想着如何接下一句话了：“草根好不好吃？”说出来便懊恼，担心对方以为她是在嘲弄，会令她失去刚刚结交的朋友。

“还过得去，只是老了些。若是春夏之交，靠近根的一截茎干最是肥美，截取煮粥最好，蒸熟蘸豆酱吃也鲜美。”雪信眉毛跳也不跳，领会到兔子的多心困扰，又只做出了最简单的反应。

由春到夏，有多少花要开，正是做花食的好时候。花汁蜜露用温水调开，清晨黄昏饮一盏。

那时她还是馨香萦肌的，饮下蜜露还是会感受到全身毛孔被新叠上的一层香气冲开。什么沉香煮水、香粉米饼，到后来的苦药煎饮，滋味都比不上。也是那滋味是纯然的甜腻幸福，使人很快生厌。

她那时热衷于制作蜜露，却不耐烦喝，每年各种花露不下十坛，根本喝不完。今年暮春时她还撷了一筐白荼蘼腌渍下了，封了坛沉在花园湖中。

怕是已能喝了吧？

以往她都只取吸饱了花香的露汁，渍透糖汁蜜汁的花瓣被婢女端去做了包子馅儿，欢乐得跟过年节似的。

严冬的河滩边，雪信念叨着一盏温热适口的花香蜜水，嚼着带碎冰土渣的草。

只是差一口蜜水的事吗？

如今她面目全非，她的本命蛊文身被肌肤上的斑驳遮挡，她十多年来不知吃掉多少银子滋养出来的昂贵体香散了。她失去的不光光是一个新乐公主的名头，没有一件东西可以证明她过去的身份，过去的一切，她全丢了。

难道真要如猴子说的，以一个新的身份，过新的人生？

“是啊，小时听家里人说，荒年间草根有人吃，树皮也有人吃。新剥下来的树皮嚼不动，要晒干，石碾子碾成粉掺着粮食面做饼子团子吃。椴树皮卡喉咙，杨树皮涩，桦树皮甜，榆树皮细滑好吃。人剥光了树皮，树死了。人吃多了树皮，解不出手来，有胀死的。没死的人接着挖土吃，死更多。”

兔子絮絮叨叨着，她家住在安城郊外的乡下，在她见识得到的年景里，顶多是野菜树叶混着粮食吃。家人口中吓煞人的大饥荒，二三十来年没有过了，她也没见过，只充作耸人听闻的谈资。

“幸亏猴子拿得了主意，有办法。大家非但没坏了性命，还有口油腥吃。”兔子的口气中透着庆幸。

雪信听着她的话，却乐观不起来。

高承钧的两万人驻扎在安城外日日耗着粮食。听说安城中人口凋零，百业萧条，高承钧只知道杀人立威，把沉默当秩序，那有没有人在运转朝廷，有没有人保障子民生计？

眼前的饥荒是蝗灾与商人的囤积取利的结果，若来年开春没有人回来播种，接下去的饥荒就是真正的无粮可吃了。天下粮绝时，任猴子怎么经营周转，庙后开出几亩薄田种的粮食，也养不活一城的人。

河滩边，两名小卒徘徊良久，终于有一人走到一名浣女身前，从怀里摸出了半支玉簪，不知他是从何处拾得或抢得。

浣女在衣服上擦干手，接过断钗对光照了照，见断面整齐，玉质润透，就收进了怀中。

小卒嘿嘿干笑两声，先一步钻进林子。

收了好处的浣女归拢归拢洗到一半的活儿，脸上风平浪静的，也进了林子。

“他们……不怕冷吗？”雪信惊愕。

兔子见雪信朝那对男女消失的方向看，凑过头来低声说：“他们在林子里搭了个小窝棚。”

“猴子不管吗？”雪信又问。

“她不管，她说，各有各的活路。有路活下去就是本事。”兔子神色淡然，“她还帮着她们把首饰换成钱，钱能从锅里换肉吃。”

另一个小卒还在寻找猎物，目光在滩边浣女的脸上身上盘旋、停留、掂量、比较，倏然他的目光被另一道目光攫住了，那面孔如遭火吻的女子拉下了裹面布，肆无忌惮地咀嚼草根盯着他看。

除了厌恶，小卒说不上还发生了什么，他脖子转动不灵，眼珠子也定住了，直到那丑陋的女人看向了别处，他身上一松，目光才又游转如初。

“这份美差，他们换着班来的吗？”雪信问。

“反正每一回来的面孔都不同。”兔子回答。

“甚善甚善。”雪信低声自语。

菖蒲和香茅的枯根暂把肚腹填饱了，而且一时半刻都难以消化。她又挖出一堆草根，涮去泥垢，卷了个包袱系在腰里。

雪信一脚深一脚浅地从雪泥冰水相侵的河滩上找路离开。

兔子在身后问：“你叫什么？去哪里？”

“拾柴。”雪信只答了两个字。

大毛是个沉默的守护者，从不问她要去哪里，也不阻拦她去。它习惯走在她的前方为她探索可能的危险，走到路口就停下，等待她选一条路。

在最后一个路口，雪信解下一条绳子，把灰狼大毛拴在树下。

高家军新月大营前的表演刚刚结束，六人歌舞团抱紧怀中物什掩面正奔下来，与雪信错身而过。雪信走进营阵，敞开大嘴般的空场上，箭杆如待收的庄稼。

兵士们正要散去，见又来了一个人，便都停下观望。

只见来人穿着麻片、毡片拼凑成袍子，身上套了一层又一层，头脸缠了一圈又一圈，只给眼睛开了一条缝，厚重的包裹掩去了容貌和身体的曲线。

彼时营前的地上还插着很多箭，那人双手拔出一支箭，又拔出一支，不多时怀里抱不下了，便解下腰里的绳子捆了背在后背。一支箭凌空飞来，把那人的袍摆钉在地上，那人取下新飞来的箭交到左手，腾出右手又去收割箭杆庄稼。

“门口那个，哪里来的细作，找死！”营中有个将官高声道。

雪信直起腰，清了清嗓子，高声回答：“我们当家的说了，天冷，赏钱要涨价，粮食多三成，再饶一把柴。左右箭已经放出来了，射我们的箭，我们也要带走，回去折了当柴烧，箭簇攒起来打铁锅铁犁。”

原来是个拾荒的乞丐。听声音清亮柔和，斯斯文文，还是个年轻的女乞丐，不知道长得如何。

他们正意犹未尽，把这个女乞丐的出现当作返场答谢，报以箭雨。

疾风时不时擦过雪信脸畔，终没有一支箭能将裹面巾挑下来。不知有谁摔了张弓出来，雪信捡起来挎在左肩上。她背上已有两捆箭，走路都磕磕绊绊不太灵便了。

突然一支箭没有把好准头，扎进雪信的胳膊，怀中箭杆撒了一地。

一条灰色兽影长嚎着驰过雪原来到雪信身旁，是大毛用牙磨断了绳索挣脱了。

雪信一把捏住它的狼嘴：“嘘，不准叫。狗群打不过他们，只能做靶子。”

大毛安静了。

雪信检查伤势，箭头被厚毡阻了下，倒钩还未钻入皮肉，伤未透骨。她咬着唇一把揪下箭，又撕了一条衣摆扎住伤臂止血。白雪地上只撒了几个红血点子。

“我若死了，他们顶多赔猴子一袋粮食，不划算，我肯定不死。”雪信对大毛说。

伤臂疼着，伤势倒不重，雪信收集散落的箭杆，换了条胳膊抱着。箭雨又起，混着更多莫名的东西，石块、木片、铜钱。

兵士们与女乞丐遥遥隔着营墙，他们仿佛找到了孩童时隔着草编笼子拿草棍逗虫子的快乐，想要拿更多的东西去试探。

“东西太多，我一个人背不回去，明日让猴子加派人手来。”雪信集满了第三束箭杆，在大毛背上捆牢。一人一狼在满营口哨呼喊中离开了。

“所以我的尊贵，是因为我有个尊贵的父亲。我受荣宠，是我有个在安西手握重兵的丈夫。别人忍受我的傲慢，是因为我生得好看。当我的父亲败了，我的丈夫走了，我的皮相不复当初了，我就身无长物了，是吧？”雪信念念叨叨。

她的躯体曾经美艳无匹，她的灵魂曾经直上云霄，如今的她用臃肿衣物包裹住劫后残躯，背着两捆箭，在山路上连滚带爬地走，还要与大毛聊天。她想找个人来责怪，实在又怪不到谁头上。

这些年她拥有这些东西的时候，的确有恃无恐。虽不是始作俑者，她也乘势兴过风做过浪，会折腾还要会收拾烂摊子，收拾不了，那就去承担后果。

“大毛，在你眼里我是什么样的？是不是从前好看的样子？还是你眼里我从来没好看过，所以也不在乎皮相变丑？”

她总是要面对这件事的，这具可怕的皮囊是她的，无法否认，不能摆脱。

而大毛似乎是一心赶回野庙吃肉，懒得回答雪信的破问题。

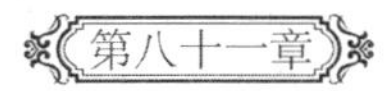

第八十一章

逐鹿营营一梦惊

瘦死的骆驼比马大。再难的年月，王侯世子府的日子也比寻常人家好过，只是略有些不方便罢了。

婴儿夜啼在空屋旷院里小心试探，寻找回应。围屏床帐之内，曲尘还未就寝，她只是对着烛火独坐着。婢女紫笋抱了那个小娃娃进来，曲尘掀起贴身衣服喂奶。

最近安城里请不到乳母了，即便请得到，曲尘也舍不得。她底子单薄，产后奶汁总是不足，小娃娃是一半喝奶水一半喝米油活下来的。

米油是熬米粥时浮在最上面的一层稠液，是整锅粥的精华。这个法子，还是国师府上一个懂点医药的少年僮仆教的。

“小公子也满月了，曲娘子要不要给小公子起个名字？”

“等他的父亲回来起。”曲尘边说边轻轻拍打孩子的背。

“大名自然是世子回来起。小公子的乳名，曲娘子可以先起一个。”

“乳名也等他的父亲回来取吧。”曲尘把襁褓递出来，“抱稳当些。”说她爱这个孩子，她又不愿搂着襁褓入睡，听见孩子哭闹便心烦意乱。说她不喜欢这个孩子，她又愿意滴自己的血喂饱他。

婢女抱着孩子去外间铺上睡了。曲尘盘坐着，丝绵被子披裹在身上，在錾花铜鎏金的小怀炉上焐热了双手，转头见床桌上的红蜡烛火跃得太高了，取了小剪子铰短了烛芯。帐子里暗了下来，但如此烛火大概能烧彻夜了。

曲尘凑近烛火低头纳鞋底，手边的暗影里，已有了一对婴孩小鞋的鞋面，红绸底子刺金线。金线只是稍有不平整，光泽却是不减，几乎看不出是从她的旧衣服上拆的。她的儿子是未来的小世子，再难的日子她也要给他穿得体体面面。

近来她常在长夜里清醒地坐着，一来是孩子要喝夜奶，二来是有一件事，她忍不住反反复复地思忖。

她告诉自己，是因为高承钧打过来时，她即将临盆，苍朝雨才不带她走的。

她还告诉自己，是因为自己料着有几分少年情分作保，高承钧不会为难她，她才主动留下来的。

她整晚想着自己留在安城的原因，又用做针线打发想心事时手里的空余，直到天亮才会安心睡着。

“曲娘子，曲娘子，世子从营中派了人来接曲娘子。”紫笋跑进寝房，眉飞色舞。

摇篮里的孩子刚睡着，被闹醒了哇哇哭。画了一半的花样子被掀帘灌进来的风卷走，墨笔滚在地上干了毫尖。曲尘睁开眼，从镜台上支起身，就着昏黄的铜镜面掠平了鬓边发丝。

一醒来就听见了她期待多时的一句话，她对镜中人笑了笑。镜中人也对她笑了笑，只是眼圈子发青，口唇苍白，起了皮。她急抿湿了唇，小指在胭脂缸里蘸了蘸，为唇匀了红润。走出两步又坐回去，捡起丝帕擦去了唇脂。还是憔悴可怜一些得好。

“小公子还哭着呢。”紫笋说。

“让他哭一会儿吧。等他明白哭不会把哄他的人带来，他就不会哭得那么烦人了。”曲尘冷冷道。

“可小公子还不到懂道理的年纪。”

“这不是道理，这是规则。”曲尘催促紫笋跟上。

一个月前，高家军推进到了安城近郊，秦王世子苍朝雨把府库中的资财转移完了，家中仆婢也遣散十之七八。还有两三成的人誓要追随世子鞍前马后、赴汤蹈火。苍朝雨答应带他们走。

最后轮到折竹院的曲尘了，苍朝雨来看她，把耳朵伏在她高高隆起的肚子上，说：“我听见了，小家伙胎心跳得很稳。”这句话中透露着两层喜悦，曲尘跟着微笑颔首。

“小家伙要来这世上，就在这几天了。我不能冒险送你离开安城。”苍朝雨抚摸着那肚皮，惋惜地说，“我受太上皇所托，要护着我那皇帝堂弟，刚领了北衙禁军都统领一职，我是要与安城共存亡的。”

后来知道，在她痛得昏天黑地生孩子的那一天，苍朝雨也在生死交关。

十七岁的皇上下令放高承钧入城。苍朝雨领命撤开禁军防御，却单人仗剑立在敞开的城门前，面对高承钧杀气腾腾的人马。苍朝雨要高承钧做出保证，绝不骚扰安城百姓，否则他会立在原地不让寸毫。

“若不肯放弃杀掠，请自朝雨始！”他发出骇人的邀请。

高承钧漫不经心地答应，他手下的人把苍朝雨拉到一旁，大军入城。而后，苍朝雨宿在禁军营中，日夜整肃人马，防备高承钧。

今日之前，没有派人来看过一眼。也许是把她丢下不管，才好保障她母子安全吧？频频派人来探视，反而让高承钧察觉他的弱点。曲尘总能替苍朝雨解释的。

正堂上盘腿坐着个不起眼的小个子，双手捧着紫笋烙的麦饼，吃得唇上两撇贴上去的小胡子摇摇欲坠。

“曲娘子。”小个子舍不得放下食物，对曲尘含含糊糊地点头，是个女子声音。

曲尘对来人也没有几分耐性：“既是世子遣来，可有信物？”

“城门设关布卡，应付盘查，有信物也带不得来嘞。”那乔装的女子回答。

“可有手书？”曲尘又问。

“手书与信物不一样？带不得信物，自然也带不得手书。”

“你叫什么名字？”曲尘看来人面生，从未在家中见过，却似乎不是完全不认识，

“你把胡子取下来我瞧瞧仔细。”

“贱名不足道。”女子可算是吃完麦饼了，十足故意地把胡子按牢靠。

“无凭无证，如何要我跟你去？”

“曲娘子如此多疑。难道除了世子，如今世上还有人乐意来接曲娘子？”

自然，除了苍朝雨，在曲尘心底还时刻存着一个可怕的名字。她回身向寝房狂奔。待她闯进房内，摇篮已是空的了。她奔回厅堂之上，那来接她的女子还在。

“你们把我的孩儿弄去了哪里？”曲尘厉声质问。

“我们自然是来接曲娘子。曲娘子不必惊慌，来接你的不是你心里害怕的那一方。”女子笑道，“就不能往好处想？想想你还有什么亲人近友？”

一年中，雪信觉得安城冬季最好。雪落下来盖住了平日里剑拔弩张的狰狞嘴脸，人心与人心隔了道纯净的藩篱，分外宁静。

安城郊外，秋季也是好的，远山薄黛，层林尽染。人走在林子里，脚下软毡般的落叶给踩得簌簌响。秋来风向转了西，兑方来的风隐含肃杀金气，催落树叶。但落叶的金色，比黄袍上的金色多了许多暖意。

一只小松鼠在树杈上剥着松塔。一支箭飞来贯穿了它，把它钉在树干上。雪信走到树下，捡起松果，扔进背囊。松鼠还望着她，眼睛转动两下。

雪信对自己说：“不疼的。这是在梦里。”在梦里，因而她的肌肤雪白耀眼，她的箭术也百步穿杨。在梦外头，她还没征服那张弓，拉不开它。

她走开去，松鼠在树干上手舞足蹈地叫，她没办法，转回头，挥挥手，箭簇落到地上，松鼠肚子上的洞生长愈合。但那小东西还不走，气鼓鼓地吱吱乱叫，雪信从背囊里掏出松塔扔还给它。松鼠这才消停了，立在枝头剥着松塔，偷眼看树下的女子。

“心太软可不好，什么都做不成。”雪信生自己的气，自言自语，又摇头，“不是心软，是打松鼠没意思。得打个像样的猎物。”

她捡起那支箭，踏着枯叶漫无目的地走着。在她的梦里，应该由她决定下一个出现的猎物。松鼠丢了松塔，在一道又一道枝杈上跳跃，好奇地跟随着她，这似乎又是她不曾设计的事情。

一头梅花鹿走进她的视野。与她想的有些差别，这是头成年公鹿，五杈的骨角前端削尖成矛，血淋淋的。她想起来了，谁说过的，鹿群会在春秋两季完成繁衍的大事，公鹿会在树干上打磨鹿角成锐器，公鹿之间的争偶之战从来是不见输赢不罢休。

“现在转头走太没志气。可一下射不死它，就跑不掉了。”雪信迟疑思忖，她挥了挥手，公鹿没有转身跑开，她朝手掌看了看，又使劲挥了挥。公鹿把正脸对准了她，垂下了头，凌厉的双角指着她直冲了过来。

雪信转身撒腿就跑，可她哪有鹿轻捷腾跃的身姿，没跑出十步，听草叶被踏翻的势头鹿已贴到了她身后。得往矮密丛林中跑，让鹿角被树枝挂住，她想着，可前方却是越跑越开阔。

交配季节的公鹿性情残暴，去长生苑看守猎场的杂役每年都有被鹿角抵死的。

“为什么在我自己的梦里，要被鹿追得满山跑？”雪信气急败坏地叫喊。鹿角尖端似乎挑上了背篓。

“是做梦，就不会疼！”

反正也不会有人看见，她便是被抵穿了肚子，撞下山崖，也不会死啊。大不了挨这一下醒过来，结束这狼狈的梦吧。

雪信骤然停下，恰在同时，一支箭从她胳膊底下穿过。狂奔中的公鹿立时倾翻，扬起半天高的落叶。

雪信定神回身看时，公鹿已经死透了，那支箭击穿了坚固的天灵盖，整个箭簇钻入它脑颅中。她迎向那支箭射来的方向，辨不清东南西北，是山阴还是山阳，清晨或黄昏。

淡淡的日轮被纵横的树梢割碎，有一个人挎着弓向她跑来，身影逆光耀目。跑到近前来，才看清了面目，是苍海心。

苍海心一把怀抱住她，举小孩似的举了起来，又放到地上，就是不撒手。他语无伦次：“我终于找到你了。你还在等我吗？你生我气了吗？”

雪信的眼神掠过他肩膀上方，凝望着那只也正看着她的小松鼠，等着苍海心的狂乱平息下来，才掰开他的胳膊，把自己解脱出来。

她徒劳地挥挥手，苍海心没有走开也没有消失。

她背对他走开去，口中说：“他怎么会在我的梦里？难道是我安排了失控的公鹿，又安排他来救我？难不成我还期待着他？”

雪信低头看了看自己的双手，又说：“向来是顺顺心心的，这种指挥不动的梦，很久没有了。”她知道自己在做梦，惯于在梦中与自己商量，而梦中其他一切都该是她心意的一部分，受她支配。

“这不是你的梦。”苍海心急着纠正，“不，这是你的梦，也是我的梦，是我梦见自己进了你的梦里。”

“我不信他做得到。难道是他死在半路了？”雪信转头打量着苍海心，她依旧把话说给自己听。

“要不是玄河重伤了南诏大祭司，我能早点找到你的。”苍海心急急道，“南诏的事我会告诉你，我先要说的是，我想你，我太想你了……”他的臂膀又环上来。

雪信抬起手中的弓架开他，苍海心轻轻一拨，弓断成两截，手指还未触到，她衣带上的结自己散开了。

“我在梦外，不是你看到的样子。”雪信按住那蛇一样扭动的衣带，后退着。

“我看到的你，就只是这个样子。”苍海心说，他只是把手贴近，她的发绳自解，发丝披垂。

“我梦里进来什么东西了？他怎么能又怎么敢？”雪信瞪着对面的人问自己。

衣襟挣脱了衣带的牵绊从她肩头滑落，苍海心在她眼中扭曲了模样。他四肢触地，头上生出了五杈对角，双角最前端尖似枪矛，挂着血肉。

雪信回身就跑。

跑着跑着，她似乎脱离了梦中的身体，在半空中旁观这场追逐。

一头公鹿怀着发狂的相思追逐着一头母鹿。母鹿身形纤巧，奔跑蹦跳。前方无路，母鹿四蹄收不住，一头撞在山崖断壁上。

从震荡跌进黑暗，又从黑暗浮上来，仅用了一瞬。眼皮上有了跳动的火光。雪信睁开眼，从火塘上方食物飘来的香气估摸出时辰。她在垫足干草的铺位上呆坐片刻，心口狂跳。

周遭陆续有人翻身起来，人与人说话压低了声，不忍破坏天将亮未亮时的迷蒙。似乎是身体迫不得已醒过来了，心还能在梦里逗留片刻。

雪信先探手摸向铺旁倚着的那张捡来的弓，弓好好的没断，又解开隔夜的裹面布巾，从身后毡围上抽下一条新洗净烤干的麻片。

她看了一眼对面，曲尘裹着那件淡红毛氅在给怀中的孩子喂奶，低垂的眼睛偷偷瞟向她，眼神撞上，又缩回去。雪信不急着把她的脸包起来了，她走到曲尘跟前，故意俯身去看那孩子。

曲尘身子向后一缩，手中也是扯了毛氅襟边，似是要把孩子完全掩起来。孩子被她剧烈的动作颠得哼哼唧唧起来，她口中说着："你别吓到我的孩子。"

"被吓到的是你吧？生下来没多少日子的小孩，还不懂善恶，也不分美丑。"雪信摸了摸自己的脸，似乎在提示曲尘记住她的脸有多可怕，"比起上一回见面，这回不是好多了吗？"

上一回是雪信从木匣里睁开眼，脸上黑斑接连成片，每一片黑斑的中心，毒液在皮肤底下汇聚成一个个豆粒大的鼓包，像什么虫子在树身上产的卵，望之使人不寒而栗。至少如今的脸，肌肤是平整的，就是像画梅花的调色碟，红一块，黑一块，白一块，杂糅着。

没有勇气看那张脸，曲尘别开了眼睛："恐吓我，你又能得什么便宜？世子终归会来接我和他的儿子的。"

前一日，雪信与猴子一暗一明地把曲尘母子诓回来后，曲尘便是如此态度，不敢过分激怒雪信，却又比往昔增了五分底气。她怀里抱着的是秦王世子的长子，她今后的大半生已有了最低保障，甚至还有了加入弈局的资格。

反观雪信，过去宠溺她的长辈或兵败被软禁，或让位下台，还有什么男人忍受得了她那张脸，再惯着她？

如今雪信把曲尘抓在手里，恐怕是对秦王世子的北衙禁军打上主意了。曲尘在被送出城的马车上顿悟，她再也不必对雪信低眉顺眼，她只是单纯地畏怖雪信。一个坏了容颜的女人，不知能做出什么样残忍可怕的事。

孩子在怀里被曲尘的惊恐感染，不但停止进食，嘬下去的奶反涌，混着泡沫从下巴挂下来。

曲尘"啊"了一声，双手抄在孩子肋下，平举着手臂让孩子离自己远些。那长长的奶线落了地，孩子打着嗝，似还没吐痛快，像个小小的醉鬼。曲尘小心着自己体面的衣服，孩子在手中扔下也不是，抱回怀中也不是。

边上有女人看不过眼，过来帮把手，曲尘又不放心给，只能咬咬牙，接了块布巾给孩子擦了嘴，把孩子脑袋支在自己肩头给他轻轻拍背，帮他把肚子里的气嗝出来。吐完奶，孩子又哭上了，还要吃，曲尘忙把他捂回自己胸脯。可惜这一顿的粮已耗完，孩子嘬不出奶来，哭得更凶。

四下里，忽然除了孩子的哭声再没有别人的说话声了。曲尘等不来身边的援助，抬头看时，已经有女人端了碗粥汤却站在那里没过来，顺着女人的眼光，曲尘看见猴子走进毡围来了。猴子笑眯眯的，又在与雪信打着什么眼色。

“我的孩子，得喝米汤。”曲尘对雪信说。

而雪信收回眼光来望着那孩子哭，仿佛那哭声没吵着她，不会令她烦，却也没令她心疼。她只是不为所动，也想看看若不为所动，曲尘和这孩子哪一个会坚持得久一些。

“这是世子的孩子！”曲尘对雪信加重了语气，“你们可以万般欺负我，但你们不能怠慢了这个孩子！”

“曲尘，一个庶长子，成不了你的护身符。”雪信在孩子的哭声里慢悠悠地说，“这孩子要死了，还会有下一个。你若是死了，也会有人取代你。”

“若你真那么想，就不会把我和孩子弄来。”曲尘抬起下巴，“我的孩子要吃喝！”她在争执中，反而坚定了自己的认知，“让这个孩子成为嫡长子，是你承诺我的。”

之前的承诺不是“河东侯认曲尘为义女”吗？什么时候封郡主、立正室、立嫡子那后面一串的事，都要雪信承担负责了？或者是曲尘自顾自地对承诺期待了太多，解读了太多。

雪信颤动肩膀笑了笑，对猴子偏了偏头，猴子又对端碗的女人做了手势。米汤送到了曲尘面前。雪信的妥协，仿佛也证实了曲尘的推测。雪信不敢让曲尘母子过得不好。

喂饱了孩子，曲尘又给他拍抚了会儿背，一边臂膀麻了换另一边。她摸索着裙腰，从罩裙和衬裙之间拽出一个挂串。那挂串藏在两层宽大的裙料之间，平日里显露不出，也无声无息，一拽出来却叮当乱响。

是件精致的哄孩子的玩意儿，一个绦结下用丝线拴了五个薄瓷片，还配了个小木槌，能用它敲出五律。丝绦丝线是新的，瓷片和木槌却是旧的，包了层朦胧温润的光。曲尘用它代替拨浪鼓，在孩子耳边悠悠地晃。

“小时候，你喜欢把它挂在罩裙外，走路总是叮叮当当的。如今听不见声了，我还以为你把它扔了呢。”雪信一伸手，取过了瓷片串卷了卷，掖进自己怀里。

她不管曲尘如何瞪眼，缠好了脸面，背上弓，走出山庙。她不用学猴子吹哨，狗群就从庙外的雪林中钻出来，欢快地围着她跑前跑后。浣女们在她前方是远远的一群背影，她并不想赶上她们，也不愿走在她们后头，在分叉路口换了条路走。

从怀中摸出个砸瘪坑的锡壶，是从高家军大营门前捡来的酒壶，雪信把挖来的菖蒲根和香茅根撕碎扔在壶里，舀了滚热的粥汤灌下去，焖上会儿，出门上路正好能喝。

距离那个躺在木匣里睁眼望见冰冷月亮的寒夜，才不过半个月。两次见曲尘，两次加起来总共说了不上十句话。两人是相互了解的，也深刻明白她们不是一路人，所求已南辕北辙。儿时也没说过掏心窝子的话，如今的交流也只好凭意会了。宁可会错意也不愿说透。

雪信是想问问，拿买救命口粮的金钗换消息时，曲尘是否还期待着找到她，兑现承诺？又在那一夜见了她刚苏醒的狰狞模样后，曲尘为何能什么也不做，心安理得地回到世子府中，不惊动任何人？

也许是在安城乱局中，曲尘本来就是孤单的，无处诉说。也许是确认雪信不死也成废人后，曲尘放弃了这条门路吧。被人放弃的滋味的确不好，但也多谢曲尘的缄默，她可以无声无息地“死去”。

每一天会被踏上几遍的雪路，每一天都被新雪覆盖。

另一条山路上，一小队军人与浣女的队伍交错而过。马蹄与车轮搅乱了浣女们来时的脚印，而浣女们则踏着车辙和马蹄印往前去。

这支辎重队伍日日往来于高家军城郊大营与安城之间，从城中搬运粮食补给。

猴子曾把换粮食的主意打到他们身上去，但他们的脸比大营里的军官们还冷。他们的头领是个清秀平和的年轻人，身形高挑，少了结实的肌肉支撑起盔甲，相比身旁的兵卒们，他更像个清瘦文士。但粮道是军队的命脉，承担这一职责的是主帅最训练有素的兵士交给最信得过的人，自然是不好相与。

猴子试了几次，叠用美人计苦肉计，让姿容妍丽的舞姬穿上山民衣服，坐在路中央假装崴了脚，只为让队伍停下来，有个谈判的契口，而那支队伍只是出来两个人把舞姬搬到路旁。或是又新烤了吱吱冒油的肥兔腿，等在路旁假装劳军，那支队伍目不斜视地走过去了。他们仿佛是没有私弊可钻，别说私相授受了，连话也说不上。

却在这一天，与浣女们交错后不久，押送粮食的小队头领回了一下头，而后喝令全队停止行进。

“我去一下，你们原地警戒。”他对部下说。

手下军士看了眼前方，回道：“沈校尉，离大营不到二里地了。”

“要紧事。”

“沈校尉，军法。”那军士不太会说话，只说要点。

荒山野岭，大雪覆盖，只有那一队抱着衣被的女子走过去，她们似乎是纯白山野间唯一引得起军士们注意的存在。他们以为沈校尉终于忍不住原形毕露了。

“原地警戒，这是军令。”沈越青不再多说，他跳下马，掉头去追消失了的浣女。

他去的方向没有路，一片洁白，他如野山羊在绝壁上攀缘，那是一条危险的捷径。

翻过那一片绝壁，风中瓷磬相击声越来越近。沈越青抬头已望见低枝上挂的一串丝绦，丝线系着五个薄瓷片。树下有个人全身包裹严实，正笨拙地摆弄一张长弓，左拉一下，右拉一下，每下均不至半满。

“曲娘子？”沈越青叫了声，站在原地观察对方的身姿举动。

那人闻声回头：“越青师兄也会认错曲娘子？不借曲娘子的瓷磬挂铃，也请不来越青师兄一见。”她没有掀开裹面巾的意思。

“雪信！”沈越青的反应却是比确认了对方是曲尘更惊讶，“你果然没有死。你当然不会轻易就死了。既然你还活着，为什么不找高承钧？”

雪信平举起弓，那手势是阻止沈越青走近。

沈越青停下脚步，想起另一件事：“曲娘子的瓷磬挂铃在你手里，那曲娘子在哪里？”

在华城沈先生门下待过的人，心志比常人坚定，心思也比寻常人遮蔽。雪信能随便找个高家军军卒一眼望见沈越青的消息，却再无法从沈越青的眼睛里望见高承钧的消息，更不能一瞬间就令沈越青明白她的处境。他们只能一点点交换消息。

若为野心考虑，高承钧实在应该在回到龟兹大营后固守安西四镇的。其实朝廷也没有决心在新君即位政权维稳之际来与高承钧清算，高承钧写封口气顺服的表章，定能换来喘息时机，对内做一番整顿肃清，对外休养守备。但孤身回到龟兹大营外的高承钧，是从炽火炼狱里回到人间的魔鬼。

陈判官出营来接时，高承钧未开口手中的剑已先出鞘，他提着陈判官的人头，宣布其叛军之罪。而后率人入龟兹城斩杀了寄娘，拿住了桑晴晴。

在抵达龟兹前，高承钧曾令秀奴持他的手书阻止巴图进兵，但在走出八百里瀚海后，他改主意了。由桑晴晴的丈夫古力佩罗率领的北路军和桑晴晴的儿子巴图率领的南路军同时收到高承钧遣人送去的信物——桑晴晴的一缕头发，命令他们，继续推进。

原本藏在后面绞杀高承钧的人，硬着头皮成了为他打前站的队伍。他们本就已在半途，那也是高承钧回来得如此之快的缘故。

河东侯之败并不出人意料。因为抢女婿结了新仇的崔尚书，恰好在那时刻头疼脑热告了假，紧急军务到了他那边立时舒缓下来，压着调粮的手续在家里养病。河东侯那边粮绝兵败，没好意思自杀，被自己的女婿装进囚车送回安城软禁在侯府。

高承钧入安城后并不在意永安宫，也不在意新君对他的欢迎是否表里如一。他围住了公主府，寻不见新乐公主，把府中所有人招来一一问话。许是在询问里得到了蛛丝马迹，抑或是他自己的灵犀闪现，他在药园中挖掘，发现了埋藏地下的沉香山子。

在沉香山腹洞室中安放着铁床，铁床上平平展展铺放着青玉虫簪、集翠裙、透山剑。仿佛是她怀抱透山剑安详地躺着，只是衣饰底下没有躯体。

高承钧不死心，但凡沾染过她气息的地方，河东侯府、长南观、左右教坊、苍海心府宅，圈起来一遍遍地寻找。他上穷碧落下黄泉地找着雪信。

朝中那些不开眼的试图劝说他为新乐公主立个衣冠冢，或是提醒他既已写下和离书，新乐公主与他再无干系，不该为寻人搅扰安城安宁的诤臣们，被他当庭杀了。他们说的可能的真相正是他所怕的，非亲手斩杀不能平息他的畏惧。

药园是发现新乐公主最后衣冠的地方。可恨的是园中药僮，他们一定是知道什么，却不能说、不会写，只能对问话做出点头摇头的反应。高承钧将他们作为药园的一部分封存了。

近来园中被翻拆得不成样子。落雪盖住新翻上来的细土，珍贵草药的根系冻死在冰碴里，没有活可做了，每日一顿稀汤喝不饱也饿不死。屋里没有炭火，窗户破了没有新纸补，药僮们一个挨一个倚墙坐着，像被人忘了收到箱子里去的傀儡木偶，动也不动。

他们明知僵坐着冷，又吝惜起来动一动的力气。有人听见动静，才转动脖子看向碎纸飘飞的窗格子，只看见一片灰白天空，外头的说话声陆陆续续传进来。

看守说："沈校尉，又来取药啊？"

沈校尉"唔"了声算作回答。

看守又说："这是谁？"

"城里药铺找来的学徒，帮我核对药单。药园里的人怕不牢靠。"

"他这脸？"

"以前煎药时打翻了炉子，被炭火灼伤的。"

门上传来一阵锁头与铁链的搅动声，接着是更凛冽的寒风灌进门来。看守用短剑鞘敲打门框喊："出来两个。"

屋中人不由自主地向屋子深处挤了挤。坐在屋中挨饿受冻还能活着，出去的人却是没有再回来的，他们觉得沈校尉带他们去的一定不是个好去处。看守例行喊过，见没有自愿出来的，进去拎出了两个跑得慢的。

相比起药僮们的宿舍，另一院中的库房完好得多，在前一阵的变乱里受的损伤也修补上了。沈越青把两个药僮带到库房前，从怀中取出一张折叠细致工整的笺纸。

药僮们不认字，但整理药材需要他们记住所有药名的字体结构，故而能看懂药单。递过来的笺纸上的字体是熟悉的，舒展从容，笔画转折间没有迟疑停顿。药僮们领了单子去了，好半天，抬了个木箱出来。

沈越青身边的药铺学徒打开箱子，每个袋子打开检查核对过，对沈越青点了点头。

院门外沈越青带来的兵士鱼贯而入，抬走箱子，带走了两个药僮。其中一个药僮始终看那药铺学徒的身形熟悉，觉得那遮面巾后的一双眼睛神采非常，回头才看一眼即被推搡走了。失去声音后他骤然敏锐的耳力捕捉到一个低柔冷然的女子声音在说着什么。

“沈校尉，不是说配药吗？带走药僮做什么？”

御史台古来又被称作乌台，本是台中多柏树，引乌鸦结群栖息的缘故。乌鸦对灾祸的预感如此灵敏，逐血而至，人们见乌鸦而想到御史台的御史们，后又将这群专能使人家破人亡的御史称作“乌鸦”。

安城西墙南门之内，二十多年前曾设一座牢狱，被称为“西狱”，专收押御史台审讯的人犯。前一朝君王时废弃，此一朝新主上位后又恢复。除了乌鸦，大概谁也不会想到其中关押的要犯，亦是提出恢复旧狱的人，在一个月前，他还管理着这座牢狱。

门前狱卒拦下沈越青，盘查他身旁形迹可疑的学徒。

“静西侯命我等找人手帮里头的犯人捣药合药。”沈越青语调平稳，“安城里十家药铺九家关张，找个学徒不易。侯爷正等得不耐烦，莫要迟延。”

在他身旁的雪信扯下了布巾，把焦红新白交错的脸亮出来，眼珠定定地望着狱卒。狱卒皱了下眉，挥手放过。只要见过她的脸，便全认可了她遮面的理由。

雪信轻哼低笑。过去她轻纱半掩，美貌奇货可居。今日从旁人的神情来看，她的脸确然见不得人，藏好别露出来吓人才是慈善。

墙角是连片的青苔，脚下一条窄窄通路被踩得滑腻腻。霉腐潮气挟着古怪的臭味蹿到脸上，像柜子里的死老鼠味。壁上的灯火烤不干石砖上的细水珠。

这是在往地下走，却与走入沉香山子的感受截然不同，仿佛青苔要长到人身上，人会腐烂成青苔。狱卒举着火把在前方带路，甬道两旁的石牢黑暗无声，没有歇斯底里的犯人扑到门上，估计大多是空置。

在接近甬道尽头的一间囚室，沈越青停下来，令狱卒打开牢门，他亲手执火把进去察看，两个穿药园杂役服饰的少年人一个趴着，一个缩着，笑容诡异，嘴角如螃蟹吐出白沫。他走进下一间囚室，里头两个药僮仰面躺着，脸皮青白，眼瞳已经散开，没了呼吸。

随行兵士把两具尸体拖出来，把新来的药僮推进去。两人万般不情愿，却也喊不出来，没有挣扎的气力。

甬道尽头是一堵铁包墙，狱卒从串钥匙的绳环上找出一把钥匙，沈越青从腰间摘下一把钥匙，两把钥匙一同转动壁上两个锁孔，又摇动绞盘，将墙向里放倒。如此设计的牢笼，里头便是用冲城木撞也难以毁坏。

墙壁上方的缝隙漏出几丝火光，缝隙开大，火光越明，热气蒸腾，药香滚动，最后敞开在来人面前。

三面墙壁上接地连天凿了无数个小龛，放了无数盏油灯，排满了三面墙壁。不是庄严佛窟，却也是个通明彻亮的洞天。

有人背向开启的铁墙端坐桌前凝思，一管笔执在手中。桌面高高低低摆了铜碗瓷碟，盛放各色药材。

兵士将药箱抬进牢笼。

沈越青对牢中人说："静西侯没有耐性了，我找了个人帮你。再不成，试药的就是你自己了。"

牢中人轻声讽笑，一笑身上的锁链颤响，但他没有回身，只是说了句："告诉静西侯，非我不愿，实不能也。"

在这一句话中雪信终于找到老熟人的声音，她绕过铁桌见到了牢中人的正面。

正是多月不见的玄河，他的模样还好，被关在不见天日的地方，皮肤白了一些，不过吃得不好，身形消瘦，手和脸却浮肿。

他右手握着笔，左手挽着条儿臂粗的铁链不让它发出细碎声响。铁链一头固定在地上一只铁龟背上，另一头爬延而上锁了他的琵琶骨。除此之外，他没什么不好，束发整齐，衣袍干净，不见血点子。可穿了琵琶骨，他的本事再也使不出来了。

隔着面巾，雪信按住口低呼一声。这一声也让玄河抬起头来看她。

沈越青与狱卒一众退出牢笼，铁墙又升起。

玄河放下笔站起来，他伸手横过桌子要去触碰雪信的脸，桌面太宽，他够不到。

他松开缠绕左手的铁链，绕桌而行，可惜还未走到雪信面前，链长已到极限，再伸手去碰雪信的脸，在指尖触到她面巾那刻，雪信后退了半步。

他的手止在悬空里，与她只差了一点点。如同一匹骡马被拴在磨盘石上，他尴尬回头看拖住了他的铁龟，再去看雪信，居然从她眼中品出了一丝痛快。

"你……"玄河只开口讲了一个字，雪信从他身前转开。她随意端起桌上的碗碟嗅捻着，配出了一服药。牢笼一角设有药炉，她蹲在炉边扇蒲扇。当玄河再欲开口，她把一根手指放在唇边，又指了指铁墙。墙外也许无人，也许有人在听。

药煎好了，又放凉了，雪信端起来背过身一气灌下去，如饮美酒，舌尖每一丝酸苦皆是痛快淋漓。她把眼睛转向玄河，矜傲地笑了笑，玄河听见了雪信的说话声："让我看看你的往日。"

雪信口唇未动，声音却是平白在他眉骨之上震响。

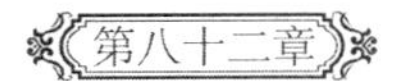

第八十二章

影不见形参商乖

玄河与寻常人不同，纵是受了伤，要探看他的记忆，也是得多服一剂香药凝聚心念。

魂飞南诏时，雪信趁玄河与南诏大祭司纠缠摆脱了笛声的召唤。

隔着三千里之遥感受对方术法的力量，玄河与大祭司斗法两败俱伤。玄河嘴角挂着殷红血迹奏笛，他仅有的力量无法凝笛声为飞鸟为丝网，找不到雪信所在。

雪信的游魂千辛万苦回到药园中时，他只听见枇杷树叶的簌簌声，土堆上的阵法被触动，却看不见雪信的影子。

高承钧进入安城时，玄河已把雪信移至他宅院的地下。高承钧挖出沉香山子，取出了衣冠和透山剑，把玄河提过来问。

玄河说："冢中之遗岂不是尸解之象？"他经脉伤重，任意一个兵卒都能按住他。

"胡言乱语，哪里有什么成仙尸解。"高承钧一脚踢在玄河胸口

玄河又吐出一口血，望着高承钧笑，那笑令人毛骨悚然："她在何处，高将军没有感应？"

真是梦中有应，高承钧才急切寻找一个结果。活要见人，死要见尸。他继续在城中各处雪信停留过的地方寻找，玄河被他关进西狱，他要玄河再次施术让他入梦去见雪信。玄河说自己内伤未愈，无法施为。

他又让玄河制作梦脂，玄河说所需的曼陀罗花精必得采鲜花炼制，眼下数九寒冬，不是花期，没有材料。高承钧令玄河研制梦脂的替代品，以药僮试药。玄河配出了若干使人在颠倒迷醉里死去的方子。

高承钧也知道玄河在研制毒方，却依旧给他送去药材和试药人。照此以往，也许在高承钧找寻雪信到绝望的那一天，玄河会捧出一剂丸药，告诉高承钧，服此药见幻境历历如真，亦有积毒致死之弊，冷笑着让高承钧选择吃还是不吃。

在短短一瞬看穿了玄河数月来的经历，雪信上前把他的衣襟掀开些，摸了摸铁链条与琵琶骨相接处，皮肉上的伤已愈合了。

他手边有的是药材，自己料理料理，伤口还不至于流脓溃烂，但铁链在皮肉孔洞上拖动，她还是感受到了疼。疼痛包括了她在他回忆里见闻到的，和碰触到他肌肤时忽然的感同身受。

雪信把玄河往回推了推，铁链沉重，若不时常用手提着分担一些，容易把骨头坠断。

冗长甬道里响起串铃声，一条细麻绳一头钻进铁皮墙上方的墙缝，一头在甬道顶壁上蜿蜒而行，每隔一小段系了一串铜铃。只要一处铜铃动，四处铜铃皆响。

狱卒打开铁皮墙上一扇传饭的小窗户，见新来的学徒站在墙后小窗旁拉着连通外边的细绳，牢中犯人转过了身，面向外面坐着。

“什么事？”狱卒是领了吩咐的，无论犯人提什么要求，只要不是走出牢室，尽量配合。

“劳驾给静西侯传封信。”犯人说。

窗边的学徒从小窗口塞出一个信封来。

“要快，天黑前送到静西侯手中。”犯人向狱卒解释，“信中写了静西侯牵心挂念之事，事在今夜。”犯人这话说得好像不是他失去自由，生死攥在别人手里，而是他好意多说一句，便能救别人一命。

天黑后，新乐公主府的守卫增加了一倍。又有玄袍金甲的亲卫队入府维持秩序，把府中人等集中至一个偏院，锁上了院门。

各厅堂廊径烛照通明。从正门至后园每一道门口皆安排值守，偌大一座新乐公主府被高家军临时接管了过去。

从苍海心新婚宴那夜之后，梅娘裁减了公主府的用人，余下的则被梅娘训教得谨小慎微。先是有旨传来圈禁新乐公主，后又是河东侯战败的消息，然后是高承钧登堂入室找人。

有人细思惊觉，除了每日亲手送饭去后园的梅娘，没有人再亲眼见过公主一面，亲耳听过公主一句吩咐。但留下的人都是懂事的，没有把惴惴不安的事拿来与人乱说。

他们潜移默化地明白着，他们和公主府的一块砖瓦、一峰山石、一箱一柜一般受着保护，只要他们安于做沉默的砖瓦、山石、箱柜。

是夜，高家军行动异常，他们在偏院中踮起脚尖遥望正堂之上的光亮，猜度着自己是否还安全。他们也同样惦记伙房灶台上还炖着的羹汤、场院上晾晒的衣服、宿舍炭炉上的热水。

一部马车在重兵押送下停到公主府后园小门前，车上人下来，铁链作响。玄河走进门去，身前的铁链绕了一小截在左手。铁链的另一头还固定在铁龟背上，四个力气过人的军中健儿抬着那铁龟。

雪信还是以学徒身份跟着，低头提了个小药箱。玄河走得神闲气定，似乎被铁链禁锢的并不是他，被一条铁链拴着遛狗的，身后汗涌筋爆的四人才是。他们把铁龟放在一棵秃树下，自来时的小门退出。

后园地上的雪被扫得干干净净，各枝头挂了些灯笼红绸彩穗儿。园中一座六角亭被一匹红绡围住，高承钧站在梯子上专心打完最后一个结，跳到地上。

园中除了玄河，只有高承钧一人，那些布置是他收到信后一个人来做的。此刻他穿着分别时的鹰羽黑袍，手按佩剑，模样光鲜体面，周身满是杀意，眼里却是热切。

他向玄河看来，着重打量了他身后提箱的小个子学徒：“你过来。”他命令道。他对雪信太了解，不能放过这一点点的眼熟。

雪信装作畏惧不敢近前，高承钧疾步走上来把她从玄河身后拽出来，掰起她的下巴，看了半眼又松开。像是故意招惹人来看，雪信不仅没有布巾遮面，还用牢房中的药剂为材料，在脸上造出了更多狰狞伤疤。

“远远看着，还真像。”高承钧不再正眼打量雪信，只是有意无意瞥上一眼。从眼角余光里见到的人影更像一些。

“是沈越青找来的？你要用她？”他的鼻端没有熟悉的肌肤馨香，终究只是个冷不防看一眼心跳一跳的影子罢了。

“静西侯太费心了。我只说布置一座亭子，没说整个园子。”玄河回答，却又不是回答。

高承钧环视一圈：“玄河子不知年关在眼前，公主府也该整理出个过年的样子。”

“借静西侯的光，久在洞天福地，不知今夕何夕。”

“这是雪信住进公主府里过的第一个年，她应该好好看看，有我陪着她。”

玄河但笑不语。

站在玄河影子里的雪信则神思悠然，想到大前年在安西过的那个腊月，顿时只有干笑，感动不起来。

高承钧被玄河不阴不阳的态度惹得不快，跳转了话题：“你说你能让我见到她，不会就是这个丑东西吧？”他又用眼角瞥了瞥面目全非的雪信。

玄河又笑了，笑得如此不怀好意。寻寻觅觅，死去活来，人就在高承钧眼前，他却不认得，不拿正眼看，还出言不逊，不知要如何得罪雪信了。

“信中俱陈，今夜是公主尸解的七七四十九天，可试召之，降神于人身。静西侯可再见其影，闻其声，解夙念。”

“鬼鬼神神的我不信，且看看你的把戏好了。”高承钧用手指弹了弹剑柄。

“静西侯不信鬼神，又何须大费周章布置？”玄河回头对雪信说，“去吧，到亭子里去站着。”

雪信低头，药箱落在玄河脚边，一步步走向六角亭，后背不堪重负，落满了目光。

月色映着雪光穿绡透幔，亭中摆着一张供桌，摆放着她昔日里偏喜的家常衣服、一顶金丝络珠莲花小冠和一支红蜡。

她加紧脱下身上牵一块补一块的乞丐服，披上春夏之交的纱衣，新长到肩头的青丝堆到头顶挽髻，吹亮火折，点燃红烛。

静立的影子投到红绡之上。高承钧搭在剑柄上的手指头颤了一下，不自觉迈出一步，又站定。

“不可近前。”玄河强调道，“静西侯埋伏在园中的甲士杀气太重，恐有冲挡，还请撤去。”

高承钧回头看定玄河，玄河报之以沉默。高承钧吹响疾短的口哨，一名传令兵士不知从何处钻出，跑至近前。

“要全部退到府门之外，一个外人也不能有。”玄河在高承钧开口前补了一句。

高承钧下令，高家军军士连府中原有仆婢全部撤走，在府外设重围，战刀出鞘弓弦满张，不放任何人出入，天空飞过一只鸽子也要射落。而后，他又看向玄河。玄河向高承钧摊开手掌。

两人在沉默里下着赌注，一个押的是身家性命，一个押的是信念和最后的希望。高承钧从后腰抽出一杆青玉笛，递了过去。

玄河用指腹摸索这柄盈翠润透的玉笛："太上皇赐给秦王世子的青玉笛，静西侯居然也要得来，可有代价？"

"今日之后，高家军撤出安城。"

"撤出安城，但不是撤回安西四镇。"玄河一眼看穿了这句话。

高承钧冷哼，并不屑回答。

玄河奏弄起青玉笛来，这支笛子还是第一次落到他的手上。

此前，他只奏竹笛，也满足于竹笛。竹笛之音是欢悦轻盈的，刹那起落，盘旋九天。玉笛之音温柔安详，牵引归魂。无须奏得穿云裂石，只似静夜里的自言自语。

红绡里的人影轻轻抖战，似因寒天里的轻飘衣裳，也似受笛声震颤。高承钧又上前几步，笛声止住，他猛地回头："这次又是什么事？"

"公主嗜香。请静西侯燃返魂香。"玄河用眼光示意脚边的药箱。

"还以为你有惊人之举，却不过是梦脂一类的幻术药剂。"高承钧嗤之以鼻。

但他还是从药箱中取出研磨调配好的香料粉剂，洒入亭外香鼎，随手从腰带解下火镰取火点燃。

香随烟起，笛音缭绕。亭中人影又有了新动作。手臂徐抬，作柳拂蛇行，背面后仰，折成满开之弓。身姿才立直，双臂斜飞甩出。摆了张供桌的小亭之内仅余三尺半腾挪余地，家常轻衣窄袖堪堪填满。

影子舞转，如一只囿在红绡里的雀鸟，优美拘谨，不动声色地试探笼子的边界。像那个刚刚学了舞步身姿的少女，在人不见处偷偷练习。

高承钧隔烟望着那影子，嘴唇不自觉颤抖，恨恨道："都是假的。"但他站定当场，接下来要揭穿骗局，他有些舍不得。

影子凝止，发出了叹息："我让你不要着急回来的。"

高承钧瞳孔猛然收缩："好得很，声音也模仿得惟妙惟肖。"

虽是假的，可身形、舞姿、声音学到了十成相似，若他愿意自欺欺人，那与真的也没什么两样。可他偏偏问，"你四岁那年，我在安城里捡到你，你梳了两个小鬏，花裙子脏了，两只鞋跑丢了，还记得吗？"

"我记的怎么跟你不一样呢？那时候我根本被当作男娃娃养，扎冲天辫。见着你的时候，辫子散了，鞋子倒的确丢了。你背着我走，用身上一把匕首同成衣铺老板换了双红鞋。"影子回答。

"你知道，分别时我承诺给你整个西域的黄金和香料。我来兑现，我把一切都给你，我要你回来。"高承钧又说。

影子做了个以手掩口的动作，失笑道："那时你说的，不是地上的石头吗？"

高承钧疾步上前，挥开红绡幔子，他要再看一眼对他说话的影子后面那人的模样。雪信在他闯进亭子的那一瞬转身吹熄了蜡烛，霎时明暗转换，月光落在她肩头，她的脸又到了暗处。

高承钧这才又轻轻落足，低声慢语："为什么躲着我？"他双手扳住雪信的肩膀把她转过来，还是那张狰狞面目。他用手掌心蹭着她的脸颊，专心拭去那些药粉精描细绘的伤疤。

雪信笑了笑，捧住他的下巴。高承钧一个不小心，看见了她的眼睛，而她的一根手指点住了他的眉心。

一瞬间，两人跌进一个夏夜里。

高承钧从雪信脸上触到了粘腻，眼前的脸被汗水打湿了，被脂粉腻花了，轮廓稚气，眸子乱转，像夜雾里的蔷薇。

高承钧又低头看自己的手，附着掌心的是一层汗湿的红粉，这双手还只有习武留下的茧子，没有血腥气。

这是少年时光里的最后一个七月初七，雪信十五岁，他十七岁。他们再也越不过那个七月初七，自那之后纵是有爱也是无情。

“为何不以真面目相见？”高承钧说出这样低沉的话来，与他少年脸庞极不相称。

“这般面目难道就是假的吗？倒是这般面目更真挚些。”雪信说得既不娇怯，也不热烈，她傲然的神色也与这夜晚格格不入。

“人是要丢下过去的自己一刻不停往前走的。”高承钧并不喜欢一个又一个在隐忍里耗尽尊严的自己。

“不积攒起过去，怎么有现在的自己？你若一刻不停地往前走，为什么又要回到安城？”雪信质问起他。

高承钧问：“我用匕首换了双红鞋，你穿上红鞋以后的事，还记得吗？”

“童言无忌怎好当真？”雪信这才慌张退了一步。

“你穿上鞋，要我照顾你一辈子。我答应了。一辈子，你若还活着，我的承诺还未履行完。你若死了，我也要亲手埋了你。”高承钧神色认真。

争执实在是辜负这个夜晚的回忆。雪信证明了人做不回曾经的自己，高承钧也证明了人甩不掉过去的自己。

雪信神思缥缈：“小时候以为只要把自己托付出去，就好换来有力的保护。”

“是我令你失望了吗？”高承钧轻声问道。

“只是明白自己曾经被宠坏了。你没有义务照顾我。”雪信摇头。

高承钧打断雪信的话急促道：“不只是你需要我，我也需要你。”他不能让雪信就此告别。

“我需要你的时候你不需要我，你需要我的时候我不需要你。”雪信厌倦了无休无止谁也说服不了谁的讲道理。她抬手遮住高承钧的眼睛。

雪信退出高承钧的梦境，高承钧睁眼僵立尤其沉在梦中，厚云挡住满月，天地间漆黑一片，他一时摸索不到出去的路。雪信抬手合上他的眼皮。

亭外香鼎中的香料恰好焚尽，明火蛰伏，只余下灰烬里几星红亮。鼎中香料并没有致幻功用，只是寻常的安神理气。但香烟环伺里，力量此消彼长，雪信能把高承钧困在梦里更久些。

亭外，玄河早收起了笛子，从药箱里取出另外配置的粉末撒在铁链上，浇上液剂。白雾呲呲冒起，散发出刺鼻的酸味。铁链正被酸销蚀，溶去一层再添上一层药剂。

雪信回头看高承钧眼皮下眼珠快速转动，快要从黑暗梦境里挣脱，她解下高承钧腰间的透山剑，跑出亭子。

“扯紧了。”她冲玄河喊。

玄河捧着身前一截链子后退，在他与铁龟之间，铁链绷直。

雪信抽剑劈下，金铁相击迸出了火星子，虽没有应手而开，其中一个铁环刻下深壑，洒上药剂几乎立时蚀断。拉动铁链，粗糙冰冷的链身磨破了穿孔处的皮肤。

玄河紧咬牙关，闷哼了一声，解脱了桎梏，链子断口的截面和余酸让伤口血肉模糊。他跌坐在地。

“你自己能走吗？”雪信问道，一面紧张地回顾亭中高承钧的动静。

“不能。”玄河回答。

“那我要如何挟持高承钧带着你走出重围？”雪信皱眉，起码她以为计划是如此，“难道我要剑横颈项，以死相逼？”又无能又绝望，还不肯放弃，于是只有撒泼了，就如以前的自己，她讨厌极了。

“谁说我们要出去了？”玄河把一条胳膊搁在雪信肩膀上，“在你家躲一躲。”

雪信扶玄河站起，玄河半边体重就压到了她肩膀上，回头再看一眼亭子，红绡被一只手扯了下来。不及犹豫，雪信提着剑，扶着玄河转到树丛屏障后。

整个公主府静得只有朔风鼓荡那些枝头彩绸的声音。两人以如此别扭的姿态逃亡，必然不及高承钧一人拔足追赶。刚跑出后园到了霓羽楼，雪信扛不动了。

“我没有钥匙。门上钥匙我放在妆匣里，不知还在不在。”雪信跺脚，把玄河换了一边肩膀预备接茬跑。

玄河拔下她顶上别冠的金簪，细细簪尾放在牙间随意咬出几道槽痕，然后捅进门上锁眼。

“他要追上来了。”雪信几乎要拔剑去削那锁。她按住心口，强令自己镇定。她听见门锁里有个小小机栝跳动了下，门无声地开了条缝。

玄河尚有余暇从雪信金冠花瓣缝隙里摘下一根长发，手指灵活地挽了个活套送进锁孔。两人钻进门缝，雪信当即滚倒在地大口喘着，玄河用背撞上门，轻轻扯断门缝间的头发，倚着门滑坐到地上。

楼中重幕低垂，也并非暗无天日。每一层楼按方位架设八面铜镜，镜子大可鉴人全身，镜周围缀七只青鸟衔着七颗龙眼明珠，光华虽不耀目，但足可供试衣取亮，又免去灯火倾覆、火星蔓延之虞。

隔着门板他们清清楚楚地听见高承钧来了，脚步声越来越响，敲在碎卵石路上，踏上霓羽楼前的台阶，硬底革靴如同恫吓，最后停留在门外。他们屏息静气，丝毫不敢动作，而后听见脚步远去，又听见骨笛吹动，尖锐高亢。

雪信心知危机未过，抓住玄河肩膀拖向木楼梯。伤口被触动，玄河倒吸冷气，提醒说：“上不上楼是一样的。”

霓羽楼的门只能从外头锁，若高承钧见门上锁具完好，先向别处搜查，他们坐在最底下也安全。若高承钧搜到楼里来，那么他们藏到高处也免不了被掏出来。

“那我们岂不是只能等着被瓮中捉鳖？”雪信发现事情的矛盾之处。

像顽皮到无可救药的孩子，打算躲进大瓮里吓人，脑袋进去了，身体进不去，拔脑袋时卡住了，除了大声叫唤大人来帮忙，别无他法。他们盼着不被高承钧找到，但没人找到他们，无水无食岂非要把自己困死？

玄河嘶嘶连声抽冷气：“先过来帮我。”他褪下一边袍袖，撕开袍襟夹层，取出两颗药丸，吞了一颗，另一颗捏碎洒在伤口上。

雪信过去看他，玄河面无人色，已自顾自痛昏过去了。

“可我们怎么出去？”雪信恨不得把玄河摇醒，让他回答了至关重要的问题再昏。看玄河也是虚脱透支的模样，不知是不是方才在外头倒下会比眼前光景强。

雪信就近打开一个白檀木衣柜，从架子上抽了条披帛，回到玄河身旁比比画画。

他受伤的位置太刁钻，披帛从肩膀上走是勒脖子，从胳膊底下卷是裹胸口，都恰好绕过了创口，得从一边胳膊下穿过，绕过另一边肩膀。她裹了十几层，也搬动玄河肩膀十次回，汗出涔涔。

才打完结，把玄河的袖子套回去，楼外喧腾复来。

砸在地面的声音足可赶出整座公主府角落缝隙里的老鼠。又有犬声加入进来，不是那种气汹汹的吼声漫天，却是兴奋地奔跑嗅闻，在霓羽楼外徘徊。

楼中排列的衣柜俱是白檀木打造，柜中放置香囊，一部分衣饰她曾穿戴过，或许能扰乱狗的嗅觉。

雪信抬起玄河肩背，拖向取披帛的衣柜，将他推进柜底，掩在宽大裙摆后。正当她打算阖上柜门，换个柜子藏身时，裙幅后的玄河伸手牵住了她裙腰上的穗子，轻轻一带，雪信栽了进去，罗裙上钉缀的珍珠打到脸上。

玄河扶住她：“关好柜门。”

被他一打岔，再去别的柜子已来不及，雪信回身探手捡起躺在柜前的透山剑，阖上柜门，口里抱怨：“聚在一处，气味更不好藏了。”原本间不容发里，她还想到若实在藏不住，也只需豁出她去。

玄河却猜得出她的心思，说了句：“捉住了你，怎么跑得了我？你我谁都不能独生。”

楼门锁动，是被钥匙打开的。嗅犬急促的哼唧声骤然一响。

只听见高承钧斩钉截铁地命令：“楼外戒备。”显然他念及楼中残留着雪信往昔的气息，舍不得它被混淆冲散，只身入内来搜，连嗅犬也被约束在楼外。

雪信在柜门与裙子之间的空隙里缩成一团，透山剑斜靠在怀中。方才是起舞施术、负重疾走，心弦紧绷，重汗湿透单衣，这会儿才觉出冷。明明狭小密闭之境不见风，她依然叩齿冷战。

隔着那袭珍珠裙，玄河环抱住她，在她耳边道：“柜中并不能拔剑。”

“我知道。”雪信微不可闻地回答。

“你好似喜欢这柄剑，甚于在意它的主人。”

沉睡在沉香山子中时，雪信亦是紧紧搂着透山剑。

“浇灌我血以淬寒芒，你说它的主人到底是淬血之人，还是铸剑之人？”雪信偏头问道。

“自是归赢的人。”玄河扶着雪信的肩膀，如念咒般口授出了一段新术法。

一个人影半隐在楼梯后，梯板缝隙间显露出衣裙的颜色。高承钧转到近前才瞧清楚了那只是套在木架子上的一套衣服。

楼中格局一目了然，不了然的是衣柜和衣柜中的成套衣饰。每开一个柜子，第一眼都是一个女子站在柜中。如那日深入沉香山腹中所见，仿佛是一个蝉蜕，外表犹在，内里脱壳而去。一百个柜子里，有一百个被抛弃的分身。

开了几个柜子，就乍喜乍惊了几回。

高承钧听见下一个柜子里传出了叩击声。他走过去，竟不忙着打开，而是先回应了两声叩击，问道："你在里面吗？"

柜子里没有人回话，也再无叩木之声。

他"哗啦"拽开柜门，一刹那他似乎见到雪信就在他眼前，贴得极近，充斥整个视野的是她的一双眼睛。那一恍惚过去，柜子里仍是一套空荡荡的青罗绣珠裙。

正失望，却感受到一缕香气拂过脸庞，高承钧低头，透山剑不知如何回到了自己手中。楼中无风，柜中香气是被猛然打开的柜门搅动的吗？

分明是一个人从身边过去了，只是他看不见。

高承钧四顾，忽见楼梯后的杏裙裙摆飘了飘，追到楼梯后，那身衣裳竟凭空不见了。

"雪信，你在吗？"他不知该向何处问。听见木梯板若有似无地"嘎吱"了两声，他跟着上了楼。

在楼梯尽头，杏色裙子拖了一角下来，旋即又被抽离。高承钧几步赶上去，登上二层，却不见走在前面的人。只听见柜门砰砰有声。他追随声音，却见沿途衣柜皆被开了条缝，似有个人一路走一路随手打开衣柜向里张望。

那声音引着他绕壁行了一圈后，静默了，他失去了线索，只有重新去检查衣柜。

此番他却陡然生出了迷惘，闻声见影，为何不得谋其面？是躲在衣柜里吗？各个衣柜都看了，也探手把框板缝边摸了，均无异样。是躲在衣柜里的人看不见触不着吗？那么她不必躲藏，只需要在他面前沉默。可又是什么样的人，才看不见，触不着？

听见通往三层的木梯被压出了细碎轻声，高承钧冲向楼梯一把按在扶手上，整个身体腾跃而上。正对楼梯口的是一面绢屏，圆金线绛织的山水在明珠青光里粼粼泛波。

他终于在屏风上见着了一个影子，叫道："雪信，不要再走了。"

影子顿了一下，真的定在屏上了。

"你也不要再过来了。"那影子回答了，是雪信的声音。

"好，我不动。"高承钧此刻怕他一逼近，影子离开绢屏，他再度失去那一点点她存在的证据。

他抬手，去触摸那影子，仿佛面前是一枚随时会融化的雪花，触到了又失望，那只是影子，与普通的影子一般扁平的、没有温度、不为所动的影子。

"我到底又见到你了。"他的口气是战败了的，妥协了的。

影子深深叹了口气："我父亲还好吗？"

"我承诺过不为难河东侯。"毕竟河东侯见了高承钧就喊打喊杀的，一个看不住还传信部署暗袭曾经的女婿。高承钧圈着这位昔日的老丈人已是尽了仁孝。

"我那表弟，心怀纯良赤诚，信得过你。你当在他落座未稳之际替他镇守边关抵御四方滋扰，岂可辜负他的信任？"影子又道。

“你许久不曾入梦来，世上的事你知之甚少。我的事，你更少知。生离死别后相见，不问有恙无恙，却高谈阔论天下大事。”高承钧竟有怪怨。

影子呆了一呆，轮廓蓦然大了一圈。高承钧心口骤然狂喜猛跳，影子会变大，是屏风后的人在后退所致。说话的不是影子，屏风后是有个人的。

“雪信。”他脚底悄悄动作，移近屏风，“我回到龟兹后，为什么你不曾入梦来看我？我到安城后，为什么找了所有地方也找不见你？你是来救玄河的，还是来见我的？没关系，只要把你交出来，放了他也没关系……”

高承钧猛然扑转到屏风背面，右手向所估量的屏后人站立的位置抓去，分明握住了什么东西，在纠缠挣扎，却什么也看不见，他正要用左手去探，却听见一记裂帛脆响，与他较劲的力量消失了，他后退两步，那感受仿佛是大鱼脱了钩。

他紧跑两步转到屏风正面。正面没有人，他手中却攥着半幅杏色衣袖。一阵风卷下楼梯，如同是一个人滚下去的声音。高承钧翻越扶栏从三层跳到了二层，向着坠物声传来的楼梯奔去。

“不要跑！你不用跑！我看不见你！”高承钧朝那楼梯喊。

楼梯上默然无声了。

高承钧问：“摔伤了没有？”

还是得不到回答。

他抬起手臂，期待手指尖被什么东西阻挡。他划拉来划拉去，穿过手指缝的始终是冰冷的风。

对面的人不动了，连呼吸也压抑了。他又失去了她的痕迹。

“你如今，到底是什么？有影无形？摔下楼梯会受伤吗？”他对着想象里雪信站立的方向低语，仿佛还是不可置信，说出来的话也是安慰他心头焦灼。他如盲人探路，摸索着坐到台阶上，思索着开口，“不管你是什么，你回来了。”

并没有人回答他。

他又向着虚空里询问：“可以陪我把余下一辈子过完吗？”

没有声息应他，他想象里的那个人也许已溶解在明珠青光中，但他眼角余光一瞥，却见一面铜镜里映着一个身影，正是背朝镜子面向他而立的。可镜前空荡无人，只有镜面显出背影，相比起屏上的影子，镜中的影子更贴近真实。

镜花水月，他再也不打算去徒劳扑捉了。

高承钧仰头望着，眼睛渐渐眯起，眼神渐又凛冽：“是玄河把你锁了进来，在你引着我打转时，玄河已逃出府去了吧？”他以为堪破了对方的计划，见镜中背影震了一下，至少是触到了她的初衷。

“玄河走了不要紧，你得留下。”高承钧死盯着镜面影像，徐徐站起后退，确认那背影只是跟着他转动，并未移动。他单手一撑扶栏，从二楼跃到底楼，倒退着出了楼。

关门落锁的那一刻，他想到小时候，他逮萤虫捕蝴蝶送给她，萤虫在瓶中只能活一夜，蝴蝶在纱笼里只能飞半天。

底楼的一个柜子开了门，玄河从里头连滚带爬出来，倚着敞开的柜门坐着，深吸了几口楼中陈滞的气息。雪信正从木梯上走下来，立在铜镜前手抚上脸颊，专注地翻来覆去地端详。

玄河咳嗽了两声，胸腔震颤令他痛苦：“情若比目，离如参商。”他似呓非呓。

西方白虎七宿里的参星与东方苍龙七宿里的商星，此出彼没，彼出此没，永不相见。玄河把这段他自研自创的术法唤作，参商术。

参商术能令施术者在受术者眼中消失。子在川上曰，逝者如斯夫。所有奔涌一去不回头的，累积成记忆。眼睛看见了那个人，在同一瞬那个人的模样却不再汇入记忆，那个人就此消失了。而屏上影，镜中像，因不展露那人面容的印象得以存留。

情念越深，越是不见。

玄河不记得他在那时怀了怎样的无聊心思，才创出参商术这一矛盾的术法来，以为无用，没料想用在此处救了自己一命。

玄河见雪信还在照镜子：“脸会恢复如初的。我保证。”

“我信。”雪信半边袖子被扯脱，晾着半条手臂。她从一个衣柜里找了件厚重披风，迟疑了下，还是给玄河盖上了。

“其实方才顺势现身，诉说别来情由，时机恰好。他不是个见你容貌改了，心意就变了的人。”玄河也不推脱雪信的好意，扯了扯披风，把自己盖好了。

“且不要说风凉话。”雪信又扯出件披风给自己裹了，“想想太上皇的托付。我救你而不肯见高承钧，也不足为奇。”

玄河道了声“惭愧”，又说：“你是看我作大夫，才放心露出真容来的？”

“是看你眼前模样比我狼狈。”雪信的回答不见半分温柔。

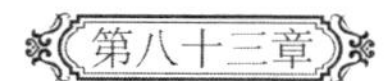

半城烟云掩戚心

紧闭的楼门又开了，高承钧将一个食盒放下，又退出，关门落锁。

两个人躲在楼上，透过护栏空隙窥见了，雪信待要下去取食，玄河却阻止了她："他本不信鬼神之事，如今是信疑不定。你见过鬼魂吃东西的吗？食盒里的东西若被你吃了，他便会再进来搜，逼你现身。"

那么，连送吃食进来也掺杂着试探了。

雪信皱眉："若是不吃，你倒是要吸风饮露，可楼中连风与露也没有。"

"我要吃肉。"玄河忽然说。

雪信以为她听错了，望着玄河，他不是吃全素等成仙的吗？

"我要养好肌体上的伤，要吃肉。"穿锁琵琶骨的伤不是那么好愈合的。

"那就更不好张罗了，莫不是要割我腿上的肉给你生啖？那你也早点说，这会儿连剑也还给高承钧了。"雪信没好气。她信玄河是有办法的，不忿的是他守着他的计划，走一步说一步。

玄河让雪信扶他下楼："你的府宅曾是已故顺华公主的府宅。你的祖母，一辈子都在享受男女欢情。"

雪信的脸色不好看。即便对这位祖母没了记忆，玄河以如此不恭敬的口气谈论她的祖母是当面打她的脸。

玄河却笑了，他的话能令雪信脸色变一变，他很快活。卡在雪信把他撂在楼梯中间不管前，他继续说："当初你在养病，彻底的翻修是我主持的，故而知道这座小楼是顺华公主幽会情人之所。"

察觉雪信胳膊上的力道转变，险险要把他推下楼去，玄河急急道："楼底有密道，通府中各处，也通府外。"他让雪信搀扶着来往于各面铜镜之间，在每一面镜上以不同手法扭动明珠，"我保留了密道，重新设计了入口。"

底楼楼板无声下陷了一块，向旁滑进，显露出个黑黢黢的地洞来。

"你带火折子了吗？"玄河问雪信。

"没有。"

玄河又笑了笑："那你要扯紧了我，走丢了，可摸索不到出口。"

明明他无余力独自行动，说的话还那么讨厌。

雪信架着玄河走下地道，玄河扳动地道内机栝，地板在头顶复原，严丝合缝，一线光也漏不下来。眼前什么也看不见，玄河一条胳膊压在她肩上，另一条胳膊在黑暗里伸展探路。

雪信也摸着墙，摸到石壁上的水珠，不由想到西狱里通往最后一间牢笼的甬道。

忽然手底下摸了个空，从脚步的回声听来，他们走完了一段通道，进入了一个空洞穴室。穴壁上开了若干门洞，玄河探手过去一一摸过。

“我们能由地下逃出去？”雪信忍不住怀疑，“你不会摸错门路吧？”

“我没想出去，留在你家里养伤甚好。”玄河回答。没等雪信嘀咕出个不服，他选定一了一个门洞，催她快进。

通道的另一头是一张床。他们从掀开的床板走出来。屋中透进微微天光，夜晚将过去了。

雪信闻见灰尘味甚重，把玄河安置在光秃秃的床板上，跳下地察看环境。

“别乱跑，地上灰重，踩出脚印又得费劲收拾复原。”玄河倚着床头提醒，辗转上下逃命，地下的潮冷，令他这个伤患消受不住。他这才有暇检查伤情，见雪信随手取用的披帛，又挑剔，“为何不选个花色素雅的？”

雪信不理他，径自探索这个在自己家中看来陌生的地方。走出卧房，在堂上见到一张供桌，一只无灰的空香炉。将明未明的天光里，见供桌上方的壁上挂了一幅画，是个披轻纱的妖娆佳人。方才觉察自己由地道到了北院，封存祖母遗物之处。

“这卷画像也是你挂的？”雪信返回床边，“她是太上皇的姑母，大长公主。端庄些的画像莫非没有？偏要选个轻佻姿态？”

玄河捱着伤口的痛与她抬杠：“如此说，对顺华公主不恭敬的便是你了。端庄死板的公主多得是，不受约束的公主岂是容易见？轻佻二字可是你说的，在我看来那是随性。”

“随性的公主，与情人幽会也得走地道。那就是还不够不在乎世人的点评。”雪信哼了声，“我将来，定要比她强！”

玄河笑：“听你发言，似立下了了不得的志向。”

雪信又向窗外望了望天色，说：“你歇过乏来，就想想怎么掩盖地上的灰脚印。我去看看外头的风声。”

这是她家中，玄河又是仰仗她救，赖她存活，怎么可以任他出主意指挥。

晨雾滚动，沾甲成霜。高家军里的亲卫队退出公主府，看不清楚身形，只听得整齐划一的脚步声，是比往常放轻了的，夹杂了些许不甘心的一两声犬吠。只有高承钧留下了，肩背挺直地坐在西院宅主人日常起居之所。

门户大敞，从堂上望出去，像一张未落笔的画裱在卷轴里，却也不是完全没有，稠腻浓白的雾是白纸的纹理，纹理是活的，绢纸上的纤丝在搅动，又像有什么东西在雾中穿行。他尽力从翻滚不定的雾的意象里凝聚起人的轮廓，他也似乎成功了，见到雾中有人款款而来。

那矜持的步态也被他想得很传神，白茫茫的天地间披着白色轻裘的窈窕影子，仿佛裘上的细绒尖还随脚步颤动。他更施展了所有专注去想影子的面容，却在影子跨过门槛那一瞬，雾涌静止，画卷还是空白。他的脸颊旁，一缕风掠过，湿冷又带了苦味，苦到令人皱眉的尾调才漏出一点香。

“雪信？”他按剑暴起，四顾堂上，如被暗袭了般。

雪信耐心地等高家军的人撤干净了才行动。大雾遮了五步之外的路，不管高承钧走没走，她都不担心与他骤然相遇。先去了伙房，灶里的柴火早就烧完，灰也冷了，揭开锅盖，羊汤面上结了冰，蒸笼里的馒头冻成硬坨。高家军刚刚撤去，必定隔墙监视，她不能动炊火，也不能动灶上的冷食。

还好前一晚府中婢女扫净了小径上的雪，夜里没有新雪下来，脚底踩上薄霜有细微的咯吱声和下陷感，脚印却不曾留下。雪信摸索到了西院，跨过大敞四开的门，见到高承钧。

高承钧会坐在那里，不出情理，却在意外。他光明正大端坐堂上，但在雾的遮蔽下，就成了伺猎。雪信差一点由着自己的习惯去看他的眼睛，幸好及时收住。

眼睛是参商术的破绽，目光会唤起看见却刹那中断的回忆，因而参商术与窥梦术无法同时施展。

她从高承钧身旁经过，进了自己的卧房，放轻了手脚不发出一丝一毫响动。打开妆台上的匣子，随意拣了一枚经常把玩的宝石镶嵌金球蜻蜓眼。

回到堂上，高承钧还对着四壁剑拔弩张，她把金球抛进雾中，高承钧闻声疾奔出屋。她趁机拆了案几上的机关，取走嵌在几腿中的府库钥匙，复原了机关。

她跨过门槛，高承钧站在院中，挡着她的去路。

又一次察觉雪信的气息，高承钧确认他在雾中描出的影子不是妄想。

他说：“玄河没有逃出公主府，他给你开的锁，是不是？”他听不到回答，伸出手臂，把掌心蜻蜓眼递了过去，“有法子让人看不见，却不逃出去，你的术法对付得了我，却对付不了众多兵士，是不是？”

没有另一只手来碰触他的手。

高承钧向前走了一步，那影子后退了一步，不多也不少，他们之间还是近在咫尺，还是碰不到对方。他说：“你对付得了我，是我惦记你，你也惦记我，是不是？你不忍伤我我也不会害你，为何不见我？”

逼问终于有了回应。

对面人说：“你来勤王，还是劫驾？”

轮到高承钧默然不语了。

对面幽幽叹息：“何不相远，而马斗相伤？”

高承钧说：“你我为了对方，都曾豁出性命，背家叛国。”

对面回答：“我后悔了。”

大概没有比这句话更重的打击了。她否认他们挣扎的意义，否认为之挣扎的理由，对他设计的将来不感兴趣。不过，他也不想问，她到底要什么。他给出的若不是她要的，不是他错了，是她变了。而他也不允许。

高承钧瞪视对面的身影，一时无言。所亲所爱的人与自己作对，免不了恨对方，又免不了恨自己的无力。

日轮渐升渐高，终于穿破浓云，朝雾转瞬即散，对面的人影踪迹亦失。高承钧又只能从似有若无的气息里臆想着，雪信绕开他出了院子，不知做什么去了。

北院堂屋的地面铺了匀细的一层灰。雪信换了身公主府家奴小厮的装扮，站在门槛外，踌躇着要不要踏进去。

玄河盘腿坐在檐下，抱着一堆不知从哪里找来的绳子编着什么。

“你是如何擦掉脚印的？”雪信好奇。

“把地上所有的灰扫起来，盛在一张纸上，一边吹，一边倒退出来。”玄河回答。

“听来颇伤中气。”

玄河也就势咳嗽两声：“不行了不行了，头昏脑涨，眼冒金星。你出去这半天，就空着双手回来了？”

“高承钧会去检查霓羽楼中的食盒，也会盯着伙房中的食物和灶上的炊烟。我房中增减了什么，动了哪里，他尚有可能察觉，但府库里财物多，我拿一件两件去换吃食，应该不会有事。”

雪信从怀里掏出个累丝嵌珠镯。金子被锤成片，切成线，扭成花丝，堆作锦绣纹样。巧匠繁工耗尽心血，如今却要焚琴煮鹤，要披上破烂衣裳，把绿豆大的珍珠抠下来换肉，把虾须样的花丝剪碎换米面。

往后，每一件暗中流出公主府府库的东西，必要破坏到无法辨认本来面目，才不至招惹麻烦。

“仓廪硕鼠。”玄河笑。

“偷自家怎么能算偷。”雪信脸色一正，“地下穴室的几个门洞各通往何处，刻在壁上的标记各是什么意思，该告诉我了。”

如玄河所言，昔日顺华公主是个风流快活的人物，她的面首要来府里会她，她也要出府去见面首，就在地下修了联通公主府内外的密道。

霓羽楼下的穴室仅是个枢纽，密道四通八达，每个面首只是知道其中一个府外入口，各行各的路，互不相见。顺华公主召见谁，就把穴室里谁的那扇门打开，余下的门锁上。

玄河发现那些门洞时，铁锁锈烂，已无法打开，索性砸开，打通了所有枝杈，出入口移动到更隐蔽的位置，布置下更稳固的机关，需按歌诀操作方能开启通道。参与改建的工匠是药园里的第一批哑巴杂役。

玄河的手指在地面尘土中拖动，画出一张线路图，旋即用手掌抹去了。

雪信径直入卧房，掀开床板钻下去。

玄河在她身后叮嘱：“你回来时，走后园小亭下的口子。”

北院屋子久不居人，有失养护，门窗缝隙不严，灰尘铺地，飞鸟和蝙蝠留下的排泄物在灰尘里风干，是完美的空屋铁证。

雪信随意踩出一行脚印，整屋地上的灰迹就得重新铺，太劳累他这个伤患了。

重入地下，雪信独行在黑暗中，逼仄的通道仿佛包裹了身躯。在沉香山子中沉睡同时又清醒的日子被雪信记起来。同是黑暗，沉香山里却是宽敞温暖。

她恍惚里想，自己是不是还没从枇杷树下的木匣里出来？毒发透肌，披麻敷灰，计赚曲尘，营救玄河，尽是她躺在匣中发的梦。

“若是梦，倒也怪有趣。”她自言自语，在黑暗里双手交握，确认了身躯的存在。

选择的出口在隔壁坊，一座小道观的神像空膛中。道观据说是顺华公主在世时供养的，顺华公主故去后，河东侯不崇神信道，没接着供。

观中道士、居士无有异术，靠收拾出几间闲房租给住不起客栈的游人赚些吃饭钱，或是卖卖斋饭、桃木符和卦卜，做的是城中善男信女的信仰生意，没饿得撑不下去，也没发财。

高承钧二次入安城前，主事人曾去公主府求售道观地契，被梅娘婉拒。玄河得知消息找去，已是人去观空，也不知这拨儿人到底有没有变现了地契。

雪信撩开桌围，缓缓从神像供台底下钻出脑袋。

正殿不是空的，填满了人。先来者尚能展开一张芦席或干草垫躺平了，后到的只能抱膝缩背见缝插针，贴墙靠柱的位置也抢手。

没有立着的，人们躺着、坐着，若非必要不翻身、不说话，免除一切耗费气力的举动，安安静静认了命，因此倒也没人在意怎么忽然多了个人。或者供桌底下有人本也不足为奇，那地方正可供两三人缩身倚坐，亦有围布隔断，不嫌气闷的话倒是个免受打扰的好铺位。

雪信从神像空腔里出来时，就不小心踩到了。正不知如何掩饰，再细看，桌围之内一排的三个人，均已僵硬了。三具尸体保持那姿态占据了供桌下的地盘，他们出不去了，外头的人也不知道或懒得把他们请出去。

瞧明白了他们，雪信长出一口气，她理应惊恐，可眼下不宜尖叫。她甚至用手掌蹭了点地上的灰土，抹了一脸，盖去了脸上醒目好认的颜色，如此便与殿中饥民没什么两样了。

偌大个殿室，人口密到没处下脚，雪信正迟疑是否真要从别人身上翻过去时，从殿门口进来两个金吾卫，一人敲着铜盆，一人喊：“仁主圣德，恩加四方。秦王世子代天子抚恤饥苦，施粥施药，还不快去！”

铜盆才敲第一声，就有腿脚快的爬起来向殿外跑，等腿脚慢的也挪动了，两名金吾卫就开始检视那些没动静的，拍打几下还无回应的就抬到平板车上拉往城外架柴烧了。

趁着殿内短短的混乱，雪信钻出供桌，一路与饥民们向外去，一路估算人数。正殿收容人数约两百，偏殿收容各一百，十间小厢房各五十。

观院中另有金吾卫八人，加上殿中两人，是一伙十人整个被派遣来执行任务的。两人收尸，两人放粥，两人收碗，四人维持秩序，各殿房轮序吃饭打扫，便管理了观中所收容的九百难民。

大概是得省米省柴，所放的粥可照人影，没熬稠，也没米粒可数，喝着还有股霉烂味，居然也无人抱怨。

他们每日里唯一的念想只有这一餐粥，喝过粥便又可多活一天。而施粥的一方本意也不过是控制住城中人口减员，而不是让他们吃饱了有力气毁谤斗殴。

来此处的多是因为安城前阵子的动荡失了原本的生计，又无处投亲没钱上路的人，金吾卫管进不管出。因而雪信喝过稀粥汤，向外去时，也无人阻拦，背后还有人计算着：“死的加上走的，空出来的地儿，总该可以让我睡觉时把脚伸直了吧？”

雪信回头看，道观门脸是个小气的窄门，上头匾额上“知常观”三个字，墨色略旧，倒是好笔体。

城中百姓出走六七成，房舍大多空置。猴子她们在东市旁找了间关门上板的点心铺落脚。店中早无粒粟可食，桌案条凳这些能挪的也被洗劫一空，唯有灶台搬不走，砸也懒得砸。

猴子重买了锅碗，生起灶火，做些炊饮。先是供自家入城打探消息的人歇息吃饭，后来干脆重开门做生意，又不用交店租，粟米白面是市上换的，肉是狗猎来的，酸菜是野庙坛子里腌的，柴是自己人捡了背进来的，熬粟粥蒸包子，回了本还有赚，利滚利正不亦乐乎。

接过雪信送过来的珍珠和金丝，猴子眉开眼笑。虽说这时月宝器珍玩跌价厉害，但只要怀揣金银足够，办事还是容易的。

厨娘去隔壁东市采买来食材，雪信守着小炉慢火熬炖，还帮忙照看大灶上的活儿。点心铺里做完午市，雪信打包上小灶餐饭，却听见铺子外奔走纷沓，惊叫喧嚷，出门抬头，安城上空正浓烟滚滚。

铺面忙着收东西打烊，行商既恨财货赘重又不忍舍弃，平民与饥民从蔽身的屋檐底下跑出，蜂拥向离自己近的那处城门。他们心中有个相同的念头——这把火早该烧的，躲不过去的，高承钧终于放了这把火。

百姓自相践踏，不知有多少伤亡，跑至城门边，却被守城军队截下，城门在他们眼前闭合。

“我们奉命守住城门。情况未明，不要乱。金吾卫会保护大家安全。”城门将军对众人解释。

众人闹哄哄地说：“高家军放火了。”他们望烟而逃，并没有得到确凿的消息。但如今不管是谁放的火，在他们看来肯定是高家军放的。

“那更不能放跑了纵火的贼人。”城门将军说，“大家放心，秦王世子已率部赶往火场处置。”

众人滞留城门口不敢散去，翘首观望城中心，渐渐辨出异常。只见那起火处不见明火蔓延，不见云烟弥空。

恰又是个风静的日子，远远望着，从新乐公主府升起的几柱苍烟各凝成缕，在半空里转折散开回旋复升，似有群见不着的舞姬甩起裙上的流苏穗，翘袖折腰。烟再升上去就弥散成一团更稀薄的、不见形状的烟，笼罩了安城上空。

有人吸吸鼻子，指着那团烟：“是香的。”

香料未经配伍、炮制和窖藏，胡乱堆一堆烧了，气味也是各顾各的。龙脑蹿凉，跑得又高又快，檀降沉在其后一个追着一个，苏合芳香通窍，乳香是柑橘味，安息香有梅子味，树脂香性格安详懒散，垫在末底，最后才被人闻见。

恐慌与饥饿占领了安城，香过来柔曼一拂，在人们心上轻轻一搔，可怕的没来由地不那么可怕了，急迫的也不急迫了。人们绷紧的弦松了，赞同起城门将军的话来。

“金吾卫日夜守备，提防高家军异动。今次不同前次，会保护好大家。”

“况且高家军只烧烟，没放火嘛。”

他们也明知安城里随时可能兵刃相接，轻松愉悦是不对的，就生出点小小的迷惘。

为什么不担心自己的性命了呢？若坏事不会发生，担心有何用？若坏事无可避免，担心又有何用？那么过去自己是白白担心了一场吗？

苍海心家里的府库被打开，宅主人在当年夏末囤积用来建造“灵芳宅第”的香材给装运上车，拉到新乐公主府。

公主府已成形势巨大的香炉，烟气却被高墙圈住，越靠近公主府门墙，视线越不为所扰，香气却自一切缝隙透出，益发浓郁，浓得似食虫草的蜜汁。

安营扎帐的能手集中到公主府门外拆解木料，整的劈成碎的，大的剁成小的，码放在滕筐之内。另有兵士鱼贯出入府门，放下空筐，抬起装满的入府中去。他们如一巢正忙着消解食物的蚂蚁，没空搭理苍朝雨。

苍朝雨与带来的一小撮亲卫站在门前，不断有整段木桩剐蹭过来，他们忙缩一下脚挪半步，挪着挪着队形就散开了。

苍朝雨依旧双肩端平，亲卫替他报名半天没人答应，他就自己报了一遍名：“秦王世子兼安城禁卫都统领苍朝雨，有关乎安城百姓死生存亡之要事，与静西侯商议。”

依旧没人应，这回，除非高承钧开口，是不该有人接话的。苍朝雨本想在公主府门前交涉，但他把亲卫留在远处独自跨过门槛也没人阻拦。

苍烟袅袅茫茫，骤然遮蔽视线，十步外即看不清了。运筐的兵士钻出苍烟，绕过苍朝雨。他们领受了任务，任务即是一切，对任务以外的苍朝雨不感兴趣。

苍朝雨循兵士络绎往来的路线而进，不出十几步就见一尊三足饕餮纹铜鼎。专有两名兵士值守着鼎，一人挥铜铲向鼎中添料，一人执铜钳翻动鼎中未烧尽之灰。运输线到了铜鼎处，两人卸下一个满筐，抬起空筐折返，余者继续往纵深里去。如此一路，每十余步即置一香器，或炉或鼎。

苍朝雨贴近观察，器上铭文各异，有的从城中各处庙观中搜罗来，有的居然篆着太常寺的款记。香器散布府宅各处，运输线走着走着分成若干股。苍朝雨抓过迎面的一个兵士来问：“静西侯在何处？”那兵士指了个方向，摆脱了他，又陷入恒常折返。

走到后园，满目白皑皑一片。焚烧香料的热力在融化湖面的冰，把水烤成雾，烟雾涌动翻滚在四周尽如生丝如羊奶。

高承钧站在湖岸边，湖冰上已砸开一个窟窿，一个赤着上身的年轻男人被捆成粽子。

苍朝雨走到了已可以看清那受缚者面目的距离，开口道：“高兄。”

高承钧向苍朝雨看一眼，回答：“世子稍候。”他手一沉，那男人被抛下冰窟窿去，盘在冰面的粗麻绳跟着沉了下去，绳子另一头卷在高承钧的手掌上。

绳子绷直了，高承钧保持手掌姿态望向湖心，那里有个亭子，只是烟涛微茫不可见了。片刻后，高承钧手一抬，兵士们提绳捞起受缚者。那人一出水，全身剧烈抖颤，两名兵士一左一右架着他。

高承钧开口：“沈越青，你有什么话说？”

沈越青神志恍惚，叩齿不绝，回答：“我说过了，是她寄梦给我，让我去丐群里找了那身形相似的女子，又让玄河把她带回她家里来。既然是你在找她，她也要见你一面，我没有不帮忙的道理。”

“胡说。她能寄梦，为何不给我寄梦？她要见我，为何梦里不能见？”高承钧斥道。

“兴许是太生你气？她做事，我怎么猜得透。”沈越青咧嘴，不知是冻苦了还是暗暗笑了。

“为何事先不报我？事后也不来报我？”高承钧又道。

“我和她交情厚笃，在你之上。”

高承钧抽出透山剑：“这是你最后的机会，说实话。”

沈越青说：“实话你不信，是逼我编谎。可笑可笑。”

高承钧一剑平扫，沈越青闭了眼，满以为脑袋就此飞出，却只是觉得顶上一轻，发髻被整个削下去，碎发披扬。

他才捡了条命，口中还不停消遣高承钧：“怎么？是看她面上你不敢杀我，还是看我面上你不忍？”

“她没出来保你。看来你与她的交情，并不比与我的厚笃。”高承钧的眼睛从没有看向沈越青，却是在观察四周烟雾里的形状。

“兴许是我的价值彻底用完了。”

“那你也没必要为她守秘了。”

“我可没有翻供的打算。”沈越青双眼一翻，体力支撑到头了。

高承钧挥手让人拖走沈越青，这才转向苍朝雨：“世子有何贵干？”

“我替安城子民问一问静西侯，高家军何时整顿拔营，何时返回安西？”苍朝雨语气郑重。

“高某的事方有了一线转机，不能走。”

“静西侯愿留下找新乐公主倒不妨害，但高家军必须走。”苍朝雨的态度骤然强硬。

“高某来安城有私有公。私事是寻找新乐公主，公事是坐镇安城，以防有人欺负新君年少，图谋不轨。我和高家军，都不能撤。”

“青玉笛何在？”苍朝雨又问。

“出了点岔子，过几天寻回后原物奉还。”

苍朝雨气结：“朝雨一向敬佩静西侯是重诺君子。前一日静西侯承诺借笛一日，高家军撤离安城。如今玉笛丢失，高家军又做出怪异举动，致使安城烟尘弥天，人心惶惶。静西侯是要背信弃义吗？”

“是高某令世子失望了。不过在新君与新乐公主的事上，区区信义可抛，颜面可抛，性命可抛。”

高承钧面对预料中的盘诘泰然自若，反令苍朝雨一时无应对之辞。

决定毁诺才是最艰难的，决定之后，道义再也框不住他，武力也吓不住他。北衙禁军人数虽众却或充作依仗或维持安城秩序，久无实战，无法与常年镇边作战的高家军抗衡。高承钧的神气也是在说，我不守承诺，我是个混蛋，你有办法吗?

苍朝雨咽下这口气：“此事我会向皇上奏报。”这句话当然不过是找回点面子，高承钧敢兵临城下逼新君开门，旁人多打几个小报告的事，他岂会在意?

“皇上要高某走，世子可拿着圣旨来下逐客令。但为民请命的事，世子莫要太热衷了。民意即天意，不是世子能代表的。”临别，高承钧还不忘踩上苍朝雨一脚。

谁说朝堂之事就深奥，还不是如童戏一般，同岁的吵不过也打不过，就回家找大人告状，让大人替自己出头。却也有被大人听出理亏，不但没得着救援反挨一顿揍的。

公主府成了陆上的海府仙山，烟气源源不断，无休无止，清者渺渺上天，浊者杳杳入地，蔓延了整座安城。虽不致阻挡视线，但安城里的人感受到了分离的香气与烟气，香气宁和了心境，而烟气让他们双目刺痛，喉头干痒。

雪信逆着人流走向公主府，心中暗骂着高承钧。车载斗量的名贵香材入了他手白白被糟蹋了，烧出好大的烟，杂淆了香气。若用埋炭法烘烤香材，城中所有人皆可沐薰风又不必被烟呛。

并非是高承钧不通香理焚琴煮鹤。以雪信对高承钧的了解，他对她羽化降神之说已信了一半，又希望她还活着，因而以香饲魂，又以烟捉形。他在公主府中制造起不散的烟雾，不管是魂还是人，他要证明她还在他近旁，他要留下她。

他不知道，冲天香阵把公主府乃至安城罩进世间的白日梦里，在梦里，雪信可以号令一切，因此，她再也没必要费劲巴拉地钻地道了。

雪信是从公主府正门走回来的，她点点头，一挥手："没有人进过此门。"

正过来拦阻她的兵士们眼神一滞，动作停止，似乎是戏偶的弦缠了结，旁边人过来察看，又多一个被拖入一瞬的迷惘。雪信的意志贯注于眼神，在目光交会时一个传染给另一个。门前的兵士们没人记得方才被打断的片刻。

府内烟气厚郁，一个人影迎面而来，雪信站住，集中心念，等着对方走到近前就嘱咐他忘记自己，那人影却也停了。双方在不辨面目的距离上掂量对方，短暂对峙。那人影居然后退了几步，轮廓模糊了几分，雪信也向旁挪了两步。

烟雾里传来苍朝雨的声音："这一回，新乐公主站在哪一方？无君无父，背信毁诺之徒，公主还要维护他吗？"

雪信不出声，她躲在烟雾中，假装自己并不存在。苍朝雨曾得太上皇传授，与玄河同脉。雪信从未摸到苍朝雨的底，也不敢贸然回应。

却听见苍朝雨继续说："高承钧不走，安城民生不复。在家国天下与儿女私情之间，公主必得做出选择。任何人都可以有私情，但公主是当今皇上的表姐，河东侯的女儿，若心中只有小女儿之情，则不配为公主。"

雪信还是不回答。

安城里的人共有的滑头，是局势明朗前不做选择，做出选择前不会表态，下注多投几家，保持合作的可能，维护好自身价值。心中有所求不一定当场答应，不感兴趣也未必就拒绝。她缄口绕行，苍朝雨也避开了她，两人隔着咫尺烟气转了半圈磨，谁也没见着谁的眼神，交错而过。

北院院门前亦有人守着，紧挨着焚烧香料的铜鼎，两名兵士以湿巾蒙口鼻，几乎享用不到香气，却被浓烟辣得簌簌泪下。

雪信简单料理了他们，穿户过庭。玄河已不在堂前檐下，四下里全是高家军的人，他又伤重不能施术，最应该是躲回暗道里了。

雪信思忖，方踏过门槛，有什么东西沾上了肩膀。是根粗麻绳，循着绳子抬头看去，隐隐看见一张大绳网结在头顶的黑暗里，网中间趴着一个浅色人影，宛如盘踞在梁柱间大到可怖的白蜘蛛。

正堂是整个院中最亮堂的地方，阳光照不见的房梁就成了最黑暗的地方。正堂越敞亮，正房的顶部便越望不透。高家军久在平坦空旷处活动，搜寻视野是前后左右，没有抬头的习惯。玄河不躲入暗道却在高家军头顶躺着养伤，恰是行“灯下黑”之道。

雪信拽了拽绳子，确认牢靠后，把绳头系在她提回来的破竹篮上。绳子收回，把竹篮提了上去。竹篮颤颤悠悠，多处断了篾片，捧着扎手，没散架已是万幸。

玄河在上头轻声笑：“我来看看，公主在如今的安城能弄来什么好吃的。”他揭开篮上的脏布巾，见是两个荷叶包，又一次笑，“好不容易在公主家里吃一顿饭，还不给碗箸。”

“少废话。干荷叶多好，不洒汤漏水，不磕碰出响，吃完也不用洗。”雪信小声斥他。如今安城的街头，找个没破碴口的碗，找双凑成对的箸，不知有多难。

“好狠的心，给伤号吃冷汤冷饭。”玄河又抱怨。

“热食散发气味，容易被附近人闻见。”雪信冷着脸说。

玄河拆开一个稻草捆扎的荷叶包，里头是碎肉粉蒸肉，他一手托着荷叶一手捏鼻子，明明是吃不惯，压着不住翻腾的呕吐感，口上仍不罢休：“小气，肉太少。”

“那你是愿意头一回吃肉就大油大荤，然后上吐下泻咯？”雪信已想顺绳爬上去揍他了。

玄河提起另一个绑成碧筒饮的荷叶包，从怀中取了支金簪扎通叶柄嘬了口，惊叹：“腊月里的鲫鱼汤，倒叫贫道不知所措了。”

“是城东一户人家向猴子她们预定了给产妇催奶的，硬被我截下送给你滋补。”雪信露出恶意的笑容。

玄河并没如他说的那般不知所措，他一气把鲫鱼汤饮得涓滴不剩，以荷叶抹了嘴，而后把荷叶折叠复又捆扎整齐，竹篮又被放了下来。

雪信解下篮子，跨出门前她不放心地又抬头一撇，却不料见着玄河翻身仰跌在绳网中央一动不动。她脸上变色，放下篮子，援绳跃上绳网。

玄河摊开双臂，嘴唇乌青，躺在她面前。

“不该啊。”她翻看玄河的眼瞳和指甲，却被对方攥住了手。

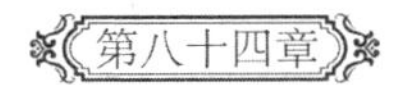

少小卿卿亦可怜

绳网上若只待一个人，还是个舒服的所在。若是两个人趴在上头，那总有一个人会被另一个人制造的额外晃动逼疯。

玄河坐直了，他的嘴唇依然乌青。他翻来覆去地察看雪信的手。

雪信涂脏了脸，穿得也邋遢，身上缠一条挂一块本也不足为奇，但玄河撕下她手掌心的裹布，赫然一道新鲜血口子。

“乱划手掌，掌纹会改变的。掌纹改变，命运也会改变。你太莽撞了。”与此刻他的生气比起来，方才的抱怨皆是玩笑。

“一个人的命运怎么能被与生俱来的掌纹决定？我不信掌纹的。”雪信抽手，但玄河丝毫不放。

“也不知会变成什么样。”玄河还在研究她的手掌，他从衣襟里摸出药丸来碾碎，撒在她掌心伤口，又给她包扎回去。

“即便命运会改，也是被我自己改变的。”雪信道。她举起伤掌看了看，也许她是有一点点信玄河的说法，但她不是怕，反而是期待。

“幸而是冷汤，不然成血豆腐了。”

“你尝出汤里掺了毒血还喝完了，你是不是脑子也伤了？”

“你在安西孤立无援时，我没帮多大忙，也没能阻止你给自己下毒。你在安城养病时，我本事有限，没能清理你体内的毒质。你走投无路与我合作，我不坦诚，也不聪明，致使计划失控。你刚醒来，我的家仆给你一碗毒粥。子之苦，我之罪也。与子共苦，我之幸也。”

雪信挑眉看玄河：“你脑子果然坏了。安西的毒是我下给自己的。病养不好，是我自己作的。被活埋是我的主意，引你与南诏大祭司斗法相伤是我的坏心眼，你从被我拖下水开始就倒了霉。”

玄河点头：“所以我伤一日不愈，你心一日不安。你见金蚕王蛊令你伤体修复快常人百倍，想出给我服食蛊血也会有同样的效果。可你并不知道自己体内余毒未尽，也不知道蛊血离开蛊主，不会在他人身体里生生不息，只有十二个时辰的效力。”

他几乎把她能给的解释说完了，几乎说中了她的心思，她几乎没话好讲了。

“不疼吗？”玄河轻抚她的掌心。

在掌心划一道细口子，比起披麻剥皮如何？根本无须在意。

雪信点了点布条覆盖的掌心：“很久前，我就为了取血划过一道。”

“为透山剑吗？”

雪信忽然问：“你饮下毒蛊血，无碍吗？”

“血中有毒，血中亦有金蚕王蛊制住毒性。”

“你说血中蛊在旁人体内只有十二个时辰的效力。也就是说，毒性发作延后了十二个时辰。十二个时辰后，你须再饮我的血才能续命，但血中之毒亦多一分。”雪信思忖道。

“银针刺指，一滴血足矣。”玄河颇有些无奈。

“那以后，你不能离开我十二个时辰。我若死了，你会比我晚死十二个时辰。”

“直到瑶香草重新移栽到安城。”

“这一回，我的血不能浪费。淬血炼器，饮我血者，须顺我意忠我事。”雪信话锋骤转。

为她这句话，玄河的眼瞳缩了一缩。他说：“我只忠于太上皇。”

“你已背叛过太上皇了，你也背叛过我。你吃了肉，也背离了你追寻的仙道。白璧已碎，你还顾忌节义？不如用你的忠诚换活命，再换些你一直想却克制着自己不去想的东西。”雪信细声软语，好好地劝慰他。

“你不原谅我，也不信我。”玄河低声说，略略灰心。

“不然呢？你还以为是患难真情，相濡以沫？”雪信的言语还是那么温柔，“我无须原谅你，我们扯平就好了。我也想相信你，但还是有个把柄攥在手里心安。”

她垂下眼睛：“我懂了，不能任自己的命运随时可能被所信任的人颠覆，所以不给你们辜负信任的机会，宁可选无人可以信任的孤独。”

“那你想做什么呢？”玄河问她。

“还安城安宁，恢复天下秩序。”

“天下易乱难定。旦有乱生，所有蛰伏者见机而起。乱，才有重新分配利益的机会。你要治乱，是与所有野心者为敌。以你之力，恐怕一个都敌不过，何况所有。”

“太上皇交托你的使命，是保全新君苟活，让这个国家、这个王朝随波逐流吗？”

“高承钧不离安城，天下何来秩序。”玄河说，“你不会偏心吧？大道无情，方能运行日月。”

“我得想想。”雪信翻下绳网。

“网结得够宽阔，你不躺下来休息吗？”

“你好好给自己疗伤吧。还有许多事等你去做。”

雪信已回到地面。绳网上还是只有一个人得好，一旦多了一个人，会像蛛网上粘了只猎物，会被另一个人吃掉的。

沉香、降真、安悉香和乳香，多是不同的树肌体受伤后自行分泌出的胶质，或充溢在木丝间，或凝成团挂在伤口上，滴落在地。这些香料是植物的眼泪，亦是专为治疗自己展现的神性。

这个奇妙的夜晚比往常黑暗。在天上月与地上雪之间隔了厚厚的烟，月光不见雪光。

如今灯油蜡烛也是紧俏的，安城里的人早早关门吹灯，在香烟中做起了形形色色怪异的梦。焦虑的人梦见更焦虑，悲伤的人梦见更悲伤。

新乐公主府灯火通明，为运输队照路。夜中光照白烟，烟成了影幕，幕上人影憧憧，络绎不绝。

高承钧坐在西院卧房中，伏案阅卷。如今朝中虽有不少人恨他入骨，却也有不少人写了奏本会先抄一份送来，请静西侯提提不足之处，得到静西侯给出的口头意见后，修订内容递送上去。

高家军军纪极严，但众多军士行动，脚步声与低声口令还是形成了稳定的噪声，从院外飘进窗内。渐渐，高承钧听见一种更轻微也更贴近的声响，他推开案卷，抬头凝望屏风。

屏风上四百九十五瓣落花在满室跳动的烛火下似翻飞起舞。屏后不设烛火，不见影动，但那细微声响正是从屏后传来。他绕过屏风，见隔断之后的帷幔放了下来，走进幔后，床帐静静垂地。

他上前牵起帐衣，床上无人，却似有风从他跟前过去，层层吹荡帐幔，还是初秋里换上去的蒸栗色洒金帐子，有一丝暖，在腊月里却暖得太少。他正要放下床帐，回头又对看一眼，床上是他从瀚海旁宝石滩上捡回来的五色籽石。

高承钧的褥席上一块挨着一块摆着掌心把玩的大小的籽石，其缝隙间洒下豆粒大的小石球，石球的缝隙间洒下筛过的矿砂。石籽是城池，石球是集镇，粗金砂是戈壁，细金砂是沙漠，银砂是湖泊河流，这是一幅出玉门关穿瀚海入龟兹城的地形图。他用宝石与金银重建了雪信曾在梦中向他展示的沙盘。

但如今看时，有两块籽石位置不对了，一块银砂湖泊湖面凹陷，凹陷边缘多了圈月牙边，是修圆了的指甲印痕。他虽看不见她走进来，却在想象中知道她站在床旁，嫌弃他又自作主张占用了她的床。

明耀灯火穿过重罗，温和地汇聚在宝石内部，也在金银水面亿万个小小的折面上闪动。雪信忍不住戳了戳与指面大小相若的银砂湖面，拈起两块籽石把玩，石头相碰发出低哑细碎的声响，她忙放下，躲到一旁。

高承钧伸手拈起被移动过的两块籽石，将之复位，他鼻端又嗅见那缕淡淡苦香，身后温柔的灯火有了裂隙，一道人影浮上幔帐，不偏不倚挡住原本落在宝石沙盘上的光。只是一闪，影子从旁掠出了幔帐上的视野。

他追出去，落花绣屏上影子也是一飘，不见了。

镜中花弄影，水中月生香。光明通透之处，反而失去了她存在的证据。

高承钧没法死盯着门窗，视线游移之间必有空隙。不知敌人从何处攻来，死生一线草木皆兵。而不知重要的人从何处离开，也会把人击溃的。

一个人不需要另一个人，就不道一声别，也不显露任何表情，离去的时刻、方向，全不由另一个人掌握。这是一种遗弃。他自幼就畏惧这种不被人需要。

许久没有动静，高承钧以为雪信已经走了，却蓦地发现案头灯火向上一跳，亮了三分。他回到书案前坐下，面前的奏章抄本已不是原来那一册了。

身后衣裙娑娑，他要回头，却听见一道声音说：“不要回头。”是雪信。

高承钧僵住了脖颈，不敢稍稍转动。他明白，若违拗了她的心意，他们又会回到追光逐影的空耗里。

一个似乎没有温度的躯体贴上他的脊背，一双手臂从身后环上他的腰。双手各缩在杏黄阔袖里，袖口被手心攥紧。

高承钧低头捉住那双手，一只手紧握着，另一只手细致而坚定地解着那双手用衣袖打的死结。他掰开那双手的手指，从手心里抽出袖幅，在袖筒里触摸到了手上冰冷粗糙的肌肤。

冰冷减弱了人的气息，而粗糙是挣扎着活下来的人才配有的，毕竟是有形有质的一双手了。手背手腕上斑斑块块，像通身花绣失败以后自暴自弃，也像是白绢地上泼墨朱砂，用大笔刷蘸了水拼命搅和，墨被洗淡了，掺进了红，白渗进了红，染了墨。

高承钧震惊，他又听见身后声音命令："不准回头。"那双手紧紧反握住他的手，倒好像怕他逃脱了。

高承钧用指腹磨蹭那双手手背上的斑驳颜色："湖石不嶙峋怪异不以为美，盆栽节瘤不够不足为贵。不怕。"

雪信的手一点点松了："我没怕过。"

"你不怕我失望？"高承钧问，"那为何不让我回头？"

高承钧感觉雪信把下巴搁在了他一边肩膀上，气息相闻，耳鬓相抵。

雪信说："是因为我对你的失望够多。你不听我劝诫，把我的家、把安城折腾得乌烟瘴气，还把我比作湖石和盆栽，我怎么能让你捉到，然后听凭摆弄修剪呢？我在意的，是没有谈判的筹码了，若我劝你离开安城说我愿意随你去龟兹，你会笑话我。但又想，也许你见了我这模样，失望了，也就走了呢。"

"瑶香草，我会弄来瑶香草，彻底解了你的毒。"

"你还是在意湖石的嶙峋、盆栽的节瘤对不对？我说我不需要什么瑶香草了。我要你即刻回安西四镇。"雪信手指尖上短短的指甲掐进高承钧的手背。

"这句话在今年初夏时听见多好。"高承钧低沉道，"可不一样了。我不在意，全天下的人都不在意，你就舒坦了吗？你那么爱美。"他感觉腰上的手骤然离去了，他加急道，"即便是为余生长久康健，毒也必须清理干净。"

"为我好，当真是熟悉的论调。可是若我愿意游来荡去，不愿意长久康健，又如何呢？"雪信的声音时远时近，她也是在思索踱步，"我怎么能忘记你来接我的初衷，或者你已经开始做你要做的事了，只是拿我做赖在安城的借口。"

高承钧勉力安抚着："你讨厌我自作主张，我也不准你也擅自决定。瑶香草的事，回龟兹的事，会有结果的。"

"所以你还是会假装无事发生，背后搞小动作，闹出个天翻地覆的结果来。"

"我不告诉你，是因为你不同意，不理解，还会算计我，反向施力绊住我。"高承钧解释，"你若不碾碎安城里唯一一株瑶香草，我们也不用如此在这里争执。"他抬手捂了一个额头，"我不是要与你争执。"

"可你我还是在相争。"雪信叹息，"我才不信你会妥协。"

"我可以试试妥协。"

"高家军撤离安城。"

"不行。"

"从我府里撤出去，全部。"

“不行。”高承钧迂回应对，“但我可以离开你的卧房，让你休息。”他说走就走，书案也不收拾，推门而去。

雪信想骂他也懒得找词。明明是她的卧房，他退出去，反而成了恩惠？

不多时，高承钧去而复返，端了个炭盆到床前，对着不知站在何处的雪信说：“若你还是冷，可以劝我留下的。”

床上的宝石和金银砂被扫下去一大半，“砰砰砰”掉到了地上。

高承钧不生气：“你饿不饿，要不要吃东西？”

幔帐上人影一晃。这回，雪信把门摔得山响。烟气茫茫间，院门前的守卫毫无察觉，又一次有人从他们眼皮底下经过。

天又亮了，但站在公主府的庭院中看不见太阳。日光打在头顶的浓烟层上，像烛火映亮了皮影戏的影幕。雪信提着篮子回到北院，仰头看去，绳网隐藏的位置越来越暗，若是无心一瞥，保证是发现不了端倪的。

玄河垂下绳子，问了句：“公主又做了什么好事？”焚烧了一日一夜的香料，令公主府中的气候不同于城中别处，她披着重衣，毛球似的，一身霜寒之气，可见这一夜是跑去了别处。

“你只需养伤，旁的不用劳心。”雪信用绳子系好了竹篮提手，“和你商量个事，弄吃的着实麻烦，今后你一日吃两顿吧。”

“狗才一日喂两顿。”玄河似乎是不满，他没有同意，也没提出反对。掀开竹篮，还是两个荷叶包，一个裹着烙饼，一个是羹汤，照例是冷的。他好奇地先去尝那汤，“这回是什么？”

“炖老鼠肉。我亲手逮的老鼠。”雪信头也不抬地说。

“老鼠肉是这个味道吗？下一回能不能蜜烤？”玄河嘴里咂巴着，他没有受到惊吓，接二连三嘬着荷叶梗饮管。

“骗你的，是蛇羹。在地底下好好睡着，给刨出来做了羹。”

“是公主亲手刨的吗？”在讨论鼠肉蛇羹这类东西时，玄河还一口一个公主，听来甚是荒谬。

“是猴子她们养的狗刨的。”雪信回答。

玄河放下绳子，她解下斗篷，斗篷底下她的肩上挎了张长弓。摘了弓爬上绳网，她就扯开他衣襟翻看伤口。竹篮中还有伤药与绷带，她换了药，重新包扎，不容对方推辞。

如同给花浇水，给树围裹保暖的稻衣，雪信手法干脆熟练，没有触痛伤口，但看她平静几近木然的神色，似乎也是不在乎是否会弄疼对方。这倒让玄河不知是感激，还是恼怒。

“我居然不知道公主会开弓射箭。”玄河等雪信摆弄完，喝干了羹汤，又解开荷叶大嚼蛇肉。他明知雪信也许会再回他个“不关你事”，却还是问了。

“还不会，不过学会了，今后总是有用的。父亲在身边时，明明有机会学，我居然没学。”雪信似在遗憾。

“公主忘了，那时你在养病。”

“河东侯的女儿，连弓也拉不开。”雪信的口气里是对自己的不满。

玄河又看了眼那张弓，笑了：“公主差矣。军中有长、角、稍、格四种弓，公主是不是贪心，才选了笨重的柘木长弓，还是膂力过人者所用的硬弓。”

见雪信不言不语，他补了一句：“其实该从弹弓玩起。”

见雪信的脸刷一下黑了，玄河更正：“轻便弩机也行。为将卒者，才需要跨马抡刀；为帅者，运筹帷幄。公主不必学会杀人，自有人为你冲杀。”

雪信哼了声：“哪来那么多话。我只想凭自己拉开那张弓。”

“为什么不先救河东侯？”玄河好奇，“救出河东侯，就有数万控弦之士甘为驱驰。”

雪信下了绳网：“你以为我不想吗？河东侯守卫森严甚于关押你的西狱。之前我根本接近不了。借满城香烟的光，昨夜下半夜我潜入侯府看了。”

说到此处她抱起弓，牙关一咬，面目也狰狞起来：“高承钧把当初献狮子的笼子腾出来，囚了我爹爹。锁芯灌注铁汁封死，无解。”

安城似乎再也等不来清醒。

人们如常地为活命奔忙，却从未对生计如此陌生。他们的灵魂似乎能游离于行走的躯壳上方，见到自己是蚁穴里的一只蚂蚁。他们的躯壳以饥饿和下一次饥饿计算时日，从各自的穴房里爬出来，辛苦换取一点点粗糙的粮食，把粮食煮成扎喉咙的粗糙食物，匆忙吞咽下以后赶紧躺下养神保命。

每个人都要打起精神，照顾好躯体少受冻饿之苦，小心地远离兵灾匪乱。为什么日子越是苦，大家越是激烈挣扎着要活呢？

安城本身像是一只有生命的东西，它也在吞吐着。每个人的生命是它生命的一部分，在同一刻，有人死去，也有人出生。只要得到补充，安城并不在意失去这个或那个人的生命。

让人们发现安城这个秘密的是一场白日烟梦，造出这个梦的是一支从不做梦的军队。

而烟梦的中心是公主府。

有一些不受控制的小杂音打扰了军士有节律的脚步声，雪信提着篮子犹豫了一下，迎着对她熟视无睹的兵士向西院而去。

小动物的哼唧柔软，尖细，传递很远。

雪信在庭院中见到一个四尺宽的笼子。笼中是一窝四只小狗崽子，拌了羊奶的肉糜摆在笼外，洗脸盆那么大一盆。

小狗崽子是刚睁眼的大小，也许生下来满了一个月，也许还没有。它们在笼子一侧相互推挤，一只只鼻子努力翕动，爪子伸出笼子缝隙去够，对那盆肉糜嗷嗷直叫。

它们已经叫哑了，刨笼子的气力也不足了。

雪信上前拨动笼子插销，小狗一个跟头接着一个跟头从笼子里滚出来，爬向食盆，吃上两口，有的把脸糊进去，有的踩进去两只前爪，有的爬进盆里试图用身体占住所有的肉糜，吧唧吧唧吃成一团。

雪信起先是站着看，看着看着忍不住蹲下来好瞧得仔细，连响亮的吃食声也觉得好听。她被这些柔弱的小东西迷住，也许是因为它们是这宅子里仅有的还不曾学会算计的活物。

狗崽子们吃饱了，调头寻找温暖的依偎。肚子滚圆，四肢软软的，爬到雪信脚边，抱住脚踝向上攀。

身后有蹦蹦哒哒的脚步声接近，还未等雪信转身，就有个女孩子在背后远远地说：

"叫阿满好等，天神姐姐再不来喂小狗，阿满就要喂了。天神姐姐果然是好心的天神。"

这嗓音，这自称。

雪信站直回身看去，果然是魂飞南诏时见过的少女阿满。她怎么猝不及防地出现在安城里了？阿满眼神清亮，心地单纯，不好用控术糊弄。

雪信抬手捂住自己的眼睛："我不是天神。"她无法捂住别人的眼睛，只好拒绝自己所见。

阿满上前来摘下雪信的手："阿满不会认错的。神从人来，人是神，神也是人。人会生病，神也会生病。他们说，天神姐姐生病了，需要阿满的瑶香草种子。"

"还是叫我雪娘子吧。"雪信对过去曾骗过阿满生出愧疚，但承认存在欺骗，对阿满会是比欺骗还要糟糕的事吧，"阿满为何会在安城？'他们'又是谁？"

"大祭司说的，二狗子和高家哥哥说的。"阿满说着，又俯身低头逗弄起小狗崽来。

"二狗子又是谁？"雪信又问。

在两个教人紧张的人物中间，夹了个像是开玩笑的名字，着实有点儿戏。

其实猜也猜得到那是谁。

"二狗子是越王家的第二个儿子。他说名字不好听，身份太长了不好记，让阿满叫他二狗子。"

阿满说，她与苍海心到少逮列部落的当天就住下了。她被严密看管起来，虽不至于锁在屋里，但走到哪里都被一群挎刀的同族姐妹板着脸簇拥着，她见她们的脸就觉无趣，也不爱往远处跑。

苍海心倒是没人管，赶他他也不走，瞅着空子就找族长长谈。族长被他谈得脑袋疼，常常是喊人把他抬出竹楼扔地上的。

苍海心还偷偷拐阿满一同回安城，叫阿满在计划实施前保守秘密。阿满没忍住，到处找族人告别时，计划就落了空。

没几天，大祭司到了少逮列，而族长让阿满贴身携带瑶香草种子跟着另一拨汉人离开。阿满跟着这支据说是越王派来的队伍到了安城，这群人把阿满转手交给高承钧后，再也没见着过。

阿满是害怕高承钧的，面相好凶，话又少，不说话的时候不知道他在想什么，也不知道他那群不说话的手下们在想什么，尤其叫人害怕，但他们又给她送来各种精致吃食，勉强吃光一桌又送进来一桌，没有吃完的指望。

直到今天他才第一次同阿满说话，他让阿满替他看看雪信，让阿满把脖子上挂的瑶香草种子给雪信看。

阿满讲述的信息补上了另一块消息的空白。她被几度易手，从南诏王宫到少逮列，先被苍海心找到，最后却被高承钧得到了。她不知道的是，人们传递她的同时，达成了某些协定，交换了利益，她是其中一项利益。

"高家哥哥还让阿满把雪娘子说的话统统记下来，回去讲给他听。说雪娘子有什么话，好听的不好听的，尽可以讲，他不会生气。阿满还会把他的话带来给雪娘子。雪娘子听了也不能生气。"阿满极力回想高承钧的原话，而后显出专注模样准备记下雪信的回答。

"若我没有话让你带回去，你会受罚吗？"雪信问。

"没说受罚的事。不过若阿满做得好，高家哥哥说可以送阿满一匹小马。"阿满说

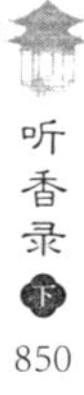

起奖励眼神都亮了，“安城太闷了，阿满想学骑马。”

高承钧找到了阿满作为保管瑶香草种子的容器以外的价值，在两个没法好好说话的人之间有她做传声筒，好像没办法吵架。

虽然会有人把拌好的羊奶肉糜放在院子里，但拨动插销把狗崽放出笼子这件事，整座公主府里除雪信之外的人都得了命令，不准去做。

院外的人会听着狗崽饿得发出半哭半哼的叫声，听见那叫声兀然止住，转成穷凶极恶的吃食声。没有人公然探头去看发生了什么。他们已经习惯了不合情理的命令和这座宅子的不合情理。

于是除了给玄河送饭，还有一窝小狗崽每日坐在笼子里眼巴巴等着雪信去。她不去，崽子们的叫声会刺破浓烟，如同钩索找到她，拖拽她来。

仅是被雪信照顾过两回，小狗们就记住了她，在她脚边滚来滚去，咬住她的鞋跟不撒嘴。雪信只好一只一只提起来关回笼子。但小狗崽日渐长大，没几天跑得溜了，欢天喜地冲她而来，围着打转，不肯轻易被她捉到，跑不远还绕回来颠颠地跟着，如挂在雪信的脚后跟上。

雪信从屋里取出夹丝绵的坐褥垫进笼子，又剪碎帐帘做了小衣服给它们穿。她分出了一窝四胞胎里谁是谁，两只黑犬是女孩，两只黄犬是男孩。同是黑犬，一只耳朵大，一只嘴巴长。同是黄犬，一只抢食凶长得壮实，一只似乎总是肿着眼泡被挤在后头。

小狗崽那无辜的眼神、软绵绵的脚爪和绒绒的皮毛煞是厉害，明知它们也是高承钧派来看见她的眼睛，她还是没招架得住。

阿满也经常来看雪信。

没几天，阿满拉着雪信去公主府的马厩，那里果然有一匹孤零零的马驹。小马年齿尚幼，眼睛湿漉漉的，骨架匀称，背高与阿满肩膀相平，皮毛黑油油的，额正中一块白斑。宽敞的马厩里高高堆起金黄草料。

“是大宛种哦。高家哥哥说，这是霜夜的孩子，他还没取名，让雪娘子取。”阿满兴奋又期待。

“阿满的马，该由阿满取名字。阿满不会取，可以让马原来的主人取。”雪信婉辞她。

阿满捉住雪信的手，在她手心里放上盐块，送到栅栏里去。小马的舌头轻轻地软软地舔在盐块上。

阿满说：“求求雪娘子了。高家哥哥说，若雪娘子给它起个好名字，他送我一套大小合适的马具。若雪娘子与我一起照顾它，他再送我一套革铠。若雪娘子教我骑马，他还送我一柄乌兹钢打造的马刀。”

大宛马驹的舌头从盐块扫到雪信的手掌边缘，温热，潮湿，柔软。小动物不用算计，它们凭本能索取自己需要的一切，是赤裸裸地利己的。

照顾它们的人无法拒绝，情愿被它们索取。因为它们的要求并不难满足，照顾它们的人也乐于从满足这些小小的要求里，感受到自己是被需要的。

雪信说：“他给你的马、铠甲和刀，会让你高兴？”

“那些都是阿满提的条件。”

“若我给你漂亮衣服、胭脂、黄金和珍珠，你会不会更喜欢？”

“不，阿满喜欢马和刀。做南诏的圣女从来不是阿满的志向，做战士才是啊。”阿满不假思索。

雪信用另一只手抚摸马驹额头的白斑，说：“我们叫它照夜好不好？你看这块白记，是头顶夜空的明月。”

阿满翻来覆去念了几遍，甚是满意，哼起小调，从马厩后门外搬来更多草料，又掏出一袋柰干，叫一声照夜的名字，喂一口。

“让他不要再弄东西进来了。我不喜欢。”雪信说。

阿满转回头来：“小狗和小马吗？雪娘子明明是喜欢的。”她不知道自己也是高承钧弄进来的小东西。

“我不喜欢他弄这些东西进来的用心。”雪信抬头四顾，“这里是我家。能进什么，不能进什么，要听我的。”

阿满听不出其中的重要，却问：“高家哥哥与雪娘子为什么要隔着我说话？当面说不是马上可以听到答复？”

“阿满写过信吗？”

“阿满学过南诏白文，可是阿满没有写过信，不知道写给谁，要说什么。”

“写信的好处是郑重，说得周全。写信还有个好处，当你很生气地写下对收信人的称呼，写到落款时气必定已消了。撕了重写，满纸伤人的言语便不会送到收信人手里去。至于坏处嘛，你不想伤人，不愿毁掉这段关系，吞下尖酸言语伤了自己，你们依然是乱流里的两只船，若不互撞相伤，就渐漂渐远。”

阿满点点头：“雪娘子的话难懂。不过阿满会记下，对高家哥哥说去。”

趁着阿满满心欢喜照顾她的照夜，雪信走回西院。不知哪只小狗崽学会了拨弄开插销，一窝小狗跑出了笼子，正满院子追逐打闹，听见雪信的脚步声，蹦蹦跶跶地涌向她，也是全心全意的欢喜。

雪信忙折转路线，去了别处。狗崽子们还蹦不过院子门槛，站在门槛里锥心刺骨地哼唧。

走到东院，眼见近卫捧着一叠奏折抄本送进去，她随着进去。

高承钧不在院中，案牍堆积盈尺。她目送着近卫空手离开，坐到书案后，从左手边卷堆顶上抽出一本展开，一只手翻动抄本，一只手向干了的砚台里滴水研墨，翻完一本，提笔蘸墨向折本空余处写几句，再扔向右手边的卷堆。

高承钧有十天不在公主府里了，做什么去了？

公主府虽到处是人，但她对于那些人是不存在的，她不能找他们问。也许方才该向阿满打听，可阿满未必知道，阿满只是被告知她需要传达的事。雪信在读到行与行的间隙里想起这些事，并不肯停下阅卷。

朝臣们写给天子的奏折五花八门，有严肃讨论民生国本的，有弹劾另一个朝臣的，还有例行行文空洞无物，通篇只有给天子请安的。有好几个抄本在说边关不宁，还有几个抄本在说各宗亲王不安分，有的在说各地饥民。

雪信坐那儿批了四五个时辰的抄本，天暗下来，不点烛灯实在辨不出纸上的字了，她想起又该给玄河送饭了，还有狗崽子要喂，才伸伸懒腰站起来。

这个夜晚好像与往日不同，居然有虫声在窗下泠泠吟唱。

是了，连烧了十一日的香料，公主府里一团温煦和气，草木萌发，虫子也孵出来了。理该如此，但虫声繁密清越，总有不对劲之处。

雪信走出院子，眼前昏黑，身上瑟瑟发冷，她抬头望见星空，这才觉察到香云浓烟已散了。香鼎还在，鼎身摸着还有灰烬余温。守鼎和运料的军士不知去向。府中多余的灯火尽熄，只有西院里还生着一堆火，遥隔相望也可感光热。

她循着那团火走回自己往日起居之处。

小狗崽吱哇乱叫爬上雪信的脚踝，紧跟着是阿满，负着一个红彤彤的火光扑上来，周身上下被篝火烤得十足暖热。高承钧站在篝火旁，他身边是件覆盖了油布的物件，看轮廓不外是个匣子。

香云被朔风吹去，参商术还在。高承钧的目光随阿满和狗崽的奔跑移动，停顿，又移动。

“高家哥哥有话要说，不需要阿满传达。”阿满抱着雪信，“但阿满要替自己谢谢雪娘子，照夜有了马具。”这小女孩一点不通人情世故，存不住话，受了恩惠要立刻去感谢，她掂量不出另两个人不需要她的打岔。

雪信扶正了阿满的肩膀，轻轻把她推到一旁，但脚踝上的小狗怎么也摘不完。

高承钧开口道：“我想到法子了，在药园中燔香祭天，可以提前栽种，提早采摘瑶香草。”

“你想不出这法子。是有人告诉了你，你找个由头在公主府里试验，试成了才移去药园。”雪信声音笃定，“为了瑶香草，你与虎谋皮，把简单的事搞复杂了。”

“你以为只身收回安西四镇的军队，凭的是我的威信？不与他合作，我抵达龟兹城之日，也是我人头落地之日。我们每个人想摆脱他，都要为他完成一件事。我们以为他忘记了，可他并没有忘。他是个有耐心的债主，等着每个人赚得了合适的身价，才上门收债。况且，为瑶香草，我可以接受任何条件。”那三个情由，听来个个不容拒绝。

“为什么你总听不见我在说的。我不需要瑶香草。我不要你做那个必要的坏人。”雪信无奈。既然认定他置若罔闻，为何还要作无用的争辩。

“雪信，你这几天照顾小狗，照顾马驹，照顾小姑娘，没有什么感触吗？”高承钧意有所指，“你该做母亲了。用瑶香草清除毒质，你就能亲手照料自己的孩子。”

雪信愕然半晌：“你放些狗崽马驹小孩子进来，就是要我心软，放弃坚持？女人就该永远是心软的，永远只和这些柔软的小东西打交道吗？母亲看孩子，如君王看子民。你看我照料这些小东西，想的是我可以为你生个娃，我想的恰恰和你不一样。

“王土之上，有多少子民背井离乡流离失所，有多少饥寒困苦嗷嗷待哺？我要照顾他们。道不同不相为谋，你尽可以做你的奸雄，种你的瑶香草。我要做的是早些把你赶出安城。”

高承钧掀起脚下油布，踢翻了油布下的木匣，匣盖落在一旁，从匣子里滚出个脑袋。

阿满吓得短促尖叫，而后哑了。她不知该做出何反应。

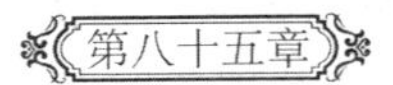

何事相亲又相仇

火光在那张血污干涸的苍白脸上明艳舔舐。是个年纪与雪信差不多，也许还小几岁的年轻女子，是高承钧同父异母的妹妹，名字叫吴钩。

还是雪信在龟兹时，河东侯自作主张收侍卫队长为义子，又让义子娶了吴钩。后来河东侯父女回安城，队伍里带上了吴钩。

当时龟兹城里忙着给高献之办丧事，没人在意一个姬妾生的小女儿的去留。吴钩到安城与侍卫队长完婚，把她过去的身份抛了、忘了。到雪信失踪，河东侯被软禁府中，吴钩的身份重新被人想起。

她被推出来向高承钧求情，获准给河东侯送饭。她是高承钧的妹妹，又是河东侯的干儿妇，两拨人买她的账，磨不开情面的场合由她穿针引线。

雪信夜探河东侯府，正是寻到了父亲的侍卫队长，打探出了过往情由，找到了看守的漏洞。她的控术出了公主府便无法随心所欲地使用，距离焚香的源头越远，力量越薄弱，她穿上吴钩的衣服，假托替高承钧传话才骗过守卫的眼睛，进去看了一眼。

料想不到，高承钧会把自己的妹妹杀了。

“你害死了吴钩。”

雪信沉沉闭眼：“杀了吴钩的是你，砍了吴钩脑袋的也是你。”

高承钧向她走过来，掰开她的手，拖拽她向院外去。那一瞬，雪信恐惧了。

高承钧走到她面前，一步也没有错，一把攥住她的手，一点试探也没有。没有阿满指示，没有狗崽标记，他也知道她站在哪里，她的手在哪里，是她惊骇之下，控制不了参商术了吗？

更让人恐惧的是，高承钧会把背叛他的人杀掉，不在乎什么亲缘情面。亲手结果了亲生父亲后，这世上已没有他不能杀的人了吧？

高承钧把雪信拽到公主府正门前。重围之内，一张更大的油布覆盖出一个方方正正的轮廓。军士扯下油布，显露出木柴堆上架设的铁笼，笼中是气息奄奄的河东侯。

雪又在下了，在天上沾了烟尘，飘落到人脸上是灰色的。冷风乍然灌进笼子，河东侯清醒了些，眯起眼看清了笼前两个人，翕动干裂爆皮的口唇，发不出声音，只能伸出舌头接住灰色的雪。

“你说过不会为难我爹爹的。”雪信极力把自己的双腿定在远处。要是扑到笼子上，她就输了，连谈判资格也没有了。

“怎么样算不为难？我给他留了条命，也没羞辱他。至多是最近三天忘了给笼子里添水。”高承钧说，“你说我往笼子扔一袋水，还是扔一个火把好？”

高承钧说出这句话时，雪信坚持不住，双腿一软倒在地上，她捂着脸，膝行着爬向那笼子：“是我没做好。”

她对着笼子轻声哭泣：“你们都是我最亲近的人，可你们逼我的时候，都像我最恨的仇人。一旦你们要死了，你们就成了我最不能失去的人。”

“此情此境，为何似曾相识。”高承钧在她耳边轻轻说，话如芒刺钉到她背上。

“别……给……他……”河东侯喉头带起嘶嘶气流，艰难吐出三个字来。

高承钧捉住雪信肩膀把她提出来：“河东军虎符在哪里？”

“自己的性命，你不在乎。亲人的性命你要不要？”高承钧扳转雪信的肩膀，迫使她朝向笼子，“你告诉我，你夜入河东侯府之后，河东军的虎符去哪里了？”

“你是照了哪条法，奉了谁的令，过问起河东军的事来？”雪信死撑着嘴硬。

“河东侯丢失虎符，按军令当斩。”高承钧声音凉凉。

雪信挣扎中望住了高承钧的眼睛。但什么也没有发生，高承钧的眼睛像是两面镜子，照出了两张她变形的面孔。

她咬着唇，神情狞厉，瞳仁骤然缩成芝麻粒大小，心念的力量刺向高承钧，她踏上一道笔直细韧的丝线，然刚前行一步就被撞回来了。

高承钧的瞳仁里闪出锐光，像晴日下的冰湖，脸上浮起斑纹，边缘清晰、颜色赤红的笔画爬满额头、双颊和下巴，缠住了脖颈。斑纹忽然出现，瞬间消退，雪信却看实在了，他在脸上纹了张兽面。

雪信悚然忘言，参商术无效了，她的脸藏不住了，窥梦术使不出来，被他的兽面喝破了。两人相望着，谁看谁都是狰狞的。

有斥候直入重围，跪在高承钧面前大声禀告：“秦王世子带金吾卫进入药园，驱逐了高家军留在药园中的军力。”

高承钧转向雪信：“还没想好吗？我来不及等你想出两全之策了。”他拔剑出鞘，在雪信耳旁低语，“你没有抓住救下你父亲性命的机会，尚可庆幸不用亲手送他赴黄泉。”高承钧没有再给她谈判的余地，屈服的结果是他给她定好的。

两人全神对峙着，不防备河东侯忽然从栅栏空隙间伸出手，捉住了剑身倒拽进笼子。雪信盯着剑身血槽中漫出了血，血迹在河东侯胸前扩散。

高承钧再对她说的什么她全然没听见。

高承钧牵着雪信的手，走回西院。一路上，她几乎想不起自己还有什么挣扎的筹码。高承钧让她坐在窗下，给她擦了擦脸颊泪痕，从衣襟里掏出个荷包，细看，是她才绣了一面即辍工的牡丹香囊。

他自香囊里倒出一条项链，扣在她的脖颈上，又用指腹拭去她眼角新涌出的泪：“不要再惹麻烦了。”

这一句她听见了，却无力辩驳。

她恨高承钧，也理解高承钧对她的恨。他要用史书上的劣迹恶名换遥香草。他还要借着一个做恶人的机会，杀了参与谋害他父亲的所有人。

屋子只剩她一个人了，窗户与房门有人把手，他们身上涌出终于能痛快见血的兴奋，隔墙也闻得见。她坐了不知多久，有人提着灯笼经过窗下，停了一停，说："我来给公主送饭。"

雪信对着昏花的窗纸说："是秀奴吧。我以为你会留在葛逻禄，代替你母亲的位置。"

"静西侯也是如此打算。可我做不来管理一个部族的事，更希望留在他身边。花奴比我有志向，所以让她做了族长。"秀奴耐心解释。

"你若是真心帮他，就该你去做族长。花奴做族长，葛逻禄今后恐怕依然野性难驯。"雪信结束了崩溃，脑袋里塞满了思虑。她喜欢花奴，因而清楚花奴的脾性，不赞成花奴掌管葛逻禄。葛逻禄的族长最好是个听话的代理人。

"若我去做族长，换花奴来安城，也是不妥的。花奴的心偏向公主呢。"秀奴说着绕进门来，到了雪信面前。她始终站着，身体前倾弓着，搬开几案上的杂物，有章有法地把多层提盒里的饭菜布到案上。

趁着对方抬一下头，雪信攫住了她的目光，希望从她眼里看到更多前情。可她只从秀奴眼里见到灯火闪动的光点。她觉得自己像一只蚂蚁，正在攀爬一座冰坡，爬上一尺，滑下来一尺。她徒劳地扑振翅膀，却发现自己没有了翅膀。

"静西侯说，公主嗜香，若索香，可以给。"秀奴自提盒最底层取出了香丸炭饼。那些是她从府库中随意找来的，并不在意是什么配方，价值贵贱，不在意有什么效用。

见雪信无动于衷，她兴味索然地向炭盆里扔了几丸。香丸无遮无隔地落在炭火上，先发香，而后迅速冒出一股焦火气。秀奴是不在乎香丸烤煳了的，她看着雪信的表情如同欣赏盛花的牡丹凋落花瓣，权威和尊严也慢慢瓦解。

雪信提过灯笼，走到妆台边支起镜子。烛光是昏黄的，菱花铜面也是昏黄的，照出的只有人影，色彩也失了真。

她比着镜子摸到锁骨下方的项链挂坠，端起镜子拢近灯火细看，不过是块寻常戈壁宝石，论成色还不如摆瀚海地势图用的籽石，更比不过稀罕的碧琉璃。用黄金底座镶嵌了，挂在小指粗细的黄金链子上，倒是买椟还珠。链子打制成一条衔尾金蛇，坠子挂在蛇尾与蛇口相接处。

"静西侯那时说，是公主陪伴他走完安城到龟兹的路的，他说这块石头是证据。果真如此吗？"秀奴问。

不说还就忘了，在戈壁宝石滩上，她捡过一块石头。

雪信旋转项链，寻找解扣之法。不愿回答的问题，她可以装作没听见。

"生死不离地陪着静西侯出安城逃亡的难道不是我吗？为他拦下巴图，帮助他驯服葛逻禄，收回南路兵力指挥权的，不是我吗？"秀奴挤到镜子旁，眼巴巴地，似乎要雪信来评评理。

"所以他该感激你，无论是报答还是为了笼络葛逻禄，他都该娶你的。"

"你是在挑唆我恨他吗？"秀奴骤然高声。

"我只是说个道理罢了，那也是你心里计较的道理。要不要恨他，难道是别人给你拿主意的？"雪信兀自还在摸索项链，金蛇链子以鳞甲覆盖，环节扭转自如，就是找不到锁扣。

“不，我不会向他索取。”秀奴坚定，却又转了委屈的声调，“可我做的，值得起那样的回报。”

雪信放弃了与项链纠缠，回到窗边倚着窗棂，捂起耳朵，闭上眼睛。

秀奴却凑上来推她：“你在安城过安逸日子时，我穿过冰封雪盖的荒漠草原，找人来为他效力。大萨满是我找来的，幽泉铁是我找来的，波斯金工也是我找来的。”

雪信睁开眼：“你说下去。”

“突厥部的大萨满说，大金山之北幽泉之下有赤铁，可破幻祛祟。大萨满以幽泉铁研磨调汁，把咒术刺在了静西侯身上。静西侯又召波斯金匠烧融幽泉铁与黄金，打制项链，封住公主眼中的法术。金蛇项链一旦扣上，锁扣即损坏，无法打开。公主若要脱下项链，须得把蛇鳞按预定的顺序全部拆解，中间若拆错一片，或蛮力破坏，剩余的鳞片下会伸出毒刺。”秀奴刻意强调，“大偏头风蛇的毒，蛰在脖颈上，是无救的。”

原来如此，之前高承钧被她的参商术要弄得团团转，只是因为秀奴没回来，大萨满没到。连着好几日没见到高承钧，是他秘密地安置了大萨满，令他为自己文身刺面。

咒术一旦落实到了身上，摧逼心灵的法术皆被阻挡。人只有怕一件东西，才会对它赶尽杀绝，如同之前他对待香。如今，他要雪信对任何人都施展不出术法，他要一只剪了爪子的猫，一条拔掉毒牙的蛇。

“你本没有得到准许向我讲起这些。”雪信点破，“你是有了自己的主意。”

秀奴苦涩道：“金蛇项链的图纸我手中有摹本。我不恨你，你也不恨我。若你答应离开安城，我可以替你解开项链。”

雪信望着窗纸，外侧蒙了灰的窗纸，从里头看去是积攒了许多莫测的纹样，她似在专心辨读。秀奴也不催，就等着。

许久，雪信说：“在龟兹城里，高承钧与葛逻禄结盟，是我要的结果，那时候，你是重要的。如今，你放弃了使自己变得重要的机会，你背后不再有葛逻禄，没有人会同你谈条件的。”

“你害死了老节度使，他逼杀了河东侯。依照雪娘子的性子，你们还是不再相见比较好。”秀奴忽然改了称呼，劝慰道。她有私心，但话也是讲得不错的。

“那为何是我离开安城，不是他？”雪信猛一撇脑袋，如同要咬人一般，“一命偿一命，高献之的命是偿给我师父的，那我父亲的命，用谁来抵？”她在混乱时刻，坚持着自己的计算方式。

“反正我成不了那个重要的人，没有资格给雪娘子失去的亲人抵命。”秀奴放轻了声音，“他剩下的重要的人，只有雪娘子了。我想不出，你们到底是该相互憎恶，还是相互不舍好。但雪娘子你留下来，也没有行刺他的能力，更没有摆布他的机会了。你不会再把刀架脖子上逼他听你的吧？没用的，这招不会再有用了。”

“我和他相争，一定会伤到你。无论谁伤了你，葛逻禄都不会为你报仇。”雪信却不理会秀奴那一套。

“不用瓦解我对他的忠诚。附带条件的忠诚不是让人放心的忠诚。”秀奴很清楚，“我亦可安心，葛逻禄将不会因我而陷入如你们这样的复仇宿命。”

“偏偏我觉得，有条件的忠诚，才是可以控制的忠诚。”雪信居然浅浅地抿了抿唇，显出讥笑。

秀奴张了张口。她的声音被奶狗的哼唧盖过去了。四只小狗已学会翻越高高的门槛，跑进屋里来，紧随在后头是阿满。

阿满叫："雪娘子，你家外头……"她穿了全副骑兵革铠，颇为吃力地倒拖一口长柄马刀。刀尖在玉石砖地面上划出曲曲折折的痕迹。

雪信朝阿满示意："不用担心。少安毋躁。"她俯身，将小狗一只只捉到绣褥上。

秀奴警觉，问起阿满："外头发生了什么？"

"好多人，敌人！"阿满焦急道，"不过不用担心，阿满会保护你们！"

她尚抡不动刀，只得弃了武器，跑来跑去关紧门窗，又试图拖动家具拦住门扇和窗扇。无奈家具多是高大沉重，她一时难有成果。

她边吭哧吭哧运劲，边朝她们喊："两位姐姐也莫站着，找找屋里有无防身的家伙！"

秀奴扒拉开阿满，打开门冲了出去。

雪信对阿满招手："你过来，我对你说。"

虽然她没了控术，不再拥有蛊惑人心的力量，阿满却立时走了过来。

阿满说："你怎么一点都不急！"

"如果是铺天盖地的敌人把宅子围住，你堵上门窗只是延迟这间屋子被侵入，或者敌人还会选择围住我们，等我们自己走出去。你以为敌人会给我们送饭？"雪信道。

"那我们跑吧！"阿满拉住雪信。

"跑是越早跑越好的。你刚发现敌人闯入时，穿盔甲，找马刀，拖着一身沉重到我这里，时机已被你延误了。"

阿满撒开手，就着秀奴打开的门跑出去，顷刻又跑回来："并没有延误。高家的战士还在院门前守卫。我们的左右和前方已经被敌人包抄了，不过他们还没发现院子后的门，我们从后院门跑。"

雪信按住阿满的肩膀："若敌人的力量足够十而围之，却只围了三面，或四面中有一面的防守十分薄弱，你可要小心。他们若不是希望在突围里耗光你，就是希望让你延烧战火，突围搬救兵，把更多人拖进战局。"

阿满蒙了："雪娘子，你们的鬼心眼太多了。"

"可别抱怨我们。你们南诏的战士打仗，野兽打猎，都是有兵法战策的。你志在做战士，不多谋几步，还没见到真正的战场就委屈地死了。"

阿满听着外头的脚步声越发密集纷乱，跺脚转圈："那你说，若你是守军将军，被围死了，没力量突围，怎么办嘛！"

"你可以开门投诚。"雪信看向门外。

"我不要投诚！"阿满反对，"再想想别的法子。"

"那你可以划烂自己的脸而后自刎，免得敌人提着你的头招降你为之战斗的那一方。你死后，你的部下尽可以投诚敌方活命。"

"对方会善待我的部下吗？他们不会在下一次祭祀中用他们向神灵献祭吗？"阿满满心担忧，"在南诏，我听说过有部落用俘虏献祭！"

"看心情吧。要知道养活一批俘虏，自己人就要少吃些。他们有什么意义坚持？心情好，就赶去开荒，心情不好，就原地活埋。"

阿满声音小小的，有些抖：“你们汉人的有些传统，比起南诏，也不见得开化。活埋，得受什么样的罪……”

“难道有战争，旨不在消灭对方？”雪信自言自语，挺直了身子，似也在与小女孩的讨论里有所悟，“只有你十倍、百倍、千倍强大于对手时，你才有资格考虑仁慈。你可以在戏耍中展示自己的力量，慑服对方。不战而屈人之兵。可如何让自己十倍、百倍、千倍地强于对手呢？兵马？资粮？智谋？”

秀奴跑了回来，冲雪信叫：“静西侯还是中了你的诡诈之术！你怎么可以！”

雪信抬头看她，平静道：“特意放你跑，你却回来了。这番谴责的话，是可忍孰不可忍。”

“我不是特意来谴责你，我是请求你，别伤害他布置在府中的士卒。”秀奴打开所有窗户，另一种服色的军人已经整齐陈列在院门前，从火把的数量估算，他们的人数是高家军看守的十倍。

雪信抬手指着一个带兵的头领：“周校尉，高吴钩是他的妻子，那么高承钧是他的大舅兄了。可高承钧令周校尉失去了妻子，他们的孩子尚未断奶即失去了母亲。你问问他，肯不肯对高承钧的部下好一些？”

阿满晕头涨脑，仿佛是听出了点眉目，一拍巴掌：“所以他们并不是敌人，阿满不用自刎也不会被活埋了。”

雪信对她说：“做一个战士，你要学的还很多呢。首先得知道自己面对的敌人是谁，自己为什么要与他作战。”

阿满说：“高家哥哥那一方才是敌人？为什么？”

雪信沉默了片刻，她不是没有答案，只是在挑拣哪一个答案更合适。

她还没想好，院外冲突已起。河东军的枪兵们刺穿了高家军士卒的手腕，使他们无法持住武器，用枪尖抵着后心，用重盾砸撞，将他们驱逐。

秀奴松了一口气：“谢谢公主的仁慈。我可以对静西侯交代了。”

“只是他们不必死在这里。”雪信说，“你从这里出去时，也没人会为难你。”她亦是在下逐客令了。

秀奴向雪信深施一礼，出院去了。

果然周校尉指挥人马让开一个小口子。河东军士卒不似高家军那么面无表情，一众目光瞥来，厌憎仇恶，很是不善。

玄河衣衫素洁，发髻抿得一丝不乱，与她擦身而过。

在公主府大门外，秀奴见到一部遮挡严密的马车，被河东军簇拥，马车棚檐挂上了白纸灯笼。

囚禁河东侯的笼子还在，重新被油布罩住。再多看一眼，立刻有军士喝她快走。

“请公主节哀。”玄河走进房中，对雪信说。

阿满穿着头重脚轻的骑兵护具垂足坐在凳子上，双手托着下巴，胳膊肘支着膝盖，盯着绣褥上的小狗。狗崽子们围着食盆埋头争抢肉糜，并不曾在意生人靠近。

“我不哀伤。”雪信站在窗边回答。

“可惜我来迟了一步。”玄河又说。

“与你无关。高承钧不会放虎归山，我爹爹也有绝了高承钧的打算。”

河东侯生前最大的心病，不外是高承钧借由与雪信的联姻，接管河东军，或者要挟河东侯为他的同伙。高承钧起事，最需要的也不外是人马。

河东侯令自己死在高承钧剑下，雪信与高承钧的宿仇拧成死结，再没有修好的转机。她来不及哀伤，旋即要接手河东军，替河东侯复仇。

这些河东侯都已为她安排好了。纵使哀伤，对河东侯的哀伤里也夹杂了怨恨。

玄河从怀中掏出半边虎符，低头双手送上。雪信把兵符收在腰间，拧动发簪上的珍珠，珠子被拔下，珠子一端嵌着一枚细银针。她刺指滴血，把手指头送到玄河面前。玄河用手掌心托着那根手指，轻轻吮去了那滴血。

玄河从手指尖望向雪信的脸庞：“你没有事吧？”他来不及使用恭敬称呼，是真正忧心关切。

雪信指着阿满：“她身上有瑶香草种子。”

她宁可把玄河的关切理解成对他自身安危的关切。又说：“种子你可以取走，这小姑娘给我留下。”

阿满完全听不懂两人说的话。只对一件事有发言权，她隔着铠甲按了按心口位置：“种子离开阿满后，要立刻种下！延迟一刻，种子便再不发芽。”

院子外，周校尉接了斥候的报告，直接到窗前大声说：“高承钧已得知公主府的变故，已脱离同北衙禁军的缠斗，往这边来了。”

“知道了。”雪信牵起阿满的手走出屋子。

“河东军听凭公主差遣。”周校尉昂首挺胸道。

“周校尉，从今日起，你就是周都尉了。我会向皇上上本推荐，补完手续。但眼下，你就可以代管河东军了。”雪信说。

“多谢公主拔擢。”周都尉向雪信单膝跪倒。

“周都尉，你悲伤吗？”

“河东侯是末将义父。河东侯亡于高贼之手，河东军全军誓要着素甲杀高贼复仇。”

“你还有别的哀恸吗？”

周都尉迟疑了：“吴钩是高贼之妹，亦是末将糟糠之妻。吴钩生性胆小，又身单力孤，从未有过背叛河东军的举动。”

雪信只是问他有没有哀恸，周都尉却在剖明忠奸。他未必不悲伤，只是无法说出来。

“你们的孩子，是男孩还是女孩？起名了没有？”雪信问。

“回禀公主，是女孩，尚未起名。”

“既是我父亲义子，即是我义兄，那孩子也需叫我声姑姑。我为她起名流采。流采没了母亲，活下去是个难题。你送她来我处，我照顾她。”

“谢公主赐名。”周都尉再拜。他却明白，流采是一柄古剑的名字，与承钧、吴钩一脉相承。公主已决定将他女儿的血统打上高家的烙印，留在她的身边。

也不知是福还是祸端。

周都尉再度提醒：“高贼正向此处来了。”

战场风云瞬息万变，早一步和迟一步会是截然相反的结果，也许雪信还未适应。

周都尉引路，雪信在河东军神色复杂的注视下出府。她知道他们是在看她脸上手上的花斑，也许他们在想，她终究是个女人会不会抛不开旧情故交，狠不下心杀人复仇？

雪信端高了下巴，别转了眼睛不去看油布覆盖的铁笼，径自同阿满上了马车，然后下令：“把笼子也带上。”

马车不是空的，里面已先坐好了个年轻女子。面施薄妆，梳发油是素馨花香，裹了件淡水红毛氅，毛丝略被油泥腻粘，里头的衣服是干净的，却是平民女子身上常见的式样，与外罩丝毫不相称，况且她还揽了个婴孩在怀中。婴孩吵着哭着，拿脸拱着她的胸口，她轻拍婴儿的脑壳，颠着哄着，就是不解开衣襟。

雪信坐定后催发马车，并未同那抱孩子的女子交谈。

而阿满望了那女子会儿，忍不住说：“你孩子明明是饿了。”

“他不饿。”女子回答。

“让他吃一口，吃上他就不哭了。”阿满又说。她以为这女子是新做母亲，缺少经验。在她的寨子里，单身女子带孩子是惯见的，但全寨子的女性，无论年幼年长，是否生育过，都会来帮忙。她对带孩子倒是不陌生。

“他是我生的，他饿不饿我知道。让不让他吃，是我的事。”那女子对阿满的建议很生气。

阿满被撅回来，抿住唇，唇角向下挂了挂，很是受伤的意思。她转去看雪信，见雪信似乎只是透过帘子缝盯着马车行进到何处，并不在听。

但雪信却开口告诉阿满：“喂奶会弄乱衣服，奶汁和小孩子的涎水印在胸口也是不雅的。曲娘子不愿狼狈。”她何其了解这个自小就相处的人。

“可是抱着一个饿哭了的孩子，人人都知道你没有照顾好他，岂不是更狼狈？”阿满很感激雪信救了她的尴尬。

“也许她心底里以为，这个小孩子过得不好，是因为她过得很差。她过得不好，不是她的错，而是别人的错。所以小孩子哇哇大哭，是她送给别人的难堪，不是她的狼狈。”雪信又往外头吐蒺藜了，但并没有一个字是骂人的。

“沈雪信！你们给我吃的那是什么！我哪里有奶水？我喂不饱他！他快被你们饿死了！”曲尘的回应也是锐意十足。

“我不姓沈。我爹爹姓江来着。”

“改了个姓，就什么都有了。”曲尘这话是第一次说出来，但一点也不新鲜。

“既然不吃沈家的饭了，我也就不赖着沈家的姓了。”雪信不顺着曲尘的意图吵架，“你有没有打算，把你的姓改回骆姓？你在骆家时叫什么名字来着？刚见你时听过一次，没记住。”

曲尘怒不可遏：“你非要气到我堵奶吗？骆家给过我什么？沈家又给了我什么？”她开始揪自己的脸，“只给了我一张脸！这张脸却并没有帮我成为皇后、成为公主！我得到的都是我自己挣的！”

阿满不合时宜地插嘴：“给她脸了？你们的话是这么说的？”

雪信没有被阿满逗笑，她从曲尘怀里接过孩子，一只手伸出帘子外，收回来时手里已攥了个皮壶。壶嘴微微冒着热气，开了个针眼大的细口，倾倒出雪白羊奶汁。婴儿咬住壶嘴立刻停止号哭。

曲尘的怒气被撩拨到一触即发，马车里余下两人却专注于孩子，不再搭话。那口气咽不下这口气又发作不出，片刻后，她把怨气消化了，重新镇定了心神问雪信："她们说我可以回去了，这是去哪里？"

"城西药园。"雪信回答，"秦王世子率一营北衙禁军占住了城西药园。是我请秦王世子帮忙的，人情自然是要还的。"

曲尘扣紧的嘴角微扬："果然如是。"

阿满问："雪娘子，你有了河东军，为何还要北衙禁军帮忙？"

"需要有个意料中的对手干扰一下高家军，把高家军的主帅调开，河东军才能把留在公主府的高家军残余赶走。趁着高家军主帅得到消息赶回公主府，河东军绕路去城西接收药园。"雪信耐心地对阿满解释。

"雪娘子，你是不是不愿意与高家哥哥打仗？"阿满没有被一番调兵遣将绕晕。她总是凭直觉提出问题。

"不是的。安城街衢宽阔，依然没有战场宽阔，安城里还有百姓，不可以在安城里打仗的。"

"若是打起来，谁会赢呢？"

"我是将军的女儿，但我没有打过仗，以前也不关心打仗的事，只是读过几册兵书。"

"还是在闺阁中，思念心上人的时候，读来解相思之苦的。"曲尘稀里糊涂坐上马车过来，既不了解公主府内的斗争，也没有看穿府门前油布下的乾坤。但她见机揣度，不可不回敬几句诛心之语。

婴儿在雪信臂弯里哼唧了一声，因为壶嘴离他而去。壶嘴跑了是因为车子把雪信的腕子颠荡开去了。雪信低头把壶嘴塞回婴儿口唇间。

"谁料得到呢。谁看都是一双璧人，到头来却兵戎相向。反正你也打不过，倒不如卸脱了身份，随他跑了轻松。打仗的事，交给你爹爹不就行了。"曲尘还不知道河东侯已亡，说得轻松。若是知道消息，必定说得更欢快。

马车略停了停，河东军与北衙禁军在交涉。药园门前鹿角形状的木障被搬开，守备森严的关卡开了道口子。马车又行了一段，停下来。

曲尘在马车里坐直了，不自觉抬手掠了掠头发，从羊毛毡帘缝隙里，她见到秦王世子苍朝雨。第一回见到他全身甲胄的模样，说是雄姿英发也不为过。

"你待在车里。"雪信对曲尘说。她把奶壶扔给阿满，对阿满说，"走，下去。"

"我为什么要在车里？"曲尘爬向车门，撑住荡回来的帘子。两柄匕首交叉横到了她脖颈上。这是只为了阻止她下车而设置的威胁。

"可惜乱军之中，只保全了世子与曲娘子的一点骨血。"雪信把臂弯里的孩子递给秦王世子。

苍朝雨手势生疏地抱过孩子，他的下属从阿满手里接过奶壶。

"是曲娘子佳人薄命。"苍朝雨垂头难受了片刻，他搂好了孩子，下令北衙禁军与河东军交接驻防。

马车向药园更深处缓慢驶去，苍朝雨向药园外走。曲尘把方才雪信与苍朝雨的话听得明明白白。她被车旁河东军侍卫的匕首逼着无法探头，便高声叫喊："世子，我没有死！世子，曲卿在这里啊！"马车与苍朝雨两相交错，苍朝雨目不斜视走过去了。

他耳朵听不见，他是读唇知意的！曲尘想到症结了。

可是她又想起，明明苍朝雨的耳朵里已经有了她从华城弄来的琉璃耳鼓，是听得见的。难道他的耳鼓在保护安城的战斗里受损了？他又听不见了？

“世子，不要抛下曲卿！不要扔下我！我们的孩子不能没有我！”曲尘撕心裂肺地喊。两柄匕首没有逼她噤声。

苍朝雨向雪信行礼，雪信回礼。

苍朝雨的背影被军中熊熊火把照亮，温暖又安心。而那背影正离她越来越远。雪信给她的也是背影，站着不动，似乎没有被她的喊声打扰。

正向药园外撤离的北衙禁军，徐徐进驻的河东军，秩序井然。雪信说她死了，她就已经死了，大家都不用去听死人的哭泣。

除了阿满，她跑回来安慰曲尘：“虽然母子分离不合情理，但反正你也不喜欢那小婴儿，你也没有奶水喂他，没有他纠缠，你反而轻松。放心吧，壶里的羊奶还有很多。”

曲尘抓散了头发，迎着匕首前冲，脖颈立刻被刮出血痕。匕首缩了缩，曲尘知道雪信是不敢让她死了的，更豁了命冲。

雪信走回马车边，对她当心口一推，她虚弱地跌回车厢里。

“你没有被抛下。”雪信安慰曲尘。

“他为什么不带我走？”曲尘在掩面啜泣，话也说不完整。

“他从来没有在天下子民和军中部下面前承认过你的存在。没有承认过，就没有抛弃过。”雪信的回答很冷酷，“所有人都看得出来，眼下，他最好结一门有用的亲事。”

“可我为他生了个儿子。”曲尘辩解，“他的长子。”

“所以他要这个孩子，我和他谈条件，他只要那个孩子。”

曲尘颓然，她不信，但她不敢去验证。

“你没有被抛下。”雪信又对曲尘道。

“他不能公开接我走，安顿好了孩子，会偷偷遣人来接我，是不是？”曲尘扬脸，故作天真道。

“有希望是好的。”

雪信把毡帘遮挡严实，示意马车加速离开。

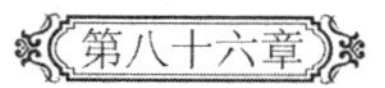

幽泉哽咽剑光寒

阿满垂了垂头：“可是把这位姐姐的希望打破，把孩子从她身边带走，终归是太狠心了。”

雪信对她说：“看着她回到那男人身旁，看着她为自己的身价奋斗，看着她变成男人的绊脚石，仅有的那丝怜爱成了厌烦，看着她疯了或者死了，岂不是更狠心？”

阿满不认同了：“雪娘子说得差了。怎么料定成了绊脚石后，马车里的姐姐就会疯了或死了呢？就好像公主府里送饭的那个姐姐说，雪娘子与高家哥哥翻脸后，输了要走的一定是雪娘子。雪娘子不认输，马车里的那个姐姐，她也憋着口气不认输的。”

雪信诧异地看了阿满一眼，又叹：“其实还有一个理由。我不愿我与她的最后那丝情谊，化成怨恨。”

“失去孩子，丈夫又不认她。她是要把账全算雪娘子头上的，雪娘子这样做就还剩得下情谊吗？”

“你以为事情最坏到这一步就到头了，直到见识到更坏的事情。”

阿满小小年纪也老气横秋地唏嘘：“女人要喜欢一个男人，才会和他有孩子。男人只要不太讨厌一个女人，就可以和她生孩子。这是寨子里的姐姐说的。”

河东军进入药园的先头部队整队结束，列阵在晒药场。

玄河站在一个临时垒砌的土台上向周都尉解说一张手绘图纸。周都尉明白后，召集来各小队队正，指点图纸下达命令。又有一队人马领命从府库搬来农具分发，空场上一队接一队鱼贯而出，走向不同方向。

马车从调动中的军人身旁经过。曲尘在车中听着脚步声，她的脸欲泣无泪。乳汁浸染了垫在胸口的重重织物，襟前透出两团不断扩散的湿迹。她感觉心要裂了，悲痛来不及上行到脸上，从胸前涌了出来，乳汁就是她的眼泪。

马车停下来，曲尘听见一种细细碎碎的清脆声响离她近了。她满怀希望地扬起帘子，看见沈越青向马车走来。

沈越青的手中提着一串青瓷薄片制成的小磬。她心口崩裂的感受止住了，成了堵。

曲尘不等沈越青走到面前，就抓起马车里的坐褥向他投掷过去，简直气疯了喊道：

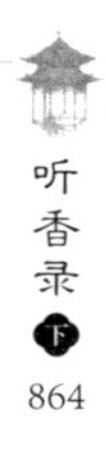

“你提的条件是我，是不是？”

沈越青没有闪躲，挨了一下坐褥，走到她面前来：“这不是早就说好的吗？”

“我不是早就带着你来到安城，兑现承诺了吗！”曲尘终于找到最可以倾泻怒火的人。对方是如何遭受攻击也不会为难她的。

“说好的是你跟我走，不是你带我走。我其实想去个远离华城和安城的地方。在完成出师任务以后。”沈越青平静道。

“你的任务是什么？烧制琉璃耳鼓，难道不是我求你的？”曲尘慌了起来。若这一点也不成立，那么她以为的所有都不成立。沈越青也没有必要承受她的迁怒。

“是你求我的，也恰好是任务的一部分。”沈越青说，“令你明白自己的选择错了，也是包含在任务之内。”

“你的任务到底是什么？”曲尘的双手开始没有地方放，抓住了衣边。

“我的任务，与高承钧的任务，说到底是一回事。我们的师父花了二十多年筹划的一件事，你不是早就知道？”

“沈先生会怎么对付我？会不会杀了我？”曲尘立时想要个保证，“你会保护我，是不是？”

“不会杀你的。要你死还不容易？这好几年，看着你愤愤不平，看着你另拣枝头，看着你从枝上掉下来。放你走，你也无处可去。”沈越青平静无波地说着。

她明白了。处死是对对手的重视，她还太渺小，没有资格。

她又问沈越青：“你喜欢我，从小就喜欢我，是真的吗？”

“是真的。但我想找个安静地方，做个像师父那样的小手艺人，拥有个温柔沉默的妻子，也是真的。”沈越青回答，“还请你成全我。”

他说得很客气。旋即他把瓷磬递到曲尘手上，曲尘手指不动也不接，他给她系到裙带上了。

此刻曲尘再也不认为这件东西是少年时爱情的念想，它好像是挂在瓶瓶罐罐上的标签，是小狗撒尿执意留的记号。但她不敢解下来扔掉，这是她接下来一段日子里唯一的安全保障。

护送马车的河东军侍卫到药园后门止步，沈越青跳上驭手位置，驾车向西城门去了。

农具摆放在府库中没有生锈。河东军用锋利的铁器把药园划出九个区域。八门各掘深坑，埋下香料粉末，点燃后，盖上煅烧过的松针和石英灰，之上再覆土堆成坟包模样，以长钎打通气孔。

香料在地下缓慢地、有控制地被加热燃烧，灰土滤去了烟。火力透彻土地氤蒸而上，香气从土地的毛孔里散发。

八个香堆是缩小了的沉香山子，而中央位置的沉香山子因为体量庞大，一时还未安置好。但药园土壤里的冰粒已消融，渗入地下去了。香气带起地气，向上生发。

阿满看着军人们搭建吊装沉香山子的支架，捂住了心口说：“快快，瑶香草种子感受到了，要发芽了。”

“再等等，阵法还没完成。”雪信看着眼前的景象，“八门之下的火道还没联通。沉香山子就位后，还需凿通底部，与土地相接。”

“种子栽下去后，阿满的任务就完成了。”阿满忽然说，“却还没有人来告诉阿满，今后的日子该做什么。阿满是不是应该回南诏问问族长或者大祭司？”

“阿满，她们把你从少逮列寨子送出来，交给一群陌生人时，你的价值对她们而言已经结束了。”雪信回头看她。

“雪娘子是说，阿满被扔掉了吗？”阿满的心灵触觉十分敏感。

“不，我在说，阿满可以不再受她们掌控了。接下来，你想当战士，就可以当战士。”

负责药园外围的守军头领来报：“静西侯带人杀回来了，人马围住药园，求见公主。”

一日之内，小小一方药园几度易手，禁军、府军、边军轮番走马。

雪信说：“不需理会。”

守军头领又来报：“静西侯说不打扰河东军在药园的布置，说既然公主接手，他还有些香料一并送来，公主一定用得上。”

这回雪信点了头：“拉进来。”

平板车载着箱子拉进来了。车辕上缠着红绸，箱子上各顶着红绒球。

依然是秀奴孤身进来，捧着礼单。鲜红单子上墨迹未干，秀奴不敢合上，摊放在盘子里，从门口走到雪信面前：“我是静西侯的使者，礼是聘礼，望公主收下。”

“你们是在挑衅吗？”雪信皱起眉头。

环视园中，河东军军士人人怒目而视。

“静西侯与公主情笃意切，圆镜亦是大势所趋。老节度使当初身故，静西侯坚持把婚事办了下来，可见事急从权，喜事丧事亦可并行不悖。再者，没有静西侯庇护，公主难以支撑，河东军必将被崩解吞没于乱世，公主允婚，亦是爱惜河东侯留下的儿郎子弟。”秀奴将话讲得大声。

雪信轻声说：“这话是静西侯一句一句教给你说的吗？半日前，你还劝我远遁。”

“公主不肯逃走，留下来即要担起一支军队所有人的性命。”

“河东军每一个人都愿意为洗刷耻辱付出性命。”

“静西侯攻下药园，易如反掌！”秀奴提高了音量，“公主策反了静西侯的妹妹，盗取了河东军兵符，说叛了静西侯的心腹兄弟沈校尉，又带走了保管瑶香草种子的蛮奴，公主不义在先，静西侯却还隐忍克制，难道不是情意？公主实该以情换情。”

“他扰乱了西域，倒逼进安城。他挟持君上，辱杀将侯。你还在这里说什么情意，可笑。”雪信冷哼一声，“什么时候，他欠你的情被你讨回来了，告诉我一声，我替你高兴高兴。我本该砍了你的头，不过看你也是可怜人，我不杀你，但打出去是省不下的。你跑快一些，说不定就不会伤到。”

长枪手拥上来了，得了雪信授意，刺扎向秀奴的足后跟。秀奴一跑，枪尖没入足跟后半寸土中，她每跑一步，五六个枪尖钉住她身后的地面，拔出来再刺又会落后半寸，看来惊险无比。

雪信传达的命令是退礼，怨恨满腹的军士们执行起来添了佐料。红绸被扯下来烧尽，车先推出去，而后是箱子。两个士兵抬起一个箱子，悠两下甩出去，箱子摔散了架，里头的香料滚一地，不等高家军的人过来收拾，下一个箱子又砸到。

“原来我叫蛮奴。”阿满兴头低落。在南诏，她被选为圣女，不论旁人私下里如何以为，面上的礼遇总是做足的。她还是头一回被冠上鄙夷称呼。

“两军对峙，当然什么难听说什么，气死一个算一个。”雪信又抚了抚阿满头顶，“你是什么人，得看你想做什么人，又为此做了多少努力。”

“雪娘子，你的脸，你的手……”阿满抓住了雪信的手，唐突地捋起阔袖，翻动她的衣襟。忙乱中，所以人顾着自己的一摊事，对这点小小的变化熟视无睹。只有阿满察觉了，“雪娘子，你身上的斑痕怎么不见了？”

雪信察看双手手背，皎洁肌肤，像天将亮未亮时，月光和雪光映上白茧纸，使人心生怜爱，想戳一下又不敢。

“玄河……”雪信说了两个字，改口了，“让他完成手里的事后来见我。”玄河正在高台指挥阵法布置，不能离开。

园外守卫头领又来报：“小皇帝来了。”

军中下级军官对大将军的忠诚，远在对皇上、对朝廷的忠诚之上，是司空见惯的。过去河东侯没什么别的想法，皇上对河东侯放心，也放任。改弦更张后，河东军立刻又只忠诚新乐公主，对新君表现出大人对孩子的戏谑。

雪信责备地看着那头领：“以后不可如此称呼，要尊称圣人、君上。”

“是。”头领不以为然，在他们心里，他们的性命和利益是与河东侯绑在一起的。但口头上的规矩，他们是做得到的。

“列队出迎。”雪信下令。她还未真正调兵遣将过。

自阳关兵败，河东军回到安城后也没有机会整编。原来的高层将领没有死的，均被软禁家中。高承钧派遣了自己的人进入城外河东军大营，监视低级军官维持营盘秩序，等待他拿到虎符收编河东军。

汇聚在药园的人马只是河东军的一个营。这支人马能运作她的命令，全凭往日里河东侯的训练。

眼前所有人员各领了派遣来回忙碌，抽哪一部分组成仪仗，都会阻滞其他环节的推进。从各部分均匀抽出少量人员，就得让每个部分做出适应调整，并且临时拼凑出的队伍哪里走得出气势。

雪信只吩咐了一句，却没考虑如何执行。守军小头领也是傻眼，他们是作战部队临时派去看门的，和专门摆阔端架子的仪仗亲卫平日里并不相干。

雪信旋即明白过来，她得找周都尉，但周都尉正在高台下协助玄河布阵。玄河出方案，出人干活的是周都尉，一个也走不开。

雪信只能改口：“算了，你领我去。”帅令下达哪有更改的，周围稍微明白些的人，面上浮起隐忧。

“别乱了手脚，让你的人好好忙着。”小皇上信马由缰地从拐角过来。

河东军对他是没有几分诚惶诚恐，但也不把他当个威胁，总之是没怎么当回事。皇上说他自己进去就行了，守军也不敢阻拦，放他与几个侍卫遛着马就进来了。

一众人被雪信带着行礼，小皇上从马上蹦下来，跑来拉起雪信，一边握着雪信的手，一边就瞟雪信身旁的小姑娘。

所有人矮身下拜，唯有阿满站着左看右看，神态有趣。仿佛是一群吃草的动物嗅到风里的腥膻气撒开蹄子跑了，剩下一只雪白干净的小羊尤为醒目。它还纳闷大家跑什么，在研究清楚原因前，它想自己不能跑。

“这是南诏圣女阿满，没学过面圣的礼仪，勿怪。”雪信揽住阿满的肩膀。

“南诏圣女？可她穿的是西胡式样的马铠。”小皇上还挺识货的。

阿满来到安城的事说来话长，雪信不想与新君讨论。她反问皇上：“安城里乱得很，圣上出永安宫来做什么？”

“来平定安城的乱子呀。”皇上见阿满盯着他腰间的短剑直搓动手指，索性解了扣带，递过去，“这东西我有好几把，这把送你配衣服。”

阿满接过剑，出鞘试了试刃口，又看向雪信，问：“我能收下吗？”见雪信点头，便挂到自己腰间。

“圣上要如何平乱？”雪信问。

“我知道我年幼少德，不够服众，四面八方，朝野内外，有想法才跃跃欲试。”皇上开口这几句，四平八稳，在情在理，任何人都会点头，“我一个人镇不住，有赖雪信阿姊帮我了。”

“祸是我闯的，我会补错，尽我所能帮皇上平息安城动荡。”

“哎。安城不稳，除了众人欺我年幼，原来那些台面下争斗的，都打到台面上，当庭出手，若不是高爱卿站在我身旁，他们的拳头都要打到我脸上。看看四野，哪个不是？忙着认新的山头，重新划定势力地盘，他们只顾着自己折腾，送到我案头的人事奏本，反而成了个告知书，一个月换十批人，风车水车一样转。高爱卿能帮我，但朝中认为他名不正言不顺的人也不少。”

“是高承钧请圣上来做说客的？”雪信没有动脚步，但她一瞬间仿佛是退得远了。

“朕认为高爱卿说得有理。阿姊刚醒来，可能不清楚形势，我就着图给阿姊解说。”皇上向后摊开手，侍卫抬过来一卷羊皮地图徐徐展开。

皇上用侍卫的剑鞘指点图上片片区域：“所以雪信阿姊，若你嫁给高爱卿，高爱卿就是我的姐夫，高家军就能为我家守牢门户。河东军得到高爱卿的整编指挥，可为我家平定内乱。高家军与河东军并称一家，西域、关中、河东镇服，而后天下可无忧矣。”

雪信眼前飞起金花，视野里黑雾蔓延，仿佛是火焰吞噬留下的焦边。一口浊气顶上来，她对着地图吐出一口黑血。众人眼看着她倒下去，横在刚温暖起来的泥土地面。

“你怎么能一顿话，把雪娘子说死了！”阿满扑上前抱住雪信。

“怎么办？”皇上也傻眼了，问侍卫。

侍卫本该是不需要思考，只需要听命的，在河东军的地盘上，他们要先保护皇上的安全，别的一概不用管。他们说：“请皇上回宫。”

“谁也不准走！”阿满突然直直站起，拔出了腰里的剑，“围起来！”

不用军官吩咐怎么做，周围所有河东军军士操戈弄枪，把雪信与皇上所在的这片土地围得水泄不通。皇上的御侍们长剑出鞘，剑尖对外，用脊背护住了皇上。他们吼道：“河东军要叛变吗？”

“你！”阿满用短剑指着一个她并不认识的河东军军士，“找玄河过来。”

玄河是谁？玄河走进公主府西院与雪信讲话时，雪信没有为他们相互引见。阿满只是刚才听雪信说要找玄河，就坚定地说出了玄河的名字。

她又指着另一个军士：“把周都尉也找来。”

军人服从命令，军人是需要命令的。这些军士亲眼见到雪信亲昵地对待阿满，此刻就把阿满当作雪信的代言人，听令而去。

“阿姊怎么样了，放我过去看看。”皇上对侍卫们的反应也不甚满意，他也没理解何至于事件在一瞬间激化到如此地步。

河东军与高家军势不两立，若皇上打定主意站在高承钧这边，那么河东军还是及早把握机会，挟持了小皇上反了算了。

没有人把这些话讲出来，但是稍微明白些的人都想到了这一点。他们的意愿汇聚成流，被身边更多人隐隐察觉。所以他们也并非是随随便便听从一个稚嫩女孩的号令，反而是在这个关口，一个女孩把他们的打算表达了出来。

如今河东军的人数何止十倍百倍于小皇上的侍卫，摆摆阵势就足够控制住那一小撮人了。阿满对剑拔弩张不紧张，反是低头寻找雪信的呼吸脉搏，惊慌失措。

包围圈整齐让出一条通路，如小刀划开豆腐。玄河与周都尉一前一后走进来。

皇上撞开侍卫，上前抓住了玄河肩膀：“玄河子，高爱卿说你闭关修行，你怎么在河东军军中？你出关了？是不是更厉害了？哦，玄河，你来看，朕才说了两句，雪信就气躺下了，她手下的武夫要杀了朕。他们是不是误会朕了？”

小皇上抓住玄河诉说的委屈，被附近的河东军军士听见了。他们瞪出眼珠子，咧嘴露出了咬紧的牙关，如同一头头预备出击的野兽，只要有一人带头扑上去，他们能一人咬下小皇上一口肉。

周都尉向皇上跪拜行礼，他不等皇上客气就自己站起来，双手下垂，没有下令军士散开。

玄河轻轻一带，把小皇上推回侍卫组成的包围圆心。他先看了地上那幅黑血污了的地图，又去试雪信的气息。他头也不抬地对周都尉说：“河东军若不想送给他人构陷口实，还是先把阵仗撤了。”

“必须等公主醒过来亲自下令。”周都尉回答。

“我需要一架肩舆，移公主入屋救治。”玄河确定雪信只是一时气堵了心。那一股劲儿过去后，她眼睛微睁着，似乎看着周围一切，却对所见所闻不做反应。

周都尉下令原地搭建席棚，他在避免一切不必要的变数。

“皇上对公主说了什么？”玄河问阿满。全场里，他只相信阿满会毫无立场地转述。

“那小子，叫雪娘子‘阿姊’。他劝雪娘子嫁给一个叫高爱卿的人，说嫁了天下就太平了。”阿满说，她还是自己点评了的，“你们汉人，亡国时要怪女人，天下安定也系在一个女人如何选择夫婿上。你们汉家的男人，如何能有出息？”

小皇上隔空与阿满争辩：“我讲的话被你昧了那么多？雪信是我长姐，高爱卿是我过去东宫出来的人，我的好兄弟。高爱卿的高家军攘外，雪信的河东军安内，他们合成一家，天下何愁不定？况且他们素有情恋，也成过婚，被大人的恩怨搅和分了不算啥。论身份我是天子，论私交我和他们两人关系匪浅，说得破镜重圆岂不是美谈？”

“若果真是美谈，雪娘子会气吐血吗？还是一口黑血，怕不是吐出了积年旧怨！”阿满举着剑手舞足蹈。

“不对！雪信与高爱卿闹别扭是常事，闹完了他们还是赌咒发誓不肯分离。你认识他们多久，你知道他们多少？至亲好友，只能劝和不能劝分！”皇上扒拉侍卫，嫌他们把保护圈设得太挤，影响了他发挥。

“你们需要河东军了，就说他们是相亲相爱的情人；你们不需要河东军时，就说他们是相互抽巴掌的仇人！”阿满与小皇上恨不得挣脱了各自的束缚扭一架。他们吵得越热烈，四周听者越沉默。

药园中木材香料布幡堆积，棚子顷刻搭建完毕，把皇上及众侍卫、雪信、玄河、阿满、周都尉罩在其中。雪信终于抬起一只手，堵住了阿满的嘴：“不允就完了，话多。”她的声音仿佛也是一半虚无的。

“雪娘子说，不允！”阿满拿开雪信的手，吼过去。

皇上哑了会儿，又可怜巴巴地问：“为什么呀？雪信和高爱卿，是朕的倚靠啊。”

雪信偏了偏头，眼角斜见玄河俯在她肩头，专注地鼓捣着，知是在帮她取下金蛇项链，唯恐干扰。雪信闭目养神，不再发话。

辩论争出了输赢，两个少年人也不再出声。棚子里一时死静，人心里却是焦躁。

在玄河身旁的矮几上放着个银盘，银盘上垫着白布巾，一件又一件细小发光的黄金构件被拆散下来，依序罗列。那些构件里，有蜂足大小的细钩，有蝇翅大小的鳞片。他解开最后一个钩子，摘走最后一枚金鳞，黄金底座的宝石坠儿拖着一条赤红环链掉进他掌心。

玄河轻吁一口气：“无事了。”

雪信坐起来，摸了摸自己的脸颊。

玄河说：“斑迹又会慢慢浮上肌肤。”

“高承钧是想我死吗？”雪信蹙眉。

“幽泉铁掘自极北苦寒之地，金蚕王蛊乃南境之民饲育，从未相遇过。往好处想，他并不知道幽泉铁克制金蚕王蛊的活性，只是一意想封住公主的术法。往坏里想，有人告诉他金蚕王蛊被幽泉铁克制后，肤表遗毒会往脏腑沉积，他也只是想要挟公主交出虎符。毕竟公主还在，河东军就还有辖制；公主不在，河东军再也不会受任何人控制。”玄河分析着。

雪信咬了咬嘴唇：“我不需要听意图。”她对被侍卫按着跑步过来的皇上说，“河东侯已薨，圣上是知道的吧？”

“啥？”小皇上差点坐倒，“侯爷败兵之后，闭门不上朝我是知道的。侯爷向来不喜欢高爱卿，也不认高爱卿这个女婿，不肯见高爱卿，我也是知道的。这才需要我来说和。怎么侯爷就薨了？”

“圣上的眼是瞎的吗？”雪信把皇上从侍卫包围中拉出来，拉出席棚，指着一个方向上那些额头系了孝带的河东军将士。

河东侯之死是猝然的，接手河东侯权力的雪信也还未完全缓过神来。药园外围守卫如常，在园内布了灵堂，只有看守灵堂的军士额系孝带。

“刺死河东侯的，是透山剑。河东军永远也不会接受高承钧的指挥。”

与高承钧一样，雪信也只是选择将部分真相告诉皇上。那些会阻挡他们意愿的事实，那些一言难尽的模糊地带，被撇在表述之外。

“高爱卿，杀了河东侯……高爱卿杀了雪信的爹爹……雪信是不会与高爱卿和好，河东军也不会接受高爱卿的整编了……”皇上喃喃，“雪信是雪信，高爱卿是高爱卿，你们不会一起帮着朕了。”

平定天下的梦想被透山剑一剑挑破。雪信放任皇上误解了河东侯之死，反正意图与过程不论，结果并没有差别。

皇上看向雪信，惊讶又迟疑：“你的脸……”

幽泉铁打造的金蛇项链一离开雪信的脖颈，蛊虫们就复苏了，它们又把她体内的余毒驱赶到了肌肤上。

雪信抬手摸了摸自己的脸：“瑶香草会治愈的。其实并没有关系了，我有了河东军，他们不会因为我的脸美丽或狰狞就选择忠诚或背叛。”

“阿姊，我一直以为自己接替这个皇位要几十年以后。在那未来的几十年里，或者是某个堂兄，或者是崔太昭仪的儿子，他们都有可能取代我。为什么是我？我坐在朝殿上，看大臣们争吵，出神地想是不是自己正在做梦，梦见接替做了皇帝。我躺在寝殿里不敢入睡，怕有人冲进来宣布我没有资格当皇帝，把我逐出安城，或是干脆杀了我。”

皇上垂下脑袋，他也是被另一些人的布局牵动命运的少年人，似乎比起雪信更无辜。

“我和玄河，会保护皇上。”雪信安慰道。

“光保护朕还不够，朕要做个有威严的君王。”皇上并没有太多底气，“河东军在阿姊手里只是吓人的摆设，要有将军指挥河东军作战，他们才能为朕所用。要不然，阿姊看看朝中还有哪个青年将军可堪帅才，朕为阿姊赐婚。”

“原来驸马真的是马。皇上要找一匹马来，套上辕，拉动河东军这部车。”雪信似是听到了什么笑话，“可惜我近年走动得少，不认识什么军中的后起之秀。”

“越王家那个二儿子行不行？”皇上探询道，“与雪信也是有旧交情的。他对雪信可说是唯命是从。”

“有人写奏折说，他在越地反了。”

“所以若召他来安城结亲，也许能化解这场干戈。”

“在皇上眼中，结亲是笼络人才、化解干戈代价最小的办法。结亲也是公主、郡主、各家贵女生下来的使命吗？”

皇上就搞不明白雪信的不满了：“是嫌苍海心身份低吗？他娶了雪信，早晚是要让他做世子，袭越王的位的。阿姊，若不能打，只有和。”

“这个主意又是谁给圣上出的？”雪信已经准备好记仇了。

“兵部尚书。”

“呵，崔老头他不是老糊涂了，就是包藏坏心。他女儿崔露华是嫁给了苍海心的。圣上找他商量，要我嫁苍海心，先赐死苍海心的妻室，看他愿不愿意。”

小皇上说一句，雪信顶一句，末了无话可劝。他说：“我去看看河东侯吧。”

“有什么好看。连我都不想看。”雪信是不敢看，不愿承认河东侯已离开她。

皇上回到永安宫后，兵部来人送了大批白麻布，还送了一口好棺木。但棺木一时用不上，灵堂上还是一具覆盖油布的笼子。

有几个军士发了疯地挥重斧砸砍锁栓，却打不开。既不是享尽天年，也不是马革裹尸，对于将军来说，这种死法不仅遗憾，而且尴尬。

守军又来报：“静西侯在园外，说要替河东侯治丧。”

“河东侯的死仇一日不报，我一日不发丧。”雪信说。

她对着小皇上生了通气，这会儿气不动了。

“请静西侯勿要踏足药园，我也并非避而不见，有话明日在朝堂上说。”她蹲下来把手按在地上。

安城上空的苍白烟气渐渐褪去，安城百姓将眼光投向兵马调动频繁的药园时，有人什么也没发现，有人望见药园上空云气蒸腾，也有人看到近处屋檐和远处山脊若有若无地扭动。

冰雪消融渗下泥土，这会儿又化作温热水汽升发而上。八个方位的地炉已有了联系。中央位置还在一批黑泥一批黄土地夯筑台基，台基要筑造三丈三，台基中央挖掘深井。沉香山子坐于台上，深井向上接引地脉之气。

雪信头一回正经上朝，却是在一个大家都不怎么把朝议当回事的时机。

众臣正一窝马蜂般地喧嚷着，听殿头内侍报说新乐公主上殿，纷纷转头关注，倒是把嗡嗡嗡暂停了。

一小队人皆骑着白马，马挂素银铃铛戴白缨。到了殿前，一个戴白色帷帽的年轻女子从打头的马上跳下来，将马鞭和马缰向后一扔，又招手让队伍里一个十三四岁的小姑娘跟上。

朝殿的台阶曾被各式各样相貌古怪的外邦使者踏过，但都比不上今日上殿来的两个人出奇。女子帷帽上的白纱从头垂到脚踝，纱里头的衣裳也是白色。她手里牵着的小姑娘是小鼻子小嘴细长眼睛的秀气模样，戴了一头银饰，耳洞里各插了朵白色绢花，却穿了身亮锃锃的素银盔甲，腰里别了把短剑。那短剑居然没有被殿头禁卫扣下。

皇上离开御座，提着朝服袍摆跑到雪信面前：“雪信你来了。朕这就把朝议散了，到后面说话去。”

一句话中，他甚至向阿满偷偷投去好几眼，又忙着要拉雪信空着的那只手。

阿满瞪了皇上好几眼。

雪信后退一步，躲过皇上的热络，行礼参拜道：“我来为圣上分忧。”

“朕已经解决麻烦了。朕在殿旁设了诤理署，辟了十几个小间，把议题挂在门上，让他们进去吵，让御史记录监察，让执金吾维持秩序。等他们消除争议，把结果报给朕，朕再盖章。理不辩不明，辩出的策略才是朕放心的。大臣们把力气用在相互折磨上，朕这边耳根子清静。”

“如何令安城恢复太上皇时的生机，策略辩出来了吗？如何应对即将来临的饥荒，如何准备春播，如何安抚饥民，如何平定肇事流民，你们敲定办法了吗？”雪信问。

“朕也很急。可朕的栋梁们还需要时日才能把思路梳理出来，急不出来。”

“火烧眉毛，诸位还能安坐高谈阔论，只关心输赢不在乎民生生计。众臣有进谏之责，圣上岂可懒惰，把谋断之权交给一群蝇营狗苟之徒。”雪信出言冰冷冷的。

便有人从文臣行列里站出来，叫：“新乐公主早被太上皇圈禁，虽当今圣上名义上赦罪解禁，但无踪迹无消息旧矣，恐早病故。这又是什么人，一身缟素，遮掩面容冒领新乐公主身份，大放厥词，对圣上大不敬！”

他未必是真心维护皇上的面子，但抓到了大声疾呼的机会便不能错过。他甚至痛呼："圣上，千万别被蒙蔽。假冒新乐公主的人，定是怀不臣之心，图谋干政乱国。"

这话令雪信生气，就算干政乱国，都不判她是罪魁祸首，只把她当个牵线傀儡。

皇上都不看那人一眼："爱卿说的哪里话。自家阿姊，怎能错认。"

"那此女为何掩面上殿，生怕旁人看清面容？"

"阿姊，有阿姊的不方便。"皇上想起前一日见到雪信面容。

"到底有何不方便？若是不方便，就不应该上殿来！遮遮掩掩，怕是被认出与新乐公主相貌相去甚远！"诤臣益发激动，"此女必然不是好来头，就让我揭开她的乔装，让大家看看她是不是新乐公主！"

那臣子上前要揭雪信帷帽，阿满按剑挡在雪信身前，皇上又拦在阿满身前，摊开手臂。臣子左右避绕皇上，殿上群臣起哄起来，仿佛是旁观一场儿童的追逐游戏。

终于那臣子不耐烦了，借身位交错，用自己的身体遮挡群臣视线，攥住皇上的袍袖撞了他一下。众人所见，似乎是皇上体力不支，自己绊了自己，跌坐到一旁了。

那臣子忙又去扶皇上："圣上何苦执意维护一个身份不明的可疑人。"

"你们！你们！"皇上指着诤臣，又指着御阶下一干用袖子挡着脸偷笑的朝臣，怒不可遏。

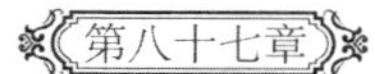

第八十七章

琉璃雪落猩猩红

雪信从皇上身后走出来，面对诤臣："你是什么人？我不认识你。"

诤臣哈哈笑着，报上自己的名字和官职，但雪信打断他："你在质疑圣上的眼睛，还是质疑圣上的判断？你质疑了圣上，还对圣上动了手，十足该杀。"

她从阿满腰里抽出剑来，刺进那人胸口，又拔出来。

血点子泼了几点在白纱上。雪信是头一回杀人，没有准头，捅穿了对方的肺腔。对方没有立刻倒下去，而是捂着那个血洞跑开了。

胸口的窟窿在涌血，那人口中呛血喊着什么，没人听得清了。他大概想找人救他，跑向昔日同僚，见人就抓。但旁人怕衣服沾到血，他跑向哪里，哪里的人群就散开。他又跑向武将行列，武将不怕见血，他拽拽这个，摇撼那个，皆无动于衷。

那人绝望了，又向殿外冲，直到被人一把提住后领。众人的眼光重又聚集，看的不是那个垂死又死不了的诤臣，而是提着他的高承钧。

剑还提在雪信手中，血珠子停留在垂落的剑尖上，要滴未滴。高承钧看了看手中半死不活的诤臣，对他说："成全你吧。"

他把诤臣倒转着抛下台阶，好比摔烂了个西瓜。

高承钧拂了拂双手入殿来。朝殿里比雪信刚来时的安静更安静了。他们还是更畏惧高承钧一些。那文弱诤臣正如一只被拎起翅膀的鸡，雪信没杀利索，反脏污了一身白纱罩，还得由高承钧善后。高承钧手上没沾一个血点，熟练地杀了诤臣。在他手里，那诤臣是自己下台阶失足摔死的。

小皇上又相迎高承钧，抱住高承钧的衣袖，引他走到御阶下。皇上是想一手牵着高承钧，另一手牵雪信的，来个亮相，可是一回身，雪信向旁退得远远的了。皇上伸出去的手够不着，失落收回，再看看横尸阶下的诤臣，精神头又找回来了："各位还有什么要上奏的？"

"王子犯法与庶民同罪。公主杀人，岂可逍遥法外？"又一个不怕死的站出一步来。

"天家尊严岂容挑战。你也要咆哮朝堂，蒙蔽圣听？"雪信向那人看去。

那人退下了。

下一个站出来："新乐公主初次见于人前，我等不识情有可原。恳请公主除去纱罩与我等消除嫌隙，好令今后不再错认。”这位辞令软和，其用意与死掉的诤臣没两样。

皇上正要说两句，高承钧开口：“我也想看看白纱之下是张什么面孔，是不是我认识的新乐公主。”皇上噎了一下，诧异地看向高承钧。

下头的人说：“正是。静西侯是新乐公主的丈夫，断不会错看。”似乎高承钧的一句话，已是决定了，御阶下所有的眼光齐刷刷望定了那幅白纱。

“若公主有不方便，可暂去殿后歇息。”高承钧又说。

阿满跨前一步开口：“高家哥哥是真的不认识雪娘子？就连阿满都知道，若熟识一个人，那人的身形步态，说话声气，断然是伪装不过去的。高家哥哥是在故意为难雪娘子。”

雪信把阿满拽回身旁。她当然知道，自己爱惜颜面，若不愿将脸上斑迹示人，就只好下殿去，免了两人在朝堂之上相互掣肘，那朝堂就还是他高承钧一人的朝堂。

她深吸了口气，一把掀开白纱帷帽丢在地上。白纱之下的衣裙还是白色，衣料竖经横纬找不出一缕白色以外的线来。脸也是白腻腻的，脂膏调了水粉厚厚地蒙在脸上盖住了底色，似乎脸部表情也就此凝结，成了个假脸壳。

除了黑发黑瞳，嘴唇乌青，她全身无处不披着白，因而挂在心口的那块橘红石头不再由金蛇衔着，换成了条白玉链。绿豆大的链环，无接无缝，是玉工在一整块玉料上连续抠出，细巧以极。

高承钧的眼光落在那块石头上，一瞬间飘远了，又一瞬间回到殿上，他对雪信施礼，不再说话。

高承钧既认了，众臣也不好抓住雪信的身份发作。只是又有人出来说：“为何缟素上殿，莫非河东侯……”

“河东侯很好，只是懒得参政，清净闲居。”雪信截住那人的话头。

“不仅公主披孝，从人也是戴银盔，战马挂白缨。河东侯若在，公主岂不是诅咒河东侯？”那人又说。

“我爹爹很好，只是想休息休息。今后由我代理河东军。”雪信举起虎符示众。

性命朝不保夕时、撕破脸时，她可以满不在乎地把一张狰狞面孔露于人前，让人看到她历经了可怕的事，她也必不在乎使出可怕的手段。而到了钩心斗角的所在，就要把祸心和鬼脸一重又一重遮掩起来，言语堂皇，举止斯文，让人时不时忘记她的不同之处，她才好突然捅别人一下。

这些人不长记性，他们对妇人依然有些根深蒂固的见解，比如女子终究得是胆小心软，手无缚鸡之力的，所以被捅了一次又一次，却总是显出不相信的神情。在死了两个人后，他们终于劝通了自己，看在虎符的份上，那女人说什么就是什么吧。

曾经也有人这么做过。牵鹿上殿，教众人指认为马。雪信以白衣示人，却不许别人提起河东侯已死。在极端的恐吓下，睁眼说瞎话可以被大家理解并接受。

“看来众位爱卿没有疑义了……”皇上打算总结陈词。所幸两个最吓人的家伙，都是站在自己身边的，他们杀人，维护的是自己的君王威严。

“我来替圣上分忧，还有三事未陈。”雪信在皇上半句话的停顿之后，紧上了一步。

皇上只好放弃自己那后半句话，让她先说。

“第一件事，请圣上把抚恤安城难民，修缮房屋，恢复农商之事务交给我主持。”

雪信一上来就斜切一刀。

她所要求的事，支脉众多，又繁又难，一人揽下，口气未免太大。

皇上迟疑："安抚难民，是秦王世子在管。"

"秦王世子统帅北衙禁军，责在护卫安城，护卫圣上，不宜一心多用。且安城庙观，多是先祖母顺华公主捐资营建，与我亦有割不断的关系。我去处置，于情于理都合适。"雪信说。

皇上想了想："阿姊说得有道理。那安抚难民的事交给你。至于修缮房屋，恢复农商，户部就不用去诤理署了，散朝后跟阿姊走，听听阿姊的见解。"

户部尚书出列接旨，有气无力地答了"遵旨"，故意拖长音调。新乐公主，过去躲在她父亲河东侯的羽翼下享乐，从未参与过政治，她懂得什么。户部尚书用那拖长的尾音透露出他的不屑。

"第二件事，"雪信不与户部尚书的态度纠缠，面向皇上，"越王起兵，名为勤王，实为叛乱，越王的军队一路收编逃荒流民，已过了江。越王指名要诛杀圣上身畔的佞臣高承钧，该遣高家军平乱。"

叛乱打着杀谁的旗号来，就让谁去应付。本是再简单不过的道理，不过人人畏惧高承钧不敢直言，怕说了自己当即下台阶绊死、骑马摔死、睡觉睡死、喝水呛死。连皇上在内，众人的眼光齐齐对准了高承钧。

"高家军本部尚在西域镇守，入关者不足三万。越王乱兵过江，必取道河东之南的中州进逼安城。公主的河东子弟当为屏障。"高承钧提议。

他想，雪信也是什么都不懂的。

就军事论军事，越王选在冬末北伐，实是没有回旋余地了，是境内乱民无法安抚，只能将矛头指向安城。

由南而北，从东到西，仰势而行兵，困难重重，北军俯冲弹压，势如破竹。放在安定年月，越王根本不敢过江。现由高承钧指挥河东军作战，是代价最小的调度。

"越地正在闹饥荒。越王号称有二十万人马，其真正的军队不足八九万，甚至不足五万。余者流民，丝毫没有军队的战力。越王过江走得越远，他的辎重线就越长，他的粮草养不活那么多人。高家军入关者皆是精锐，而我河东军可趁地利，为静西侯的高家军筹措粮草，运输辎重。此战可胜。"

粮道是一支军队的喉管，雪信是要把高家军的命攥在自己手里。

"我新理河东军，不谙军事，恰可以运粮熟悉熟悉调兵遣将。"

正是什么都不懂，可以肆无忌惮说外行话，别人不准恼怒。

"沙漠之军不熟山岭战法。高家军以一敌十，没有必胜把握。越王既称高某为佞贼，症结在高某。不如圣上领高某亲征，向越王解疑释嫌，越王不敢不顺。"

内行与外行讲不了道理，那就再摆一个难题出来。

皇上拊掌笑道："好主意，我小二十年在宫里住，没出过安城，正可以出去看看，与越王叔父讲讲道理。叔父恼怒高爱卿，误会解释开了便是，断不会为难我。"

"圣上万金之躯，岂可涉险。"雪信阻拦。

"高爱卿去得，为何我去不得？阿姊是料定高家军有去无回，那为何叫高爱卿去？若是担心高爱卿的人马不够，保护不了我周全。阿姊借兵给我，可好？是借给朕，不是借给高爱卿。”皇上说。

雪信被对面君臣两人联手做扣问住了。她拔剑杀人，说维护的是皇上说一不二的尊严，那皇上开口向她借兵，难道要驳回去？还是给自己来一剑？

她身躯晃了晃，把那口气咽下去，平缓道：“河东军如今军务混乱，需要整编操练。我咬咬牙，分五百精锐之士，这五百人只担护卫圣上之责，不为高家军战场策应。”她没有拒绝皇上，但也没让皇上从她身上咬下一大口。

“战场凶险，高爱卿兵又少，阿姊只给我五百人，岂不坐看朕陷入敌阵？”皇上又来耍赖。

雪信那乌青的嘴唇被她咬白了，她拧眉立目，咬牙切齿道：“圣上也知战场凶险，何必去蹚浑水。”

“阿姊可是要对朕咆哮？”皇上在短短的时日里，已摸到了生存法则。谁对他瞪眼，他就把那个人的对头推出去。他以目示意高承钧，“国有难，有高爱卿为国士挺身而出，朕岂能藏于深宫幽殿，做个缩头乌龟？”

“河东军为国平乱二十年，从未休息过。如今河东军伤了元气，圣上何苦穷追。要国士挺身，不妨请圣上下诏，命秦王、鲁王、宁王、楚王一同讨逆。”

雪信慷慨激昂，每说一句，手中短剑挥舞一下，阶下某个大臣脸上就多出一道血溜子。谁也不愿做出多余动作吸引雪信的注意力，血就干在脸上。

高承钧在他们眼中是条疯狗，雪信在他们眼中也是条疯狗，如今雪信与高承钧两个互咬起来，于朝臣们是好事。雪信咬住几位亲王不松口，也该是几位亲王有被咬的资格，谁也不想在这时候干扰了雪信的发挥。

雪信说的计策也不是没有人提过。

提也是白提。

各路亲王巴不得小皇上坐不稳皇位。小皇上拥有的是名义上的朝廷，他们各据一方，把天下裂为几块，成为他们的国。

他们都等着呢，等越王欺负完了小皇上，他们看哪个还有气，就上去踩几脚，补上一刀，然后才会开始相互吞噬。正因如此，原本成不了气候的越王之乱，在各方纵容下越演越烈，埋伏下了更大变乱。

“必须速战速决。春后形势没有扭转，各地将民变蜂起。”雪信说。

冬天并不是打仗的好时机，各家亲王暂作壁上观。一旦气候回暖，草长马肥，他们也会跃跃欲试。

“秦王世子手中禁军十六卫养精蓄锐久矣，何不出击御敌于皇城之外？居安城的各位世子，是他们为圣上效忠的时候了，若他们不愿写信回家讨兵，就请他们披甲上马，随圣上亲征。”雪信又出了一条得罪人的险策。

最毒妇人心。众臣们心中来回念叨的，便是这句话了。

皇上瞠目结舌。争来争去没个结果的事，原来如此清楚明白。

他旋即悟了，往日里众臣们个个为国柱石，圣上不纳谏他们死不瞑目的样子，是因为事情太鸡毛蒜皮。到了国之生死存亡，他们就开始说含糊的话，吵来吵去。

把决定权交给意见的大多数，即便决策失败，日后追究起来，也没有某个特定的人会为此负责。即便要找人负责，躲在群体中风险也分摊掉了。

雪信讲的计策也不是没人想过，只是没有人愿意如此得罪人，一下子把高承钧推上战场，还用各家世子的性命要挟众亲王出兵。

雪信提剑杀人献策，她的意见并非有多高明，也非有多无私，只是让皇上从不知道听谁的，变成只听她的，而她敢押上她的脑袋，为后果负责。

“此计甚好。我这就诏各亲王世子来见，朕要亲自劝说他们行深明大义之举。”皇上拍巴掌。

“河东军已调派人手护卫了各世子府的安全，还须圣上纡尊降贵登门请贤。”雪信做的出人意料的事已太多，擅自围府软禁世子，已没人会惊呼了。

“还有第三件事，河东军需要个代理大将军。”

皇上转而来气，他前一日好心好意上门说亲不成，让雪信自主选婿也不成，反而被团团困住吓唬了一记，怎么隔了一夜，又后悔了？

他伸手一划拉：“满殿里，阿姊随意点名。”

“我把人带来了。”雪信在阿满背上点了一下，阿满上前。

皇上凝视着替雪信扶着空剑鞘的小姑娘，剑是他送给她配衣服的，她却送给雪信摆威风。盔甲是按照她的尺寸打造的，铁甲各处均打薄减重，但她罩甲只是站着，脸上就有了汗珠。

“第三件事，以后再议。诸位爱卿，没事就去诤理署议政吧，散了散了。”皇上带头鼓了鼓掌，似乎是个结束的暗示。

众臣齐齐行礼，鱼贯退出朝殿，磨磨蹭蹭又是好一阵。

雪信给皇上面子，耐心等外臣们走完。

皇上说：“雪信阿姊，我们上后边说去。”他真的手搅手把雪信带到殿外，还嫌高承钧与阿满在后跟着，疾走出百步。

他匆匆忙忙对雪信说：“能不能把阿满送给我？”

雪信发问：“为什么？”

“阿满这个小姑娘，挺有意思的，我喜欢。”皇上也不忸怩，“一朝天子一朝臣，后宫里的女人跟着换新。太后已开始张罗为我充实后宫，整日里计较如何拉拢如何制衡。我不能违抗太后安排，可我想留个席位给自己喜欢的姑娘。”

“圣上只是一时喜欢，就要占有。圣上喜欢阿满，有没有问过阿满是不是喜欢圣上？当然，人们规定了答案，入宫的女人必然是喜欢皇上的，必定是为得到皇上的宠爱拼得你死我活的。圣上有没有想过，一个没有背景的姑娘，在后宫里如何活下去？”

“阿姊不就是阿满的靠山？有得是人想把女儿送进来，没有女儿的认个干女儿也要来掺和一脚。阿姊就不想在后宫落一子？”皇上是个时而清醒时而迷糊的人。

“阿满不会撒谎，她不适合后宫，却是军中需要的人。”雪信拒绝。

“一个黄毛未脱的小姑娘，如何做得了大将军？”皇上没以为对方是认真的。

“圣上昨日见过，她不是任何一方的代表，她只是纯然为了维护我发出号令，我的河东军将士随令而动。我保举她做大将军，一来顺遂她的心愿，二来出征在外时，将有一个人不折不扣地执行我的意志。”

“所以阿满会带领那五百人，随我亲征？”皇上听出了峰回路转。

“正是。皇上属意阿满，就该乖乖配合河东军的保护。没准阿满也会看圣上顺眼些。”

“亲征回来后，朕能把阿满留在身边吗？”皇上又满怀希冀地问。

“圣上好没胆色，缠着我央告，不如去问问阿满，问她是去是留。去则去往何地，留则以何身份。”

皇上怔了怔，小声问：“阿满真的是南诏圣女，与阿姊没有什么干系的外人吗？”他看雪信眼风似有不悦，忙补充，“阿姊对旁人十二分强硬，对阿满却是十二分信任和十二分的纵容。”

“希望征战途中，圣上替我保护好阿满。安城里人人有一把打算，好不容易才有个帮你甚多，却所求很少的人。”

话说完一截，皇上折返到阿满跟前，说：“你要做大将军，是不是？”

阿满警惕地望着他：“圣上不答应？”

“做大将军，得会骑射，你会不会？”皇上问。

“阿满刚学会骑马，勉强跟得上队伍行进。射箭……”阿满伸手到裙甲下，抽出绑在小腿上的折叠轻弩，摆弄两下张弦搭箭，“雪娘子送了我一张弩。”

皇上吹了声口哨，亲卫跑着把他的马牵来。

皇上对阿满说：“走，我们去校场跑几圈，你发几箭我看看准头。”

阿满却皱起眉：“你只管做皇上，打仗的事，能懂吗？”

“朕是要亲征的皇上，你要做的是保护朕的大将军。朕不称称你的斤两，岂能安心把身家性命托给你？”皇上跃上马背，把手递向阿满。

阿满歪头看皇上：“怎么？”

“你的马又没跟过来，朕带你去校场啊。”皇上理所当然道。

阿满跑到雪信跟前：“阿满可以去吗？”

“阿满应该骑上你的照夜去校场。”雪信没理会皇上对她的挤眉弄眼。

阿满吹了声口哨，但听远远一声长嘶，照夜踢开牵缰的小内侍跑来，停在阿满跟前，脑瓜抵住阿满的护心镜，挨擦亲昵。阿满对气急败坏追来的小内侍说：“劳驾，给阿满搬张板凳来。”

汗血马体型高大，半大小马的鞍桥对阿满来说还是太高，平地登不上去。

皇上又对小内侍摇头努嘴，示意不能帮这个忙。

小内侍伏在地上替主人说谎：“没……没有板凳。”

雪信牵着阿满，把一人一马提溜到小内侍身畔，告诉阿满：“这是板凳。”

“阿满不想踩着别人的背……”阿满说，她见雪信神色有异，又解释道，“阿满太重，会踩断他的背……不对吗？”

“没什么不对，只是阿满之所以为阿满，就是忍不住不合时宜地发善心。你若不踩他的背，你就上不了自己的马，你便被人耻笑薄鄙。别人早等着你承认自己做不到，然后用自己的马载你，然后叫你今后不用骑马，让人用轿子抬着你就好。”雪信边说边看皇上。

皇上那些刚闪过的，还没来得及闪过的心思，一一被雪信嗤笑着说了出来：“骑马对阿满很重要。马能带阿满去更远的地方，缰绳在自己手中，想去哪里就去哪里。”

阿满说：“阿满可以想别的办法。”她牵走了照夜，找了段玉砌栏杆，一脚蹬栏杆，一脚飞跨上马背，催马回头绕着几人跑了两圈。

雪信对她点点头："不能认输。"

皇上暂且输给雪信一阵，悻悻地，领着阿满策马离去了。

皇上的亲卫们措手不及，只能撒开两条腿追。

雪信向两人背影消失的方向望了阵。

高承钧立到她身边说："小儿女情态也挺可爱。雪信为何不能做个可爱的女子，非要叫人怕你？那些让人生惧的脏活，我来做便好。"

他手里是那顶被雪信扔了的白纱帷帽。

"人们说花可爱的时候，是在叹息花的美丽、娇柔、脆弱、留不住，是在得意他们手指轻轻一捻，花的生命就结束。我愿意做个看花赏花的人，我要亲手种花摘花锄花，独独不会再做那朵花。"雪信接过帷帽，重又把自己罩起来，沿着来路往回走。

干涸的血点在白纱上凝成一幅泼墨画，叠压在她所见一切之上。

安城里并非只有高承钧和雪信两个疯子，出兵的事依然经了番角力。

几个可以留驻安城的亲王世子自觉自愿领着封地的人马与皇上合兵。而秦王世子率领的北衙禁军仅仅拨出了一百人，组成权限高于河东军五百人的战场飞骑卫队，贴身护卫皇上。

秦王世子苍朝雨镇守安城，雪信与河东军也留在安城。浑浑噩噩的人，只要太阳升起，太平无事，就又能混一天。略经历过朝代交替的老人，已经看见暗处雪亮的牙齿和爪子。

出征之日，皇上与各位世子率军前往太庙献牲祭祀，又往校场誓师。

秦王世子与雪信各率北衙禁军和河东军在城门口送行。牛角号不绝，人们心口也似被一只手压住了不放。

高承钧率领的前军先过了城门。高承钧从马上跳下来，从雪信手中接过酒仰天而尽，碗随手抛碎在地。

秦王世子也敬了一碗酒，知趣地退避三舍，到城门洞的另一侧向为保卫安城即将上战场的将士们行礼。他一个长揖维持许久，然后是重复，再重复。

将士们穿过城门洞，谁也没在意秦王世子，却感兴趣地盯着那一对曾经的恋人。在旁人看来，也该是好好话别的。若不能好好话别，也要抓紧时机争吵。争吵也是纠缠的一种。若连吵也不吵了，才是真的完了。

三面设置羊皮行障挡风，临时搭了小亭子，亭檐挂下的白纱狂摆乱舞。雪信披着件银白毛裘，白珍珠簪挽髻，坐在纱帷之中。若不是她眨眼睛，人们会当她是个捏出来的面人，还是在极寒天气里冻得硬邦邦的面人，涂覆厚粉的脸完美无瑕，只是不见人色。

高承钧闻见毛裘像是新鞣制的，还带着血肉气味。毛裘底下是生丝绢衣。金蛇衔着宝石停留在她心口。高承钧忍不住扶起毛裘风帽，罩住了她的头脸，说："朔风寒冷，早些回去吧。"

雪信抬手把风帽向后推下："冷归冷，把大军最后一名士卒送出南门是我此行使命。你站开些，不要挡着他们看我。"

也许高承钧是好意，但她不领情。似乎他人的温情照顾，在她的理解中都蕴含了贬低。她不准许自己成为娇嫩的脆弱的东西，当然更不准许自己因为寒冷就草草收场。

可是高家军的将士们并不需要雪信的壮行，高承钧忍住了没有说出来。他们需要看看美丽的颜面，给自己幻想出几段风月情事，那比慨当以慷的祝词实用。雪信就不太符合他们的期待，只会浇灭他们的热烈。

高承钧挪开一步，朔风如刃，雪信的脸色又硬了几分。高承钧陪着她看大军出城，将士们歪头看过来时，依然最先见到高承钧玄甲外的红袍红缨。

“此行我回来如何，不回来如何，你想过没有？”高承钧问出了在他心头盘桓已久的问题。

“你是回来，还是不回来？”雪信并未直接回答。

“我能不能回来，也要看你让不让我回来。”

“太庙占卜结果如何？”雪信换了另一个话头。

“山泽损变天山遁。六爻里动了五爻。”

雪信的神色才有了一丝震动：“太常寺卿如何解卦？”

“我用铁夹夹住他的舌头，锁起来了。”高承钧说得风轻云淡。

他们又在看走也走不完的人和马，看远处的山川顶着雪盖，许久没说话。过去的她该会靠过去，牵一下他的手，拂一拂他的肩膀，不让他走或是与他一同走。

这些如今她都做不到了。

一串铜铃响得分外活泼，只有小马跑得那么细碎。

阿满到了雪信跟前。

雪信对她喊：“学会平地上马没有？”

“会了会了！”阿满甩蹬落地。从鞍子旁取下一支木跷。她演示给雪信看，把跷支在地上，一脚立上去，在身体骤然抬高尚未失去平衡的瞬间，另一只脚已跨过马背，顺手收跷来挂起。复又跳下，跑到雪信近前。

“不好好练本事，尽出歪点子走旁门。”雪信嗔怪。

“平地上马不求人，阿满做到了，管它正门旁门的。”阿满跺跺脚，搓着手，盔甲上挂着霜雪凝结的冰碴。对这南诏少女来说，安城的冬天是太冷了些。

雪信解下自己的银白毛裘，披在阿满肩上。

阿满伸手进胸前盔甲里摸索着，雪信等着她留下什么临别赠礼，她却掏出了四只奶狗子，用毛裘一把裹了递过来。

“高家哥哥送给雪娘子的小狗，雪娘子忘记在公主府了。阿满没有忘记，阿满每天去喂。今天阿满要走了，雪娘子不能饿着它们。阿满给它们过了秤的，回来要验重的。”

雪信抱着一包小狗哭笑不得。

阿满还不罢休，非得讨雪信一句保证。

皇上也在行障前圈住马，口中呵出白雾，抬手抹了把清水鼻涕：“好冷的天。阿姊早些回去吧。”他也这么说。

雪信却给了他个白眼：“是圣上怕冷，恨不得掉头回永安宫烤火吧。”

“临阵退缩，有伤士气。”皇上是默认他冻得受不住了。

高承钧突然解下自己的剑，在皇上马前单膝跪下。皇上与御马皆受了点小惊吓，皇上急急滚下马来搀扶。

“透山剑是臣亲铸，随臣多年，出入沙场，斩人无数。臣想把此剑献给圣上，以镇安城。”

皇上松了口气，接了剑，对雪信说：“阿姊，朕把宝剑赐给你，封你为镇国长公主。朕与高爱卿不在时，替朕看着点安城。”

他明白高承钧是想把剑送给雪信傍身，但若高承钧亲手给，雪信不会接。高承钧留剑，亦是不放心雪信留守，希望皇上给雪信更多权力，起码是名义上的权力。

最该随皇上出征的那个世子，却掌握着一支庞大的军队盘踞在安城。亲王与亲王、亲王与皇上、皇上与高承钧之间，均达成了不能明说的默契。

皇上只能倚重高承钧，不得不把自己当作人质，让高承钧挟天子以令诸侯。

诸亲王世子是皇上手里的人质，是要逼他们的父亲站到平越王的阵营中来。

雪信是秦王世子手里的人质，确保高承钧不攥着皇上做出格的事。

透山剑在提防谁不言而喻。秦王世子也必须被雪信看管，一旦诸位亲王世子阵前反叛，雪信必须控制住秦王世子，拿下北衙禁军的指挥权。

雪信跪接了长剑。

高承钧又解下猩猩红战袍双手托举过头顶：“臣的战袍，是岩羊入冬后新生出的细绒所制成的毡，轻软保暖，臣想把此袍献给圣上御寒。”

皇上接了袍子，转头披在雪信身上，亲手为她系上带子，学着大人样子拍了拍她的肩膀：“安城里多少事等着阿姊料理，不必在此耽搁了。”

他们摸准了雪信的脾气，若是说这里用不上她，她准炸毛。说她的事比这里重要，她才能舒心展颜地去。

但今次不好使了，雪信执拗道：“我为表弟和高家军送行，事情必须有个善始善终。”她一手抱拢毛裘里的小狗，一手提着透山剑。随行的河东军亲卫欲上前接过，她也不给。

“那阿姊，有什么要献给朕的东西？”皇上怀了期待问。雪信收了高承钧的剑和袍子，收了阿满的小狗，收了他的口封，也该回礼的吧？

“周都尉！”雪信扬声。

停留在远处的青年将军奔跑而至。

“你和河东军五百人，要把阿满说的每一句话当作我的命令。若违逆，阿满可以天子剑诛杀。”她艰难地把鼓囊囊的毛裘换了条胳膊挽着，腾手解下了裙带上一个红丝线环，环上穿着零零碎碎几个桃核、青鱼石的粗糙珠子。

雪信把线环递给周都尉：“是周都尉亲手磨制的吗？”

周都尉拜伏：“流采初离了母亲，夜惊尤甚，实恐烦扰了公主。”

“在我处，流采睡得安安稳稳。只盼周都尉早日归还，不要错过了孩子开口叫爹爹的时候。”雪信说。

周都尉将红丝环塞进胸甲。全场得了雪信馈赠的只有周都尉一个人，收到的还是本就属于他的东西。

雪信开始催促皇上上马。

皇上失望透顶，就差把“没良心”三个字说出口了。他当然只需要阿满同行，并不在乎阿满实际能起多少作用。

可雪信得在乎，阿满是她硬架上大将军位子的，无根又无权，使唤得动五百河东军的还是周都尉。她要确保阿满传达她的意志，周都尉执行她的意志，万无一失。

同一天里，在城外河边洗被单的浣娘兔子被中途召回野庙，然后稀里糊涂坐上两个河东军军士驾驭的马车入了安城。

还是这一天，坐着马车行在冷僻街道上的崔露华被劫了，劫法也稀奇，把仆从婢女扔下，用木板钉住门窗，把车厢封成口大箱子，也不管崔露华在里头捶打撞头，两名劫匪鞭马驾辕，拉跑了崔露华。

界墙之内，各畦药田提早候来了春天。草籽发芽，枝头绽绿，植物长势之盛，似一日之间的变化肉眼可辨。

两部马车一前一后进了药园，车中人站到地面，甘如蜜脾的香气钻入口鼻，不多时即被冬衣捂出汗，也似有源源不绝的香气跟着逸散出毛孔。

在她们面前的是一顶中军大帐，大帐之后高台耸立。高台之上端放着庞大的沉香山子，层层有军士驻守，台下部署重兵。以高台和大帐为中心，八条通路辐射向外，有药僮在八片扇面形状的药田里劳作。偌大一个药园装满了人，却听不见乱哄哄的声音。军人们遵旗语调动，药僮们也没有交头接耳的。不由使人生出畏怯。

在进门时，听见有人抱怨了句："阿满那孩子在时，还会唱山歌。那孩子走了，冷清不少。"

说话的人是玄河。他在第一幕僚的位置上盘腿坐着，慢条斯理地掰着一块饼。四只小狗围着他膝头打转，有一只甚至学会了攀住他的胳膊讨食。

帅位空着，位子后隔着屏风，朦朦胧胧看见一个女子低头在铜盆里专心致志地洗脸，也不回答。一盆盆还冒着热气的水被亲卫小卒端出来，水乍看如羊奶稠白滑腻，一盆比一盆稀薄些，真不知有几斤脂粉洗落下来。

"公主的小狗索饼子吃，给不给？"玄河向进帐的两名女子看一眼，没有招呼，转头又对那女子说话。

屏风后的公主说："小狗只能我亲手喂，我要它们对我以外的所有人保持戒备。"

可玄河还是不小心掉了几块饼渣，被小狗飞快抢食干净。

第八十八章

肋鼓双翼思无极

公主从屏风后走出来，脸上与手上散发出仿佛梅花的香脂气息。进帐来的两个女子俱是受了惊吓尖叫两声。

兔子认得眼前这张花白血红的脸，分明是野庙里同自己走过一路的雪娘子，如今却坐在大帐里被人叫公主。

而崔露华从见到沉香山子起就预想到会见到谁，但她想不到雪信的脸毁了，脸展现的丑陋，会令世上许多女人感受到一种切肤之痛。

“两位都是我的熟人。”雪信在帅位前停顿。在大帐之内，她肆无忌惮，那样的一张脸倍添了她的气势。简单的一句话，仿佛包含了可怕的威胁。

她提起位子上的一柄剑走向兔子。兔子被吓得不敢动弹。

雪信把透山剑举在兔子面前：“接着，捧好它。”

兔子的手臂比她的脑子先接受了命令，把剑抱在怀里，然后她才不甘心地问：“为什么？”公主手下连打洗脸水的人都不缺，怎么就专程把她从河边找来，塞给她一把长剑呢？

“别缩着背，肩膀放平，下巴抬起些。”雪信端详兔子的仪态，动手矫正到满意了，才解释，“野庙里人才不少呢，我要挑选组建一支女军，任我的亲卫队。兔子，我要你做我的捧剑女官。”

“我怎么行，我只会洗衣服……”长剑在怀里沉重又烫手，兔子推辞，希望雪信发发善心收回任命。当然最困扰她的还是，“为什么选我？”

雪信说：“那些野庙的同伴们，忽然见到平日躲在角落不吭声的兔子做了捧剑女官会做何感想？她们会想自己有哪里比不上兔子？兔子可以，她们当益发踊跃。”

兔子明白了原来自己被选中，是因为自己最胆小，她忍不住肩头又缩拢来：“公主交给我的使命太重了，我担当不起。”

雪信对她说：“为什么把背弓着？我当然知道，你性子软糯，不敢持凶器，不敢在人多处大声说话。可你也总想变一变自己。你连试也不试一下，怎么就说自己做不到？”她又亲手把兔子的肩膀扳平，“只有你自己可以改变命运。”

“那我……试试。不行你可得让我走。”兔子被说得松动。她的心如同小老鼠，既向往到洞外的天地里去见识见识，又贪恋洞中的安全。

雪信在兔子肩头拍了一记，把她领到帅位侧后方："从此刻起，你怀抱透山剑，代表的是天子权威，和镇国长公主的威仪。"

雪信又转向崔露华："你站到另一头。"

崔露华是被绑架来的，一下车见了河东军的阵仗，一肚子不痛快也不敢发作，见雪信和颜悦色只是招募人做随侍女官，她的傲慢又上来了，指着兔子："她是个庶人吧。岂能与我同列？"

她气愤不过的已从她被请来的方式，变成了一个浣衣女居然要同她平起平坐。

兔子被指摘，想也没想就要往后缩，被雪信一把提住："怕她作甚。"

雪信从帅位前的案台上托起个食盒大小的檀香木盒，郑重交到崔露华手里："我请你做我的捧印女官。镇国长公主的权柄由你看管。"

崔露华抱着印盒轻掂两下，把盒子掀开，见里头是黄绫子包裹起一个凹槽，槽是比着方印轮廓抠的，里头却嵌着两片桂花糕，下层印泥盒里，嵌的是一盏香膏。

她把盒子连盖重重顿在案台上，勃然作色道："公主这是捉弄我？"

"印玺重要，交在你手，万一丢了，你也担不起。捧印女官是我的仪从，你抱的是糕点还是脂粉，旁人也看不出来，于我还有些实用。"雪信眉宇间却噙着戏谑，唇角微扬。

"一个庶人，捧的是真剑。我是公卿之女，却拿假印敷衍。公主厚此而薄彼，是不是太没道理!"崔露华拔高了音量。

一旁，玄河已经吃完了他面前的一摞饼，长臂一伸，从印盒里取走桂花糕。他应该是饿极了，却不肯直接凑上去啃糕饼边缘，而是顾着仪态，一小块一小块揪着吃。四只小狗昂头眼巴巴等着他掉落渣滓。

"你去伙房营，给我弄些吃的来。"雪信对兔子说。

兔子新得了身份，正不知所措，忽然领到个她能应付的差事，忙应一声，正要放下透山剑，雪信却说："把剑背上。剑不离人。"

雪信对崔露华说话，是似笑非笑，对兔子说话，虽没有笑，却是温柔的。

"去看看有没有白切羊，装一盒来，莫忘了酱汁。"玄河对兔子叮嘱。

"国师，少吃些肉吧，有碍修行。"雪信对玄河秀眉轻蹙。

"吃肉损修行，茹素如何修补残躯？"玄河朝自己锁骨位置按了按。

"吃肉也不该吃羊肉，腥膻燥热。让伙房营炖几只麻雀，清汤。"雪信说，"再要些羊杂羊汤拌狗食。"

兔子笨拙地把长剑在身后系好，对雪信说了声："好。"然后转身出帐。

崔露华的愤怒无端被玄河能不能吃肉的讨论打断，堵得越发愤怒，她对着晃动不止的帐帘哼了声："不知礼仪的庶人。"说完抬头，见雪信又显出没有暖意的浅笑。

"露娘子不愿与庶人为伍，不愿做捧印女官也是可以的。那就安心做我的客人。"雪信说，"露娘子也不必为难，只需传信回家，请令尊好好保重，别又在这节骨眼上病了，也别做多余的动作。"

崔露华终于听出雪信来者不善了。河东侯与高承钧打仗时，若不是崔尚书托病拖缓了兵部处理军情的步调，以当时高家军内部指挥的混乱，战局结果很难说。河东侯兵败在高承钧之手，根由却在兵部。

此番高承钧带着小皇上出征，雪信绝不允许兵部尚书捣乱。亦是此时后方支援阵前至关重要，换个生手上来变数更大，雪信才留着崔家没有动。

“我父亲，能有什么多余举动？”崔露华小声说，这是她放低了姿态的反抗。

雪信听见了：“圣上亲征，平的是越王之乱。苍海心是越王第二子，为乱军先锋。我生怕崔尚书会对他的女婿格外容情。”

“公主多虑了。我和苍海心，名不顺，礼未成。苍海心还未在越地作乱，我父即接我回家，与苍海心再没有关系。我父亲也恨不得平灭越王之乱。我巴不得苍海心死在乱战之中，永不回安城。”崔露华镇定应对。她说话时双手交叠捂着裙腰，仿佛是胃痛。

雪信摇头：“圣上与静西侯才出安城，崔家便与镇守安城的禁军都统领搅和，也令我格外不安。”

崔露华人仿佛佝偻了一下，旋即腰杆子挺得笔直，直视雪信的眼睛：“秦王世子对陛下忠心耿耿，崔家对新君之心青天可鉴。公主说什么搅和？公主若见过有人冒崔家的名义与秦王世子私会，定要捉来审问是何人主使构陷，好还崔家清白！”

专心逗狗的玄河轻笑了一声。雪信跟着也把渐渐绷紧的脸放松了。

崔露华不退反进，逼上一步道：“有什么好笑的，莫非你是虚言试探，被拆穿了就推说玩笑？”

“露娘子是个人才。”玄河点点头。

“是个人才，放在深闺是可惜了的。”雪信赞同。她一把扯开崔露华的手，扯下裙腰上她一直捂着的那个革囊，崔露华反手挣脱，扑至抢夺。雪信顺手一抛，革囊到了玄河手中。

玄河不紧不慢，等崔露华冲到面门前了才出手，已退出十几步的雪信抬手接住革囊，解开皮筋向掌心里一倒，一堆零碎。

她从里头拣出一枚拴在黄金链上的斑驳骨哨端详：“苍海心的鹰哨。”

她又稀里哗啦地拨弄，挑出一条天青色丝穗儿系了个白玉连环，深重叹息：“这个络子我认得，是苍朝雨的剑穗。”

她恍见豆蔻年纪的曲尘坐在华城的月下摊开了一床丝线挑选颜色，然后打一个络子到天亮。等她一觉睡醒，曲尘稚嫩的脸在她床头晃动，向她吹嘘琢磨出了怎样繁复的花式，世上只有她一个人会，她要用白玉连环去酬青瓷磬儿。

“东西上没有名字，你喊它它可不答应，公主怎能凭空给找到主人？”崔露华犹不认输。

“当初急匆匆敲定亲事，崔家问苍海心要信物，苍海心手里正捏着个鹰哨，顺手递给他的管家。管家走到半路，越想这份信物越单薄，就近跑到我府上来打秋风，要了条金链子串起哨子，还编了个故事说明鹰哨对苍海心的不同寻常，先让我听了听编得圆不圆，是以我对来龙去脉清楚得很。至于白玉环，双环内壁各以针尖挑出米粒大字来，一个字是雨，一个字是尘，你要不要验验？”

崔露华没话了，干瞪着眼，死咬着牙，腮帮子也鼓着。苍海心没管送信物的事儿，苍朝雨把别人赠他的信物转送给她，这两件事现下被揭破了真是半点颜面不给她留。

正是有情物付与无情人，无情人借物弄虚情。

其实雪信把东西抓在手中也没细看，更不知道玉环上有字无字，信口一诈罢了。崔露华也没里外正反地检查过那物件，不敢纠缠。

信物对他们而言是另一种盟约。是一方有难必定把另一方拖下水，是相互留个罪证。他们重视信物，却不会有闲心珍惜把玩。

“崔家好计算。是决计不想让圣上回永安宫了。崔家坐看势力消长，下注，露娘子把一方的信物明着挂出来，把另一方的人头献上去。”雪信说。

帐中没有立柱让崔露华扶着支撑住身体，她跪坐下去：“与我父亲无关。是我一人张罗的，是私情，私情。”

谁管是不是崔露华一人的主意呢。崔露华的举动自然而然会被理解成崔家的选择。若不是看中崔家的价值，向来以谦谦君子面目示人的苍朝雨又怎么舍得露出那么大破绽。

“可你是怎么知道的？”崔露华低着头，雪信的目光开始令她感觉刺灼。

“我知道所有秘密。”雪信颇有兴味地看着玄河，玄河含笑回望她，目光里是在说：“你要如此，便如此。我都会给你。”

雪信点点头，目光回答一个字：“乖。”两人眉眼调情，旁若无人。

乱世里手上有兵有将就是王。崔露华没有胆量质问雪信到底坐哪一边。雪信对她招招手，她爬过去，抱住了檀木盒子，站在帅位侧后方，垂下头。雪信很忙，她说破私情驯服崔露华，意在控制崔家这个变数，维持原有的平衡。

兔子提着热气滚滚的瓦罐回来，轻微的霉烂气味在帐中飘开。

“支个笸箩扣住了几只麻雀，还没熟。伙房营熬了杂粮面糊。”兔子生怕雪信不满意。

“我知道。”雪信表示理解，“安城人在挨饿，高家军上了前敌。我们岂能安心饱腹。”她拿出在野庙里生存的做派，舀上一碗边吹边喝。

兔子也泰然自若地喝了。玄河称自己饱了。崔露华用檀木盒压住空瘪的肚腹，打死也不喝，也没人劝她喝。

雪信问兔子：“会不会骑马？”

兔子说：“骑过骡子，骑得不好。”

户部李尚书领着两个侍郎，侍郎其后是户部、度支、金部、仓部四司官吏，均是阴郁着倚马立在药园门前。

他们是突然被公主召见的，河东军外围守军却只认手令不认脸，他们没有凭证证明自己身份，被限在一个划定的圈子里等着。

赶上小雪飘落，不多时几人肩上积了薄薄一层灰粉。近日安城落下的雪黏附了太多烟尘，是灰色的。随行小吏要去取伞，又被河东军阻拦，既然来了，没个确切说法，谁也不能走。

一匹马从药园里冲出来，马上人披着面灰毡斗篷，压着垂纱笠帽，窄袖皮护手。她对李尚书一众人说：“诸公久等，请上马。”

朔风拍面，但轻纱末端坠了冰沫子样的水晶珠子。

“公主不带从人？”李尚书看向雪信身后，空荡荡的。

“人多了，看到的就不是安城真实的面孔了。”

道路宽阔，但一行马队还是走成了狭长一列。

雪信与李尚书并辔而行，李尚书留心着落后半个马头。

两个户部郎中紧紧衔着前马的步子。

四司官吏又分了两个梯队。

大军出城仪式刚刚结束，雪地上辙印交错，积雪被车轮和靴蹄踩踏坚实，结成了滑溜溜的冰壳。迎面没有来人，回头不见去客。十成里三成的屋子是冰冷的，门户被雪掩住，窗子被冻住。在正午饭点上，一成的屋子灶台烟道升起炊烟，余者静默。

雪信曾在锦书的梦中见过杳无人迹的小镇，相较之下也成了温暖的巢穴。而她正巡视的地方是一座失去体温的孤城。

“高……静西侯二次入安城前，河东侯捐出了大将军府库的积蓄和一年俸禄，修缮重建民舍。如公主所见，房子是好的，可没人住。回来的又逃出去，逃出去的便更多了。”李尚书向雪信解说。

一群孩子拦住了道路，大的十五六岁，小的七八九岁，他们把双手在身前平伸，手心杵到雪信眼皮底下晃着。雪信摸了摸自己的袖兜，掏出个纸包抛给他们。为首的大孩子打开纸包，见是蔷薇花瓣与蜂蜜枣泥和的甜丸子，不过五颗。

把丸子塞进年纪最小的几个嘴里后，大孩子又带头对雪信摊开手掌。

李尚书呵斥一声，两个侍郎上来扔了一把铜板。孩子们把钱捡了，又伸出手。

大孩子冲李尚书嚷：“看大人也是个大官儿，就这样打发小的们吗？给的也太少了。”

“给了还不走，便是打劫了。不怕金吾卫逮你们吗？”雪信开口道。

“金吾卫也得逮得住我们才行。逮住了，也是送到济病坊，济病坊也得关得住我们才行。”大孩子毫无畏惧。

“为什么不安心待在济病房？”

“济病坊里饭不够吃，进去躺着等饿死呐。”

“你们没有家人吗？”

“在这里的，家人已经在济病坊饿死了。”大孩子指了指他身后的孩子。

“济病坊的饭怎么会不够吃呢？知常观的饭虽然稀了，还是勉强够活命的。”雪信又问。

大孩子说：“济病坊是安城令治下的，知常观和城中几个庙观是秦王世子拿自家钱赈济，自然不同。旧日安城令死于高承钧之乱，新的安城令迟迟不来。济病坊没有人管，人们便挖草根、撕树皮、掘泥土，我们在城中各处弄些钱，去换了高价粮食掺着吃，延续得一日性命是一日。”

安城里每日有人饿死，每日都有尸体被车拉出城去烧埋，至今未有大疫，乃是高承钧与雪信接连焚烧香料，熏风笼罩整座城市的无心之功。

“粮食我借给你们，你们把粮食分一部分吃掉，另一部分做种子，等来年收获了原样还我，不收利息，免赋税一年，如何？”雪信问那大孩子。

“不好不好，从种子到青苗到收获，随时会有撑不下去的人到田里挖出种子拔出苗根嚼吃掉，种田的人吃亏。”大孩子连连摇头。

“我派军队保护你们的田苗，我让军队和你们一起种田，如何？”

大孩子想了想：“这或许还是条活路。我回去说说吧，把人召集了来找你。”他这才想起问，“你是何人？”

“新乐公主。”雪信说，“你又叫什么？”

“赛虎，樊赛虎。”他生得名不副实，骨架才长开，像棵被遮蔽了阳光拼命拔高的野树苗。脸上皮肤绷着颧骨，手背关节棱显，整个人刮不出二两肉来，“你遮挡了面目，我怎么知道你是不是新乐公主？换个人蒙脸，照样能说自己是公主。”

雪信摘下笠帽，凝视赛虎片刻，戴了回去：“这下不会错认了。”

赛虎骇异未平，连连撼手：“没人敢冒名，也不会有人错认。”

雪信把马鞭抛给他：“带我的鞭子去药园，守军会让你进去。”

李尚书等人脸上当时就挂不住。他们得到的信任还不如街上莫名来的乞儿。

雪信无意澄清，也无安抚举动。

一队金吾卫迎面徐行徐近，他们在铲除道路上的积雪和坚冰。见到雪信一行，他们停下来盘问身份。

李尚书摆出了身份呵斥对方，偏偏几个出来扫街的金吾卫小兵并不认识李尚书，几乎要把一行人查扣下。

胆小的人逃难去了，懒散的人躺在庙观中吃着施舍，还走在街道上的不是樊赛虎那般乞讨偷抢都做的不安分的人，就是军队。

军队喜欢秩序和安静，不愿意费力区分遇见的人是善良的还是不善的。既然正经百姓已不会出现在街道上，那就把街道上遇见的百姓送往救济场所，把逮住的可疑人物羁押了审一审，看是不是叛军细作。

正尴尬时，从一行人的后方也慢慢来了一支队伍，着河东军军服。

宽阔的街面被前排军士一字横排铺满，每人肩上扛着一条粗绳子，在队伍后排是几条滚满铁钉的横木，钉木粉碎路冰，队伍中段的军士则挥动铁铲把钉木前的碎冰推向两边路沿。俨然是一个缩小的战阵，摧枯拉朽，势不可挡。

与河东军相比，金吾卫显出了散乱低效。

河东军的除冰队推进到雪信一行人身后停下，军士们哗啦分开，亮出笔直通路。

玄河从最后方走上来：“河东军曾多次随河东侯平高句丽，在峻岭雪原上行军如履平地，还是让军卒们为公主开路吧。”

一支十来人的小队展现出的行动力已震撼到了雪信。她反复地在心中喟叹，若我能驾驭所有军士，若我能真正调动整支军队，我再也不担心什么了！

雪信轻轻摇头：“不用管我们。倒是该派出更多除冰队，把城中要道打扫打扫。”

“也是。”玄河略一思忖，“请公主传令，我这就去做安排。”

雪信下了马，走到玄河跟前，冷风捂住了他们说话的声音，只有两人听清。雪信说：“你该坐镇药园的。”

玄河回道：“我不放心。”

“殿上仗剑杀人那般的凶险，你也没去。此刻在无人的街道闲走，有什么不放心的。”

“皇上与高承钧离开安城，公主的凶险才刚开始。”

“除冰队随我走，你回去歇着。”

“我不放心。”玄河固执道。

雪信对玄河摇头：“玄河子变得不好说话了。”过去他不是挺没有主见的吗？除了太上皇的吩咐，别的怎样都可以。这一次她居然拗不过他了。

雪信遣了传令军卒回药园，又让李尚书的从人让出匹马来给玄河，令除冰队先行。

阵容瞬时浩荡了，旁若无人地从金吾卫队旁过去，金吾卫也再不敢触这个霉头。

李尚书见雪信同玄河说了几句悄悄话，雪信立时变了主意。没听见说什么，但两人间的行止看来是随意惯了的。

要说在安城变乱前即有玄河是新乐公主入幕之宾的传言，但两人在众目下也没被捉到可以证实传言的证据。李尚书只得熟视无睹，也不敢在表情上流露出评断。

他是什么都见过的人，亦知真正的私情一击即破，没什么可担心，若是看起来像私情却不是，那其中不是有着极深的共同目的，需要彼此表现出隐忍耐心，就是其中有着外人理解不了的信任。

知常观门前，十名金吾卫军士与二十名河东军完成了交接。

猴子披着补丁叠补丁的破毡袍缩头蹦跶脚，见雪信一行到了，立刻高声说："你倒会教人等，再不来，我都冻得想骂娘了。"

雪信下马，给猴子拂了拂破头巾上的雪："给了你钱，怎么也不换身好的？"

猴子嗤笑："也不看看什么世道，穿点好的敢上街吗？"

雪信牵着猴子的手踏过知常观门槛，她言简意赅："全城所有的救济所，不养吃闲饭的人，我把这事交给你去做。"

猴子是真蹿起来了："公主给钱粮种子，我感激得很。我跑过来谢个恩，回去种地开店就安逸了。管一个庙就已经劳心得我直掉头发，整顿全城救济所，是要我命呐！"

"紫娘子。"雪信突然就叫起猴子本名来，"你为什么救我？你为什么管那个野庙？是你不忍。当你站在宅院里，你看到的是无处可去的仆婢。你走到城外，看到无家可归的流民。你登上高处的山崖，望过这座城了吗？灯火熄灭，一片昏黑，正在死去。你能不能把你的不忍和你的才干扩大一点点？我要这座城的血重新流动起来。"

猴子翻白眼："说，往大了说。你最好说得我痛哭流涕，不忍拒绝。"

"你在苍海心家里做过管家。你不给我做事，别人也会翻旧账，来拆你庙，毁你田，捉你人。"雪信改了口气。

"那行吧。你要我往什么方向整顿？"猴子服硬不服软。

"当务之急是屯田，原先有手艺的，择其一二重操旧业。"

"那公主给不给我人，给不给我权？"

"录事参军，不准讨价还价。"

"有那种吃惯了闲饭，自己不劳作，等别人做出成果来又跑去蹭饭，别人不给就抢的人，不死几个可料理不了。"

"如你的规矩，做一天活儿，就吃一日饭。做多少活儿，吃多少饭。不做活儿的，就凭他饿死，死了正好沤肥浇田。"雪信这算是给猴子放权了。

共工怒触不周山，山塌天陷，女娲炼五色石补天。神话中的女神是慈悲的母亲，专管收拾烂摊子的。但她们在讨论如何拯救一座城池的时候，是严苛的母亲。她们只救肯自救的人。

李尚书一行里又有人让出了匹马给猴子骑。李尚书与玄河一搭一档的，走在雪信与猴子的马后。玄河泰然自若，无话与李尚书寒暄。

除冰队轰隆隆从金吾卫的地盘上碾过去，雪信领着一行人把城中余下几座本属于苍朝雨打理的救济所看过，几乎没有回头向李尚书询问什么。

似乎这一趟出来，是雪信在向安城隆重宣布她的登台，向那些冷眼等着看她手足无措的人展示她的计划。如果他们不帮她，她会亲手寻找、培植一批亲信。将来，那些迟迟不投向她的人，终会被她的人挤下去。

回到药园门前，李尚书神色晦暗，拱手告辞。

安城天幕低垂，无休无止地落下雪絮。没有太阳方位的指示，只有在清晨和黄昏时人们才觉察到光阴流动。雪更白了，是天幕暗了，又一天过去了。

雪信摘下笠帽，让雪点子停留在脸上，转瞬化掉。天上有个小黑点倏然掠过去，她一激灵，从斗篷里掏出鹰哨放在唇边吹响。

小黑点在视野里放大，显出鸟形，继续盘旋下落，双翼平稳敞开，如回风起舞。雪信用毡斗篷包裹住手臂，一只海东青在她臂上收起翅膀。

药园前众人盯住那只鹰。既然是苍海心的鹰哨招呼下来的，又愿意亲近雪信，这鹰与苍海心是脱不了关系的。他们好奇鹰会带来什么消息。

雪信察看它的翅膀脚爪，并没有布条竹管，干干净净什么外物也没有。众人看雪信，雪信也看看众人。海东青温顺地被她翻动，钩喙和铁爪任她碰触，还把脑袋歪过来蹭一蹭她的指腹。

“是你家公子的鹰吗？”雪信问猴子。

“鹰不都长一个样，我认不得。不过这鹰认得公主，大概差不离是的吧。”

“我也不认得。既不是传信的，让它去吧。”雪信臂膀一举，海东青飞起。

“别啊，搞不好是细作呢？”猴子嘀咕。

“是是是，鹰探查了我们的军情，回去用鹰语汇报给叛军。”雪信揶揄着。

“说不好，这鹰是随着主人来的，公子就在附近。”

“不可能。他为叛军前锋，此时应还没与高承钧的军队遇上，他们不击败高家军与诸王联军，不通过崤函古道，到不了安城。”

“它在空中把药园形势尽收眼底。”玄河提醒。

“它能给苍海心画形势图吗？”雪信塞好鹰哨。她心底里想的不能说出来，也许苍海心是让他的宠物来看看她在安城好不好吧。

“还是叫下来吧，万一有用呢。看前敌战况，战况顺遂我们就给公子写劝降书，战况差强人意，我们就写顺表，让鹰送出去。”猴子脑瓜子里多的是馊主意。

雪信居然认为这主意不错，她正要取哨，天上海东青骤然收起了双翼，低头俯冲，那是猛禽攻击的姿态。

猴子惊呼一声，四围守军有的竖起长枪投向天空，有的反手到背后取弓箭，然而来不及，眨眼间鹰穿过一轮枪林，到了众人头上。

玄河揽住雪信，把她按低下去，用他的脊背覆盖替她遮挡来自天上的攻击。雪信却正把他推开。

海东青的铁爪足从玄河的脊椎上擦过，鹰掉落在他们三步之外，亡命扑腾，一支羽箭穿过它的翅膀。

雪信把玄河推出去，抱起那只鹰。玄河扯住她，退入药园。守军们封住园门，弓箭直至天际，但天际纷飞灰雪，再无异样。

中军帐中，穿过鹰翅的箭矢被折断取下，伤处上了金创膏药，捆扎起来。鹰暴躁挣扎，豁开了玄河的手背。雪信让人找来鹰帽给罩上。整个脑袋被皮具包裹，只有钩喙还能开合，眼前光亮被夺，一丝不漏，海东青猛烈晃头，渐渐安静，一动不动地站立在临时立起的木桩上。

玄河接着为自己的手上药，单手缝合，单手包扎。雪信双肘抵着帅案，低头端详两截断箭。箭枝形制材质与河东军所用不同。其实海东青落地时，河东军弓手多数还未及把箭扣上弓弦。

“鹰或伤或死，对我们没有坏处，只有好处。”玄河不是不能理解雪信为什么要他医治海东青，正是因为理解才不能接受。

“鹰不是冲我来的。是有人冲我放冷箭，它来救我。”

“若它是救公主，应冲着放冷箭之人去。为何反扑向河东军阵营？”

“鹰的眼睛在天上俯瞰，地上的事一清二楚。它看见有人将向我放箭，它飞下来提醒我，我没领会。它飞上天空，看到那个人把箭搭在弓弦之上，拽开了弓弦瞄准了我。它知情势危急，若扑向放箭者，那人慌乱松手还是可能伤及我。于是它凌空扑下，意在使我挪动位置，防备天空。放箭者见场面巨变，箭矢仓促离手，被鹰翅扑中。”雪信如同在梦呓。

“一只鸟怎会有如此复杂心思，鸟的心思公主又怎会洞晓？一切尽是你的臆断罢了。”

雪信微微摇头：“不是的，它没有想伤我。”

“它做出了危险举动，这是确凿的。”玄河处理好了自己手上的伤，抬起头看向雪信，“公主也不该推开我。公主若有失，何人来号令河东军？”

“你舍了命保护我，我就得欠着你人情。你无亲无故的，你死了，我也没个还情处，要一直欠下去，想想就可怕。”雪信也直视玄河，“何况是不得不欠了你人情，还被你遮住了观望天际的眼睛，打断了应该下达的命令。”人与人的纠葛，只要近了都是负担。仇者如猛虎相扑，亲者亦如绞藤相争。

守军首领来报：“搜索至南北东西两条街之外，不见携长弓的刺客行踪。倒有两名女子形迹可疑，说是来投公主，已被带至营中。请示公主，见不见？”

雪信“咣当”扔了断箭，提起袍摆闯出帐去，径直跑到药园阵法景门之外。

阵门下立着风尘仆仆的两个女子，与雪信年纪相当，穿着男子靴袍，浑身英气，淡扫蛾眉，眉心点着胭脂花，掩不住女儿家的秀丽。她们背着硕大的包袱，愣怔当场：“这还是雪娘子吗？莫不是找错了人？这里是河东军分营吗？这是新乐公主？”

“百娘子，甘娘子，别来无恙。”雪信对她们行的是平辈之交的礼节。

她们不敢认那张脸，却记得声音，低头还礼，正瞧见雪信光着一对脚板，脚趾间里沾染了新鲜泥土。

玄河从后面追上来了，手指头勾着双鞋，落地摆在雪信面前，雪信给他引见：“这是骆百草，这是骆孰甘。她们是我师娘的徒弟，我写信给师娘，求来的帮手。”

骆百草年幼时与雪信处得不好，脸上还磨不开：“不是我们要来，是师命难违。不过承蒙公主打着赤脚出来迎接，我们就留下，为安城做些事情吧。”她还是不肯承认自己是替雪信做事的。

骆孰甘则对玄河说："早就听闻过国师，想亲眼瞧瞧长南观的曼陀罗花海，可惜来得不是时候。"

说话时，停在骆孰甘耳垂上的一对金色蜂子飞起，歪歪扭扭飞向玄河面门，却在距离他一尺之外如撞上看不见的铁壁，嗡嗡不绝向里头钻，却不得寸进。

玄河伸手一捋，金蜂子停在他摊开的掌心，混如死物："甘娘子的明月珰掉了。"

骆孰甘神色不善地从玄河手里取回金蜂子，别回耳垂，对雪信道："他本事不小，维持药园的八门阵也过得去了，为何还召我们来？"

"药园是安城一隅，安城之于天下，只是沧海一浮槎。要养活人吃饭，得种粮食。我们的种子不多，虚掷不起，请二位来，是确保收成。"雪信回答简洁。

两人相顾愕然："原以为是守城拔寨需用我们，见了面又以为治她的脸用我们。实不想，她如今做了公主，交给我们的任务竟只是种田？我们一身的本事用来种田？"

两人确信是上了师父骆锦书的贼当了。锦书说安城十万火急，找她们是去救命的。饶是她们懊悔被蒙骗，终归是明白粮食对安城的确是命之所悬。

歇过乏来，二人乖乖去往城郊堪踏地形，选出地来做了标记，留给猴子和樊赛虎整顿出的人马进驻开垦。

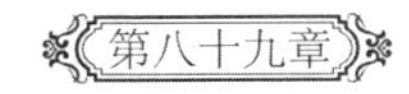

万籁私语寂中听

入夜后的安城比白日更显出虚弱。寒屋暗角者，十门九户。要么是灰雪，要么是绵绵冷雾交替照拂天空，底下人的脸个个看不清楚。

河东军打起火把巡街，他们走过的地方，金吾卫会再去踩一遍。金吾卫的势力范围，河东军也会故意过去绕一圈。像两拨儿用气味宣示领地的小狗，为了避免冲突，他们还知道错开。

两队火把像森林里的两小只萤虫，只要森林足够大，它们若愿意可以永远不碰面，但森林里又只有它们两只发光的小虫，老远就相互发现了。

永安宫里住着代理朝政的秦王世子，那里是安城的头脑。药园是保持安城体温的心脏。两片明灿灿的灯火，遥遥望着。

中军帐中，雪信勾起手指头去弹海东青帽子上的饰羽，被遮了眼的鹰恍若睡着了，纹丝不动，羽毛紧贴身体，随胸口起伏。她把碗里的新鲜雀肉用竹签挑着，碰了碰鹰嘴，海东青叼住仰脖吞下。

帘门一动，兔子端着食案闪进来，一盆雀肝，一盆粟粥。雪信动手把雀肝拌进粥汤里，说："怎么那么少？"

"雀肉和雀肝是从国师的份例里匀的。"兔子回答，"干货全被我扒拉了来，小灶上剩余的只有清汤。明日里还需多捕几个雀儿。"

"都要吃肉。哪儿来那么多肉给它们吃。"雪信抱怨，低头把盆摆在脚边，指甲在盆沿弹了一下。

在暖窝中嬉闹的狗崽听见动静，蜂拥疾奔，到盆前细细嗅嗅，后退了望着雪信。

"实在没有多的肉了，你们暂且委屈委屈，好不好？"雪信对狗崽说，又对兔子抱怨，"都是阿满把它们喂刁了。"

"煨乳狗也是大补，肉可吃，皮毛还可做手笼……"兔子说了半句，被雪信狠厉眼色一瞪，那句"省得到处给它们找肉"也没再说出口。

"听到没有，兔子要把你们煨了做手笼呢。"雪信蹲在狗崽们身旁，"吃不吃？吃一口？尝尝，没那么难吃。"

她用手指头蘸了粥汤，抹在一只狗崽嘴上，那狗崽先动摇了，凑向粥盆。吧嗒吧嗒吃食声一响，余下三只也坚守不住，把脸埋进盆中。雪信舒了口长气，擦抹了手指头，端起案上仅余的一个小盏。

清汤寡水，一股子刺刺的霉烂味，纵是按照雪信吩咐打来的，兔子还是不安："公主吃得是不是少了些？"

"我又不做力气活，没资格吃饱。"雪信对面仿佛坐着另一个自己，她在恨铁不成钢地对着那个自己说。手腕子一翻，如喝茶一样把粥汤喝下去了。

伙房营有个厨子每做一顿饭，要抓出一把杂米，暗暗囤起来。前一日他去集市上卖粮食时被认出来告发了，雪信下令砍下他的头高挂在伙房营门前高杆上，尸体拖到城外喂了猴子照料的狗群。

那个人的脸上带着不甘心，被出入伙房营的所有人注目着，与这世外桃源般的所在不太匹配。

还有个马夫偷吃军马草料，雪信罚他套上嚼子拉水推磨，看守刚刚报上来，说那马夫脱力死在磨盘边了。

若不让众人看到希望，会有越来越多的人挑战军法、行窃，或造反。

帘门又动了，进来的是崔露华，满脸没好气色："国师说万事俱矣，请公主登台。"她是饿的，原想亮出气节，争取个好待遇。但她拒绝喝配给她的粥粮，兔子就把罐碗收走，再没去管她。

"照看狗崽们，必须候着它们吃完。阿满回来要验重的，不能掉膘。"雪信对兔子的嘱咐又把崔露华气一跟头。

"我回去要告诉我父亲。你们给我吃的，还不如喂狗的。"崔露华愤然。

药园底下暗火流动，烘烤着曾经价值连城的香料。而这些香料如今已没那么贵重了，甚至是无人问津了。人们更喜欢把手里的钱换成吃食，吃食更值得信赖。

药园温煦如春，草木迅长，气息甘浓，姑射仙人的居所也不过如此。可药园里的人守着沉香山子，喝下去的是粮仓最底下、最角落的坏粮。沉香山在四层高台之上，俨然是一座峻峰。

雪信登台，歇了两回，所幸无需攀山，她从沉香山脚的暗门入内的。

山腹内是永无白昼，底部的天铁床被移走了，取而代之的是繁如星空的萤石阵。微弱冷光连地面也照亮不了，仅仅能做个标记。

雪信踏入星阵，她知道在星阵中央有个坑洞，位置对准了山子顶端的开口。她用脚试探到坑洞边缘，跪坐探身摸索。

坑洞有铜盆大小，有气流从坑洞中升起。沉香山子中暖如酴醾花盛开的夜晚，坑中涌出的气流却如寒泉刺骨。洞中心有一面圆如镜、薄如蜻蜓翼的铁片被气流托起，恰似深井里的红月。正是熔掉了幽泉铁项链打造的。

雪信松开发髻，褪下夹衣，披发跣足，她跪着向前倾身，环抱虚空里那轮红月倒影。

笛声从头顶漏下来。她认得是玄河在吹笛，但这回用的是碧玉笛。

笛声簌簌如雨珠打在山顶，漏进山内，不可思议地附在山腹内壁上盘旋淌下，落到山底又转折而上流淌。

雪信闭眼，笛音汇拢的无形无质的水淹过她的膝盖，她的腰身，她的头顶。水下只有笛声，笛声竟是低沉呜咽。幽泉铁随着笛声颤动，起初是平稳单一的调子，过不多时那种嗡嗡的鸣动越来越响，鸣响中多了杂芜之声。

兴师动众、耗费巨大搭建的高台，运转起药园八门阵法，意在营造瑶香草破土和生长需要的天候和地势。但阵法汲取上来的地脉灵气，实则妙用无穷。高承钧无意中把传说中的幽泉铁带到安城，玄河得以验证了典籍中的谛听术。

风过有痕，水行留纹，世间所有事都有个见证。人的寿命太短，这个见证，人是做不来的。世间所有事都在一个长长的梦里，包罗万象，混沌一锅。

其实许多人在夜晚的睡梦里曾得到过这个天地长梦的蝶翅一鳞，但醒来后忘记了，或者得到的东西与他们白日里的生活无关，于是抛诸脑后。而有些特别的人，能用特别的方法，让长梦开口回答他们的问题。

旋天术是乾术，使魂魄遨游宇宙，唯一的限制是声音。谛听术是坤术，虽身在远处，目下一片黑暗，地脉灵气却把世间事输送到耳畔。

依施术者能力的高下，探到的声音也分远近。若施术者能力不受限，那么他可以听到自天地初分之时起，世间每一个角落发生的最细小的事。但这亦非人之所能。

幽泉铁的鸣响掀起洪涛巨雷，包含了无数声音。雪信凝神入定，在乱流中搜寻到了她要的那一缕声音。她集中所有力量，抓住那缕声音，那缕声音于是清晰稳定了。

是阿满，她正在说话："雪娘子？你听见了吗？说是在地上挖个坑，朝里头说话，雪娘子就听得见。阿满是不信的，但阿满答应了你，阿满就每天晚上挖个坑，说说一天里的事。今日走出了多少路，不知道，反正大家已经扎营住下了。

"阿满舍不得照夜，中途下马牵着走，靴子都走得开缝了，雪水灌了一鞋。住下后，高家哥哥给阿满送了泡脚的干姜，小皇上给阿满送了好多床被褥，还说靠近火堆睡就不会冷了。

"阿满这段时日吃得不好，都是些又淡又稀的汤水。周都尉带人猎了几只狍子，给皇上和阿满吃。周都尉的五百军卒都没有肉吃。哦，阿满还看见周都尉握着流采的定惊挂串发呆呢。

"高家哥哥，他身旁居然有那个秀奴跟着。阿满很为难，高家哥哥算不算雪娘子的情郎？要不，阿满就先替雪娘子盯着，不让高家哥哥被秀奴抢走。

"说起来，雪娘子好不好？流采小毛头好不好？小狗崽有没有给雪娘子捣乱？阿满有些想家，好久没吃到少逮列的酸辣酱汁了。不过，阿满是要做大将军的，阿满会保护小皇上走下去的。"

阿满的话说完了，余音后的空白被后来的声流涌上塞满。雪信在浩如烟海的声音里筛选她感兴趣的东西，抓住一缕熟悉的声音，或是陌生人说的某件她熟知的事，用力拽进自己注意力的范畴里。

雪信在与崔露华的对质里，她全然居上风口，攥住了崔露华的肝肠，抖落崔露华的心思。此中私情，雪信也曾收到寥寥数字的密报，然后才于谛听术中找到崔尚书与崔露华、崔露华与苍朝雨的私下密谈。

因此说，最好心中存疑，或有个执念的目标，有助于在谛听中捉到与此有关的声音。从无穷无尽的声音中找到问题的答案听完，亦是极为耗神的，坚持不了多久。

雪信又随意听了几段声音，头昏脑涨，正当要关闭感知，却又听到一个熟悉的声音。

不知在何处，苍海心在说话：“我梦见雪信了，在安城里。”

一个女子的声音问：“安城如今怎么样了？”

苍海心说：“一片白，没什么人在走。不过雪信和玄河在药园摆阵，药园没有积雪，药园长出新苗了。雪信她……”

“雪信怎么样了？”

“她看起来很好，没有被为难住。”

“药园摆了什么样的阵法？”

“外分八门，中央一座高台，台上是沉香山子。”

“能画出来吗？”

“记不清细部了。我本要再看清些的，有人射了我一箭，伤到翅膀了。”

“谁射的你？”

“那个秦王世子苍朝雨，他本来瞄准雪信的。”

“那还能飞吗？”

“不知道。梦到他们给我包扎翅膀。然后梦醒了。”

这个女子声音不熟，但也不是完全没听过。是谁呢？意识被声音的乱流冲刷地摇摇欲坠，雪信强撑着向深处翻拣。

她又听见另一个女子的声音：“我不同意。她一个酒家女，岂可为昭仪？将来她的儿子，有一半天家尊贵的血，有一半庶民低贱的血，不堪继承大统。”

听见这个女子在庄严宣布：“淮南王世子苍守云，颖慧端孝，大节大义，只有他才是我皇兄承位之人。”

这不是她要的声音，她再听，然而意识蹒跚前行，逐渐湮没在天地间所有的声音里。她耳边的声音退潮，又一口血涌上喉头，而后是彻底静寂。

黑暗中唯一的知觉是嗅觉，是白荷的香，而后是舌面上传递来蜂蜜的甘甜，温暖的汁液从喉咙灌下，一道金色丝线滑入五脏。意识回来了，雪信知道自己该醒了。

与眼前的局面相较，她不能退缩，不能休息。雪信睁开眼，先是向枕边摸索，摸到了透山剑剑柄，她对着玄河发出轻微的喟叹：“怎么是你？”

玄河手里端着一个小银盏，苦笑：“为什么不能是我？”

因为这是她的困境，本该与她相濡以沫的那个人并不在身边。行到绝境，侥幸遇到的搭救者，也不是她期望中的那个，甚至遇到的搭救也许只是别人的失误。

总之，她所遭遇的，令她无法相信，一头扎进一个怀抱中，剩下的事就可以由对方来做。所以是玄河又有什么关系呢？

“白荷蜜露。”雪信目光指向玄河手中的小银盏。

“从公主府花园池塘里捞出来的。”

“我都忘了你还记得。我府里的纤毫小事，你都注意着。”雪信这话并不是赞许的意思。

“同舟共济，就不该有什么事可隐瞒，也不能独自决定什么事。”玄河说，“公主决意亲掌全局，就请先保证头脑清醒运作。公主与军卒们承担的责任不同，不应该在饮食上与他们一致。”

“是我错了，以后我会吃饱。”

雪信看见床头小几上，一片新摘的瑶香草叶子盛在木碟里，鲜翠如碧玉。

玄河把银盏放在小几上："谛听术耗用地脉灵气太多，瑶香草三日只能取一片叶子。"

瑶香草是雪信监督着种下的。在沉香山顶入口编一张绳网，铺上苎麻布，兜了一捧土，瑶香草就悬空种着，受着山底穴眼中涌出的地脉灵气滋养。但每夜子时启动的谛听术拦截消耗地脉灵气颇巨，上方的瑶香草放缓了生长，远远不够两人解毒所需。

雪信刺破手指，涂抹叶片，把叶子递给玄河。

玄河站起来后退，不肯接。

"我身上的余毒无碍，要不了我的命，也不着急。"雪信说。

她血中的金蚕王蛊生生不息，蛊不食瑶香草就不能吞噬毒质，却也足够隔绝余毒向脏腑渗透。没有瑶香草，蛊虫也在日复一日地把毒质输送向肌肤之表，透过毛孔排出，虽成效不显，每日的改变微乎其微，但确无近患了。

反是玄河，雪信用蛊血帮助他疗伤，又以蛊血给他下毒。蛊虫在他身体里只有一日效用，他不得不继续服蛊血控制毒性发作，毒质在他体内累日积存，真正是饮鸩止渴。

他想不到，雪信会把第一片瑶香草叶给他。他饮毒还不算久，瑶香草叶混合蛊血，服用几次，即可彻底摆脱对蛊血的依赖。

"公主需要可信赖的人。"玄河仍然推辞。

"我手里已经抓了一大把把柄，我可以一个一个给他们挂上线，让他们听我摆弄。不缺你一个，也不用你给我心安。"雪信说，"我知道，你想活下去，不听我的话，也有足够的办法。你可以把我困在大帐里，每日取我的一滴血。你代替我发布命令，在河东军里扶植你的人，但你没有这么做。"

说到这里，雪信笑了："你被我困在药园里，和我绑在一起，无法分开行事，平白多了掣肘。我给你解毒，给你信任，你能为我做的事多了，也不会好意思算计我。"

玄河接过草叶吞下："公主给了我可以接受的解释。我欠公主人情，不敢背叛。"必定要一方有人情上的亏欠。玄河怕的是钱货两讫，两不相欠。

雪信找着鞋，下床在寝帐中乱跑，找到了暖窝里熟睡的狗崽。她揽住暖窝，把狗崽拥在怀里，对玄河说道："高承钧说，我该做母亲了。我难道不正在承担母亲的职责吗？我要用粮食养活河东军，养活安城，养活出征在外的将士。那些我在乎的人，我不要他们挨饿受苦。我身边重要的人，我要一并照料妥帖。这不是母亲吗？"

她的话是不太好接的。玄河没有回答。

雪信又想到谛听术中苍海心与一个女子的对话，对玄河复述了一遍。

"他是怎么了？他也在旋天术中吗？我们能不能用这一层联系，让叛军停止前进？"

幽泉铁克制金蚕王蛊，雪信每日行谛听术本不能超过一个刻漏，搜寻有关苍海心和那个女子的消息，又耗用了太多精神，才致支撑不住。

玄河回答："此事不同寻常，请公主宽限我几个时辰，仔细想过后作答。离天亮恰还有一个时辰，公主可再睡会儿。"

满脑子里千梭万线在密密交织，雪信的眼闭上了又睁开，望着被火光映亮的帐顶。

百娘子与甘娘子是骆锦书的亲传弟子，所学其实与玄河这一支更近些。她们也略通青乌风水之术，去城郊堪踏出所有背靠山阳的大片平缓之地，而后派遣河东军的掘子营施为，划分田块，挖掘水渠和火道，埋炭引水，消融冰雪，灌润泥土。然后河东军与民夫一并入场垦荒。

耕牛不够，可先拨军马充之。要搭建暖棚，上覆轻韧透亮又隔水的大鱼皮。其实这些改变小片土地的天时地理的戏法，两位同门姐妹比她在行得多，应放心交由她们主持。但雪信思虑重重，无法停止，她反复推敲，唯恐她们会遇到解决不了的难题，她要料在前头，先替她们解决。

一把烂银碎屑抛落在帐顶，声音不大，却密密层层，铺天盖地。

是药园下雨了。

药园的气候是不随园外的。园外下着雪，园中可以丁点落不下，雪在高空里被药园蒸腾上来的温暖地气蒸成云雾，被推向四外。

药园需要雨的时候，也可自行召云化雨。但园外正落雪，事情又简单了许多，只需要缓滞阵法运转，容雪融化成的水落在园中。

笛声起了，是玄河在吹竹笛，没有沉香山空腔拢音，笛声如广厦内一盏摇动的小火苗。虽然渺小，看起来不顶事，却是黑暗里唯一的指引。

在雪信朦胧的梦里，灰雪飘落堆塑成一只灰鹤，喙如长剑，翅下风雷滚动。那只鹤落在她面前，用生着洁白绒羽的翅膀内缘爱抚她的脸颊和肩头。她明知透山剑在她身畔，剑芒可以迫散梦境，但梦外的手指挪不了寸毫，只能看着梦境演进。

梦中，玄河与她躺在鹤羽之下。两人均是面朝上望着天不动。不能生而同床，但求死而同穴。若死亡不是终结，那么剩下的厮守会漫长到令人害怕。

玄河受太上皇的托付保护新君，但绝不能因为他是在完成自己的使命，就不需要感激他的帮助。他没有提过帮助的代价，他不开口是因为他要的东西很过分，雪信不会答应。那就先赊着，欠账欠到此生没可能还上，她也就没有了拒绝的资格。

是雪信唤醒了他的贪婪，喂大了他的野心，雪信该为此负责的。她任用他，也害怕他付出。而今，除了向他强调道义，没有什么好法子能约束他。

睡醒后，雪信顾不上吃早点，先去看海东青。

中军帐里一个人也没有，鹰柱上空空如也，皮帽脚镣松开被扔在地上。

雪信大喊：“鹰呢？鹰呢？”

没人回答。

她又喊：“兔子！崔露华！”

也没有人来。

雪信跑出大帐，抓住一名侍卫问：“国师在何处？”侍卫指向园外。

药园之外，兔子披着雪信前一日披过的灰毡斗篷，垂纱笠帽遮住了脸，吹响了鹰哨。

海东青在天上盘旋，一个箭阵瞄准了天空，而海东青还未降低到箭程之内。

雪信跑入箭阵掀起兔子的笠帽丢开，就近在一名弓手右手腕上刺下一针，弓手失手松开弓弦，向天虚发一箭。海东青飞离了头顶的天空。

“没我的命令，谁调动的弓手？”雪信暴怒。

“是我。”玄河站在箭阵外，“公主息怒容禀。”

雪信不能杀玄河，她前一夜里刚刚承诺放给他信任。

“是谁放走的鹰？”她试图找下一个罪魁祸首。

“是崔家小妹。已被拿下。”玄河说。

崔露华是人质，崔家不能轻举妄动，雪信也不能拿她怎样。所以崔露华也还是不能杀。但经此两轮交锋，雪信恢复了冷静，她抬头看去，天幕低垂，灰雪遮挡了视线，已望不见海东青的去向。

雪信下令：“人马带回。”

崔露华被反剪双臂推进中军帐，绳圈里的双腕还能扭动，可见没要她吃苦头。

兔子跪在帅案前不吭气，崔露华抬头挺胸。

“你还真不怕担上通敌的罪名。”雪信坐在帅案前对崔露华讲。

“我人被扣在这儿已是最坏了。不管我要做什么，你只能防着我，不能折磨我。否则，我爹爹会如样对待前线的高家军。”崔露华毫无惧色。

“为什么放走那只鹰？”雪信正色问道。

“公主不给我能吃的东西，我饿极了，想把鹰偷去做个叫花鸡。不想伤了翅膀也能飞，被它飞跑了。”崔露华满不在乎。

雪信挥手让把崔露华带下去，关照找个小帐篷让她歇着，歇到她再次召她为止。

“把田鼠和蟾蜍烤了给露娘子送去。”见看守士卒犹豫，雪信加了一句：“告诉她是长生苑猎来的飞龙肉。”转头，她盯住兔子，“鹰哨在我寝帐中，你是如何得到的？”

“我看见露娘子放跑了鹰，急忙来报公主，在帐外遇见国师，国师说必须把鹰召回来，我就……”她实在说不出“行窃”二字。

雪信让兔子出去。

“国师替我寻鹰，为何还要安排箭阵？”雪信转向玄河。本该他先出来解释的，却故意被放到最后。

“我没有料错，有人在使用纵鹰术。有别于寻常的驯鹰术，纵鹰术是借人的一魂一魄依附在鹰身上，借魂人即可夜梦鹰目所见。此术若是善用，于万里之外刺探消息、窥见敌营，易如反掌。”玄河一一说道，“鹰目如电，我们的底子彻底摊开在敌人面前。我们有多少粮食，我们要从哪条路奇袭，我们是在准备硫黄硝石火战，还是堵塞河道准备水战，敌人会知晓得一清二楚。”

“杀死那只寄魂鹰，借魂人会如何？”

“若是寻常人杀死那只鹰，鹰身上的一魂一魄会回到苍海心身上。若是交给我，苍海心会失去一魂一魄，他会变得迟钝迷糊些。我还可以顺着鹰身上的一魂一魄唤来苍海心余下的魂魄，那么这场叛乱的最终意义会瓦解。苍海心一死，越王不得不退兵。釜底抽薪，不战而胜，岂不是最省的法子？”

“关于战事胜败，关于天子安危，你下命令前为何不把实情告诉我？为何不与我商量？”雪信质问。

“我若实情相告，公主会同意吗？”

“苍海心有何罪？遍野豺狼，豺狼不死，却叫一个被豺狼追逐驱赶的人为牺牲。”

“公主差矣，苍海心为乱臣之子，为叛军先锋，他如何无辜？自愿也好，是被追逐驱赶也好，进了这逐鹿之局，人人都可以被碾得粉碎。公主莫要太仁慈了。”

“非我仁慈，是国师莽撞，莫要忘了南诏大祭司。国师有失，皇上何人辅佐？纵是国师斗赢了，苍海心一死，诸王必反。苍海心背后的人必会说动诸王替苍海心报仇，而后瓜分天下。”

二人正在僵持，兔子进帐来报：“永安宫来人了。张太后差内侍和宫娥请公主入宫相见。”

“她找我有什么事？”雪信脸上转得快，刚刚还一脸咄咄逼人，一旦有外事介入，架就得搁起来，等有空了再吵明白。

“给公主贺新年，今日是元日。今年皇上出征在外，没有大朝会了。想来是太后殿中冷清，须找个亲近人叙叙话。”玄河也端端正正地回答，脸上找不出一丝争执过的痕迹。

“旧的一年算是熬过去了。元正启祚，万物惟新。”雪信轻声诵念。这是历年贺正表上最为滥觞的一句。

元日清晨的永安宫清平纯净。

除了必须伺候主人的，要站门值宿的，内侍和宫娥缩在屋中熏笼旁啜饮酥酪粥茶，没有上官来催，他们不打算出工扫雪，反是享受到了太平日子里没有的安逸。

雪信与侍卫一行入宫，马蹄咯吱咯吱趟着雪，往好好的一幅宫阙雪景图上踩出粗鲁的墨痕。

兔子横坐在骡子背上，骡子一溜小碎步，勉强跟上雪信的坐马。她头回进宫诚惶诚恐：“我们是去见太后啊，公主素面朝天，太后会不会计较公主不恭敬？”

“调脂弄粉画出张假脸得搭上半天工夫。如今是别人来求我，我为何还要装出个好脸色？我的脸再可怖，太后一样会对着我笑容可掬。”雪信纵马前行，话向后扔过来。

兔子又说：“可我们带这么多人，我还背着剑，怎么有点找碴打架的意思？”

“真要打架，这么点人怎么够？兔子你就只记得别人是太后，不记得我是公主？皇上亲口赐封要我镇国，我能不能有点派头？”雪信回头瞧她，又气又笑，“回头你得学着骑马，坐正了，别扭着脸骑骡子。我们一行人的威风，被你的骡子堕了七分。”

张太后身前的宫娥彩芝在后宫禁苑门前迎接，太后抱着个怀炉等在立政殿前。不过是半年不见，太后容貌风采依旧，尊号辈分上去了。

按说太上皇离宫，前一朝的旧人嫔妃也该随着迁走。太后迁居安城另一处旧朝宫殿。旁的嫔妃生下的皇子，封个王打发出去，其母就随子去封地做个王太后。无子的嫔妃送去洛城别宫，也会发给他们活儿干，不白吃饭白养老。

如今时局动荡，崔昭仪生下的小皇子尚未得到赐封，无处可去。洛城在安城东面，离战场太近，后宫旧人轻易不肯离开。故而永安宫后宫亦处在不上不下的夹缝里，规矩也比常日松懈。

张太后搀着雪信的手，扶着她的肩头，向殿中走去。

熏风扑面，太后口中嗔怪：“大冷的天，怎么不晓得照顾好自己，你看把手冰的。”她触到个毛茸茸的东西，以为是手笼，却不想手笼长出牙齿咬住了她的手指。张太后尖叫缩手，指着雪信。

从雪信袖子里钻出个黑绒绒的狗崽脑袋，雪信若无其事地把它塞回去掖好：“不冷。有这小崽儿给我暖手。它暖着我，我也暖着它。”

“还真是个稀罕小家伙。可不是呢，冷天里，抱团取暖，相互依存是最好的。”张太后对着雪信可怖的脸，一个愣神也不打，仿佛她面对的还是过去那个艳冠群芳倾国倾城的佳人。

“来来来！”她拉雪信在她的殿中安坐。

此刻殿中已拼了几张大桌案，堆了些卷轴。吏部尚书站在殿中，抱着一叠册页。

“往年今日，宫中大朝会是何等辉煌，何等荣耀。今年宫中安静了些，全赖皇上亲征去，把哀家独个抛下了。皇上是为天下太平亲征，亦是荣耀，是好事。皇上不开大朝会，哀家就开个小会，热闹热闹。”张太后向雪信解释，又对吏部尚书道，“开始念吧。”

吏部尚书擦一擦脑门上被大殿炭气捂出来的汗，翻开册页，念起各州贺正使送来的贺表。大多是藻丽雷同之辞，念了三篇，吏部尚书就喉咙嘶哑，气也喘了。

张太后笑吟吟地听着，见雪信只顾低头逗弄袖中狗崽，咳嗽一声，让吏部尚书跳到最后，念一下各州献礼单子即可。雪信依旧是没兴趣，可张太后却眯起眼，笑容溢满，从单子上的每一个名字里，每一条行文间，她都嗅到了蜜。

吏部尚书交代完任务退出殿去，张太后又拉雪信来拼拢的大桌案旁：“打仗归打仗，等皇上凯旋，选秀纳妃的事也是紧赶着要办的。皇上那头忙着，我这里先替他筛着。公主是我儿表姐，我儿还说公主在殿上替他诛杀不臣，立了天家的威严。既是一家人，公主也来帮着参详参详。”

张太后随手展开几卷，均是门阀世家送来的自家女儿画像，画面上匹配一两行女孩的家门、性情、特长的介绍。

“来来来，这些女孩子的命运，也在公主手底下呢。”张太后轻笑。

雪信扫了眼画卷。家人重金聘画师为女儿绘像，纸上的佳人自然是美的。可那也只是面上的工夫，那些评卷者的眼光考量的，依然是美人头顶的半行小字，一个姓氏。这些女孩是被家族选出来与天家缔结利益契约的。

雪信扶了扶头：“太后拳拳慈母心，查阅秀女卷宗于太后是赏心美事，于我则是一窍不通，可不敢随意置评误人前程。我帐中案牍已盈尺，再瞧见这些头都疼。好好的元日，太后放过我也罢。”她回到座席上环抱袖子坐着。

兔子站在雪信座后，见太后居然也是个寻常人，不免放松，双眼开始盯案上的糕饼果子。

雪信随手抓了一把给兔子：“去殿门外吃吧。”

前头拉感情是铺垫，这才是要谈正事。

张太后坐到雪信对面：“公主入宫来，一路所见，有何感想？”

“永安宫里的事，有太后主持，大家放心。”

“公主别慰哀家宽心了。我儿出征，朝殿不空，秦王世子掌天子印玺，在天子座下设座代天子主持朝议。殿前执金吾、宫城巡访，皆握在他手，前线军务也送到他手里。哀家的儿子，哀家反而得不到消息。哀家昼夜不宁，寝食难安，真是怕，殿上那些人，有一个两个的，对哀家的儿子存有坏心，那哀家的儿子，公主的表弟……”张太后脸儿一变，说哭就哭，掏心掏肺地诉苦。

“母亲挂念儿子，是人之常情。下一个朝议日，我带人送太后上殿听政，也就是了。太后不嫌，河东军亦可巡护禁苑”雪信点头。

承诺举重若轻，太后倒是不敢相信了，又向雪信要计划详细流程，而后向心腹宫女彩芝递了眼色。

彩芝捧着一个妆匣上前。

“看公主面上素淡，想来是事务繁忙，无暇红装。这里是哀家命人特意调制的雪莲蜜脂，可雪白肌肤、消疤祛痕，以益气色。”

雪信接过匣子，手猛然一坠，险些把盒子摔地上，打开看时，是满满一匣的金锞子，围簇着一个脂粉罐。她合好匣盖，把匣子摆放在两人中间的案几上。

太后见雪信脸上没笑，也不客气几句，未免心中无底：“公主可是还有别的心头所好？说出来，哀家将尽所能，为公主找来，报答公主成全我怜子之心。”

谈情通常为了省钱，谈钱通常可以省事。

雪信从袖中掏出狗崽儿，托在手掌上让张太后看清：“这小狗儿，本该是安安稳稳睡在窝中，与它的兄弟姐妹挤成一团，可怜被我带出来，被我冰冷的手攥着，也没法休息，瞧它蔫乎乎的，真是可怜。也怪我，舍不得多费一块炭烧手炉。”

“太后可知如今前线打仗，十几万人马要吃饭。坚守安城的军民要为前线筹粮，自己也要吃饭。宫库尚有余粮，可供禁苑温饱，可细细一算，大患不远。我主持军垦民垦，我要喂饱这些人，又要烤暖那些田，提前春播，提前收获。太后有怜子之心，太后母仪天下，安城的百姓，前线将士亦为太后的孩子，望太后多垂怜。我需要粮炭。”

张太后听懂了：“这些哀家还能做主，后宫用度，粮食减七留三，炭薪减九留一，缩减下来的，三天一次送往河东军营地。”

她还立时下令，撤去殿中炭盆，并要来笔墨亲笔草拟了诏书，盖了太后印玺后传与雪信。

“我替百姓和将士谢太后深明大义。”雪信站起长揖，临走也没放过那匣金锞子。

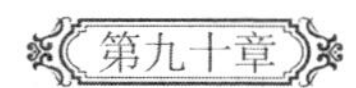

第九十章 遥寄一枝启新祚

离开立政殿才几步，雪地里跪着个宫娥，拦在道路中间，垂着脸，身子几乎伏在雪地上，看上去是冻得受不住了。

“我家崔太昭仪，闻知公主进宫，特命奴婢来请。太昭仪要与公主共话元日佳时。”一开口就是抖抖索索的，听不出新年喜气。

“崔家。”雪信冷哼，“我听不得这个姓，听了就生气。”

“我家太昭仪，是有十二分诚意的。太昭仪说，家中有人不懂事，她是要给公主赔罪的。”宫娥头一抬，是承恩殿当差的玉露。

“要是跪在我面前的是崔月华，我还承认她有几分诚意。你就是在这里跪着冻死，她也不掉一块肉。”虽是这么说着，雪信还是拨转了马头，向承恩殿去了。

承恩殿里，崔太昭仪正搂着小皇子教认字，母慈子孝一番光景。崔太昭仪略有清减，脸上见了颧骨。小皇子年约四岁，小脸上的眉眼倒也清俊可爱。

小娃儿被崔昭仪推向雪信膝头：“这是你长姐，快去拜问个新年安好。”小娃儿就摇摇晃晃挨近了雪信。

雪信问兔子要了个金锞子塞进小皇子手里：“乖，阿姊进宫着急，不曾准备礼物。”

未见面时咬牙切齿，见了面，对方派出个胖头胖脑的稚童来示好，这边也不能太小气为难了孩子，便如同久未谋面的闺中挚友般轻轻细细地谈。

崔家大女儿低回委婉地说：“我家小妹是走了眼，才在招亲会上选了苍海心。幸而当夜静西侯大闹安城，我家小妹的婚礼被打断，亲没有结成。爹爹接小妹回家，还退了聘，意在与叛军划清。还望公主不要计较小妹年幼无礼，放小妹还家。”

崔尚书因阳关之战与河东军结了仇，整个崔家还能与雪信说得上话的，也仅有崔昭仪了。

雪信翻着小皇子写的字，心思仿佛也大半不在，散散漫漫道：“崔家自找的麻烦，还不止苍海心。昭仪得闲，还是该和家人好好谈谈心的。一家人各有心思，倒教外人不知怎么对待崔家了。”

崔太昭仪开口道：“我爹爹和小妹的事，我也是知道的。他们也是一番苦心，想让崔家在一片纷乱里活下去，多为朝廷做事。小妹受了教训，也知错了，公主让她来我这里，我好好训她罚她。”真为难了她，既要说得对方意会，又不可露一丝话柄。

“太昭仪体会父亲和妹妹的苦心，父亲和妹妹有没有体会太昭仪的苦处？他们攀这个附那个的，独独看不见他们的外孙，他们的外甥是块璞玉。是当真看不见，还是假装看不见？”

雪信仍旧低头看小皇子的功课：“别到头来弄巧成拙，害了自己。昭仪若聪明，就该规劝父亲，履行好兵部尚书的职责。不卷入纷争，是保全昭仪和小皇子的唯一办法。”

把话牵扯到小皇子身上，崔太昭仪从衣襟里抽出手绢印了印泪痕：“我本不该说什么，太上皇不愿用心在我身上，我也认了。太上皇告诉我要带走我这孩子，免得朝堂生乱时受连累，我不吃不喝跪求三日才保住了他。太上皇禅位时，也没把这孩子安排好，说是留着给新君上来封赐，要让崔家感新君的恩。赐郑王的诏书听说也拟好了，是住在立政殿的那个女人扣着不让新君落玺。如此视我的孩子为眼中钉肉中刺，恐怕是不愿让我母子活着离开安城。如今我母子度得一日，就是偷得一日。父亲犯糊涂，也是为我……”

“为子心焦，倒是人皆同此心。张太后今日颁诏，命北衙禁军与河东军以紫宸门为界分治，北衙禁军维持前朝秩序，河东军保护后宫嫔妃。我守着后宫，谁也别动歪脑筋。谁可以合作？当然是根本上不会抢了小皇子的杯中羹、也不怕小皇子来抢东西的人。至于谁值得信任？太昭仪在宫中有得是余暇揣摩。”

话尽告辞，雪信也没松口放崔露华，崔太昭仪心绪如麻，再顾不上替小妹说话，也忘了客套留雪信吃饭。

在雪地上咯吱咯吱踏着，雪信遥望着清晖殿的琉璃顶，扑哧笑了：“都走了两家，要是第三家不去，定会落个厚此薄彼的口实。”

清晖殿里的日子定是不错。雪信到时，几乎所有当值的宫娥全跑在外头，嬉笑着在殿前玩雪。

一只獒犬大小的雪狮子被捏出了形，正有宫娥用红玛瑙球给它嵌眼睛，找孔雀毛拂尘给它做尾巴。她们见到雪信的队伍，陆陆续续停下耍闹，却也不见慌张。

她们说：“后宫长日无事，李太昭仪起了又歇下了。”意思是希望雪信就此打道回府，别搅扰了她们兴致。

兔子还不晓得宫里平级对话的规则，也摸不透雪信心思。

雪信说：“那正好，我给她解解闷。你们快去伺候昭仪起身吧，说新乐公主在门外。”

清晖殿的宫娥们有记得雪信，也有不记得的，但名号一出，她们全晓得是前几日上殿杀人那一位了，再没有谁看不来眼风，丢下雪狮子跑进殿中。

雪信见到的李太昭仪是方从暖榻上起来的，眨眼片刻的工夫草草理了妆，衣服披了一层又一层。

“也闻张太后请公主入宫，却不想公主还能拐来我这冷殿寒宫。也不敢因梳洗怠慢了公主，仪容不整，公主见笑了。”李昭仪命人摆上果盘烧煮热茶。她双手交握摆在膝头，周到地检讨自己。

比起初次见面，两人的实际地位已有了倒转。不曾生育皇子的前朝嫔妃，最好的归宿也不过是在别宫里占个阳光好的房间，配给的活儿有别人替她做，安安静静养老。

“是我不打招呼突然到访，很是失礼。”雪信说，“有日子不见，李太昭仪脸显圆了，身段益发雍容，肌肤似也红润胜从前了。”

“公主千万莫拿我这苦命人打趣。外头人日日有事忙，我在禁苑中坐井观天。想着去了别宫换一换周围景致，或许还能提起精神。偏偏遇上战事走不了。前路不由我定，是什么了局也无从知道，只有清晖殿如今还是我的，我吃下去的每一口都还是我的，便放开了吃，不管别的了。”李昭仪仿佛是对自己的圆润歉疚。惨就要有个惨的样子。

“有的吃是福气，吃得下也是福气。”雪信浅笑着说，“天下多少人没有这个福气。”

李太昭仪见机也是快，立刻命婢女收拾了一匣首饰：“我听闻公主仗剑上殿，自请主持抚恤难民、修缮房屋、恢复农田。我敬佩公主心怀宽旷，装得下整个安城。小小一份心意，望公主也成全我为安城做点事。”

“太昭仪以为我是来化缘的？”雪信失笑，抱了匣子随手递给兔子，“太昭仪有心，我自然是来者不拒。可我此行来，一是奉了张太后的诏书，打算派驻河东军守备禁苑。我也是头回统兵，没有着落，便先各处访访，也来看看清晖殿周围的格局，听听昭仪有何需求。二来是今年无大朝会，也没有欢宴，安城冷清，深殿寂寞，不更得凑到一起说些元日应当有的喜庆吉祥之语？顺便还要讨杯屠苏酒喝。”

李太昭仪面上的谨慎卑微和讨好僵住了，手在膝头搓了搓：“可我殿中没有屠苏酒。”

“太昭仪御下太宽厚了，如此重要的物事不事先准备，不留个人伺候，全去殿外头耍闹，是欺负太昭仪心慈面善呢。”雪信板了下脸，旋即又轻松道，“幸而我准备万全。”她向被她训得面白如纸的宫娥道，“取两个杯子来。”

两个银杯放在托盘里捧来了，雪信从袖子里摸出个鎏金扁银壶，爱惜地拂拭壶身的瘪坑。那坑是河东侯挂着酒壶上战场，被敌方的刀背磕的。

雪信拔开壶塞，注满两个杯子：“青羽衣兮白霓裳，举长矢兮谢天狼。操余弧兮反沦降，援北斗兮酌桂浆。” 她的祝酒诗，不带一丝喜庆吉祥，满是凌厉，是愤怒的人挑战绝情的天意，断然不肯屈服。

不等李太昭仪有所举动，雪信举起其中一杯一饮而尽，她吞下辛辣的药酒，对李昭仪亮出杯底。

“我不会饮酒。”李太昭仪推辞。

“太昭仪是在逗我吗，太昭仪在狮子宴上也是饮了的。”雪信丝毫不信，她端起另一杯，递向对方。

“近日身子不爽利，才忘了吩咐备酒，也不能饮酒。”李太昭仪继续说着借口。

“太昭仪有何不爽利？若是偶染风寒，小酌杯酒行气活血，反有助益。若是别的不识名的病，当请太医署的人来诊诊。对了，太医令玄河正在我营中帮忙，还是让玄河来替太昭仪诊诊脉。该扎针扎针，该服药服药，有病不能拖，不能把小疾拖成大患。”雪信多说一句，杯子就向李太昭仪凑近一分。

“国师辅助公主镇国，忙得很，怎敢劳动？我只是头重身上寒，或许饮了酒，发了汗就好了。”李太昭仪扛不住雪信咄咄逼人，低头抬手接杯，杯子却往后一缩。

“与太昭仪玩笑呢。银壶中的酒还不够我一个人饮的，才不分给你。”雪信自饮了第二杯，推案告辞。

一时和风细雨，一时霹雳雷火。

兔子进入永安宫后只记得这里的雪也不比外头的白，对于宫里头的人事，晕头转向的。尤其是李太昭仪这边，雪信入殿出殿，到底没征询到李太昭仪对河东军守备禁苑的建议。收了人家财物还逼人家饮酒，杯子快杵到人脸上了，又把人家放过了。

她心事重重，且行且叹："真是可怜啊。"

雪信回头："你是在可怜谁？"

兔子说："张太后得了地位却不得时，她的儿子去打仗，吉凶未卜，母子不能团聚。崔太昭仪有儿子陪着，可是母子俩一块儿被张太后欺负，家人做了蠢事连累她母子被公主记恨。李太昭仪最可怜，她生着病，没人照顾，听着前路也渺茫，公主去还唬了她一顿，带走了她安顿将来的金银首饰，可不是可怜吗？"

雪信失笑："你倒是悲天悯人。我该在安城里留一座庙观，把你派去给天下可怜人念经祈福算了。"她一抬手点着兔子的额头，"你记着，示弱是女人们在禁苑学会的第一种手段，可怜是最廉价的面具。"

兔子不同意："可她们遇到的困境也都是真的。"

"她们只把受困的一面亮给你看，你可怜她们，就会去帮她们。你恨她们，见了她们可怜样儿也会索然无味地放过她们。"

"公主说的是张太后和崔太昭仪，她们有儿子，还能凭儿子去争点什么。李太昭仪，是真看不出一丝丝希望了，可怜模样还美，年纪还轻，却要守活寡。"兔子坚持她对李红芍的同情。

天上一声鹰啼，海东青落在雪信肩上，还好这一日她披的是高承钧那件猩猩红战袍，肩上缀有革甲，不至于被鹰爪所伤。鹰喙衔了一截梅枝，枝上花苞紧紧拥护花蕊，没有被高天上的长风冲散。

"你也来与我贺元日吗？"雪信摘下梅枝在手中捻着，"我没什么不好。你好不好？"她对那鹰说话，却在说话之际掏出一副细链镣铐，扣住鹰足，链条缠在自己胳膊上。

鹰用脚拽了拽链子，继而它的脑袋又被罩上遮光的皮头盔。

一行人还未出紫宸门，一队金吾卫迎面撞上，雪信这边驻马不退，金吾卫到近前忽而左右一分，成了包抄架势，后队这才施施然压上。

苍朝雨远远勒住了马。雪光里，细鳞金甲生寒，他看来也是别样的英气。

"好巧，世子也是来拜望张太后吗？起得可有些晚了，席早散了。"雪信轻松道。她身后的一行侍卫暗中绷紧了全身肌肉。兔子见左右旁人如临大敌，也对前方做出冷峻面孔。

"公主进宫，怎不与朝雨打个招呼，有失迎迓，成了我们不懂礼数。方才听说，匆忙赶来，好送公主出宫。"苍朝雨说。

"张太后是世子的皇婶，亦是我皇表婶。世子是皇上的堂兄，亦是我的表兄。一家人何必客气。"雪信轻晃缰绳，"那就有劳尊驾了。"她先催马向苍朝雨而去。

紫宸门外，是森然陈列的金吾卫方阵。军士不再手执仪仗，而是装备了战场上的武器。往前行不多远，过了几个朝殿，御桥夹在左右金吾卫仗院中间。

"过去只以为世子是吟风弄月的雅士，不想统御军队也颇有章法。只是刀枪也太多了些，使人心焦害怕。"雪信一眼望过去。

“皇上出征，安城是皇上的后方，是我朝的根基，不可有失。我也是少时被太上皇逼着读书，看了几本兵书，如今也是临危受命。公主新领河东军，若培育将官、训练士卒，尽管与我商量，朝雨一定尽绵薄之力。你我是一家人，同受皇上托付，更该同心。”

“世子守好城墙，我照顾好城里的人，正该合力同心。”雪信没搭理对方主动要求帮忙的茬。

“好威风的鹰，好俊的梅花。”苍朝雨把要紧的话说完了，路还没走完，只好找闲话说。

“世子若是喜欢，梅花送你，鹰不能送。”

“鹰在公主手中只是个玩物，不得展翼，只会日日衰残。梅花却与佳人相映。”

“若世子安心做个雅士，我甘愿做个佳人，再找个妥当人托付了安城，倒也行得。”雪信对苍朝雨玩笑道，“可找谁都不放心，我们只好自己来救安城。”

终于出了永安宫，如踩着巨兽的舌头，从它两排锋利的牙齿间走出来。苍朝雨站在城门前挥别，他手下的金吾卫队列又绵延出三百步。

“方才的我可怜不可怜？”雪信问兔子。

“一上来的阵仗是挺吓人，不过秦王世子是和善人，言辞也恳切。反是公主又说了扫兴的话。”兔子说。

雪信笑笑：“你呀，别人说什么就信什么。那虎狼一样的雄兵，那麦秆一样的长枪才是真的。他们呀，第二张面具上总是写着我是为你好，可面具底下偷偷在比画如何吃掉你。方才胆怯了才是走不出去了。”

兔子泄气：“公主还是放我回去洗衣吧，我当真看不出什么面具。”

“不着急，看多了自然会看。”

时近正午，街面上隔夜积的薄雪已被铲于道旁。路上有了三三两两的行人。一打听，是猴子一清早派兵卒向各庙观宣布了告示，要遣散各处吃闲饭的人，肯干活的去城东门挂号集合，分派去屯田营，接着管饭。不肯出力的自谋出路，庙观再不收留。三日为限，定要遣散完毕。

已有见机快的做出了决定，步行离开栖身之所向东门汇集。雪信与那些人错身而行，去了知常观。

观门前闹哄哄，时不时有人走出来，还有为数不少的人在拥挤推搡看守告示栏的军士，吵吵着：“秦王世子照看这里时，从来不提什么出劳力，怎么突然就把世子赶走，来了个什么公主把我们当苦力使唤？干活才能吃饭，哪里是周济穷困，是欺负可怜人。我们不要什么公主，把秦王世子请回来！”

猴子在台阶上来回踱步，雪信在她身后咳嗽，她头也不回，挥手，不耐烦道：“人一多，果然是不好管。不挑几个刺头杀杀锐气，去屯田营的人会觉得吃亏，会回来一处闹。要立刻处置了那些刺头吧，搞不好会激变。那婆娘真会给我找差事。”

“辟一静室，让一时接受不了的人进去权衡利弊，三日后还咋咋呼呼的，赶出观去。等他们饿得受不了，自会去东门投营。”雪信开口。

“那还有饿急了打劫的呢。”猴子讪讪转过身，假惺惺行礼，假装“那婆娘”那句她没说过。

“我会在城中增派巡防，抓到打劫行窃的就充军，发配去种田。”

“还得给我人手，我这儿人手少了，弹压不住。”

侍卫给雪信辟了条路，又找了条板凳，雪信站上去。那些正叫嚷的、三五议论的、呆立出神的，和正向院外走的难民皆转向雪信。

雪信对着他们先是愣了愣。他们不是殿上群臣，冠冕堂皇的道理是讲不通的，她艰涩开口：“我是河东侯之女，当今皇上的表姐，新乐公主。我来是解决你们吃饭的问题。”她的开场，令四下里的杂声小了些。

“百姓是国家的根基，养活一城子民是一座城池的首务。”这句话未免空了些，于是不满声又起，雪信又说下去，“国家的柱石不是朝堂上的公卿，是勤于本业的百姓。你们支撑起安城，安城才有粮食喂饱你们。”

“新君登基，外族蠢动，诸侯不安，安城名不副实。此是危急存亡之秋。你们的性命系于安城，安城之存亡系于阵前将士，将士之胜败系于口粮。你们种粮食，是救安城，也是救自己。这道理我不用说你们也明白。想躺着吃白饭的人，劝你们早早离开，留下是死路一条。”

说到最后一句，雪信掷地有声，血涌上脸，令她脸上的花斑浸透鲜红，宛如罗刹。

自此，“新乐公主”这名号在民间渐渐淡了，人们只记得有个“鬼面公主”。

还有人因为当时她肩上挎着鹰，就呼她“红袍鹰公主”的。倒是没有人注意她发髻里簪的红梅枝。

难民们又走了一些，余下的回观室厢房歇息。院中那些吵嚷的回声还未消散，在雪信和猴子耳朵边一浪浪地鼓噪。

雪信走到观门外，值守军士已经把知常观的牌匾摘下，雪信让兔子取来马背上的包袱，抖开，是一幅军旗改制的布单子，亲手系在了牌匾上，上面“招贤馆”三个字盖住了“知常观”，又让军士把牌匾升起挂回原处。

“你们去街上敲锣打鼓喊一喊，说新乐公主设馆招贤，有德能之士，愿为安城出力的，必有厚待。”她把值守知常观的军士拨出去十个。

那些军士领会了公主的意思，是要把整个安城闹起来。

他们找来观中封存的经幡、铃、铙、鼓、木鱼甚至还有唢呐，花花绿绿招展开了，把家伙乱奏一通喊一通，走远了。

观中殿室还没腾出来，雪信和兔子就坐到施食的粥棚下。棚子三面披了油布，略能挡些风，可还是冻的。两人坐着不动，脸上生疼，眼珠子要被冻成冰葡萄，双脚尤其冻没了知觉。

雪信转头看左肩上的海东青，钻进棚里的风掀动它的羽毛，它如一只填了稻草的假鹰，兀自不动。

不多时，招贤馆等来了开张后的第一笔买卖。进来的雪信都认得，是城外野庙里的外厨娘。她们腰后别菜刀，平日里宰杀个禽畜放血褪毛眼都不眨。雪信放出话去要组织女军，她们是最先看出机会的，猴子前一日已经把她们带进城中落脚安顿，专等着雪信来面试。

雪信先问她们除了菜刀，还有会的兵器没有？

都说没学过。

雪信就只能转而考她们的力气了。厨娘们是剁包子馅掂铁锅练出来的膂力，操起长弓左右满开，石墩子抛起又接住跟玩儿似的。雪信思忖她们，力气是有了，但不知悟性如何，先收下，转头找教头教授重刀术。

又在朔风里瑟缩了一个时辰，来了一拨，又是雪信认识的，是左教坊的舞姬。领头的是曾被她窥过梦境的怡怡。

雪信问她："英英如何了？"

"回禀公主，公主离开教坊没几天，张家就来人赎了她接走。没几天，张家又把她送回来，退了货，说是找人看了她的八字说是克主母。如今还在教坊里待着，只是不愿意见人。"

"冰玉呢？"雪信还记得这个舞姬恋上了个绫贩子，要私奔。

"被公主说穿了，不敢莽撞举动，三番四次地要那个罗大郎赌咒会对她一心一意。只是后来安城乱了，罗大郎的仓房被烧，蚀了本，两人淡了。冰玉郁郁了两天，居然吞金自杀了。"怡怡叹息。

"婉颜可好？"雪信窥过她的梦，婉颜是个要强的女子，使的手段却偏门了，精于给人使绊子，往别人的脂粉里投毒。

"在教坊里吃不饱，她跑出去，不回来了。如今也不知流落何处，过得怎样。"

"教坊在太常寺的管理下，应不至于断粮的。"雪信略一沉吟。

"安城里没有人邀我们去作舞，口粮日日减少，也支撑不了排练。公主昨日遣人来教坊贴招贤榜，我就对同伴们说，不知道还要等多久歌舞升平的日子才复来，我们不能把自己荒废了。赞同我的，今日就跟着我来了。"怡怡指着身后跟着她过来的舞姬。

来的舞姬们个个背了口没开刃的长剑，还有提流星锤和长枪的。想来《剑器行》也是她们的日常功课。雪信让她们试舞了一回。舞姬们的道具比起真正的兵器是减了分量的，看来看去还是轻灵有余，实战不足，但收下她们，恰好与厨娘们有个巧与拙、慧与力的分工。

厨娘与舞姬两拨，可说是雪信为招贤馆聚人气预先安排好的托儿。下头再来的，就是雪信意料不到的了。

一大群孩子涌进门来，进门就嚷："新乐公主在哪里，俺们就是那有德有能之士！"

值守军士有心轰出去，奈何冲在前面的孩子个头小，轻易就从他们胳膊底下漏过去了，回头又对军士们做鬼脸。军士们去抓小孩子，后头个高的大孩子跨着树枝做的假马跟着掩杀上来，一路冲到棚子下。

"你们不去城东帮着建营地，来此捣乱做什么？"雪信对为首的樊赛虎道。

"公主不公平。线报说公主要建女军，方才又听河东军上街吵嚷公主招贤士，难道非得是女子，或者非得是读过书的大人，才是有用之人吗？"樊赛虎不服，"我们也能打仗的。"

"谁说我招贤是要打仗了？我招的是种田的贤才。"

"一支军队岂有只种田不打仗的，公主早晚是会打仗的，收下我们不吃亏。"

雪信见樊赛虎是不好讲道理的，招手让十名侍卫在院中站成一排："方才是我的人大意了。你们退到门前，再闯一次，能冲到我面前，就算你们有本事。"

"算我们有本事，公主就得收下我们。"樊赛虎信誓旦旦，"我们击掌为誓。"

侍卫们眼见方才值守军士如何吃的亏，都把身形放低，摊开手臂，如同老鹰捉小鸡一般，臂膀与臂膀交叉成篱笆，慎防着矮小孩子冲击下盘。

小孩子们又跑上来了，小手一扬，一人一袖子的沙土撒了侍卫满脸，紧跟着后面的大孩子甩出一头系石子的绳子缠住侍卫们的脚踝一拽，侍卫们顿时跌了个四仰八叉。攻势行云流水毫无滞涩。

樊赛虎跨着木马，在雪信面前整理好队伍，问："我们什么时候可以去河东军报道？"

雪信点头："今日就去吧。"回头找猴子咬耳朵，"就让他们吃我河东军的饷，编去你的民屯种田。"

这样堂堂公主也不算失信吧？军屯与民屯的口粮配给和劳动强度是不同的，这些孩子身量未长成，未必承担得了军屯重负。

打发走樊赛虎，天色已见晚。开张首日，收成已过得去，待要收摊，招贤馆门前来了部马车。车上下来两个人，斗篷风帽严严实实遮掩了面容，相扶着走上来。到粥棚下，两人撤下风帽，原来是梅娘与她的儿子关雎，两人黑斗篷之下，是素衣麻履。

"不知不觉，关家大郎已是弱冠之年了，是个大人了。梅娘，你不是在我府中主持日常事务吗？怎的，是出了不好决断的事吗？"雪信对那母子说。

梅娘摘下发髻间的翠羽金簪，一个深礼，送了出来。

雪信摆了摆手，围簇在粥棚下的众人退散到五十步外。她接过金簪在手掂量："我没想到，梅娘与关家大郎今日会来此。"

"因为这支翠羽金簪，公主从未信任过妾身吧？"梅娘说，"因为这支金簪，我的夫君终身把自己困在华城，也不许雎儿入仕。妾身许多的苦水，不知何处可倒。"

"有些事，是人所共知，却从来不说的。比如，有个周家，世代为御史酷吏，监察朝臣不轨，一旦被他们揪住，轻则倾家荡产，重则满门诛灭。比如有个关家，世代掌国子监，为朝廷培育栋梁。周家弄刑狱，关家举贤才，把一些人撸下去，又把一些人送上去。周而复始几十年，用心良苦。梅娘是怨我不能倾心相托？却不怨你是金簪令主，不怨关家甘心自己的宿命。"雪信说。

关雎向雪信行礼："家父闻听越王起兵，在华城服毒自尽。临去前写信嘱托，望我为关家拼得新生。关家苦华城久矣，正是今日斩断羁绊。天下英豪逐鹿，唯公主惦记着百姓，是为大义。关雎甘为驱驰。望公主不弃。"

雪信离座扶起母子两个："我这里什么都缺，你们来投，我感激还来不及。"关家母子在风口浪尖上，亲至招贤馆表明心意，已是摆足了诚意。也许关雎眼下还占不了什么要职，但他们投向了新乐公主，这件事本身的意义就够了。

这一日就在意外收获后，心满意足地收摊了。

入夜后，玄河从城外河东军大营返回，经过公主府，被府外值守的河东军军士拉了进去。

奶娘把他拖到府内西院，指给他看。

雪信歪靠在榻沿睡得正酣，一个小婴儿被她搂在心口也无声无息地。

奶娘说："是采姐儿吃奶的时辰了。我们不敢搅扰了公主，可耽误采姐儿吃奶，后头可都得乱了。"

玄河蹑足上前，抱了婴儿交给乳娘，把雪信放平，掖好被子。

雪信挣了挣，骤然醒了，一把掀开被子蹦起来，先是喊："采采，我的采采！"见流采在奶娘怀中吃得啧啧有声，才叹了口气，安静下来。

"你抱着采采的样子，倒十足像个母亲。"玄河说，"连采采这个名字，也是我从你口中听到的最有人情味的名字。"

"采采的父亲是我爹爹的义子，采采的母亲是高承钧的妹妹。那两个人我已经失去了，采采是我唯一可以拥有的。"雪信搓揉自己的脸，搓走倦容。高承钧还活着，她却说已失去，看来是彻底放弃了。

"公主今夜是要宿在府中？"

"不，回药园。我要听听阿满给我留的话。"雪信摇头，可她也不着急走，双眼直愣愣盯着房中一副羊皮地图，还是高承钧占用她卧房时搬来的。

玄河听见她在喃喃自语："我好蠢。河东军切入交战的中州腹地，要翻越中条山，强渡大河。冰封时节，过河容易，人马翻山又怎能瞒过叛军眼目？"

"前线战事，自有皇上和静西侯谋划。安城要劳心的事也不少了。河东军既要置身战事之外，就不要去考虑加入战局的可能。"玄河把地图架反转，背向雪信，又放下了帐帘。

"那我们再商讨商讨这个东西要怎么办吧。"雪信从床下提出个鸟笼，笼中是宛如木雕的海东青。

玄河从怀里摸出个如信鸽递书用的细竹管，从里头推出一卷细纱，摘下纱纬上别的一枚银针。雪信接到手中看时，见那针是寻常缝衣针的尺寸，通身刻了不认识的符文。

她顺手在鹰项上刺下，针尖透羽入体的瞬间，那好端端一动不动的海东青发出凄厉鹰唳，短促一声，旋即静止。

苍海心的一缕灵魂依附在海东青身上，也能旋天而上，俯瞰世间，也受术法限制，只能目见，无法耳闻。不用承担旋天术的凶险，与世间保持着安全距离，一个肉躯毁了，换过一个再来。

寻常的伤害可以伤到鹰，却不会令它感到痛，可玄河的这支咒针可以刺痛海东青，这意味着他有能力触及寄附鹰身的魂魄。

玄河接过银针，刺入鹰头颅顶。这回鹰静静地没有叫，这支针会阻止远方的巫师召回苍海心的那一缕魂魄，如果对方尝试的话。

玄河说："它回不去了。公主愿意，可以与他们谈判。"

在这一晚的谛听里，雪信找到阿满留给她的话。

"又牵着照夜走了一天。小皇上为护卫队形的事宜与秦王世子派来的人起了争执。小皇上坚持让阿满带人近随。世子的五十人坚持他们获得更高的授权，理当由他们贴身护卫。周都尉仗着人多把世子的人切做两段，二十五人在前，二十五人在后，中间还有阿满和周都尉的军士隔着。"

"小皇上实在烦人，冰雪也冻不上他说话的嘴。还好高家哥哥动不动把小皇上拖去商议打仗，把阿满解脱出来。那个秀奴有点怪怪的，跟在高家哥哥身旁，两只眼睛东张西望，别不是什么奸细吧？阿满试着与她做朋友，拖住她，不让她抢雪娘子的情郎。"

阿满的最后一句口气很调皮，仗着雪信不在跟前，瞪不住她。

雪信还听见苍海心在远处的呓语："我梦见，雪信把我拴牢了，不让我飞。我梦见，她的脸近在我眼前，口唇翕动，一遍又一遍。我听不见任何声音，可是琢磨她的口型，琢磨了很久，肯定是在说两个字，退兵。"

那个习惯与他密语的女子说："你要遵从她的意思退兵吗？"

苍海心说："不，我要向着安城去，替她把安城的祸患解决掉。杀掉令她为难的高承钧，削掉为难她的苍朝雨的兵权。让我那占着皇位却做不来帝王的堂弟做个逍遥王。"

女子说："正是如此。雪娘子在安城正孤立无援，盼着公子救援。公子救了雪娘子，也是救了天下。"

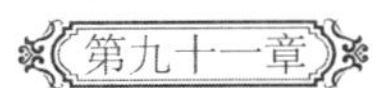

第九十一章 兵逢狭路运天机

轰隆翻卷的声浪，析出无数轻声细语。在阿满的每日汇报之外，雪信也爱信马由缰地听些平叛军中的声音。

“蒹葭苍苍，白露为霜。所谓伊人，在水一方。”

是小皇帝在教阿满念诗。

偏偏阿满烦他，也不愿听他讲解诗里的意思。她拿着诗就近问周都尉，周都尉说他是动武的粗人，讲不好。阿满又找高承钧，高承钧找到小皇上，让他少教河东军的大将军读没用的书。

阿满却上了心，追着高承钧问：“为什么这书不能读？哪里没用了？句子明明很美。”

高承钧回答说：“很美的东西，总让人心软。为将者不能心软。”

“可是高家哥哥送给雪娘子那一窝小狗崽儿，不就是哄她心软？”阿满不解。

“雪娘子总是硬扛她扛不来的东西。”

“我倒是没见过雪娘子有什么扛不下来的。阿满小时候帮寨子里的阿妈扛米包，起初时二十斤米背不起来，发发狠背上了，没几天就不吃力了，过几天还可以背三十斤米，然后是四十斤，五十斤。要是二十斤的时候不逼着自己，那这辈子都以为自己是个连二十斤都背不起来的废物呢。”

雪信在遥远的安城听见阿满这么回应，不禁赞叹，阿满总是时不时用她诚挚的回答敲中别人的麻筋。

“我希望雪娘子这辈子，连二十斤的米也不用扛。”这是高承钧在说。

“总有别人照顾不到的时候，就如眼下，高家哥哥不得不离开她。没有人为雪娘子扛米，雪娘子就该饿死吗？”阿满问。

“她已经扛得太多了。”高承钧加重口气。那是阿满听不懂的事情。

雪信听到这里便不高兴，她把那段声音推远了。

她又捕捉到苍海心的呓语。苍海心似乎并不知道自己讲述的是世间的真实事件，只是感情充沛地向另一个人交代他的梦境。而另一个人是个固定的讯问者、记录者。

苍海心：“我总是梦见雪信，这不对劲。”

女子劝慰：“少主总是想着新乐公主，日有所思夜有所梦，没什么不对劲。”

“我梦见她用针刺我的翅膀。我醒来时，手臂上就有一个刚结痂的针眼。我梦见自己被铸在木桩上，她用一把刻着符文的匕首划伤我的翅膀，我醒来时胳膊上有一条血痕。我反复梦见雪信对着我摆弄一把大剪刀，对我说着什么，但是口型太复杂，我没看明白。”

“新乐公主在说，少主还不进安城解救她于水火，她只有用那把剪刀自裁了。”那女子说。

可是雪信明明对那只海东青摆出威吓姿态，说的是“你不退兵，我就剪掉你的翅膀”。

她已彻底明白苍海心在鹰目所见的梦中听不见声音，唇语也不太好用。她尝试写字给鹰看，但从谛听中反馈来的消息看，效果也是平平。

梦中的信息太容易佚失了，一张大纸，写个满篇道理对方即便是看了清楚也记不下来的，写一首诗对方只能记住一半，写一两个字苍海心倒是能记得，但那个密切关注他梦境的女子会把梦境解释往别的方向，每每把雪信的劝和歪曲成叛军攻下安城的理由。

阿满风雨无阻，在挖下的地坑里汇报她的从军见闻。

她讲大军终于在通过地形狭长的崤函古道后驻扎下来，扼守住道口。这里是从中州进入安城境内唯一的通路，也是小皇上向各亲王通牒会兵的集合点。陆续赶来的亲王世子们向小皇上提出了截然相反的建议。

“静西侯应该主动出击，早日结束战事。”他们讲的话大同小异，均是不耐烦在这寒冷的谷口虚耗费时日。

高承钧对小皇上说的是：“我方人心不齐，需要休整。敌方远路粮尽，急于求战。只要扼守古道，阻断敌军前路，敌无粮自溃。敌军前锋是各地投奔的饥民，仓促之间不及编训，只是一帮乌合之众，只要挫了他们前推的锐气，日久必作鸟兽散。”

高承钧的判断是精准的，可是决定战局的不唯有军事，还有政治。

作为各诸侯军首领的诸王世子认为高承钧怯战是别有异心，日日里说出难听的话。

小皇上也亲至阵前劝降。

敌军打的是“勤王”的旗号，道义上不能有亏失，态度上不能不对小皇上恭敬些，但对小皇上的那套说辞则不以为意。

苍海心先是与小皇上辩论，后来双方道理讲腻了，就你来我往，你退我进，交战几次。

古道口狭窄，高承钧部署联军以新月形扎营，借天险拒守。

越军则是由南而北，从低地冲向高处，不仅攻城器械运输不便，也无法布置滚木落石等等的战争装置杀伤敌人，时节又是冬末春初，滴水成冰，信风西北，天时不与便利，水火战术也使用不上。

越军里的暴民除了每日里丢石块骂战，也无前推战线的良策。高承钧则日复一日地挂起免战牌，与催促出战的亲王世子们周旋。

战事并未大规模爆发，阿满的汇报里也多是山中狩猎的情形，大段大段的言语在说着新鲜野味的滋味。

在谛听中，那个女子对苍海心重复：“主人来信催战，要速战前推。”

苍海心回答：“敌在隘口我在平原，敌在高处我在洼地，西北风从敌营吹掠我阵，他们在河口上游我们在下游，迎风爬坡，旗幡打脸，越地兵士已多有冻伤，根本没法打。他要打让他来打，我不想让兵士们送死。”

女子回答：“饥民图的是一口粮，粮尽他们就不会听话了。况且他们也早有自觉，与其饿死不如吃一口饱饭再死。打仗哪有不死人，为将者要做的不过是为他们的死亡排好次序，他们本就是准备着被耗掉的兵员。”

“他们跟从我是为了活下去，不是为了死！”苍海心暴跳如雷。

“他们吃主人的一口粮食，就把命卖给主人了。这是不成文的规矩。主人筹谋得早，趁时局太平天下粮贱时囤积，如今我军粮食还可支付一年，安城却要绝粮了。催少主进兵，是救安城，救新乐公主。”

那女子又一次把苍海心说得沉默了。

雪信也是暗暗心惊，高承钧比拼消耗，原本是理智的应敌策略。但这也是基于安城国库的储粮多过叛军的判定，叛军以未经训练的饥民为兵卒，远路来攻战线拉长，稍延时日必然兵锋疲老，军心溃散。

可是叛军粮足就另当别论，消耗战最终拖垮的就可能是安城了。

她又不由想起在安城变乱的前夕，每一场风波都煽动起安城公卿们对奇珍异宝的渴求。龙涎香、水蚕丝、青虫簪、集翠裙，她也无意中成了帮凶。

越地来的商人们趁机天价出售名香珍缕，还没焐热的钱一倒手就买作了粮食运进越王的粮仓。大厦将倾，安城的人们却醉心于宝器带来的虚荣，对迫近的危险一无所知。

安城情势危如累卵，安城的人们却还在摇摇欲坠的山巅享乐。

“我要见苍海心。我要劝降他。”雪信对玄河说。

“恐怕他一人止步，于大势也难有回转。”玄河说。

但玄河还是去安排了。天铁床台搬进药园军帐，雪信怀抱海东青，拔下鹰颅上的银针，刺进自己的手指。不多时，她犯困了，倒在天铁床上睡去。

睡梦中一缕金色飘絮在她身边浮动，雪信伸手抓住，金色飘絮被一缕金丝系着，她就把金丝缠绕在手指上，绕着绕着，被金丝拽起来，飞上虚空。

雪信看见了安城完完整整地呈现在她视野里，城郊已搭起连片鱼皮暖棚。月光透过云翳，百娘子和甘娘子还在指挥军民忙碌着。她们是真尽心，也明白自身使命对安城的意义，连睡觉都舍不得。

再缠绕手指上的金丝，如缠卷的风筝线，只不过被拉起来的是自己。雪信看见高而狭长的古道，这是越地叛军攻入安城唯一可行的通路。高承钧并不信任诸王联军，古道前后道口均是高家军的旗帜。

阿满在熟睡，雪信察看了她的梦境，她正在重温幼年时与母亲依偎的情形，她所挂念的四只小狗崽显现了形象，也被她安置在左右。

她也去看了高承钧，他皱着眉在深夜里睁着眼睛，待要走进他眉心时，高承钧的脸上浮起赤红狰狞的兽纹，她再也走不进去。险些忘了，高承钧以幽泉铁纹面文身，从此不受术法侵扰。她亦再入不了他的梦。

雪信在高承钧的帐中盘旋，戚戚然盘卷了手指上的金丝飞腾离去。

再一次下落，是越军前锋的营地，雪信找到那顶睡着苍海心的营帐篷，她穿透顶篷落下，终于看清了那个睡在苍海心榻前地垫上的女子。

地垫铺了三四层，过去北长安令的女儿，莺子，她的一条胳膊搁在毯子外头，露着洁白的一截腕子。手腕上戴着一只特异的金镯，确切点说，是一支翠羽金簪被弯成了一个环，戴在手腕上。

雪信一点也不想看她的故事，但还是走进去瞥了一眼。金簪令的原主人孱弱早亡，没有等到自己的任务，临终前把翠玉金镯子套到了女儿腕上。华城来的人没有放过那女孩儿，在她的父亲被斩于市，她被发配官卖的当口找到她。他们为她设计好了新的未来，新的使命。也是同时，雪信找到给官卖牵线的刘牙婆，要替苍海心买几个侍妾。

如此就都说得通了。苍海心在安城时突有一阵抑郁乖张要出家，又后来一个坐在金线绛丝屏风后的女子扔给印社掌柜一个抄本，如此悬案都找到了源头。

莺子躲在暗地里做的事，还远不止这些。

苍海心四肢摊开，睡得毫无防备。雪信指上的金丝正没入他的眉心。

往日里他的梦境是深沟壁垒，无隙可入。但今日因着那一缕金丝向外发散，有了机会。

雪信想着自己散发出与金丝一般的光芒来，想着她的身形扭曲模糊混沌一团，成了一个金色的茧。从苍海心眉心延伸出的纤丝是金茧上唯一的线头，丝缕在回绞，收回苍海心的眉心，丝缕带走金茧上的丝，茧壳层层见薄，像浸泡在热汤盆里的蚕茧，只要抽起一个丝头，不多时被完全剥完。

雪信得以观察到苍海心从少逮列寨子失去消息后的经历。

族长说苍海心伤重，必须留在寨中疗养。瑶香草已差遣阿满送往安城，要他不必牵挂。南诏大祭司来到寨子里与族长关起门秘议良久。至于说的什么，因为当时苍海心没有听见，她也不得而知。

大祭司在与玄河的斗法中亦伤得不轻，无法自己行走，让人用软兜抬着。她行不了术，但带来一种形状颇似死胎的植根，称作毒婴参，样子如同长出了四肢的萝卜。

她用苍海心的手指丈量参身，确定了药量，一刀砍下，亲手在石槽里反复碾压漂滤，如此九次。太阳把石槽里的汁液晒干，大祭司刮下石槽底部的白色粉末，撒入酒中，敬给苍海心。

苍海心服下后，进入了无所不能的梦境。他双臂化作翅膀，直上苍穹。他双掌一合，可以将石头捏作齑粉。他剁一跺脚，大地战栗，裂出道道伤口。他在酣畅淋漓的幻境里上了瘾，幻境之外，接近他的南诏人无不被他撕碎，尸体残破，如丧兽口。

如此七日后，大祭司暂停了毒婴参的供给，把苍海心关进一间石屋。四壁和脚下均是由平整的大石块垒成，石头与石头的缝隙也被一种与石头相同颜色的泥浆抹平，泥浆中也许掺杂了药剂，石室内虽阴潮，石缝里却不长野草，石面上也不生青苔。一日三餐皆从一个狗洞里塞进来，送饭人一语不发，连面目也看不见。

苍海心从无所不能的肆意里跌落到一无所有的空室里，眼前所有的绚烂褪色成灰暗，不出三日，他以头触墙，满额鲜血，他躺在自己的屎尿里，眼珠灰白地盯着灰白的石室顶。

那时候，石室门开了，外面带着鲜绿气息的阳光染进来。莺子端着一杯毒婴参酒走进来，对苍海心说："药酒给你的是虚幻的力量。做人间的帝王吧，你将永远不会在醒来后怅然若失。"

"滚！"苍海心抓起身下一摊臭不可闻的东西砸过去。

莺子端着酒退了出去。

又一次，门开了，莺子又端着酒进来。苍海心只有一口气了，她把酒给他灌下，趁着他的意识还未被湮灭，对他说：“那个没什么本事的小太子坐上皇位了。天下岌岌可危，不知瑶香草种没种下，种下了又不知守不守得住。你就不想知道新乐公主如何了？”

“我要见她一次，让我看看自己做的蠢事，到底有没有意义。”苍海心说。

他眼皮上的光亮闪了一下，大祭司走进石屋。他们关了他那么久，是计算好了谈判的节奏的。大祭司取出一个陶埙呜呜咽咽地吹。苍海心闭上眼睛，他被看不见的埙声架起又抛下，他落入雪信的梦境。

那是雪信在安城外野庙里做过的逐鹿之梦。

那一梦后，苍海心带着莺子去往越地，大祭司也去了，她取下苍海心的一魂一魄，依附在苍海心最心爱的一只海东青身上，苍海心在夜梦中侦看安城与敌营，莺子把苍海心的梦境记录下来，传书给她的主人，传信的雀鹰越飞越远，地下的饥民越来越多。

苍海心取下了中州许城，在身后设了大粮仓。越军的输粮线往来络绎，一车车的粮食倾倒进粮仓。若把饥民推上战场战死一部分，他们可以撑得更久。

雪信回到苍海心正在做的一个梦里。她惊讶于这个梦着落的地方，是在一个小灶间里。

窗户半开，一望耀目。不记得多久没见过这么洁白又那么厚的雪了，如一床鸽子羽的被子。雪风在窗前被屋子里的热乎气逼退。苍海心在炭炉上涮着鱼脍，一只小松鼠蹲在大条案上剥吃阿月浑子。

雪信发现她也是天衣无缝地坐在这个梦境里，面前是一堆碧绿的阿月浑子果仁。

每个人的心里都有个安详之地，哪怕这个地方在梦境之外从未存在过。每个人也会给自己摆好陪伴的人，哪怕与那个人本身无关。

在雪信到来之前，已经有一个“雪信”坐在那个位置上了，所以苍海心专注于绯红的薄鱼片在沸水中转成雪白，那个熟知且习惯的慰藉，他没有更多贪求，只要她在，维持在离他不远的地方。

不知道在松鼠眼中，人是不是都长一个样，雪信给那只松鼠相面，她不确定它是否是从她的梦境里跑出来的，曾经捱了她一箭的倒霉鬼。

她又捻起颗果仁丢入口中，颗粒在舌尖破碎散开。她看向苍海心，佩服他，面对一锅吃不出滋味的鱼片，他还能一片又一片地续。

该怎么开口呢，从私情切入是容易打动他的，可私情上他才是债主，怎么有脸再提？

谈大义吗？他是被她从山里用美食美色骗出来的，他哪来的大义？

唯有一个弱点，他心软，可怜饥民，不忍用他们的尸骨开路。

“好吃吗？”雪信问他。

举筷下一片，锅中那片正好半熟可以捞起来了，而碟中那片凉得可以入口了，口中那一片正好咽下去了。苍海心原本是在环环相扣的节奏里，突然听见雪信开口，乱了套，筷子上的鱼片放进嘴里，又被烫地吐出来。

“没我想的好吃。”苍海心扔了筷子，“可是有雪信陪着我吃，吃的什么，什么滋味，无所谓。”

雪信揉了揉脑门：“咱不说这个。”

经历了那么多的事，还能张口说出动人情话的，要么是别有用心的骗子，要么是真的缺心眼。到了这个年纪、这个地位，轻易表白只会让人捉到软肋，依然在表白的，要么是表白能省事地达到另一些目的，要么是一无所有没什么好担忧的，或者是脑子不清醒以为自己没什么好被人算计。

雪信听见表白就头疼，因为她面对的是老谋深算的对手。她硬着头皮说："这不是你寻常的梦，我也不是你梦里的摆件。"

苍海心点点头："我知道，雪信你来了。你别害怕，别跑，我什么都不做。"

但他已经把炭炉铜锅踹一边去了，他像是只兴奋的猎犬，被皮带勒着脖子才没有向猎物扑击。

"你梦见自己化身成鹰，鹰目所见是世间真事，不是虚妄。"

"我知道，所以并未尽言梦中所见。"

"回去吧，别来给安城添乱了。"

"安城粮不多了，我打下安城，你们就有饭吃了。"

雪信起身，关了窗子，再打开时，窗框所嵌的景色不再是纯粹的雪原，而是安城东郊的一处鱼皮暖棚。

她复现给苍海心看的正是前一日春播典礼的情形。

在别处还是冰河冻土时，暖棚里已是温润的沃土。雪信束起袖子，赤足在田垄间奔跑，四只小奶狗颤颤巍巍地在后头追着。张太后也来凑热闹，亲手洒出发了芽的谷种，以示对屯田的支持。

"吃粮的事，我们会自己解决的。你不带着野心者的夙愿干扰安城的秩序，就是帮了安城百姓大忙了。"

"不对。你们的人要吃粮，播种也要粮。人要取暖，田地也要取暖。你们的粮炭不够支付的。"苍海心从座位上蹦起来，逼近雪信，"你在诓我。别任性了，你养不活安城子民。"

"安城人口大不如从前了，十成里九成投奔了外乡。百姓与军队一同在田间劳作，我们不用和叛军拼粮仓。百娘子和甘娘子的异术让谷米一个月即可采收。收获粮食我们可以募兵扩军，接着翻田播种。而如今从越地到中州，叛军如蝗虫啃光了土地，平民被你们卷入战争，无人耕作。接下来的一整年，叛军盘踞的土地上都不会长出一颗粮食。"

"而且，你们的仓粟也不够了，才发了疯地催动战争，即便拿不下城寨也要战死一部分，粮食才够吃，是不是？自从你报告了安城中的阵法祭台，莺子就故意放出粮食可支付一年的假消息，意在吓退反抗，是不是？"雪信盯着苍海心的眼睛。

"越军不是无法推进，只是对无辜的人来说，代价太大了。"苍海心到了雪信身旁，他关紧窗子，再推开时，窗外已换作了他虚空里推演的战法。

大地隆隆震颤，叛军攻向狭窄的道口，当先的是四头林邑国来的白兕，三百钧的重躯排成一个箭头阵列冲向联军的防守营地。犀甲无惧剑雨，独角挑翻来组的军列，撞开营门前的重重关卡，捣毁防御工事，切割守军阵列。

紧接着而来的是战牛。双角捆上了尖刀，尾巴浸透火油燃烧着。它狂躁不已，势若雷霆，天崩地裂般结群冲撞营盘，将抵抗者踏作齑粉。

接下来的一阵是饿了三天的狗群，它们的数量众多，受过训练，一入峡谷就清扫还站立着的军人，扑咬他们的喉管。

三轮冲击后，饥民组成的前锋部队才冲上来追杀联军残兵。燃烧的土地上，疯狗开始吞食肉糜和残肢。

也许在某个地方，苍海心做过类似的演习，他才能绘声绘色地推演出一场末世劫难般的战争。他关上窗子，对雪信说：“高家军人单势孤，诸王联军心又不齐。高承钧扎下营盘后，未敢发起一场袭扰试探。”

虽为将军的女儿，雪信却没有亲历过一场战争，推演中血肉横飞、骨头爆裂的景象令她脸色苍白，脚步虚浮。她倚墙滑了下去，苍海心来拉她，她做出了拒绝的手势。

苍海心就蹲在她身旁，用一个老好人的口气说：“让我犹豫的，正是不能伤太多性命。你们抵抗不了兽战的。你们降吧，我保证不动新君性命。”

雪信又扶着墙站起，走到大案台前，抓过一把阿月浑子果仁塞进嘴里。这时她领悟了吃东西的另一种意义。在完全尝不出滋味的情形下，她情不自已地保持着咀嚼，好安定心绪，让头脑运作。

片刻后，她开口说：“不。若是兽战可行，你不会停下。你有三个忌惮。一怕兽战难以控制，你怕我的表弟，新任的皇上在混战中有失，则你们叛军再不能以勤王的幌子稳固人心。二怕林邑国的白兕熬不住中州大地的早春严寒，无法尽数发挥你预期的战力。三怕东南信风未至，火攻反烧了自己。”

苍海心露出两排雪白的牙。他是在笑的，可在任何人看来，他好像是猛兽在炫耀他的撕咬力。

“分析得在理。可即便我受严寒掣肘，你们也只是凭空得了两三个月的残喘。你们的粮食支撑过一个月、两个月、三个月又如何？你们才是一帮乌合之众，重创之下，你们的联军会裂成几块，向哪几个方向溃散，谁都可以预料。”他说。

“没有粮食的军队，才是时时刻刻坐于炉火上辗转难安的吧。”雪信并不肯认输。

“那我们倒可以比比看，谁家的粮先耗尽。”

“那就耗着吧。看谁先撑不住。”

“你可能没有见过也无法想象。绝粮后，一个地方的草根树皮先被挖出来吃掉，然后是泥土，再后来就是尸体，然后是活着的孱弱者。”苍海心字字珠玑。

“你见识过，即是说越地百姓已绝粮。”

“绝粮，有时是天灾，有时是人祸。一座城池饿死了许多人，它的仓廪却不一定是空的。”

“所以不是蝗灾，是早有预谋。”雪信迟疑道，“你还是我认识的苍海心吗？”

苍海心叹息：“天下乱了，我来安城救你，救你关心的天下人，有错吗？”

他讲得过于真诚，他也真切地以为事已至此，他才是天下的拯救者。

他的信念笃定，雪信也没有了反驳他的言辞，愣愣怔怔地看着他：“我不会让叛军见到中州的春天。”

“那我也不会让安城捱到粮食采收。”

“你醒一醒，南诏大祭司的毒婴参酒会迷失你的本性吗？失去一魂一魄，你的心智被蒙蔽了吗？”雪信感到有些悲哀，苍海心看着好好的还是他，他推演的战局，说的话，又是全然的陌生。

“你来谈判，谈完了吗？能不能说点私事？”苍海心捧住了她的脸颊，“我好想你。少逑列的姑娘，越女吴娃，怎能与你相比？”

雪信在后退：“我讨厌拿别人与我比较。”她抬手从后脑拈出一支绣花针，针迎风而长瞬间时成了一把长剑，透山剑直逼苍海心的面门，“我是来谈判的，我要你退兵。”

“不可能，兵无故不起，兵不故不能止。”苍海心说，“无故退兵，就是承认我们错了。我们没有错！我们在拯救即将崩塌的天下！”

雪信手中长剑一划，她眼前的小灶间破为两半。碎片崩飞，苍海心还在虚空中叫嚷着什么，她已听不见了。手指上的金丝拖拽着她，而她腾空后退，掠过两军对峙的阵营，掠过河洛田野，猛然坠落，在安城药园的军帐中醒来。

雪信翻身滚跌下天铁床，睁开眼，尚分不清自己是醒在梦里，还是从梦中醒来。玄河递给她一盏醒神汤，她席地饮下，旋即吐了一地。

一夜之中，她先行谛听术，再行旋天术，神飘魄荡，精力耗费，魂不安于躯壳，心脉脏腑运作紊乱。她又去伸手在案几上摸索，抓住了什么，塞进嘴里，又吐了出来。是过药的蜜渍果脯，太甜了，甜成了砒霜。

舌尖有了滋味，至少提醒了她，身在梦外。

她又伸手向几案上摸索，找到一盒乳香炼制的糖丸，丢到一旁。

玄河问：“公主在找什么？”

“我想找点吃的。”

“公主想吃什么？”

“我想尝尝阿月混子。”雪信目光倏然变得深远，似在回忆梦中，“梦里它们看着像珠贝里的翠玉，我以为会很好吃，可嚼着像蜡丸，没有香气，没有味道。”

过去在公主府里，说一声要什么，马上就给找来。如今的安城里，却不知去哪里弄一捧阿月浑子。

玄河从衣袖里提出个小布囊。他私藏的口粮是一把甜杏仁，倒在几案上慢慢剥去壳。

“看来苍海心分离了一魂一魄后，也丢失了鼻观舌尖的感觉。他的梦里也不会有气息和味道。”玄河把剥好的杏仁递给雪信。

“他不但嗅觉味觉坏了，脑壳也一团浆。我和他说不通。”雪信行云流水地往口中扔杏仁，紧张地咀嚼。果肉破碎后在舌面翻滚，她把它们嚼得更碎一些，细细榨取杏仁特有的脂香。

“他们还有多少粮食？”

“我不知道。当他们发现我在谛听，他们的密语也就不可信了。也许是匮粮求战，却故意放出假消息骗我们出谷一搏。也许是天时地形不利，前锋被阻道口，他们故意说大了存粮数目，瓦解我方军心。”

“战前的安城，一粒明珠万斗米，珠贵而米贱，粮食被商人低价赎买不啻劫掠，叛军也有可能囤积了足够多的粮食。他们能等待着安城掏空老底后打开城门，等着平乱的军队献出皇上交换粮食。”玄河分析着。

“战争转入消耗就不会有赢家。家贼与外寇，虎视狼顾，垂涎三尺，磨牙霍霍。只等交战的两家伤了元气，哄抢争食。还是要尽快打出结果，解决罪首。”雪信不嚼杏仁了，眼光落在玄河胸膛，“调养恢复得如何？”

玄河笑答：“公主有用，就凑合着能用。公主没有吩咐，我再惫懒些时日也无妨。”

苍海心在他的梦里也点中了雪信的要穴，雕虫小技又岂能对抗天时。

同门有异术可使粮食早播快收，但一个月即熟的谷粟也只有寻常一季成熟的庄稼的三分之一大。贪省了两个月，收成也折去六七成，人力翻倍，还要加上物料费用，种一亩就亏一亩。

况且炭一时备不了许多，搭建暖棚必需的大鱼皮非寻常江河撒网可捕获，无法大片推行。雪信请骆百草和骆孰甘来主持早春的播种，是向迷惘无措的人展示一个奇迹，告诉他们她可以做到不可能的事，安城可以活下去。

在雪原冻土上开荒不算奇迹，真正的奇迹在于信念，众人抱定了希望划动危崖瀑布上的孤舟时，不可能也会被撬动。但当所有人被微小的奇迹激励起来时，也必须有几个人冷静计算现实，考虑别的对策。

地已划了出来，雪信将城东大营里的河东军分作两部分。一部分与民夫一道犁田翻土，骆百草和骆孰甘会挑选耐寒抗冻的谷种和菜籽撒下去。生长和采收快慢早晚各有一些，长得最快的菜很快能进伙房营的大锅。

开春后，她们调拌的肥料可使土地不停轮作，不需要休息。另一部分军队与在山腰结营驻扎，边练兵边狩猎。两部人马定时轮换，猎来的肉食分一半去屯田营，而屯田营也会把收获的菜谷输送进山。

雪信上半天会在山营中训练女军，操演大阵。下半天去东郊巡视田亩，猴子每每会泼一通苦水，再提出一两个麻烦要雪信解决。入夜后回到公主府，关雎等在府中汇报招贤馆白日里招待了什么人，又有何人要与公主密谈。

然后抱一抱流采，雪信就往药园去了。

她在药园里读完张太后给她送来的奏折抄本和前线塘报抄本，入高台搜听有用的密语。而后她小睡两个时辰，天不亮就起身赶赴城外山营。

清晨的阳光里，出早操的军士们头顶热汗蒸腾，他们看见雪信身披红袍，肩上架着海东青站在帅台上，斗篷帽子上结了厚霜。她坦然露出了她的面孔，瘢痕又淡了些，相侵的颜色也柔和了，竟像是一种新创的时世妆，像是对美丽的欲盖弥彰。

美丽是桩不足挂齿的小事，或者说她并不想要“让人看着喜欢”这种美丽。她如今要的是人们的敬畏。

高台上的红影安定坚毅。

“儿郎们，国乱未平，家仇未报，该当如何？”雪信无视高承钧留在营中的几个将军，例行训话。

“厉兵秣马！蓄势待发！”河东军山呼震响。

战场上对峙的僵局不破，谈判桌上的筹码也不会消长，谁也不会凭空让步的。

想当初的高承钧，在大漠上自由驰骋，迅捷如风，劫掠如火，如今据险而守，勇武不得彰显。

少年时见苍海心，左擎苍右牵黄，驾着块破木板在雪坡上乘风破浪，如今也是前路壅塞，豪情不能舒张。

总会有个人沉不住气，会跳出来闹些动静。

与苍海心谈判失败十日后，塘报抄本后半夜加急送来，把雪信自榻上催起。

张太后说，要公主立刻拆看，看完进宫相商。

报上说，叛军前锋营寨后退三射。高承钧在古道东路口以宁王世子苍孟极为左翼，楚王世子苍并封为右翼，高家军分作两部各护卫皇上所在的中军和后路。鲁王世子苍陆吾在新月阵营臂膀环抱处设一字营，为屏障。

叛军前锋日日来阵前讨战，赤身露体，抛掷石块，吼些不堪入耳的言语。或者穿上裙衫涂了两腮红胭脂，故意扭捏作态从阵前来回巡弋，那些人的抹额布巾上，均写上我方将帅的名字。

张太后当然是不明白，为何好好的，叛军要后退，高承钧为何在敌人后退后加固防御。叛军既后撤为何又来挒战，高承钧为何要把没什么打仗经验的苍陆吾顶在最前方。她关心的是高承钧的决策会不会有失，她的儿子有没有危险。

她也是明白的，挂帅的是她的儿子，但指挥打仗的还是高承钧。若高承钧的调遣布置不恰当，也只有雪信能写信提醒。

雪信说："苍陆吾没什么打仗的经验，在安城时，哪里打架也少不了他，他与苍海心打得多，自然结了仇。再加上他又没耐性，是个戳一下就跳起来的人。初次上战场就更妙了，他是一磕就破的蛋壳，敌军渴望胜利，就不会放过他。"

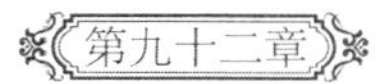

不知我者谓何求

战场距离安城超过八百里，四百里加急驿马跑两天送到，张太后看过塘报再召雪信来，又会耽搁大半天。其实在这一夜歇下前，雪信已听到阿满向土坑中讲述的战况。

鲁王世子苍陆吾下令射杀来挪战的敌军。那几个奇形怪状的叛军士卒手舞足蹈，退到箭程之外，依然挑衅不止。苍陆吾带兵出营去追，讨战的撒开脚丫子就跑。监军来不及喊回苍陆吾，眼睁睁看着他跑没影。

不多时，远方冒起黑烟，众人在营门口觉得脚下微微震颤，如同沉雷一道一道滚过脚下，接着他们觉得风停了，有一种无形的冲击弹在他们身体正面。隆隆之声越来越响，苍陆吾和他带的人马拼命向营门口跑来。

监军下令："关闭营门！"

一旁苍陆吾的亲支近派把剑架在监军的脖子上下令："放鲁王世子入营！"

营前是做了不少防御敌军冲击的准备的。挖了壕沟，设置了尖刺鹿角形的路障，还撒了让人无从下脚的铁蒺藜，为了放苍陆吾带兵出营，壕沟上的吊桥被放了下来，路障和铁蒺藜也清理出了一个口子。

苍陆吾一干人的身形越来越清晰，众人也看清了，在他身后追逐的是四头鼻尖上有独角的巨兽，如马非马，如象非象，是几乎在中土绝迹了的兕。

兕奔跑追赶不上苍陆吾的战马，但身躯庞大沉重，势不可挡，任何人遇上只可趋避，莫敢回头。在白兕身后远远地更有一群密密麻麻的黑影，夕阳下闪烁起生铁寒光。

监军推开脖子上的剑，破了音地喊："收吊桥！复路障！关营门！"

苍陆吾已经跑近，他喊："别关门，等我进来！"

说话间，奔马过了桥，守军正要转动绞盘放下吊桥，两支弩箭一前一后飞来射断粗索，吊桥收不起来了。眨眼间兕阵通过吊桥，那些仓促复位的障碍于它们不过竹编的架子、纸糊的壳子，扎在脚底的铁刺令它们更为狂暴。

白兕双眼血红，浑身酒气，捣烂营门，开一条路，阻挡在它们前面的一律踩在脚下，身后的道路平直开阔，废墟吸吮着血肉。

第二波攻势到了。

苍陆吾他们这时也终于明白叛军何以要后撤营地，他们是在为牛群留出冲刺加速的距离。草料浸酒驱动白兕，牛尾捆绑填装火药的竹管和铜铃以取代火绳。

苍海心拍了拍脑瓜，对战策稍做修改就解决了严寒和风向的不利状况。牛群的出发时刻显然是经过精确计算的，恰恰衔接白兕的冲锋，捣烂苍陆吾的前军营地。

兕群穿过前军屏障，脚下土皮碎裂，骤然跌进一个大坑。它们说不来话，打不了信号，紧随其后的奔牛也不看情势，前赴后继冲入坑中。土坑边缘不断被踩踏，坑越塌越大，坑底的尖刺木桩上层层叠叠地穿满痛苦嗥叫的牛。

第三轮狗群也跌入巨坑中时，高承钧和他的高家军从打开的中军前的营门冲出，向坑中投掷火把。

坑底的土泥是拌了硫黄火药回填，又浸透火油，火苗一撩即烧延。高承钧将苍陆吾设作月营前的屏障，正是要遮掩住他在月心挖掘的巨大陷阱。苍海心精心训练的战兽一头也不少，统统跑进窑中烤作了焦炭。

河东军在安城之外有十万人。雪信偏偏选中阿满做大将军，不是任性。是因为阿满天真坦率，不会对她说谎。也因为阿满心思纯净，能容纳她入梦传递消息。

在谈判谈崩的第二天，雪信再度强施了旋天术。她入不了高承钧的梦境，却可以暂借阿满的身躯，在高承钧的案头留下书信，详述苍海心的推演，提醒他防备。

雪信安抚了张太后，说高承钧五岁能倒背兵书，十五岁起征战沙场，他盘算的什么要是被我们揣摩到，那叛军敌首亦可猜测到，反不是好事。将在外君命有所不受，太后还当宽心放手。安城亦是战场，全力保障粮草辎重供给，不让他们输在后方的背叛和掣肘上，是我们要做的。

她没有透露谛听中得来的最近战况。反正几个时辰后，报告胜利的塘报会送到。

阿满接下来几日的汇报，汇总而言是大家打扫大营里的火坑，扒拉出还未烤焦的兕肉和牛肉，分而食之。滋味虽逊，可小皇上举着匕首，匕首上叉着肉块，鼓动大伙儿说什么吃掉敌人的战力以壮我方士气，聚餐还是很热烈的。

小皇上又皮紧，拉着阿满爬上帐顶看月亮，说这是中原上元节的风俗，年轻人是要找个僻静地方拉手聊聊小天的。

阿满打岔说与中原上元日子相近的是少逮列的花街节，逢正月初七女孩上外村找伴，在渡口支开小摊子，见到过路的俊俏少年，就亮开嗓子唱歌，少年若有意，就对上歌或回一同笛曲。

两人眉眼勾上后，少年取走女孩小摊子上的一件绣物就走，女孩悬着十几二十几步路跟在后头。两人坐在冬青树下说笑一回，把带来的干粮吃了，趁着吃饭工夫把对方看仔细。若两人心意就此定了，少年会送女孩银饰。若双方发现看走眼，少年会归还女孩绣物。

小皇上听得心驰神往，往自己身上翻摸。

阿满问他找什么。

他说："雪信说朕没胆色，朕可不是没胆色，是没寻到要领。既说到花街节，朕要尊重尊重少逮列风俗。"

少年皇上在膝头展开袍摆，兜住他掏出来的东西，短剑、玉佩、火石，终于从革包里倒了件银质器，一头是牙签，一头是掏耳朵勺。

他可怜兮兮地晃着那支签子："我有银饰，你有绣品没有？"

阿满拍掉他的银牙签："阿满想说少逮列的风俗不好。虽然女孩也能先看上少年，却只能待在原地唱歌。哪怕相互有意，女孩也要远远落在少年身后，由少年选定约会的地点。两情相悦，要由少年送出银饰确定。女孩支着小摊，她自己像摊子上的货物，而少年是主顾。岂不是可怜？岂不是不公平？"

"可怜？不公平？照此俗，女孩选到的是意中的情郎，少年拥有的是心仪的姑娘。在中原，两个不相干的人被两个家族推到一起，或因为两个家族结仇而拆散一对有情人，那才是可怜、不公平。"

"你说的是婚姻，婚姻与相好是两回事。中原的女孩子见到俊俏少年郎，把咬一口的杏子桃子打过去，打了就笑着跑，真是爽快。阿满将来回到寨子里就劝族长改改规矩。让女孩子先动手，看哪个男子好，就砸个木瓜过去。男子有意，接住木瓜追上去；若无意，不追就是了。你们那本《诗经》，有一首唱的便是，投我以木瓜，报之以琼琚。"

小皇上捡起玉佩递过去："朕有琼琚，你有木瓜吗？"

"阿满不喜欢你的琼琚，不会朝你扔木瓜的。"阿满把玉佩搡回去了。

"我是皇上。"小皇上说，"阿满不喜欢皇上吗？"

"阿满不喜欢这样的皇上。"话说到这份上，月下的小天也聊到头了。

阿满把眼光投向帐下。

高承钧在向她招手。

她滑下帐顶。

高承钧把手中翻好书页的《诗经》递给她："阿满，能不能帮我唱一唱这一段？"

诗歌的原调没有人教过，但阿满满腹是小曲，少逮列的姑娘也多会现编词填曲。

她稍一思忖，用自己所会的田歌曲子悠悠唱道："彼黍离离，彼稷之苗。行迈靡靡，中心摇摇。知我者，谓我心忧；不知我者，谓我何求。悠悠苍天，此何人哉？"

"好了。多谢阿满。"高承钧把书卷收回去了。

"这首歌又是什么意思，比'蒹葭苍苍'还难懂。"阿满不解，"田歌哪有不欢悦的，可这首唱得阿满好难过。"

"阿满不需要懂。阿满唱过就好了，会有人听见。"

"高家哥哥，今日是中原的元夕。你抬头看见的圆月，和八百里外所见的圆月是一样的。"

"多谢阿满。"说完，高承钧转身就走了。

他的背影瑟瑟，被温暖的篝火光芒照着，走到哪里，哪里的欢庆就暂停下来。高承钧为他们带来了痛快淋漓的胜利，他们尊敬他。但由他组织起的杀戮的效率，又让人们畏惧他。

在那个胜利的夜晚，只有一个小女孩说了句宽慰他的话。

阿满不知道维持谛听术损心伤神，喃喃咕咕说得巨细靡遗。她瞧不见在另一头，雪信听得泪湿了袍襟。

阿满还说，庆祝完胜利后，高承钧抽取联军各路人马编了几个小队，轮番挑衅叛军，日日去对方阵营报道，试探对方还有何不宣的密器。双方互有袭扰，也有过小股人

马的遭遇混战。

叛军前锋大部分为流民，并无正规制式武器，拿到什么就是什么。

叛军营内还有一支服色鲜明、器械统一的督战部队，他们是负责营地纪律的，从未出营作战，但在一次冲突中小露过锋芒。

他们从营门后发出的弩箭用料更轻省，却飞得更远，更有穿透力，操控弩机的军士计算更精准。弩机对空发射，剑雨自天而降，瞬间穿透我方士卒，伤亡十之七八。

如此有铁甲防护的重型弩机塔，叛军营中有十台。

苍海心只露面过一次，一个人，带了稀稀拉拉几个面黄肌瘦的兵卒，搭弓往我方营中射来书信劝降。

小皇上冒险从营中露头与之谈判，试图用天子身份劝说他迷途知返。

苍海心朗声说："剑雨硝火，寸草不留。重兵塞古道，不过是炉膛燔柴。高承钧挟天子以令诸侯，拿尔等陪绑，尔等早日降了，莫要玉石俱焚。"

他一箭射中小皇上的盔缨。

小皇上脑袋上顶着支箭缩回去了。

苍海心喊："要谈，让雪信来与我谈。"

阿满对着泥坑转达了苍海心的要求。雪信没理两日后，苍海心的要求写在了塘报里，送到了她的案头。

她回复，或战或和，与高承钧谈。

如今各方势力环环相扣，她无法放弃她的责任，离开她的位置。她一时间运用异术亦已到荷载之限，不可再行旋天术。

她不能倒下，不敢倒下。

又三日，在公主府，关雎忽然向雪信汇报："贼逆苍海心求见公主。"

雪信险些把怀抱里的流采颠下地："他在哪里？"两军在古道口对峙，若苍海心自投罗网，仗不必打下去了。

"他没有来安城，是传信给家母的。"关雎献上一个锦盒，"让将公主留宿府中，点燃搜神香。"

"华城有什么羁绊吗？"雪信问的是关雎的母亲，梅娘。

"家母引我走入招贤馆，天下皆知。关家已不接受华城的指令。苍海心说关家是他传消息给公主的第三次尝试。苍海心还说，在战场上，拖延也是在杀人。公主若无破弩机塔的良策，还应该见他一面，听他一言。"

流采在雪信怀里扭动。女婴的脸颊肥嘟嘟地几乎要挂下来，眉毛又淡，雪信很担心今后她会不会是个丑姑娘。

乳娘说："不会的咧，女大十八变，小时候最丑的那个，大了最俊。"

也不知乳娘是否是为了安慰她而瞎编的。她所记得的自己的小时候，可没有丑过。

雪信给流采掖好被子。

乳娘又说："蜡烛包包得不对，采姐儿一蹬就散的。"乳娘把流采抱出摇篮重新打包。

雪信走出西院，询问当夜何人当值，传令加拨一哨人马在后园湖边。

"关先生早点回家歇息。"雪信示意关雎把搜神香交给她的女官兔子。

后园那个曾经白荷织成萝屋的湖如今已变得光秃。湖水结冰，坚厚可载人行走。冰下明灿灿的锦鲤如在琉璃水晶殿宇内。春夏时节，常有水鸟来啄，鱼儿还未必敢浮在水面。

雪信登上湖心的不染阁。

水阁本是消夏之所，入秋后能撤的细软拆去洗了，珍奇陈设入库，贵重家什搬去专人保养，连个凳子也不剩下。屋壳子像是没有笑容掩饰的脸 ，四壁琉璃凝霜，八面冷风穿堂。雪信的亲卫面湖而立，另有河东军军士绕湖一周，面前外站定。

兔子留下透山剑和盛香锦盒也退到湖岸边。

她方才偷眼瞥去，阁中不见炭薪，也无瓶炉，不知雪信要如何焚香。她拢目力刺探，阁中没有灯火，隔湖转圈找到合适位置，只可见月光斜斜半透而入，水阁被月光点亮恍如一块方正的冰，冰的正中有黑影，是不是人，是一个人还是两个人，在做什么，这些却看不清楚，只听见一种奇异的声音，好像是禽鸟奋力鼓翅。似乎真的有什么看不见的东西，自天上琼楼进入了月下冰阁。

雪信随意站着，把透山剑夹在胳膊底下。她摘下一支银发钗，钗头弧面鼓泡，如一把勺子，正好容下香丸。又从怀里摸出火折子吹燃，就着火绒燃烧的一星热量烘烤衬在银钗上的搜神香。

异香持续平稳，源源不绝，根本等不及被人察觉，已被吹散在夜空里。肩头站立的鹰飒地跃起，又被铁链禁锢在雪信的肩膀上。它如同鸡鸭那般扇动翅膀，无法挣脱，也不肯放弃，始终离不开束缚它的立足之地。

雪信闭起眼，沉入梦境。

梦中的冰雪比梦外的深厚，似一床棉被，罩下了安谧。雪信站在一间小木屋前，手握热炭行炉，炉中烤的香丸不外是多年来贴身佩戴窨饱了体香的木粉丸子。她应该是却已经不是那个傲慢的少女沈雪信。

以前她根本不需要考虑见到苍海心时该如何开口，而于今在等苍海心出现的间隙里她满腹心事。

苍海心通常是从高高的雪坡顶从天而降的，也许是老老实实从森林里走出来，但她把眼光放在天空，她觉得他应该是肋生双翅从空中滑翔而下，她不知自己为何要这么想。她带着超出情境的经验回到了熟悉的情境里。

苍海心的出现还是不可思议。他好像是刷的一下出现在视野里，骑在一头老虎身上。老虎身长约一丈半，毛色类枯草，肩担纵纹，身形与斑纹迥异于寻常虎类。

而雪信面对威风凛凛的苍海心，却说出了扫兴的评语：“你也知道骑虎难下了。”

“这是白虎，是驺虞，有日行千里的神异本事，我才能立刻赶到的。”苍海心跳下坐骑。

“白虎主西方之肃杀，你来得快与白虎又有何干？是我以冰湖为祭台，传讯和接引快过土台。”雪信撇嘴。

“楚巫的术法也维持不了多久，我们不吵架吧。”

“你要夸耀你的攻城器械的话，就省省气力吧。我已知晓了。”

“雪信你故意激将，套我话是不是?”苍海心点指她，“原来的计划，是要你过阵谈判，扣下你，我们好前推战线。雪信你不肯来，是不知利害。高承钧必败，前线失利，后方必乱。我担心你的安危，你只有来我身旁，才是安全的。”苍海心说，“你来我身旁，我才好放心攻克敌营。”

“你在这小木屋里住了几年？”雪信问了个出乎意料的问题。

苍海心环顾了一眼小木屋：“满打满算，二十年吧。怎么了？”

“你在辽郡的二十年，每一年只需要与高承钧打一回架就足以，过得实在是太逍遥了。可你不知道我们在华城，日日有功课，拉下就挨罚。你那些木甲书在书中早有记载，又早被我们翻烂。木甲怕火，纵使你们有再多奇巧的攻城器械，一旦在峡谷中燃烧，只会成为庞大的路障，联成火墙。我懒得回应你，因为你摆出的阵仗威胁不了我们，高承钧会处理好。”

“二十年后，木甲术均改用了铁芯木壳，火烧不怕。上足转子后，亦无需人力。”

雪信短暂无语。她在百器工坊长大，她了解工坊制造的机械可以精巧到什么程度。小时候，那些精巧的机械不过是哄着孩子玩的木鸢木车木人。但替换了材质，设计成战争器械，她是不难想象的。

“我们还会设立大阵，引高承钧来破。高承钧不来，我们可以开入峡谷。”苍海心把手放在雪信的眼皮上。

雪信看见了另一幅未曾存在过的画面。叛军后续赶来的正规军排成了一个圆阵，形如轮毂，军人服色鲜明，三五成一队，操作着古怪的机械，百来队组成条条轮辐铁齿，将冲击而入的敌军切割咀嚼。阵法变化灵活，随地势流淌如水银流泻。

“你们不敢接战，我们就以弩机塔开路，推进我们的站阵。如此一点一点挤压，直到你们粮尽。你们所有人都明白事态会朝什么方向发展，却无人有能力停下轮毂的转动。这就是阳谋。”苍海心颇为自信，“我们有的是办法。只是铁齿所及，有罪无罪一律绞杀。你还是来我身畔得好。”

雪信嗤笑：“我方只要在古道口挖掘十三道深沟，你们的器械阵法都得崴脚，强行推进，只有伤亡。”

“拖着不是好事。雪信，你们的联军人员太杂了。有北衙禁军，有河东军，秦、鲁、宁、楚诸王势力错综，各怀鬼胎。你方胜或败，左右不了结局。”

“叛军不也是在一面旗子下各吹各的调。你们不敢败，一败就粉身碎骨。”

“不胜不败不伤元气，方可两厢自保。”苍海心双手摊开，托着一个蝈蝈笼子大小的沙盘，沙痕蠕蠕而动，如蚁国行军。

雪信沉默良久：“我得想一想。”

“得快。”

雪信眼睛落在白色老虎身上：“若世上真有如此巨兽，战阵冲击，我们无法抵挡。”她尝试把手放在老虎脖颈的皮毛上。老虎目视前方，没有因她的举动而感受到威胁。

“驺虞是仁兽，不忍伤害生灵的。”

雪信反驳道：“吃素的老虎是会饿死的。”

“是驺虞不是老虎。驺虞不扑活食，只吃尸体腐肉。”苍海心神色认真，“世间万物有生就有死，吃掉死物为生者腾出干净地方，是做好事。”

“吃肉就吃肉，有一天被人当作肉吃了，也是天道循环。可老虎号称不杀生，却专有人为了喂饱它，屠杀成千上万生灵。老虎满嘴血腥，爪子干干净净，还保有仁善之名，不可笑吗？”雪信沉声说。

“可是……可是……”苍海心可是了好半天，才接了下去，却也只是苍白地重复，“驺虞无心害人，反在阻止屠杀。”

“成天喊着舍不得伤生，是小仁。引动天下大乱，是大不义。驺虞若是死了，也不会有人喊着仁义的号子行残暴掠杀之实了。”雪信抓住苍海心的衣领，从脑后抽出长剑架在他脖子上，“一条无辜却造孽的命，和万千无辜又无辜的性命比，牺牲哪者更划算？”

苍海心被雪信震骇住：“雪信要我去死吗？你杀掉一头驺虞，过不多久，会有新的老虎长大，皮毛褪白，纵纹加身，被冠以驺虞之名。”

“那我就再杀。”雪信厉言疾色。

“雪信你留在世上的年月有限，驺虞辈出无尽。”

“我也会留下我意志的继承人，一辈又一辈地斩杀驺虞。”

“天下大乱，驺虞何罪之有？”苍海心双眼暴睁，脖子道道筋纹凸起。

“驺虞这种东西，活着就是原罪。”雪信的声音冷静甚至冷酷。

他们存身的梦境里，远方消失了。四外雾气滚动，雾气里似乎是阳光照雪耀起的光。浓雾的包围越来越小，天上星辰压坠。可是白日里怎么望得见星辰？

梦境之外，兔子打出旗令，围湖的军士竖起高阔的钢盾，盾面光可鉴人。一束束弩箭带着绳索飞跃湖心，交织成网，网上密布铃铛和篆刻符文的铜片，罩住了水阁。

新乐公主的亲卫们手执绳头，踏上冰面，他们边走边卷起绳头，咒网收缩织密，网绳上铃铛铜片撞响不息。

有一股力量忽左忽右，忽前忽后地冲突绳网，但也许那只是军士们回卷绳头的力量不均，把网子胡乱扯歪了。在包围圈收缩到水阁五步之外时，咒网上一声爆响，几个铜片掉落。军士们均觉得手中绳子骤然一紧，旋即松懈，如同一头凶猛的鹰生生撞破笼子遁去了。

梦境之内，苍海心从雪信手底下挣脱，跳上驺虞。驺虞越上半空，肋下招展出双翼，飞临那低垂的星辰之下，时被看不见的藩篱阻拦。

苍海心大声喊：“你是又要做同归于尽的蠢事了！”

雪信否认：“我如今可不敢死，死不起。我也不会杀了你，只是请你留下来，留到你死为止。”

“行了我已知道你有杀我的狠气了，也知道你不接受和谈。杀我容易，但我死后，安城会成为众矢之的。”苍海心提议，“倒不如让我回去，我劝说华城和越王先取吴楚。你得隙平定安城。”

“那岂不是放虎归山，养大祸患？”

“取诸王之地，必使诸王之间顾忌势力的消长，矛头一致对越王而归心于安城。”

“那个人是好糊弄的吗？再者你不过将兵锋引向别处，依然会有许多人死于兵祸。”

“争斗是人的本性，根本无法一劳永逸地停止。但势均力敌，相互制衡，反而不会有人轻易动手。你可以先保住安城，再救天下。”

“既你有不战之策，为何你先往安城进兵？”

“去别的地方，就再也见不到你，也得不到你的消息了。”这才是苍海心最真实的想法吧。

这句话又说得雪信心底一阵阵抖颤，说不上是恐惧、厌恶还是感动。她只能立刻结束相持，向空中掷出透山剑。剑尖挑破天穹，驺虞载着苍海心的身影扭曲成了一道金色光芒，钻出穹宇。

再睁开眼，雪信依旧站在不染阁中，肩上的海东青刚收起翅羽，手中的火折子微微有些烫手，银钗托着的搜神香丸恰好烤成一颗细腻完整的灰球。胳膊下是空的，透山剑掉落在壁脚，也不知它是如何飞过去的。

她走出水阁，亲卫们把绳头缠绕在码头栏桩上，咒网披伏在阁顶，再无异动。

雪信命军士们拆除密如篾编的网子。兔子把雪信从首先解开的破口里拉出来，紧张地问："到底是什么？抓到了吗？"

雪信刚出来就一个踉跄，兔子去拉她，两人一道摔在溜滑的冰面上。两人相搀着要爬起来，却又摔了个滚。

"我仁至义尽了。"雪信狼狈地瘫坐，"我好累啊。"

"是我不顶事。若是国师在，就不会让那个什么东西逃掉了。"兔子以为雪信在痛惜功败垂成。她从怀里掏出一个手帕包，包中是零零碎碎的各色干枣果仁，"国师说，公主从阁中出来，吃点什么心境会好转。"

雪信笑："你好不容易偷攒点私货，我怎么好意思吃你的。"她歇过乏来，扶住水阁栏桩站起，又把兔子拉起来。

"国师非要在大家忙不过来时闭关不可吗？"兔子抱怨。在雪信身旁久了的女官，多少会传染主人的性子。

"是我让他闭关，给我想个结束战争的法子。"雪信走向湖岸。

也许谈判只是两方进一步确认对方的底线，谁也不会相信对方开出的承诺。

天方亮，雪信出现在工部郎中李庭枫家中。

李家出了一个太昭仪，一个相国，一个户部尚书。

李庭枫是李太昭仪的幼弟。恰因为李红芍没有诞下皇子，前殿后朝对李家多报以轻慢或宽容。毕竟生不出根的枝条长不成大树，只能做瓶花，花开得再好，也有运势到头的一天。到那一天，即便他们没什么想法，也会因为挡了别人的路，占了别人想要的坑，而被清算。没有皇子，就没有抓住泥土的根系，大风一吹，大水一过，就不见了。

大多数人从未把李家列在对手前几名里，反而把李家归在可拉拢利用的一类中。李家不把家族的政治前途押在一个皇子身上，不站队也不得罪人，关起门来训诫子弟，教小辈用功，其族人后辈和门生大大小小，入朝任要职的也不少。毕竟不论谁上位，把旧朝班子全部换血是不可能的，也是一种浪费，必然得保留一批有真才干的属下去做事。

借此李家也是渐渐发育出了另一种根系，扛得住改朝换代，屹立不倒。

新君临朝后，李红芍是唯一损失了前程的李家人。她的父亲、叔叔、弟弟和亲亲眷眷们却在安城危难之际被当作中流砥柱，地位益发地重要。

李家长房嫡亲李郎中迎接雪信进正堂。李郎中的宅子在城南，大小只抵得上李家本宅的一个洗衣院，李郎中向雪信作揖，双手往袖里藏了藏，十根手指指甲缝里全是黑泥。

亲卫们把一袋粮食放在廊檐下。一名束高了袖面、系了条腰兜的女子从灶间扑出，鼻尖的炉灰蹭了雪信一脸。

“商儿！不！公主！你看我！”她抹抹雪信的脸，又噗噗噗拍打从她衣襟沾上雪信衣襟的粉灰，“哎呀你看我！”猛掸了通才发觉自己下手太狠，慌忙停手。

世上还记得雪信这个名字的只剩下一个人了，是当年月大人的徒弟羽儿。

在众多若即若离的李家人里，李庭枫是唯一令雪信生出结交拉拢之心的。

当年在月大人家中，李庭枫是羽儿的隔墙知音。羽儿央求雪信替自己露面见李郎，李庭枫没有被雪信蒙过去，他继续提出恳求那个也许身形壮硕，姿色平庸的羽儿出来与她相会。两人架梯子扒墙头探讨音律。

月大人身故后，李庭枫带羽儿回家安顿。李相国举着拐杖打李庭枫，李家主母含泪捧心，几乎给李庭枫下跪求他照顾家族体面，莫要忤逆父亲，很是鸡飞狗跳了几天。李庭枫于是带着羽儿搬出本宅，买了个地段冷僻的小院住下。

李相国平日里对儿子管教严苛，对音律也当作丧志的玩物加以贬斥，李庭枫对这个家的逆反是积年累月终于爆发。李相国也只当儿子拿这个捡回来的歌伶为由头与家里犟，等劲头过了，苦头吃够了，也就回家了，便也气哼哼下令家中任何人不准去找李庭枫，不得私底下给他一丁点儿援助。

也料想不到李庭枫居然安于用他的那点薪俸过日子，羽儿也没断了卖唱贴补家用。到晚上一个刷锅一个补衣，一个调琴一个唱和，乐不思蜀。

安城粮荒，官家克减俸禄，酒肆无人听曲，有钱也不够买粮食。李庭枫家里的笤帚都切成草段熬粥了，李相国算计着也该把儿子饿急了，该让他回家，派人去探，却发现新乐公主的人前脚刚到。之后按月送粮，是成心帮着李庭枫与家大人置气。

近几个月的磨难，刮去了羽儿身上的少女丰腴，脸型身材几乎比从前窄了一半，气色差了，但眉眼玲珑，成了个标致的人儿。她拉着雪信说话，她的李郎就垂着手在旁等待，眼神无限温柔。

羽儿镇定下来，开口说：“公主那边吃饭的人头多，粮食还是该紧着那边，以后不要再送来了。”

“我没饭吃的时候，是月大人和羽儿收留的我。你们收下我的粮食，也是成全我的报恩之心，否则我内心难安。”雪信握着羽儿的手也舍不得松开，这是与她共患过难的人。

“李郎想出了办法，我们饿不着的。”羽儿拉雪信进灶间，锅里咕嘟咕嘟沸着一股气味古怪的粘汤。屋角缸中还攒着半缸状如红薯的块茎疙瘩。

“是白及。”雪信认得。在合香丸时，若无炼蜜，便可用白及，还会粘得更牢，只是香气逊了一筹。

李庭枫也终于插得上话了：“工部营建殿宇，先画图纸，后搭沙盘，十几种胶各有各的用处。白及熬的糨子往日里是用来裱图纸的，也有用来调配矿粉颜料的。其轻薄无臭无毒，与白面熬的糨糊差不多，也能替代白面吃。”

羽儿补充道：“李郎没有工事时，就去野地里挖白及根。公主送来的粮食，我们用白及掺着熬汤，足够熬过荒月了。前日，公主军中有个姓侯的录事参军，瞧着是个活络女子，找我去城外民屯营唱田歌号子，讲定与我用粮食结算工钱，以后就更不缺吃的了。”

雪信好奇：“白及入口是苦的，你们怎么吃得了？”

那两人相互望着莞尔，齐声说：“与君厮守，从未苦过。”他俩是不打算好好讲道理了。

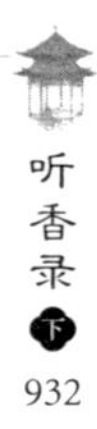

李庭枫又接口："羽儿和庭枫还有一事请托。安城度过此劫后，望公主为我们主婚。"

"好极了。羽儿可以我族妹的身份，从公主府出嫁。"雪信承诺。

两人又一齐来了句："不用不用，身份门第，我们早不在意了。"

小两口情稠意浓，引得在场余者无不恶寒起栗。要不是雪信有正事，坚持到这一句，就该掉头逃窜了。

她在灶间空荡荡的案台上铺开一卷纸："为了画出这张图，已经死了不少人。这是叛军营中竖起的弩机塔，由高家军军中营建账房、开路建桥的工兵绘制。李郎中来看看，能不能看出些什么？"

李郎中抚平纸上的褶皱，端详了好一阵，说："不是木塔，木塔造得那么纤细，内部容不下复杂机栝。也不是铁塔，若全铁打造，太重了马拉不动。应是铁搭的框架，铺设木板，包覆铁皮，可抵御火攻。"

雪信问："有没有办法破它？"

李庭枫见雪信问得急，也只有边思索边回答："熟铁打成薄片包覆木甲，难以点燃，防御甚于木塔。生铁骨架比用木骨减少了臃肿，精铁造的弩机可以做得比木弩小，换而言之，塔内可以装进更多的弩机、弩手、弩箭，战力是木塔的百倍。塔内楼板用木料，可减轻自重，移动又快于全铁塔。"

"李郎中此言，是说铁骨弩机塔没有弱点了？"雪信没法听下去了，她也不是来听别人说"不行"的。

李庭枫只有跳过工部官吏酷爱的分析辩论，顿了顿，总结道："铁骨塔弱点有三，一者，部件精密细小，容易卡簧，须有精通机关术的工兵抢修，寻常兵卒无法顶替，死一个少一个，少一人就瘫一张机。二者，铁骨塔是个大空膛，空舱运送易翻倒，满了又比铁塔轻不了多少，故必须将弩机拆卸在底层压舱，弩手和工兵抵达阵地后入塔，阵前组装，又费周折。三者，五行生克，火能锻金，若能令火焰覆盖铁皮持续燃烧，即便烧不化塔身，塔内的人也是待不住的。"

雪信眼中的光亮跳动了下，念头似已转到了什么可用的战术："我还需要工部库房里的东西。"

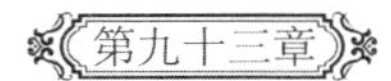

赤焰刺乾冰裂坤

再无苍海心主动传递的消息传来。

其实他根本说服不了身后的叛军主力，是扔下前锋营飞马去越王面前陈词？可是阵前不能无主将。是一封又一封写信给华城表明立场？然华城只会回复来催战的书信。

苍海心只能与莺子吵架。

雪信在谛听里听见莺子劝说苍海心打消离开阵地的念头，也别写那么多无用的信，莺子说前锋营中的五万饥民是窝闹哄哄的马蜂，不引导他们的方向，不开闸释放他们的怒气，便有可能漫无目的地攻击，会祸延自身。

莺子这话说得不无道理，战争是纵火，手里举着点燃的柴薪不扔出去的话，迟早会烧到自己的手。

阿满向土坑说，最新一批的辎重已收到，怎么多了些莫名的东西，也不托一封信来解释用法。不过高承钧好像是意会了，把运送辎重的河东军留下打下手去了。

高承钧下令全军后撤，宣布退守到古道峡谷另一头。诸王联军又出来诘问，鲁王世子苍陆吾在上一仗中被抛出去做了饵，意气难平，这回也是挡在前面。高承钧作势要砍苍陆吾的头，诸王联军又搅和稀泥来劝和。

高承钧这才说：“我方平灭不了叛军，叛军也攻不下我们。久拖不下，都没好处。不如以峡谷天险为缓冲，休养生息。我军可在古道口屯田，不误春播。叛军不得前推，不得后退，思乡匮粮，久必哗变，我军再从谷口杀出，可一举破之。”

为防叛军从后掩杀，高承钧带的人马天黑后起营拔寨，彻夜行军，走出三十里。

天亮后，叛军发现对面营地有异，发现帐篷都被拆得干干净净的，便举兵来追。

饥民们赤着脚，举着木棒镰刀涌进峡谷，峡谷两边的山坡上滚下巨石和横木，队伍中段尽皆砸成肉酱，跑得慢的被凌乱的路障挡在后面，跑得快的撞上了高家军的断后队伍，从两侧山坡落下箭雨，尸体躺了一地。

叛军后续上来的部队用战马和木甲器械快速清理出路面，又放进一批流民。督战部队对血肉横飞无动于衷，视人命若鸿毛。弩机塔在运送途中相当脆弱，他们需要流民们消耗完断后部队留下的重大威胁，为弩机塔的前推开出平坦安全的道路。

他们也测试出了结果，高承钧是仓促决定撤离，军队没有备足滚木礌石，只在谷口密集布置，往后就越走越稀。断后部队的弓箭也渐渐被消耗尽了。

在两行巨盾阵列的护卫下，苍海心进入古道。在后来的塘报上强调了其坐骑的身形庞大，还坚称那是头白色老虎。

这不是在梦中，在荆楚之地的神龙山上，这种纵纹浅黄的巨虎被称作“过山黄”。巨虎身畔走着一匹娇小的红马，有个红盔红甲的女子背着剑和旗子。

在巨盾陈列之后，十台弩机塔成一纵列，被弩手、工兵和马匹共同拉动。他们不需要追上峡谷中的逃亡军队，只需要进入射程之内，甚至不需要瞄准，在狭窄地势下必有重大杀伤。

高家军和联军受到攻击后溃乱自相践踏，拖慢逃亡的脚步，而叛军可以让一半弩机塔对空放箭，另一半继续前推。若不降，前面的人没有一个能走出谷口。

战术早就定好，人人神情从容，甚至有种提前知道结果的倦怠。十万人，要杀好久，会很累，杀完收拾更累。

走着走着，先是队伍中的骑手觉出行列乱了，仿佛是弩机塔骤然轻了，马越走越快，要使劲勒住丝绦使它们放慢脚步。再走不多远，系在马后的缰绳松弛了，马没有吃住力，弩机自己在向前滑行，工匠们担心滑行太快，布置了部分人力进入塔身压舱制动，部分马力转到塔后牵制。

走不多时，塔后的粗缆绳绷紧，健壮的马匹长嘶响鼻，它们像一把被丝线拴住后腿的蚂蚱，绝望地被拖入了庞然大物行动的节奏里。

弩机塔催赶压阵队的脚步，碾压阻挡在前方的一切。白虎旁的红铠女子从怀里掏出一把琉璃弹珠抛出，珠子落地滚向了不同方向。脚下踩的是明明白白的平地，但人们身体肌肉的反应却好像走在下坡，被无形的力量推着走。

力量越来越大了，弩机塔失控，女子还没想明白出了什么事，她举旗传令：“全员让开道路。”

巨盾分左右，女子和苍海心也让到路侧，工兵们砍断缆绳。弩机塔像个上足了转子的玩具木轮车，一部接着一部呼啸擦着人们的脸庞掠过，疯狂冲向前方，轰轰隆隆的声音震颤半个峡谷。

叛军们让过失控的机械，后在其后追赶。似有力量拽着他们的臂膀，推着他们的脊背，催促他们的马匹。

移动巨盾的矮壮汉子通身是汗，热气蒸腾。有人喊：“收不住脚了！”一撒手，安装了轮毂却没有任何机栝设计的铁盾哐当哐当，劈风而去。那些不肯撒手的，被铁盾一同带出去了。

人们身上的铁剑鸣动，箭镞在背囊里乱跳。包裹在铁甲中的人一摔倒就折着跟头滚出去。他们终于喊出来了：“是磁石！”

红铠女子代替苍海心下令：“追上去，找出磁石，烧去磁性！”

远处的磁石似伸出千万条看不见的细线，勾住他们身上的铁器，他们身不由己地疾奔，苍海心和红铠女子反而被落在后面。他们和坐骑披挂轻便牢固的皮铠，不受磁石影响。

苍海心没有携带武器。女子身后背着铁剑，她的马打了铁掌。她把自己的马缰与白虎的护具相连，不让战马走得太快，抛下身后的一人一虎。

被拉扯先前的人们经历了几乎崩溃的颠荡后一头栽倒停下了。在他们眼前，十台弩机塔翻倒了七座，还有三座原地矗立，推搡不动分毫。

他们本能地开始布置防御阵地，但巨盾紧贴地面无法竖起，拖拽他们的力量就来自脚下，他们旋即明白必须立刻挖出埋在土中的磁石销毁，否则弩机塔无法运作。

所有的铁具都沉重无比，泥土又是刻意夯实过的，镐铲边缘切入土层后无人能拔起。正在焦头烂额的时候，只听见头顶一声口哨，两边的山坡上升起黑烟。

装具精良的叛军督战队反成了案板鱼肉，他们的脚下即是大磁石，随手洒下一把铁砂也会崩人一脑袋花，在狭长地形中遭遇火攻是致命的，前后拥挤，逃散不开，撩着一个点燃一片。

如今他们唯一的庇护所是十台弩机塔。他们抢着抛掉身上的铁器减轻负重，就近拣一台弩机塔就钻入。他们想着，捱过火雨，待高家军冲下来补刀时与之近战，双方都只能用石块互殴，未必是输。

山坡之上，一架架投石器弹起。山谷中，叛军把耳朵贴着塔身内壁，倾听着，撞击在塔身上的声音不是叮叮当当的细碎金鸣，或者更像一块块发好的面被甩在案台，是醋钵大的拳头当着心口一拳又一拳又重又闷。

一种清新浓郁的香气从塔身木板缝隙渗入，使人恍如踏在晨雾松林间。头脑转得快的人想到了一种可能，喊着，坏了坏了，然后连滚带爬地下楼，去推弩机塔的门，却推不开。门轴已被凝固的松脂胶上了。

高家军在山坡上生的火堆，是用来加热铜锅熬煮松脂的。松脂制作的火把雨泼不灭，易燃耐烧，且会黏附在一处狠狠地烧。高家军用投石机向弩机塔倾倒松脂，做成了十根殿宇梁柱大小的火把，又一声号令，铜簇火箭飞蝗般扑入山谷。

身后漫天黑烟赤焰，联军中又有人提议机不可失，趁势杀回去，可彻底剿灭叛军。

高承钧回望一眼，说：“道路已塞，叛军无力追击，继续后撤，不得有误。”他向天空发出一支箭头为骨哨的骲箭。锐长的哨声之后，山坡崖顶升起一群朱雀纸鸢，扯断了线，向西南方向飞下去了。

古时祭天，会积柴焚烧牛羊与玉器、缯帛。在酷刑中，也会把人扣在铜鼎下活活烤死。烈火焚烧仿佛与神圣很近，又与不可遏制的暴怒相关。

被封闭在弩机塔中的人，受不了窒息和炙烤，冒死破开塔门冲出。滚热的松脂兜头泼下，蒙头散开。有人冲进塔身的火焰里，有人被从天而下的火箭点着，有人身上崩着了火星呼地蹿起火苗，还有人被燃烧的同伴引燃。越是奔跑打滚，火越燃越旺，土地中当然是拌上了火油的。谷中皆是惨哭悲号，人是被附带解决的。

高家军此役的目的还在于摧毁弩机塔。虽烧不化，那些精细的部件却承受不住高温被挤压变形，烧不坏，可渗入的松脂也能报废机械轴承。火焰如指天挑衅的长剑，弩机塔在燃烧里不断发出坍塌的爆响。

然而那些火焰离安城太远，雪信看不到。阿满没有留下见证，在汇报里也不会提到。

天色爽亮，旭日还未挂上枝梢，雪信在出城的马背上读这些刚刚送来的塘报。

塘报上写道，高承钧伏击叛军追击部队，火烧了弩机塔。几乎是同时，叛军先锋营在许城的粮仓被烧了。越王闻讯催动本部北上，走到商城附近，遭遇大河的开河凌汛，上游冰水冲溃河堤改走故道，淹死冻伤者不计其数。

俗有“伏汛好抢，凌汛难防”“凌汛决口，河官无罪”之说，那些被刻意炮制积累的民怨，那些使人敬佩又畏惧的攻城重器，遇到凌汛皆成纸糊泥捏的小儿游戏。

雪信闭了闭眼睛，她在谛听中听见过山崩地裂的开河声，宛如天怒。呼救和咒骂被卷挟冲散，大河根本不在乎。

肩头许久没有动静的海东青骤然腾起又被铁链拽住，在它发出短促啼鸣的一瞬，雪信的坐骑被一道绊马索拉倒，一支羽箭擦过她的脸颊，射中身后亲卫的咽喉。余者跳下马来，以自己的躯体为屏障，团团护住雪信和兔子两人。立时又有几人中箭，十名亲卫眨眼间剩了六人。

“活捉穿红袍的女子！”林中有人指挥。偷袭者从山石后显出身形，劲装蒙面，堵上了道路前后两头，人数绝不少于五十。

兔子双手抖抖索索地扯雪信的红战袍，雪信拂开她的手。

兔子的声音也怕得发颤，还是说：“我还看不懂塘报，但我晓得安城还需要公主。红袍给我，我出去。”

“穿红袍的留活口，不穿红袍的死活不论，你是救我还是害我？”雪信塞过来一件小东西，“一会儿我们分两路，我往林子里钻，你拿着我的虎符去山营调人马救我。”她在兔子后脑壳上拍一下，“好了，别多想，跑！”

“跑”字出口，她分开人墙，三名亲卫随她翻身上马。另三人把兔子架上马背，朝另一方向去了。

对方也恐新乐公主与女官交换了衣袍，认准服色去捉反而把人漏了，也将人分作两股分头追逐。凭着对方那稍一犹豫，雪信与兔子相背冲开包围，飞驰而去。

亲卫是河东侯还在时手把手训练过的，逃亡中保持倒“品”字队形，掩护住雪信的后方。偷袭者中有箭术精绝者，快马奔袭中放箭，从后背穿心而过。三名亲卫相继倒毙，而他们的马依旧紧随着雪信的坐骑，队形不乱。前方是千仞壁立的断崖，雪信急勒住马，而身后三匹失去了主人的空马停不下来，直直坠入崖下。

雪信转过身面对追兵，那些人也下了马，四人拉开一张绳网，正弓腰蹑行包抄上来。皆是一个黑布口袋罩头，在眼睛的位置开两个洞，从身形和服色上根本区辨不出两两区别。这是一支精心挑选培训、刻意隐藏身份的队伍。

雪信后退两步：“你们受的命令是活捉，可我若跳下去，你们任务就失败，回去也活不成。”她还有希望，拖上一拖，也许兔子会带来援兵。趁着对手胜券在握，和他们打打交道，也许比审讯活口有用。

包围圈的收缩并没有停止，黑布面罩后的眼神也没有一点点诉说的意愿。

雪信后脚跟探到了危崖的边缘，碎石滚入深涧。她搓搓手：“本来不想跳的，可你们太让我下不来台了。”她转身作势欲跃身而下，一张绳网抛到头顶，收紧。

“我是新乐公主！被抓也不能用网，你们放我出来，我自己会走！”她拔出靴筒里的匕首，咯吱咯吱割网子，她见网绳里掺着好几股乌金丝，难以豁开，干脆放声喊，“绑票啦！救命啦！”

放在过去，打死她也说不出那么无赖的话。如今一己之身所系的东西太多了，将士的归途，田中的青苗，还有一个肥嘟嘟的小流采，她不介意为了活下去没皮没脸一点。

偷袭者们只作没听见，将她拖离绝壁边缘。雪信见他们相互打着手势，似乎在商量接下来的事。

她看见有人从竹管里倒出丸药，从网子空隙里探进手来，她抄匕首朝那两根手指削去，对方又急缩手。局势一时也是狗咬刺猬，对方活逮了她，却不能由着她一路大叫大嚷。要给她灌药，又接近不得。

崖上的风紧了，雪雾弥扬，隐隐有野兽腥膻。蒙面者中有人又做了个手掌下切的手势，隔着绳网，两根手指捏向雪信后脖颈，是要用蛮力令她昏睡了。

雪信团起身体一滚，又伺机踹出一脚，可惜脚背被绳子缠住，没有命中。未及来第二回合，一股白色疾风卷地而来，两个蒙面人被带翻，就势滚下悬崖。

疾风停住，众人眼前摆出攻击姿态的，是一只比寻常老虎大一倍的巨虎。身披顺纹，体侧的皮毛黄如腐烂稻草，肩背覆了厚厚积雪，虎鞍上笔直地坐了个人，手提一杆长枪。

那个人仿佛许久没有动弹过，双眉被雪染成两条白蚕，他双臂抬起长枪，皮铠咯嘣咯嘣地响，冰屑簌簌往往下落。

驺虞果然是不食活物不杀生的仁兽，它只是把人撞翻，再由背上的骑手当胸戳一枪，如一只猫认真地逗弄一把滴溜溜滚的蚕豆。

那股蒙面的绑架者战斗也算顽强，同伴一个又一个轻易地死去了，他们依然组织有度，有人拉远了距离张弓放箭，有人在近处抡动链锤，还有人试图把裹住雪信的绳网拖走。

这是支轻装奇袭的队伍，没有携带有威力的长重兵器，攻击或被长枪格挡，或落在生牛皮甲上不痛不痒。

雪信在网子里叫喊：“留个活口！”

也没人理她。

一大帮人围殴一个，哪怕是兴奋或者恐惧地嚷上一声呢？一个人也不出声，连老虎也只有低沉喉息。更诡异的是那一大帮人终于被一个不剩地干掉了，如点名一般。

白虎上的骑手失去目标后恢复了笔直宽坐的姿态，垂落枪尖，守着一堆尸体中间的绳网，也不知来帮忙。雪信只好自己手刨脚蹬，从网里挣扎出来。她接连检查几具尸体，也没找见能证明身份的物件。

“能不能长点心？你把人都杀了我还怎么问出幕后主谋？”她对虎背上的苍海心抱怨。

“秦王世子幼年坏了耳朵，无法辨声。他所养的死士，除了指挥者，一律割去舌头，只可以手语互通。”身穿红铠的莺子自林中步出，“越王彻底败了，高承钧和小皇上要归来了。可是在有个人的计划里，高承钧和小皇上一出安城就再也不能回来。这个人除了秦王世子，又能是谁？”

雪信掰开地上尸体的嘴，果然空荡荡的，看得出是生前很早就割去，断面愈合完好。她站起，又拂了拂白虎喷溅上血点子的皮毛：“他又是怎么了？不像个人样了。”

莺子说：“是你害了他。他要见到你好好的没事才肯进兵，主人就让楚巫取了他一魂一魄附于鹰身，飞临安城看你。他见了你，一时泄露军机，致兽战兵败，一时阵前变卦，要开仓发粮遣散饥民。主人震怒，又去了他一魂一魄，入主白虎杀神。他失一魂一魄后，不辨苦甜香臭。再失一魂一魄，耳不能闻，目不能见，从此虎耳为他耳，虎目为他目，虎心为他心。”

“越王败了，你的职责不该是把他带回去，让楚巫把魂魄还给他吗？”

“我是要牵着白虎往东南行的，可白虎自往西去，攀坡纵谷，跳涧日履平地。我牵不住他，只能跟着他来。”莺子指着雪信肩头的海东青，“他还有一魂一魄在你手里，是你引他来安城的。”

雪信毫无惭色：“既来了，跟我走吧。忙完我手中的事，我给他治痴呆。”

“害他成了这个样子，你还不放过他！”莺子跨前，横在雪信和白虎之间，“求求你，放过他。”她横眉立目，哪里有求人的意思，不过是反复提醒对方，良心该痛了。

偏偏雪信对卖弄良心的人心肠硬得很：“不肯放过他的，是你的主人。他舍弃了不能舍弃的，妄求不该得到的，已经丧心病狂了。”

莺子对雪信拔出长剑，一个枪尖伸过来拨开了剑身。

枪尖寒彻，莺子握剑的手松开了。

雪信抓住白虎的皮甲缚带：“跟我走吧。”轻轻松松拽着白虎走出了几步，回头对莺子说，“你倒是不必跟着，还缺个人去你的主人跟前传话，告诉他，他的夙愿我也给他办。”

“什么意思！”莺子脸上汗毛悚起。

似在雪信打量苍海心的三两眼里，新的盘算已成形。多年不见，彼此俱是今非昔比，可雪信依旧不把莺子放在眼里，她要直接同华城博弈。

走出一程，回头看，莺子撇着嘴跟上了：“照顾少主是我的责任。没有我，你会把他饿死的。”她不忿的口气，是费了好大心血养熟的宠物找到了更亲的人。

“多谢你把他照顾成这个样子。”雪信凉凉道。

莺子垂了垂头，盯着交错移动的足见：“你不懂怎么照顾失了魂魄的人。要给他喂辟谷丹，要擦手洗脸，还要给他修指甲刮胡子。”

“他煽动哗变的消息，也是你传给你的主人，取他魂魄的命令，也是你交给楚巫的。”雪信说的话一针见血。

“我的职责不仅是照顾他，扶持他，还有监视他，惩罚他！你阴阳怪气什么，在二十年前的计划里，这些事是由你做的。你不听话，搅局搅了个天翻地覆，只好由我替补。”

回想当初的安排，曲尘入宫，雪信在苍海心身旁，里外应和为苍海心铺路。可惜她们都不服，着急地以为自己有了摆脱华城控制的能力了。但她们也不是一无是处，至少逼得华城一而再再而三地启用备选计划，甚至修改计划。

“你也可以选择不做这个替补的。”

“我不去做替补，还会有别人。你是侯爵将军的女儿，你得到了力量摆脱控制。而我呢？罪臣之女，这副身躯也是称斤卖的。我不要什么自由，我要做改朝换代的功臣。新一朝天子，新的秩序，功勋会抹消底子里的耻辱。”

“说得倒也坦诚，倒也有几分志气。”

“你我本没什么仇怨，也不为一个男人争风吃醋。我只是不服气罢了。”

雪信慨叹：“本没什么仇怨，只是选择了不同的秩序。可你要为新秩序建立功勋，会死很多人，不如你来我这里。刑天触柱，女娲补天。你一样可以有作为，我们的天子会承认你的功勋，赐你荣耀。”

“你大概不知道，新乐公主的名声不太好。说你荒淫靡费，天下之乱，由你而始，苍海心与高承钧对阵，是挟私报复。你不得人心，打赌下注我也不敢投你这一边。”

雪信咧嘴苦笑。安城里，亲近她的人不会做此想，畏惧她的人不会如此直言，在谛听中她倒是听了满耳朵。却想不到安城之外的天下，都是这种论调。

“越王败了，你的老东家受挫，也得有好几年才恢复得了元气。”雪信也不再客气。

莺子不出声了，不是每一来言都有去语的。

“白虎日行千里，你没有坐骑，怎么追赶得上他的？”雪信问道。

提到此节，莺子双眉又扬起了：“马匹登山不便，我便弃了马，登上虎背，抓着他的衣甲。过了峡谷，脱出了磁石影响，捡了兵刃，到了此地。”她不希望有私情的，但也掩饰不住她的得意。

“你在路上看到了什么？”雪信停下，白虎随着她止住脚步。

“出了古道谷口，平叛的军队起了内讧，打着诸王旗号的队伍围攻高家军。”

“天子安否？”雪信问。

“乌泱乌泱的人，谁认得哪个是天子。”

“胜负如何？”

“还没看出名堂，白虎一掠就过去了。不过高承钧够呛，诸王联军的兵力数倍于高家军。前有诸王合兵，后有弩机塔残阵障路。”

雪信略一思忖，对莺子道：“你上虎背。”

莺子原地不动，她以为自己听错了。

雪信又补充：“散步结束了。”她吹口哨招来跑散的坐骑，翻身上马。

白虎爆发出低吼，摆出迎敌姿态，令莺子伤心。但她旋即发现，令白虎的不安不是她，是林中由远及近的另一支队伍。雪信确认来者身份后，将手掌按在白虎鼻子上，白虎顺势趴伏在地。

兔子那一路的运气比雪信好。没跑出多远就遇到半路杀出的援兵。

本该老实待在屯田营的樊赛虎，得了猴子的批准，一早入山采猎。三十来人，一顿箭矢弹丸，专打马腿，帮兔子一行摆脱了追击。兔子拿着虎符从山营调来兵将往回赶，从突围处开始向西搜索，不多时与雪信三人一虎相遇。

雪信命军士打扫崖头的尸体，又要折转回安城。众人都说安城已不是安住之所，还是留在重兵屯守的山营妥当。雪信不肯示弱，布置了斥候相隔一个时辰依次出发刺探战场动向，而后新到的两百人援兵摆布出严密防御阵型，护卫雪信和苍海心入城。

雪信先去公主府接出了流采，而后回药园增兵部防。

在一杆旗号下听令的军士，也因亲疏远近分派别。

河东侯在时，苍海心曾做过一阵军中长史兼伙夫营营长。相隔也还不到半年，部署在药园分营的军士是周都尉手下，看着河东侯那一层关系，他们苍海心与相熟。有些从高承钧第一次回安城起，就在公主府帮着苍海心与高承钧干架，还有些在高承钧第二次回安城时，是第一批赶到公主府处置了河东侯尸体的。

他们听闻苍海心反了，先是不信，后是不在乎，还替苍海心找苦衷。他们已经不在乎这个破朝廷，恨不得高承钧被苍海心打死。

山营中的大部分人还是继承了河东侯的意志的，他们认同河东侯的这个表侄为正统，但他们也认为河东军需要置身事外，令高承钧与苍海心两败俱伤。还有一小部分，站到安城命运的高度，认为高承钧孤掌难鸣，河东军应先放下私怨帮助高家军。

这一小部分人，雪信将之编入辎重部队。而安置苍海心的最好地方还是药园。

“他是投降来的。”雪信急切之下随口扯了个谎，他们甚至不会提出“为何不在阵前投降”的问题。苍海心不降高承钧，降在公主马前，他们觉得天经地义。

一人一虎以最初出现的姿态站立在营帐中，如磐石不动，宛然是一个整体。雪信打了盆热水，擦洗虎毛和人铠上的雪水和血渍。血干结在绒毛上，指甲一抠拽下一撮。

雪信禁不住回想起前一年，见到太上皇替入梦的锦书师娘擦脸拭手，润物细无声。她还暗暗思量过，若有一日她倒下了，她混不混得上锦书师娘的待遇？

也许苍海心是能温柔照顾她的吧？她那时差一点就依赖上了他的照顾。

今日情境倒置，是还人情的机会。

雪信站在凳子上，手执剃刀比画三四下，叹了口气扔了，召莺子入帐：“你手熟，还是你来。”

莺子惨叫：“你怎么把他下巴割出血了！”她心疼得像自己的娃娃被别人玩坏了。

“我连红薯皮也不会削，给人刮胡子也是头一遭。”雪信有些不自在。

莺子重重剜了雪信一眼，捡起剃刀，重新以热水烫过，喷了酒，架势稳当宛如是屠夫给死猪褪毛，或是刽子手行刑。她手执利刃，而对方毫无还手之力。她又在背囊里摸出一个粗竹筒，倒出些药丸子，喂进苍海心口中，又向雪信说：“辟谷丹不多了，既然你揽下了照顾他的活儿，就想法子弄材料再做一些。”

雪信哂笑：“什么辟谷丹，不过是肉干和松子芝麻核桃磨粉捏的。不要他冲锋陷阵，灌些汤水就好。再不行，抓一把瓜子嗑一天管够。”

园外守军头领来报：“秦王世子带禁军围住药园，要公主放弃抵抗，出园投降。”

雪信回答：“知道了。”她从容地洗掉脸上的尘泥，涂了面脂，刷了死白死白的宫粉。再一换袍衫，周身的狼狈气息荡然无存。

营门前那突施暗算的一箭，表明苍朝雨初时还不把高承钧的两万高家军放在眼里，除掉雪信，可以动摇高承钧的心志，让高家军有去无回，兼能白捡河东军，占稳安城。

苍朝雨派出死士做绑票勾当时就没多少把握了，他需要准备好人质，要挟在前线失控的高承钧。苍朝雨向来暗中谋局，一旦他跳到明面，定然是握着吊民伐罪的把柄了。

他向雪信说：“有人看见叛军先锋苍海心投入河东军营中，请公主把逆贼交出。”

“越军大败，苍海心投诚。河东军将士日夜为前线运送粮草，这场胜仗也有河东军的一份功劳，替天子受降也受得。禁军以守城为要务，不参与平叛战事，等打胜了突然来插一手，未免不妥。”雪信词锋也不饶人，碍着面子没说出“想抢功吗？”

苍朝雨还是诚挚且大义凛然道：“阵前不降，却潜入安城，恐公主因旧情私交误了国事，还是交给朝雨，可安人心。”

“这算哪门子的潜入，他可是在青天白日，重兵押送，从长乐门走进来的。他专程来告诉我，高承钧凭自己的两万人打赢了越王二十万叛军，却被诸王联军八万人围攻，要我发兵接天子回安城。”雪信真真假假地说。

“河东军明着不参与战事，实则穴地行军烧了叛军许城粮仓的是河东军。提前融化大河水凝筑冰坝，又决坝放水使大河改道冲散越王本部的，是玄河带领的河东军另一支人马。高家军与河东军，一明一暗，本是夫妻一家。今高承钧半路杀了天子，公主又放苍海心入城，天下明眼之人，如何看不穿你们的阴谋！”

苍朝雨把假话掺在真话里说，骇人听闻的揣测被他言之凿凿。

“河东军暗中助战，烧粮决堤，事成身退，旗帜不见于战场，名号不表于功薄。倒是世子置身安城还能道出隐秘，却是奇怪。紧接着前线混战，还没出结果，世子就大喊天子被杀，急着构陷打了胜仗的功臣，那简直是可怕了！当治乱军惑军之罪！”雪信高声说，“还请世子少安毋躁，你我一同等消息！军情未明前，世子轻动，即是先挑起安城第三次兵乱，否则别怪我不客气。”

言毕，也不等苍朝雨表态，雪信转头入营。

营帐里，莺子还在打理苍海心与白虎的仪容，像个勤恳又有洁癖的婢女，小心地打理主人的貂毛大氅。按照她的流程，苍海心和白虎是拆开清理的，她把苍海心扶下虎背，用她的脚撇住苍海心的脚，把他归置成挺立的站姿，卸去皮铠，解去袍衫，以热水擦身，在擦拭里找到每一处伤口就敷药包扎，边涂抹香脂边拍打按摩肢体，以免久不动作血流不畅，影响作战。

她给苍海心整理好袍衫，任他站着，又去给皮铠擦油。鼓捣完了人的一堆，又把白虎的护具卸下，梳理毛发。她看来也像在古彩戏法班子里打杂的小工，熟门熟路地拆洗保养箱中道具。

“公主看明白了吗？”莺子对雪信说，“要不要我条条款款写下来，免得错漏？”

“我为什么要明白？”雪信实则已被吓住了，保养一个失了魂魄的人，要那么麻烦吗？当初看太上皇照料锦书师娘，云淡风轻，窗前月明的。

“倘使我们赢下古道之战，入主安城，少主人的魂魄也会很快复位。可我们败了，不知他会一动不动地站多久，不知公主这一隅的安稳能持续多久。我也不知自己能照料他多久，我只是个替补，希望来替补我的人，做得不要比我差。”

莺子所虑的除了苍海心的前路，还有她自己的前路。她预料雪信会把她与苍海心隔开，便以退为进，向雪信陈明自己的重要。

雪信说：“你做得很好。我找另一个人来做，未必有你用心。苍海心在我营中，我会庇护他。我倒了，他也活不了。你只管把心用在他身上，别打别的主意，听明白了没有？”她给了嘉奖，也给了警告。

太上皇能放弃所拥有的天下，带锦书离开是非之地。苍海心可以不管不顾他的身份和安排给他的使命，甘心做个厨子伺候她汤药饮食。雪信却没办法在明争暗斗到了胶着时逃跑，仅仅保护一人苟安。

“你有把握恢复少主人的神智？”莺子追问，“这不是你门中法术，施法的是楚地巫觋。”

“我门中的学问多了去，门人只能择其中一两样修习罢了。华城有赚去天下一半财富的百器工坊，有精巧绝伦的木甲机关，在棋盘上钻研行军打仗，却把法术视作虚妄末技，不屑专精。到有用时，才不得不与外人异术合作。安城则擅推演预言和纵神弄魄。苍海心之症恰好是安城门人之所长，能不能治好，还须国师回来看过。”

莺子低头，断了好几根齿的竹篦子在白虎毛发间嘶嘶地穿过。半晌她说：“白虎也需进食，死去的敌兵就行。”

雪信走后，从断崖上拖回来的两具偷袭者的尸体被抬入营帐。莺子用刀刃割开他们的衣物，也退出帐去。守在帐外的兵士们听见骨头在巨大的牙齿间碎裂，听见舌头刮舔地上肉渣的声音。过后他们进去收担架，土面干干净净的。

他们去复命，雪信命他们把余下的偷袭者尸体埋入雪中冻上。

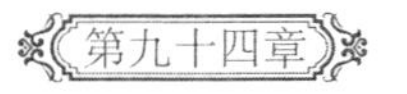

第九十四章 方寸罗网艾如张

子夜，雪信进入沉香山子，独自在里头停留至日出。

当日遇袭后，她坚持返回安城，除了流采，她不肯放弃的就是药园里的法台了。日常塘报中断，斥候一夜间回不来，没有比谛听术更快更准确的消息渠道。但她逾越自己的极限，晕厥复醒，醒了再听至晕厥，没有找到阿满的汇报。

日出后，山营传信，北衙禁军夜间调动，河东军亦做出反应，阻拦禁军东进。斥候放回的信鸽也一轮轮地到了，说诸王世子不赞同高承钧在古道的逃亡，对天子发起兵谏，天子崩于多路人马的混战，然后高家军与诸王联军相互指责对方是弑君的叛逆。

后来的消息修正说，于乱军中被杀的只是穿了天子衣裳、身形相仿的亲卫，真正的天子不知所踪。诸王世子转了口风，指责高承钧藏匿天子别有居心，恐天子早被暗害。

高承钧退进古道，在狭长的地形里以弩机塔废墟为屏障，联军人多势众也不得施展，但联军断绝了高家军回家的唯一通路，逼高承钧交出天子，活要见人，死要见尸。

天子去哪里了？为什么阿满不说话？雪信也在心里问。可她喜怒不能形于色，挥挥手，令再探消息。

如此焦灼地过了三日，传回的消息是高家军开始煮食皮甲。而联军派出的催粮官遇见了河东军斥候，被砍杀扔下山涧。断粮亦是在杀人，不费一兵一卒。古道里两支军队也力竭了，接下来能左右战局的是安城的变数。

药园守军来报："秦王世子来使求见。"

使者通身裹在黑斗篷里，有意遮掩面容。她才进帐篷，雪信在座位上扶住额头叹了口气："我送你离开是成全你我姐妹情分，这里的浑水你搅不得。"

摘下斗篷的赫然是曲尘："公主是保护我还是看轻我？浑水公主搅得，我沾不得？"

"你是怎么来到这里的？"雪信问。

"我已在去往南诏的路上，世子又把我追回来。"曲尘显出倨傲神色，"你错了。这一局里少不了我。"

一个不应出现的人走到了局心。

雪信屏退了左右。

曲尘说："此是安城生死存亡之刻，亦是公主的生死存亡之刻。"

雪信有那么一瞬，想把曲尘的帽兜推上，就当作没见过。

曲尘带着施恩救命的神色：“高承钧是洗不脱犯上作乱的罪名的，河东军不与高承钧解绑，下一个被共讨合诛的就是公主。我带来一招活棋，可使公主脱困。”

雪信自袖口牵牵扯扯掏出一个挂坠，天青丝穗的白玉连环，放在案上推了过去：“你有琉璃心肝，识珠慧眼，不认命，可总是输，也许不是运气不好，是脑子不好。”

“不要打断我！”曲尘向那白玉连环瞟去一眼，用手掌压住把它拨拉开，“小皇上驾崩了。”

“没驾崩。”

“失其踪迹于乱军，就是死了，尸体或为野兽吞噬，或狼藉难辨，再也找不到了。再说天子丧于兵乱，消息一发，朝廷一认，史官一写，在王朝的史籍上他死了，在人情上他还活着，也不重要了。”

“我不承认。”

“高承钧也不承认，他明天就会死。”

“他死不了那么快。”

“高承钧拖不了几天，他不死也要死！”曲尘神色似有些癫狂，“接下来就会肃清他的党羽，株连他的亲友。”

“我与高承钧彼此都是杀亲血仇。”

“不要反驳我！你阻挡大势所趋，你就是高承钧的同党，不，你是指使他的人！”曲尘用她从未有过的狂热、自信面对雪信，“方才我告诉你的，是不站过来会招致何种灾厄。我再告诉你，你和我们站在一边，会有什么好处。”

她停了下，缓了口气，改为郑重：“小皇上死了，皇位换个人坐，恰好在安城里有一名众望所归的世子，他是太上皇养大，得了太上皇的亲传，辅政多年。太医署为太上皇试制的新药，太医令先试服，由秦王世子监督，而后由秦王世子试服无恙后，进献给太上皇。把守试药的最后一关，本是太子的职责，小皇上在做太子时却没有试过一次药，皆由秦王世子代行孝义，也足见太上皇对世子信任。”

“我听着怎么更像不信任呢？”雪信又不冷不热地打乱对方的步调。

曲尘忍住气，因为下面讲出的话，是此行地最大目的：“天下需要一个新的天子，秦王世子堪当大任。新天子需要一个新的皇后，我作为新乐公主的妹妹，亦是新天子的皇后，我可以让你们两人的利益成为一家人的利益。你同意，我就是皇后，而你可以继续做镇国长公主。”

“我得想想。”雪信神色镇定，“就是把自己卖了，卖给谁，卖什么价，也得合计合计吧。”

“只给你一晚上。你不同意，明天，北衙禁军就会先攻破药园，再对河东军大部人马开战。”曲尘套上斗篷风帽。

“我问一句。你回来了，沈越青在哪里？”

“我让他为我效力，他拒绝了。我想杀他，他跑了。看在相识一场，我放他一次。”

曲尘蒙起脸出帐篷去了，营帐前小小骚动，未及亲卫禀告，帐帘缝隙里挤进了崔露华。她突然从软禁她的小帐篷里跑出来，看守追进雪信大帐，跪在地上请罪。

“我来做个说客。”崔露华扒住雪信的帅案，“要么踩着高承钧的尸骨再登一步，要么一脚踏空粉身碎骨。”

雪信单独留下崔露华：“你为谁做说客？秦王世子的说客，我刚刚送走一位，你们到底有没有商量好？”

“我看见曲娘子出药园了。”崔露华鄙夷道，“在公主面前代理秦王世子的利益，在世子面前又代理公主的利益。她什么都没有，什么都不想出。不如公主遣那个洗衣婢去，听说她愿意为公主豁出命去，她还老实些。”她看不上兔子，自从知晓其是苍海心府中浣女出身，就“洗衣婢，洗衣婢”地称她。

“你身在药园不自由，但看来知道的事也不少。”雪信觑了她一眼。

“药园里人人传诵，说她是义婢，我躲不过，听了满耳朵。公主要在没家世背景的人里选，当然要选个听话的。没家世的，急赤白赖，瞪眼叼肉，除了一条性命也无可贡献。只有与门阀世家合作，才会有回报。”崔露华说。

“原来你是自荐。”

崔露华正色：“你找不到比我好的人选。皇后该是我的。”

“若越王没有败，苍海心打散高承钧和诸王联军，兵临城下，露娘子会不会对我说出相同一番话？”

“谁主天下，都是用得着崔家的，打仗打来的天下尤是。天子无所谓是谁，皇后该是我。我讲的道理对不对？”崔露华面露得色。

“不管谁主天下，崔家都没帮上什么忙吧？打仗时躲灾畏祸，见是便宜就逐腥而至。曲娘子也不是一无所有的，她有个儿子呢。露娘子有什么？那也是曲尘玩剩下的。”雪信把玩着白玉连环，“没有世家背景？新君上位，也该有些新的家族崛起，旧的就让他没落吧。崔家有风光的过去，曲尘有荣耀的未来。”

“公主是要扶持曲尘做皇后了？可她恨你啊！”崔露华急了。

“曲尘什么也没有，她恨我，只能默默恨我。可露娘子做了皇后定会翻脸。”

“我以崔家的名誉起誓……”

“别忙着起誓，我还没决定拥立谁呢。”雪信敲着额头。

崔露华才察觉自己被戏耍，顿时勃然大怒：“你以为你能决定谁来做天子？你算老几？”她转身就走，出了帐门，被看守架起。

崔露华与看守争吵：“里头那个公主，眼看朝不保夕，忠心的陪死，掉头的得活。你们别拽我，我自己会走！”

雪信登上高台，北衙禁军鳞甲熠熠，药园是金光湖泊中心的一粒礁石，涨潮时，礁石随随便便就会被淹没。

她抱着个匣子走进安置苍海心的营帐，白虎趴卧在几卷隔潮油毡上，脸埋进双爪睡得像只大猫，苍海心躺在一张行军榻上，被摆得直挺挺的，与死人没什么区别，体温也远低于常人。

雪信肩头的海东青叽咕了两声，躺在榻旁地垫上的莺子弹坐而起，剑已出鞘了一半。

“公主可是要把少主人交给秦王世子？”莺子紧张道，其实她准备好了被出卖。

雪信说：“你先出去。”

“公主是要把少主的头颅装进匣子献给秦王世子换得苟活？”莺子反而后退，双臂抬起，好似要将苍海心护在羽翼下。

“想什么呢？你出去。”雪信不悦地皱了皱眉，“伙房营还有热饭，去吃一口。”

莺子无法，只能收好剑，不放心地走了。

匣子里是二十八盏牛油和香料碎屑炮制的小灯，雪信一一点燃，围绕行军榻摆了一圈。然后在苍海心身旁躺下，一瞬间，她似跌进一片深水里，瞪目漆黑，侧耳绝寂，摸不到边界的寒冷，身体没有重量地悬浮。

这是苍海心失去两魂两魄后的梦境。没有景色没有声音，像一卷涂黑了的画，还剩下微微一丝触觉，感知冷暖。

梦境之外，雪信翻身到苍海心身前，掌心相贴。

在梦境中，她找到了苍海心，双手还是在无法穿透的黑暗里划动，像是夜里醒来，对着一面黑茧纸屏，无来由地觉得屏风后躲着个人。明明没有看见，也没有听见，却因为疑心，好似在屏上描摹出了那人的姿态。

梦境之外，雪信把额头抵上了苍海心的额头。梦境之内，一些话语传递了过来，不经由耳朵就流进心坎里，好似突然冒出的情绪和念头。

苍海心在念头里说：“我又失约了。她会不会生气？”

“你总在我期待你的时候失约，又在我不抱希望时冒出来。”雪信用心念传递这句话。

“我还能为你做什么？”她觉得苍海心是这样迫不及待地问。

“保护我。”雪信对深邃的黑暗探出双臂，黑暗里伸过来一双黑暗凝聚成的手，握住她。然后黑暗聚出了臂膀，一个人的轮廓，与她相拥。

雪信说：“对不住，我还不能让你活过来。”

苍海心的回答瞬间直抵她的想法里：“没有对不住，这样更好。”拥抱唯恐有缝隙，黑暗的躯体抽出粘腻的丝线，把雪信缠绕成黑暗的茧子。

二十八盏油灯烧尽了，天边微熹，莺子钻进帐篷，她看见两人相拥着，头肩相藉，腿股交叠，恨不得两具身体拼合成一具身体。她刚要退出去，雪信抬起头，叫住她：“给你的少主人穿上盔甲。”

曲尘又来了，守军头目说：“公主不接受世子的提议，请回。”

“不撞南墙不回头。和和气气地劝不听，就只有打服了，再来讲道理。”曲尘对着园门没好气道。

北衙禁军的力量足以踏平安城，而河东军的人马被分为屯田营和山营，没有统一指挥，又远远相隔，无法突围救援，故而苍朝雨并不把区区一个药园放在眼中，只点了三百人。

药园守军摆好迎接冲击的姿态，却又主动将路障打开一道口子：“慢慢走，不要急，都进得去。”

守军头领吆喝着，活似个赈济绵衣粥粮的员外，或者看着肥猪拱到槽前的老农。

三百人冲入药园，路障合拢。人们在外头隐隐听见马嘶人喊，渐渐平息。不消一个时辰，药园重又打开，驻守园中的军士鱼贯而出，两两抬着麻包甩在门前空场，专有人喊了一嗓子：“收拾得起来的都收拾了，就这么多了！”

禁军上前检视，麻包中尽是焦黑尸骨，烧得酥烂，一碰就稀碎，因而河东军也不是按一人一袋收拾的，只是用铁耙子勾出灰烬里未烧完的部分，将每个麻包填塞涨鼓。

玄河在药园中设置的不仅仅是引动地脉灵气的风水阵，亦是保护法台的杀阵。

禁军把三百人残留的部分带了下去，又有三百人的冲锋队编组完成。苍朝雨取了自己府库中的火浣布，制成御火袍分发给入阵者。

药园这边，守军头目还是慈眉善目地劝说来敌：“不要争，不要乱。”

过了小半日，三百人又给送了出来，这回清清楚楚是三百个火浣布打成的包袱，兜着松软的粉灰，余热未尽。一个包袱给打开时，飞出颗青白火星沾到禁军军士，众目睽睽下，火星子引着了那人，眨眼火焰扩蔓至全身。那人惨呼狂奔，倒地打滚，火兀自不灭，又烧了许久才把他烧透。

禁军打扫干净阵前空地，在药园门前埋锅做饭，谷物和羊肉的香气飘进药园。从园中投出石块，砸翻了一个铁锅。禁军不慌不忙地扶起锅架到火上继续煮，然后高声向园中发出邀约。回应他们的是咒骂和又一轮石块。

药园吃粮依赖山营输送，苍朝雨四面合围后，药园即便还未绝粮，雪信也下达了缩减每餐配给的命令。驻园军士们腹中三成是食物，七成是愤气。

第三支破阵队在日落之后走进药园。

“毋惊毋怪。秦王世子已查明，阵中栽植明光千蕊菊，此种花以赤焰毒液抵御天敌啃噬，所有啃噬过花瓣的虫蚁见日光即燃。园中又专养金背瓢虫，御敌时放出食花，旋成火星弥散，沾中的活物亦燃。火星细小，轻易近身，钻衣入怀，或飞入口鼻，防不胜防。可只要到了夜里，不见日光，此阵就发动不得。”队长高举火把，向他带的人解释。

有人问：“那园中人为何不被瓢虫所烧？”

队长说：“园中又养专门为明光千蕊菊授粉的铁头蜂，将蜂蜜沾在衣上，可引来铁头蜂驱逐金背瓢虫。”

前方花田寂寂，幽光闪动如星河倒映。

队长说：“火光不会引燃瓢虫，但会吸引虫群。熄灭火把，不要惊动它们，我们快速通过。”

细看，是无数瓢虫停在花瓣背面，虫身发出碎冰碴子般的冷光，其光是持续稳定的，花冠莹亮浮在黑夜里摇曳，似在闪动。破阵队从花田间的小径穿过，瓢虫对他们不感兴趣，相安无事。

有人说：“可惜了前面两拨人，如果不是世子心急破阵，他们日落后夜袭，也就不会死了。”

又有人说：“第一拨人还是从外头向里烧，第二拨人被瓢虫钻进衣缝与口鼻，又包在火浣布里，活活是把人投在窑里，没有世子的火浣布，也许还能剩下几块骨头。”他们闯过火虫阵太容易了，以至于为前面袍泽的牺牲不值，甚至质疑起秦王世子的指挥。

队长低喝：“都住口。没有前两拨人的探路献身，世子如何会识破敌人阵法里的歪门邪道？”

可是大部分人还是不以为然。围上十天半个月，把药园里的人饿没了脾气，纵然不降也容易打。

就是要打，北衙禁军面对的也不是高墙坚垒，一人抛一抔土，也足够把园外河渠填成土坡，一人发一支火箭也够烧光园中每一寸土地。攻打药园居然覆没了两支小队，那是主帅的耻辱，也令最低级的兵卒们感到自己性命的廉价。

走完花田，破阵队众人耳畔听见水声，他们打起火把，照出前方河塘。塘上漂浮着叶可载人的睡莲，睡莲间有一条九曲蜿蜒的栈桥。

队长说：“在白天闯过火虫阵，侥幸还没死的，见眼前的水一定会一头跳下去。大家一定须提防这专为灭火准备的水。”

行军姿态调整为一列纵队，踏上栈桥，人与人之间留出一臂之距，以防突遭袭击时，不及调头闪避，人员推挤落水。队形狭长疏松，走在队首的人在栈桥尽头找到了一条小船，而队尾还有几十人未登上桥板。

水波鼓荡，睡莲也好像被火光和喧闹吵醒，花香骤然浓馥。有人用火把照脚下，喊了起来。他们发现方才靠近水岸的大片睡莲，不知何时移动了位置，一朵挨着一朵贴到了栈桥下。

睡莲大如神佛脚下的莲座，花瓣厚绒绒如少女怀春的脸庞，蕊芯平坦，浸在丰沛的粘蜜中。它像豪宴上的一道甜汤，装在精心点缀的酒海中，由清丽可人的婢女推到堂上。蜜香挑动的不只有饥肠，还有不顾一切，想要一亲芳泽的幻想。

队伍中有人禁不住俯身用手指头蘸取一些尝了尝：“甜的！”

那人嘟囔了一声，似得到了莫大慰藉，然而还不够，他整个人投入花中，一丝声响也无，睡莲抱着他沉入水中，水面漾起个小漩儿，除了他身后的人，谁也没看清这个人是怎么消失的。

“他跳下去了。”后面的人汇报，而后看准旁边的一朵睡莲也一头栽下。

鲜少有心志坚定抵抗得住花蜜诱惑的，栈桥上的军士争着跃入塘水，唯恐落了后抢不到睡莲。一旦跳下去，就再不见他们从水面冒头。

栈桥边的花朵渐稀了，原本在漂浮在塘心的那片花神不知鬼不觉地靠了上来。这些花好似吃水深的采菱木盆，近到火光照见处，花心累累白骨显露。载有凌乱残骨的花香气稍逊，桥上剩下的人才醒了醒神，意识到此危险诡谲之境。

队长下令投火焚烧，火把落在花上，粉润润的重瓣立时焦萎，火与水相接的瞬间，人们看见水底下鱼群散开。

他们想明白了，湖塘中驯养了无数食肉鱼，鱼无法上岸吃人，就用脑袋顶着齐力推动睡莲，以蜜香引人投水，鱼啄噬活人血肉，睡莲抱着死人残骨吸取养分。鱼和花在水中达成了默契。

“快渡水！”队长下令。

栈桥尽头的小舟站上六个人就翻了。

“你带小股人出阵，将此处机关报与世子。”队长向留在岸边的队副下令，而后他领着桥上军士泅渡。

在他的计划里，在水中损失三分之一的人，活下来的登岸探路，是可以接受的结果。但他低估了鱼群的数量和胃口。

队副眺望远处黑黝黝的水面，许久不见装在防水皮套里的备用火把亮起。他回到禁军营中面见秦王世子，世子中军营前，第四支破阵队在静默中等来了出发的命令。

他们带上皮筏入园，通过莲塘阵。筏子搁浅在湖塘对岸。没料到是片淤泥滩涂，那完全是种荷花的塘底泥，软烂黑臭，前面的人走了十步，陷没至腰，拔不出腿来。

这一队的指挥者下令脱掉盔甲减轻负重，筏子两只配成一组，每组乘员先全部登上前筏，合力搬举后筏到前方，如此循环往复，以旱地行舟之法摆脱了沼泽。

破解了连环阵中的两阵，行到古树林，耗费了大半夜。巨树伞盖在头顶相接，见不着天光，但想必是邻近天亮了，树根攫取的水化成水汽钻出泥土，云雾氤氲，不多时 众人发服尽湿，水珠汇流淌下刀刃。

这一队的队长说："观前面凶险，我猜林中也蓄养了什么毒虫猛兽，都打起精神来。"

他不说还好，一说"打起精神"，倒是提醒了手下。一两个人打起哈欠，眨眼传染了一整队。有人暗中放慢脚步，把身后人让过去。

行军中溜号的小伎俩是"你们先走，我解个手再追上"，但坐下的人倚着树身睡了过去，直到队伍从他面前走完，也没睁开眼睛。

园外是正月初春，冰雪封冻未消，院中却已是春风沉醉。好温暖啊，好安静，哪里有什么野兽。枝头的鸟叫了几声，又睡去了。

队长再回头，发现队伍没有遭遇任何攻击却在减员，丢了三成的人。又走出一段，失踪了的人回到视野里，就在前方，每相隔三五株，就有一人坐着或站着，垂目不动。过去试探鼻息，平稳深长。

"歇歇，缓过乏就走。"那些人含糊打发同伴。舌头也是放松的，故而口齿不清。更有些人挨了踹也不愿回应。

连队长也有些抵御不住凌晨的瞌睡。他想到了，杀机是迷林雾霭，林子的排布引他们转圈，毒瘴教唆他们放弃抵抗。

可是又懒洋洋地想，那又怎么样呢？为什么不先睡他一觉？他明知睡下去就成了刀俎上的鱼肉，可要叫人抵抗睡意，还不如给人剁上一刀解脱。

人可以抵御凶残严苛，却抵御不了疲惫柔软。

队长拔出短刀刺入大腿，居然毫无痛感。他令还醒着的人蒙上口鼻，在自己身上制造伤口，以不断折磨躯体的方式保持清醒。

他们以睡去的同伴为路标，一旦看见，就张开虎口，食指指向睡去的人，拇指所指是他们骤转的方向，拐了几个弯，见到了林子的边缘。

队长向伸手可及的光亮处飞奔，忽然他觉得自己轻快了，离地高飞，旋即落下，撞向地面。视野里天翻地覆，他滚了一路，最后他终于停下了。

天光洒入林间，点点寒光刺入眼里，一张金刚刀丝网障住来路，所有跑向迷踪林出口的人都是自己撞向那刀丝网的。

可是为什么不疼呢？是瘴气，昏聩神智，麻痹知觉，即便把自己切碎了，也还是不疼。

太好了，可以不用强撑了。队长快意地长舒一口气。

一昼夜，药园细细咀嚼了四支队伍千余人的性命，吐出了点残渣。秦王世子苍朝雨接到斥候报告，河东军的山营空了。在北衙禁军调动了全副注意力，细细啃咬安城药园的同时，河东军五万人开拔，投入了崤函古道的战场。

苍朝雨只有孤注一掷，向药园中派出更多队伍。药园守军半是抱怨，半是炫耀，一车车地向外倾倒禁军残躯的身体。

玄河率河东军击溃诸王联军与高承钧会师的消息还是传了过来。药园的守军也变了副面孔，把禁军破阵队挡在工事之前。

兔子手捧透山剑进入禁军营中传达雪信的意志，也没有半点铺垫：“公主邀秦王世子过营和谈。”

苍朝雨还真随着兔子去了。

雪信出园迎接，入中军营帐，设酒宴款待。案台上，没有肉，只有几个白面馒头，还有酒。

“高家军受困古道时不和，联军溃散后却要谈，是何道理？”苍朝雨直言问道。

“道理世子也懂。前几天谈的不是和，是归顺。手中有了筹码，才讲得上价钱。”雪信不急不缓。

“窃以为，追回曲尘，先展现了十分诚意。委托她传达我的意思，也是开足了价码。”

“世子遣曲尘来，无非是晓之以理，动之以利。如今天子生不见人，死不见尸，太心急，则在义字上会有亏缺。”

“我闻公主在药园设下谛听术，天子流落何处，是生是死，何不侦知？”

“谛听术是秘密，世子的消息好是灵通。”

“以禁军的兵力，掘断地脉，毁阵破园绰绰有余。只用小股人马入园破阵，恰是爱惜药园阵局，宁可损兵折将也要留下谛听术，探得陛下所在。”

“世子这话怎么说？曲尘来时，可一嘴儿也没提世子对天子的关切，”雪信笑了，“她满心是做皇后呢。”

两人轻易就把矛盾冲突归罪于曲尘的私心和不会说话。

“为天下苍生计，朝殿必须有个人主持。天子幸存，则朝雨率群臣恭迎天子还朝。若新君夭折，我们也当选出合适的人继承大统。”苍朝雨说，“太上皇即是公主祖母顺华公主力排众议扶上宝座。河东侯一系三世受圣眷，朝中不乏人在观望公主的选择。”

“我何尝不想闹个清楚明白。可战场混乱，我功力浅薄，听不出端倪。”雪信叹息。

“公主体弱身怯，扛不住谛听术的消磨，也是情理之中。我为太上皇堂侄兼首徒，自幼为师父试药。师父临去，又留下嘱托，照管堂弟是我毕生责任。公主搜寻不到的，或许我能听见。”

雪信又摇头叹息：“三天前，运转谛听术必须焚烧的香料耗尽，遂改用木炭，勉强可维持园中草木生长。”

“公主可记得，当年斗香会，我买下了全城的香料。斗香会后，徒占库房，不想用在今日。”

苍朝雨索要纸笔，写了道手令，命随行侍卫送出。

半日间，香料源源不绝地运入药园，堆积若薪山。那是幅奇景，被禁军重兵围困的中心，河东军军士一铲铲填入火道，香岚妙曼升舞，沉香山子笼罩薄纱轻雾中。

雪信命人撤了残席，端上茶炉。她在碗中刷动蔓青茶粉，说：“还请世子稍安，谛听阵须候子夜发动。”

苍朝雨缓缓说道：“公主正在做的，令我想起一个人。我已喝了太多茶，不想再喝了。”

“碗转曲尘花。”雪信把茶碗递过去，“世子不喜欢这个人，为何不放过她？”

“浅笑嫣然的佳人成了愁眉苦脸的债主，谁也不会喜欢。但我找到了个法子，能遂了她的愿，还了我的债，还能与公主共成大事。”

“成就大事，定会令每个人得偿所愿的同时吃点亏。”雪信点点头，遂问道，“那我能得到什么？”

“曲尘会以太子生母的身份，掌皇后印。”

“曲尘是契约的保证，她并不能代表我的利益。我要世子的许诺。不管犯下什么样的罪，今后入我府宅军营者，即得我的庇护，刑部、大理寺、御史台，哪一个也不得来追究。”

苍朝雨略一思忖：“那个人一辈子不踏出公主的地盘，且就容他苟且偷生。那人踏出公主府宅军营一步，刑律即至，不延半刻。”

“好。”雪信用自己手中的碗碰了苍朝雨的碗，一口气也不换地喝干茶水。

条件商定，天子要换人了，唯一剩下的是向世人证明换人的必要。也就是说，得找到那个小皇上的尸体。

熏风打开园中每个人的毛孔，连园外的阴寒也被逼退。禁军将士枕戈待旦，鼻端有丝缕甜馨的气息逗引，他们醒一阵迷糊一阵，一会儿梦见年幼的自己在母亲的怀抱，一会儿梦见长大的自己在情人的怀抱，还梦见死去的自己在土地的怀抱。

既然每个人都是浑身鲜血地出生的，为什么要畏惧血淋淋地死去？战士的锐气来自恐惧，一旦没有害怕了，劲也卸了。他们只想令自己躺得更舒服些，睡个好觉。

雪信带着苍朝雨走上法台：“谛听术为意听，初次行术之人，还是需要些引导方能窥得门径。”

“公主是女子，心机玲珑，转念极快，可心志不够坚定，故而须外力引导。”苍朝雨显出笑容，“公主别忘了，我也是太上皇的弟子。”

“那么请世子自行入内，我在山子外等候。”雪信不再多言。

登上法台最上一级台阶，赫然入眼的是一只纵纹巨虎，虎背上的武士全副铠甲，黑铁面罩只露出两只眼睛，提着铁枪，镇守着沉香山子底部的入口。

侍卫们自苍朝雨的身后涌出，雁阵摆开，略微弓身，绷紧了脊背，待命扑出。

武士掩去了面容，但苍朝雨早年与苍海心嬉游，熟悉他的体态身形，何况苍海心骑白虎入药园时，城门郎已向上级汇报。

苍朝雨看向雪信：“苍海心是该死的叛贼，公主把苍海心放在此处是何意？”

“法台是药园之阵胆，行谛听术者须只身进入，外人不可侵扰。”雪信解释道，“苍海心是降将，故而我令他看大门。世子莫忘了刚许诺我的，在我营内，世子不能动他。”

“我许诺的是‘大事成就’后，公主的地盘才是法外之地。”苍朝雨重声强调。

“大事成就，或在明日，或在三五天内。万事俱矣，只最后一步。肃清闲杂人等，保护法台，亦是保护世子。世子拘泥小节，不肯遵循法阵规矩，横生事端，不如弃了谛听术，加派人手寻找。旦找寻得结果，前番约定，依然有效。”

一件极度渴求的东西就在头顶，踮起脚伸长了手，只差了毫厘。这毫厘的距离越微小，被推翻的原则可能越大。那是骑在无鞍马上，冲向目标，必须有一瞬间的撒手去摘取，是无法拒绝的豪赌。

苍朝雨说：“请公主与我携手入沉香山子，日后对所闻之事，彼此有个印证。我的侍卫留在法台顶，做苍海心的策应，共守入口，更为稳妥。”

他的提议在道理上也是无懈可击，实则谁都明白。他为显胆气诚意，当然也是为了隐秘行事，只带十余人进入药园。为了时时刻刻提防雪信突然变脸，摔杯为号，召出刀斧手把他乱刃剁了，他得确保雪信在他左近，方便事情有变时抬手拽过来作为人质，即可安然脱困。

雪信颔首应下：“就依世子之言。”但也没有当真把手递过来，只是到苍朝雨身前为其引路。

苍海心一动不动，姿势却蓄势待发。白虎呼吸起伏，气息迫人。雪信走过后，苍海心如活了的木雕泥塑，缓缓抬手，铁枪指向苍朝雨。三棱枪尖至锐的刃口仿佛透明，使人一望而在自己的躯体上生出虚幻的痛觉。

雪信在枪杆中段按了按，轻声说：“这是特例。”

白虎实在庞大，若够得着，也许雪信拍拍苍海心的脸或者摩挲下白虎的脑瓜顶，就如同主人安抚对客狂吠的家犬，既有斥责，又有赞许。枪尖收回，又猛然抡开，怒风扫过苍朝雨头顶，苍海心恢复了石刻的模样。

苍朝雨心脏骤然被攥紧又松开，愕然：“他不似以往了。”

“他失了心智，不会与世子争夺天下了。”雪信淡淡看了他一眼。

苍朝雨松了口气，点点头：“公主安排得周到。”他晓得，河东侯在时，就刻意消磨苍海心的野心，刻意将其培养为保护新乐公主的家将。他以为苍海心失魂，是雪信继承河东侯的意志，对苍海心做的手脚。既免除后患，又物尽其用。

“世子可以容他苟活了。”

“身有残疾不能为天子，况是失魂。”苍朝雨嘴角放松。他大概想到的是这条规矩在自己的头顶悬了二十多年，今朝终于不受桎梏。

第九十五章

又见昔人桃帐里

木门掩蔽后，沉香山子的山壁隔绝了外头的喧扰，可见的只有地面萤石镶嵌成的星图，不见星光不见四壁。却也不用担心埋伏，山腹绝幽，身体里心脏搏动和血液流淌的声音也被放大，任何蛰伏在黑暗里的声息都藏不过去。

苍朝雨捉住了雪信的手，拽向浮有幽泉铁的星图中心。

“公主有没有想过，北衙禁军与河东军合为一家，成了一家人，省却许多猜疑，合力平伏四海，天下归心。”苍朝雨那死攥的手松了些，手指头温柔地扫过雪信的手背。

雪信轻笑一声：“在这不见天不见地，不见人的地方，世子终于敢把真面孔亮出来了。”手背上似有毛毛虫在爬着。

“河东侯死了，高承钧走了，苍海心傻了，公主难道不想有个依靠？公主独自支撑十万河东军，想必是力不从心，早已累了。”

黑暗中，苍朝雨娓娓道来，语调和缓，好像半梦时耳边的低语。

“靠树，树会倒；靠山，山会塌。与其不停地失去庇护，不停地寻找依靠，不如断绝念想，踏踏实实靠自己。”雪信说，“世子太贪心了，想要河东军十万人马。”她挣开那只柔情关怀的手，把手缩回袖子里。

苍朝雨笑：“公主倔强的样子，使人又敬又怜。”

“世子怜爱谁，就会以长弓发冷箭？敬佩谁，就会派出蒙面死士绑架？世子为了一对琉璃耳鼓，亲近了曲尘；为了统领北衙禁军，亲近了崔露华。如今世子想起登位后，得有人替你扫清各路势力，就来亲近我。我还以为世子的怜爱，只有这一种爱法。不过，至少还有一个李红芍，世子的心里也是有块碰不得的痛楚的。”雪信站在黑暗里冷笑，“有一个李太昭仪在，世子才那么心急。”

苍朝雨垂手，袖中短刃滑到手心：“你怎么知道？”意识到山腹中并无第三人听见，他收了刀。

“被家族拆散的有情人，最是可怜啊。她与世子是幼年伙伴，少年爱侣。李家要在后宫里占个席位，把她送进宫去了。太上皇离了安城，世子的野心与李太昭仪的肚子一般的，遮掩不住了。”

“是崔露华说的？”苍朝雨兀自否认，“不对，崔家人也不知道。”

“崔露华是世子故意卖的破绽，她进入药园为内应，放走苍海心的寄魂鹰，送出谛听术的消息。她要背叛，也只会在世子与苍海心之间选择一个背叛，怎会投向我？谛听术不止听当世的事，世间所有的秘密，多久远，多细微，也躲不过谛听术。”

“红芍的事，还请公主替朝雨缄口。我会依照承诺，扶曲尘为后。”苍朝雨的声音恢复了冷静镇定。

他的温柔是假的，杀心是真的，这些统统瞒不过雪信。知晓太多秘密的人是可怕的，但与其把她当作可怕的对手，不如引为强大的同伴。

“嘘——”雪信竖起手指放在唇上。然而漆黑的山腹中，地面的萤石不足以照见人的举动，距离远近也仅凭听声辨位，“子时了，世子听见什么了吗？”

苍朝雨侧耳听了会儿，说：“无声可听。”

雪信笑：“看来玄河为太上皇的徒弟，是因为天分。世子为太上皇的徒弟，是因为身份。”她在讥笑苍朝雨入山前的狂妄自信。

“沉香山子是间密室，听不出个结果，至少也能议定个结果。”苍朝雨不以为意，或者他其实更喜欢敲定个结果，照本执行。

“看来世子还是需要些帮助。”雪信从怀中摸出了丝线提着的瓷磬。

泠泠碎响，起初散漫，渐分五律。是他安好琉璃耳鼓后，曲尘所奏的琴曲。

那一日，曲尘发间的宝石生辉，青衣鲜翠，目中所见俱被声音点亮。在那之前，他的天地是一间安静又潮湿的屋子，别人在屋子外头，隔着蒙蒙水汽，两不相干。他需要把耳朵附在墙壁上，才能听见屋外动静。

从小的时候，太上皇就打造了一支细长的银如意，开蒙老师把如意头贴在喉咙上，他把如意柄抵在颅骨之上，学会了讲话，读唇，写字，做策论。

太上皇给他派过几任开朗活泼的伴读女官，是想中和他阴郁的性子。

她们太忠于职责了，整日里不停歇地说话，还总是生怕他听不见、听不懂，把嘴凑到他眼前，重复放缓了的嘴型动作，要求他马上回答。

他讨厌她们，却也忍受她们。

那时人都传说李相生了个傻闺女，十岁还不会开口说话。他专程去看，在暮春白酴醾花丛里，婢女们在追，一个黄毛丫头在前头跑，蝴蝶被她赶到东赶到西，从手指间穿过，就是抓不到。

不一会儿踩了裙子，女孩子跌倒了，婢女们把她架起来，擦掉她脸上的鼻涕，给她换上体面的衣服，按着她的头和肩膀给秦王世子行礼，强迫她坐在席位上不许扭来扭去。她虽然比苍朝雨大三岁，可生长迟缓，看来比苍朝雨还稚嫩些。

苍朝雨对她招招手，袖子里飞出一只粉白蝴蝶。那是他临时用纸撕出来的，可女孩子相当满足，咧嘴笑出上下两排细洁的牙，上排牙中间还有个黑洞，是落了乳牙。

苍朝雨拉着她逃席，拆了洗衣房的晾衣竿，扯了李相书房的帷帐，做了网兜捕了几只绿蛱蝶，又劈木丝罩纱网做成了笼子关进去。女孩子的表情动作，他都看得懂，他也教女孩子他的手语，女孩子一学即会。

女孩子并不是聋哑，只是有些天生的结巴，刚开始说话时，被李相打过巴掌，便索性不开口了。起初，是苍朝雨把银如意贴着她的咽喉，教她慢慢讲出来。后来，他在耳孔上卡了一对小银片。那个银片已是安城工匠工艺的极致，不能再薄了，却也只能收到近在耳畔的声音。

女孩子把自己的嘴唇贴在苍朝雨的耳朵上讲悄悄话，一字一顿，让气流振动银片，刚刚好。女孩子枕着他的肩膀睡着，银片甚至能捕捉到她的鼻息。

后来女孩子出落成了美人，李家送她入宫，要她为家族谋福利。可惜女孩不得宠信，成了李家的一步废棋。

关于她入宫前的记忆，是悠长的。而入宫后的七八年，陡檐落雨，过了就过了，过了也不剩什么。又过了几年，他有了一对琉璃烧制的耳鼓，听力如常人了。他想着，该结束那女孩子深宫冷殿的生涯了。

装完琉璃耳鼓，苍朝雨的耳朵上捂了厚绵罩，在地下石室里休养了半个月。走上地面，刚一摘掉耳罩，就听见曲尘在奏琴，风拂草木，枝头鸟啼，草间虫吟，鲤鱼搅动池水，远处一下一下的捣衣声。

曲尘是又一个被他拯救，也拯救了他的女孩子。可惜遇见得太晚，人生的风景不再只有静夜春风。他们发明了更多的等价交换，他们讲的是欠和还。接着是崔露华，被家人骄纵得过了分的千金，不算情分，是买卖。

苍朝雨恍然回到了那一天，安静潮湿的屋子，门轰然洞开，声音如一面墙朝他压来，他几乎跪倒。有三天他不吃不喝，仰面躺在院中榻上听着送入耳中的和鸣，两道泪迹一左一右，干了又被新痕覆盖。

渐渐他听见了本不该在庭院中听见的声音。江上清歌，酒肆笑语，门后私情，不知哪个角落，不知什么人在秘密计划着什么。

他试着放开自己的戒备，把更多更远的声音拉到跟前，无数声音的涓流汇并，他把自己化作一堵堤坝，检查拍面而来的每一滴水，根本不做筛选。他忘记了自己进入沉香山子的初衷，只顾贪婪地听。洪波一峰又一峰地冲击，天上紫电惊雷贯地，堤坝裂了，瞬间溃了。

雪信从怀中掏出火折子，一豆火光照出苍朝雨的眼睛，眼珠子定定的，凝视着黑暗背后不存在的深处，神情由平静到陶醉，从陶醉到癫痴，从癫痴到痛苦。

他忽然挥舞双手叫嚷："不要来了！不要来了！"紧接着捂住耳朵倒地缩成一团。不断惨叫着。他在地上猛烈抽搐，如被火烤了的蚂蚱，蹦跶了一阵渐渐不动。

雪信用手指试了试他的鼻息，还活着，然后摘下他捂在耳朵上的双手，正有一缕血从耳孔里渗出，滴落在地。

海水从来没有干涸过。古往今来世间所有的声音无穷无尽，可凡人如何能穷尽呢？

别人遭术法反噬，轻者昏聩涣散，重则心志错乱。苍朝雨有一对琉璃耳鼓，聆听声音或许比常人更为灵敏，但琉璃耳鼓性脆，没有人耳鼓的韧性，易在人耳难以察觉的声音里超荷碎裂开。碎片掉不出螺旋耳道，反是向里钻，越晃越向里钻，割破脑髓，嵌在里头。

谛听术自一开始，就是针对苍朝雨的陷阱。

沉香山子底部的门开了，雪信从浓稠的暗处走出，向外看了一眼，钻回去，再出来，她是拖着苍朝雨的双腿倒退出来的。

苍朝雨的脑袋在暗门底部的坎儿上挂住了，使劲拽也出不来，耳道里血流如注。雪信只好停下来整理。苍朝雨布置在法台顶层的侍卫们合围冲了来，雪信回头看一眼，对苍海心说："保护我。"

铁枪轮转，游刃有余，靠上来的敌手一一被扫翻。白虎扑出，枪尖在那十几人的咽喉上点出血洞，又把尸体拨下台阶。

雪信扶住苍朝雨的后脑壳，解开他的头发，才把他的脑袋推出门去。她又召唤亲卫，取一副担架来，把秦王世子放平了抬到药园门前。

她站在担架旁，大声说："秦王世子旧疾发作，托我暂理禁军事务。"她举起的双手，一手持着苍朝雨的佩剑，一手捏着禁军虎符，声音不大，也不需亲卫重复传达，阵前静可听针。

禁军将士垂下刀枪，他们知道这是谎言，没有什么旧疾发作，真相是苍朝雨栽了。但虎符在谁手里，他们就听谁的号令，没有质疑谎言的权利。他们把沉默向外传递，武器被扔到地上的声音绵延数里。

只有一个声音做出了反抗。

曲尘跌跌撞撞，慌慌忙忙从营门里跑出来，伏在担架边，见着了苍朝雨情状，焦迫地呼唤了数十声，得不到回应。她把手伸入怀中襁褓，掐了掐熟睡里的婴孩。

孩子号啕放声，曲尘挑衅地歇斯底里地看向雪信，在孩子的哭声里说："世子有何旧疾？我怎不知？"

"琉璃耳鼓，你还有备用的吗？或者你还找得来烧制琉璃耳鼓的人吗？再或者，找来了人，他还愿意帮你这个忙吗？"雪信似笑非笑地看着她。

若她不是曲尘，早就一剑斩了。

曲尘也知道余下的情分还够用，她说："你打碎了我的期盼。你欠我的，你欠我！"

"还没碎。你去世子家里找一找，应该有一个藏得很好的箱子，存着一套衣服。完事后你再来我这里，我让礼部来人给你量尺寸。"雪信伸出手要抱曲尘的孩子，"我替你哄哄崽子，他太吵了。"

曲尘捂紧了不肯给，雪信就一个指头一个指头地掰开她的手，低低地哄她："别闹，给你做皇后册封的冠服呢。"

曲尘的手松了，孩子被抱走，她期待又不信任地说："你骗我。世子这个样子……"她也知道商量这事不能高声。

"事急从权嘛。他是个仁善君子，生了病，也是个仁善君子。没有人比他合适。"雪信哄着孩子，"多少年来你照顾他，又生了小公子，我想破头，也想不出比你更合适的了。快去吧，莫耽误，耽误天就亮了。"

曲尘摇摇头，恍惚道："我要的不是这样的。"

"信我，我安排给你的更好。"

曲尘低头又向苍朝雨看去一眼，转头去了。她向营门里喊："给我备马，最快的马，世子的马！"

禁军在各卫统领的指挥下撤去，像是风吹散了蒲公英花冠上的绒毛。河东军军士在药园中放出飞焰信灯，白纸灯笼载着一截蜡烛升起。远处仰望夜空的人，都看见了吧。

这一日不是朝日，但景阳钟敲响了。从城门到宫门的每条要道都有重兵把守。群臣在禁军的注视下通过御桥，黑压压的人头，亮晃晃的铁刃，列成块块整齐的庄稼地。群臣走在窄窄的阡陌田间，路还未走完，已是满身冷汗。

朝殿前，刀枪更为密集。一头白虎当门立在台阶上，入殿人流不得不被劈为两股。雪信挡在御座前，身畔站立的是黑甲铁枪的武士。她微微侧身让开两步，群臣看见秦王世子坐在御座上，天子冕服套好。

冕冠上的水精珠子擦得晶亮，袍服也浆得像件盔甲，没有一个褶皱。苍朝雨睁着眼，眼皮时不时眨动一下。有一根木棍绑在他的背上，帮他直起腰杆，有两道明黄色的丝绦从他腋下穿过，系住了他的两边肩膀，拴牢在御座靠背上，不让他歪倒。

“天子丧于乱军，国不可一日无君。秦王世子苍朝雨，仁德兼备，孝悌勤勉，可以代之。”雪信朗声道。她耳边虚无地回响着几十年前，她的祖母顺华公主推举如今的太上皇、当时的淮南王世子为君的一段话。

“秦王世子看来贵体有恙，如何理得了政？”一个臣子措了半天的辞，才说出口。他知道，如今的局面不准许有反对，但容忍疑惑。

“世子旧疾，众卿是清楚的。是有些不方便，幸而有个曲夫人随侍世子多年，深有默契。可令她辅佐世子理政。”雪信向御座击掌，座后屏风转出身着宫装、抱着小公子的曲尘。

曲尘俯身贴在苍朝雨耳畔说了几句什么，又把耳朵凑到苍朝雨唇边，专注聆听。她神情肃穆，不住点头，站起后向着群臣道：“世子说，诸位爱卿这段日子辛苦了，他正位后，有功的行赏，有错的免罚。世子还说，往后各位也该勠力同心，恢复安城昔日的锦绣繁华。”

“曲夫人错了，不该叫世子，该叫圣上。”又有个臣子建议，顺势就跪拜了下去。他身旁跟着倒伏了一片。

曲尘跪下，雪信也跪了，她略微回头，意味深长地向还站立的人扫视，用眼神一个一个地点名。那些人短促思虑后曲身矮下了几个。被雪信身后武士的枪依次指过后，又跪了几个。

众人终于退潮般地倒下了，朝殿之上两个姿态不一的人被亮了出来——坐着的聋哑天子苍朝雨和站着的铁枪武士苍海心。

雪信满意了，向曲尘点点头。

曲尘附耳听了听，说：“天子让众卿家平身。”

众人呼呼啦啦站起。

礼部有人出班说：“天子自太上皇在位时就辅政多年，此番又扶安城于大厦将倾，正位乃天意所授，民心所向。但是不是择吉日隆重举行个登基大典，祭告宗庙、社稷和万民。我等再以拜天子之礼重新参拜？”

雪信看了看苍朝雨，他眼皮频频眨动，口唇翕张，似也在拼命发表意见。

曲尘听过言道：“天子说甚好，你们去办吧。天子还说，曲夫人……”

“曲夫人当封赐昭容，”雪信打断了曲尘的话，“长伴天子左右。”

礼部官员诺诺退下。由雪信主持的朝议散场，众臣在禁军的监视下退出殿门，走上朱雀大街，无人敢交头接耳。虽然他们很习惯天子在和不在一个样，但他们不喜欢又来一个手握重兵的人物统领他们的意见。

朝殿几乎走空了。曲尘用布带把小公子绑在胸前，拆解系住苍朝雨肩膀的丝绦，把他腰后的木杆抽掉，双手抄在他胳膊底下，将他拖下御阶。

台阶之下，有一乘肩舆，但雪信坚持不让外人接近苍朝雨，肩舆也不用人力，在底下装了木轮。为了预防苍朝雨在颠簸里掉下来，黄绫子垂幕底下是薄木板，怕木板不牢靠，又用铁条箍了几道。

曲尘打开顶上小门把苍朝雨塞入，又细致地在门上挂好小锁，钥匙塞回贴身衣服里。

“和说的不一样。你又骗我。”曲尘对雪信指责道。

“一口吃不成胖子。你本来连个名分也没有，一步就封到昭容，已是空前绝后了。不留点余地，日后又如何步步走高，天子独宠。”雪信说。

曲尘想想也是，便说：“你最好不要骗我。如今天子说什么，都在我口中。”

“可天子的性命在我手中。”雪信丝毫不受威胁。

白虎款款入殿，脚爪落地毫无声息。从曲尘身后错身而过，曲尘不寒而栗。苍海心以枪尾点地，凌空跃上虎背。

雪信连连叹息：“可惜今天太顺利了。”

“顺利还不好？你是不是忧心太过？”曲尘疑惑。

“不流血，不踏实。不服的站出来，就杀掉，不站出来的，难免心思不定，有日后反复之患。”

“杀掉两个字，说得好生干脆。”曲尘嘟囔，她扯着肩舆上的一条彩绸索背在肩上。那可算是个带滚轮的箱子，而移动它需要曲尘一人拉纤。

“你也不来帮我推一把！”曲尘看见雪信垂手轻装，白虎在雪信身后缓步跟随，而她胸前挂着一个小的，身后还拉着一个大的。

“你慢慢走。不着急。”雪信也不等曲尘，“我还有事要忙，先行一步。”

“太重了，我一个人做不来，让你的侍卫接我一接又有什么要紧？你这是在故意刁难我。”曲尘抱怨。

“只有曲昭容能听懂天子的心声，天子也只需要曲昭容服侍。外人插手，一律杀掉。”说完雪信甩头就走了。

无人来帮忙，曲尘在下台阶时束手无策。她先试探着下了两级阶梯，抵住下倾的舆车。箱身缓缓压向她的肩背，初时力道尚能咬牙承受，可再下几级后，去势越发沉重，不可阻挡。

眼看要被掀翻滚落，曲尘忙向侧旁撤身，在舆车从她身畔滚下时揪住了其后方的绫子。在台阶上的角力不过是一刹那，曲尘刚沾手就知道自己控制不了舆车，反而会被它拽得俯跌，会危及胸前襁褓里的孩子。

她撒了手，眼看着舆车像只巨大的野兔，一蹦一蹦，左右颠晃，倾翻后以侧板壁擦着台阶棱角溜下，发出震彻心扉的轰响。舆车触着平地后，又滑出好远才停下。幸亏舆车乃是坚实的紫檀木榫接，地动天摇地摔也没有摔散架。

曲尘呆了一呆，才掸了掸华服裙摆上的灰，追到近前打开挂锁察看。

苍朝雨倒没像篮子里的鸡蛋那么容易磕出黄来，只不过额角撞在哪儿，挂了一绺血。曲尘掏出绢帕给他擦拭，胸口的孩子又硌住了箱子的外沿，臂长已极却怎么也够不着那一道血迹。

她只能拧转身体，让孩子避开箱子，手臂和脸却一同向箱子里探进去。

“圣上！圣上！”

曲尘姿势古怪，手指尖绞着丝帕抹去了血溜子，又把锁挂上。使尽了办法，凭她独自一个也无法把舆车扶正。

她跑去向雪信留下的侍卫求助。那些人驻足十步以外，重复雪信的命令，不再接近半尺。曲尘觉得他们相互之间眼神往来，只把她当作个外人。若非是套着齐整甲胄动作不得自由，他们可能会当场袖起手，摆出个更为露骨的围观姿态。

她刚对雪信有了点希望，又恨上了。

到最后，还是侍卫队长给了曲尘一捆长绳。她在箱身朝天一侧系上多条绳子，绳头交到侍卫们手中，才把舆车拉得正了过来。

绳头又系到了马鞍上。苍朝雨躺在被严密捆缚的箱子里，绳子错综结成移动的蛛网。

曲尘搂着孩子，挤坐在舆车延伸出的踏脚板上。

“圣上要回甘露殿休息。”她发号施令。

河渠里的水涨了起来，漂萍滋长。惜别的人，走到城外又有柳枝可折。路旁柳絮飞绵，粘到衣服上就剥不下来，沾到脸上皮肤会痒。

安城东郊桥岸搭了一长列席棚，摆出了酒肉白面。征战归来的队伍走到席棚前，守棚子的河东军见来的是河东军，凑上拥抱，谈笑几句，招呼吃喝；见是高家军，也不说话，只是板着脸，点点头，向食物一指，这就是迎接了。高家军的军士端起酒喝了，吃了肉，抓两个馒头边吃又边向前去。

走出十里，棚子还未到尽头，却忽见异常高大的营帐，挂设的不是隔潮防风的油毡布，却是粉白轻纱上绣了桃花瓣。

众人望见飘飞的褪红色，心里潮潮的，极目眺望，轻纱里层还是轻纱，花瓣下面叠着花瓣，不知多少层，像桃林掩映，不知深处景致。

猴子穿金线紫衣，戴了满头金钗，双腕伸出来撞得叮当乱响，左右各三个沉甸甸的大金镯子。她笑容可掬地给军士们发饼子，每个才铜钱大小。

“春播春收新收下来的麦，刚磨的面，大家吃个新鲜了。蔷薇豆沙馅儿的，香着呢。要细嚼慢咽，可别一口吞了。”她是他们漫长归途里遇到的第一个热乎乎的人。

猴子身旁的兔子怪她一个人破坏了整支队伍的矜持，于是格外冷脸地递送酥茶。

“笑一点，对着你又臭又苦的脸，好东西也无滋无味了。”猴子招来送往的，仿佛天生是个食肆店东。

兔子说：“高承钧第三回入安城了。别忘了我们流离失所地到了这里，也是高家军闹的。”

“此一时彼一时，这回高家军与河东军是盟友。没有高家军吸引叛军兵力，公主的请君入瓮计也施展不开。没有公主派去的河东军接应，高家军也回不来。”猴子遥指城门方向，“平安城大患，高承钧是有功的。”

“可觊觎皇位的人，还是做了皇上。”兔子压低了声音。

“那能一样吗？”猴子不以为然，“虽有了名，却除了患啊。”

“此番胜负倒转，是否他们也会向天下人宣布，平了安城大患？”兔子本来的日子很简单，最近却总会遇到复杂的疑问。

“哈哈哈，想太多。”猴子用力拍兔子的肩膀，然后回答她，“那是当然的。”见兔子怅然，猴子又补充道，“他们抢夺权力的时候，撒下点小恩小惠，收买人心。河东军却分出了一半的力量屯田种粮，维持秩序，安抚难民，让人们食其所牢。哪怕最终向天下昭告的措辞相同，我们根本的不同，是义和不义。”

猴子的话语戛然而止，她看见高承钧的黑马到了摊位前。

她是见人说人话，见鬼说鬼话的机灵人，面对高承钧却也免不了嘴角僵硬，好似一片乌云遮了头。她勉强笑着向他推荐铜钱小饼：“这本是打算送去阵前劳军的，不想做了接风的点心。战事结束早，全赖静西侯与公主默契无间。”

高承钧在桃花帐前的摊位下了马。一口一个的小点心，他细细吃了许久，然后问：“公主可在帐中？”

“回静西侯，公主在。”兔子回答。

“可否通报？”高承钧斟酌着说。

“公主说，静西侯到了，即可去见她。不必通报。”

纱帐将粘丝柳绵挡住，把日光层层滤过。高承钧把纱帘道道挑起时，觉得眼前的情景是似曾相识的，但心境却隔了千重山万重水。

帐子的中心空荡荡的，只安了张折叠便榻，雪信歪在榻上，脸垂着，鬓边珠花流苏也是静止无声。只是高承钧走到近处时，她怀中的小婴儿忽然发出洪亮的哭声，而榻旁三步外，一个铁甲武士的长枪指了过来。

高承钧临敌经验丰富，隔墙不见人时也识得杀气。可在他掀开最后一道纱帘时，只看见了雪信和她怀里的孩子，居然连她身旁另有一个人也没察觉。在孩子发出哭声的一瞬间，这武士迸发了杀意，才被高承钧看见了。

“你后退十步。”雪信的瞌睡也被孩子吵醒了，她打着哈欠，拍了拍孩子，对高承钧说。

高承钧依言退到十步外，孩子哭声渐息渐止，武士的长枪收回去了。他遥遥看着雪信抬起了脸，面庞白璧无瑕，不见了他临去时的斑驳。

“你的脸好了，毒症也全解了？”

“毒是解了。新恢复的脸怕晒，也怕飞花飘絮，出门不便，没办法，搭了个大行障。”雪信说。

“孩子是从谁那里抱的？雪信，你喜欢孩子，可以自己生一个，没必要捡别人的孩子。”高承钧说着又上前了两步。

雪信坐正了：“采采是我的干侄女。你杀了她的母亲，她见你就哭，是孩子天性。你莫再近了，会吓到她。那边有凳子，你去坐吧。”她指的地方是最后一道和最后第二道帘子之间。

高承钧没有生气，去凳子上坐了，双臂撑在膝盖上，声音平和：“关于战事，公主有什么想问我的？”

“阿满好不好？她不会怪我吧？”雪信说，“我很想念她。”

当初定计用谛听术赚苍朝雨入彀，在安城药园引崔露华送出消息，而阿满并不知道每一回她向土坑念念有词时，苍朝雨安排的耳目都在附近监听监视。军中送出的情报与崔露华的汇报两相映证，才使苍朝雨对谛听术生出了贪心。

苍朝雨以百倍兵力围困药园，从头至尾只用灯尽添油的战术，小股小股地往里填人，即是担心破坏了谛听术所依赖的阵法。

“阿满服下的哑药药效快过了，要不了几天便可以恢复声音，向公主汇报近况。”高承钧特意向雪信榻旁武士看去，下面的话就多了迟疑，“阿满依然尽职尽责，正在保护公主的表弟。不能随我前来拜见公主。”

雪信揭开武士的面罩：“不必担心他，他不会泄露秘密。”

苍海心的变化是明眼人都辨识得出来的。他不再是往日里跳脱不羁的神情，姿态也是挺立僵直，像一盏灯树，一个守陵石兽，沉默而安全。

高承钧看了会儿苍海心，又说下去：“秀奴和周都尉分率两部人马，保护公主的表弟去葛逻禄。”

“我还真有点不放心。”雪信说，“与人合作，就必不能掌控所有的事情，总有一部分关键捏在别人手里。”

“安城照旧是龙潭虎穴。公主把表弟接来，也没法寸步不离地看护，依然需要交给可信任的人。可信任的人也许还是会背叛，风险是无法彻底避开的。公主掌控不了所有的事情。”

“我们都犯了那个把我们养大的人犯的毛病。总是想把所有的事抓在手里，消灭心里头的害怕。也许以后能好。”雪信的样子，是想问的问完了，要送客了。

“安城今日又是什么光景？”高承钧开始他的发问。

孩子又在雪信怀里哭上了，雪信低头检查，叹气：“小没出息，又得换尿布了。”

她头也不抬，对高承钧说：“你先整顿军务，安住下来。明日我引你去看。”

高承钧退出帘帐，犹听见雪信的声音慢条斯理地在身后浮动：“采采，你说你是憋不住，还是吓得憋不住？那人有什么可怕。所有可怕的人都会老的，而你会长大。”

后一日的天气比前一日还要明朗，不少人忍不住提前换了轻衫。

高承钧再见到雪信时，雪信在永安宫的御桥上遛狗，左手二黑，右手二黄。四只半大不小的狗，雪信被它们拖拽踉跄。

“不急，慢慢走。整个永安宫，都是你们的。”她向狗儿们叮咛，但狗儿们还是气咻咻地带着铁链皮圈冲向前。

雪信干脆停下，把它们的脖圈打开了，狗儿们撒欢着跑不见影了，老远外还听见它们宣誓地盘的狂吠声。

雪信把铁链子卷了卷，交给侍卫，帷帽轻纱上的银露滴才渐渐摆定，又从侍卫手里接了马鞭。

两人按辔缓行，雪信用鞭鞘指着第二道宫墙内的政务机构说：“各省各部的官员还是勤勉的，无论坐在御座上的人有多荒谬，他们都能把国事运转得缜密周到。”

高承钧看去时，道路上往来人员络绎，面色平静，见到他们二人时，站在道旁暂避，行个相应的礼节，等他们过去，又匆匆赶自己的路。

他们都是想通了的，他们拿的是国家的俸禄，对天下黎民苍生负责，天子家事，兄弟姐妹夺家产，他们能不掺和就不掺和。

相较之下，禁军军士更危险。在苍朝雨掌都统领前，禁军中的诸位统领早与他厮混熟了，敬服他的人品，感叹他的时乖命歹。雪信捏着虎符，他们不得不接受命令。但私下里，他们记着雪信谋害苍朝雨的仇呢。那些一个个站在宫墙下、殿门前的金吾卫，眼神里写满了不肯罢休，仿佛随时会不受控制地爆发一声吼，拔剑诛杀窃国之贼。

第三道宫墙之内，人丁凋零。苍朝雨立为新君后，曲尘代传了圣意，要前一朝的旧嫔妃赶紧迁去安城北面的旧宫苑，特别任命了内侍官监督此事，一日一催。

张太后已经迁了。李太昭仪说是在清晖殿里悬梁自尽，被送还了家中。剩下崔太昭仪，说是行李没整顿好。

雪信为高承钧引路入甘露殿。殿门口的内侍和宫娥见了雪信转身就朝里跑。

“你脸上也长出唬人的毛来了？”高承钧揶揄。

雪信笑：“他们哪里是怕我，是怕曲尘呢。我来了几次，没让通报，曲尘就罚了他们。再见到我，他们就拼命跑，只要在我走到内殿前，先知会曲尘一声，就不用挨打。”

高承钧看了眼雪信：“你还是喜欢欺负她。”

“我对她好，她也愤怒；我欺负她，她也愤怒。那我还是随自己高兴算了。”雪信满不在乎。

短短时日，曲尘整顿了甘露殿的风气，侍官和宫娥当众打个哈欠也是要受罚的。雪信与高承钧走向内殿，从幽殿深处冲出一窝人来，抱着拂尘鲜花，贴着通道两侧站立成仪仗。

内侍长轻咳抬手，一众人齐吼：“恭迎新乐公主。”

“免礼，免礼。”雪信脚步不停，和善地向他们挥手，像是习以为常。

高承钧看着殿内情状：“曲尘外柔内刚，也是个倔脾气。”

“不搞搞纪律，也会闲来生事。”

第九十六章

铜虎千钧只手易

床帷之内，苍朝雨身靠着三四床被子倚坐着，眼睛望着斗帐的一个角。

曲尘在他腿上支了个小几，歪靠在几缘。她摊开一本奏折，略扫几眼，一手压着纸，一只手捉住苍朝雨的手，摆弄他的手抓取玉玺后蘸上朱砂泥，往纸上盖章。别别扭扭批了几本后，她就得歇一下，变换个姿势继续。

背对着来人，曲尘慢声慢语地发出抱怨："一个印章，是人盖的还是狗爪摁的，有谁看得出来？为什么不能简单点，非要与人过不去。"她拖长了声调，在重要的地方顿一顿，光看派头，已像个贵人。

"礼不可废。曲昭容职责所在，是辅佐圣上亲政。曲昭容要是想把圣上推一边自己盖章，就离死不远了。"雪信款款走进内殿，"不过我可以让工部设计个便利的器械，夹住圣上的右手，曲昭容坐在床头拉线抬杆子即可辅政。"

"这哪是便利，还要我现学提线傀儡戏。你就这么糊弄宫里宫外的人？"曲尘回了头，见到了高承钧，后面的话立刻转了，"静西侯回来了。圣上躺在深宫，也没个人来奏报。"

"静西侯凯旋的奏报三日前已送来。是圣上批阅太慢，还没有翻到。"雪信说。

"臣得知新主登基，路上不敢耽搁，一回安城即来参拜。"高承钧说。

"你们两个，哪一个把圣上放在眼里，何必惺惺作态。"曲尘敲章用的力气大了，把几案震得砰砰响

"曲昭容失言了。手下也轻点，砸碎了玉玺，圣上是要问罪的。"雪信信步巡视内殿的布置。几张大台案拼成更大的台案，上面堆满卷轴，有几幅还是打开的，用玉石镇尺压着。

雪信歪头看了看："这些家当，是从立政殿搬来的？"正是张太后收集的秀女图。

"圣上身边只有我一个，太冷清了。我得做主，为圣上挑选才貌品性俱佳的女子，充实后宫。"曲尘又累了，索性放下玉玺，走到雪信身旁，"要不要和我一起拣拣？"她十分刻意地慷慨，像是一起逛市集挑花布，她请客。

"圣上独宠你一个不好吗？划拉人进来，不怕与你争宠？"

"圣上如今这个样子，又哪里来的宠好争。空荡荡的后宫，又有什么意思。你知道我

要什么，我要一群女人，身份比我低微，日日来向我请安，乞求我善待她们的命运。”

“你是嫌一个人过家家冷清，要找一群人来陪你过家家。”雪信点头，“我也懂你的心思，正有个人选推荐呢。”她扬手，等在内殿门前屏风后的一个人走出来，“李相也想凑一脚，把他家族里的一个小辈送来了。”

曲尘盯着这个身材臃肿，下跪已很是吃力的女人：“是你？”

“不是我。”李红芍说。

“你不是已经死了？”

“宫里人的死分好几种，有的在名册上死了，背地里活着；有人背地里死了，名册上活着；有的人死了，别人替她活着；有人死了，换一种身份活着。”李红芍抬起头，毫无畏惧地看着曲尘。

“你可以留下，但必须从最低贱的宫婢做起。”曲尘露出残忍的笑，“当初我是坐着秦王世子府上的车到清晖殿，那会儿你是主人，我是客人。没想到会有一天，我是主人，你是仆人，你跪在我跟前。”她同意李红芍留下，只是为了享受身份倒置的乐趣。

“公主，我想去看看圣上。”李红芍向雪信道。

“去吧，李宫人。”

李红芍肚子沉重，抓住了一个宫娥的小腿才勉强爬起来，走向床帷。

曲尘对雪信发作：“她在后宫就是个笑话，你为什么保她？”

“可怜她，钦佩她，羡慕她。我手里有力量保她，为何不保？”雪信说完向高承钧看了一眼，莫名其妙地笑了一笑。

“别人都可以，唯有她……唯有她……”曲尘一时想不出怎么说。

“唯有她，读得出圣上想说的话。你不行。”雪信说，“所以你只能辅政，照顾圣上还得是她。”

床帷中发出一声凄切的呼唤：“雨郎！”继而是压抑的抽噎，李红芍抓起苍朝雨的手指头，按在自己的嘴唇上，又把自己的耳朵贴在他的唇边。

曲尘咬了咬唇：“她肚子里的孩子不能留。”

“你不是嫌深宫寂寞，没人陪你斗？这下不但你有了对手，你的孩儿将来也有了玩伴。”雪信意味深长，“我会盯着你的。你是要做皇后的人，器量要与地位相称啊。”

不多时，李红芍从幔帐里出来，重新跪倒在雪信面前，五体伏地：“公主！求公主，放过雨郎吧。”

“我怜恤你们少年情意，让你与他相守。但他如今的模样，是他野心的代价，不要为他求情。”

“雨郎想要的，不过是每个天家的子孙都想要的，他又是最有资格的一个。他没有伤害任何人，不该承受如此代价。”李红芍泪如雨下。

“想要与人抢东西，怎么可能不伤害到别人呢？不伤害别人，又养着一群没有舌头的死士做什么？静西侯，你来告诉她，她口中不会伤害别人的人，如何伤害了别人。”

高承钧俯视着伏地的李红芍，面无表情道：“我随前任天子亲征平叛，天子身边有一支五十人的禁军亲卫。他们对外能开口讲话，但对内只用自己的手语传递命令。我高家军在古道阻截了叛军前锋，河东军又烧了叛军粮草的当日，这支亲卫忽然叛变，冲入御帐砍下了小天子的头。”

“脑袋呢？尸首呢？”曲尘激动地追问，她倒是希望得到证据，她才好安心做皇后。

“他们杀死的是穿着御铠、与前任小天子身形相仿的军士。”

“死的是个替身，被替的人呢？”曲尘又问。

雪信与高承钧都只是静静地看着曲尘，令她明白，真正的小天子还活着，他们本可以在制服苍朝雨，得到禁军铜虎符后，迎小天子还朝的。但真正的小天子被他们弄走了，他们把苍朝雨摆上御座，是因为今日的苍朝雨更听话。

“他这辈子最爱惜名声。”雪信又看向李红芍，“在你眼里，他也是个善类。可做了坏事就得认，就别抱着好名声不放了。况且他想要的，我给他了，他该谢我。”她指着苍朝雨。

“雨郎说他头疼，你们搬动他，最轻的震动也会让他头痛加剧。”李红芍用额头触地，“但曲昭容经常把他从台阶上摔下来，他痛得只求解脱。”

“做君王，总要承受些别人承受不来的痛苦的。”雪信安慰李红芍。

“雨郎还说他饿，曲昭容只给他灌汤水。我摸着的胳膊，只剩个骨头棍儿了。”李红芍爬向雪信两步。

雪信看着曲尘：“饿着圣上，就是你不对了。”

“他整日里躺着，也不做力气活儿，饱食何用？吃得肉沉肉沉的，我搬动还费事。养生长寿的秘诀是什么来着？饭少吃一口，我这也是为圣上好。”曲尘面无表情道。

“雨郎说，他不要做天子了，不要被搬着上朝，不要被按着手盖玉玺。他只求脑袋不要再疼了，只求一口饱饭，苟活于世。”李红芍哀求。

“不，圣上说，无论他承受多大的痛苦，也不会放弃自己肩扛的责任！”曲尘声色俱厉。

雪信凑近了端详苍朝雨，木然神色，若一条离了水的鱼，眼珠子半翻，口唇微弱张合，似乎是喘不上气。她扑哧笑了：“你们说的都有道理。那就等圣上想好了，拿定了主意再说吧。”

正要走，外殿又是一阵喧杂。

内侍跑进来禀报：“崔太昭仪求见。”

曲尘说：“这里有她什么事？圣上要休息，不见不见。”

内侍官跺脚：“崔太昭仪听说新乐公主在此，不肯走。”话未毕，崔月华拉着她的儿子，披荆斩棘，冲杀至内殿，给雪信跪下了。

“崔太昭仪，有话好好说。你也算我的长辈，怎能行如此大礼。”雪信双手搀扶，抓住崔月华的双肩往上提，崔月华却憋着口气把身子往下沉，与雪信的力量相抗。

“崔太昭仪，你厚着脸皮赖在承恩殿，我不与你计较。可如今连礼数都不讲了？”曲尘到了雪信身旁，“圣上在那儿，你得先去跪他。”

崔月华只对雪信说：“我是早收拾了要走的，可一朝天子禅位了，一朝天子走失了，又来了一朝。我的孩儿始终得不着个说法，走哪儿去？”

雪信看向曲尘：“那卷赐封郑王的圣旨，我记得是早就送来了的。”

曲尘说：“公主保管的圣旨，是以前一朝走失了的那位口气拟的，本朝天子的玉玺怎能盖上去？”

雪信叹了口气：“那就换个口气重拟。这事也不能拖了。”

“一朝天子有一朝天子的想法。当今的陛下说，这位皇弟年齿太幼，封邑太大反而管理不好，是个负担。不如先赐郡王，等成年后再说。”

雪信逼视曲尘：“当今陛下怎会有如此想法？赐郑王是太上皇的意思，特意留给后来人施恩的。不管是走失的，还是卧榻的，都得敬着太上皇。说封郑王就是郑王，岂可随便改？”她说一句就朝曲尘迫近一步。

曲尘后退着，口中敷衍：“谁当家，谁做主。这事需得容圣上想想。”

“封赐一块郑地，会割掉你一块肉吗？曲昭容，你是不是曲解了圣意？”雪信面露不虞，“论起资格，郑王是太上皇亲生的，不是比如今的圣上更有资格？岂不知众人拥立圣上，为的是他德才孝悌。”

“行行行，正话反话都让你说了。”曲尘放弃抵抗，“崔太昭仪先回吧，圣旨会送到承恩殿的。”

崔月华这才被雪信拎了起来。

雪信扫视了眼殿内众人：“人都在这里了，也不费两回工夫了。曲昭容就去辅佐圣上，把旨拟定吧。”

曲尘磨磨蹭蹭：“辅着写字比盖章累多了。”

李红芍接话道：“由我来吧。我闲闷时，临过雨郎的字。不需你们扶着他的手，折腾他了。”

雪信欣然：“李宫人，你代笔去吧。”又对曲尘说，“以后凡事多与李宫人商量，你忙不过来的，她亦可拾遗补阙。”

曲尘咬了咬唇，转身到帷帐中，捡起玉玺擦也不擦揣入袖中。

“还拣不拣秀女了？”雪信指着案台卷轴。

“拣。才两个人，多冷清，连个宴会都办不起来。”曲尘捏着袖子，并不肯输阵。

从第三道宫墙回到第二道宫墙里，撒野的狗儿们掀起一阵风回来了，直往雪信身上扑。

“看看你们又捣了什么蛋。”雪信依次掰开它们的嘴，摘下一只皮靴，半幅衣袖，半块没吃完的葱油饼，一支木柄马勺。

随后形形色色的一群人追至了，有光着一只脚的、晾着一条胳膊的，有官吏、御厨、马夫、侍卫、宫女。

雪信对他们说：“诸位的损失，到公主府报账吧，我赔。”

“怎敢叫公主赔。”众人推辞。

“那你们追着我的狗崽儿做什么？有人给咬伤了？我赔。”雪信继续问道。

众人纷纷摇头：“没有没有。”

“微臣只是想追回靴子。”

“袖子找到缝补缝补，衣裳还能穿。”

“公主的狗崽儿只吃了半扇羊，还有半扇，想给狗崽儿送过去。”

“狗崽儿太可人爱，臣想抱抱。”

“狗崽儿撕碎了臣的奏本，正好向公主面奏。”

“臣想请公主去家中吃饭。”

雪信对他们说：“既是被我的狗崽儿咬坏的，你们还是去公主府报账吧。”说完冷不防跳上马背，风也似的跑走，居然是逃了。

四只狗紧追其后。

高承钧愣了愣，鞭马跟上。

一路也没有遇到阻拦，一气跑回御桥，等在桥上的侍卫眼疾手快，给狗儿套上脖圈，扯住了。

雪信这才跳下马，瞪着它们："又给我惹事，还能不能好了？"

高承钧在马上看着："公主对它们的管教太松懈了，一看就从没打过。"

雪信嗤笑："我看着它们，就想起你。"

"公主睹物思人，我该说受宠若惊，但我只想说理所当然。"

"不。它们跟你一模一样，锁起来吧，委屈巴巴，小可怜样的，松开了链子，每次都不知会闯什么祸，只能担心着后果，等着替它们收拾。"

"我看它们的样子，与公主方才在甘露殿的表现才是一模一样。"

"它们有我，有恃无恐。而我知道有你，所以不怕。"雪信笑，"宫门里外的防备，你看过了，如何？"不等高承钧回答，她回手抛过去一件东西，高承钧接了，沉甸甸的坠手，居然是禁军的铜虎符。

"当初公主拼了命不让我拿到河东军虎符，如今却轻易让出禁军统帅权。"

"禁军不是我喂出来的小狗崽，以我的力量驾驭不住，搞不好还会被反噬。禁军不是河东军，没有那层顾忌，你就去把十六卫驯服了吧。"

高承钧沉默片刻，说："河东军与高家军，可以不成为世仇的。"

"不做世仇，也成不了一家人。敬畏和仇恨，会让一支军队强大。轻易和解原谅，会瓦解战力。也再不要打什么主意，让我把河东军交付给别人了。那是我的。"

"你是个不凡的人。让你做个平凡的贵妇人是一种浪费。"

"多谢你体谅。"雪信说，"我也想把头依在你的肩膀上，做出又倦又担心的样子，可我怎么也做不到。"

高承钧慢慢拨转了马头："至少我们还可以彼此照顾，共享天下。"

三月初三上巳节，江边彩绸翠幄，棚席连片。官民倾城而出，游春同乐。

最东头的一座纱帐里，水汽蒸腾。一桶桶新烧好的热水倾倒入木槽。雪信在帐前下马，摘了面纱，将怀中一大捧野艾佩兰撕碎扔进热水。玄河卸去苍海心的盔甲衣物，把他扶进木槽中泡着。

又有人闯进纱帐来，抱来了更多的野花。

是莺子，她揉碎花瓣洒到苍海心身上，向雪信行礼问道："国师要唤醒少主人吗？"

"香汤浸浴，会让他的身躯维持得久一些，让他残缺的魂魄在身躯里舒服一些。"玄河回答。

"公主说，国师回来后会替少主人医治。公主为何拖延不办？"莺子站了起来，姿态很是不善。

雪信手中捻动着一片鹰羽，用火折子引燃，火苗飞快吞噬羽片上的细绒，灰粉落入水中。她说："已经把附在鹰身的一魂一魄还给了他。如今的他，能享受鲜花兰草的香气了。"

“可他还看不见，听不见。”

“他本就有过人的嗅觉，可以像蛇一样嗅知周遭发生的事情，不再置身浓黑深渊，不必依赖白虎视听。”

“可他还有一魂一魄拘在白虎身上，不能复位，他也不得完整。”莺子轻声且固执道。

玄河解释：“解脱白虎，需有人自愿替代，一命换一魂一魄。”

“你愿意把性命给他吗？”雪信问。

“我什么也没有，可一条性命还是能自己做主的，谁会平白奉献。”莺子几乎双足蹦起。

“那也许，把他变成这个样子的始作俑者，准备好了自愿的祭品吧。”

“少主人为了公主才致此光景，他不顾自己也要来找公主。公主对少主人是不是太薄情？”莺子咄咄逼人。

“我感激他，我也想回报他。可要我用命报答，我也不愿意啊。”雪信状作无奈，“你也关切，要不你找个愿意为他付出性命的人来，立时就能让他解脱了。”

“少主人愿意为公主死，公主却不愿意为少主人死。”莺子一个字一个字地咬着，扭头跑了。

“不愿意就是不愿意，做生意也是要提前谈妥价钱的。要是一开始就讲了，要我赔上命，我宁可死在过去无数次的困境里。多活几年，不是白折腾吗？”雪信用木勺舀水浇淋苍海心的脸。

苍海心皮肤苍白，闭着眼，手抬了一下，准确握住了雪信的腕子：“水太热，烫死我了。”他久不说话的喉咙里，发出干哑的声音。

纱帘挑风，莺子在远处凄切唱着：“不得哭，潜别离。不得语，暗相思。两心之外无人知。深笼夜锁独栖鸟，利剑春断连理枝。河水虽浊有清日，乌头虽黑有白时。唯有潜离与暗别，彼此甘心无后期。”

兔子在帘子里咳嗽一声：“我去叫她别唱了，晦气。”

“让她唱吧，唱得挺好。”雪信悠悠地把苍海心的手从她的腕子上抹下来，把后续的事交给玄河，一边翻动熏笼上的衣服，一边入神地听着。

一记鞭哨打断了歌声。

凶声恶气地，有人骂：“大好的日子哭什么丧！没见曲昭容在江边开宴吗？”

安城新一轮的秩序尘埃落定，曲尘自尘泥步上山巅。把吃力又乏味的辅政捋顺后，她开始探索新身份能为她带来什么另外的乐趣。

深夜不睡时，她掌上灯，一遍遍筛看秀女图卷。选中的放进托盘扎上锦条，放弃的丢到地上，用脚拨弄到一旁。她亲手给选中的女孩儿写帖子，邀请她们赴上巳节江边赏花斗茶。

刚刚捱过一个动荡的冬天，即便是殷实人家也典卖了不少东西。闺秀们出门的行头也多不成套，不是形制就是配色出了问题。

斗茶宴上，曲尘庞大的发髻里别着苍朝雨做秦王世子时为她设计的一套金簪，衣裙是称时节的胭脂海棠色，衣袖和下摆有一百只金银线绣制的长绒猫，清澈纯净的宝石嵌的猫眼。

这一身行头不是她头一回穿戴了，却是首次被人正眼看见和称羡。

她怀里的皇长子亦是裹在海棠色的襁褓皮里。曲尘说，她每一套衣服都制作了同花同色的裹布。

“其实也用不了那么多的。衣服还没轮换穿一遍，孩子就长大了，不用襁褓了。”她笑着抱怨。此言又引来少女们的惊叹。

终于，不需要她亲自侍弄茶水待客了，她是主人，不再是主人筵席上的一件陈设。她在锦庐里设了茶炉，令赴会的女孩子们将她们带来的茶煎了，分与大家品评，再由她点出魁元。

来赴宴的二十个女孩子各自打开茶箱，捧出形态各异的茶器来，舀取曲尘为她们准备的陈年竹雪水，引着了炭，对着茶釜用功。不多时，第一个女孩子用长长的竹勺将茶水注入二十一个小盏。她端着漆盘向曲昭容献过茶后，她的婢女将茶盏分发了下去。

第一个女孩子说：“此茶名龙脑香茶，是高茶合以白豆蔻、白檀、百药煎、寒水石、麝香、沉香、片脑、甘草同炮制。研磨为末调和糯米汁捣上一两个时辰，加入小油和白檀片入模而成。”

曲尘啜了一小口，说了声：“尚可。”

第二个女孩子奉上孩儿香茶，言其茶是以孩儿香、麝香、片脑、薄荷霜、川百药煎配上高茶。呈在茶盏旁的小茶坨被做成了五瓣桃花，用花汁染色的糯米粉里滚了滚，通体是孩儿面的淡绯红。

曲尘说了句：“做得倒也好看。”

第三个女孩的茶用了片脑、檀香、沉香、硇砂、旧龙涎、甘草，制成龙涎小团。

曲尘没有接茶案。她郑重地让正在抢夺茶炉的所有女孩子们停下来，微微摇着头：“你们个个是冰雪聪明的，个个是肯用心也肯用功的。岂不知煎茶，选准茶和器，用好水和火，得清味，归本真，足够了。你们却用力太过，往茶里头添了沉檀，带偏了茶之淡，那龙涎腥气，片脑凉辣更是夺茶之幽。宁缺勿过啊。”

女孩们面面相觑。还未上场的女孩们，茶罐里的茶，多多少少均以沉檀龙麝炮制或鲜花窨制。曲尘如此点评，她们顿时无从下手。

一个不甘心就此罢休的女孩行了礼，要与曲昭容辩几句：“草木天真，药之香、花之香与茶之香，一脉同源，香入茶以益茶香，不夺茶味。”

“你是谁家的姑娘？”曲尘看了那女孩一眼，“谁告诉你茶与花与药是一脉的？茶在清不在香。太香的茶，就不是茶了。”她甚至开始翻看手边的画卷名册，似乎是要把那个女孩子标名挂号。

那女孩子低了头，缩回人堆里，好让曲尘赶紧忘掉她。

剩下的茶罐也不用打开了。曲尘取了自己准备的茶，让她们煎来。如此就比不出茶的优劣，只显出手艺的高低了。女孩子们受了一轮打击后，也不愿意争先了，客气推让了一番，自聚在锦庐一隅聊得蜜稠稠的。

这个说你的红麝串怎么这么好看，朱砂加得不多不少。

那个说想做个黑香珠，香料都好配，选染剂几次都不成。

还有的说染黑用竹叶灰和石膏，染黄用檀香、浦黄，染白用滑石、麝檀，还有一种菩提色麻烦些，用细辛、牡丹皮、檀香、大黄、石膏细调，这可是公主府传出的方子。

有人提着衣裙上的香佩苦恼，说入夏戴过，沾了汗气，收入匣里准长霉。有人提议用木贼草擦了不会长毛，说是新乐公主家的婢女传授的经验。

说着说着，又讨论起填塞枕头、荷包的香来。又是一个传说从公主府流出的方子被传抄。此方贵在当季，用清酒渍了牡丹蕊和酴醿花，捣成饼子裹龙脑做衣，名作玉华醒醉。女孩子们坐不踏实了，回头嘱咐婢女，速去采选牡丹和酴醿泡上酒，等她们回到家即可上手捣饼了。

也许那些都是贩卖香料、鲜花的，甚至卖酒的行商坐贾传出的谣言，但凡是缀上新乐公主名头的物件，总被安城少女抢购一空。

曲尘坐在上首位置，才饮一盏茶的工夫，细细碎碎听了一耳朵，似有一窝马蜂轮番扎她的头皮，舌尖上的滋味半点品不出来了。她正紫涨着脸，听见有人在锦庐旁唱着哀词怨曲，怒气立刻有了目标。

“是谁在故意恶心人？拉过来我看看。”曲尘对服侍她的宫娥吩咐。

宫娥们裹着内侍官去察看，抽了一鞭子摆了摆威风，待要把莺子拿住，雪信这边的侍卫也过来干预，对上了曲尘的侍卫。

曲尘身旁的武士也是雪信派过去的，两边操刀持戈的都是河东军服色，一照面立时打不起来。公主府一方有理无理都护着新乐公主的客人，甘露殿一方的人自觉让了一头，自觉放倒了武器，收了队。

曲尘接了禀报，益发恼怒：“什么公主府的客人，莺子不过是苍海心的狗，苍海心是公主身边的一条狗，你们居然连她都怕！”她不依不饶。她愤怒的是，她的愤怒连个回响都没有。

任曲尘如何声色俱厉，侍卫们只是敷衍。

曲尘发狠道：“你们过去说，是曲昭容说的。莺子搅了我的筵席，我叫她过来，让她给我赔个礼。”

侍卫们去了，又空手来回复：“公主说了，她在江边小酌，被曲昭容几次三番搅了。搅了也就算了，曲昭容办斗茶会，居然不给公主下帖子。公主请曲昭容过去，讲讲道理。”

曲尘脑袋上的金流苏簌簌发颤，气到手麻，又说不出一个字，口中发苦。

倒是座下的女孩子们，窃窃私语里爆发了欢呼。她们对这位传奇公主心向往之，可惜她们华服藻饰时，公主又是隐居养病，又是被圈禁，寥寥数面惊鸿一瞥，没能结交。

等公主掌了河东军，面折廷争，为安城生计里里外外地忙活，她们又被长辈关在家中，无从得见。等苍朝雨做了天子，结束了朝廷的风雨飘摇，关于公主的小道消息是多了，但要见着这位公主是更难了。

她们听说新乐公主邀请曲昭容，不等曲尘回话，就朝侍卫指向的那块地跑。

公主府的侍卫见一群女孩子呼啦啦跑来，排了人墙阻挡。听她们说是从曲昭容那里来的，就开了个口子放进去了。

一排丈许高的酴醿花树，在其还是树苗时枝条被缠绕编织，边生长边修剪，成了一道花墙屏风。

屏风围抱里，一张便榻上有个白衫女子，头戴垂纱笠帽。酴醿飘零如雪，有几瓣落进她右手的酒杯里，她浑不在意，抬手把酒杯送进帷帽的白纱里。

有个铁甲武士坐在榻前的地面上，一只手伸进了白纱中，稳稳托着她的后颈，使她以放松的姿态半躺半倚着。在武士肩膀与上臂的盔甲缝隙里，插了一枝粉芍药。在少女们跑来的一个瞬间里，那武士昂了一下头，接着继续无动于衷。

女孩子们却在二三十步外停下了。她们都已听说，老越王在叛逃路上被部下枭首，新乐公主向圣上推举苍海心为越王，圣旨已颁下来了。当然公主的情事曾经满城皆知，苍海心只是公主众多情人里的一个，为了公主投降反叛了他的父王。眼前的不是什么露骨的亲密，她们却脸红耳热。

雪信直起了身，双足落到地上。她的帽纱是三四层加厚的，隔绝了柳绵和花粉，里外望不透。她把纱帘掀起一个角，朝女孩子们笑了笑，说："你们过来些，我看看。"

其实隔得还远，一切还不真切。女孩子们只觉得那白衫和白纱，是酴醾花瓣纫成，而白纱后面的脸庞，散发着酴醾的香气。等她们离近了，就更分不清白的是花瓣还是衣裳，香的是花蕊还是肌肤。

"是按照曲昭容的喜好，选的乖巧文静模样的。可你们的性子那么野，要令她失望了。"雪信已放下纱帘，只有笑声传出。

她们彼此打量。乖巧文静如今并不时兴，她们并不因为被选中而高兴，而雪信一句"性子野"也没有令她们沮丧。

"你们愿意做后宫里的女人？去做一个只有名分，却见不着君王的嫔妃？"雪信问。

她们又相互看，有一个人站出来替所有人回答："是家里人绘了我们的像送入宫中的。在今天以前，我们无所谓，反正家里有安排，不是安排去这里，就是安排去那里。没有乐意，也没有不乐意。"

"今天有什么不同吗？"

那女孩子说："今日发现，晒晒太阳就如此惬意，该有个人陪着我赏春。"

雪信向远处指了一指："也许能遇见个游春的少年。维士与女，伊其相谑，赠之以芍药。"

那女孩子随着雪信的手指方向看出去，缥缈了眼神："会有那么好的少年吗？"

雪信放下遮脸的帽帘，又舒泰地倚了下去。不需她吩咐，苍海心的手找到了她的后脖颈，给她做了枕架。

她说："要是不出去，你们就一直悬心那个在与不在的少年郎，期待与他相逢。你们走完了，就知道有没有，也不是那么重要。"

女孩子们是不服气的，因为她们所羡慕的一切，新乐公主已经拥有，公主才能如此慵懒倦怠，仿佛失去了期待。她们也向往有一天能千帆过尽，神情恹恹地对后来人品评，这个也无趣，那个也无趣。她们还欲同公主探讨探讨别的，公主摆了摆手，随即就有女官过来婉言赶人。

雪信听着衣裙娑娑而去，任大好的日光铺在纱帘上，蒸得脸庞发烫。又听见环佩叮当，有人走近。她睁开眼，把纱帘撩起反搭在笠缘上。律响泠泠的是曲尘裙腰上的一串空心琉璃珠。

苍海心的手离开了雪信的脖子，他的后背阻挡了雪信的视线。

"她不怀好意。"苍海心说。

雪信用了三分力道想把苍海心拨弄开，却一把推在磐石上一般。

她下了榻，绕开了他。

苍海心挪了一步又挡住了雪信："别信她，她为诡诈而来。"

"你既看不见她慌切颜色，又听不见她步子犹豫，你闻出她诡诈来了？"两人可以凭简单的肢体动作沟通，雪信的这番复杂抱怨，苍海心听不见，也不明白，于是她态度坚决地争抢到他身前的位置。她的眼光没有离开过曲尘。

"我来是与你讲道理。"曲尘说。

"新添的行头？式样倒是新奇，给我看看如何？"雪信却指着曲尘的琉璃珠佩。

曲尘摘下佩饰，兔子过来接，曲尘不肯给："你我之间，何时需要他人传物了？"她伸直手臂提着珠串绳头，挑衅地看着雪信，衣裙上的猫眼闪动。

苍海心双臂搂住雪信的腰肢，将她整个人向后揽："别过去。"

雪信回头认真看了看苍海心的脸色，安抚地拍了拍苍海心死缠在她腰间的手："别紧张，她只身来的，敢做手脚的话，她就回不去了。"苍海心听不见，她也煞有介事地解释，更多地是讲给曲尘听。

但她没再去掰苍海心的手，停留在他的怀抱庇护里，对曲尘说："拿来。"

曲尘与雪信目光对峙了一个回合就败下阵来，她收起手臂，走到雪信跟前，递出手里的物件。

"东西娇贵，小心别磕破了。"她还不放心道。

无色琉璃被吹成薄壁的空泡，串在绦子上如一把晨露，相撞之声清脆绵长。

雪信把琉璃珠掬在手心翻来覆去地看着，口中道："越青师兄被你坑了那许多次，最近一回还险些命丧你手，还能被你哄回来，也是奇了。"

曲尘不甘示弱："苍海心为你落得不人不鬼，还继续保着你护着你。高承钧杀了河东侯，你把禁军都统领的重要位置给了他。弥合无法和解的仇隙，只有利益做得到。"

"制出新的琉璃耳鼓是不够的，除了太上皇和玄河，没有国医圣手能替苍朝雨安上。即便安上了，嵌在脑子里的破片，也清理不干净了。"

"第一件，玄河替圣上安了一次耳鼓，为何不能再安一次？成全了圣上，玄河也是有利可图的，圣上会奉他为大国师。"

满捧的琉璃珠，轻若鸿毛，雪信掂量把玩着，回道："国师变成大国师，他当真是在意一字之差的头衔？难道在苍朝雨手底下做事，会比在我手底下做事自在？"说到此，她自己先顿住。

曲尘点头："在公主手底下做事，自然是不甘心的。不若让至高的权力归于本位，把乱政的公主贬成县主或是庶人，圈禁起来，赐给拨乱反正的功臣。公主的爱慕者，或许无法动之以高官厚禄，但这份回报他们是无法拒绝的。更何况，因为私心，玄河背叛过太上皇，也背叛过公主。"

"你们说服不了玄河，就来毁伤我对他的信任。"雪信啧啧摇头。

"我们再说第二件。只要能重新听见，偶尔头疼又算得了什么。许多人生了智齿不敢拔，也是捂着腮帮子，舔着那颗横生倒长的牙一辈子也过去了。"

"等苍朝雨听见了，就不需要曲昭容辅政了。他会不会宣旨把他心爱的李宫人拔擢为皇后，把虐待过他的曲昭容打入冷宫？你总觉着我对你不好，你总看不上沈越青为你做的，你以为会等来一个人，你投以桃李，他报以琼瑶。可你遇到的情形恰恰相反。”雪信字字珠玑，“你死心塌地投注在苍朝雨身上，会亏本的。”

“你说的不错。不要期望有个人，听了你弹几阕歌，吃了你做的饭，拿了你的定情香物，就把他的所有双手奉上。想要的，终归得费辛劳。你说错的地方是，我投注的不是苍朝雨，而是你身后的苍海心。”

琉璃珠被指头捏破，碎片划伤了指肚。雪信把佩串扔了，顾不得满手的血，揪住了曲尘的衣襟：“不是你劝降了沈越青，是沈越青劝降了你？我给你的不好吗？华城拿什么承诺你？华城才不会把皇后之位许给你！”

曲尘挣扎：“你抹脏了我的百猫衣。”她挥开雪信的手，掏出绢帕擦拭，沮丧地发现血迹渗进了衣料的经纬。

雪信给她的，恰恰是施舍给她的，把一件好东西带来的幸福全毁了。她必须做一件无法脱离她而运转的事，收获她应得的报酬。

曲尘倨傲道：“在苍海心的朝代里做个清闲郡主，也比得过给傀儡君王做看守。我更喜欢的回报是，把你踩下去。”

“那似乎也不需要替换琉璃耳鼓那么麻烦了。”雪信顺着对方的一席话思忖。

“耳鼓还是要烧的，让苍朝雨收回权力，亲自颁旨剿灭新乐公主一党，继而禅让皇位给同宗兄弟，才是名正言顺，对宗庙和子民都有交代。”

“苍朝雨收回了权力，怎肯禅让？”

“只要讲定禅让之后，取出他脑子里的琉璃破片，他会迫不及待拱手让出，一日也不拖延。”

“那只剩下一件事了。”雪信用后脑壳蹭蹭苍海心的下巴，“他们的承诺是骗你的。说在苍海心的朝代里，他会弃我，把我赏给玄河。你信吗？”

她仿佛是要推开苍海心的环护，一个趔趄又栽进他的臂膀里，又往下一出溜，忙抠住他铁甲上的缝隙，勉勉强强挂住。

兔子忙来搀扶，雪信晃晃手：“我酒没喝多。”

苍海心在她腰带上抓了一把，她借力重新站好，扶了扶额，奇怪道：“我本是劝你摆个家家酒过过瘾就罢手，别把不相干的女孩子卷裹到宫里。如今却在想，你提前对我说破的计划，不是只为逞个嘴上痛快吧。”

言未毕，她按在额头的手猛然垂落，身躯也一歪。

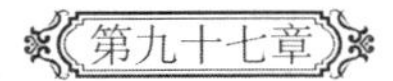

第九十七章

酴醾泣血白骨堆

酴醾花屏前，在苍海心双手扶住雪信的同时，曲尘也有了迅捷隐蔽的举动，她双手手掌里各翻出一支骨针，刺入苍海心耳后颅骨缝隙。在旁人看来她似乎只是摸了摸苍海心的耳朵，苍海心就凝滞了。

雪信半眯着眼，那只手还在荡着，指腹上沁出的血在指尖汇拢，成了一个拉长的液滴，好半天才掉下去。

曲尘抢在兔子张口前命令道：“别喊，你惊动了侍卫，苍海心就会掐死你家公主。你的忠心之名，我在宫中也有耳闻，你也不想莽撞害死你家公主吧？”

想来雪信对苍海心的保护是很有信心的，花屏百步之内并没有布置侍卫，百步之外的侍卫只看见曲尘的后背转开了。

苍海心把雪信的一条手臂担在肩上，架着她往前头走，兔子紧随其后，曲尘似乎无所适从，在兔子之后跟着。到了侍卫们列队的行障出口，兔子说：“公主饮多了，需立刻回府。公主命我送送曲昭容。”

曲尘对人事不省的雪信道了辞。

兔子心神不宁地用眼光追着远去的马车和侍卫队：“你是不是骗了我？公子是万万不会伤害公主的。”

曲尘对兔子说：“你没有跟马车走，出了事也赖不到你头上。我这是把你摘出来了，还不谢谢我？”

兔子抓住曲尘，摸到对方袖兜里一把短剑的轮廓：“会出什么事？告诉我！否则我马上喊破你谋刺公主！”

曲尘笑了笑：“我身边差一个可信任的婢女，今后你跟着我好不好？”

兔子撇开曲尘急追公主府的仪仗。也在那一刹那变乱陡起，马车顶棚被由里而外击穿，苍海心把雪信扛在肩上跳上车顶，又从车顶一个蹿跃把车旁一名侍卫踹下马，夺马撞开通路，朝着横刺里狂飙而走。

雪信恍惚里先觉得自己睡在一张摇篮床里，被子拉到额头，盖住了眼睛，黑暗又温暖，被轻拍着，颠晃着。再听见浪潮鼓涌，四面八方。铺天盖地的水声中杂入了女子的嘤嘤哽哽。

现实一点点渗透进她的梦境。她睁眼，入目是猩猩红的斗帐，猜测她所在的地方是一艘规模不小的画舫。因为船上起码放得下她身底下这张六尺宽的床，帷帐外还有不少女孩子在哭。仿佛是在幼年的梦魇里，神智醒来了，冷冷地观察着沉睡的躯壳。气力被抽空了，雪信挣扎多时，仅有指头微微弹动。系在手指的线头被牵扯，帐中的银铃串响了。

有人闪身钻进帷帐里来，她努力转动眼珠子，才看见来人是沈越青。沈越青正用一块绢帕擦抹双手。手干净了，殷红的丝绢被扔出帐去。

他笑了笑说："我猜，你在懊恼中了曲尘的算计，还在回想是哪个关节上中的计。"他看雪信嘴唇轻颤，就是发不出声，又道，"你目下筋骨使不上力，唇喉也是麻痹的，还是我来说吧。

"毒液无色无嗅，封闭在琉璃珠内。你一见那琉璃珠串，必定会要过去察看。琉璃壁比蛋壳更薄脆，曲尘又故意拿话激你，令你失手捏破珠子，毒液见血而入。这是曲尘的主意，她恨你把苍朝雨变成那副样子。不过，我感念你成全过我与曲尘，涂抹的毒液只有十二个时辰的效力。"

雪信的回应是重复手指上的弹动，虚弱地扯响铃串。

沈越青是个耐心的解说者："我们本只计划请苍海心来，可雪娘子你把他看得紧，苍海心也甘愿寸步不离地给雪娘子做看门犬，没办法，只好两个搭一起绑来。雪娘子在我们手里，我们也不用与高承钧正面相抗了。"

"小沈先生，你与她话太多了吧。"帷帐外有个女子说道。声气怪熟悉的。

"我们师兄弟姐妹之间的情分，你是不能懂的。"沈越青对外回道。

雪信心中还是咯噔一下。除了记得自己身世来处的高承钧，当初在华城沈先生门下被收养的孩子都改做沈姓。这女子根本也是什么都不明白，才能轻易叫出"小沈先生"。

"沈先生"是个不用出现，也压在人心头的称呼。而"小沈先生"也挟了这种余威。

"你不用怕。在华城时，师父待你是最好的。我们以为是他的计划里，需要把你骄纵坏。转到今日再看，师父对你就是偏心。我出来时，他吩咐我不要伤到你，还让我运了江南春笋来，一会儿要是平安无事，送你回府时你带上，与火腿同蒸了吃。你还是茹素吗？那与豆腐野菜同蒸也好。"

雪信从沈越青的脸上，仿佛见到沈先生在不紧不慢、阴郁乖戾地探讨春日美食，而他的手指甲缝里残留的血还没有变成黑色。寒意还是无法抑制地从她心口扩散，侵染到四肢百骸。

沈越青见雪信眼珠子直直凝视帷帐缝隙，又说："外头的事同你无关，你不看也罢。"

那个尖锐的女声又插言了："怎么与她无关了？苍海心巴心巴肝地待她，她却既不替他回魂，也不推扶他去顶苍朝雨的位子，安心把他当看门狗使唤。她该做的没做，还得我们补位。"

沈越青说："世事多变，我们从不抱定一套计划。你的补位也是必须的。"他一闪身，到了帷帐外。帐外的哭声，对他的重新出现做出了反应，有的戛然止住，有的却哭得更大声了。

雪信感觉到船在顺流加速，帆篷被风吹饱，厚重的帐子飘开了一个角。大浪拍下来，船身一倾，把她从床铺上掀了下去。她就像个从笸箩里掉在地上的线轴，骨碌碌滚了一溜，停下来时，她见到了苍海心，也见到一幕胜过噩梦的恐怖。

一具少女的躯体被倒悬在舱梁上。下方在舱板上挖了个池子，苍海心双目紧闭躺，一滴血正中他的眉心，又从额头滑落。他的黑甲泡在血中，甲胄缝隙里的粉芍药染成了赤芍药。

舱梁上装有滑轨，血池的左手边，崔露华在给一个倒悬的少女剃发，莺子候在一旁，等上一个剃完发，就把这一个推过去。

那少女的胸脯轻微起伏，显然还有活气。舱角有个铁笼，里面的女孩子雪信不久前还见过。她们均是曲尘斗茶宴上的客人。沈越青站在笼前，轻声要她们别害怕，手里却捻动着吹针筒。

崔露华先停了手里的活儿，蹲到雪信面前咧嘴："你为什么不愿意？你捐出性命换回苍海心，那些女孩子就不用死了。是你害死了她们！"是了，这个声音就是前番称沈越青为"小沈先生"的女声。

莺子在旁不吭气，眼神低垂。

雪信想回嘴，可是开启牙关的力气也没有。她只有恶狠狠地瞪着对方。

沈越青把雪信抱起来，放回床上，他以为用笑就能安抚她："别在意。原本以为，你至少会找法子试一试，你也太绝情了。我们只好换一套方案，以数取胜了，多凑几个，或许也攒得起所需的愿意。"

崔露华在抱怨："小沈先生， 这一个一个除发也太麻烦了。"

沈越青在帷帐里回答："头发蓄纳血液，会有浪费。"

"日后计较起走失的闺秀们，是会把我扯出来的。我应当即刻回家避风头，不当留在船上做粗活。"崔露华的不满还是打不住。

沈越青走了出去，他收敛了随和态度，严峻道："崔家不会只站个队，分毫力不出就想捞好处吧？皇后的位置，还真当是他人举贤举德送给你的？露娘子，你的手上不沾血，不愿意和我们在同一条船上共事，我们如何信任崔家？毕竟崔家也拥有一位皇子。任管与哪一方合作，都不过是权宜之计。"

怪不得崔露华对主持行动的沈越青口气傲慢，她已提前适应了未来皇后的身份。在苍朝雨的阵营里扑空，迫使崔家孤注一掷。一直到沈越青的最后一句，才算压下了崔露华的嚣张气焰。

这位崔家千金叨咕了一句："我只管我自己。做皇上的小姨母，顶多是个国夫人。我与苍海心是完了婚的，我要做皇后。"

继而是沈越青长久的呓语般的劝说。

曲尘已先替他们筛过，找来的女孩子均是性子软糯，家中又有父兄在朝为官，卡在不上不下的地方。沈越青从箱子里拣出一个卷档，念着名字，在笼子找到对应的面孔。

他看着那女孩子的眼睛道："还不到一年前，你的父亲曾与我接洽，说愿把你嫁与未来天子。可惜你家的门第还是太低，你父亲又坚持为你谋正室之位，亲事没有谈成。如今就有个提升你家门第的法子，你愿意不愿意？"

那女孩子双手放在唇上紧紧捂着，喉咙里发出受惊的打嗝声，仿佛是把要命的回答强行吞咽下去。

"不要害怕。我可以保证，放血没有痛苦。"沈越青朝旁侧指了指。

女孩的双手，一只捂住了嘴，另一只捂住了双眼，眼泪洇湿了指缝。在手掌之后，她说："我父亲想要提升门第，我又不想要。"

"你再想一想。"沈越青的这句话成了最恐怖的咒言。

"我愿意死。"女孩子绝望地说，"但我的死和家门无关。不要抚恤我的父亲，不要令我的家人因为我的死得到一丁点儿的好处！"她发狠道。

潮声喧哗里，雪信暗暗蕴劲，努力使得身体重归自己管辖，却不得其法。

舱中诸般轻声却放大了送到耳旁。沈越青一个接一个点名，细致劝说。女孩子的回答幽咽凝噎。刀锋嘶嘶舔过头皮，血滴叮咚落入池面，一如集市上贩卖牛马有讨价还价，也有舍不得又不得不卖的。

船又来了一轮剧烈颠簸。好在沈越青在床旁竖起围栏，雪信从床的一侧滑到另一侧，肩头重重撞上床板，也觉不出疼。床帏被甩起，她从打开的缝隙里见到黑夜降临，舷窗被木板遮蔽，顶壁琉璃灯高烧。

池子的右手边挂着更多躯体，它们也在颠簸里东倒西歪。

崔露华耳边有一种嗡嗡声一掠而过："小沈先生，血招来苍蝇了。"

"江上怎么可能有苍蝇。"沈越青驳道。

"血不招苍蝇还能招什么？越来越多了！"崔露华忽然乱挥双臂。

一群金蜂子循隙而入，裹旋过浓香犹未散去的少女尸体，扎入帷帐，在其中焦灼地乱飞乱撞。

"追兵已至，还烦请公主替我们拖住高承钧。"沈越青走入帷帐中对雪信说。

他操作床架上的机关，床板向下分作两半。底下是口无盖箱，雪信才漏下去，沈越青就把她的手脚折拢朝箱中一塞，正好满满当当。直到舱中金蜂子追随萦绕而去走干净了，床板才恢复了原样。

又一顿机关运作，敞着口的箱子被画舫吐出，抛到了汉江之上。时逢朔日，昏黑不见星月，才出舱室立即被一个浪头拍下去，又被另一个浪头托起来，带路金蜂子被水花打湿翅膀，飞不起来。箱底凿开了一个小洞，身下箱底不知扔了些什么沉重物件，坠得箱子吃水很深，江水眨眼工夫灌入半箱。

雪信听着猎猎帆声，看见夜空与江面相接之处光亮连成一线。就在江水漫过她的耳朵，将漫过她的眼睛和口鼻时，箱子的下沉停下了。

半空里有一件东西挡住了远处的火光，是一只手擎着只靴子往箱外舀水，倒出两靴子的水后又扔了靴子，似乎是如此处置嫌慢。

箱子又下沉了，雪信整个人浸入江水中的一瞬，一双手把她从箱中拉出，放置在一片浮地上。浮地宽阔，附着层茸茸水草，也是刚从水中捞起的样子。

雪信依然是动弹不得，只是半边脸压在水草上，半边脸冲着光亮。不知是江际火光在推近，还是她向火光逆流而上。

救她的人在说："没事了，你歇一歇不打紧的。余下的托给静西侯吧。"

明光里脱出一条黑影，到了近前才知是一艘快舟。她身下的也不是浮地，是白虎的脊背。玄河也在她旁边泡着，要把她搬到舟中。

雪信回声不得，躺平在舟底，模模糊糊打了个梦。梦中她还在方才的画舫之上，躺在一方与身量尺寸差不多的池子里。头顶垂下一支雪白细长的花蕾，未破绽的花瓣顶端有一粒晶莹珠液停留。

书上凡提到鲜花入香、入药、入妆奁，都言明带露采最佳。后世人以为是日出前的露水，实则是花朵吐出一种非油、非蜜，也非汁的液滴，芳香凝聚于此。摘花也必在时寅时日出之前，去早了，夜深花睡未醒，去晚了，液滴即随夜露蒸干。

她好像裂成了两个，一个自己教导着另一个自己儿时看过的书。一会儿，她是躺在舱底的，一会儿她又是浮在舱室高处的。她看见舱室里搭着花架，悬着的花多有还未开放就吐完精华而枯萎的。

沈越青把花朵摘下来，绑在木板上。画舫在江上逃命，行出一段就抛下一朵花的残尸，以延阻追兵。面门上方的花蕾滴下露来了，打在唇瓣上，刺人的冰冷。

她挣扎出梦境，肢体堪堪能挥舞起来，还是绵软使不上力。她发出些没有意义的声音，把坐在脚凳倚着床柱假寐的兔子惊醒了。

兔子把雪信的胳膊按下，掖回锦被里去，摆正了她的脑袋，不许她乱动，旋即奔得不见了，只余下被搅起的浮尘，悠游翻滚，在日光里的一段尤其分明。

面门之上，悬着一个绢袋，袋角照准了她的嘴唇落水滴。那应是解迷药用的，她倒下之后牙关紧咬撬不开，灌不进汤药，只能濡湿了嘴唇，由唇隙渗入牙关。雪信爬起摘了绢袋翻看，果然是一囊的碎冰，袋底是一片瑶香草叶。瑶香草本身不解毒，却能驱动本命蛊解毒。

雪信拈起那片叶子嚼了，要下床却找不到鞋。兔子学奸猾了，临去时叮嘱她躺着，怕她偷跑掉，居然把她的鞋藏了。她坐在床沿打量周遭，不是在公主府她的卧房，而是在一领帐篷里，篷布加厚，隔绝了天光和人声，床旁有一架灯树，树上五六盏灯，豆大的火苗不偏不倚地燃着。

兔子领回来的是骆百草。见雪信惊讶，骆百草说："是信不过我吗？"

雪信忙敛了神色："师娘分派你们来是为种粮救人。别的事，乐得不掺和。"

骆百草是记在骆锦书名下收养的，雪信叫师娘，骆百草直称师父。

"你不必客气，我们亦没打算作壁上观。师父被封住魂魄送到安城时，是你一人承担，一人破解。师父和你瞒得好，要不是来安城听人讲了，我们竟不知有此事。我们做徒弟的反而没出力。"骆百草说着，替雪信诊脉，"你没大碍。瑶香草是你的不死药，再歇歇就好。"

雪信对兔子说："把我的鞋交来。"又对骆百草说，"那些事，只有玄河最清楚不过。他告诉你们，也不过是拉你们入伙。"

骆百草说："他不拉，这个伙我们也得入，必得出口恶气。"她又拦下兔子递鞋，"公主须听我的，你独自谋划，亲身上阵，又许久不曾好好休息，至此早已心神俱疲。冰酒萃叶是我的主意，叫你好好睡一觉，你却还是提前醒了。你一个人管得过几摊子事？该信任就信任，该放手就放手，有结果，自然会报来。"

骆百草是被骆锦书养大的，她的师父生性淡泊，只教本事。是以骆百草在华城时守着个小药圃，鲜少涉世，说话孩子气。不似骆孰甘，赶着蜂巢车随着花信迁徙流浪，还与人打一打交道，闯出了江湖习气，性子也未磨圆。

历经过数次踏空，信任哪有那么容易，梦中见到熟人也要上前扯扯脸皮，不肯轻信。但雪信依言靠回枕上，闭目说："那我等着，有了结果就叫醒我。"

再睡是睡不着的，闭目思虑就缕缕纷纷。

两把火一场冰，打散了越王叛军。越王败逃路上，手下割下了他的脑袋，提到高承钧马前。苍朝雨在沉香山腹内被以谛听术震碎琉璃耳鼓，从此任人摆布，不足为虑。挤掉了已破溃的脓包，那些蠢动的诸王和百官、四境之外的邻国，消停了下去。

但他们投机一把的心是不会灭的，只是最好的时机已过去，行动也由露骨转为遮遮掩掩，不敢在明面上运作而已。而雪信从华城藏珠楼走到安城权力之巅，把帝王做成傀儡摆弄，仿佛没有什么再能为难她的了，余下的也只有一件事，彻底了结华城的麻烦。

华城布局二十多年，最后都要着落在苍海心身上。她为苍海心谋了越王的封赐，离目标只差一步了，而占着他位置的是个无法行动无法言语的废人，随便扒拉，只是这一步紧紧攥在雪信手中。

在计划里，不需要雪信去找，她用苍海心做香饵，幕后人自会气咻咻地跳出来斥责她，惩罚她，与她谈条件。她身怀异蛊，没那么容易死，是以不怕。但她想不到的是他们连口也没让她开，请她看了一幕血淋淋的献祭。

于苍海心是还魂还魄的法事，于她是严厉警告。她的举动挑战了华城的耐心，就会伤及无辜，且死得极尽残忍之能事。那些找不到仇敌的人，会把账记在她头上，憎恨她，诅咒她。一如当初她戴青玉虫簪赴宴，引动虫簪风气，仿制品多用蚂蚱翅，后来有传言天下蝗灾皆是新乐公主虫簪所兆。

她转而想到，骆百草和骆孰甘留在安城空掷了才学，应该让她们代天子巡视天下农事。骆百草会开田引水，应付各种谷病。骆孰甘养的蜂子不单有采蜜授粉和寻人下毒的，还有能吃掉蝗虫的。

想到入神，忽觉得颈窝里有风，雪信睁开眼，看见高承钧搬了个凳子坐在床边，替她掖被角。其实她躺下去时，自己把肩颈周围的被角塞紧，闭目思索不曾动过。高承钧的关怀举动，少不得把被窝开口扯松，又填实，做完了才察觉是多此一举，尴尬缩手。

雪信睁眼对高承钧说："这是哪里？"

"在西狱院中。把你放在公主府，一醒也是跑来，索性安置在我眼皮底下。"

"我躺累了，正好要坐一坐。"

床帐内陈设简陋，没有舒适寝具，高承钧找了卷毛毡垫在雪信后背，又亲捧了个碗来，用银勺舀起热汤吹了吹，说："你在江水里受了寒气，须喝姜汤，须喝完。"

雪信说："给我吧。你喂的话会漏到下巴上。"

高承钧顿了下："雪信，你且把你的要强性子在边上放一放，出不了事的。"

雪信不说话了，松松地仰靠。高承钧一勺勺姜汤送进她唇间，小心地避免撒漏丁点到她下巴。喝完，她说了声"多谢"，他也说了声"多谢"。他知道雪信在迁就他的固执。

"姜汤是不是太甜？"高承钧问。

"差不多吧。"雪信含糊道。

高承钧叹了口气，叫来兔子，示意她检查碗底残汤。

"怎么是咸的？咸砒霜，没法喝！"兔子用手指沾了些尝了，跑去帘外吐了。

"你尝不出来？"高承钧问雪信，但答案没那么必要说明白了。

她临去前对高承钧交代过她的计划。她已重新开始服食香药，标记了气味。华城来人将她和苍海心带走后，可以借骆孰甘的金蜂子追踪。若对方以她的性命要挟，不必理会，华城之人不敢叫她死。

苍海心骑着白虎回到安城，她已对他施下连理术。连理术，闻名知意，两个枝杈在一条根上，同生共长，一荣俱荣，一损俱损。她死了伤了，会殃及苍海心。

苍海心受了磨难，她也会有感应。她在莺子眼皮底下施的术，莺子是半途招募，不算师门中人，未必看得懂，但听了莺子汇报的人就知道投鼠忌器了。

人有三魂六魄，天魂常行于天上，地魂常走于地府，命魂居在身躯，七魄管着身躯的运转。

当日楚巫取苍海心的天魂寄托于海东青中探看军机，取苍海心的地魂注入白虎执掌杀伐，又分裂了他的七魄，言定苍海心击破高家军与诸王联军后，为他还魂归魄。但苍海心不听命令，弃了战场去找雪信。到安城时，他的时日不多了。

就像个完整的口袋，被强行撕开取走了一两样东西，魂魄不归位，那个口子就补不上。稍有动作，袋中余下的东西就会从破口里漏下。

雪信该是立刻为苍海心招魂的，但那时她正与苍朝雨剑拔弩张，玄河又去截击越王本部人马，根本斗不过楚巫。更有一个念头，牢牢攫住她，使得她狂怒。

“先是妻子，又是儿子，他还有什么不能出卖，不能放弃？”

天下之乱，是用锦书换的，锦书醒转，是雪信拿自己的性命换的。如今，那个人又要用苍海心换天下之定，还需要她想办法让苍海心醒过来。那个人只负责肆无忌惮地破坏，谁心软看不过去，谁就以身饲虎。

她偏不能让那个人如意，她只是用了连理术，把性命与性命钩绑，暂时把苍海心剩下的魂魄固定住。谁打碎了玲珑琉璃盏，谁就去扫破片。不收拾，就永远是一个残破的苍海心摆在那里，没有人在意的。

只是连理术另有一些效果。连理树上的一个枝受了伤，会加倍地从根上抽取养分修补自身，甚至掠夺另一个枝杈的份例。那是连理同生的本能，不为心念情感所转。

苍海心还缺着一魂一魄，看不见也听不见，他只有将身体的其他感觉发挥到极致，尤其依赖嗅觉和味觉。故而雪信的鼻舌感受日渐单薄，直到完全失去功用。

雪信虽没有对高承钧讲透，高承钧却也知道雪信会对他有所保留，甚至玄河对他也不会有实话。捉住了沈越青后，先逼问此事，又做了咸汤试探。

雪信把自己的性命以连理术之名与另一个人绑定，根本是高承钧无法接受的。沈越青告诉他的是，若不解绑，今后苍海心遭遇的所有危险，雪信都要共担。

高承钧问及解连理术的办法。沈越青说，现今两人性命融通，不可贸然拆分，只有先令苍海心献给白虎的一魂一魄复位，病枝不再攫住健枝，才可解术。

两人实在太相熟了，心思互有隐瞒，其实又什么都瞒不住。

雪信嗔笑：“你居然骗我喝咸卤。”笑容一敛，又说，“沈越青虽没有骗你，你却不能被他牵去了。连理术相互威慑，能谈判争取个几十年的和局。山河子民之外，苍海心的性命，你我的性命，无足轻重。”

“和局不了了。”高承钧从床底下找出软底绣珠鞋，放在脚凳上，“苍朝雨死了。”他料想此消息一出，雪信是会从床上蹦到地上的。

白日里，高承钧一干人等在江边守株待兔，顾不上承恩殿这一头，高承钧接了报下令安城戒严，封锁永安宫，重兵围困承恩殿，直到江面上的追逃结束，才来理城中的乱麻。

御史台西狱人满为患。

在承恩殿里侍候的内侍与宫娥，当初雪信也是对着卷档下了番工夫的，人脉广博，八面玲珑的都不要，换成底子清白、安分拘谨的，办不来事也没关系。出了事，这班人一个也没放跑，一锅端押入西狱询问。

当值之人的供词差不多可以相互佐证。说是李宫人入承恩殿后，曲昭容就把她打发去做日晒风吹的殿门值日，不让李宫人接近圣上。

曲昭容晨间把圣上扶坐起来喂了一碗粥就出宫去了，过午未归。李宫人怕饿着圣上，偷偷端了碗羹入帐帷，怎么也喂不进去，一试鼻息，发现圣上已无鼻息。

这些人平日里眼见着曲尘含怨带气地摔打苍朝雨，又揪着李红芍上火，暗暗同情，陈词中已将曲尘指认做了凶手。但出自河东军的殿前侍卫比他们多见几个死人，一摸尸体，还是新鲜的，没凉透，就把李红芍捆拿住了。

在西狱里，李红芍痛快承认："士可杀不可辱，君更是不可活着受辱。雨郎求我，我不可推辞，就用枕头捂住口鼻，解脱了他。"

本来雪信送李红芍入宫是制衡曲尘，免得曲尘挟天子自重，找出些麻烦来。可也没料想，曲尘虽满腔愤懑，也不敢定苍朝雨的生死。

她在酴醾花屏前激将雪信说的话也不无道理，华城在意的是承继有序，得之天命。苍朝雨对他们还有用，活着也掀不起风浪，提前死掉却会令史官笔尖滴下存疑的污墨。

在意苍朝雨活得好不好的，是李红芍。苍朝雨生不如死求一死，她就成全他。要是没被识破，她大概会躲回李家生下遗腹子，又是一场祸端。

前阵子，御史台大夫还是周家的人，突然写了奏本说高堂辞世，回乡丁忧，卸了官职。雪信旋即借苍朝雨的圣旨把玄河补了上去。御史台到了玄河手中，掌控朝政更得心应手，也可更斯文些，不必动不动就殿上见血，血尽流去了暗无天日的湿苔墙沟里。

雪信跑入件作间，两只鞋左右反穿，鬓发飞蓬。她看见玄河正用柴薪架了巨瓮熬煮药汤，汤上飘着一缕头发。柴火是小小一朵，瓮上雾气轻拢，手放瓮沿，不凉不热。

玄河用一支酿酒翻缸用的长杆竹扒搅动药汁，小漩涡就萦绕那缕头发不散开。

"沈越青抓到了，你不审。崔露华牵累了崔家，你不追打。活人的事忙不过来，你却在摆弄个死人。"雪信语气不快。

玄河不徐不疾道："沈越青难审，要熬一熬他。涉案不涉案的，朝官正四品以上的被召入宫中赴宴，正四品以下的在家中迎接宫中赐宴，菜品不上完，禁军也不会撤。"

"苍朝雨死得不是时候。"雪信叹气，"宫中开宴，主人却摆不上座席了。"

"我在公主醒来前，想了个备用的法子。"竹扒勾住瓮里的头发，向上稍稍一提，苍朝雨的面孔从深褐药汁里浮现，又沉下去。

"查抄百器工坊的圣旨已经拟好，只差宣布。苍朝雨之死把矛头带偏了，找个新主登基，上来就查办首逆，李家族灭，再把政敌打上同伙罪名除掉，而画舫少女命案反要搁置。我们不得喘息，华城网底逃脱，隐入暗处。还有一件，如今请出张太后颁懿旨召某个亲王或世子继位，也没有人会来，我们手里只有苍海心。"

雪信已明白玄河要做什么了，奇诡险谲，移花接木，把两桩案子并成一桩。

"还少不得公主出力。请公主梳洗。"玄河说。

就在雪信出门后，他熄了火，在苍朝雨肩腋下串了丝绳吊出瓮口。苍朝雨的腹腔开了道长口子，内里空瘪，玄河将其控干，拭去药渣沫子，填入药汁炮制过的稻草缝合，又给他周身擦了香粉，盖住异色和异味。

经过一间灯火通明的囚室，沈越青双手被缚悬在头顶一个晃晃荡荡的铁环上，足尖支撑身体，足跟离地。他想要站稳而不能，想吊挂身体也不能，找不到个稳定支点休息，即便睁着眼睛迷糊住，也会被看守狱卒一桶冷水泼醒。

望见铁栅窗外的人影，沈越青高声说：“雪娘子，在画舫上，为兄待你不错。你如此待我，就是以怨报德了。”

“多谢兄长装了一箱子的春笋给我，险险就把我沉江了。”雪信一本正经，“我们是在帮你摆脱心障。你熬不住时再叫我。”她记得地上还有雪时，沈越青把她领入这座监狱营救玄河，转眼人事错转，身份对换。

再往里走，走到头，是占据正面墙的铁皮木芯门，门后关押的是越王苍海心。

雪信从醒来一句也没问过苍海心。她的感受早已安抚了她，他在附近，没有受伤，也无好转。他也能感受到她的气息在接近，又远去。

门上铜铃响了两下，顿了顿，又轻颤两下，像是可怜巴巴的呼唤。

雪信回了一下头，又朝狱外走。

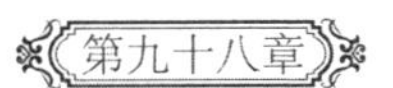

第九十八章

登台望仙月昏昏

春夜醉人，但永安宫御园的望仙台上，群官们按官阶职位排列，各守一席，对着琥珀色的酒光，案下两股战战。穿着禁军铠甲的席纠过来劝喝酒，呼啦啦一片仰头倾杯，叫吃菜，低头朵颐，不敢有一丝半点脱了群。

全城戒严了一天了，官员府宅均被明哨监视，永安宫黑云摧城，这是前番圣主禅位、后主亲征、新乐公主与当时的秦王世子对垒也不曾有过的阵仗。

久历宦海的老人精肚子里嘀咕，这是位子又要换人坐了，还是不见血不收场的那种。他们也不敢交换感想，免得说了不该说的被捉到，拿去奠刀祭旗。而今只有蒙头吃，要么安然无事，要么大家一起躲不掉。

忽有内侍官高声通报：“新乐公主到。”

宴上诸官员禁不住一缩脖颈，继而又转头望向左右席位中间的步道。河东侯的这个女儿，从她回到安城认了亲，她做皇上的表叔和做大将军的父亲把能给的宠爱都给她了，可她每一次在夹道簇拥下出场，跟随而来的就是祸乱灾变。

嫁给高承钧，婚礼还未办完，高承钧的父亲高献之死了，致使安西权力迭代，西域三十六国的利益重新划分。

参加旧情人苍海心的婚礼，高承钧又出来把安城烧了，圣主下罪己诏，禅位给后主。

她再一次出现在殿上，主张高家军与诸王联手平乱，后主就御驾亲征，而后在乱军中失落踪迹。

再一次出现是苍朝雨坐上御座，却已是她手下傀儡。

在百官看来，她简直是一团恐怖，初时还是香艳秾丽，带着茶余饭后的嚼头，如今渐渐使人闻风丧胆，但也使人忍不住探究，她这一回，又要对谁下手。

打眼前走过的公主没有纱帘遮掩面容，肌肤如沾了雨水的花瓣，半透着白。戴了顶小小的蝉翼金冠，身上是阔袖道袍，素纱流逸，仿佛是多簪一朵花都嫌重。步子也是小小的，轻轻的，认真走了好一程，也没挪多远，似乎新病未愈。

四名婢女打着雀尾行炉，炉中青烟袅娜。女官仿佛是嫌公主走得慢，要上来搀扶，却又不敢，只好抖抖手。众人略失望，当确凿了所有灾祸可以归咎于这个年轻女子，她却一派柔弱姿态，担不住众人罗织起的恐怖。

内侍官又报：“静西侯到。”

又如一阵风拂弄麦浪，众人忙不迭压低了眉眼，却又要从额头偷瞄。新乐公主还是宛如诅咒的不祥，高承钧却是实打实要人命的魔星。这两个可怕的人之间，却有可看的乐子。

就见高承钧全幅铠甲外披着锦袍，阔步疾行。公主才走到一半，他越过她的肩头落了座。公主虽带了一大班人，看着还是孤零零的，几乎是挣扎着走完后半程，抵达了她的位置。

那曾经的结发夫妻，见面不交一语，两个最接近御座的位置，一个在东首，一个在西首，还是面对面坐着。有人从中嗅到点东西，却如鲠在喉说不出。

高承钧坐下后，随手从革包里倒出一堆橡果无聊地剥着。新乐公主则是皱了皱眉，对女官吩咐了几句，女官找到当场的光禄寺卿，劈头盖脸，说宴场所熏的香窨制日子太短，呛喉刺鼻，公主受不了，要么撤了炉子别火烧火燎的了，要么换我们公主府自带的熏香料。

光禄寺卿不敢得罪，亲手把四个镇席大铜炉里的香换了。

而后高承钧又从随身携带的零碎里找出一支铁针，扎透了一枚橡子做成陀螺。公主则挑剔专为她准备的菜品不合食性，端手瞧向了对面食案上滴溜溜转的橡子，像是很有兴趣，却因为两人再无瓜葛，不好让女官去索要。

众人的眼光也就饶有兴致地从东打量到西，又从西转回东，跟那个蹦来蹦去的陀螺差不离。他们也跟着看了一阵陀螺，等回过神，席间换了曲子，一班舞姬披羽衣缠彩帛在做胡旋舞，只有步子踩在鼓点上，却不成队列，没有阵型，满场滴溜溜乱转。说无头绪，舞姬们又横行无阻，好半天也没有相撞的。

“圣驾到。”

有人在望仙台下喊，台阶上的人重复了这句话，一遍又一遍传递进宴场。

宴前飞扬的裙摆飘带骤然垂下，百官们齐刷刷打个激灵，起身离席，微微躬身候着。在他们的种种推演里，没有一种是还能见到活着的苍朝雨。

然而众目睽睽之下，一架肩舆被抬上望仙台。舆上纱帘高挑，舆中人与宴上客照面。台上四个鎏金铜狻猊炉，十六个鎏金铜仙鹤炉，加上各张食案上的小炉，烟柱滚滚，熏风袭人。

诸位官员心有旁骛，又被席间浓烟纠缠，正分辨不出菜品的滋味，但苍朝雨肩舆未至近前，香气如飞瀑急雨，强劲泼洒，穿透众人鼻观。像丁香炖羊肉，像零陵香腌制的白桃肉，像荷叶覆盖又用荔枝壳为柴薪蒸熟的鸡肉圆子，闻着既有香料之香，又有食物之香。

苍朝雨大睁双目，盘腿端坐，脸和手上的肌肤白皙里带点红润，均匀鲜亮如新做好的泥胎彩塑。

没有多少人关注曲昭容，但她跟在肩舆之后步行穿过东西席位之间的甬道，衣摆上的宝石猫眼在灯辉里眨动，也引得人朝她投去几眼。

御座被撤走，苍朝雨的肩舆取而代之。曲昭容跪在舆座前为苍朝雨整理整理衣襟袖角，而后退到舆后的暗影里。

众人以为接下来是新乐公主或者高承钧站起来，用自己的身形挡住苍朝雨，宣布其德行亏失，把他从肩舆上拉下来，然后变戏法一样推举出个新主，叫众官朝拜。

但先有动作的是苍朝雨，他抬了手，招了招，叫曲昭容从暗影里出来，站到他身旁。这是苍朝雨穿上明黄天子袍服后，众人头一次见他自己动弹。就见苍朝雨让曲昭容再近一些，他亲手为她理了鬓发，又从袖中取出一朵绢纱扎成的芍药簪到她发间。

众官哗然，而高承钧剥完了橡壳，拂了拂双手，一颗又一颗吃起橡果仁来。新乐公主强作无事，把衣带绞在手指上揉搓。

苍朝雨把双腿放下，走出肩舆，指着新乐公主："公主害天子，杀朝臣，篡权乱政，贬为庶人，圈禁。"

新乐公主长出一口气，她仿佛是比其他人早一步知晓自己的命运，已没有惊恐，放弃了抵抗。

她离席跪倒，谢天子活命不杀。

高承钧也从座席后走出来，俯身取下公主金冠，乌油油的发结自她头顶坍塌。上来两名卫士将她架起拖下望仙台，再一次从众人面前经过时，公主青丝散乱，半掩住惨淡的面庞，步子趺趺撞撞像个跌坠的风筝。

罪人不配有尊严，但落了魄的罪人，似乎恢复成了供人遐想的美人。

台阶下到一半，雪信说了声："行了，就到这里吧。"手臂从左右钳制里抽出。

那两人正是她的河东军亲随。见他们还在迷瞪，她抬手给了一人一个脑瓜蹦，又掏出一个竹筒，各向两人舌面上挤了一滴穿心莲草汁。

两名亲随被苦得一哆嗦，彻底清醒，低头看看自己身上的金吾卫服色。

一个奇怪道："方才做梦一般，真以为自己是金吾卫，半分不记得公主的布置了。"

另一个说："如今醒了，方才的事反而模糊，话到嘴边被打了个岔，居然不记得了。"

雪信吩咐两人原地扼守，她重返望仙台上，从她眼中看出了另一番的光景。

高阶之上舆座之前，苍朝雨瞪着一双瓷眼，头顶及手足各关节被头顶彩棚横梁垂下的丝索系住，一举一动皆由丝索调动。丝索是古琴上的冰丝弦，既劲且韧，牵扯傀儡动作如生人一般。

舆座后的暗影里就站着玄河，手持两个竹片交叠而成的弦弓，如拈针绣花，只是细巧摆动。

那些真相，场中的众官员视而不见，从雪信的婢女用雀尾行炉散布掺有曼陀罗花粉的香云，他们入幻由浅而深，所见所闻乃至所感所悟皆被操控。

镇场铜兽炉中后换上的香料掺有大剂量的松蒳，松蒳为松树身上的苔藓，晒干研细烧之能聚烟，以此竖起屏障，固定了幻境的范围。

雪信从群官行列旁走过去，她在幻境之外，他们在幻境之内。在他们的心念里，新乐公主已退了场，如果没有人喊破提醒，他们永远也看不见她。他们全副精力对准了苍朝雨。

苍朝雨正被扯着手握住了曲尘的手，玄河模仿苍朝雨的声音模仿得惟妙惟肖："朕与诸位爱卿商量，策曲昭容为后。在登基大典当日，举办册后大典。"

曲尘一副被蚂蚁爬上手背的神情，眼神飘向雪信，雪信从袖里掏出只红地金线绣麒麟的娃娃鞋，对曲尘招了招。曲尘只好把眼神转回去，认真做戏。

背叛过主人的弃子，要重新找回价值，得破釜沉舟。她遴选了献祭少女，又制住苍海心和雪信，立下两件大功。

她设想的最好的结果，如她所言，是苍海心魂魄归位，取代苍朝雨，而雪信被画舫带走，去领华城的判罚。最坏的结果，她连想也没敢想，一动念想了，事就做不成了。

给苍海心植入骨针，对他下令带走雪信之后，曲尘还想着暂避风头，看看事态如何发展。等她去斗茶宴的锦庐里找孩子，却见摇篮空着，一个海棠色的襁褓抱在玄河的怀中，庐外伏兵也显出了狰狞爪牙。

她只能跟在玄河马后，自己走着去了西狱。

牢室里不见天日，只有幽幽灯火。

不知捱了多久，雪信在铁窗栅栏前出现，手里晃着一只小鞋："这个能不能使你听话？若不能，我再找找别的，谈谈你可以得到的利益。"

鞋子是曲尘抽了自己衣裙上的金线给孩子绣的纹样，她自然认得。

但雪信好像对曲尘和孩子之间的感情不太有信心。

曲尘深吸了一口气，说："你当然不会懂一个母亲的心。"

要说在离合向背瞬息万变的关系中握住一点踏实的东西，那就是这孩子是她身上掉下来的一块肉。孩子由她支配，是她的财产。孩子是皇长子，即便苍朝雨禅位给苍海心，孩子也能等着承袭秦王封爵，得到崇高地位，故而也是她的一项投资。

总之，孩子对曲尘的重要，雪信是无法感同身受的。

在踏入西狱的仵作间前，曲尘还不知道自己输掉了几个筹码，待见到了栩栩如生的苍朝雨，她才是绝望了。

傀儡牵丝，苍朝雨至死也没能摆脱。

她不管站在哪一边，身上的丝索也摆脱不掉。

当时雪信只给她分派了任务，肩舆停下后，她要将梁上垂下的透明丝索系到苍朝雨身体各处，而后只要给傀儡搭一搭戏。

雪信倒是没有提前给曲尘讲明册后之事，在望仙台台上乍闻玄河借苍朝雨之口提议，却也没有了惊喜。帝王帝后的身份在她眼中不再是闪闪发光，她才了悟，发光的本质不是别人的称呼，而是权力。她所料想不到的，是戏本里也给了她浓墨重彩的位置。

距离舆座最近的高承钧提出反对："曲昭容出自商贾之家，身份低贱，不堪为后。"

同处一场却置身幻境外的雪信，看见高承钧面上幽泉铁粉所刺的纹样忽隐忽现，赫然是张狰狞兽面，手部纹样乃是利爪。纹面浮现时，所见的是真实，纹面隐退时，又沉入幻境。他已可以控制幽泉铁的力量，让自己暂停在真幻两界之间。在他看来，雪信的身影亦然是飘摇出没。

在华城时经受过异于常人的训练，曲尘的心神警醒，也不容易入幻境。

苍朝雨抹了红蜡的嘴唇被细丝拉动，上下唇瓣开合，宛如在说话，而她听见说话声从苍朝雨身后一尺处传来："前番日子，朕一时失察，中了庶人江雪信的阴毒伎俩，混沌卧病，不能理事。还是曲昭容衣不解带地照顾朕，兼顾辅政重任。又发动族人搜寻医方，为朕精诚祈愿，终于向天借命，使朕沉疴尽起。曲昭容之功，不堪为皇后？"

"臣莽撞，应嘉奖曲昭容族人，赐封国公。"高承钧说。

"正是正是！"苍朝雨迭声应下，"登基册后，还要将曲昭容族人接来观礼。抓紧去办。”

群臣附和，在幻境中，他们的主意总是被一个明晰的声音领路，做不出反对。接着苍朝雨又举杯祝酒，与群臣共贺嘉夜，然后乘着肩舆下台去了。

幻境之外，苍朝雨自始至终没有眨过眼，曲昭容也脸色晦暗眼神游移，不过这些瑕疵都无足轻重。

在群臣们想来，此刻苍朝雨该是踌躇满怀，意气风发，曲昭容也该是感恩戴德，娇羞矜持。他们只要想见，即可看见。

他们想，圣上痊愈了，能临朝亲政了。圣上将立后，有皇后的圣上才是正常的圣上。朝会终于是正常的，而臣子们也将摆脱上殿进言时刻被长枪利矛指着的恐惧了，他们想想就快乐。

群臣在望仙台上宴饮至深夜，不胜药力酒力，皆醉得不省人事。雪信留在场中的雀尾行炉炭尽香断，高承钧打开铜兽铲灰压熄了松蒳烟。

夜风灌入，转瞬吹散了台上幻境。

雪信纱袍被风勾挑，显出纤细窈窕的身段，却也显出衣料轻薄抵御不了更露。高承钧面上的鲜红兽纹消隐，他看起来又像个人了。他脱下外袍披到雪信肩上。雪信肩头缩了缩，看着他，没有说话，只是把披散的头发抓过一绺用手指梳理着。

“我送公主回府。”高承钧细细地给她掩上袍襟。

雪信用丝绦把长发系成一握，甩回肩后，说：“再也不需称公主，也再没有繁仪。我骑马自行回家。”

被苍朝雨之死打乱了步伐，临时出了一套计划补窟窿，把她的公主身份抹去，她难免不高兴。但也只有自贬，才能在此刻解绑脱身。

高承钧狡黠道：“雪娘子既为庶人，夜半骑马行路犯了宵禁，还是我送送吧。”没有了公主身份，她身上的刺也被拔掉了，她会很需要他的。

宵禁后的安城大街也不空落，反是车马繁忙。金吾卫络绎往来，把烂醉如泥的官员送至各自家中。雪信与高承钧两匹马在前面走，蹄声一唱一和。给公主打仪仗的从人远远随着，他们的家什全留在宫中，空手回来的。

数着蹄声默走了一程，高承钧忽然说：“这是好事。”

雪信仰看夜空星斗：“我离自由近了一些。”

“此间的事结束，你也不必留在安城。”

“此间的事必要有个了结。了结后，我就自由了。”

高承钧笑了：“这是我在安城听到的最痛快的话。”他长臂一舒把雪信拉到自己马背上，怀抱着她，一踢马镫，甩下仪仗队伍，绝尘而去。

黑马霜夜载着两个人奔跑至公主府，雪信贴着高承钧的耳朵说：“你在门前等我。”

她从门缝里钻入宅中，足足一个时辰，她换了身窄袖胡服，一手在肩上掼着个包袱，一手抱了百花锦袍。见高承钧，雪信先是把袍子递过去，包袱换了个肩，把挑包袱的“棍子”也送过来，那是透山剑。

高承钧看她一副与人私奔打扮终于是乐出了声：“你连家也不要了吗？”

雪信回头看了看：“这是我祖母的家，也是我的。但是近段日子不能住，宅多人少，恐不太平。”

高承钧卷她上马，她把包袱搂在怀中，说：“缓辔徐行，别颠了。”

包袱解开一个角，一张皱巴巴的婴儿小脸在睡梦里吧唧嘴。原来她没有收拾替换衣服，只带了个孩子出来。

“是曲尘的儿子？”高承钧问。在他看来小毛头长得没有分别，一眼看去，性别月份也分不清。

“我的侄女，周流采。”

“流采是一把短刃的名字。她是吴钩的女儿，论起来我是舅舅，称你舅母才是。”

“流采是我侄女。等她长大，问起自己的母亲，我编个好点的故事，绝不提她还有个舅舅。”

高承钧不满了：“我是她舅舅，我可以把本事都教给她。”

“你会死在她手里的。最好别与她相认，免得她复仇。我教出来的孩子，必然像我。”雪信的话温柔绵软里带了杀机。

高承钧又说：“我在安城的宅子，你喜欢哪一所？我让人去收拾。你要是怕不太平，我就多派人值守。”高承钧在安城的产业还是他的父亲高献之当年置办下的，分布在安城的位置雪信也知道。

触动旧事，雪信的后背挺直着，离开了他的前心，手朝东面一指：“河东军山营险固，守备严密，我住营中就好。”

高承钧以为她想把自己洗脱得干干净净，如同最初踏入安城般身无长物，是错打主意了。她不是公主了，可祖母留给她的宅子，父亲留给她的私兵，不能随封号一并收走，还是她的。在安城中扎下的人脉，也还有能用的，并非只有他。

“好，去河东军营。”高承钧微叹了口气。若卸下唬人的皮毛，雪信也变不成软垫上打盹的狸奴，“要感谢河东侯在世时的经营，危难之际还有一支忠诚于你的力量。平老越王之乱，河东军的小股人马偷袭截击极是锋锐。但大军列阵攻杀，没有大将，你在营中可多多练兵，拔擢人才。河东军要打磨，才能在你手中展现真正的实力。”

马向东而行。

“可惜我爹爹生性不拘小节，没编一本平生战例教我打仗。我知道你有一本《披沙小志》，记述你从军后的每战心得，可否借我一阅？”雪信说，“还记得从前，每年你要与苍海心打一场架吗？今后你带北衙禁军与我的河东军，借猎场演兵，也能切磋切磋。”

“偷了我的兵法来打我。”高承钧又笑。只要牵绊不断，他就不紧张。他们探讨的是他熟悉领域内的事，他更不紧张，“我先说句大话，第一场切磋，我只守不攻，你都打不赢。”

雪信说：“我入营安顿后，会派人去西狱，你与玄河要把苍海心交接给我。”

“西狱守备森严，苍海心在最坚固的牢室里是安全的。”

“当初，你把玄河关在那间牢室，也不可谓不森严，他还是被我弄了出来。苍海心不是犯人，他在里头关着，我心内如滚油煎着，总得分出神来应付多出来的一份焦灼。”被连理术捆绑的两个人，虽不至于心意相通，却时刻模糊地共享着情绪，“还有一点，我用苍海心为大将与你对阵，未必会输。”

赴望仙台之会的官员们，一夜如昏迷的酣睡，早的在天亮，迟的至日暮，陆陆续续醒来。

安城在敲响晨钟时已撤去戒严，集市买卖铺面开门做生意，各门各户里出来人采买食材，也会从卖花人的担子上拣一朵芍药簪在鬓边。

官员们庄周梦蝶，不知天子病愈贬了新乐公主是梦，或者从新乐公主与秦王世子药园对峙开始就是梦，后来公主斗上世子却扶他做了天子也根本是梦，也许在他们做梦的时节，秦王世子拿住了新乐公主，在望仙台召集他们宣布消息反而是真的。

他们双目惺忪，拉住家人问了一阵，又跑上街看，才理清了虚实。

街上新树了好几处皇榜，昭告天子登基、册后的日子，届时将大赦天下。旁边一张榜文，列数新乐公主的罪状，宣布贬为庶人。

新乐公主的府门上贴起了封条，是夜里就贴的。有官员还是不能坐实，换了朝服急匆匆入宫面圣，圣上不见，传话出来说，大病新愈，还得多休养。甘露殿的内侍官与宫娥脸生，看着是整一批人换过了。也对，前一批是新乐公主塞过去的。

心中最大的惶惑解决后，家中的问题接着浮显了。有一部分人发现，他们的小女儿没有回家，失踪了整整一日。正当找来仆妇婢女问明白是赴了曲昭容的斗茶宴，采买归来的家奴们慌里慌张来报，说街上贴出了新告示。

说是有行舟人在江上遇到一艘落了帆篷的画舫，顺流飘荡，无人操驶，登船后，在舱底发现二十具少女的尸体。

那行舟人吓得不轻，上岸报了官。

新任安城令派船去把画舫拖至江边，草席卷了尸体运到府衙，又贴告示，又将收敛得的少女簪环挂在告示旁，叫家中走失人口的去认一认。

当时的风气，城中名媛们喜欢购买金珠宝石，送去金匠铺子定制式样独特的首饰，还要在隐蔽处篆上闺名，绝不与市售常款混淆。遇到如意郎君，送出一件两件，可令睹物思人。

这些首饰，其亲密家人与贴身婢女印象里都是有眉目的，一见之下，在榜文栏前先顿足，去安城令府衙中认尸，又陆陆续续昏厥了十好几位。等家眷们苏醒，安城令一询问，遇害少女均是前一日赴了曲昭容在江边设摆的斗茶宴。

案子便转移至大理寺，由大理寺主持三司推事。

不到天黑，已有人将一日间的重大事件串联了起来，揣摩出了所谓真相。曲昭容为皇上寻找康复之方，找来的不是正道医方，而是巫方。

曲昭容以给皇上充实后宫为名，查阅了秀女卷档，选出生辰八字合用的少女，召集宴会将她们骗至江边，在画舫上取了血做药引，将少女们的寿数度给了皇上，皇上这才从病榻上站起来，能行动讲话，能向群臣传达自己的意志。

皇上感激曲昭容，让她做皇后，又记新乐公主重创其致残的仇，贬了公主。

夺人命而受恩宠的昭容可不正是个妖妃，浴人血而补其身的皇上可不正是个暴君。那么被皇上报复的新乐公主，反是刚正不阿之辈，当初能在暴君的重围下翻盘，是智勇双全了。

逻辑就是那么简单。曲尘是雪信在廷议上推举为昭容的，曲尘成众矢之的，曲尘背后之人必然要被人挖。苍朝雨在众目睽睽下亲口拔擢曲尘，贬抑雪信，则是把雪信与曲尘的作为划清了关系。

再挖，则是要往华城挖了。

一个是做了二十年仁义君子，只为等待最好的时机干掉堂弟取而代之，一个躲在暗处布局谋划二十年，拿妻子与儿子的性命博夙愿。他们俩才是棋逢对手的合作伙伴。

苍海心以越王一系的身份获得逐鹿的资格，而随着老越王之乱平息，苍海心成为新一代的越王，切断越地与华城的联系，亦能从旋涡里抽离。

大理寺要传唤曲昭容问话，曲昭容躲在甘露殿不出，称圣上新愈，还需要她服侍。

大理寺卿亲自求见圣上，圣上也不露面，只传出话来说："后宫有后宫的法度，朕自会询问昭容。"

大理寺官员立在前朝与后宫相隔的第三道宫墙下，只有一遍遍地请内侍官朝里传话，却也没有下文了。

大理寺这头推进受阻，由玄河主持的御史台参与画舫少女命案的查办，从汉江边找来目击证人。

是没有做过手脚的渔夫，实话实说，曾见个女孩子立在船头，邀一群年岁相仿的千金贵女上画舫。把受害人的画像一一展示，渔夫说邀约者不在其中。又以问询为名头，召集起城中所有年岁相符的女孩子，一一在西狱庭前走过，教渔夫隐藏在屏风后观望，终于把崔露华指了出来。

紧接着受害少女的家人们也想起来了，斗茶宴之前几日，这个崔露华东奔西走，入他们家女儿的闺阁，尤为热络。

在高承钧追上画舫，逮住沈越青的时候，崔露华也被一网捉了去。当高承钧忙着审问沈越青，雪信去照看了崔露华，用窥梦术回溯了她的记忆，又用控术将其中所有苍海心的形象替换成了苍朝雨。

当初在锦书魂魄受困梦中小镇、雪信入梦探寻，锦书在与她沟通时，也告诉了她一些事。

在梦里，传递消息可以有不同的办法，有时罗织画面，有时仿佛是有声音在耳边说，有时打开一页笺，消息凝练成一两个字或者一句话写在上头。

而最快的方法，是一个念头。

凭一念，一刹那就窥破漫长又复杂的过去。

其实苍海心与苍朝雨在还是两三岁的稚童时，命运有过交错，曾被对换了身份抱错过，后来又换回来。沈先生命人刺破苍朝雨的耳鼓，以确保其将来不会对苍海心构成威胁。谁料稚童长大，还是卷入同一场夺位战争。

崔露华的记忆大致可用，只需在关键转折做小篡改，或者只是给当事人换一个动机。比如崔家押注在苍朝雨身上，本来打马球招亲，崔露华的绣囊便是要送给苍朝雨的，却被雪信破坏，阴差阳错只能改了计划。这一节与事实没有出入。

接下来，改成崔露华受命到苍海心身旁监视越王动向。苍海心狡猾，甩开她离了安城，崔家顺势撤销了婚姻。崔家没有站明立场，却一直在不动声色搅浑水。崔尚书掌兵部，拖垮了河东军对高承钧的截击。

高家军兵临城下，崔尚书又举荐苍朝雨为北衙禁军都统领。高承钧做了乱世枭雄，苍朝雨给自己设计的形象是平乱英雄。崔尚书为苍朝雨铺路造势，苍朝雨许诺崔露华入

后宫，保底是德贵淑贤四妃中的一个。

苍朝雨即位后，崔露华开始不遗余力地为自己的未来积累资本。

曲昭容的族人在画舫中施行血祭巫法，崔露华还做了帮凶。

曲昭容借办宴之名暗中运送苍朝雨出宫就医。禁军都统领高承钧发现苍朝雨不在宫中，生怕趁此空档生出变故，故而封了城，又派遣人马换上便装偷偷访查。同时新乐公主也得知消息，也散出人去寻找，生怕苍朝雨康复后她没好果子吃。

两拨人都在找，但都不好把行动放到明面。

崔露华没有挨打，被推到堂上就恍恍惚惚讲完她记得的事。如此一交代，大理寺那一头的线索也有了印证。

在官场厮混，诸位套路全通，还没落纸，腹稿就已打好。

曲昭容跟随苍朝雨多年，在苍朝雨还是秦王世子时已伴在他身旁。接下来更是信手拈来，把百器工坊说成是秦王世子开的产业，曲昭容是华城百器工坊的人，也无破绽。说许多年前，百器工坊就是秦王世子的敛财利器，更兼炒作宝货囤积马匹和粮食、暗造盔甲刀枪，也逻辑通顺。

终于时机成熟，先使异人行巫术种蝗灾啃青苗，又积余粮酿成饥荒，派人煽起越地民变，在战场行刺自己的堂弟。除了被新乐公主暗算了一次，苍朝雨的得位之路步步踏在计划之内，超出计划控制的，也及时纠正了。

崔露华的供词使办案官员群体陷入进退两难的境地。

往下查吧，扯出曲昭容，带出皇上，坐实了皇上带头以巫蛊之术杀人，民心散尽，这个朝廷气数也尽了，诸王还不趁势再起，抢着入主安城，改朝换代。

不往下查吧，那是二十条少女的性命，满城热议，民怨沸腾。受害少女的父兄也尽在朝为官，他们不能让案子不了了之。

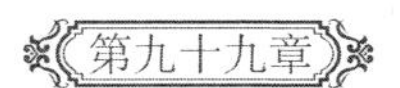

叶落巢倾暗剖珠

大理寺官员、刑部和御史台三司官员怀揣崔露华的供词，堵着后宫禁苑的门求见皇上，他们私下里，大致默契暗许把罪祸加于曲昭容一人头上。

历来宫闱与巫事相伴而生，为人痛恨，又始终无法禁绝。女人们无正经事做，生出闲气，在背人处做个娃娃扎针，刻个小木人诅咒，不过使心念有个依托，鲜少有灵验的。但也有托巫蛊为诡诈之术的，往往一出即是惊天阴谋，所以宫内的巫蛊之事，要么懒得管，要么就是严办。

且说曲昭容为了博取圣眷，稳固专宠，私下行事，害人性命以成狐媚邪术，如此皇上也是受害者，只要将曲昭容合族拔掉，把崔家也带上，案子也就办完了。可是这个办理结果，得和皇上对对口径，让皇上把曲昭容交出来。

但皇上不但不召见，躲他们躲得都不上朝了，还加派金吾卫守卫禁苑，防着三司的人翻墙或硬闯。

安城里，人心的乱流围着礁石打转，暗暗调整奔涌的方向。受害少女的父兄先是带了帐篷上大理寺门口扎营等候审理和推案进展，接着跟随三司官员上禁苑门口打坐。无果后，他们奔了新乐公主府。

如今，在官面场合，人们管雪信叫河东侯之女，或者加个前缀指名道姓称庶人江雪信。私下场合，人们改不了口，还管她叫公主，只是严谨的人会加个“废”字，管她的家叫公主府。

奔去公主府的人拍了门，出来个门房老头，说：“主人搬了，不在。”

他们又上河东侯的府宅去找，也不在。

苦主们没法了，连高承钧处也去碰运气了。高承钧没有露面，一副不问是非、划清界限的样子。门前守军说：“静西侯与河东侯之女早和离了，你们又不是不知道。”

一个人有可炫耀的身份时，周围只只眼睛盯着，事事尽在掌握。当这个人剥离了身份，也就像隐身了，找不见了。

苦主们想到去河东侯城外的山营去找，也是三天后的事了。

营地出来个将军说：“公主三天前还在，如今不在。”

苦主们急了，问：“公主去了哪里？”

将军回答："不可说。"

消息又滞后了一个月才传来，国师兼御史台大夫玄河、越王苍海心与庶人江雪信三个人飞马去了华城，就近调用了越地兵马，抄了曲昭容养父的家。不过沈家早是个废园，草长得比人高，看房子的老弱病残也与事无涉。

沈三郎一年前休妻，所以妻族骆家也被放过了。

沈家的产业百器工坊树大根深，分号和仓库遍及整个南方，的确找出了兵器库，不仅有弓刀甲胄，拆成零件的攻城重器也触目惊心。把兵器作坊和兵器仓库里做事的人抓了三四百，首犯沈三郎得到风声跑了。

苦主们为首犯漏网而扼腕，雪信却是一身轻松。要与养育了她十多年的人见个你死我活，她不是做不了，可良心上还是难受。如今捣了对方巢穴，剪除对方党羽，废了他二十年来的布局，事情也能结束了。

或许对方还能用二十年再布一个局，那二十年后，她再破他一次。反正不是他，也会有源源不绝的阴谋家兴风作浪，而他不会有一个又一个二十年没完没了地折腾。

三四百个犯人去安城，囚车不够用，马也不够用，只能每十人捆成一串，拿鞭子赶着走。又逢江南梅雨季，道路泥泞，行路艰难。迎面遇到高承钧的斥候传信，说安城也是连日暴雨，甘露殿漏雨，曲尘大概和苍朝雨的尸体共处一室久了，心智有些不正常了，竟把尸体拖到漏处淋雨。等看守发现，尸体从里到外已经湿透，模样也有损坏。

"形势紧急，做得粗糙了。本来是七日工序，可百年不坏。压缩至半日，药剂来不及渗透，被水冲掉了。"玄河先自我检讨，是他没做到位的事，给大家添了新麻烦。

雪信裹在油毡斗篷里，雨水在斗笠边缘倾斜成一道圆幕。

"既然事已至此，不如另想办法，拿篾片绷上皮子做个偶人也是可用的吧，或者泥塑，或者木雕，面容酷肖，扯线能动就行了。"她不太把一件道具放在心上，"反正本来也不是长久打算。"她凝神在想另一件心事。

"那也是时候迎后主还朝了。"玄河说。祸根乱由已除，他们受了太上皇的托付，是该将朝政还给太上皇钦定的儿子的。

苍海心从后上来，他坐在白虎背上，挤占道路，实在不方便与那两人并行。

他说："雪信在担忧什么？忧心了一路。"他感受得到情绪，若那情绪与他无关，就一定是雪信的。就在方才，雪信的忧虑爆发至极点。

雪信又出神了一阵，才开口："有一件事，我不太确定。葛逻禄那边可能出了岔子。"

苍海心还是听不见，只有坐在白虎背上时，可借得视听。没有白虎在旁时，雪信与他交谈，必得施窥梦术。入不入梦中，得凭雪信决定，但他兀自活跃地发言，雪信瞬时变化的气味和情绪也能给他一种回应。他虽然参与不了详细事件的商讨，却总能掌握事件要领。

玄河说："塘报日日一送，没有异常。出发来华城的前一日，公主还在谛听阿满的平安信。不至有失。"

"我们走了一个月，能发生太多事情了。塘报照发，只是换个人拟稿你也不会知道。在华城找不到沈先生，或许他早不在华城。"雪信沉吟着，"高承钧逃出安城那一回，穿过八百里瀚海回到龟兹，为了重新掌握军队他假意答应与沈先生合作。"

百器工坊与葛逻禄合作采玉矿，又有商队长年累月往来西域通货贸易，影响力早已暗暗渗透。他们能捣毁沈先生的巢穴，对方亦可能早就在算计抄他们的后路。

“我与阿满约定，在日常汇报之后，要她用少逮列族里的土语对我说一句‘平安无事’。出发前一日，我于子时谛听时，听到阿满说那句‘平安无事’用的是安城口音。”

“也许是她一时疏忽了。”

“去了那么久，子夜报信回回不落，怎么临最后一次就疏忽了？”雪信又回头看了一眼身后的苍海心，“阿满和越王是一种人，心地干净，装不下太多事，装了就认死理。她不讲那一句土语，必有缘故。不行，我要立刻回到安城，再去听一听。”

雪信突然向苍海心伸出手，苍海心将她拉上白虎坐鞍。她在苍海心肩膀上敲了三下，苍海心就明白了，开口说：“我们先行一步了。囚车里的末流从犯，放着慢慢走也不打紧。”他让雪信抓稳了他的袢甲丝绦，白虎倏然射出，跃过众人头顶，势如惊电，轻如狸猫。

留下玄河唉声叹气：“那么大个越王了，半点事不懂。是末流从犯，也是重要人证，要是被人劫了放归了，华城还不得死灰复燃？”这话也是说给身后越王的军卒们听，叫他们别信了越王苍海心的邪。

安城并没有享受几天平静日子，街面巡防的金吾卫增加了，寻常过日子的人家不愿惹事，多囤了食物，尽量捂在家中不出。但街上的人并没有减少，来来往往的是西狱派出的便衣密探。

本来人们还替新乐公主扼腕，但他们也很快发现，公主不需要他们廉价的同情。只是少了一个名头，让人们称呼她的时候搜肠刮肚，各自尴尬，但她的家产没有被没收，她的兵权也没有被褫夺。

新乐公主提前从华城赶回，再入安城，她骑着烈火红马，罩着轻质皮铠，头盔展着凤翅，背着长剑，鞍子上长弓和箭壶一样不少。

舍弃了公主仪仗，她索性以戎装示人。河东军全员还是称她“公主”，她自己嫌那称呼过气，要求称她为“帅”，一个字拗口？那就称“大帅”，或者“河东大帅”，便不会有指代的误会了。

河东大帅只带了百人轻骑，但身后紧跟着一头白虎，越王提着镔铁枪跨坐虎鞍，威势摄人。

队伍进入永安宫，在御桥前被金吾卫拦下，雪信独自入内察看甘露殿情形。

苍朝雨所散发的腥气，禁中所用的熏香遮盖不住，只有焚烧艾草与菖蒲。雪信已是闻不见，踏入殿中还是打了喷嚏，眼珠子也不觉被薄薄一层泪花包裹住。见满室浓烟发自地上若干铜盆，床帷之中苍朝雨盘腿而坐，暴露于视线下的皮肤均是酱肘子的颜色。

“不能重新傅粉吗？”雪信问领她入殿的高承钧。

玄河配制了够用三个月的粉剂，还把方子交给了高承钧，每日里由高承钧的亲信兵卒为苍朝雨傅粉保养，就如同擦拭刀剑，给马鞍上油。尸皮傅粉，不仅仅是遮盖异味，纠正颜色，还有干燥防腐的功效，能补救仓促赶工的不足。

“试过，不行。淋雨后，他的皮肤像是开始融化，出油汗，与衣服相粘。衣服没有覆盖之处，则冲掉粉霜。擦干重新上粉，转瞬粉又浮起，底下是一层如鼻涕虫的黏液。”高承钧一一陈述着苍朝雨尸体的情况。

雪信揉了揉脑壳上铮铮作痛的位置："放进箱中，铺上生石灰，先封起来，止住流汤。等玄河回来看过，想别的办法。"

殿中四根立柱之间新设了铁屏风，四面联扇合围，只开一扇小门，专门派了两名军士看守。雪信向里看了看，曲尘端坐在一张凳子上，仰头望着深邃如天穹的藻井。凳子两旁各侍立一名宫娥，拄着落地长柄孔雀掸，摇摇晃晃闭目假寐。

雪信走进这个铁隔间，曲尘的目光也从藻井上的彩绘菱角上收回。

"我的孩儿可好？"曲尘古怪地笑笑，"我这几天总做噩梦，梦见你把孩儿还给我，襁褓里是个稻草娃娃。"

"孩子在我手中受不着亏待。饿了有乳娘喂，哭了有婢女哄。"

"可惜皇上给小皇子取了名，却没来得及告诉我。"

"也许前阵子太忙也没空管孩子，根本还没取名。"雪信说，"不过我会给他取的。"

"看来你是不会把孩儿还给我了。抱走别人的孩子，命名宣告拥有，养大他们，让他们卖命。我们如何长大，你就如何照搬。"曲尘目光无波地看着雪信，"你不会憎恨自己吗？"

雪信是以居高临下的怜悯看着曲尘，问："你为什么要毁坏你夫君的尸身？你憎恨过你自己吗？"

曲尘双手十指插进鬓发，紧紧抠着头皮："我的夫君，与我琴笛和鸣，为我挑选衣裳，打制宝簪。我的夫君，替我遮风挡雨，许我荣显富贵。那个城乱之际弃我的不是我的夫君，那个不言不语拖累我的不是我的夫君，那个和别人青梅竹马死生契阔的不是我的夫君。我为何要恨自己？我恨的是那个做着我夫君，却不承认是我夫君的人。你们给我一个穿着衣服的稻草人说是我的夫君，我要与夫君去御花园散步，淋着雨也要去。你们不让我去，我最恨的是你们！"

雪信知道曲尘满腹委屈怨恨，她探视曲尘，也只是好奇这一回曲尘会拿出什么样的说辞，把自己的罪过推得一干二净。

"踏上画舫的二十名少女与你何怨何仇，你又亲手将她们推上死路。"

"我与她们素无嫌隙，可是我恨你啊。她们同你一样，一落生，命运已经为她们准备好了一切，有体面的家族，有娇美的容貌，能换得一位尊贵的夫君。我呢？我呢？你们有了一切，永远不让我知道也罢了，偏偏你们在我身旁炫耀！"曲尘的手指抓乱了头发，打掉了花钿。

"你镇定些，你也曾鲜衣浓裘，从地下挖出非人非鬼的我来。今日在你面前的我，绝不只赖父亲、夫君的权势。而在我面前的你，也非竹篮捞月一场空。"

"你又要骗我做什么？许我的皇后呢？还没给我呢。"曲尘冷笑。

两名宫娥早已被对话吵醒，正愣神听着。雪信朝她们各投去一眼，她们慌了，怕自己听了什么不能听的秘密，跪下正要求饶，却觉得心头一撞，恍惚了半刻，想不起自己为何跪在地上，更想不起披头散发的曲昭容和戎装的废公主说了什么。

雪信是分两次走进两名宫娥的白日梦中埋下私货的，但击雷奔星，先后几不可辨。她指向曲尘："皇后。"

宫娥被提醒，就地转向对曲尘叩拜，齐刷刷敬道："皇后圣安。"

"在铁隔间里，她们记得你是皇后。千万别走出去。"雪信嘱咐曲尘。

“我恨你！我这辈子都恨你，不会原谅你！”乱蓬蓬的头发里，曲尘面孔扭曲。

“我不在乎。你恨了我十几年了，这一次，我不会因为你的憎恨而愧疚。”

第一次，曲尘撒开憎恨的网，拉上来，什么也没有捞到。

她慌了：“我恨你！我恨你！我恨你！”

似乎一次打击的力度不够，可以用重复增加剂量。

“别走出去。被你害死的女孩子的家人还等着你投案，他们不想你被明正典刑，只想一人一口撕咬你的肉。他们恨你！”雪信结束了对话，从铁围屏的小门里钻出去。

曲尘追出门去：“我也有被人恨的资格了！那就成全我去死啊！”她两条胳膊同时被扭住，方才还叩拜她的宫娥一人打了她一巴掌。

一个宫娥怒道：“我们的任务是看守你，你跑出去是害我们。”

另一个也横眉立目：“你是要我们死，我们恨你。”

两人把曲尘拖回不到一丈见方的小隔间里，将曲尘推坐在凳子上，她们又跪倒叩拜：“皇后圣安。”

曲尘说：“我恨你们。”

两名宫娥笑吟吟的，不见了门外掌掴她的凶狠：“皇后恨我们，是我们的福气。”

“天下可恨之人那么多，皇后专恨我俩，说出去，不知羡煞多少人呢。”她们乐滋滋的。

“我是皇后，去把大皇子抱来。”曲尘对宫娥吩咐。

一人答应去了，跨出门的瞬间掉头回来，跪在曲尘面前：“皇后圣安。”

曲尘又试了几次，明白皇后的权威越不过铁屏风。她灰心失望，把自己抱成一团，眼神空渺。

人们只看见雪信单人匹马入宫，倏而又出，也不晓得如今她与皇上还能聊些什么，如一只手空空的手伸入暗箱，划拉了半天，抽出来时摊开掌心，还是空空的，教人不知箱子里有什么，也不知道那只手又做了什么。

而在雪信看来，永安宫是处置天下事务的一件机械，机械的某个零件出了问题，她便去检查，能修则修，修不了就换，如此而已。

在永安宫里旋涡骤急，人们围着打转猜谜时，安城药园从另一面监测着天下的安全。如今即便是公主府也没有如此森严的守备了。香料当作柴薪，每日里源源不绝地运送入园门，填入炉道，香云缥缈，烟气萦萦，比寺庙更像寺庙。

三日里，雪信住在药园不曾踏出沉香山子一步，苍海心立在山腹入口，就像新摆上去的塑像，或是卸了马的车，不饮不食，一动不动。

三日后，她往西狱去了。

西狱院子里吊着一个木笼子，沈越青扛着枷站在笼中，脑袋被木枷卡在笼外，脚踝又挂上铁砣锁在笼外。以脑袋为支撑，他被挂得笔直。已经风吹日晒了半个月，脸上晒脱了皮，衣衫褴褛，整个人似乎被抻长了。

雪信看着沈越青的凄惨模样，道：“他可别死了。”

狱吏向沈越青面门泼一桶水，仿佛能看见烈阳下他周身腾起水汽。舌头从他口中蹿出，也是伸到不可思议的长，用蜥蜴般的动作把唇边的水迹舔干。

雪信从他身旁经过，右拐去了女狱。

崔露华的单间是空心砖铺地，撒生石灰，盖干稻草，架松木板，支上床几。崔露华对着镜子察看脖子上一片红痒，见到雪信就说：“我要匣镜，他们送来钮镜又不带架子，如何安置？”

雪信只是从她门前过，并不打算理睬。但崔露华在单间里关久了，逮住个人就要听她讲话。

她又说：“送了床又不带帐子，知不知道已经有蚊子了？洒了虫药绝了跳蚤，可还是太潮，看看我都发湿疹了。送来的饭菜总被婆子们扒去大半，我吃不饱。我说这日子我要过到什么时候？”

雪信淡淡地对她道：“急什么，你是必定要死的，这日子必定会结束。”

“死也比蹲大狱好啊！不是，郑王是我外甥，我是郑王的小姨母，刑不上大夫啊！”

崔露华不怕死，是认为她不会死。她的话带得出去，家中东西递得进来，让她在狱中享受特殊照顾。她以此推断百足之虫死而不僵，三司中埋伏的华城派系一时肃清不干净，虽然推事官员拿了她的供状，可内部一旦有争论，案子要怎么判还在两可之间。

苍朝雨的死讯她也不知，以为在雪信与朝臣之间，总还有一个皇上作为缓冲，而曲尘又是皇上的代言人，也是能为她说上话的。再则，她的同胞姐姐崔月华是太上皇的昭仪，郑王的母亲，得到崔家出事的消息也不能袖手旁观。

是以她认为崔家可能受了冲击但没倒，雪信还扳不倒崔家，崔家还有翻身的机会。

崔露华不晓得，雪信故意给崔家一个雷声大雨点小的错觉，为在线索中断时稳住崔家，并且尽可能把崔家的财帛榨干。她还不晓得，雪信他们暂时不动崔家，是釜底抽薪，端华城的老窝去了。

接下来的审讯，线索就会串联到崔家。崔露华要死，是因为参与了画舫少女案。崔尚书要死，是因为河东军在玉门关厮杀，他在后方慢军、欺军、诈军。崔家要死，不死则不足震慑余孽。

雪信对崔露华的记忆做过详尽的探索，知道崔露华只是利益捆绑的工具，她的记忆里没有雪信要知道的事，故而省去了闲言，只留给崔露华一个貌似宽容的笑。

人可能会使劲踹一扇阻挡他的门，但谁也不会与一个注定要磕破的鸡蛋动气。

隔壁是狱中地势最高的牢室。

晴好天气里，经过深邃甬道壁上铜镜的多次折射，阳光会在这间牢室内停留半个时辰。铜镜是在雪信的设计下安装的，每一面均可左右上下翻转，精密调整之后，可以在一天中让日光巡回狱中各室。但狱吏只在每日辰时启动入口处的引光镜，由这间牢室的住客独享狱中晨曦。

饭食顿顿有肉，比崔露华的还好，甚至怕里头人憋闷，往里送了一架琵琶，只不过琵琶曲从未在这地方奏起过。倒不是犯人家里比崔家花得起钱，其实她被送来后，也没有家人朋友探视，只有雪信来了几回。

“公主不必对我如此优待。”莺子坐在草绳绕扎的木梯上，琵琶横抱在怀。梯子是上床用的，木梯倚着吊脚楼一般的高床，但琵琶还是受了潮气，漆皮浮起，螺钿掉落。

雪信对她说：“应该的，你到我身边来时，有机会你却没有下手。在画舫上，崔露华有杀我之意，你也拽了她一下。”

“公主所举岂不是你我之间的人情欠账？那二十个女孩子，还是被我抹了香脂，死在我面前的，我又欠了她们，却连个审讯我的人也没有，像是都把我忘了。”莺子说。

不是说莺子心存了不忍就无罪，是因为她长久在苍海心左右，所掌握的秘密已不适合被翻来覆去地调查。

在捏合的巫蛊案里，苍朝雨取代了苍海心的位置，对应的照料陪伴者，莺子也有了曲尘作为替换者。莺子就成了案子夹缝里多余的人。

再者，她的经历雪信也还未全部看透。莺子是半途参与进来的，不是二十年前开始培养的计划执行者，比不上曲尘和沈越青的心志屏障，但作为碰触隐秘核心的人，沈先生还是能够在她的记忆里辟出一个坚固的死角。那地方不大，但因为狭小偏僻，难寻难破。雪信只在其中见过一个秘密的影子，却始终看不清。

相隔着一尺见方的铁栅窗，雪信从怀里取出一管竹篋，递了进去。莺子不好不接，打开时，里头显露出一支海棠绒花，胭脂浅匀的花瓣与淡金心蕊无不逼真。

“江南无所有，聊赠一支春。”雪信说。

竹篋中原来是静止密封的，拔开塞子的气流惊起了丝绒上的微尘，是新鲜海棠花苞与奇楠香一同蒸干后研磨成的粉末。

“又来了。”莺子无力喃喃，仿佛见到雪信手持花簪做利剑，劈开了阴冷牢室的实相。

梦境里，雪信与莺子并肩站在卧房窗外，见一个妇人垂头推摇篮，面目看不清了，只是发间的翠羽金簪与海棠花簇并排绾着。花簇与莺子手中的大致相同。

“窥人心者，注定是无伴无偶。公主不遗憾吗？”莺子说，“即便是亲密无间，也不能忍受秘密巨细靡遗地敞开。”

“无伴无偶不是窥人心的惩罚，只是大多数人被看穿后，卑琐可怜，不值得为伴为偶。况且你也不用担心，这个世上，还有窥不见的人心，也有窥不坏的人心。有意思得很。” 雪信说，“我们再从你的源头找一遍。”

“家母原籍扬城，闺中即以巧手闻名，善能以彩染蚕丝扎成的时令鲜花。”莺子抵抗不过，只有希望将她的前半生快速拉过，速速结束。

“母亲与外婆扎了花，送去绒花铺换钱贴补家用。后来华城来了个商人，一下赁买了许多铺面，那间绒花铺被华城商人盘下了，母亲和外婆也被招募入女工班，管吃管住地扎花。

“一日里听见街上鸣锣敲鼓吆喝歌舞坊招人，母亲听人说唱支歌作支舞得来的钱能抵她在灯下苦熬多少的夜晚，不知如何算出只要进歌舞坊中半年，就能攒足钱给家里买个铺面。其实她就没深想，当初收她绒花的铺子都被盘下了，她另开个蝇头大小的门面岂能存活？可她就兴冲冲地去了，被人相了面，摸了骨头，教转个圈，就收下了。

“歌舞坊里吃用穿戴样样强过女工班，只是想不到头几年的学艺是没有机会在人前卖弄换缠头的。等能赚钱了，同伴间在脂粉珠玉上的攀比也厉害了，能攒下的钱也没当时掰手指计算的多。况且结交了些纨绔多情子，那绒花铺面的心愿也淡了。

“母亲并没有在扬城的歌舞坊内闯出名头，因为没多久她就被送去安城，在那里专有人教她安城官话，教她优雅沉稳的仪态，还给她起了新的名字。她们平日里足不出户，隔一阵，有人被带出去，就再不见回来。后来母亲也被带出去，才知道自己顶替了某个犯官女眷的身份，进入了内教坊。再后来，改朝换代，母亲领了金簪令，到了父亲家里。”

自襁褓婴儿到豆蔻少女，幻象里莺子的成长快如蜉蝣一日，白驹飞掠又可掌握每个细节。

身旁的莺子又追根溯源尽说了她出世前的因由。这些往事，在莺子长到十四岁时，母亲才在临终的病榻前交代给她。

母亲十四年来日日服下微量毒药，毒质终于够要了她的命。母亲说她预感到金簪令快要发动了，说希望一死百弊消，不要拖累父亲。

那时离苍海心出山只有三年了。莺子把翠羽金簪放在母亲手中，希望死者安宁，生者安稳。但三年后，他们还是找来了，父亲不合作，御史台就来查他的县库，找到贪贿证据，说他是巨贪，斩了。

在狱中，有人给莺子送饭，食盒里就有那支早已入土的金簪令。母亲的手在簪身上持握的位置稍有变色，那是母亲生前服用的毒质析出，侵蚀了黄金。

有人要她接替母亲的使命，成为金簪令主。她把金簪掰成圈，箍着臂膀，藏在袖中。等了半年，官牙把她卖进了苍海心府宅。

新的指令会以铜镜映字之法转达，即以一面写了字的铜镜，把阳光注入她的窗，经她梳妆台上的镜子转折后，在她的帐顶汇成字迹。她醒来睁眼就能看到。需用的东西也会在隔夜放在门槛下的空槽里，开门即取。

她从不好奇给她传讯递物的是什么人，了解组织的运作不会改变她的命运，做好让她做的事，却有可能。

镜子里的讯息说，雪信对苍海心的影响太大了，而雪信又失了控，要莺子去制衡。可莺子没能夺宠。

高献之杀了月大人，苍海心把雪信救回家，镜子又下达新的指令，说雪信一定会逼着苍海心报仇，不能让苍海心对高献之动手。

莺子就对苍海心的饮食动了手脚，循序渐进地掺入毒婴参粉末，使之性格骤变，喜怒无常，有如被抽走心志。于是报仇只好搁置。

后来，莺子又借话本戏班煽风点火，在背后推高承钧大闹安城，也把崔露华与雪信的争风吃醋激化成崔家与河东军的死仇。

安城越乱越好，乱世才是苍海心的机会。可才乱起来，苍海心就撇下新婚妻子，负着伤去南诏替雪信找瑶香草。

莺子接到指令去了南诏。他们要把苍海心变成一头好战的猛兽，而她是给猛兽喂食梳毛的婢女。南诏大祭司和楚巫给这头野兽拴上缰绳，把缰绳系在她的手腕上，可她根本拽不动这头野兽。

记忆推进到与现今重合，狂躁的幻象渐渐温柔。幻象里的两个人回到最初那间宁馨的卧房。

一架竹子搭成的摇篮咯吱咯吱地响，因为岁月长久，使用不断，而成了棕红色，光润可人，如同南方烈日下少女的肌肤。

女子大半个身子背向窗户，从笸箩里拿起洗干净的茧丝小袜给婴儿套上，袜上的带子一时是勒紧了，一时是松了，一时又是两边垂下不一般长了，解开重系了好几次。而后她又从笸箩里拣出一支拨浪鼓，对着摇篮里的小孩子捻转，小锤打在皮面上的脆响吓哭了孩子。

她慌慌张张把孩子抱出来，头下脚上，忙拨转了，一只手拍着一只胳膊颠着，似模似样地哄："让我怎么办……让我怎么办嘛……"她轻声说，似抱怨，似叹息，或者还有撒娇。

"公主可有发现？要不要再看一遍？"莺子讽笑。有人强闯入室翻箱倒柜，她无力反抗，还要替强人指路解说，到头来唯一可使她快意的就是对方的一无所获。

雪信将窗户里的情形又扫视一遍，就在她将要退出莺子的白日梦境时，眼睛被金光晃了下。她定神再看，摇篮旁的笸箩里装着七零八碎的婴儿物件，一支旧绒花插在几案瓷瓶中，女子轻拍婴儿的右手起起落落，腕子上的翠羽金镯跳动。

雪信变了脸色，她骤然闯入室内，不是走门越窗，而是如同传说里的鬼魅穿过墙壁来到女子身后，扳过她的肩，见到她的脸。

那正是莺子。

雪信手底下一空，那个记忆里的莺子如风化的石像倾泻流尘，尘烟吞噬了雪信，眼前漆黑，再骤然亮起。

雪信窥见了莺子被遮蔽的秘密。

蝉声正歇斯底里，莺子屋子里的铜鉴还没脸盆大，鉴中冰块早化成水。莺子的汗水从睫毛上滴下，她喝完乳鸽汤，又喝药汤。纱衣被汗打湿黏在肌肤上，微凸的小腹无处隐藏，而镜子上的字告诫她，不要宣布怀孕的消息，所以她躲在屋中不出去。

天凉时，正是苍海心为押粮使在西域走失的消息传回安城。莺子扶着沉重的肚子趴在门上，透过缝隙看见哄抢和骚乱到了她的院子，她急忙上了门闩，又拖过凳子堵门，怕是不够，又去推几案，推到中途，跌倒在地，裙子已湿了一大片。

她恐惧地叫："有没有人？救救我！"她不敢大声，唯恐人听见，却又怕真的没有人听见。

窗户被敲响，一个平静的声音说："别怕，把门打开。你的孩子要出世了。"

莺子拖着沉躯在地上爬行，摸到凳子，攀着站起，拨开门闩。

那个声音说："你退后。"

门被撞开，来人对身后一个紧贴门框不显露面目的人说："你去烧水，顺便把院子清理清理。"

院里的喧嚣静了，而那个徐徐靠近莺子的妇人的脸是一张白板。

雪信知道不是那个女人当真没有脸，是莺子的记忆里那个女人的脸被抹去了。但女人的声音如微雨时檐角滴水落在深深浅浅的缸瓮里，幽深轻柔："我生过两个孩子，有些经验，能帮到你。"

莺子觉得自己像个垂死的蚌，有人拿着刀要剖取珍珠。这一感受，也是瞬间传递给旁观这一幕的雪信。她所经历的撕裂、挤压、无法比拟的痛苦，身临其境地扑向雪信。

这期间，热水一盆一盆地烧出来了，默默摆在门旁。孩子脱离了母体，被漂洗尽了血污，裹在妇人随身带来的襁褓里。

"是个小公子。"妇人对莺子说，"你再看他一眼，喂他一口奶吧。"

"让我怎么办……让我怎么办……"莺子在虚脱里喃喃。她没听出妇人话里不对劲的地方，还在犯愁她藏完一个肚子，又得藏一个孩子。孩子又不能放在箱子里养，哭声被人听见又如何是好？她根本养不来孩子。

“这孩子生下来，就不属于你了。”妇人说，“但你好好活着，以后或许还有相见的日子。”

“不相见，就不相见吧。”莺子连惊讶的转折也没有。那只操控她命运的手，带走了她的母亲，带走了她的父亲，如今又来带走她的孩子。

蚌肉里不小心落了一粒砂，日日疼，夜夜疼，最后孕出了珠子。哪里就会对折磨她的砂子生出感情，舍不得的不过是自己受过的磨难。

自己的磨难也是自己的一部分，怎么就叫人掠夺了去？但如果这种掠夺可以中止既无法预计又无法应付的更多磨难，那就随她掠夺去吧。

那妇人也好像知道莺子的心思：“你不愿相见，那就先不记得吧。记得在公子身边好好扶持，你的苦难将来会有补偿，你的功劳也终会有犒劳。”

她把手放在莺子的眼睛上，又挪开，顺手在莺子额头上敲了三下。

莺子好像看见妇人把孩子的胎衣捆在大石头上，沉入院中深井。

关于孩子的记忆并不是一瞬间就被剥离的，日复一日地模糊扭曲，记起一点，又丢掉一点，直至碎片拼不出一个完整的事实，干脆连那些碎片也主动放弃。

像迟暮老人的思绪，像摔在烈日下的冰块。

一个月后，她调养完身体，记忆上的刻痕也弥合了。

梦境崩裂，眼前蓦地又是牢狱的坚壁。

莺子心神震荡：“我居然有个孩子。”

“他居然得到了苍海心的孩子。”雪信顿足，“那就完结不了了。”

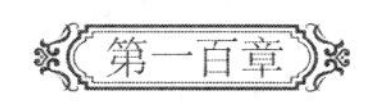

第一百章

刃落丝缠百千年

越是大的宅院，少了人气，荒得就越快。哪怕还留着人看看门，修修花枝，打捞打捞池子里的浮萍，荒了就是荒了，人的力量驾驭不了房子了。它想灰尘盈梁，想松落墙皮，想疏瓦漏雨，想蓬草破砖，便只能由着它，人追着它修补。

但荒屋子有荒屋子的美，往里一钻，仿佛是为俗世遗忘，人世的规则也管束不住了。山中无岁月，寒尽不知年。

公主府正门白日落锁，封条的边缘已被风雨剥蚀残损。老人手脚迟重地从里头开了角门，看到外面的情景吓得仰在门上一个趔趄。

夕阳下有两种对照分明的颜色，每一个耀目的小亮点都是一顶鎏银铁盔，盔下一对眼睛，瞪到不能再大。还有一大片头盔，黑到全然不泄露一丝反光，底下的眼睛也是溜圆溜圆。

门外是乌泱乌泱的军卒，密密麻麻的眼睛，却没有喧哗。拍门的是名女将军，她的铠甲上有涂彩的皮雕，外层厚刷胶质，内层铲薄，使她保持了行动轻捷。她身旁还有个高她一头的将军，红袍黑甲。

老人眼神不好，熟人换套衣服就不认识了，还是对方先开了口，他才诚惶诚恐地答应："公主和姑爷回来了？"老人最是记得久远的事，对近日里连环的变故反应不及，也就当是没有那事。

雪信说："我不是公主了，这人也不是什么姑爷。您老下次别叫错了。"

"公主脾气差，也别太欺负姑爷。姑爷忒不会说话，也该多哄着点公主。"老人还是河东侯在时安排来公主府的，印象深刻的也就是公主和姑爷闹家务。

他仗着家主人宽容，也就倚老卖老，叨念个不停："这不是闹完了，姑爷又把公主送回来了吗？既然还是得和好，又有啥子好闹。"

老人是河东侯手下的老卒，早年腿受过伤，一跛一跛地走，所有人便都等着他撤开道路，让出门口。

雪信不生气，却很执着地纠正老人："您老说的事的确有过，但也是早几年了。如今河东军由我统帅，老人家指着我爹爹叫我小雪信也行。这位是静西侯，您老对他也须客气些。"

老人还是哼哼唧唧的，与他讲了也听不进去。雪信就不与再与他纠缠，命打开正门。她所带来的河东军鱼贯而入，旋即分队散开。

雪信对高承钧说："我的人在府中搜寻，烦请静西侯替我看守外围，城中与公主府相通的密道出口，一并守牢。"

"我同你一起进去。"高承钧说。

"我带进去的人够了。你在外指挥应变。"

高承钧拽住雪信的腕子，而雪信用剑柄在高承钧的腕子上敲了一下，他就松了手。

"府门之外的规则还是兵刃见血，在府门之内，你连我都对付不了，去了又有什么用。"雪信说。

两人的小动作被高承钧的脊背挡住，雪信的耳语也无第三个人听见。但两人被提醒起了府门内的参商术、府门外的河东侯之死，瞬间眉头压了下去。两人之间的刺太多了，也没有人道过歉。能开口道歉的都是浮在面上的事，无法原谅的事，致歉的话也没有人想提，没有人想听。

还是半日前，雪信离开莺子的牢室，让人把院中树头的笼子放落了地。狱中多柏树，而那株挂着沈越青的树偏是梧桐，所以刑罚又有个雅称叫"落凤凰"，既是对"凤凰栖梧桐"的戏谑，又是"落了毛的凤凰不如鸡"的意思。春末夏初里梧桐木飘下粘絮，落进犯人眼中，更添了一层折磨。

"还得洗洗眼。"沈越青眼泡红肿，闭目哑声。

"他如何才肯结束？"雪信直言道。若是沈越青能睁眼，他就会看见雪信眼圈泛红，仿佛是做完了功课，却又被家大人训斥做得不好的小孩子。

沈越青也惋惜："你早些和和气气地问我，我就说给你了。可惜白让我吃了折磨，问出来的，还是这一句。我要告诉你的，还是这一句。"

"他想要如何？"雪信追问。

"离他想要的，只剩一步了。你替他走完这一步，也就了结夙愿了。"

"不行！他扭曲了那么多人的命运，只因为他有一个夙愿，凭什么让他如愿！"

"那夙愿不在苍海心身上终结，也必定要终结，只是又要延续到下一个二十年，下一个二十年不行，再二十年。"

"你不是有个世外桃源男耕女织的夙愿吗？我可以把你和曲尘送去任意你想去的地方，圆满你的夙愿。若不与我交换条件，你和曲尘皆是死罪。"雪信也不再客气了。

"其实，在上一回带曲娘子离开安城的时候我就知道，我的夙愿，与她无关。她想要的，也与我无关。"沈越青说，"所以我换了一个容易实现的夙愿。只要事情完结，我就可以继承百器工坊。"无怪乎他心安理得地被称作小沈先生，"自然，我得先在雪娘子手里活下去，我可以用一个条件换给雪娘子一个消息。"

"一个消息不够换越青师兄的命？"

"雪娘子去验证过，再评估够不够。"

其实雪信搬离公主府也没多久，但自在药园沉香山施旋天术之后，她心思已不在家之中，奔波往来时，只走固定路线，从不把眼光落在熟悉的景物之上，以至于再次郑重打量起这所府宅，居然觉得陌生。

路是最近才修过，甚至把日常通行的便路堵了，还故意增加了不必要的台阶，让人绕路，一跑起来就要摔跤。

花木葱茏，不知何时移栽来了许多百年以上的桂木。桂树质地坚硬，生长缓慢，一人堪堪合抱的径身，也高不过屋檐，伞盖却横展相接，除却碎金日光从枝叶缝隙里漏下，余下的是不见黑夜也不见白日的阴郁。树下又栽了矮矮的玉簪，大蒲扇一般的叶子，捧出细长花苞。

雪信还是闻不见什么，但军卒们进门后莫不是抽抽鼻子，神色一舒。两种本是八月开的花在五月里绽放了，有人出手动了府中的小气候，把秋日提前带来了。秋日金风主肃杀，是要开战的，可军卒们沉浸在浓烈香气中，纷纷把兵刃还了鞘。

“不准懈怠。”雪信喝令属下，但他们似乎已将行动当作一次轻松的游园会。

雪信已从莺子的记忆中得知对方另有一人精于控术，将迷阵搬入公主府中，且正以她精通的香对付她，可谓猖狂。雪信取出清心散发给属下，那是以龙脑、迷迭、薄荷等辛凉气息的香料研成的飞霜，擦在鼻下又取领巾罩住口鼻，以抵御花香。

沈越青只说筹码在府里，却不说那是什么，军卒们也不知道要搜索什么。

雪信只是模糊地下令：“见有可疑之人，当场捆来。见有异常之物，不要动，等我去看。”军卒们当然也无法判断何为可疑，又何为异样。前面有个人提灯走来了，军卒们却并不阻拦，反而为她闪开路。

来人正是兔子，他们认得她是雪信的女官，却不知雪信在从华城返回安城的路上就已传讯下密令给她。此刻兔子应该带着一笼鸽子，走在去葛逻禄的路上。

“公主随我来。”兔子对雪信的称呼也一时改不了口。

军卒对任务不知底细，在他们看来或许是主帅的随身女官提前探索了府宅后，此时前来引路，没有问题。

兔子在雪信跟前垂头施礼，又返身引路，眼神闪躲着不与雪信相接，雪信一时也探查不出兔子的虚实，她是被控制了心神，还是躲在信任的死角里，此刻才暴露？可兔子出生至今的经历，雪信也审查过多遍，若是有含糊之处，早被察觉了。或许兔子也如莺子一般，把秘密遮障了？

雪信没有说破，只带人跟上。

散开搜寻的军卒不断转回来汇报。府中格局已被改得迥异常情。

看着是一条青石齐整的路，走着走着就撞到一堵墙上。而在绝无通路的地方，死角墙根却会豁开一线，容人侧身挤过。有些地方会砌平行的双层墙，或者突然飞起一道木楼梯把路引向一间屋子的屋顶，却已到了没人带路会迷路的地步了。

改动布局的目的不仅仅是破坏雪信对家的熟悉，还有让人迷惑。那些不合常理、打破对称的结构，会让人怀疑有生以来深信不疑的世间规则。

到底是什么时候被改动的？雪信也说不上。也许冷僻的地方，在她住着的时候就已经开始修了。而在公主府被封，雪信彻底搬离后，对方放开手脚大兴土木，把常用的部位也扭曲了。

兔子走在这所状若疯癫的府宅里，却没有丝毫犹豫，脚步也不见踉跄。她引着雪信走了一程半空里的索桥，又进入地道，抄了直路到霓羽楼前。

楼前的门锁也被拆换了，如今安的是一个字锁。锁身上有四个滚轴，每个轴上十二刻，每一刻里篆了一个字。兔子拧转滚轴，拼出了“百世千年”四字，开了锁。

“楼板承载有限，公主不能带人进去。”兔子说。

“还百世千年。”雪信冷笑。

楼中窗帷常闭，以薄纱透气，采白日映光，照出的衣饰妆容均是恰到好处。而此刻正是夜晚，密林树冠遮月，楼中也冥冥渺渺，各楼层铜镜上的明珠仅能照出镜前五步。

“当心脚下。”兔子特意给雪信照路。

门槛与楼内地板之间，居然有一臂宽的间隙，若不是事先提醒，进门就会掉入底下地洞。跳上地板，就觉得如在船浪之上。远处的景物在灯笼的光晕里亮起，原来是楼板和柜子涂了矿粉，只需一星微光就会熠熠生辉。

雪信接过灯笼举高，见脚下和头顶楼板均被架空，楼板被拆解成一尺宽、五尺长的板条以粗索垂挂，柜子和铜镜也在四角拴了绳子悬吊起来。举目所见，身前身后全是麻绳，脚下皆尽浮摆高低的板子。

“告诉我，楼中有什么？”雪信拉着兔子。

“公主是畏高还是怕黑？”兔子的声调还是不高不低的，显出不正常来。

“兔子！”雪信冷不防地沉喝，灯笼照向兔子的眼睛。兔子一错神，被雪信走进了眉心。

兔子的白日梦里没有她的记忆，如同穿越镜子，那一头与外面没有不同。她看见一个人朝她撞来，那是镜中的自己，她心头一颤。

兔子夺过灯笼，从雪信手底下滑溜走，跳上另一块楼板。雪信抢步追赶，足下险象环生，奔跑跳跃无从借力。

楼板被她冲势一带向前涌去，一口柜子在她前方，柜中飞出两条水红罗袖，就要来缠她的手腕。头饰与衣襟之间的暗影里睁开一双眼睛，叫出她的名字：

“雪信。”

她看见暗影逐渐消退，浮上来的脸，也是她的脸。

对面的影子雪信模样略稚气些，掐住雪信肩头的力气却不小。

“寻到了亲，又失了亲。嫁到了如意郎，又成了仇。当初守着华城的胭脂水粉铺子多好，牡丹花开了，高承钧来娶了，找不出失望的地方，也不会结下抹不平的怨。”

“哭哭啼啼的小丫头，活该一辈子等着，怨着。”雪信拔出身后的剑，斩落，飘零的只有两截衣料。

脖子又被卡住了，雪信听见脸畔有个与自己一模一样的声音在说：“那你也不该负了苍海心。辗转至今，苍海心还是帝王，你却做不了皇后。”

雪信将剑从腋下刺出，冷声道：“摸着良心说，苍海心可是帝王之材？为他搅乱了太平天下，值不值得？你对他可动过心？那不是感激，是愧疚，是怜悯。不得不一次次地利用了他，又想为他做点什么作为补偿。”

“是吗？如何补偿？补偿得尽吗？”身后的影子比前一个顽强，坚持着又发了一串问，才如昙花凋残。

又一个自己扑上来了，戴着一套十二只玳瑁簪，衣裳锦彩斑斓，厉声说：“那河东侯不是你害死的吗？你招惹高家，得罪崔家。河东侯兵败玉门关因为你，受辱于高承钧也因为你，他挟透山剑自尽更因为你。你逼死了爹爹！”

雪信闪开她那个影子，只是要她完整听下自己的驳斥：“他败于几方权争碾压，亡于对河东军权柄的执着。不是我逼死他，是他以死逼我！大将难免阵前亡，他杀过的人够本了！”

“你为你爹爹报仇了吗？高承钧还活着！”那花花绿绿的影子扑来，正撞在雪信剑上。

跳上下一块楼板，面对的柜子里是一套玉冠素缕：“你累了吧？被世事一刻不住地推着走，还装作你先于世事做出了选择。无论是被人逼迫，还是先下手为强，哪个不是卷在险途，身不由己？你早想停下来，却不能够啊。”

雪信对那飘然欲仙的影子刺出一剑：“我要的是了结，不是放弃。”

斜刺里冒出一袭竹簪麻衫：“你得到了什么？偿得了你剥皮换血之痛吗？抵得过你失去的至亲至爱吗？”

“有人要百世千年。我只要不负所托，天下太平。”

麻衣被削作两段，冰消尘飞。

四面八方无休无止的自己发出各式各样的质问，是积压在心底里的疑惑，是未被安抚的委屈。此刻蜂拥而至，绝对是中了术了。

雪信厮杀着，辩解着，可是她不够坚定，被消灭的影子会重新凝聚，再度出现，发出相同的质问。影子杀不死，而雪信的辩解却越来越苍白。

有剑光刺过眼底。

雪信闪躲。

她一回头，看见一具鲜红皮铠，黑洞洞的脸部，眼神烛火摇曳：“你经历了诸多挫折，开始承认，他的安排，他的选择，是精妙绝伦，是必由之路，是不是？”相比前面那些或气愤或哀怨的，这一声发问平静笃定。

雪信犹豫了一下，说：“恐惧和仇恨是因为自己渺小。而钦佩和认同往往出自平视。”

“你战胜了他，会不会成为他？或者你已经成了他？”那具站立的皮铠问。

雪信迟疑着不回答。

“既然是必由之路，你也躲不过。你要不要现在就为天下太平解决这个祸害？”牛皮铠甲向雪信递出了剑尖。

雪信一言不发，向对方挥砍，就在剑锋迫上对方脖颈的瞬间，她也感受到冷刃的气息。手腕骤然一紧，人中穴一疼，看见高承钧站在她面前，一只手还掐着她的面门，另一只手死死攥住她横剑自刎的手。

哪里有垂吊的衣柜和晃动的楼板。楼中一切四平八稳，各在原位，只是衣柜门打开着，幻境中出现的几身衣服环列近旁。

幻境散去，可眼前的景象比幻境好不到哪里去。一只灯笼掉落在地，地板上新涂抹了矿脂和桐油，沾火即燃，火焰直上，舔着了上一层楼板。

“兔子呢？”雪信问。

“什么兔子？并没有人出来。”

雪信在责怪高承钧擅自行动还是请求他帮忙灭火之间迟疑了刹那，最后还是选择了后者。

“火焰蹿高了，浓烟有毒，已不可扑救。”高承钧扛起雪信往楼外去。

雪信却料准了高承钧的行动，在她被架到高承钧的肩头，栖身未稳之际，解开盔甲上几个袢扣，从底下滑溜脱身，调头朝楼上跑：“楼上一定有东西！”她一面跑，一面将身上沉重绷挂之物全部抛掉，扯起领巾蒙住口鼻。

霓羽楼成了一支巨大的烟囱，在底楼燃起大火，高温和毒烟汇聚于三楼顶棚之下。青蓝浓烟熏得人睁不开眼，三楼衣柜也是尽数敞开。

在雪信眼中，那些影影绰绰的衣饰仿佛又动了起来，她心知是烟毒挟法术的余威，又要将她拖入幻境，旋即旋出发髻里的银针，在脖颈上刺了数针，放出被毒质侵染的血。

她终于瞧清楚了，有一口衣柜是闭合的，柜前地板上躺着口吐白沫四肢抽搐的兔子，奋力推开柜门，从里头栽出个小小的身形来。

是阿满，入手温热，摸着还有气，只是不省人事。

在火场里救人本身得冒极度的危险，而一次救两个，实为雪信能力所不逮。凭她一人，要么选择一个，要么放弃一个。要么不肯选择，三人一同困死。

幸运的是，雪信不是一个人，她立刻朝下高喊："高承钧，接好！"

她扶起阿满，抛下楼梯，眼见着高承钧将女孩接了个正着，才将兔子托到背上，料不到有那么沉，才下了两级台阶，一脚踏空收不住，两人一同滚下。雪信和兔子才落到二楼，三楼的栏杆和楼梯就塌了。

高承钧把阿满背在肩上，又抓起兔子，拉上雪信，刚一出楼门，里头隆隆塌落之声不绝。

楼内火光冲天，却不见河东军一兵一卒来救，因着楼外的众人也自顾不暇。雪信带入的那一百人在相互厮杀里损失了五成。剩下的五成被苍海心率领的第二梯队人马掀去亮银头盔，一枪柄抽倒，躺下不动。

苍海心又忙着下令砍树。他的鼻子好使，在府外感受到雪信心旌跌宕，冲进府内立刻找到症结。

"桂树和玉簪树下的泥土中拌入了毒婴参汁，毒液进入树身，随花香蒸发，氤氲林间，使吸入者癫狂。树木须齐根砍掉，让风透进宅子，吹散毒香。"

苍海心与毒婴参打过几次交道，熟悉它的形状，对其毒也有了几分抗性。他在府外整理好渐次推进的梯队，一拨人进入后不久，下一拨人就会来替换。

"砍下的树身不准原地焚烧，须拖到旷野处烧！"苍海心一面挥一柄长戟作斧劈，一面冲那几个已掏出火折子的军卒喊。在

人影交错、步伐纷乱，每个人都声嘶力竭的抢救现场，苍海心看不见也听不见，反而指挥若定。指令得当，则人心镇定，做事有效率。

"分两队，一队把死者伤员运出，一队搬防雨篷布来，泥土挖起密封。"苍海心喊。

有人指着霓羽楼的方向："火起了！快去救！"夜深不见浓烟，等众人见到火光时，火焰已舐穿了楼顶。

苍海心对他们下令："火场毒雾更浓，你们靠近不了。加紧干活，在楼外挖沟绝火，清理毒土。否则火势蔓延，毒雾尽出，整个安城都要被殃及。"他清晰地感应到雪信离了险地，正向他走来。

雪信把阿满驮在背上，满脖子的血，细细的血孔刚结了痂。

高承钧用鹿筋绳捆了兔子，半拖半提着，面上浮出赤红如血的穷奇纹面，久久不退。刺入肌肤的幽泉铁令他拒绝了雪信入梦，但也无幽魅邪祟可以干扰他，只有他入楼去救雪信，才是安全的。

“做得好！”雪信大声对苍海心说，话是给苍海心所带的人听的。她“砰砰”捶打了两下苍海心胸前的铠甲，这才是她对苍海心表达的赞许。

河东侯在世时，也是那么个做派，他是唯恐言语浅薄，只有动手才能让对方体会心迹。而苍海心都知道，雪信心中还有感激，没有讲出来。

战场应敌时，将帅心意相通，是比任何兵法战策更重要的前提。有了这一声“做得好”和这一顿捶打，雪信和苍海心在河东军中的位置，也立得越发稳固了。

留下苍海心在公主府扫尾，雪信与高承钧先行回了西狱。

在势均力敌的对垒中，谁先动谁先露破绽，但雪信顾不上，在她去狱中探访崔露华、莺子和沈越青之前，她在谛听中已有三天找不到阿满的声音了。

阿满不出声，说明她们在葛逻禄的秘密布置被破坏，太上皇禅位的后主也不知安否。即便确认后主无恙，雪信也有必须找到阿满的理由。

“阿满是我的妹妹，同母异父。”雪信说。

正是同为南诏圣女阿心的后代，血脉相通，雪信才能在旋天术中短暂借用阿满的身躯行动，能在谛听术中稳定持续地收到阿满的消息。

高承钧没有惊奇：“怪不得第一眼见她就觉得像一个人。”

“她像那个如果没有被宠坏应该很可爱的我，像那个没有被阴谋的黑暗沾染还无忧无虑的我。存在于不存在里的人，当然是找不到对照的。”

或者还是因为这个原因，雪信才那么宠溺又信任阿满。还有个可以宠溺又信任的亲人，该是幸运的。在她眼里阿满与后主是一样重要的，或者更重要。还好华城并不那么以为。

阿满无恙，只是被灌了安神汤剂，叫也叫不醒。雪信给她掖上被子，又去看兔子，兔子吸入毒烟的症状比雪信在楼中时重，在她身上几处要穴刺针放血，又浸入冷水中。

雪信灌下一大口降真酒，点着兔子的眉心，再次强心闯入探看。先前就是在兔子的梦境中，雪信见到狂乱幻象，迷失心智，险些自戕。她的对手在兔子的梦境里布置了陷阱，操纵兔子赚雪信入彀。

玄河炮制了苍朝雨的尸体，用死人做傀儡戏给活人看。玄河经过锁骨之伤，许多玄妙术法已无法亲身施展。只是听他说，有一种牵丝术是用在活人身上的。要控制活人心智，协调活人的言行不是那么容易的。

施术人会从心地最不坚定的人下手，第一个中术的人既是傀儡也是诱饵，见到其熟识之人，无形牵丝会缠绕上去。若第二个人不是最终目标，则会去找下一个熟人，如同某种疾病或者厄运，靠转嫁传播。

牵丝术比起亲身登台操弄傀儡，自然是安全隐蔽，但有一利必有一弊，术法的威力受距离影响，施术人藏身处也不能太远。丝弦是施术人念力所化，亦容易泄露气息，被人追踪。

在兔子的梦境由赶路开始，她是第一次出远门。雪信派出自己的亲随卫队保护她秘密前往葛逻禄传达命令。

队伍伪装成西行商队，兔子唯恐有失，把鸽笼背在身上，默诵雪信的密信。

鸽子的脚环是依照颜色标了号的，先后不能有错，抵达葛逻禄要放出一只，见后主与阿满平安放一只，周都尉接令后率队护送后主和阿满启程返回时再放一只。笼中红色脚环的鸽子不在序列中，是遇见危难紧急时示警和求援用的。

出城不到半日，一名农妇坐在道旁哭，说自己丢了赶集卖菜的钱，回去要被汉子打。兔子心软，下马安慰了两句，从自己的荷包里掏铜子。妇人笑眯眯地望着兔子，有神色却没有面目，手中握着一只光秃秃的梭子。

在梦境里，梭子的形态是一只蜘蛛，吐出的丝弦晶亮可辨，丝弦缠住了兔子的身体关节，另有一条贯入眉心，一条刺入喉咙。

兔子把铜子交到农妇手里时，农妇掌心多出了一个扁纸包，塞进兔子的手指缝里。队伍又行了一程，停下休息时，扁纸包里的药末被兔子撒进干粮，分发给了亲卫。

鸽子一只也没有放出去，兔子看着亲卫们倒地睡去，漠然地将鸽子笼扔下山涧，步行走回安城。其后发生的一切，只是用兔子的眼睛又看了一遍，便到了与真实接壤的边界，一片虚无。

虚无中一无所有，黑暗也不存在，也没有踏实的立足之地。雪信捋住了兔子身上延伸出的丝弦。

牵丝术有个麻烦之处，丝弦无法隔空收回去，或者得施术人再现身解开，或者中术者中途死去，否则维系会持续一阵子，如空屋蛛网，尘掸不到，只能等大风吹破它，漏雨打散它。新系上的丝弦还坚韧得很，雪信找到兔子眉心的那一根，面朝未知的虚无之外回绞。

蛛丝韧长，可抵御拉扯的弹性也有个限度，雪信听见虚无之外有嚎叫之声。

雪信对看不见的对面说："现身吧。术法被瞧破，你就反成丝弦下的傀儡，我为刀俎，汝为鱼肉。"

不知是那一方在死撑，还是实在太痛苦，只是号叫。

雪信又说："葛逻禄的人如今在何处？"

虚无里，断断续续地回答了一句："你找不到。"

旋即雪信绷紧的手向后一松，那缕弦断了。又听见几记断弦的破风之声。虚无被白光吞没，雪信眼前复又是安城西狱。

兔子的眼珠子在眼皮下飞速掠动，眼睛猛然睁开，呆呆的："公主，事没办好，我……"

她无碍了，只是疑惑不安。丝弦的材质是施术人的念力，崩断丝弦对施术人的心神是重创，却伤不及中术者。

"金吾卫在城内搜寻，河东军在城外找。"高承钧吩咐道。

"不用了。她能破釜沉舟掐断线头，即便找到也是废人，能说话也不会吐口。"雪信摆摆手。

"我要找到他。他疯了。杀了你，他的儿子也得死。局心一毁，他二十年的苦心也会付诸东流，他为什么要这么做？"高承钧身体的骨节咯咯作响。苍海心死不死他不放在心上，而雪信蹈险他此刻才反应过来，知道害怕。

雪信在高承钧肩头轻轻拍着："他不疯。他在告诉我，要么谈谈交换，条件由他开；要么这一局谁也别赢，我可以死，苍海心可以死，事情却不会完结。"

雪信突兀地冒出一句："我累了。那么多人与他一个人的执念对抗，居然拗不过。"

在世人的记忆和后来史书的记载里，给苍朝雨列了两条大罪，一是谋上篡位败坏了纲常，二是热衷巫术草菅了人命。

然后又如此演绎苍朝雨的结局——当然只是一种勉强的自圆其说，苍朝雨夺了新乐公主封号，又追缴兵权，公主不交。苍朝雨派出的金吾卫与公主的河东军在公主府接战，点着了公主府，也彻底惹恼了新乐公主。

新乐公主任越王为将军攻打永安宫，说服禁军都统领高承钧投诚开门。新乐公主从甘露殿里拖出苍朝雨，据说苍朝雨躲在殿中不出，是因为躯体遭受巫术反噬，被弄出殿见了风晒了阳光，立刻气绝，尸体渗出腊脂。

公主命人架起柴薪，当场焚烧，后是以亲王礼仪葬了骸灰，但墓志铭上写得很是不客气。

皇位不能空着，捋下去一个，还得找一个扶上去。新乐公主当即奉越王为新皇，没有遇到什么阻力。那些能成为阻力的朝臣，早在一波又一波的权力更迭中大浪淘沙，剩下的都懂得无论谁坐庄，只管行好自己的职责。

登基大典也在隔日举行了。

冕服仪程，一应所用，早已备妥，拿来即用。新皇不是个讲究人，并不在乎按照苍朝雨身量缝制的礼服不合身，或者为苍朝雨选择的吉日与他的八字不匹配，或者新乐公主手拉着手将他送上御阶是不是违制。

史书上以春秋笔法写了句：主携帝，立座旁。

史书详录不了的是，一个看不见通往御座台阶，也听不见群臣朝贺的苍海心，坐在了御座上。他回头对雪信讲：“讲好了，我救你个急。你找到人，把我换下去。我坐这位子白耽误工夫，这位子我坐着也不惬意。”

他在金碧辉煌的椅子上坐得抓耳挠腮，总想跷脚。

“好好好。”雪信在苍海心手背上敲了三下，望着苍海心的眉心，催促他，“下头群臣还跪着呢。”

“众爱卿平身。”苍海心有模有样地宣布，又自说自话地叫大臣们围绕改年号打了半日嘴仗。

第一个封赏的是雪信，只是恢复了原来的封号，又将后主原先口头许诺的“镇国长公主”落实了。

第二个赏赐的是高承钧，其手中实权已太大，也只有虚头巴脑地封个定远侯，又让他交出北衙禁军的虎符，即刻启程回安西镇守。禁军都统领由大国师玄河暂代。

新君登基，应大赦天下，只判了崔家父女两个处斩，余下男子流放，女子罚入教坊。郑王与崔太昭仪未受案子牵连，也没有来求情。

绿黯红稀，光阴漏尽。雪信在御书房里翻了一个月奏本：“原来篡权也是干苦力的，天长日久的也没什么指点江山的兴味，全凭责任感和使命感死撑着。”

苍海心也抱怨受了骗，说好只是顶替名额坐几天龙椅，他上朝入定，在袖子里编了整一个月的草蝈蝈。但雪信旋即戳穿，他还不是嚷着“老子是皇上，别管老子”抛下群臣入山打猎，又在朝殿内烧烤猎物。他与人打交道不方便，打猎的手段却越发出彩。

两个没断奶的娃娃在雪信身后的摇篮里撕扭着，一个是她的侄女，一个是她的外甥，都在哇哇大哭。五步之外，苍海心察觉了胜负，流采吃的奶水足，块头大，曲尘的儿子被乱捶一顿。他正要去主持公道，雪信摆手拦住。

“小孩子打一打，哭一哭都无妨。”她还是用窥梦术与苍海心交谈。

苍海心说：“要是挨打的是流采，你还能这么说？”

“挨打的要是流采，她都没脸哭。”雪信不耐烦了，“好了好了，我得看奏本，别烦我。”

后面那句她不对两个小娃娃讲，却对他说，苍海心想来想去都是没道理。

御书房经过苍海心的干预，添了许多莫名的东西，比如草编蝈蝈串成的门帘，窗下挂了响竹片，恨不能将殿宇布置出茅屋风味。

雪信不理他，他自得其乐地鼓捣。用竹丝扎成一座高脚小竹楼，楼上倒悬了一束白荷花，花房蓬松，将放而未放的样子。

百酿泉的藕丝饮入窖冻成冰球，填入花房。酒冰在重瓣里吸饱莲蕊幽香，融化成酒滴，接满一杯，竹杯自动倾转，将冰酒注入芦茎。芦茎另一头连接的是竖剖两半烤弯又榫接的竹管，竹道曲折盘旋，中间冲刷过几个薄荷、菖蒲堆成的香草岛，推动苇叶水车，落入书案的白琉璃盏中。

他还想与雪信商量将中断的灵芳宅第工程恢复，雪信没理他。他自觉无趣，让拎个冰瓜上来，特意强调要未切的，他亲自挥刀宰瓜，一劈两半，再咔嚓两刀，抱起一块呼噜噜吃得绯红汁液在嘴角横流。

“高承钧送来的瓜，不错。”苍海心说给雪信听，雪信不听，也能说给自己听，“我真想同高承钧换一换。”

“他那边没完没了地打仗，小的叫摩擦，闹大了叫战事。有瓜也没闲心吃。”雪信回话了。她手里正端着高承钧的奏本。

高承钧知道奏本只有她来处理，还是格式严谨，找不出破绽。奏章详述他回西域调查葛逻禄，发现押在龟兹石牢的桑晴晴被秀奴救走，桑晴晴回到族中重掌权力。桑晴晴找到了与周都尉的共同话题——对高家的仇恨。

花奴被驱逐。后主与阿满被送到华城来使手中。

高承钧不在西域时，桑晴晴串联了戈壁与草原间游牧的部族，重开大会。如今龟兹城外到处是不驯服的骑兵，南方吐蕃也将实际控制线前推了。因为中原乱了，安城对边境的威慑下降，谁都以为火烧破屋是打劫的机会了。

高承钧说他已找到花奴，打算支持花奴回葛逻禄。随奏章送来的还有个木盒，盒中嵌着一把三寸匕首，名曰梦关，归说是送给流采的礼物。

“天长路远相思苦，梦魂不到关山难。”

当世有人写了如此句子。诗人讨喜的地方，是将那些搔不到痒处的情怀点出了。有人替自己写了，便不用傻乎乎地自己说了。而听的人若当是打扰，也可以装作不懂，不必当场给出反应，大家相安无事。

雪信吟着句子，把木盒塞到几案底下。

“我不是说瓜。我说的就是打仗。”苍海心只选他能参与的话题接口。

搬开木盒，底下的奏本里夹着一张没有封皮的字笺。雪信看过笺上文字，转入梦境中，递给苍海心。

“沈三郎给你的请柬。”雪信说。

“掰手指头算，也该有动静了。”苍海心接过看了，又一咧嘴，“怎么又是公主府？”

“他应该已经很愤怒了。”

可以说，雪信替沈先生实现了夙愿，又可以说，雪信的安排嘲弄了沈先生。沐猴而冠，所有人都向苍海心跪拜了，但苍海心没有做过一件符合帝王身份的事。

坐殿的是苍海心，与朝臣议政的是雪信。盖戳的是苍海心，做决定的又是雪信。与苍朝雨在位上时相比，傀儡与雪信心契相投，使得越发顺手。

“不怕的。他只邀我一个人去。”苍海心说。

约定的日子，苍海心独自进入公主府。雪信在府外等了一日一夜，没有人走出来，也没觉察到苍海心有危险。却听见有管乐伴着婴孩的啼哭渐渐靠近。

一部木牛流马，载着一个箱子踏行而出。箱子周围有一圈木头小人奏弦吹笙，又有一条鹿肠连着奶粥囊送入箱中，里头的孩子看着不到三岁的样子，哭得上气不接下气。

雪信发现自己的鼻子又好使了，不仅闻出孩子的尿布湿了，还察觉风带出的血腥气。

雪信带人入府搜寻。在北院正堂，又见到了画舫上的血池。苍海心躺在池底，浴在血中，池旁盘腿坐着一个灰袍人，垂着头，鬓角略有银丝，肤色如挂在房梁上的经年尘絮，垂下右手搭在苍海心额上，从腕子割开的口子里放干了血。另一只手里攥着一封信。

雪信唤醒苍海心，手在他面前挥了挥。

苍海心的脑袋跟着晃了晃，眼珠子也转了转。

“我以为，他舍不得死，还要让我追他为太上皇，或者安排禅位给他才干休呢。他却舍了命给你。”

雪信拆看那封信。信中说，要雪信辅佐苍海心与苍海心的儿子。这一条血脉三代皆为人皇帝主，二十年后将后主归还，皇位亦可归还。

“父亲……”苍海心苦笑着说，“哈……父亲。他累了，早就累了。他卸下夙愿，终于休息了。”

“所以他是累了。”雪信将信笺撕碎。

“人固有所长。我没有做帝王的才干和心性。”

“才干可以培养，心性可以磨砺。”

“可是不开心。”

“没有一个帝王是开心的。”雪信看向灰袍人，“我离开华城时，他的头发还是黑的。”她突然咬住了手指，泪珠涌下，“他在时，我怨他恨他，他死了我却难过。”

难过着，却也更怨恨了，不但失去了决胜的机会，还被让棋似的送了人情，又被绑架了此后二十年的人生。

灰袍人身后，是公主府原主人顺华公主的画像。

二十年又二十年前，顺华公主是当时太祖皇帝的妹妹，风华绝代，天纵姿容，却与一个酒家女子争夺情人，还输了。酒家女子姓沈，后来入宫做了昭仪，不久怀嗣。顺华公主记恨沈昭仪，在其临盆时烧了宫殿，新诞下的皇子被娘家人救走。

二十年前，那个大火中没死的孩子回来索取自己失去的东西，他又遇到一个酿酒的女孩子，为她远离朝堂，退隐江湖，却不肯放弃复仇。他伪造意外，烧死顺华公主，带走公主的孙女。

又二十年过去，仇人的孙女成了他的养女，儿子无意继承他的意志，当初的皇子生出了白发。昔年为之倾国的红颜却依旧。他追不上她了，就只能以一死给亏欠他的人们最后一击。

也许可以安排得更久，只是那么久以后的事到底与他有什么关系，为什么他要感兴趣呢？毕竟假装感兴趣的事，撑了太久。

苍海心额头的血还没抹干净，又被雪信送去玄河家中。玄河在苍海心的小指上系了条红丝，另一头拴在雪信小指上。

“那我解了？”玄河问雪信。

“解吧。”苍海心说。至此刻，他完全可以预料雪信的选择。因为雪信愿意，他不能不愿意。但他不会说出缘由了，雪信不爱听，会让她觉得欠了人情。

“解吧。”雪信说着。她想的是，她要帮着苍海心捱过以后的二十年，这份人情，抵得过苍海心之前为她做的傻事了。

她放远了目光，望见窗外有婢女两人抬出一架软床，将一名妇人扶到树荫下乘凉。

“老夫人病势可有好转？”她问。

“肢体还是瘫着，精神爽利了些。”玄河回答。大家都知道，他在回安城的路上救了个瘫痪的疯妇人，发现妇人所戴的戒指纹样与他心口的胎记一模一样，就带回家中调养医治。

“曾经有个女人为了不拖累丈夫和女儿，服毒求死。”雪信说的是她在莺子记忆中看到的故事，顿了顿，又说，“而这位夫人，她有两个孩子，一个在出嫁后生，一个是嫁人前生的。她给长子烙下记号，送给走江湖的艺人班子，希望孩子不要被她的任务卷挟一生。那孩子不是被抛弃，后来她的同门师兄找到了那孩子，收养了。”

“她的记忆缺了这部分，你是如何知道的？”玄河讶然。

“丝弦崩断时，她有少部分记忆涌了过来。”

树下那妇人缓缓正过脸来。苍海心叫了声，他认出了这是关雎的亲娘梅娘。

玄河稳定心神回到他要做的事上来：“相思果如何，金环宽玉腕。昔为连理枝，今作抟沙散。”念罢双手左右一摆，做了个拆分的手势。

苍海心与雪信兀自没有动作，手指间的红丝便断了。

后来玄河私底下问苍海心，怎放心解了连理术，放跑了雪信。

苍海心大大咧咧地说：“我还有二十年，好长的二十年。”